Karte der Katzen
Lager des SchattenClans
Lager des DonnerClans
Lager des WolkenClans
Nord

SchattenClan
FlussClan
DonnerClan
WindClan
SternenClan
WolkenClan

Erin Hunter

WARRIOR CATS
Special Adventure

Mottenflugs Vision

Warrior Cats

Staffel I

In die Wildnis (Bd. 1)
Feuer und Eis (Bd. 2)
Geheimnis des Waldes (Bd. 3)
Vor dem Sturm (Bd. 4)
Gefährliche Spuren (Bd. 5)
Stunde der Finsternis (Bd. 6)

Staffel II – Die neue Prophezeiung

Mitternacht (Bd. 1)
Mondschein (Bd. 2)
Morgenröte (Bd. 3)
Sternenglanz (Bd. 4)
Dämmerung (Bd. 5)
Sonnenuntergang (Bd. 6)

Staffel III – Die Macht der drei

Der geheime Blick (Bd. 1)
Fluss der Finsternis (Bd. 2)
Verbannt (Bd. 3)
Zeit der Dunkelheit (Bd. 4)
Lange Schatten (Bd. 5)
Sonnenaufgang (Bd. 6)

Staffel IV – Zeichen der Sterne

Der vierte Schüler (Bd. 1)
Fernes Echo (Bd. 2)
Stimmen der Nacht (Bd. 3)
Spur des Mondes (Bd. 4)
Der verschollene Krieger (Bd. 5)
Die letzte Hoffnung (Bd. 6)

Staffel V – Der Ursprung der Clans

Der Sonnenpfad (Bd. 1)
Donnerschlag (Bd. 2)
Der erste Kampf (Bd. 3)
Der Leuchtende Stern (Bd. 4)
Der geteilte Wald (Bd. 5)
Der Sternenpfad (Bd. 6)

Staffel VI – Vision von Schatten

Die Mission des Schülers (Bd. 1)
Donner und Schatten (Bd. 2)
Zerrissene Wolken (Bd. 3)

Special Adventure

Feuersterns Mission
Das Schicksal des WolkenClans
Blausterns Prophezeiung
Streifensterns Bestimmung
Gelbzahns Geheimnis
Riesensterns Rache
Brombeersterns Aufstieg
Mottenflugs Vision

Short Adventure

Wolkensterns Reise
Distelblatts Geschichte
Nebelsterns Omen

Die Welt der Clans

Das Gesetz der Krieger
Die letzten Geheimnisse

Alle Abenteuer auch als E-Books bei Beltz & Gelberg
www.warriorcats.de

Erin Hunter

WARRIOR CATS

SPECIAL ADVENTURE

Mottenflugs Vision

Aus dem Englischen
von Michael Kellner

BELTZ
& Gelberg

Besonderen Dank an Kate Cary

Hinter dem Namen Erin Hunter verbirgt sich ein ganzes Team von Autorinnen. Gemeinsam konzipieren und schreiben sie die erfolgreichen Tierfantasy-Reihen WARRIOR CATS, SEEKERS, SURVIVOR DOGS und BRAVELANDS.

Dieses Buch ist erhältlich als:
ISBN 978-3-407-82361-8 Print
ISBN 978-3-407-74936-9 E-Book (EPUB)

MIX
Papier aus verantwortungsvollen Quellen
FSC® C089473

Die Originalausgabe erschien unter dem Titel *Warriors, Super Special, Moth Flight's Vision* bei HarperCollins Children's Books, New York
Übersetzung: Michael Kellner
Lektorat: Isabelle Ickrath
Einbandgestaltung: © Johannes Wiebel, punchdesign, München
Landkarte: © Dave Stevenson
Satz: publish4you, Bad Tennstedt
Wort-Bild-Marke: © Hauptmann & Kompanie, München
Druck und Bindung: Beltz Grafische Betriebe, Bad Langensalza
Printed in Germany
1 2 3 4 5 22 21 20 19 18

Weitere Informationen zu unseren Autor_innen und Titeln finden Sie unter: www.beltz.de

DIE HIERARCHIE DER KATZEN

WINDCLAN

Anführerin **WINDLÄUFER** – braune Kätzin mit gelben Augen

GINSTERPELZ – grau getigerter Kater mit hellblauen Augen

STAUBNASE – grau getigerter Kater mit bernsteinfarbenen Augen

MOTTENFLUG – weiße Kätzin mit grünen Augen

SCHIEFER – dunkelgraue Kätzin mit bernsteinfarbenen Augen

WEISSSCHWANZ – dunkelgrauer Kater mit bernsteinfarbenen Augen

SILBERSTREIF – hellgrau getigerte Kätzin mit blauen Augen

SCHWARZOHR – schwarz-weiß gefleckter Kater mit bernsteinfarbenen Augen

FLECKENFELL – goldbrauner Kater mit Flecken und bernsteinfarbenen Augen

ROCKY – orange-weißer Kater mit grünen Augen

FLINKE FLOSSE – grau-weiße Kätzin

SCHILFSCHWANZ – silbern getigerter Kater

ZACKIGER BERG – grau getigerter Kater mit blauen Augen

DISTEL – schwarze Kätzin mit grünen Augen

STURMPELZ – grauer Kater mit blauen Augen

TAUNASE – braun getigerte Kätzin mit gelben Augen

ADLERFEDER – brauner Kater mit gelben Augen

WEIDENSCHWANZ – hellbraun getigerte Kätzin mit blauen Augen

SPRUDELNDER BACH – weiße Kätzin mit gelben Flecken

SPINNENPFOTE – weißer Kater mit gelben Flecken

BLAUES SCHNURRHAAR – weiße Kätzin mit gelben Flecken

HONIGPELZ – gelb gestreifter Kater mit grünen Augen

WOLKENCLAN

Anführer

WOLKENHIMMEL – hellgrauer Kater mit eisblauen Augen

HIMMELSSTERN – golden getigerte Kätzin mit smaragdgrünen Augen

KLEINER ZWEIG – silberner Kater

TAUBLÜTE – silberweiße Kätzin

BLUMENFUSS – Kätzin mit rotbraunen Streifen

EICHELFELL – kastanienbraune Kätzin mit bernsteinfarbenen Augen

DORNE – braune Kätzin mit blauen Augen

SPERLINGFELL – schildpattfarbene Kätzin

FLINKES WASSER – grau-weiße Kätzin
NESSEL – grauer Kater
BIRKE – rotbrauner Kater
ERLE – grau-weiße Kätzin
BLÜTE – weiße Kätzin mit gelben Augen
ROTE KRALLE – rotbrauner Kater

DONNERCLAN

Anführer **DONNER** – orangefarbener Kater mit bernsteinfarbenen Augen

LILA MORGEN – dunkelgraue Kätzin mit bernsteinfarbenen Augen

WOLKENFLECK – schwarzer Kater

BLITZSCHWEIF – schwarzer Kater mit grünen Augen

EULENAUGE – grauer Kater mit bernsteinfarbenen Augen

ROTAUGE – weißer Kater mit roten Augen

BLATT – schwarz-weißer Kater mit bernsteinfarbenen Augen

WOLFSMILCH – schwarz-rotbraun gefleckte Tigerkätzin mit bernsteinfarbenen Augen

KLEE – rot-weiße Kätzin mit gelben Augen

SILBERDISTEL – brauner Kater mit grünen Augen

STACHELBEERE – helle, gelb getigerte Kätzin

EIBENSCHWANZ – cremefarbener und brauner Kater

APFELBLÜTE – orange-weiße Kätzin
SCHNECKENHAUS – grauer Kater
ZITTERROSE – schwarze Kätzin mit bernsteinfarbenen Augen
HASELHÖHLE – schwarz-weißer Kater
MORGENFEUER – dunkelbraune Kätzin

FLUSSCLAN

Anführer **STRÖMENDER FLUSS** – silbergrauer Kater mit grünen Augen
GETUPFTER PELZ – zierliche, schildpattfarbene Kätzin mit goldgelben Augen
BRECHENDES EIS – grau-weißer Kater mit grünen Augen
NACHT – schwarze Kätzin mit grünen Augen
MORGENNEBEL – weiß-orange Kätzin mit grünen Augen
MOOSSCHWANZ – dunkelbrauner Kater mit goldenen Augen
NIESEL – grau-weiße Kätzin mit hellblauen Augen
KIEFERNADEL – schwarzer Kater mit gelben Augen

SCHATTENCLAN

Anführerin **GROSSER SCHATTEN** – schwarze Kätzin mit grünen Augen

KIESELHERZ – dunkelgrau getigerter Kater mit bernsteinfarbenen Augen

SONNENSCHATTEN – schwarzer Kater mit bernsteinfarbenen Augen

WACHOLDERZWEIG – schildpattfarbene Kätzin mit grünen Augen

RABENPELZ – schwarzer Kater mit gelben Augen

MAUSOHR – braun getigerter Kater

SCHLAMMPFOTE – hellbrauner Kater

HÄNGENDES BLATT – schwarzer Kater

DÄMMERNASE – schildpattfarbene Kätzin

SCHATTENFELL – braun gefleckter Kater

HOFKATZEN

KUH – schwarz-weiße Kätzin mit grünen Augen

MAUS – braune Kätzin mit grünen Augen

MICAH – gelber Kater mit grünen Augen

Die Karten der Katzen und Zweibeiner findest du vorne und hinten im Buch.

PROLOG

»HELFT IHR DOCH!« Mottenflug zuckte entsetzt zusammen, als sie die blaugraue Kätzin im Graben neben dem Feldweg liegen sah. Blut färbte den dicken Pelz an ihrem Hals schnell dunkel. Ihre Flanken zitterten, während sie um jeden flachen Atemzug kämpfen musste.

Andere Katzen umkreisten Mottenflug schemenhaft in der fahlen Dämmerung. Sie warf den Kopf herum, als sie ein Fauchen neben sich hörte. Eine riesige, dunkelgetigerte Kätzin richtete sich auf und hieb mit den Vorderpfoten auf einen kleineren, schwarz-weißen Kater ein.

»Warum helft ihr eurer Gefährtin nicht?«, keuchte Mottenflug. Aber keine der beiden schien sie zu hören. Der Kater wand sich verzweifelt am Boden, während die Tigerkatze ihn niederdrückte.

Mottenflugs Gedanken rasten. *Ist das ein Kampf?*

Aber die anderen Katzen kämpften nicht.

Wie eine Flamme fuhr ein fuchsroter Pelz durch den Graben, als ein junger Kater zu der Kätzin eilte und sich neben sie kauerte. Zwei verängstigte Köpfe mit zuckenden Ohren spähten über den Grabenrand.

Aus dem Hals der Kätzin sickerte das Blut in den Boden.

»Sie stirbt!«, heulte Mottenflug den beiden kämpfenden Katzen zu. Aber die fauchten sich nur noch bösartiger an.

Furcht ergriff sie. Mottenflug eilte zu der verletzten Kätzin, ihre Pfoten glitten lautlos über die Erde. Frühes Sonnenlicht streifte ihre Flanke, ohne einen Schatten zu werfen.

Sie glitt in den Graben neben den flammend roten Kater. »Was ist ihr zugestoßen?«

Der Kater antwortete nicht. Er beugte sich so weit zu der verletzten Katze hinab, bis seine Atemzüge ihre Ohrhärchen zum Flimmern brachten.

»Stirb nicht!« Mottenflug streckte die Pfote aus, um die Kätzin zu berühren, aber sie glitt durch die verletzte Flanke wie durch Nebel.

Neben ihr tauchte ein dunkler Pelz auf. Die große Tigerkatze hatte aufgehört zu kämpfen und war schließlich heruntergekommen. Aber während sie sich an ihr vorbeidrängte, spürte Mottenflug nichts. Das blaugraue Fell streifte ihres, als wäre sie überhaupt nicht vorhanden.

Die beiden jungen Katzen, die vom Rand zugeschaut hatten, kletterten jetzt in den schattigen Graben und standen zitternd neben dem feuerroten Kater. Mottenflug sah, dass das Maul der Tigerkatze sich öffnete und schloss, aber sie konnte kein Wort hören.

Mottenflug stockte der Atem, als sie bemerkte, dass die Flanke der blaugrauen Katze erstarrte.

Sie stirbt!

Der Anblick der toten Kätzin fegte durch ihren Körper wie

ein eisiger Wind und sie begann zu zittern. Sie erinnerte sich daran, dass Grauer Flug erst vor einem Mond gestorben war. Beim Blick in sein offenes Grab war sie erschaudert, und es hatte ihr fast das Herz gebrochen, als sie sah, wie klein er wirkte und wie stumpf sein Fell geworden war. Der warmherzige Kater, in dessen Pelz der Wind gespielt hatte, war dahingegangen. Er war nur noch totes Fleisch und sah aus wie ein Beutetier. Sein Clan hatte ihn beerdigt. Die Augen der Katzen waren leer vor Schmerz gewesen, aber zumindest hatte ihnen das Begräbnis die Möglichkeit gegeben, Abschied zu nehmen.

»Ihr müsst sie begraben«, stieß sie nun mit zitternder Stimme hervor.

Aber die Katzen rührten sich nicht. Sie starrten ihre tote Gefährtin an und blinzelten nicht einmal, während die Sonne am Himmel langsam höher stieg. Der schwarz-weiße Kater stand ein paar Schwanzlängen entfernt und beobachtete nervös die Tigerkatze.

»Macht doch etwas!« Mottenflug maunzte wütend und versuchte, sich Gehör zu verschaffen. »Erweist ihr die letzte Ehre! Fangt endlich an, sie zu begraben.«

Keine der Katzen drehte sich zu ihr um oder verriet auch nur mit dem Zucken eines Ohrs, dass sie sie gehört hatten.

Die Sonne stieg immer höher, bis ihre Strahlen in den Graben fielen.

»Wollt ihr sie hier liegen lassen und den Krähen zum Fraß vorwerfen?« Mottenflug konnte nicht fassen, was sie hier sah. *Hatten diese Katzen überhaupt kein Herz?*

Plötzlich zuckte der Schwanz der blaugrauen Kätzin.

Mottenflug schnappte nach Luft, sie war geschockt. Spielte der Wind mit dem Pelz der toten Katze?

Nein!

Die blaugraue Kätzin hatte den Kopf gehoben und schaute die anderen aus trüben Augen an.

Mottenflug wollte zurückweichen, aber der Nebel schien ihre Pfoten zu umklammern und sie festzuhalten. Ungläubig sah sie zu, wie die Kätzin mit dem flammend roten Kater sprach. *Sie war tot!* Mottenflug konnte die Worte nicht verstehen, aber erkannte die Autorität in ihrem Blick, der langsam klarer wurde. Er erinnerte sie an die Augen ihrer Mutter. War diese Kätzin eine Anführerin? Wie konnte es sein, dass sie *lebte*?

Die Katzen traten zurück, damit die Kätzin aufstehen konnte. Während sie sich langsam und mit großer Anstrengung erhob, machte sich in ihren Augen Erleichterung breit.

Aber die Tigerkatze starrte einfach nur. Ihr bernsteinfarbener, fester Blick verriet nichts – weder Erleichterung noch Freude. Mottenflug drehte sich zitternd und schwer atmend auf den Hinterpfoten, kletterte aus dem Graben und fing an zu rennen. Ihre Gedanken rasten, und sie versuchte, das zu verstehen, was sie gesehen hatte.

Aus den Augenwinkeln bemerkte sie ein blasses Aufleuchten, und als sie den Kopf hob, sah sie erstaunt eine große, grüne Motte. Die breiten, durchsichtigen Flügel flatterten im Wind. Im Licht der frühen Sonne leuchteten sie so hell wie frisches Laub.

Sie beobachtete, wie die Motte davonschwirrte, und erkannte in der Ferne hinter ihr die Hochfelsen. Die aufragenden Spitzen glitzerten in der Sonne, und Mottenflug kniff angestrengt die Augen zusammen, um zu erkennen, wie die Motte darauf zuflatterte.

Ohne nachzudenken, sprang sie über den Graben und folgte der Motte, die jetzt flach über dem Gras tanzte. *Ich muss sie einholen!* Sie eilte ihr nach, während die Motte wie ein Blatt im Wind davongewirbelt wurde, immer kurz außerhalb der Reichweite ihrer Pfoten.

Dann wuchs der Abstand zwischen ihnen. Schließlich kam Mottenflug taumelnd zum Stehen und sah zu, wie die Motte davonflog. Mottenflug war überrascht von dem brennenden Wunsch, den sie in ihrem Herzen verspürte. *Warte auf mich!* Ein Wimmern blieb ihr im Hals stecken. *Ich will mit dir kommen!*

1. KAPITEL

»WAS MIAUST DU da vor dich hin?«

Staubnases Maunzen ließ Mottenflug zusammenzucken und aufwachen. Als die hellen Strahlen der Nachmittagssonne über die Ginsterhecke um das Lager schienen, öffnete sie blinzelnd die Augen und kniff sie gleich wieder zusammen. »Habe ich miaut?« Sie war immer noch von ihrem Traum gefangen. Hatte sie im Schlaf geredet?

Staubnase sprang vor ihr auf und ab und schaute sie liebevoll an. »Ich dachte, nur *alte* Katzen halten Mittagsschlaf.« Er stieß sie zärtlich an. »Meine Schwester treibt sich zu viel mit Rocky herum.«

Rocky hörte seinen Namen und schaute auf. Der alte fuchsrote Kater blickte aus seinem Nest im hohen Gras neben der Sandmulde. »Sie kann eine Menge von mir lernen«, knurrte er. »Ich habe mehr Monde gesehen als ihr zwei zusammen.« Der Liebling der Jungen war erst vor ein paar Monden zum Clan gestoßen, kurz nachdem Grauer Flug die Katzengruppen zum ersten Mal *Clans* genannt hatte – ein Wort, das allen sofort einleuchtete, kaum dass Grauer Flug es ausgesprochen hatte. Rocky hatte sich ans Clan-Leben gewöhnt wie ein Fisch ans Schwimmen. Er jagte nicht so viel wie die jüngeren Katzen und jammerte, dass seine Pfoten zu langsam für die Jagd waren. Aber er half Distel und Adlerfeder sehr gerne beim Tunnelbau. Distel plante ständig neue Tunnel und grub sich durch alte Kaninchengänge, um Abkürzungen zu schaffen.

Mottenflug rappelte sich auf. »Ich wollte gar nicht einschlafen, aber die Sonne war so warm.« Blattleere entließ das Moor langsam aus seinem Griff und die Sonne der Blattfrische fühlte sich nach den harten Monden voller Frost und Eis verschwenderisch an. Plötzlich schreckte sie panisch zusammen. »Wo sind Schiefers Junge?« Sie ließ ihre Augen mit klopfendem Herzen über die Lichtung schweifen. Schiefer hatte Mottenflug gebeten, auf Weißschwanz, Silberstreif und Schwarzohr aufzupassen. Sie hatten noch in der Sandmulde gespielt, während Mottenflugs Augen schwer wurden. Sie hatte sie nur einen Moment lang geschlossen und jetzt waren die Kleinen nirgendwo mehr zu sehen.

Auf der anderen Seite des Lagers erkannte sie Distel. Die schwarze Kätzin leckte den Schmutz aus ihrem Fell, während Adlerfeder neben ihr stand und den Staub aus seinem Pelz schüttelte.

Distel schaute sie fragend an. »Alles in Ordnung, Mottenflug?«, miaute sie. »Du siehst besorgt aus.«

Mottenflug ließ sich ihre Panik nicht anmerken. »Mir geht's gut«, versicherte sie Distel.

Staubnase warf ihr einen Blick zu. »Davon abgesehen, dass du nicht weißt, wo Schiefers Junge sind«, miaute er leise.

»Still!« Mottenflug sprang über die gelben Grasbüschel. »Vielleicht sind sie bei den Steinen.« Die Jungen spielten gerne Fangen an den runden, flachen Felsen nahe dem Lagereingang.

»Vorhin habe ich sie noch gesehen«, maunzte Rocky.

Mottenflug fuhr herum. »Wo?« Bevor er seine Antwort

quer durch das ganze Lager rufen und alle mithörten konnten, war sie schon zu seinem Nest gesprungen und stand schwer atmend neben ihm. »Wo waren sie?«, bettelte sie.

»Als wir aus dem Tunnel kamen, spielten sie außerhalb des Lagers«, antwortete Rocky.

»Wo ungefähr?« Mottenflugs Fell kribbelte vor Angst.

»An der Grenze zum FlussClan.«

»Du meinst bei der Schlucht?« Mottenflug drehte es den Magen um. An der Grenze schnitt eine tiefe Schlucht durch das Moor, in der ein Fluss toste. Für Junge war das ein gefährlicher Ort.

»Nicht in ihrer Nähe«, versicherte ihr Rocky. »Sie sind vernünftig genug, um nicht zu dicht heranzugehen.«

»Sie sind erst zwei Monde alt!« Mottenflug kämpfte mit ihrer Panik. Schiefer hatte ihr die geliebten Jungen anvertraut, um auf sie aufzupassen. Die graue Kätzin betrauerte immer noch den Verlust ihres Gefährten Grauer Flug und ruhte sich nach dem Sonnenhoch häufig aus; der Kummer zehrte an ihren Kräften. *Ich habe sie im Stich gelassen! Was, wenn Silberstreif in die Schlucht gefallen war? Oder ein Bussard Weißschwanz geschlagen hatte? Oder Schwarzohr ... Halt!* Mottenflug zwang sich, nicht daran zu denken. »Warum hast du sie nicht ins Lager gebracht?«, funkelte sie Rocky wütend an.

»Ich dachte, du hättest sie zum Spielen dorthin geschickt«, blinzelte Rocky.

»Aus welchem Grund sollte ich das tun?«, fauchte Mottenflug ihn leise an. »Sie sind zu jung, um außerhalb des Lagers herumzulaufen. Sie können noch nicht selbst auf sich aufpassen.«

Rocky hielt ihrem Blick stand. »Ich dachte, das wäre *deine* Aufgabe«, knurrte er.

Hinter Mottenflug schnaubte jemand verächtlich.

Sie drehte sich zur Ginsterhecke des Lagers um, die einen Schatten auf das weiche Gras warf.

Flinke Flosse musterte sie unfreundlich. »Du bist offenbar noch nicht sehr lange bei uns, Rocky«, miaute die grau-weiße Kätzin. »Sonst würdest du Mottenflug besser kennen.«

»Was soll das heißen?« Mottenflug funkelte die andere Katze an. Ihr Magen zog sich zusammen, da sie schon ahnte, was Flinke Flosse antworten würde.

»Du tust nie, was du tun sollst«, schnaubte Flinke Flosse. »Vor einem Sonnenaufgang hat Windläufer dich losgeschickt, Feldmäuse zu fangen, und du bist mit Blättern irgendeiner stinkenden Pflanze zurückgekommen.«

»Die haben nicht gestunken!«, verteidigte sich Mottenflug. »Und ich musste sie einfach mitnehmen. Solche Blätter habe ich noch nie gerochen.«

»Der Clan ernährt sich nicht von Blättern«, fauchte Flinke Flosse.

Rocky erhob sich auf die Pfoten und schaute die grau-weiße Kätzin sanft an. »Sei nicht zu streng, Flinke Flosse. Mottenflug ist fast selbst noch ein Junges. Katzenjunge lassen sich nun mal ablenken. Alles ist neu für sie.« Dann tapste er langsam zu einem sonnigeren Fleck auf der Lichtung, wobei sein Pelz an den Stellen des Rückens zuckte, die noch voller Schmutz aus den Tunneln waren.

»Mach dir keine Sorgen«, drang Fleckenfells Maunzen an Mottenflugs Ohr. Der goldbraune Kater beugte sich vor und sein gesprenkeltes Fell glänzte in der Sonne des Nachmittags.

»Den Jungen wird's schon gut gehen. Ich helfe dir, nach ihnen zu suchen.«

Flinke Flosse schaute zur schattigen Kuhle in der Ginsterhecke, wo Schiefer schlief. »Besser, ihr findet sie, bevor ihre Mutter aufwacht. Sie hat schon genug Sorgen.«

Mottenflug hob den Kopf. »Ich werde sie finden!« Sie wünschte, genauso sicher zu sein, wie sie klang, und brach zum Eingang des Lagers auf.

Fleckenfell eilte ihr nach.

Mottenflug warf Staubnase einen Blick zu. »Kommst du mit und hilfst mir?«

Staubnase rollte mit den Augen. »Nicht schon *wieder*! Ich helfe dir immer, wenn du in Schwierigkeiten steckst. Jetzt hilft dir Fleckenfell. Ich bin müde vom Jagen und muss mich ausruhen.«

Mottenflug ließ ihren Schweif verärgert hin und her schnellen. Staubnase hatte leider recht. Ihr Bruder half ihr immer, wenn sie Probleme hatte. Beim letzten Halbmond hatte Windläufer sie losgeschickt, ein Spinnennetz zu besorgen, um Taunases verletzte Pfote zu verbinden. Aber in der Nacht hatten die Sterne so geleuchtet, dass Mottenflug von der glitzernden Spiegelung des Himmels in einer Pfütze abgelenkt wurde. Staubnase hatte sie gesucht, um sie zur Eile zu mahnen, und schließlich ein paar Spinnennetze auf einem Steinhaufen entdeckt, während sie versuchte, Sternmuster zu erkennen.

Ich muss lernen, mich auf meine Aufgaben zu konzentrieren! Oder ich werde nie …

»Wollten wir nicht zur Schlucht?« Fleckenfells Maunzen unterbrach ihre Gedanken.

»Die Schlucht?« Vor dem Eingang zum Lager blieb sie kurz

stehen und sah sich verwirrt um. Dann fauchte sie vor Ärger über sich selbst. Ihre Gedanken waren *schon wieder* auf Wanderschaft gegangen! Sie wackelte mit dem Kopf und schwor sich, aufmerksamer zu sein. »Natürlich. Da hat Rocky die Jungen zuletzt gesehen.«

Sie starrte auf die weiten Felder von Heidekraut, die sich sanft im Wind der Blattfrische wiegten. In zwei Tagen war Vollmond und in einem weiteren Halbmond würde das Moor ein grünes Blättermeer sein. Sie hatte das noch nie gesehen, sondern nur die Älteren davon erzählen hören. Mottenflug konnte es gar nicht erwarten, den Geruch von neuem, frischem Leben zu erschnuppern. Es würde ihre erste Blattfrische sein. Bisher kannte sie nur Schnee und Eis und das langsame Sterben des Moors in den Monden vor der Blattleere. Jetzt erwachte alles wieder zum Leben. Ihre Pfoten kribbelten vor Vorfreude.

»Mottenflug!« Fleckenfells Maunzen klang jetzt streng. »Wir *müssen* die Kleinen finden!«

Sie schüttelte ihren Pelz und fühlte sich schuldiger als jemals zuvor. Warum musste es so viele Dinge geben, die sie ablenkten? »Die Kleinen.« Sie bohrte ihre Krallen ins Gras und war fest entschlossen, sich von jetzt an darauf zu konzentrieren, sie zu finden.

Vor ihnen raschelte die Heide, und Weidenschwanz kam unter den Büschen hervor, eine Maus zwischen den Zähnen. Sie ließ die Maus fallen und schaute Fleckenfell an. »Was ist mit den Jungen?«

»Ich habe Schiefers …«

Fleckenfell fiel Mottenflug ins Wort, bevor sie ihre Beichte abschließen konnte. »Schiefers Junge sind aus dem Lager gelaufen und wir suchen sie.«

Mottenflug warf ihrem Freund einen dankbaren Blick zu. »Rocky hat sie in der Nähe der Schlucht gesehen.«

Weidenschwanz' Augen wurden groß vor Sorge. »Dann komme ich besser mit euch. Drei Nasen riechen mehr als zwei.« Sie ließ die Maus liegen, lief den Abhang hinab und hetzte in weiten Sprüngen durch die Heidebüschel. Fleckenfell eilte ihr nach, gefolgt von Mottenflug.

»Haltet die Nase offen, um sie besser riechen zu können«, miaute Weidenschwanz ihnen über den Rücken zu.

Mottenflug schloss zu Fleckenfell auf und schnupperte, um die Moorgerüche besser aufzunehmen. Der Geruch von warmem Torf zog ihr durchs Maul. Sie kniff die Augen zusammen und suchte den Abhang vor ihnen ab. »Kannst du sie riechen?«, schnaufte sie.

Fleckenfells Blick war nach vorne gerichtet. »Noch nicht, aber mit Weidenschwanz' Hilfe finden wir sie bestimmt schnell.«

Der Abhang zur Schlucht hin wurde steiler und Weidenschwanz war langsamer geworden. Sie huschte hierhin und dorthin, beschnüffelte das Gras an den Rändern eines Ginsterbuschs. »Du kannst das Stück Heide da absuchen«, miaute sie Fleckenfell zu.

»Und wo soll *ich* suchen?«, fragte Mottenflug laut. »Bleib bei Fleckenfell«, kam es von Weidenschwanz zurück. »Wir wollen doch nicht, dass *du* auch noch verloren gehst.«

Mottenflugs Pelz prickelte. Hielt denn jede Katze des WindClans sie für so überflüssig wie Distel? Folgsam glitt sie hinter Fleckenfell zwischen die Heidebüsche.

Ein intensiver Geruch kitzelte ihre Nase. »Ich rieche den Fluss.«

»Von *hier?*« Fleckenfell drehte sich zwischen Heidebüschen, die über ihren Köpfen aufragten, zu ihr um.

»Ich rieche die Wasserpflanzen an seinen Ufern.« Mottenflug spürte einen Anfall von Sehnsucht. »Ich wollte schon immer dorthin und sie mir ansehen und ein paar pflücken. Wasserpflanzen sind *so* interessant. Warum ertrinken sie nicht? Brauchen sie Wind wie die anderen Moorpflanzen?«

»Du kannst keine Pflanzen auf dem Gebiet des FlussClans pflücken«, warnte Fleckenfell sie. »Windläufer will, dass wir auf unserem eigenen Territorium bleiben, damit Frieden zwischen den Clans herrscht.«

Mottenflug war enttäuscht. »Wie sollen wir irgendetwas lernen, wenn wir uns mit dem begnügen, was wir schon wissen?«

Noch während sie sprach, erstarrte Fleckenfell. In seinen Augen blitzte Furcht auf.

»Stimmt was nicht?«

»Hör mal!« Fleckenfells Ohren waren gespitzt.

Mottenflug stellte ebenfalls die Ohren auf.

Das schwache Jammern eines Jungen klang über die Heide.

Dann war Weidenschwanz' erschrockenes Maunzen weiter unten am Abhang zu vernehmen. »Fleckenfell! Komm schnell!«

»Die Jungen sind in Schwierigkeiten!« Fleckenfell tauchte in die Heide ein.

Mottenflug sprang hinterher, das Herz schlug ihr bis zum Hals.

2. KAPITEL

MOTTENFLUG RASTE ÜBER die Heide und spürte kaum, wie die Büschel an ihren Flanken kratzten. Nur einen Moment nach Fleckenfell kam sie mit einem Satz auf dem Gras zu stehen. Fleckenfell beobachtete den Abhang bereits genau und sie folgte seinem Blick.

Weidenschwanz kauerte in einer Senke am Rand der Ginsterbüsche. Die hellbraune Kätzin starrte in ein enges Kaninchenloch. »Schon gut, Silberstreif. Wir holen dich da raus.«

Ein jämmerliches Klagen ertönte. »Macht schnell! Bitte! Ich hab so Angst!«

Weißschwanz – nicht größer als ein Kaninchenjunges – drängte sich schnüffelnd an Weidenschwanz vorbei und schaute in den Bau. »Sie ist schon *ewig* da drin!«

Schwarzohr tollte mit gesträubtem, schwarz-weißem Fell um sie herum. »Wir haben versucht, sie herauszuholen, aber sie steckt zu tief drin.«

Es geht ihnen gut! Mottenflug war zutiefst erleichtert, aber dann hielt sie inne. Schwarzohr und Weißschwanz waren in Sicherheit, aber wie stand es um Silberstreif?

Fleckenfell stürmte zu seiner Clan-Gefährtin. »Was ist passiert?«

Weidenschwanz' Ohren zuckten. »Sieht so aus, als sei Silberstreif in einen Tunnel gefallen, und jetzt kommt das arme Kleine nicht mehr heraus. Sie ängstigt sich fast zu Tode, aber das Loch ist zu eng für mich, ich kann mich da nicht durchquetschen.«

Mottenflug blickte auf das schmale Loch im Gras, aus dem Silberstreifs Gejammer jetzt lauter erklang. »Bist du verletzt?«, schnurrte sie nach unten.

»Noch nicht«, miaute Silberstreif aufgeregt. »Aber ich glaube, ich höre das Geräusch von Pfoten, die durch den Tunnel rennen.«

Schwarzohrs Augen wurden groß. »Ein Dachs!«

Weißschwanz fuhr seine winzigen Krallen aus. »Ich werde sie retten.« Er steckte seinen Kopf in das Loch und fing an, sich in den Gang zu wühlen.

»Nein, das tust du nicht!« Fleckenfell nahm seinen Schwanz zwischen die Zähne und zog ihn zurück. »Wir wollen nicht zwei von euch verlieren.«

Schwarzohr versuchte, sich freizuzappeln. »Aber was ist mit dem Dachs?«

»Der Gang ist zu klein für einen Dachs«, versicherte ihm Weidenschwanz.

Weißschwanz blinzelte die Kätzin an. »Und was ist mit Ratten?«

Mottenflugs Herzschlag beschleunigte sich und ihre Angst schlug in Ärger um. »Warum seid ihr nicht einfach im Lager geblieben?«, fauchte sie die Jungen an.

Schwarzohr schien sich keiner Schuld bewusst. »Wir wollten dich ja fragen, ob wir rausdürfen, aber du hast geschlafen.«

Weidenschwanz warf ihr einen Blick zu. »Solltest du auf sie aufpassen?«

Mottenflug senkte schuldbewusst den Kopf. »Ja«, gestand sie, und ihr Fell kräuselte sich vor Unmut. Warum musste Schiefer ausgerechnet *sie* bitten, aufzupassen? *Jeder im Lager weiß doch, dass ich so leicht abgelenkt werde.*

Fleckenfell drängte sich an ihr vorbei und begann, das Gras um den Tunneleingang herauszureißen. »Holen wir Silberstreif da raus. Ich rieche zwar keine Ratten da unten, aber sie muss Hunger haben und frieren.«

Weidenschwanz miaute zustimmend und schlug die Krallen mit voller Kraft in den Boden, sodass ein Brocken Erde wegflog. Gemeinsam vergrößerten sie den Eingang des Kaninchenbaus. Mottenflug schaute zu, während ihre Clan-Gefährten die Grasklumpen zur Seite schleuderten. Sie zerfielen beim Aufschlagen, denn der Boden war hier nicht so dunkel und feucht wie auf dem Hochmoor. Ihr fiel auch auf, dass das Gras weicher war, nicht so hart wie die Halme um das Lager.

»Hör auf zu glotzen und hilf uns!« Weidenschwanz maunzte sie scharf an und unterbrach ihre Gedanken.

Mottenflug machte einen Satz vorwärts und stolperte über Schwarzohr. Er fauchte, als sie mit der Pfote auf seinen Schwanz trat, und schaute sie empört an.

»Tut mir leid!« Auch Mottenflug schlug jetzt ihre Vorderpfoten in das Loch, das neben Fleckenfell immer größer wurde, und schaufelte Erde beiseite. Sie konnte Silberstreifs Schnauze sehen, auf die das Licht der späten Sonne fiel. Es war einfach, die Erde wegzuscharren. Während sie Weidenschwanz und Fleckenfell weiter beim Graben half, fragte Mottenflug sich, ob hier auch andere Pflanzen wuchsen. Sie schaute sich verstohlen um und hielt nach ungewöhnlichen Blätterformen im Gras Ausschau.

»Das sollte groß genug sein.« Weidenschwanz setzte sich auf die Hinterbeine.

Fleckenfell sah sie fragend an. »Für mich ist das zu klein, da passe ich nicht rein.«

Silberstreif versuchte schon, die steilen Seiten des Lochs hochzuklettern, und maunzte jedes Mal enttäuscht auf, wenn die Erde unter ihren Krallen zerkrümelte und sie zurückrutschte.

»Du bist klein genug, um dich dort reinzuquetschen.« Weidenschwanz blickte zu Mottenflug. »Spring hinein und gib ihr einen Schubs.«

Mottenflug zögerte. Sie wusste, dass einige der WindClan-Katzen mit Vorliebe Kaninchengänge nutzten. Distel nahm häufig Adlerfeder und Taunase zum Jagen mit dorthin. Mottenflug spürte lieber den Wind in ihrem Pelz.

Fleckenfell stupste sie leicht mit der Schnauze an. »Vergiss die Dunkelheit«, drängte er sie sanft. »Silberstreif braucht Hilfe.«

Mottenflug atmete tief durch und schob sich in das Loch. Unten angekommen, rutschten ihre Pfoten weg, und sie wäre fast gefallen. Ein kalter Moschusgeruch umgab sie. Sie fröstelte, und die Dunkelheit des Tunnels setzte ihr so zu, dass sie Angst bekam.

»Du hast mich gerettet!« Silberstreif warf sich auf Mottenflug und schnurrte laut. Plötzlich wurde Mottenflug klar, wie lange das Katzenjunge allein hier unten gefangen und wie tapfer es gewesen war.

Sie starrte blinzelnd in die Dunkelheit hinter Silberstreif und fragte sich schaudernd, wie weit der Gang wohl gehen würde und was an seinem Ende sein mochte. Sie schnupperte und spitzte die Ohren, aber es roch weder nach Ratten, noch war das Schleifen ihrer langen Schwänze zu hören. *Nichts.* Der Gang war leer. »Es tut mir so leid, dass ich eingeschlafen bin«, miaute sie in Silberstreifs weiches Ohr. »Ich hätte auf euch aufpassen sollen.«

Silberstreifs kaltes Schnäuzchen streifte ihre Wange. »Es tut mir leid, dass wir weggerannt sind«, entschuldigte sie sich mit einem kläglichen Maunzer.

»Nichts wie raus hier.« Mottenflug schob die Schnauze unter Silberstreifs Hinterpfoten. »Spring!« Mottenflug gab ihr Schwung und Silberstreif schnellte nach oben. Sie spürte Fleckenfells warmen Atem, während er die Kleine am Nacken packte und sie ins Licht zog.

»Silberstreif!«, quiekte Weißschwanz glücklich.

Schwarzohr maunzte begeistert. »Wir waren schon sicher, dass die Ratten dich holen würden.«

Fleckenfell schnurrte: »Kommst du, Mottenflug?«

Aber Mottenflug hörte ihn kaum. Während sie noch auf den Lichtschimmer über ihrem Kopf starrte, roch sie etwas. Fasziniert öffnete sie das Maul. In den schweren Geruch der Erde mischte sich ein unbekannter, scharfer Duft. Sie blickte in den Gang hinein und versuchte, die Augen an das Dämmerlicht zu gewöhnen. Nur eine Schwanzlänge entfernt baumelten weiße Wurzeln von der Gangdecke. Sie rochen anders als *Graswurzeln*. Oder Heide. Oder Ginster. *Ich wusste doch, dass es in dieser sandigen Erde ein paar besondere Pflanzen gibt!* Ihr Herz klopfte schneller, und Mottenflug tapste tiefer in die Dunkelheit hinein, bis die Wurzeln ihr Gesicht streiften. Vorsichtig leckte sie an den Wurzeln und war hingerissen von ihrem süßen Geschmack. *Wie sehen wohl die Blätter dieser*

Pflanze aus?, fragte sie sich. Mottenflug wusste, dass sie nur knapp unter der Oberfläche war. Sie setzte sich auf die Hinterpfoten und kratzte die Erde um die Wurzeln weg. Ein paar Pfoten voll Erde würden reichen und sie könnte die ganze Pflanze nach unten ziehen und sie genauer betrachten.

»Mottenflug?« Fleckenfells Maunzen hallte im Gang wider. »Wo bist du?«

»Komme schon!«, rief sie geistesabwesend. Dabei rieselten Erdklumpen auf ihre Zunge, sie hustete und spuckte sie aus.

»Beeil dich!« Die Stimme von Weidenschwanz klang schärfer als Fleckenfells. »Wir müssen die Jungen zurück zu ihrer Mutter bringen. Sie sind müde und haben Hunger!«

»Bin gleich da!« Mottenflug kratzte heftiger an der Erde und schüttelte sich, während die Erdklumpen auf sie hinunterrieselten. Je weiter sie vorankam, umso dicker wurden die Wurzeln. Sie schlug die Krallen hinein und zog. Die Wurzeln gaben nach und zusammen mit weiteren Erdklumpen landete die Pflanze auf dem Boden des Gangs. Mottenflug versuchte, die Form der Blätter zu erkennen.

»Mottenflug!« Weidenschwanz klang ärgerlich. »Wir brauchen dich hier oben!«

Mottenflug nahm die Pflanze zwischen die Zähne und raste zurück durch den Gang. Mit einem Satz sprang sie ins Licht und war Fleckenfell dankbar, dass er sie am Nacken packte und aus der bröckelnden Erde zog.

»Was bei allen Sternen ist *das*?« Weidenschwanz starrte auf die Pflanze, die in Mottenflugs Maul hing.

Mottenflug ließ die Pflanze fallen und spuckte Erdkrümel aus. »Ich weiß es nicht«, miaute sie unsicher. »Aber ich will es herausfinden.«

»Die lässt du mal schön hier«, fauchte Weidenschwanz. »Die Jungen sind zwei Monde alt und zu müde, um zum Lager zurückzulaufen. Wir müssen sie tragen.«

Mottenflugs Herz wurde schwer. Sie schaute auf die Pflanze, die sie ausgegraben hatte. Die hellgrünen Blätter hatten eingerollte Kanten, und sie roch stechend – ungefähr so, wie in ihrer Vorstellung die Wasserpflanzen des FlussClans rochen. »Ich *darf* sie nicht hierlassen!« Sie kannte alle Pflanzen im Hochmoor, aber diese hier war *neu*! Hoffnungsvoll schaute sie Fleckenfell an. »Kannst du nicht eines der Jungen auf den Rücken nehmen?«

»Ich kann reiten«, bot Schwarzohr an. »Das ist besser, als getragen zu werden.«

Weidenschwanz zischte. »Glaubst du *wirklich*, dass er die Kraft hat, sich den ganzen Weg bis zum Lager festzuklammern?«

Fleckenfell blickte Mottenflug entschuldigend an. »Weidenschwanz hat recht. Wir müssen die Jungen tragen.«

»Ich kann das«, protestierte Schwarzohr. »Ich kann das bestimmt.«

»Natürlich kannst du das«, beruhigte Fleckenfell das Junge. »Aber für *mich* ist es einfacher, wenn Mottenflug dich trägt.«

Mottenflug seufzte. »Na gut.« Die Pflanze musste wohl warten. »Dann gehe ich später zurück und hole sie.« Sie strich sanft mit der Pfote über die Blätter. Sie fühlten sich pelzig an.

Weidenschwanz' Ohren zuckten ungeduldig. »Was willst du überhaupt mit einer toten Pflanze anfangen?«

Mottenflug erwiderte gelassen: »Sie ist *interessant.*«

Weidenschwanz schüttelte den Kopf und seufzte. »Katzen sollten Beute jagen, keine *Pflanzen.*«

Fleckenfell schob Schwarzohr sanft mit der Nase zu Mottenflug. »Wenn alle Katzen gleich wären, dann wäre das Leben langweilig«, miaute er leise.

Weidenschwanz schnaubte missbilligend und packte Silberstreif am Nackenfell.

Fleckenfell hob Weißschwanz hoch und Mottenflug nahm Schwarzohr sanft zwischen die Zähne. Er war leicht wie ein Beutetier, und plötzlich ging ihr auf, wie wehrlos die Jungen so allein hier draußen gewesen waren. Und während sie Weidenschwanz und Fleckenfell den Hügel hinauf zum Lager folgte, durchfuhr sie noch einmal ein Gefühl der Schuld.

Schwarzohr hing schlaff in ihrem Maul. Er wühlte oder zappelte nicht herum wie bei Sonnenuntergang, wenn sie versuchte, ihn in sein Nest zu bringen. *Er muss erschöpft sein.* Sie wurde schneller, bis sie Seite an Seite mit Fleckenfell lief.

Als sie zu einem breiten Streifen Heidekraut kamen, mussten sie im Gänsemarsch laufen. Weidenschwanz ging voran. Fleckenfell wartete auf Mottenflug, die vor ihm zwischen die Heidebüschel tauchte. Sie folgte dem Schweif von Weidenschwanz bis zu der Stelle, wo ein alter Schafspfad durch die Büsche schnitt. An ihrer Schwanzspitze spürte sie Fleckenfells Atem, der ihren Pfoten folgte.

Plötzlich wurde Weidenschwanz langsamer. Die Tigerkätzin spitzte die Ohren und Mottenflug blieb stehen. Hatte Weidenschwanz etwas gehört? Einen Dachs? Einen Hund? Mottenflug atmete tief ein, aber alles, was sie roch, war Schwarzohrs warmer Körper. Weidenschwanz setzte Silberstreif ab und schob sich durch die letzten Büschel Heide.

»Stimmt was nicht?« Fleckenfell glitt an ihr vorbei und legte Weißschwanz neben Silberstreif.

Schwarzohr fing an, herumzuzappeln. »Wonach riecht es hier?«

Mottenflug setzte ihn neben seinen Wurfgeschwistern ab. Dann stieg auch ihr der scharfe Geruch eines fremden Katers in die Nase.

Fleckenfells Nackenpelz sträubte sich. »Warte hier mit den Jungen.« Er schob sich hinter Weidenschwanz aus der Heide.

»Das ist bloß ein WolkenClan-Kater!« Mottenflug erkannte den angenehmen Borkenduft, der sich mit dem Geruch des Katers mischte. Er roch völlig anders als ihre Clan-Gefährten, die alle nach Heide dufteten. Der FlussClan roch nach Fisch, der SchattenClan nach Kiefernadeln. Und der DonnerClan wurde den muffigen Geruch des Laubstreus nicht los, das seine Schlucht auspolsterte.

Warum waren Weidenschwanz und Fleckenfell so nervös?

Mottenflug scheuchte die Jungen vor sich her, während sie sich langsam aus der Heide schob. Der große, rotbraune Kater lag träge auf einem Fleck Sonne im Gras. Sie erkannte ihn sofort wieder, denn sie hatte ihn auf Versammlungen gesehen. Er hieß Rote Kralle. Weidenschwanz musste ihn gut kennen – sie waren beide Streuner gewesen, bevor sie sich verschiedenen Clans angeschlossen hatten.

Aber warum fauchte sie ihn dann mit angelegten Ohren an?

»Was hast du hier auf dem Gebiet des WindClans zu suchen?«, zischte Weidenschwanz anklagend.

Mottenflug schaute Fleckenfell fragend an, doch er schien ebenfalls ratlos über Weidenschwanz' Reaktion zu sein. Die getigerte Kätzin klang *wütend*. Was störte sie so an dem Kater? Er tat doch keinem etwas.

Rote Kralle hob den Kopf und blinzelte sie träge an. »Ich bin hierhergekommen, um mich ein bisschen zu sonnen. In den Wäldern ist es so schattig.«

Weidenschwanz fauchte weiter. »Du gehörst nicht hierher. Das ist *unser* Territorium.«

Schwarzohr tapste ein paar Schritte vor und bleckte die Zähne. »Jawohl, das ist *unser* Territorium«, piepste er.

Rote Kralle starrte das Junge an und seine Miene hellte sich belustigt auf. »Ich jage nicht. Wo also ist das Problem?«

Fleckenfell warf den Kopf zurück. »Woher sollen wir wissen, dass du nicht jagst?«

Weidenschwanz zeigte Rote Kralle die Zähne. »Wir wissen es nicht. Hör zu, ich will dich nicht auf WindClan-Territorium sehen. Du machst bloß Ärger. Immer!«

Mottenflug stellte die Ohren auf. Wusste Weidenschwanz etwas über Rote Kralle, dass die anderen im Clan nicht wussten? War er gefährlich? Instinktiv drängte sich Mottenflug zu den Jungen und schlang den Schweif um sie, um sie noch näher an sich zu ziehen.

Schwarzohr wollte sich freistrampeln, aber Fleckenfells warnender Blick ließ ihn innehalten.

Rote Kralle erhob sich auf die Pfoten und sah Weidenschwanz aus glitzernden Augen an. »Du bist nicht die Anführerin des WindClans«, knurrte er. »Oder des WolkenClans. Du kannst mir nichts befehlen.«

Weidenschwanz fuhr ihre Krallen aus.

Fleckenfell schob sich zwischen die beiden Katzen, die sich mit gesträubtem Pelz gegenüberstanden. »Es lohnt sich nicht, darüber zu streiten«, miaute er sanft. »Wir sind vielleicht nicht Windläufer, aber wir können ja zu ihr gehen und fragen, was sie davon hält. Willst du das?«

Mottenflug trat unbehaglich von einer Pfote auf die andere. *Was würde Windläufer sagen?* Windläufer behauptete, dass die Grenzen eingerichtet worden waren, um sicherzustellen, dass jeder Clan genug Beute jagen konnte. Aber auf dem Moor und in den Wäldern gab es genug Beute, um jede Katze zu ernähren. Davon abgesehen war Rote Kralle nicht mal auf der Jagd. Obwohl ... Wolkenhimmel und der WolkenClan schienen Weidenschwanz besonders wütend zu machen.

Rote Kralle warf Fleckenfell einen verärgerten Blick zu. »Ich bin bloß eine müde Katze, die sich auf einer sonnigen Lichtung ausruht, die nur ein paar Schwanzlängen von der Grenze entfernt ist. Glaubst du, das würde eure Anführerin kümmern?«

Fleckenfell kniff die Augen zusammen. »Noch mal, wenn du es gerne möchtest, dann gehe ich zu ihr und frage sie.« Rote Kralle machte ein finsteres Gesicht und Fleckenfell fuhr fort. »Schau, ich möchte keinen Ärger. Du wolltest dich dem WolkenClan anschließen. Irgendwo auf eurem Gebiet muss es doch eine sonnige Lichtung geben.«

Rote Kralles Schwanz peitschte verärgert durch die Luft. »Na gut.« Er drehte sich herum und stolzierte durch die Heide davon.

Silberstreif blickte zu Mottenflug. »Wer *war* das?«

»Nur eine WolkenClan-Katze«, miaute sie. Sie wusste nicht genau, warum die Situation sich so hochgeschaukelt hatte, aber sie wollte nicht, dass die Jungen Angst bekamen.

Schwarzohr hüpfte über ihren Schweif und stakste zu der

Stelle im Gras, wo Rote Kralle gelegen hatte. Seine kleine Nase zitterte vor Neugier. »Sind WolkenClan-Katzen böse?«

Mottenflug spürte einen Anflug von Ärger. »Natürlich nicht. Sie sind wie du und ich.« Sie verstand nicht, warum es diese Gräben zwischen den Clans gab. Grenzen führten scheinbar nur dazu, dass jeder jedem misstraute. Und wenn es einen harten Winter oder ein trockenes Frühjahr gab? Würde der eine Clan den anderen hungern oder Durst leiden lassen, anstatt das Jagdgebiet mit ihm zu teilen?

Weidenschwanz' Pelz war noch immer gesträubt. »Wir folgen ihm, um sicher zu sein, dass er auch wirklich geht. Man kann WolkenClan-Katzen einfach nicht trauen.«

Mottenflug schaute Weidenschwanz entrüstet an. »Sag so etwas nicht vor den Jungen.« Es gab genug Geschwätz im Lager: DonnerClan-Katzen waren rücksichtslos, SchattenClan-Katzen unfreundlich und FlussClan-Katzen merkwürdig. Die Verschiedenheit der Clans hervorzuheben, säte bloß weitere Zwietracht. Ein neuer Gedanke versetzte sie in leichte Aufregung: *Was denken die anderen Clans wohl über uns?*

»Wir sollten die Jungen der Mutter zurückbringen«, miaute Fleckenfell.

Mottenflug spürte plötzlich, wie Weißschwanz an ihrem Bauch zitterte. »Du hast recht. Sie fangen schon an zu frieren.«

»Als du dein kostbares Kraut ausgegraben hast, schien dir das ziemlich egal zu sein.« Weidenschwanz hielt den Blick noch immer erbittert auf die Stelle gerichtet, wo Rote Kralle zwischen der Heide verschwunden war. »Und was, wenn er auf unserem Territorium bleibt?«

»Na und?« Mottenflug packte Weißschwanz am Nackenfell und trottete in Richtung Lager. Sie ärgerte sich über die ältere Kätzin. *Das ist kein Kraut, das ist eine Pflanze! Und sie hat dafür gesorgt, dass ich es liegen gelassen und mich um die Jungen gekümmert habe. Und jetzt will sie einem Wolken-Clan-Kater hinterherjagen.*

»Ich bin sicher, dass er geht«, versicherte Fleckenfell Weidenschwanz und legte seinen Schwanz um sie. »Sogar Wolken-Clan-Katzen wissen, dass man sich besser nicht mit Windläufer anlegt. Und jetzt lasst uns die Jungen nach Hause bringen.«

Weidenschwanz ließ die Augen noch einen Moment über die Heide schweifen, dann seufzte sie und folgte den anderen Richtung Lager. »Na gut.«

Es dauerte nicht lange, und Mottenflug sah die Senke am Hügel, in die sich ihr Lager schmiegte. Kurz darauf tauchte auch die Ginsterhecke im windzerzausten Gras auf. Sie waren fast zu Hause.

Fleckenfell lief an ihrer Seite, er hatte Schwarzohr im Maul.

Sie fragte sich, warum Weidenschwanz so harsch auf Rote Kralle reagiert hatte, dann hörte sie ein Heulen. Schiefer stürzte aus dem Lager und Windläufer folgte ihr auf ihren Pfoten.

»Geht es ihnen gut? Sind sie in Sicherheit?« Schiefer kam mit einem Satz zum Halt. Ihre Augen waren groß und rund vor Angst.

Fleckenfell legte ihr Schwarzohr vor die Pfoten. »Sie frieren ein bisschen und sind hungrig, aber sonst ist nichts passiert.«

Mottenflug setzte Weißschwanz vorsichtig ab. Das Junge sprang sofort zu seiner Mutter und kuschelte sich an ihre weiche, graue Flanke.

Silberstreif zappelte und jammerte im Maul von Weidenschwanz. »Ich bin in ein Kaninchenloch gefallen!« Weidenschwanz ließ sie hinunter und Silberstreif sprang zu Schiefer. »Mottenflug musste hineinklettern und mich herausschieben.«

»Sie war ewig da drin!«, verriet Weißschwanz seiner Mutter.

»Wir dachten schon, ein Dachs würde sie fressen!«, ergänzte Schwarzohr.

Schiefer zog die Jungen an ihren Bauch und ihre Augen glänzten noch heller vor Besorgnis.

Fleckenfell streifte Mottenflugs Flanke mit seinem Schwanz. »Es war bloß ein Kaninchenbau«, berichtete er Schiefer. »Zu eng für Dachse. Wir mussten ihn ein bisschen aufgraben, bevor Mottenflug sich hineinzwängen und sie retten konnte.«

Eine Welle der Dankbarkeit durchfuhr Mottenflug. *Fleckenfell verteidigt mich immer.* Aber dann sah sie Windläufers Blick und ihr Magen verkrampfte sich. Ihre Mutter fixierte sie. »Du solltest auf sie aufpassen, Mottenflug.«

Mottenflug blickte auf ihre Pfoten und spürte, wie ihr Pelz vor Scham kribbelte. »Es tut mir leid.«

Schiefer fing an, ihre Kinder wie wild abzulecken. »Es war meine Schuld«, murmelte sie. »Ich wollte mich unbedingt schnell hinlegen. Ich hätte jemanden, der verlässlicher ist, bitten sollen, auf sie aufzupassen.«

Ihre Worte bohrten sich wie Krallen in Mottenflugs Körper. Sie sah ihre Mutter nervös an. Windläufers Augen loderten vor Wut.

Die Anführerin des WindClans knurrte: »Mottenflug ist alt genug, um es besser zu wissen. Ihre Clan-Gefährten *sollten* sich auf sie verlassen können.«

Mottenflug trat von einer Pfote auf die andere. »Es kommt nicht wieder vor«, murmelte sie.

»Ich wünschte, ich könnte dir glauben«, zischte Windläufer. »Was soll der Clan denken, wenn mein eigenes Junge nicht vertrauenswürdig ist?«

Mottenflug zuckte zusammen. Warum musste ausgerechnet ihre Mutter die Anführerin des Clans sein? *Ich muss bei allem, was ich tue, ein leuchtendes Beispiel für den ganzen Clan sein!* Und wenn mal etwas schiefging, dann ließ sie gleich den ganzen Clan im Stich. Verbittert sah sie zu, wie Schiefer um ihre Jungen herumwuselte. *Ich wette, von ihnen erwartet sie nicht, dass sie immer perfekt sind!*

Am Lagereingang schimmerte ein grauer Pelz auf. Ginsterstern, ihr Vater, eilte mit Staubnase im Schlepptau zu ihnen. »Du hast sie gefunden!« Stolz schaute er Mottenflug an.

»Sie hat sie *weglaufen* lassen!«, knurrte Windläufer.

Staubnases Augen wurden rund vor Mitgefühl, als sie Mottenflug erspähten. Sie sah, wie Ginsterstern Blicke mit Fleckenfell wechselte. Es war so demütigend. Musste Windläufer sie so tadeln, dass es auch *jede* Katze im Lager mitbekam?

Fleckenfell schien ihre Gedanken zu lesen. »Lasst uns die Jungen ins Lager bringen, dort ist es sicherer«, schlug er vor. Windläufer zupfte an ihrem Fell. Fleckenfell stupste Silberstreif, Schwarzohr und Weißschwanz mit der Nase Richtung Lagereingang, dann schaute er Weidenschwanz an. »Kommst du mit?«

Die hellgetigerte Kätzin schüttelte den Kopf. »Ich werde mich auf Rote Kralles Fährte setzen«, knurrte sie. »Ich will sicher sein, dass er über die Grenze ist.«

Windläufer kniff die Augen zusammen. »Rote Kralle war auf unserem Territorium?«

Mottenflug hob ruckartig den Kopf. »Er hat nicht gejagt. Er wollte bloß in der Sonne liegen.«

»Auch beim WolkenClan gibt es Sonne«, antwortete Windläufer spitz. Sie nickte Weidenschwanz zu. »Versichere dich, dass er unser Land verlassen hat.«

»Warum müssen wir so viel Gezeter um die Grenzen machen?«, platzte es aus Mottenflug heraus.

Windläufer brachte sie mit einem Blick zum Schweigen. »Du warst beim Großen Kampf nicht dabei, deshalb verstehst du das nicht.«

Mottenflug bohrte die Krallen in den Boden. *Ich weiß auch nicht, warum ich nicht still sein kann.* Während Weidenschwanz sich aufmachte, prickelte ihr Rückgrat vor Ärger. Dann fiel ihr die Pflanze wieder ein. Sie musste sie holen, bevor ein Kaninchen sie fraß oder der Wind sie fortwehte. Sie drehte sich um und trottete den Hügel hinab.

»Wohin willst du?«, knurrte Windläufer.

Mottenflug stoppte. Was war jetzt schon wieder verkehrt? »Ich muss eine neue Pflanze holen, die ich entdeckt habe.«

»Du bleibst hier.« Windläufers Maunzen klang hart vor Ärger.

Ginsterstern ging langsam zur Clan-Anführerin und warf Mottenflug einen Blick zu. »Deine Mutter möchte, dass wir gemeinsam auf die Jagd gehen.«

Aber meine Pflanze! Mottenflug war enttäuscht. Hatte es überhaupt Zweck, sich zu streiten? Windläufer würde es nie verstehen.

Staubnase schnurrte um sie herum. »Komm schon«, murmelte er sanft. »Jagen wird uns allen gute Laune machen.« Er warf Windläufer einen Blick zu.

Mottenflug schnaubte. »Ganz bestimmt.«

Ginsterstern stieß die Nase in die Luft. »Ich rieche Kaninchen!« Mit erhobenem Schwanz raste er durch das Gras. Windläufer warf Mottenflug einen letzten, schneidenden Blick zu und sprang ihm nach.

Staubnase stieß Mottenflug an. »Komm schon, sie wird nicht ewig sauer sein.«

Mottenflug blickte ihrer Mutter hinterher. Die geschmeidige Kätzin bewegte sich so durch das Gras, wie es bei einer Jagd notwendig war: mit gesenktem Schwanz und großer Geschwindigkeit, wobei sich ihr Körper rhythmisch auf und ab bewegte. Warum musste Windläufer auch bei *allem* so gut sein?

Staubnase flitzte los. »Lass uns um die Wette rennen!«, maunzte er.

Mottenflug jagte ihm nach, mit einem Herz so schwer wie ein Stein. Die Worte ihres Bruders klangen ihr noch in den Ohren, während die Pfoten über die Erde trommelten. *Sie wird nicht ewig wütend sein.* Wind zauste an ihrem Fell.

Aber vielleicht ja doch, bei einer Tochter wie mir.

3. KAPITEL

DORT, WO DER ABHANG steil zum Moor hin anstieg, blieb Ginsterstern plötzlich stehen. Mottenflug war außer Atem und erleichtert zu sehen, dass Windläufer neben ihrem Gefährten saß. Staubnase war als Erster bei ihnen. Ihr fiel auf, dass er nicht einmal hechelte, während sie keuchend bei ihnen ankam.

Windläufer beobachtete das Moor und ihr Fell kräuselte sich in der kühlen Luft. Mottenflug blickte an ihr vorbei, über das weite Tal, das sich hinter ihnen bis zu den Hochfelsen hinzog. Die Sonne schien orangefarben vom blassblauen Himmel, und während sie über den zerklüfteten Felsen unterging, beobachtete Mottenflug die riesigen Schatten, die die Felder verdunkelten. Plötzlich fühlte sie sich sehr klein.

»Mottenflug!« Das strenge Maunzen ihrer Mutter ließ sie hochschrecken.

»Wie bitte?«

»Hast du mich nicht verstanden?«

Mottenflug starrte sie erschrocken an. *Nein.*

»Ich habe gesagt, du sollst mit Staubnase um diese Ginsterbüsche herum jagen gehen.« Windläufer zeigte mit der Pfote in Richtung einer Gruppe stacheliger Büsche den Hügel hinab. »Ginsterstern und ich suchen in den Höhlen weiter oben nach Kaninchen.«

Staubnase schaute finster drein. »Darf ich nicht auch Kaninchen jagen?«

»Bleib bei deiner Schwester«, befahl ihm Windläufer. »Für Kaninchen ist sie nicht schnell genug, und wenn ich sie allein jagen lasse, dann bringt sie uns am Ende nichts als Blätter mit.« Sie fixierte Mottenflug. »Und Blätter füllen keine leeren Bäuche.«

Mottenflug drehte sich um und tapste den Abhang hinab.

Staubnase war schnell bei ihr. »Hör nicht auf sie«, miaute er. »Ihre Laune wird sich wieder bessern.«

»Es liegt nur an mir, dass sie so schlecht gelaunt ist.« Mottenflug trottete weiter, ohne ihren Bruder anzusehen. »Sie wird mich den Rest des Tages quälen, nur weil ich eingeschlafen bin.«

»Aber du *solltest* auf Schiefers Junge aufpassen«, erinnerte Staubnase sie vorsichtig.

»Es ging ihnen gut, oder etwa nicht? Ich habe sie gerettet!« Mottenflugs Schweif peitschte durch die Luft. Sie *versuchte* doch, eine gute Katze zu sein. »Warum gibt Windläufer sich damit nicht zufrieden?«

Von Staubnase kam keine Antwort, aber er schob sich beim Gehen so nah an seine Schwester, dass sein Pelz sie streifte. »Vergessen wir's einfach und halten nach etwas Leckerem Ausschau.« Als sie sich dem Ginster näherten, wurde er langsamer.

Das Gras um die stacheligen Büsche bog sich im Wind. Mottenflug legte die Ohren an, um das Rascheln auszublenden. Sie schnupperte und hoffte, Beute zu riechen. Staubnase hatte recht. Wenn sie Beute mit ins Lager brachte, würde Windläufer zufrieden sein.

Staubnase blieb stehen. »Ich frage mich, ob Weidenschwanz Rote Kralle eingeholt hat.«

»Ich hoffe nicht.« Mottenflug fragte sich immer noch, warum Weidenschwanz so wütend auf die WolkenClan-Katze gewesen war. »Und wenn sie sich auf einen Kampf eingelassen hat? Sie könnte verletzt werden.«

»Allein würde sie ihn nicht angreifen.« Staubnase hielt den Kopf in den Wind und schnupperte. »Sie ist kein Mäusehirn.«

»Aber sie schien so wütend auf ihn zu sein«, machte Mottenflug sich Sorgen. »Mir ist schon klar, dass er auf *unserem* Territorium war, aber er hat nicht gejagt. Es schien fast so, als *wollte* Weidenschwanz einen Streit vom Zaun brechen.«

»Vielleicht.« Staubnase fixierte einen Schatten unter dem Ginster. »Aber trotzdem haben sie und Windläufer recht: Auch auf dem Territorium des WolkenClans gibt es sonnige Flecken. Vielleicht *hatte* er irgendetwas vor.«

»Vielleicht«, murmelte Mottenflug. Aber sie glaubte es nicht. *Bin ich verrückt, Roter Kralle zu vertrauen?*

»So oder so«, fuhr Staubnase fort, »die nächste Versammlung ist übermorgen. Wir werden sehen, ob er dann weiter Ärger macht.«

Mottenflug grübelte immer noch. »Sie waren beide Streuner«, maunzte sie und dachte an die Gerüchte. Aber noch während sie redete, drückte sich ihr Bruder flach an den Boden.

Mottenflug erstarrte und folgte seinem Blick. Eine Spitzmaus wühlte im Gras unter einem Ginsterzweig.

Ihre Krallen juckten vor Erregung. »Lass mich sie fangen!«, zischte sie.

Staubnase wackelte mit dem Kopf und behielt die Wühlmaus im Auge.

An den Boden gepresst, kroch Mottenflug vorwärts. Die Wühlmaus vergrub ihre Schnauze tief im Gras. *Sie weiß nicht, dass ich hier bin.* Erfreut sprang Mottenflug los, mit viel Druck von den Hinterbeinen. Viel zu viel! Sie segelte in den Ginster und krachte durch die Zweige. Die Stacheln bohrten sich in ihre Nase, und sie schloss die Augen, um sie zu schützen. Mit einem Aufheulen wurde sie von Staubnase über den Haufen gerannt, der an ihr vorbeisprang.

Als sie wieder auf die Pfoten kam, rieb sie sich die zerkratzte Nase. Sie zuckte zusammen, als sie einen Stachel spürte.

Einen Augenblick später kroch Staubnase aus dem Busch, die tote Wühlmaus zwischen den Zähnen.

»Du hast sie!« Mottenflug blinzelte ihn stolz an. »Ich wünschte, ich wäre beim Jagen so gut wie du.«

Staubnase legte ihr die Wühlmaus vor die Pfoten. »Eines Tages wirst du das sein. Solange können wir gegenüber Windläufer doch behaupten, dass du sie gefangen hast.«

Mottenflug war empört. »Ich brauche deine Hilfe nicht!«, fauchte sie. Sie bemerkte sofort den Schmerz in den Augen ihres Bruders und es tat ihr leid. »Entschuldige. Das ist sehr nett von dir. Aber ich will keinen falschen Erfolg vortäuschen. Ich tauge nicht für die Jagd.«

»Du brauchst nur etwas Übung.« Staubnase beugte sich vor und leckte ihre Nase. »Du blutest«, miaute er.

»Tatsächlich?« Mottenflug seufzte. Windläufer würde sofort vermuten, dass sie in den Ginster geknallt war.

»Leck das Blut ab«, schlug Staubnase vor. »Man sieht die Kratzer kaum.« Er nahm die Wühlmaus zwischen die Zähne und sprang den Hügel hinauf.

»Jagen wir nicht weiter?«, miaute Mottenflug.

»Ich glaube, hier haben wir die Beute verscheucht.« Staubnases Maunzen klang durch die Wühlmaus im Maul dumpf. »Lass uns Windläufer und Ginsterstern helfen, Kaninchen zu jagen.«

Mottenflug folgte ihm mit zuckenden Ohren. Sie hatte die Jagd verdorben.

Während sie sich den Kaninchenhöhlen näherten, die das Hochmoor durchzogen, sah Mottenflug erstaunt, dass ihre Eltern nebeneinandersaßen. Warum jagten sie nicht? Sie schauten auf die Hochfelsen und wandten Mottenflug und Staubnase die Rücken zu. Der Wind spielte mit ihrem Fell, und an ihren zusammengesteckten Köpfen erkannte Mottenflug, dass sie miteinander redeten.

Als Mottenflug und Staubnase näher kamen, trug der Wind ihnen Wortfetzen zu.

»Geh nicht so hart mit ihr ins Gericht.« Ginstersterns Stimme hatte etwas Bittendes.

Mottenflug und Staubnase wurden langsamer.

»Es wird Zeit, dass sie erwachsen wird und Verantwortung übernimmt«, fauchte Windläufer. »Sie ist kein Junges mehr. Auf den Rest meines Clans nehme ich auch keine Rücksicht. Warum also auf sie?«

Mottenflug spürte, dass Staubnase sie anblickte. Ihr Fell prickelte unangenehm und sie wollte ihn nicht anschauen. Die Eltern sprachen über *sie*!

»Sie ist nicht verantwortungslos«, behauptete Ginsterstern, und seine Stimme klang jetzt härter. »Sie nimmt einfach Dinge wahr, die andere Katzen nicht bemerken. Sie lässt sich ablenken, sonst nichts.«

»Wenn es Mäuler zu füttern und Junge zu bewachen gilt,

dann sollte sie sich *nicht* ablenken lassen!« Windläufers Schwanz peitschte hinter ihr hin und her. »Staubnase gerät nicht ständig in Schwierigkeiten. Warum kann sie nicht ein bisschen wie er sein?«

»Staubnase wird eines Tages ein toller Jäger sein, aber Mottenflug ist etwas Besonderes«, beharrte Ginsterstern. »Merkst du das nicht?«

Windläufer starrte ihren Gefährten ausdruckslos an. »Der WindClan *braucht* keine besonderen Katzen. Er braucht Jäger und Kämpfer.«

Etwas Besonderes!, dachte Mottenflug. »Sie glauben, ich bin ein Spatzenhirn!«, miaute sie leise.

Staubnase ließ die Beute fallen. »Ginsterstern versucht ihr nur zu erklären, dass du anders als die anderen Katzen bist.«

Mottenflug wurde zornig. »Glaubst du *auch*, dass ich anders bin?«

»Das ist nichts Schlechtes!« Staubnase blinzelte sie unsicher an.

»Ich *will* nicht anders sein!«, fauchte Mottenflug.

»Mottenflug!« Ginsterstern drehte sich herum. »Seid ihr zwei schon zurück?« Sein Maunzen hatte einen scharfen und überraschten Unterton.

Windläufer betrachtete die Wühlmaus. »Ist das alles, was ihr gefangen habt?«

»Mehr war da nicht.« Staubnase senkte den Kopf.

Windläufer schnaubte. »Vermutlich ist Mottenflug über ihren Schwanz gestolpert und hat die anderen Beutetiere vertrieben.«

Mottenflug konnte ihrer Mutter nicht in die Augen sehen. Sie hatte sofort erraten, dass es ihr Fehler gewesen war, ohne die Kratzer an ihrer Nase auch nur bemerkt zu haben. Mottenflug knirschte mit den Zähnen, während Angst und Schmerz in ihr tobten. *Ich kann so gut sein wie jede andere Clan-Katze auch!* Fest entschlossen, ihre Mutter zu beeindrucken, ließ sie den Blick über das Moor schweifen; sie suchte verzweifelt nach einer Beute. Erleichtert entdeckte sie einen Kiebitz, der durch das Gras jenseits der Steigung stelzte. Sie machte sich ganz flach und schlich auf ihn zu.

Passt auf, was ich kann!

Der Kiebitz stocherte mit seinem Schnabel in der Erde und bekam etwas zu fassen, an dem er zog.

Mottenflug atmete schneller, während sie hoffte, dass die Beute des Kiebitz sich noch länger wehrte und ihn ablenkte. *Nur noch ein paar Augenblicke!* Sie war eine Fuchslänge entfernt, ihr Schwanz fuhr aufgeregt über das Gras.

Der Kiebitz erstarrte, als er sie bemerkte. Seine Augen blitzten panisch auf, dann flatterte der Vogel davon.

Mottenflug sprang los, ihre Pfoten ruderten wild durch die Luft. Mit einer Drehung versuchte sie ihn zu erreichen. Ihre Pfote streifte seine Krallen, während der Luftzug der Flügel an ihrem Kopf vorbeipfiff und sie mit einem *Rumms!* auf der Seite landete.

Beschämt rappelte sie sich auf. *Fast hatte ich ihn!* Sie schaute sich um und sah voller Enttäuschung, wie Windläufer traurig den Kopf schüttelte.

Ginsterstern lief zu ihr. »Toller Versuch, Mottenflug.«

Staubnase folgte seinem Vater auf den Pfoten. »Kiebitze sind schwierig zu fangen«, zeigte er Verständnis.

Ginsterstern blieb neben ihr stehen. »Dein Schwanz hat dich verraten«, brachte er ihr schonend bei. »Egal, wie aufgeregt du bist, du musst ihn ruhig und gerade so weit über dem Boden halten, dass du dich lautlos bewegen kannst. Wir sind vielleicht schlauer als unsere Beute, aber die weiß, worauf sie achten muss. Beim kleinsten ungewöhnlichen Geräusch flieht sie blitzschnell und instinktiv.«

Mottenflug ließ den Kopf hängen. »Ich hab ihn entkommen lassen.«

»Mach dir nichts draus.« Ginsterstern klang fröhlich. »Wichtig ist, dass du etwas *gelernt* hast. Es wird nicht mehr lange dauern und du fängst Kiebitze.«

»Staubnase hat vor ein paar Tagen einen gefangen«, murmelte Mottenflug kläglich.

»Staubnase hat mehr Übung als du.«

Es tut mir so leid. Mottenflug wusste, dass Ginsterstern genauso enttäuscht von ihr sein musste wie ihre Mutter, trotz der aufmunternden Worte. Sie schüttelte sich und blinzelte ihn so strahlend an, wie sie konnte. »Ich verspreche, ich werde besser.«

Er schnurrte. »Natürlich wirst du besser.«

Sie warf einen Blick auf Windläufer, aber ihre Mutter hockte mit angelegten Ohren neben dem Eingang eines Kaninchenbaus und starrte auf das dunkle Loch.

Ginsterstern folgte ihren Augen. »Ich geh besser und helfe ihr«, miaute er. »Komm doch mit.« Er schaute von Mottenflug zu Staubnase, aber Staubnase war ganz auf den Grasabhang konzentriert. Er hatte die Ohren angelegt und witterte mit offenem Maul.

»Ich komme gleich, aber erst hole ich mir die Wühlmaus«, maunzte er leise. Mit bewegungslosem Schwanz schlich er unhörbar durch das Gras.

Ginsterstern stieß sie mit der Schnauze Richtung Kaninchenbau. »Weißt du noch, was du zu tun hast, wenn du ein Kaninchen siehst?«

Mottenflug zögerte. »Hinterherjagen?«, schlug sie hoffnungsfroh vor.

Ginstersterns Ohren zuckten. »Lauf, wohin es schaut, und schneide ihm den Fluchtweg ab. Schneller als ein Kaninchen zu laufen, ist schwer. Schneller zu denken, ist einfach.«

Er ging jetzt mit mehr Tempo und fing an zu traben. Mottenflug folgte langsam und seufzte, während ihr Vater zu Windläufer aufschloss. Die Clan-Anführerin schickte ihren Gefährten mit einem Wink ihres Mauls zu einem anderen Loch den Hügel hinauf und er rannte los.

Mottenflug umkreiste die Kaninchenlöcher, mit denen der Hügel übersät war. Sie hielt Abstand zu Windläufer. Falls ihre Mutter ein junges Kaninchen aufscheuchte, wollte sie nicht diejenige sein, vor der es sich wieder in einem anderen Loch verkroch.

Die Sonne berührte jetzt die Hochfelsen und tauchte die Gipfel in Orange. Mottenflug zitterte, als der kühle Wind durch ihr Fell fuhr. Sie dachte an ihren Traum. Er war so lebendig gewesen, dass sie kaum glauben konnte, nicht tatsächlich dort gewesen zu sein, während die blaugraue Katze im Kreis ihrer Freunde starb. *Und dann ist sie doch nicht gestorben!*, rätselte Mottenflug. *Sie ist wieder zum Leben erwacht … nachdem sie schon so leblos ausgesehen hatte.* Sie erinnerte sich an die Angst in den Augen des flammendroten Katers und den düsteren, undurchdringlichen Blick der Tigerkatze. Sie war fast so weit zu glauben, dass es diese Katzen gab und sie nicht nur ihrer Fantasie entsprungen waren. Als die blaugraue Katze plötzlich zuckte, nachdem sie schon völlig reglos dagelegen hatte, schien keine der anderen Katzen schockiert gewesen zu sein – nur erleichtert. *Es sah fast so aus, als wüssten sie, was passieren würde.*

»Mottenflug!«

Der Schrei von Windläufer prallte an ihren Gedanken ab, war nicht mehr als das Rauschen des Windes. Sie hörte ihre Mutter nicht. Sie war völlig in Gedanken und ihren Traum versunken. Das Blut war so heftig aus der Wunde der blaugrauen Kätzin gesprudelt. Welche Katze konnte so eine Verletzung überleben?

»*Mottenflug!*« Windläufers wütendes Heulen bohrte sich durch ihr Trommelfell. Ein Kaninchen stürmte an ihr vorbei und aus den Augenwinkeln nahm sie Windläufer wahr. Sie hörte Gras unter rutschenden Pfoten quietschen, während ihre Mutter nur eine Schwanzlänge von ihr entfernt ruckartig zum Stehen kam. Das Kaninchen konnte mühelos den Hügel hinab Ginsterstern ausweichen, der jenseits der Anhöhe hockte, und in einem Erdloch verschwinden.

»Du Spatzenhirn!« Windläufers Fauchen war heiser vor Wut. Sie schien gerade eine Schnecke zu verschlucken. »Wenn du das Kaninchen schon nicht fängst, dann steh mir wenigstens nicht im Weg herum, wenn ich es in Ginstersterns Pfoten treiben will!«

Mottenflug schaute sie an und war vor Entsetzen wie gelähmt. *Schon wieder! Schon wieder!* Panik stieg in ihr auf. *Warum mache ich immer alles verkehrt?* »Es tut mir so leid!«

Windläufer schien zu versuchen, ihr Zittern zu unterdrücken, und funkelte ihre Tochter an. »Du bist hier, um uns zu *helfen*«, miaute sie langsam und abgehackt.

»Ich weiß.« Mottenflug blickte deprimiert auf ihre Pfoten. »Ich habe mich nur gerade an einen Traum erinnert. Er war so lebendig, so …« Sie suchte nach Worten und wusste, dass ihre Mutter sie nicht verstehen würde, egal, was sie antwortete. »Ich habe mich darin verloren …«

Ginsterstern kam eilig zu ihnen gelaufen. »Mottenflug.« Seine Stimme klang mehr mitleidig als wütend. »Du musst zumindest versuchen, aufzupassen.«

»Wie oft muss ich dich noch daran erinnern?« Mottenflug machte sich klein, während Windläufer wieder anfing. »Ein hungriger Clan ist ein angreifbarer Clan. Mit leerem Magen sind wir leichte Beute für Krankheiten und Streuner. Was, wenn ein Hund frei im Moor herumläuft? Unsere Katzen müssen stark sein, wenn sie ihm entkommen wollen.«

Mottenflug hob den Kopf und schaute ihre Mutter fest an. »Es tut mir …« Sie stockte, weil es ihr den Atem verschlug: Nur eine Schwanzlänge entfernt flatterten grüne Flügel vorbei.

Die Motte!

Da war sie! Sie tanzte über das Gras, wurde vom Wind hierhin und dorthin getrieben. *Genau wie die Motte in meinem Traum!* Mottenflugs Herz hüpfte vor Freude. Plötzlich wurde sie von dem gleichen Verlangen wie in ihrem Traum überrollt, der Motte zu folgen. Ihre Pfoten juckten, sie wollte hinterher. *Ich muss sie einholen!* Mit einem begeisterten Schnurren lief sie ihr nach.

»Mottenflug!«

Das Heulen ihrer Mutter hörte sie kaum noch. Der Wind rauschte in ihren Ohren, als sie der Motte durch das Gras hinterhersprang.

4. KAPITEL

MOTTENFLUG RANNTE. Sie hörte die Rufe von Ginsterstern und Windläufer, aber ihre Augen waren ganz und gar auf die Motte und ihre grünen Flügel fixiert. Sie *musste* sie verfolgen. Die Motte wollte ihr etwas zeigen. Sie wusste es einfach!

Der Hügel fiel jetzt steiler ab. Sie geriet auf ihren Pfoten ins Rutschen und hatte Schwierigkeiten, das Gleichgewicht zu halten, als sie vom Moor den Hügel hinunter ins Tal sprang.

Die Sonne leuchtete noch immer orange auf den Spitzen der Hochfelsen und tauchte die Motte in ein Licht, das schwächer wurde, je weiter sie ins Tal kamen. Plötzlich spürte Mottenflug harten Stein unter ihren Pfoten: Der Geruch des Donnerwegs stieg ihr in die Nase. Wachsam blieb sie stehen.

Auch die Motte hielt inne, flatterte hin und her und dann zu ihr zurück, um über ihrem Kopf Kreise zu ziehen.

Sie will mir etwas zeigen! Sie wusste, dass sie der Motte folgen sollte.

»Ich komme schon!«

Die Motte flog wieder los, jetzt in Richtung der Felder jenseits des Donnerwegs. Ein Windstoß wehte sie hoch und seitwärts.

Noch während Mottenflug buckelte und sich streckte, um sie zu erreichen, krachte etwas hart in ihre Flanke und schleuderte sie über den schwarzen Stein des Donnerwegs.

Sie war erstaunt, sich im Gras auf der anderen Seite des Donnerwegs wiederzufinden. Dann explodierte ein Donnern in ihren Ohren und Wind zerrte an ihrem Pelz. Der Gestank des Monsters fegte über sie hinweg, hinterließ ein Brennen im Rachen und Steine prasselten auf ihre Flanke. Sie fiepte vor Schreck, schloss ihre Augen und rollte sich zusammen, um dem Schotterregen zu entgehen.

»Mottenflug!« Das Getöse des Monsters entfernte sich und die Stimme ihres Vaters drang an ihr Ohr.

Taumelnd kam sie auf die Pfoten und blinzelte, bis sie wieder sehen konnte.

Ginsterstern stand neben ihr und sein Blick drückte nacktes Entsetzen aus. »Du hättest getötet werden können!«

Betäubt starrte sie ihn an.

»Du standest mitten auf dem Donnerweg!« In seinen Augen flackerte Wut auf. »Hast du das Monster nicht kommen hören?«

Mottenflug blinzelte ihn an und versuchte zu verstehen, was passiert war. »Ich habe die Motte verfolgt.« Hatte er das nicht gesehen? Sie drehte den Kopf und suchte die Hecke ab. Wohin war sie verschwunden? Pfoten trommelten über den Donnerweg und Mottenflug sah ihre Mutter und Staubnase auf sie zulaufen.

»Du Dummkopf, du Spatzenhirn!« Windläufer kam mit einem Satz neben ihnen zu stehen und kochte vor Wut.

Staubnases Augen funkelten vor Entsetzen. »Wenn Ginsterstern dich nicht vom Weg gestoßen hätte …«

Windläufer ließ ihn den Satz nicht beenden. »Ihr hättet *beide* getötet werden können!«

Mottenflug sah die Angst in den Augen ihrer Mutter. Sie hielt den Atem an und ihr Fell kräuselte sich vor eisigem Grauen. Sie hatte ihre Mutter noch nie ängstlich erlebt.

»Bist du verletzt?« Staubnase beschnüffelte Mottenflugs Pelz. Der Blick des jungen Katers huschte zu Ginsterstern. »Geht es euch beiden gut?«

Ginsterstern blinzelte beruhigend. »Uns geht's gut.«

Windläufers Blick schien Mottenflugs Pelz zu verbrennen. »Das haben wir *dir* zu verdanken!«

Mottenflug wich zurück und hatte plötzlich Angst. »Es tut mir leid.« Sie fing an zu zittern. *Ginsterstern und ich könnten tot sein! Und es wäre meine Schuld!*

Der Boden schwankte unter ihren Pfoten.

»Du bist schon *immer* verantwortungslos gewesen!« Windläufers harsche Worte drangen durch ihr Gedankenwirrwarr. »Schiefers Kinder weglaufen lassen, sich verlaufen beim Pflanzensuchen, wenn du jagen sollst – *das* kennen wir ja schon. Aber dein Leichtsinn, das ist etwas Neues. Du bist nicht nur eine Gefahr für dich selbst! Du bist eine Gefahr für unseren *Clan*!«

»Es tu-tut mir ...« Schuldgefühle stiegen in ihr auf und sie konnte kaum noch sprechen.

»Das kannst du ab jetzt vergessen!« Jedes einzelne Haar von Windläufers Pelz stand ihr zu Berge. »Eine *Entschuldigung* macht keine tote Katze wieder lebendig! Ohne dich würde es dem WindClan besser gehen!«

Mottenflug hörte kaum, wie Staubnase nach Luft schnappte, oder die besänftigenden Worte, mit denen Ginsterstern seine Gefährtin zu beruhigen suchte. »Schließlich ist ja niemand verletzt worden.«

Mottenflugs Herz schien in ihrer Brust zu zerspringen. Windläufer *hat recht.* Sie war eine Gefahr für ihren Clan. Was, wenn Silberstreif von einem Dachs geschlagen worden wäre? Oder ein Bussard Schwarzohr gepackt hätte? *Was, wenn Ginsterstern bei seiner Rettung von dem Monster getötet worden wäre?*

Ihre Vision verblasste, während sie ein paar unsichere Schritte zurückwich. *Was habe ich getan?* Sie starrte ihre Familie an, die Brust zu eng, um zu atmen.

»Was hast du vor?«, jaulte Windläufer.

»Ich brauche Zeit, um nachzudenken«, stieß sie mühsam hervor. »Ich muss mal eine Weile ganz allein sein.« Schwankend drehte sie sich um und rannte auf die Hecke hinter dem Grasstreifen an dem Donnerweg zu.

Ginstersterns Maunzen klang ihr nach. »Aber du kannst nicht allein gehen!«

»Versucht nicht, mich aufzuhalten!«, kreischte sie. Sie schlüpfte unter der Hecke durch und rannte los. Vor ihr erstreckten sich lange Reihen flacher Erdgrate, und sie flog darüber hinweg, wobei ihre Pfoten in Furchen gerieten und sie ins Stolpern kam. Aber sie *musste* weiterlaufen. Sie musste weg!

»Komm zurück!« Sie hörte Windläufers Stimme von der anderen Seite der Hecke. »Es nützt nichts, eingeschnappt zu sein!«

Ich bin nicht eingeschnappt! Ihr Schmerz war ein Sturm, der ihre Gedanken durcheinanderwirbelte. *Aber ihr habt recht! Ich bin eine Gefahr für den Clan!*

Ich verdiene es nicht, bei euch zu sein.

5. KAPITEL

MOTTENFLUG RANNTE BLINDLINGS über das Feld, bis sie von goldfarbenen Zweigen aufgehalten wurde. Sie blieb mit wild schlagendem Herzen stehen und ihre Pfoten versanken in weicher Erde. Eine Buchenhecke versperrte ihr den Weg. Sie warf einen Blick zurück über die wellige Erde. Niemand war ihr gefolgt. *Gut!* Ihre Kehle verengte sich. *Sind sie erleichtert, dass ich weg bin?*

Niedergeschlagen schaute sie sich um. Jenseits der Hecke wirbelten Krähen wie dunkle Blätter um die Krone einer ausladenden Buche. Sie krächzten einander an, während auf dem Donnerweg ein weiteres Monster entlangheulte und irgendwo in der Ferne Hunde bellten.

Mottenflug zitterte. Ein kalter Wind zerrte an ihrem Pelz. Hier unten im Tal lagen die Felder schon im Schatten. Die Sonne war jetzt hinter den Hochfelsen verborgen, doch ihre Strahlen badeten das Hochmoor noch immer in einem sanften, orangefarbenen Licht. Sie schlich sich unter die Buchenhecke, presste den Bauch auf den Boden und legte den Kopf zwischen die Pfoten.

Was jetzt?

Ihrem Clan war sie keine Hilfe. Und die Motte war verschwunden. Als sie ihr nachjagte, war sie noch so sicher gewesen, dass sie ihr den richtigen Weg zeigen wollte. Jetzt wusste sie nicht mehr, wohin. Um sie herum raschelten die Buchenblätter und sie zog die Pfoten näher an ihren Körper.

Ihr Magen knurrte. Sie hatte den ganzen Tag noch nichts gegessen und ihr Kummer konnte den Hunger nicht besänftigen.

Ich sollte jagen.

Sie hob den Kopf und suchte halbherzig den Boden im Schatten ab. Mottenflug hoffte, eine Maus zu sehen, die zwischen den Wurzeln herumhuschte.

Aber nur die Blätter bewegten sich. Sie ließ den Blick über das Feld wandern. Über den Furchen kreisten Vögel, schossen auf der Jagd nach Insekten über den Boden und waren sofort wieder außer Reichweite. Mottenflug ließ müde den Schwanz sinken. Windläufer hätte ganz sicher einen gefangen. Sie hätte sich – praktisch unsichtbar – in eine Furche gepresst und einen Vogel gefangen, der nah am Boden flog. *Aber ich nicht.* Selbst wenn sie gut im Jagen gewesen wäre. Denn Mottenflug wusste, dass ihr weißer Pelz sie verraten würde.

Der Wind kräuselte die Oberfläche einer Pfütze, die ein paar Schwanzlängen entfernt lag. Zumindest konnte sie trinken. Mottenflug schlüpfte unter der Hecke hervor und trottete los. Als sie näher kam, fiel ihr eine Bewegung auf. Eine dicke braune Kröte patschte am Rand der Pfütze entlang.

Könnte ich eine Kröte essen? Mottenflug zögerte. Sie wusste, dass die FlussClan-Katzen Frösche aßen. Und der SchattenClan brüstete sich damit, Eidechsen zu essen. *Zumindest ist sie einfach zu fangen.* Die Kröte machte einen unbeholfenen Sprung und landete zappelnd und mit einem Plumps an einer Furche. Geduckt pirschte Mottenflug sich an und wartete darauf, dass die Kröte einen weiteren Satz machte.

Dann sprang das Tier. Mottenflug stürzte mit ausgestreckten Vorderpfoten los und schmetterte die Kröte zu Boden. Sie fiel auf den Rücken und entblößte den hellen Bauch. Mottenflug verzog das Gesicht und senkte den Kopf für den tödlichen Biss.

Mottenflug bohrte die Zähne durch das Rückgrat und erschauderte, denn das Fleisch war weich und glitschig. Die Kröte zuckte und wurde schlaff. Mottenflug war erleichtert. Das Blut war nicht so süß wie Kaninchenblut, aber immerhin schmeckte es nicht wie Teichwasser.

Sie nahm ihre Beute zwischen die Zähne und kroch wieder unter die Hecke in den Schatten.

Frierend und hungrig begann sie zu essen, und ihr war leicht übel, während sie die wabbelige Seite der Kröte aufriss. *Vielleicht haben die Beine mehr Fleisch.* Sie nagte an einem und versuchte, den Geschmack nach Schlamm zu ignorieren. Nach ein paar Bissen war ihr schlimmster Hunger gestillt und sie schob die Kröte zur Seite. Sie stellte sich vor, wie Windläufer ihr erklärte, dass man nichts verschwenden sollte und hungrige Mägen nicht wählerisch sein dürften. Aber Windläufer war nicht da. *Ich kann machen, was* ich *will.*

Ihr Herz schlug schneller. *Soll ich wirklich die ganze Nacht hier verbringen?* Sie hatte nie woanders als bei ihrem Clan geschlafen. Sie war daran gewöhnt, dass Staubnase sich an sie schmiegte und ihre Clan-Gefährten leise schnarchten. Plötzlich begriff sie, wie sicher sie sich immer im Lager gefühlt hatte.

Nervös schaute sie unter der Hecke hervor. Aus spätem

Nachmittag war früher Abend geworden. Die Vögel jagten keine Insekten mehr. Die Krähen waren verstummt. Mottenflug blinzelte hinauf in den Himmel, wo sich die ersten Sterne zeigten. Sie schaute zur Pfütze und hoffte, im trüben Wasser ihre Spiegelbilder wie vertraute Freunde funkeln zu sehen.

Auf dem Feld bewegte sich etwas.

Mottenflug spannte die Muskeln an. Ein Schatten schlich an der Hecke entlang auf sie zu. Die Blätter raschelten, während er immer näher kam.

Ein Fuchs? Der Schatten hatte sich eng an den Boden gepresst. Sie versuchte, etwas zu erschnuppern, aber der Gestank der Kröte hing ihr immer noch in der Nase. Mit einem Kloß im Magen zog sie sich weiter in die Hecke zurück und hoffte, dass dieses Wesen sie nicht bemerken würde. Es hatte jetzt angehalten und beschnüffelte die Furchen. Als es vorwärtssprang, fuhr sie die Krallen aus. Sie stützte die Hinterpfoten an einer Wurzel ab und war bereit, sich zu verteidigen.

Blut rauschte in ihren Ohren, während das Wesen immer näher kam. Schon konnte sie seine Pfoten den Boden streifen hören. Sein Blick schweifte hierhin und dorthin, als würde es die Hecke absuchen.

Es weiß, dass ich hier bin. Panik schüttelte sie. *Soll ich besser fliehen?*

»Mottenflug!«

Mottenflug zwinkerte vor Überraschung. Das Wesen rief ihren Namen und das Maunzen kam ihr sehr bekannt vor!

»Fleckenfell?« Erleichterung überkam sie, während sie die vertrauten Formen seines Körpers erkannte. Sein geflecktes, goldfarbenes Fell sah im Mondlicht blass aus.

»Da *bist* du ja!« Er blieb vor der Hecke stehen. »Was machst du da drin? Geht es dir gut? Du riechst verängstigt.«

»Mir geht's gut.« Mottenflug kroch zitternd aus der Hecke. Fleckenfells Pelz roch nach Heidekraut, so wie ihr gemeinsames Zuhause. »Ich habe geglaubt, du seist ein Fuchs!«

»Und was, wenn ich einer wäre?« Seine Augen verdunkelten sich vor Sorge.

»Du bist keiner.« Mottenflug wackelte mit einem Ohr. Sie wollte nicht weiter darüber nachdenken.

»Staubnase hat gesagt, du bist davongelaufen.«

»Bin ich.«

»Du kannst nicht die ganze Nacht hier draußen bleiben, nur weil du dich mit Windläufer gestritten hast. Lass uns ins Lager zurückgehen.«

Mottenflug starrte ihn an. Hatte Staubnase denn nichts erklärt? »Ich gehe *nicht* mehr zurück. Ich bin eine Gefahr für meinen Clan.«

Fleckenfells Schweif fuhr hin und her. »Sei nicht albern. Du bist für keine Katze eine Gefahr. Windläufer ist wütend, aber bei Sonnenaufgang wird das alles vergessen sein.«

Mottenflug bohrte die Krallen in den Boden. »Sie hat gesagt, der WindClan sei ohne mich besser dran, und sie hat recht.«

»Aber hier kannst du nicht bleiben!« Fleckenfell schaute sie an. »Hier ist es nicht sicher. Außerdem musst du doch verhungert sein.«

Mottenflug warf empört den Kopf zurück. »Ich habe gejagt!« Sie zog ihre Beute unter der Hecke hervor.

Fleckenfell wich zurück und verzog die Nase. »Das kannst du doch nicht essen!«

»Habe ich schon«, verkündete Mottenflug stolz. »Siehst du? Ich habe ein Teil des Beins gegessen. Du glaubst, dass ich nicht für mich selbst sorgen kann, aber ich kann das!«

Fleckenfells Blick wurde weich. »Ach, Mottenflug. Natürlich kannst du das.« Er beugte sich vor, um seine Seite an ihrer zu reiben, aber sie zuckte zurück.

»Ich bin kein Kind mehr!« Sie hatte ihn in genau diesem Ton mit Schwarzohr reden hören. »Ich gehe *nicht* ins Lager zurück!«

Fleckenfell legte sich hin. »Na gut, aber in diesem Fall baust du dir besser ein Nest für die Nacht.«

»Bleibst du hier bei mir?« Mottenflug trat unbehaglich von einer Pfote auf die andere. Sie war wild entschlossen, zu beweisen, dass sie auf sich selbst aufpassen konnte. Aber es *würde* sicherer sein, wenn Fleckenfell neben ihr schlief.

»Ich lass dich hier draußen nicht allein«, antwortete er. »Außerdem wirst du bei Sonnenaufgang deine Meinung sowieso geändert haben. Wenn du erst mal gut geschlafen hast, bist du auch bereit, wieder zurückzukehren.«

Nein, bin ich nicht. Aber Mottenflug schluckte ihre Antwort hinunter, weil sie fürchtete, dass er recht behalten könnte.

Fleckenfell warf einen Blick auf die vertrockneten Buchenblätter, die vor der Hecke lagen. »Lass uns die unter die Hecke schieben und daraus ein Nest bauen.«

»Wenn wir zuerst eine Mulde graben, wird es wärmer«, schlug Mottenflug vor.

»Gute Idee.« Fleckenfell beschnüffelte die Zweige und kratzte dann mit seinen Pfoten die Erde weg.

Mottenflug schob sich neben ihn und half. Es dauerte nicht lange und sie hatten eine flache Vertiefung zwischen die knorrigen Wurzeln gescharrt. Fleckenfell schaufelte mit den Pfoten Blätter hinein, und Mottenflug klopfte so lange darauf herum, bis sie ein weiches, wenn auch leicht krümeliges Nest gebaut hatten.

»Ich habe Hunger«, miaute Fleckenfell, als sie fertig waren. Er setzte sich in das Nest und schnupperte. »Hast du hier irgendwo Mäuse gesehen?«

»Meinst du, ich hätte eine Kröte gegessen, wenn ich Mäuse gesehen hätte?« Mottenflug saß neben ihm auf den knirschenden Blättern. Sein Pelz fühlte sich warm an.

Fleckenfell schnurrte. »Ich könnte jagen gehen.«

»Vielleicht sind hier Hunde unterwegs. Ich habe sie vorhin bellen hören«, warnte sie ihn. Sie wollte in der Dunkelheit nicht allein gelassen werden. Plötzlich fragte sie sich, wie sie jemals hatte glauben können, hier draußen allein zu schlafen.

Fleckenfell sah sie liebevoll an. »Na gut.« Er ließ den Kopf sinken. »Dann esse ich etwas von deiner stinkenden Kröte.«

»Die Beine sind gar nicht so schlecht.« Mottenflug streckte eine Pfote aus und zog die Kröte mit einer Kralle in das Nest. Sie legte sie vor Fleckenfells Pfoten.

»Du hast ja nicht viel gegessen«, bemerkte er.

»Ich hatte keinen Hunger.«

»Dann iss jetzt etwas mit mir«, schlug er vor. »Es wird kalt heute Nacht und ein voller Bauch wird dich warm halten.«

Jetzt, wo sie sich die Kröte teilten, war sie gar nicht mal so schlecht, aber trotzdem längst nicht so gut wie ein Kaninchen.

Mottenflug schnurrte, während Fleckenfell das Gesicht verzog. »FlussClan-Katzen essen ständig Frösche«, erinnerte sie ihn.

»FlussClan-Katzen *schwimmen* auch«, antwortete Fleckenfell kauend. »Was nicht heißt, dass du auch in einen Fluss hüpfen sollst.«

Sie aßen so viel sie konnten und warfen den Rest aus dem Nest. »Man weiß ja nie …« Fleckenfell unterbrach sich, um ein Gähnen zu unterdrücken. »Vielleicht pickt bei Sonnenaufgang ein Vogel daran herum. Dann kann ich uns eine *anständige* Mahlzeit besorgen.«

»So schlecht war es gar nicht«, log Mottenflug abwehrend. Warum tat er so, als sei er besser als sie? Ärgerlich rollte sie sich im Nest zusammen, kuschelte sich so tief wie es ging ins Laub und schloss die Augen. Fleckenfells raue Zunge leckte über ihr Ohr.

»Ich weiß, du hattest einen anstrengenden Tag«, murmelte er. »Aber wir haben uns alle Sorgen um dich gemacht. Die anderen werden so froh sein, dich wiederzusehen.«

»Sogar Windläufer?« Mottenflug hielt die Augen geschlossen.

Fleckenfell rieb seine Schnauze an ihrem Kopf. »*Besonders* Windläufer.«

Ihr wurde warm ums Herz. Sie hob die Nase und schaute ihn dankbar an. Er war so ein guter Freund. Sie sollte *wirklich* bei Sonnenaufgang mit ihm ins Lager zurückgehen. Es war eine dumme Idee gewesen, allein hier draußen bleiben zu wollen. Sie spürte, wie er sich neben sie legte, und schmiegte sich an seinen wärmenden Pelz. *Wie soll ich überhaupt ohne meinen Clan leben? Ich muss mich einfach mehr anstrengen.* Sie ignorierte das unangenehme Ziehen in ihrem Bauch. *Ich muss üben, zu jagen, und mich mehr auf das konzentrieren, was ich tue …* Dann überwältigte sie die Müdigkeit und sie sank in den Schlaf.

6. KAPITEL

MOTTENFLUG ÖFFNETE die Augen und erstarrte. Die Dunkelheit, die sie umgab, schien sie fast zu erdrücken. Es war nicht die glitzernde Dunkelheit einer Sternennacht, sondern dumpfe Finsternis. Die Luft war nasskalt und roch streng nach Erz und Stein. Sie blinzelte und war überrascht, dass sie stand, kalter Felsen unter ihren Pfoten.

Wo bin ich? Wo ist Fleckenfell?

Sie schaute sich um und suchte nach ihrem Clan-Kameraden, fragte sich, was mit der Buchenhecke passiert war. Alles, was sie in den Schatten erkennen konnte, war aus Stein. Eine kleine Öffnung über ihr ließ Sternenlicht herein. Es fiel direkt auf einen großen Felsblock, der aus dem Boden ragte.

Ich bin in einer Höhle! Erschrocken merkte sie, dass sie träumte. *Aber es fühlt sich so real an!* Ihre Pfoten schmerzten von dem kalten Fels. Die feuchte Luft drang durch ihren Pelz. Mottenflug fröstelte, als sie auf den Felsen blickte, der in der Mitte der Höhle aufragte. Sie tapste auf ihn zu und beschnüffelte ihn. Ihre Schnurrhaare prickelten und ihr Herz schlug schneller. *Was für ein Ort ist das?* Etwas an dem Stein schien einen kommenden Sturm zu verheißen, und die Luft in der Höhle war so aufgeladen, dass Mottenflug erwartete, sie würde sich jeden Augenblick mit einem Donnerschlag entladen.

Da kommt jemand!

Ihre Ohren zuckten, als sie das leise Tapsen von Pfoten vernahm. Sie drehte sich um und sah einen dunklen Fleck an einer Seite der Höhle. Ein Tunnel! Zwei Katzen kamen daraus hervor, deren Fell blass aufleuchtete, während sie ins schwache Sternenlicht traten.

Mottenflug erkannte einen grauen Kater und eine Kätzin mit langhaarigem Fell. *Ich kenne sie!* Ihr Herz machte einen Sprung; sie erkannte die Katze wieder, die in ihrem ersten Traum dem Tod so knapp entkommen war. Sie freute sich, die Kätzin gesund und munter zu sehen, und huschte ihr entgegen. Ihr dicker Pelz sah gepflegt aus, die Augen leuchteten hell im Halbdunkel. *Sie sieht jünger aus!* Mottenflug ließ verwirrt den Kopf sinken.

Warum träumte sie wieder von dieser Katze? Und warum fühlte sich der Traum so lebendig an, dass er auch Realität sein konnte?

»Wer bist du?« Ihr Maunzen hallte in der Höhle wider, aber die Katzen schienen sie nicht zu hören. Ihr Blick war fest auf den grauen Felsen gerichtet, auf den sie zuliefen. Kurz bevor sie ihn erreicht hatten, wurde die graue Katze langsamer.

»Bitte, sprecht mit mir!« Mottenflug sprang zu ihr und streckte die Pfote aus, um sie zu berühren. Aber wie schon im letzten Traum ging die Pfote durch die Kätzin hindurch, als sei sie aus Nebel.

Das Maul des Katers bewegte sich. Die graue Kätzin wandte den Blick vom Stein und bewegte ihren Kopf.

Warum höre ich sie nicht? Mottenflug platzte fast vor Enttäuschung.

Im Blick der Kätzin flammte Unbehagen auf, während sie

sich dem Stein weiter näherte und sich dann vor ihn legte. Sie schaute nach oben und Mottenflugs Augen folgten ihr.

Durch das Loch oben sah sie den Mond aufgehen. Als seine Strahlen den Stein silbrig aufleuchten ließen, war Mottenflug entzückt. *Es ist so wunderschön hier!*

Die Kätzin schloss die Augen.

Mottenflug beugte sich vor. *Was jetzt?*

Plötzlich explodierte die Höhle vor Licht – blendender als ein Blitz. Mottenflugs Augen, die sie in der Dunkelheit weit aufgerissen hatte, brannten. Zitternd kniff sie sie zusammen und öffnete sie langsam wieder, aber nur zu schmalen Schlitzen.

Durch das blendende Licht sah sie, dass die Kätzin ihre Nase an den glitzernden Stein legte.

Was passiert da? Mottenflug beugte sich weiter vor; sie brannte darauf, es zu verstehen. Ihr Pelz zuckte vor Neugier. Die graue Kätzin war inzwischen so bewegungslos wie der Felsbrocken. Einen Schwanzlänge entfernt hatte sich der Kater mit geschlossenen Augen auf dem Boden zusammengerollt.

Mottenflug tapste voller Aufregung um die graue Kätzin herum. Dann war sie von weiteren Körpern umgeben. Mottenflug stockte der Atem. Die Höhle war plötzlich voller Katzen.

Woher waren die gekommen?

Schockiert blinzelte sie, als sie merkte, dass die Pelze der Katzen durchscheinend waren und schimmerten, als würde Wasser ihr Fell kräuseln und das Sternenlicht reflektieren.

Geisterkatzen! Mottenflug hatte Geschichten von geisterhaften Vorfahren gehört, die nach dem Großen Kampf am Baumgeviert aufgetaucht waren. Sie hatten sich dort mit den

Clan-Anführern getroffen und Frieden zwischen den zerstrittenen Katzen gestiftet. Sie waren in den seitdem vergangenen Monden immer wieder aufgetaucht, aber sie selbst hatte sie nie gesehen.

Mottenflug überlegte fieberhaft. Wenn sie Vorfahren *waren*, dann konnte auch Grauer Flug unter ihnen sein. Eifrig suchte sie in der Menge, konnte ihn aber nicht entdecken.

Ein großer Kater trat an die Seite der grauen Kätzin. Er beugte sich vor und seine Schnauze berührte ihren Kopf zwischen den Ohren.

Die Kätzin zuckte zusammen, als hätte die Berührung geschmerzt, aber weder bewegte sie sich, noch öffnete sie die Augen. Das Maul des Katers ging auf und zu, aber Mottenflug hörte keinen Laut. Dann trat er zurück und die graue Kätzin erwachte aus ihrer Bewegungslosigkeit.

Plötzlich voller Hoffnung, fragte sich Mottenflug, ob die Geisterkatze sie wohl sehen konnte. Schließlich konnten die Toten mit den Lebenden sprechen. Warum sollten sie nicht in der Lage sein, eine Traumkatze zu sehen? Herausfordernd hob sie ihren Kopf. »Was ist hier los? Warum seid ihr hier?« Ihr Maunzen hing verloren in der Luft und wurde nicht von den Wänden zurückgeworfen. Keine der Katzen sah sie an.

Enttäuscht lief sie zwischen ihnen umher und wünschte sich nichts mehr, als dass ihre Pelze sich an ihrem rieben. Aber hier schien sie nur ein Schatten zu sein!

Ein kleiner, brauner Kater trat vor und stellte sich neben die graue Kätzin. Sein funkelndes Fell verschmolz mit dem flirrenden Stein. Auch er legte seine Schnauze auf den Kopf der Kätzin, die wieder heftig zusammenzuckte.

Mottenflug schaute traurig auf die vielen sternenbeschienenen Katzen. »Ich wünschte, ihr könntet mich hören.« Auf einmal fühlte sie sich klein und allein. Einen Moment lang wollte sie aus diesem Traum ausbrechen und in ihr warmes Nest neben Fleckenfell zurückkehren. Dann blitzte am Rand der Höhle eine vertraute Farbe auf. Das fahle Grün der Mottenflügel flatterte über den Köpfen der Sternenkatzen. Sie schwebten über dem Eingang des Tunnels, durch den der graue Kater und die Katze gekommen waren.

Mottenflug stockte der Atem. Sie wusste, dass sie der Motte folgen musste. Sie durchbrach den Kreis der Sternenkatzen und eilte in die dahinterliegende Dunkelheit.

Der Geruch von feuchten Blättern stieg ihr in die Nase. Blinzelnd öffnete sie die Augen und hörte Fleckenfells sanftes Schnarchen. Die Enttäuschung lag ihr wie ein Stein im Magen. *Ich bin wach!* Sie war zurück in ihrem Nest und lag neben Fleckenfell. Über ihr raschelten die Buchenblätter. In der Nähe schrie eine Eule. Mottenflug hob die Nase von ihren Pfoten und schaute hinaus über das Feld im Mondlicht. In den Furchen funkelte Frost. *Wo ist jetzt meine Motte?* Und plötzlich verstand Mottenflug. *Sie wartet darauf, mich zu führen!* Aber wohin? Und wann? Warum schien sie immer dann zu verschwinden, wenn sie gerade bereit war, ihr zu folgen?

In Mottenflugs Brust verdichtete sich ein Gefühl der Gewissheit. *Das hier* soll *nicht einfach sein! Ich* soll *nicht aufgeben!* Sie erhob sich, schlüpfte unter der Hecke hervor und plusterte ihr Fell in der Kälte auf. Über dem aufragenden Hochmoor dämmerte es schon. Fleckenfell würde bald aufwachen. Es war höchste Zeit.

Wie konnte sie jetzt überhaupt daran denken, zu ihrem Clan zurückzukehren? Vielleicht war sie dumm, vielleicht irrte sie sich, vielleicht war auch die Motte nur ein Traum. Aber wenn Mottenflug jetzt ins Lager zurückkehrte, dann würde sie sich immer fragen, ob in der Ferne nicht irgendetwas Wichtiges auf sie wartete.

Ich darf Fleckenfell nicht verlassen, ohne es ihm zu sagen. Er hatte das Recht zu wissen, warum er ohne sie ins Lager zurückgehen sollte. Sie legte sich auf den Bauch und kroch zurück ins Nest, dessen warmer Geruch ihr in die Nase stieg. Es tat ihr im Innersten weh. Sie würde ihren Clan vermissen. Aber sie musste ihrem Herzen folgen. Sie streckte eine Pfote aus und stupste Fleckenfell an.

Schnurrend hob er den Kopf.

»Ich muss los«, zischte Mottenflug.

Er blickte sie aus verschlafenen Augen an.

»Es tut mir leid. Ich weiß, dass es verrückt klingt, aber ich *weiß*, dass es etwas gibt, das ich tun *muss*. Und vorher kann ich nicht zu meinem Clan zurück. Wenn ich mich jetzt nicht aufmache, dann habe ich vielleicht nie wieder eine Chance.«

Fleckenfell leckte sich mit der Zunge über das Maul, als wäre er noch immer in einem Traum gefangen. »Nie wieder Kröten«, murmelte er, während seine Augen schon wieder zufielen. Seufzend legte er seine Schnauze zurück auf die Pfoten.

Mottenflug starrte ihn an und fragte sich, ob er sie überhaupt verstanden hatte. Sie beugte sich noch einmal vor und drückte ihre Nase auf seine Wange. »Es tut mir leid, Fleckenfell«, wiederholte sie. Als sie sich rückwärts aus der Hecke schob, kamen die Schuldgefühle. »Mach's gut. Ich hoffe, wir sehen uns wieder.« Sie richtete sich auf und schüttelte das Laub aus ihrem Pelz. Mit einem Blick auf das Feld fragte sie sich, welche Richtung sie einschlagen sollte.

Hinter ihr lag das Moor und vor ihr die Hochfelsen. Mit erhobenem Schwanz folgte sie der Hecke bis zu einem Knick, dann kroch sie unter ihr durch auf einen Feldweg. Neben dem Feldweg gluckerte Wasser in einem Graben. Mottenflug sprang hinein und zuckte zusammen, als das kalte Wasser über ihren Pfoten zusammenschlug. Dann watete sie mit der seichten Strömung und war zufrieden, dass der schmale Bach ihre Spuren verwischte. Fleckenfell würde ihre Spur nicht riechen, nicht aufnehmen können. Denn was immer ihre Bestimmung war, sie wusste, dass sie ihr allein folgen musste.

7. KAPITEL

ALS SIE SICHER WAR, dass Fleckenfell ihr nicht mehr folgen konnte, sprang Mottenflug aus dem Graben, schüttelte das Wasser von den Pfoten und lief auf dem Feldweg weiter. Der Weg machte plötzlich eine Biegung und führte auf das Zweibeinernest zu. Mottenflug blieb stehen. Sie wollte nicht in der Nähe der Zweibeiner herumlaufen. Sie waren unberechenbar und hatten Hunde. Stattdessen schob sie sich durch einen Streifen voller Farne am Wegrand und fand sich auf einer verwilderten Wiese wieder.

Hier wuchsen die Pflanzen so üppig, als hätten sie nie eine Blattleere erlebt. Mottenflug sog ihren kräftigen Geruch tief ein, bis ihr schwindelig wurde. Sie ging weiter im Tal entlang; auf der einen Seite wuchsen in einiger Entfernung die Hochfelsen in den Himmel, auf der anderen lag das Moor. Solange sie noch nicht wusste, wohin ihre Reise gehen würde, wollte sie in der Nähe von beiden sein.

Aber wenn ihr Ziel jenseits des Tals lag? Hinter den Hochfelsen? Vom Moor aus nicht mehr zu sehen? So weit entfernt von ihrem Clan zu sein, fühlte sich ebenso merkwürdig an, wie Fleckenfell davonzulaufen. Während die Sonne aufging und ihren Weg über den weiten, blauen Himmel begann, wurde sie langsamer und unsicher, wohin sie ihre Pfoten setzen sollte. Vielleicht hatte die Motte sie nur hierherführen wollen, um ihr zu zeigen, welcher Pflanzenreichtum so nah bei ihrem Clan wuchs.

Ihr Magen knurrte, und sie merkte, wie hungrig sie war. Und wie durstig. Sie leckte sich über das Maul und schnupperte nach Wasser. Gab es einen anderen Feldweg mit einem Wassergraben an der Seite, den sie einschlagen konnte? Wenn sie Glück hatte, dann führte er Wasser und es gab Wühlmäuse. *Oder zumindest Kröten.* Sie schüttelte sich.

Mottenflug schob sich unter einer weiteren Hecke durch und stand am Rande eines weiten Felds. Hier war das Gras kurz. Schafe grasten mit ausdruckslosem Blick und standen in kleinen Gruppen zusammen wie Wolken, die einen grünen Himmel sprenkelten. Ein paar Schwanzlängen entfernt ging die Hecke in einen Zaun über; dort gab es flache Wasserpfützen, in deren schlammigem Grund Monster ihre Pfotenabdrücke hinterlassen hatten.

Ihre Ohren zuckten vorsichtig. Mottenflug ging langsam zu den Pfützen und legte sich an die nächste. Sie schleckte das braune Wasser und versuchte, den bitteren Geschmack zu ignorieren. Plötzlich hörte sie das Trappeln von Hufen im Gras, schaute auf und sah, dass die Schafe auf sie zukamen. Sie wusste nicht, was sie von ihnen halten sollte, und wich zurück. Die Schafe zottelten ziellos herum, waren ganz auf das Gras konzentriert und stießen schwerfällig aneinander. Diese dummen Tiere zertrampelten sie vielleicht, ohne es auch nur zu bemerken. Mottenflug schlug einen weiten Bogen um sie und hielt Abstand, erschnupperte ihren herben, warmen Geruch.

Plötzlich bewegte sich etwas in ihrem Augenwinkel. Durch das Gras flitzte etwas Kleines, Braunes.

Mäuse!

Ihr Herz klopfte. Sie presste sich eng an den Boden.

Die Maus hetzte auf die Hecke zu, wobei ihre Nase nervös zuckte.

Bevor die Beute dich sieht, riecht sie dich, also sieh zu, dass der Wind gegen dich steht. Mottenflug erinnerte sich an einen der Ratschläge von Ginsterstern und hob den Schwanz, um zu spüren, woher der Wind wehte. Sie hatte Glück, es herrschte Gegenwind. Die Maus würde sie nicht riechen können. Jetzt musste sie sich nur noch anschleichen, ohne dass die Maus sie bemerkte.

Vorsichtig setzte sie die Pfoten ins Gras. Sie achtete darauf, dass ihr Schwanz das Gras nicht berührte, und war dankbar für alles, was Ginsterstern ihr beigebracht hatte. Sie wunderte sich, dass ihr das alles plötzlich wieder einfiel. Warum konnte sie nicht daran denken, wenn sie versuchte, Windläufer zu beeindrucken?

Die Maus bewegte sich schnell und zielsicher auf die Hecke zu. Wenn sie sie fangen wollte, bevor sie in den sicheren Schatten der Hecke huschte, dann würde sie sich beeilen müssen. Mit angehaltenem Atem beschleunigte sie ihre Schritte und versuchte, ihre Pfoten mit der Leichtigkeit von fallenden Federn zu setzen. Mit ein bisschen Glück würde das Trampeln der Schafhufe nur ein paar Schwanzlängen entfernt ihre eigenen Geräusche überdecken.

Die Maus lief weiter, aber sie war schon fast in Reichweite. Mottenflugs Brust zog sich vor Erregung zusammen. *Lass sie nicht aus den Augen*, ermahnte sie sich und spannte die Muskeln für den Sprung an. Sie musste beim ersten Versuch auf ihr landen oder die Maus würde entkommen.

Fertig …

Neben ihr schimmerten grüne Flügel auf. Mottenflug blieb abrupt stehen.

Die Motte!

Sie starrte die Motte an und hatte die Maus völlig vergessen. Die Motte flatterte direkt vor ihr mit ihren glänzenden Flügeln in der Sonne.

Sie hob eine Vorderpfote und versuchte, sie zu berühren. Aber die Motte tanzte über das Feld davon.

Mottenflugs Pelz vibrierte vor Begeisterung. Sie verfolgte die Motte und aus ihrer Kehle stieg ein Schnurren empor. *Sie will mir den Weg zeigen!*

Die Motte flatterte über eine Gruppe Schafe hinweg. Mottenflug musste um sie herumrennen, als die Motte höher stieg. *Nein! Verlass mich nicht!* Angst durchfuhr sie. Was, wenn sie immer höher flog und nicht mehr zu sehen war? Mottenflug rannte schneller, während ihre Tatzen vor Verzweiflung prickelten.

Dieses Mal verliere ich dich nicht!

Ein Bellen schnitt durch die Luft. Mottenflugs Fell sträubte sich.

Ein Hund!

Sie ließ den Blick von der Motte und schaute sich um.

Wieder ein Bellen, dieses Mal lauter. Dann brach der Hund in ein begeistertes Japsen aus. Bei Mottenflug schrillten die Alarmglocken.

Er hat mich gesehen!

Sie drehte sich im Kreis, ließ die Augen verzweifelt über das Feld wandern, aber ihre Sinne wurden vom schweren Erdgeruch der Weide verwirrt.

Die Schafe fingen panisch an zu rennen. Sie drängten sich zusammen und die ganze Herde lief auf Mottenflug zu.

Sie konnte den Hund immer noch nicht sehen, aber sein triumphierendes Gebell kam mit jedem Augenblick näher.

Plötzlich teilte sich die Herde. Die erschreckten Schafe stoben auseinander, als etwas Schwarz-Weißes zwischen ihnen auftauchte. Sie brachen vor Angst nach rechts und links aus, als die schwarz-weiße Gestalt auf Mottenflug zurannte.

Einen Moment lang war sie vor Entsetzen starr, dann stürmte sie auf den Feldrand zu.

Dort war die Hecke dicht. Wenn sie sich hindurchquetschte, dann konnte ihr der Hund vielleicht nicht folgen.

Das Blut rauschte in ihren Ohren, während sie mit äußerster Anstrengung vorwärtssprang.

Das Trommeln der Hundepfoten wurde lauter.

Ich kann ihm nicht entkommen! Mottenflug rannte weiter und spürte nur noch Entsetzen. Zähne schnappten nach ihrer Schwanzspitze. Das Fell stand ihr zu Berge, und sie hatte Angst, zurückzuschauen. Der heiße Atem des Hundes fuhr über ihre Flanken. Sein Hecheln wurde zu einem bösartigen Knurren.

Wenn er eines ihrer Hinterbeine zu fassen bekam, war sie verloren.

Ich muss mich ihm stellen. Der einzige Weg zu entkommen, war, ihn zuerst zu verletzen.

Ihre Pfoten rutschten über das Gras, sie drehte sich und stellte sich auf die Hinterbeine. Mit einem Fauchen ließ sie die Vordertatzen durch die Luft sausen.

Zwischen ihr und dem Hund blitzte ein gelber Pelz auf.

Mottenflug war vor Überraschung wie gelähmt und ließ die Tatzen sinken, als eine gelbe Katze vorbeischoss.

Das Herz schlug ihr bis zum Hals, und sie erkannte taumelnd, wie der Hund seine Richtung änderte und jetzt den gelben Kater über das Feld verfolgte.

Wo kam der denn her?

Mottenflug stand wie gelähmt da und konnte nichts tun.

»Schnell!« Ein Maunzen war hinter ihr zu hören. Sie fuhr herum und war erstaunt zu sehen, wie zwei Katzen rechts und links neben ihr auftauchten.

Eine rundliche Kätzin starrte sie eindringlich an. »Wir müssen hier weg.«

Ein dünner Kater mit ergrauten Schnurrhaaren um die braune Nase stieß sie in Richtung Hecke. »Sofort!«

Mottenflug blickte über das Gras. Die gelbe Katze rannte im Zickzack, den Hund auf den Fersen. »Und was ist mit ihm?«

»Wer, Micah?« Der braune Kater tauschte einen amüsierten Blick mit der Kätzin.

Mottenflug sah verwirrt zu, wie Micah plötzlich einen Haken schlug und zwischen den Beinen der erstaunten Schafe verschwand. Blökend vor Überraschung, stoben sie auseinander, denn der Hund rannte hinter dem Kater her und rammte sie dabei einfach aus dem Weg, wenn sie ihm nicht schnell genug Platz machten.

Die Kätzin an ihrer Seite schnurrte. »Micah braucht wirklich keine Hilfe.«

»Mach schon.« Der Kater stupste sie wieder an. »Wir zeigen dir, wo du sicher bist.«

Die schwarz-weiße Kätzin eilte schon auf die Hecke zu, wobei ihr dicker Bauch unter ihr hin- und herschwang. Voller Dankbarkeit rannte Mottenflug ihr nach. Hinter ihnen wurde das Gebell des Hundes vor Wut schrill. Der braune Kater schloss zu ihr auf und wurde nur langsamer, um ihr den Vortritt durch die Hecke zu lassen. Als die Stängel an ihren Flanken kratzten, durchfuhr sie Erleichterung. Sie hoffte nur, dass die beiden Katzen recht hatten und der gelbe Kater, der sie gerettet hatte, keine Hilfe brauchte.

8. KAPITEL

»KOMM MIT!« Die rundliche Katze kletterte bereits etwas hinauf, das steil nach oben führte und aus langen Hölzern mit vielen Querhölzern bestand.

Mottenflug eilte ihr über einen mit Stroh bedeckten Boden nach und war nervös, weil sie sich in einem riesigen Bau der Zweibeiner wiederfand. Er ragte hoch über ihr auf, das Dach irgendwo fern über ihr. Der braune Kater trottete hinter ihnen her und würdigte die riesigen, schwarz-weißen Wesen keines Blicks, die sich an der einen Seite des Baus schnaufend zusammendrängten und ihre Schwänzen durch die Luft pfeifen ließen.

»Sind sie gefährlich?«, maunzte Mottenflug leise und beäugte sie misstrauisch.

»Kühe? Gefährlich?« Der Kater brauchte nicht zu überlegen. »Sie sind schwerfällig, aber nicht böse. Wenn du nicht in die Nähe ihrer Hufe kommst, kann dir nichts passieren.«

Die Kätzin war bereits auf einer breiten Holzfläche angekommen, auf dem große Haufen von getrocknetem Gras gelagert waren, und schaute von oben auf sie herab.

Mottenflug blieb am Fuß dieses Anstiegs aus Latten stehen und ihre Pfoten zuckten vor Unbehagen. »Was ist das hier? Gibt es hier Zweibeiner?«

Der Kater schubste sie auf die erste Sprosse. »Das ist die Scheune. Die Zweibeiner lagern ihr Heu auf dem Zwischenboden und unten fressen die Kühe. Aber sie sind daran gewöhnt, dass wir hier sind, und lassen uns in Ruhe.«

Sind das Hauskatzen? Mottenflug klammerte sich an die nächste Sprosse und zog sich hoch. Eine ihrer Hinterpfoten rutschte ab und traf den Kater an der Schnauze. »Entschuldige!« Sie zog sich hinauf. »So einen Anstieg bin ich nie hinaufgeklettert.«

Der Kater schnaubte und schüttelte seinen Pelz. »Leitern sind nur beim ersten Mal schwierig«, versicherte er ihr. »Mach einfach weiter.« Mottenflug kraxelte über die letzte Sprosse, wo die Kätzin schon auf sie wartete. Heustaub stieg ihr in die Nase und sie musste niesen.

Während Mottenflug schniefte, schnurrten die beiden Katzen vergnügt. »Auch daran wirst du dich gewöhnen.«

Mottenflug war sich da nicht so sicher. Ihre Augen brannten. Die Luft war voller Staub, der in Wolken durch die Lichtstrahlen trieb, die durch jede Lücke in den hohen Holzwänden der Scheune fielen. Der Holzboden erstreckte sich bis zur weit entfernten Wand der riesigen Scheune und verlor sich im Dunkeln. Zu beiden Seiten ragten Heuhaufen auf.

Der Kater landete neben ihr. »Hier oben bist du sicher. Hunde können keine Leitern hinaufklettern. Sie bestehen bloß aus Pfoten und sind ohne Sinn und Verstand.«

»Was ist mit Micah?« Weit entfernt konnte sie den Hund immer noch wütend bellen hören.

»Micah ist die schnellste und cleverste Katze, die ich kenne.« Die pummelige Kätzin setzte sich und fing an, ihren Bauch zu lecken.

»An den kommt kein Hund ran!«, versicherte ihr der Kater.

Die Kätzin schaute vom Putzen auf. »Und wie heißt du, Liebes?«

»Mottenflug.« Sie blickte auf die Heuhaufen, die sie umgaben, und ihre Nase zuckte, als sie Beute witterte. Ihr Magen knurrte. Sie hatte Hunger.

»*Mottenflug?*« Die Kätzin blinzelte sie an. »Ist das ein Hauskatzenname?«

Mottenflugs Kopf zuckte nach oben. »Ich bin keine Hauskatze!« Sie schnaubte empört. Dann zögerte sie schuldbewusst. Waren diese Katzen Hauskatzen? Sie wollte sie nicht beleidigen, nachdem sie ihr so geholfen hatten. Sie senkte entschuldigend den Kopf. »Und ihr?«

Der Kater legte sich in einen Streifen Sonne und streckte sich. »Wir sind Hofkatzen. Wir teilen unser Territorium mit Zweibeinern, aber wir sorgen für uns selbst.« Er gähnte.

Die schwarz-weiße Kätzin richtete sich auf. »Ich heiße Kuh und das ist Maus.«

Mottenflug unterdrückte ein Schnurren. Was für komische Namen!

»Woher kommst du, Liebes?«, fragte Kuh neugierig.

Mottenflugs Schnurren blieb ihr im Halse stecken, als sie an das Lager des WindClans dachte. »Ich komme aus dem Moor. Dort lebe ich mit meinem Clan.« Das Heimweh überfiel sie so heftig, dass sie auf ihren Pfoten schwankte.

Kuh beugte sich vor, um sie zu stützen. »Du musst hungrig sein, du Arme. Du hast dich ja weit von deinem Lager entfernt.« Sie schaute Maus an. »Das Moor ist dieser große Hügel vor Sonnenaufgang, nicht wahr?«

Maus miaute. »Ist dein Clan deine Familie?«, fragte er Mottenflug.

»Gewissermaßen.« Das Herz tat ihr weh, während sie an Staubnase und Ginsterstern dachte, und der Schmerz wurde noch stärker, als sie an Windläufer dachte. *Ich wünschte, ich könnte etwas machen, damit sie stolz auf mich ist.*

Mottenflug hörte Pfoten über den Scheunenboden trommeln. Sie drehte sich gerade noch rechtzeitig herum, um einen gelben Pelz zu sehen, dann hörte sie, wie eine Katze die Leiter hochkletterte. Nur einen Moment später sprang Micah auf den Zwischenboden. Er schaute Kuh mit blitzenden grünen Augen an und sein gestreifter Pelz glänzte im Licht eines Sonnenstrahls. »Der Hund wird noch tagelang damit zu tun haben, die Dornen aus seinen Pfoten zu ziehen.« Ein Schnurren grollte tief in seiner Kehle.

»Hast du ihn wieder in die Brombeeren gelockt?« Kuhs Schnurrhaare zitterten vor Vergnügen.

»Na klar!«

Mottenflug musterte ihn. »Das klingt, als wäre es nicht das erste Mal gewesen.«

»In diesem Tal gibt es keinen Hund, der mich erwischt.« Micahs Schwanz peitschte durch die Luft. »Und wenn doch, dann verpasse ich ihm derart eins mit den Krallen, dass er es bereut.«

Maus rollte sich schläfrig auf den Rücken. »Das muss ein neuer Hund sein. Die alten Hofhunde sind nicht so dumm, dich zu jagen, Micah.«

Mottenflug sah den gelben Kater voller Bewunderung an. Er blickte zurück und seine Augen wurden immer größer.

Unbehaglich trat sie von einer Pfote auf die andere. Er

glotzte sie an, als hätte sie ein grünes Fell. »Stimmt was nicht?« Verlegen fuhr sie sich mit einer Pfote über die Ohren und fragte sich, ob eines von ihnen falsch herum anlag.

»*Du* bist es!« Micahs Pelz kräuselte sich am Rücken. Sein Maunzen war pure Ungläubigkeit. »Was machst du denn *hier*? Du gehörst doch nicht hierher!«

Kuh blinzelte ihn an. »Was redest du denn da, Micah? Sie kommt nicht von hier.«

»Aber ich kenne sie!«, behauptete Micah beharrlich.

Maus rappelte sich auf. »Du bist seit deinen Kindertagen auf diesem Hof. Wie sollst du sie da kennen? Sie war noch nie hier.«

»Ich habe sie in meinen Träumen gesehen!«, schnurrte Micah mit aufgerissenen Augen.

Kuh legte den Schweif über ihre Pfoten. »Sei kein Mäusehirn. Sie ist kein Traum!«

Mottenflug hörte kaum, was die Kätzin sagte. Sie starrte Micah an. »Hast du auch Träume?«

Maus schnaufte. »Jede Katze hat Träume.«

Micah warf ihm einen Blick zu. »Ich *kenne* deine Träume, du hast mir davon erzählt, Maus. Es geht nur darum, dass du Mäuse und Ratten jagst.«

»Das stimmt nicht«, schnaubte Maus. »Manchmal träume ich auch, dass sie *mich* jagen.«

»Aber meine Träume fühlen sich an, als wären sie Realität!«, beharrte Micah.

»Meine auch!« Mottenflugs Magen zog sich voller Erregung zusammen.

»Die arme Mottenflug ist am Verhungern«, warf Kuh mit erhobenem Schwanz ein. »Lasst uns erst essen und dann reden.« Sie zeigte mit der Pfote in Richtung der Schatten auf dem Zwischenboden. »Soll ich dir eine Maus fangen? Es gibt jede Menge davon.«

Mottenflug schüttelte den Kopf. Sie hatte eine lange Reise vor sich. Sie war sicher, dass die Motte ihr immer noch etwas zu zeigen hatte. Und wenn sie ihren Träumen vertrauen konnte, dann hatte das sicher etwas mit den Geisterkatzen zu tun. Sie musste beweisen, dass sie stark genug für die Aufgabe war. »Danke, aber ich fang mir selbst eine.« Sie schaute an Kuh vorbei ins Dunkel und streifte Micah mit einem Blick. *Ich will nicht, dass er glaubt, ich könnte nicht für mich selbst sorgen*, dachte sie, und bei dem Gedanken wurde ihr heiß und kalt.

Kuh zeigte mit der Nase auf die Schatten: »Bedien dich.«

Micah tapste ihr nach. »Lass uns zusammen Beute suchen«, schlug er vor. »Die Verfolgungsjagd hat mich hungrig gemacht.«

»Wir gehen alle zusammen.« Kuh stand auf.

Das versetzte Mottenflug einen Stich. Sie war enttäuscht, denn sie wollte kurz mit Micah allein sein, um mit ihm über die Träume zu reden. Waren sie wie ihre?

»Kommt schon!« Kuh steuerte bereits auf die hinteren Ecken des Zwischenbodens zu.

Micah sprang auf einen der Heuhaufen und verschwand auf der anderen Seite.

»Hier ist ein großartiger Platz«, miaute Kuh mit gesenkter Stimme. »Hier gibt es immer eine Menge Mäuse, die der Versuchung einfach nicht widerstehen können, am Heu zu knabbern, sogar hier oben.«

Sie kauerte sich zusammen. Mottenflug presste sich neben

ihr an den Boden und starrte in das Dämmerlicht. In ihrer Nase kribbelte Staub, aber durch ihn hindurch konnte sie den scharfen Geruch von Beute riechen.

Wieder knurrte ihr Magen.

Kuh unterdrückte ein Schnurren. »Du bist zuerst dran«, maunzte sie leise.

»Danke.« Mottenflug kroch vorwärts, während sich ihre Augen an das Dämmerlicht gewöhnten. Zwischen zwei Heuhaufen bewegte sich etwas. *Konzentrier dich.* Mottenflug erinnerte sich an Ginstersterns Rat, und ihr wurde klar, wie oft er ihr die gleichen Ratschläge erteilt hatte. *Beweg dich langsam. Halt den Schwanz hoch. Tritt leise auf.* Während ihr die Worte des Vaters in den Ohren hallten, schob sie sich vorwärts. Sie zitterte vor Aufregung. Im Näherkommen erkannte sie die kleinen, runden Umrisse einer Maus. Mit angehaltenem Atem machte sie noch ein paar Schritte und hielt dann inne. Sie spannte die Muskeln in ihren Hinterläufen und machte sich zum Sprung bereit. Einen Augenblick lang spürte sie eine absolute Ruhe. Dann sprang sie.

Die Maus flitzte davon, aber Mottenflug war schnell. Sie landete nur eine Schnurrhaarbreite von zwei Heuhaufen entfernt und schlug die Pfote mitten zwischen sie; so schnell hatte sie sich in ihrem ganzen Leben noch nicht bewegt. Während sie die Klauen in das warme Fleisch schlug, wurde sie von dem Triumphgefühl fast überwältigt. Blitzschnell zog sie die Krallen aus der Maus und tötete sie mit einem einzigen Biss.

Ein schwarz-weißer Pelz schoss an ihr vorbei. Kuh sprang auf einen der Heuhaufen, verschwand fast darin und zog aus einer Explosion von Heustaub ihre eigene Beute hervor.

Ihre Augen strahlten Mottenflug an, während sie die gefangene Maus tötete, und nickte ihr anerkennend zu. »Es gibt keinen besseren Ort zum Leben als eine Scheune«, schnurrte Kuh laut.

Mottenflug begegnete ihrem Blick und war dankbar für die Herzlichkeit der Katze. Aber sie war anderer Meinung. Kurz stellte sie sich den Wind auf dem Hochmoor vor, der durch ihren Pelz fuhr, wenn sie mit Staubnase Kaninchen jagte. *Eines Tages werde ich eins fangen.* Ihre Brust schwoll vor Glück bei der Vorstellung, wie ihr Bruder sie beeindruckt anschaute.

»Komm«, miaute Kuh. Sie lief schon zurück zu den Sonnenflecken auf dem Zwischenboden, ihr Maunzen gedämpft durch die Maus in ihrem Maul.

Mottenflug nahm die eigene Beute auf und folgte ihr.

Maus war schon am Essen. Micah kam gleich darauf, sprang über einen Heuhaufen und landete leichtfüßig neben ihr, eine Maus zwischen den Zähnen.

Mottenflug biss in ihre Maus und genoss das süße Aroma. Mit einem Schütteln erinnerte sie sich an die Kröte von letzter Nacht. Wie konnte der FlussClan bloß täglich Frösche essen? Vielleicht taten sie das ja auch nicht. Vielleicht hoben sie die zum *Nachtisch* auf!

Warmer Atem streifte ihr Ohr. »Du hast gesagt, dass du auch träumst.« Micahs Stimme unterbrach ihre Gedanken. Er war an sie herangerückt und legte seine Maus neben ihre.

»Ja«, murmelte sie.

Kuh war mit Essen beschäftigt. Maus war bereits fertig und putzte sich eine Schwanzlänge entfernt gemächlich.

Micah biss in seine Maus. »Wovon träumst du?«, fragte er mit vollem Maul. »Von mir?«

Mottenflug schüttelte den Kopf und versuchte, nicht zu

schnurren. Zurückhaltung war Micah offensichtlich fremd. »Ich träume von einer Motte und von Geisterkatzen. Alles ist so lebendig wie im echten Leben.«

»*Geisterkatzen?*« Micah starrte sie an.

»Tote Katzen, die sich mit lebenden treffen.« Mottenflug fragte sich plötzlich, ob auch Hofkatzen Besuch von ihren Vorfahren erhielten. Dem verwirrten Ausdruck auf Micahs Gesicht nach eher nicht. »Träumst du so was auch? Von Motten und anderen Katzen?« Vielleicht war ihm nicht klar, dass die Katzen in seinen Träumen tot waren. Sie blickte ihn erwartungsvoll an und hatte die warme Witterung ihrer Maus schon fast vergessen. Dafür stieg Hoffnung in ihrer Brust auf. Würde Micah wissen, was die Motte bedeutete und wer die graue Kätzin war?

Er schüttelte den Kopf und schluckte dann. »Ich träume einfach von dir.« Er sah sie nachdenklich an. »Einfach du. Wie du mit einem jungen, grau gestreiften Kater spielst …«

»Staubnase?«, unterbrach ihn Mottenflug.

»Ich weiß nicht, wie er heißt. Manchmal spielt ihr miteinander Schwänze fangen, manchmal seid ihr draußen im Gras und jagt. Manchmal sind andere Katzen bei dir – ein anderer grauer Kater und älter als Wie-auch-immer-Nase.«

»Ginsterstern!« Mottenflugs Pelz sträubte sich. Dieser Kater hatte sie in seinen Träumen wirklich gesehen!

Micah schaute sie unsicher an. »Wenn du meinst. Und dann gibt es noch eine sehnige, braune Kätzin. Sie scheint ständig sauer zu sein.«

»Das ist Windläufer, meine Mutter«, miaute Mottenflug.

Micah biss wieder in seine Maus. »Ich wurde meiner Mutter weggenommen, als ich noch ganz klein war. Aber wenn

Mütter so streng sind, dann bin ich froh, dass ich stattdessen Kuh habe.« Er warf der rundlichen Kätzin einen liebevollen Blick zu. Ihre Augen schimmerten vor Zufriedenheit, während sie den Rest ihrer Beute aß. Plötzlich zuckten Micahs Schnurrhaare. »Warum nimmst du immer Pflanzen mit zurück in euer Lager?«

»Das siehst du?« Mottenflug schaute ihn verwundert an.

»Die anderen Katzen ziehen dich damit auf, aber du bringst von jeder Jagd Pflanzen mit und keine Beute. Deine Mutter macht das verrückt.«

Mottenflug schnurrte laut. So wie Micah das erzählte, klang es lustig. Dann stockte sie. »Überrascht es dich, mich jetzt im echten Leben zu treffen?«

Er kniff die Augen zusammen, als müsste er nachdenken. »Meine Träume sind mir immer ganz echt vorgekommen, also ist es irgendwie nur natürlich, dass ich dich eines Tages auch treffe.«

Mottenflug nickte eifrig. »Ich weiß genau, was du meinst. Ich träume nicht von dir, aber auch meine Träume fühlen sich ganz *echt* an. Sie *müssen* einfach echt sein, oder?«

Micah warf ihr einen zweifelnden Blick zu. »Grüne Motten und Geisterkatzen?«

Mottenflug starrte in seine hellgrünen Augen. »Du hast von mir geträumt, auch wenn du mich nie getroffen hast«, verkündete sie dann. »Also ist alles möglich.«

Micahs Ohren zuckten. »Vermutlich.« Er hielt ihren Blick fest und ihr wurde warm unter dem Pelz.

Plötzlich hatte sie das Gefühl, als ob sie ihn schon immer gekannt hätte. Ihr Fell prickelte. *Gehört diese Katze auch zu meiner Reise?*

9. KAPITEL

MOTTENFLUG NIESTE und wurde dadurch wach. Sie schnüffelte, öffnete blinzelnd die Augen und sah Heuhaufen, die um sie herum aufragten. Sie erkannte die Nester von Kuh, Maus und Micah, deren Stroh flach gedrückt war und die noch immer Wärme ausstrahlten.

Sie richtete sich auf und fragte sich, wohin die anderen verschwunden waren. Es war hell, aber durch die Lücken in der Wand der Scheune drangen keine Sonnenstrahlen. Mottenflug schnupperte und durch muffigen Heustaub hindurch roch sie den Regen. Sie reckte sich und spürte die Energie durch ihre Muskeln strömen. Sie hatte tief, gut und mit vollem Bauch geschlafen. Während sie die Brust auf den Boden presste, bebte ihr Schwanz vor Wohlbefinden, und sie streckte sich und schüttelte ihren flach gelegenen Pelz auf.

Plötzlich fiel ihr ein, dass sie überhaupt nicht geträumt hatte, hielt inne und fragte sich, ob der Hof der Ort war, zu dem die Motte sie bringen wollte. Schließlich war sie hier auf Micah gestoßen. Er hatte von ihr geträumt. Vielleicht war das die Absicht der Motte gewesen – dass sie sich trafen. Aber diesen Gedanken verwarf sie gleich wieder. Er erklärte weder ihre Träume von der grauen Kätzin noch den glitzernden Stein oder die Geisterkatzen, die sich um ihn versammelten.

Sie musste weiterziehen. Es gab noch viel mehr zu entdecken.

Sie ging zum Kopf der Leiter und schaute nach unten. Zögernd setzte sie eine Vorderpfote auf die oberste Sprosse, ließ die andere Pfote dann auf die nächste fallen. Ihr Herz klopfte und sie krallte sich ängstlich an das raue Holz. Ungeschickt glitt sie auf die nächste Sprosse, jetzt mit beiden Pfoten voran, dann auf die nächste, versuchte verzweifelt, die Hinterpfoten nachzuziehen, sodass sie einen Augenblick lang halb kletternd, halb rutschend darum kämpfte, nicht hinunterzufallen. Sobald sie den Boden nah genug fand, um sicher darauf zu landen, sprang sie und war erleichtert, dass die Hofkatzen ihren unbeholfenen Abstieg nicht mitbekommen hatten.

Die Kühe im Schatten hinter ihr raschelten mit den Hufen im Stroh. Sie huschte an ihnen vorbei zu dem schmalen Spalt in der Wand, durch den Maus und Kuh sie am vorherigen Tag in die Scheune gebracht hatten.

Feiner Regen fiel auf ihr Gesicht, während sie vorsichtig zu dem Steinpflaster tapste, das sich vor ihr ausbreitete. Sie kniff die Augen zusammen und genoss den Sprühregen. Nach der staubigen Luft in der Scheune fühlte er sich erfrischend an. Ein leichter Wind wirbelte ihr der Duft von Blattfrische in die Nase. Die Bäume jenseits des Pflasters wurden schon grün, ihre Äste glühten von neuen Blattknospen, die kurz davor waren, sich zu entfalten.

»Du bist ja wach!« Mottenflug wandte den Kopf und sah Kuh; die schwarz-weiße Katze lief auf sie zu.

Maus folgte seiner Freundin auf den Pfoten. »Hast du gut geschlafen?«

»Ja.« Mottenflug schnurrte und die beiden blieben neben ihr stehen.

»Du musst Hunger haben«, vermutete Kuh.

»Ich werde unterwegs etwas fangen«, erklärte ihr Mottenflug.

»*Unterwegs?*« Kuh schüttelte fragend den Kopf.

Mottenflug suchte nach Worten. Wie sollte sie erklären, dass die Träume ihr geboten, weiterzuziehen? »Ich muss einfach weiter.« Kaum hatte sie den Satz beendet, bemerkte sie die grünen Flügel, die am Ende des Steinpflasters auftauchten.

Meine Motte! Sie flatterte über einem Mäuerchen hin und her, als würde sie ihr winken.

Mottenflug lief in ihre Richtung und schüttelte sich die Nässe aus dem Pelz.

Kuh stellte sich ihr in den Weg. »Du kannst nicht einfach verschwinden!«

»Aber ich *muss*!« Mottenflug versuchte auszuweichen, aber da stand ihr Maus im Weg.

Die Augen des Katers glitzerten vor Sorge. »Du bist zu jung, um allein im Tal herumzulaufen!«

»Mir wird schon nichts passieren.« Mottenflug versuchte, ihn beiseitezuschieben, aber Kuh stupste sie zurück.

»Bleib noch ein paar Tage, bis du dich ausgeruht und genug gegessen hast.« Auch in den gelben Augen der Kätzin war die Besorgnis zu lesen.

»Ich kann nicht.« Mottenflug blickte unruhig zu der Motte. Sie flatterte jetzt schneller und geradezu ungeduldig herum. Sie konnte sie nicht schon *wieder* entkommen lassen. »Ich muss *jetzt* los!«

»Fast hätte dich ein Hund erwischt!«, erinnerte sie Maus.

»Von jetzt an werde ich besser aufpassen«, versprach ihm Mottenflug.

»Du bist nur Haut und Knochen«, miaute Kuh. »Bleib noch, und wir mästen dich ein bisschen, bevor du weiterziehst.«

Mottenflug schluckte ihren Missmut hinunter. *Im Vergleich zu* dir *bin ich nur Haut und Knochen.*

Plötzlich flatterte die Motte in Richtung der Bäume hinter der Mauer davon. Mottenflug versuchte verzweifelt, an Kuh und Maus vorbeizusehen, die sie zurück zur Scheune drängten. *Sie wird ohne mich weiterziehen!* Mottenflug wurde wütend und fuhr die Krallen aus. Würde sie sich den Weg freikämpfen müssen?

Die Motte war jetzt wieder über der Mauer. *Ich komme schon!* Sie gab ein stummes Versprechen. »Bitte, lasst mich gehen«, flehte sie. Die Motte konnte jeden Moment wieder verschwinden, wie sie es schon erlebt hatte.

»Lasst sie gehen, wenn sie will.« Micahs tiefes Maunzen klang über das Pflaster. Er glitt unter einem Monster hervor, das auf der anderen Seite des Platzes stand, und schlenderte mit erhobenem Schwanz auf sie zu. Mottenflug durchfuhr eine Welle der Freude und Bewunderung. Hatte Micah denn keine Angst vor dem Monster? Es konnte schließlich jeden Augenblick aufwachen!

Micah blieb neben seinen beiden Freunden stehen und schüttelte sich die Regentropfen aus den Schnurrhaaren. »Merkt ihr nicht, dass sie unbedingt loswill?«

Mottenflug schaute ihn dankbar an. »Die Motte aus meinen Träumen versucht, mir irgendetwas zu zeigen.«

Micah nickte feierlich, er schien sie genau zu verstehen.

Kuh sah erschrocken auf. »Und wenn ihr etwas passiert?«, sorgte sie sich. »Das könnte ich mir nie verzeihen.«

»Du kannst nicht jede Katze beschützen, Kuh«, maunzte Micah. »Sie ist alt genug, um auf sich selbst aufzupassen. Als wir sie gefunden haben, war sie auch allein unterwegs.«

»Sie war kurz davor, von einem Hund in Stücke gerissen zu werden«, betonte Kuh.

Micah blickte Mottenflug an. Sein hellgrüner Blick brannte sich in ihre Augen. »Sie *muss* gehen.«

Mottenflug miaute und drehte den Kopf in Richtung der Motte. »Und zwar *jetzt*!«

Micahs Blick wurde weicher, während er seine Freunde ansah. »Ich könnte sie ja begleiten.«

Maus riss die Augen auf. »Sie *begleiten*?«

Micah begegnete dem Blick des alten Katers. »Dann müsste Kuh sich keine Sorgen machen.« Er wandte sich an Mottenflug. »Darf ich mitkommen?«

Aber das ist meine Reise! Sie öffnete das Maul, wartete darauf, dass die Worte herauskamen, aber sie stockten ihr auf der Zunge. »Mit mir kommen?«, war alles, was sie hervorbrachte.

»Solange ich mich erinnern kann, träume ich von dir«, stellte Micah fest. »Ich muss herausfinden, *warum*, genauso wie du herausfinden musst, was es mit der Motte und den Geisterkatzen auf sich hat.«

Mottenflug trat verlegen von einer Pfote auf die andere. »Ich glaube, ich muss das allein schaffen.«

»Und warum tauchst du dann in meinen Träumen auf?« Micah starrte sie so lange bittend an, bis sie sich von seinen grünen Augen gefangen fühlte. »Bitte lass mich mitkommen.«

Sie wusste, was er fühlte – ein Ziehen im Bauch, seine Träume, die ihn riefen. Er hatte erlebt, wie seine Träume Realität wurden, und konnte jetzt nicht einfach so weiterleben, als wäre nichts passiert. Außerdem spürte sie tief unter ihrem Pelz, dass sie auf irgendeine Art miteinander verbunden waren. Auch Micah musste eine Verbindung zur Motte und den Geisterkatzen haben. Sie nickte langsam. »Na gut.« Die Motte stieg in die Luft auf und begann im Zickzack auf die Bäume zuzuflattern. »Aber wenn, dann *jetzt*!«

»Du kannst nicht weggehen, Micah!« Kuhs Augen glitzerten vor Traurigkeit. »Du bist hier aufgewachsen.«

Micah rieb seine Nase an ihrer. »Und du warst wie eine Mutter für mich. Ich werde mich immer an dich erinnern. Aber du wirst mich wiedersehen.«

Maus' Augen waren dunkel. Er senkte seine ergraute Schnauze. »Das habe ich viele Katzen sagen hören, aber wenn eine Katze erst mal auf Wanderschaft geht, dann kommt sie nur selten zurück.«

Mottenflug hatte Mitleid mit den Hofkatzen, aber ihre Pfoten brannten darauf, der Motte hinterherzujagen. »Ich kann es kaum erwarten«, maunzte sie Micah zu. »Kuh und Maus, habt vielen Dank für alles, aber ich muss jetzt los. Micah, bleib mir auf den Pfoten.« Sie warf einen Blick auf die Motte. Die leuchtend grünen Flügel verschmolzen fast mit den aufknospenden Bäumen. Sie sprang los, jagte ihr über die Pflastersteine nach und hüpfte auf das Mäuerchen am Ende des Platzes.

Auf der anderen Seite landete sie in weichem Gras und hielt nach der Motte Ausschau. Sie sah gerade noch, wie sie durch den Wald flatterte. Mottenflug tauchte in den Schatten der Bäume ein und war froh, den Regen hinter sich zu lassen.

Die Motte ging in den Sinkflug und tanzte über Farnen, die gerade anfingen, sich zwischen den Stämmen zu entrollen.

Mottenflug hörte Pfoten hinter sich und schaute zurück. Ein gelbgestreifter Pelz tauchte zwischen den Bäumen auf. Micah hatte sie fast eingeholt.

Hechelnd schloss er zu ihr auf. »Warum die Eile?«

Mottenflug zeigte mit der Nase auf die Motte. Sie hatte eine Pause eingelegt und verschnaufte kurz auf einer Birke. »Kannst du sie sehen?«

Micah folgte ihrem Blick und seine Augen wurden groß. »Wie schön sie ist! Ist das die Motte aus deinen Träumen?«

»Ja!« Mottenflug maunzte vor Freude. Sie hatte immer noch Zweifel gehabt, ob es die Motte wirklich gab oder ob sie nur in ihrer Einbildung existierte. Aber Micah konnte sie auch sehen!

Micah schnurrte. »Du weißt also, wie das ist, wenn deine Träume plötzlich auftauchen, wenn du nicht schläfst?« Seine grünen Augen leuchteten auf, als er ihren Blick sah.

Bevor sie antworten konnte, schwirrte die Motte wieder zwischen den Bäumen davon. Mottenflug folgte ihr.

»Wo enden diese Wälder?«, fragte sie.

»Sie enden an einem Abhang. Von dort aus führt ein Weg an einem anderen Zweibeinernest vorbei«, wusste Micah.

Mottenflug versteifte sich. »Noch mehr Hunde?«

Micahs Pelz streifte ihren, während er neben ihr entlangtrottete. »Keine Angst!«, schnurrte er. »Mit Hunden kenne ich mich aus.«

10. KAPITEL

DIE MOTTE MACHTE zu Mottenflugs Erleichterung einen Bogen um das Zweibeinernest. Als sie und Micah aus dem Wald liefen, schwenkte sie ab, tiefer ins Tal hinein. Über ihnen rissen die Wolken auf und der leichte Regen klang ab. Bei Sonnenhoch zeigte der Himmel schon blaue Flecken und eine Weile später strahlte die Sonne von einem wolkenlosen blauen Himmel.

Ein Wind fing an, Mottenflug zu umspielen, und obwohl die Sonne auf ihren Pelz brannte, wurde es Mottenflug kühl. Sie hatten den ganzen Tag nichts gegessen, aber sie wollte nicht anhalten und jagen, weil sie dann vielleicht die Motte aus den Augen verloren hätten. Ihr Magen knurrte, und sie plusterte ihren Pelz auf, um warm zu bleiben. Micah schien ihr Unbehagen zu spüren und lief jetzt dicht neben ihr. Sie wärmten sich gegenseitig, während sie weiter der Motte folgten.

Die Motte ließ ein Feld nach dem anderen hinter sich und steuerte auf die sinkende Sonne zu. Dabei näherte sie sich immer mehr den Hochfelsen.

Während sie in die Schatten der großen Gipfel eintauchten, spürte Mottenflug die Müdigkeit in ihren Pfoten. Schließlich verschwand die Sonne vor ihnen, und Mottenflug versuchte blinzelnd, sich an den Wechsel von Licht zu Schatten zu gewöhnen. Das Gras unter ihren Pfoten wurde rauer. Als sie den Fuß der Hochfelsen erreichten, wich es blanker, steiniger Erde mit ein paar Inseln von Heidekraut. Das Land stieg jetzt steil an, und die Motte flatterte höher und höher auf den Bereich zu, wo es nichts anderes als Felsen gab.

Micah blieb stehen und schüttelte sich. »Wir können nicht mehr weiter, wir müssen eine Pause machen.«

Mottenflug schaute ihn an. »Wir müssen aber! Was, wenn wir sie verlieren?«

Micah kletterte auf einen breiten, rund geschliffenen Felsblock und legte sich hin. Sein heller Pelz wirkte in der fahlen Dämmerung farblos. »Sie wird bei Sonnenaufgang wiederkommen. Das hat sie doch immer getan.«

Mottenflugs Nackenfell sträubte sich. »Wir *können* jetzt nicht aufhören!«

Micah schaute der Motte nach. Sie flatterte an der Felswand entlang. »Wie sollen wir ihr dort hinauffolgen? Wir haben keine Flügel.«

»Wir werden einen Weg finden.« Mottenflug musterte die nackten Felsen sorgenvoll, hielt nach Vorsprüngen und Pfaden Ausschau, denen sie folgen konnten. Während ihre Augen am schroffen Stein nach oben glitten, wurde sie mutlos. »Es *muss* doch einen Weg geben!«

Die Flügel der Motte waren im Schatten der Felsen kaum noch zu sehen. Mottenflug musste die Augen zusammenkneifen, um sie überhaupt noch zu erkennen. »Sie fliegt nicht mehr weiter!« Ihr Pelz kräuselte sich überrascht, als sie merkte, dass die Motte sich hingesetzt hatte. War sie auch müde?

Micah sprang von dem Felsen und blickte ebenfalls nach

oben. Sein Atem bildete kleine Wölkchen in der kühlen Abendluft. »Ist das da ein Loch in der Felswand?«, maunzte er leise.

Mottenflug kniff die Augen zusammen. Dunkelheit umgab die Motte, als hätte sie sich auf der Lippe eines klaffenden Maules niedergelassen. Die Öffnung war viereckig und hatte Kanten wie die Löcher in den Zweibeinernestern. Wellen der Aufregung erfassten sie. »Das ist ein Eingang!«

»Ein Eingang zu was?« Micah schnurrte müde.

»Das weiß ich nicht, aber es muss das sein, was sie mir zeigen will.« Mottenflug kletterte in hastigen Sprüngen den Hang hinauf und kleine Steinchen lösten sich unter ihren Pfoten. Als sie dem Eingang näher kam, flog die Motte wieder los und stieg hoch und höher in den Himmel hinauf. »Warte!«, rief Mottenflug ihr nach und vor Aufregung wurde ihr schlecht. »Willst du mir nicht zeigen, was da drin ist?«

Aber die Motte schwirrte in Kreisen immer höher, bis Mottenflug sah, wie sie über den Hochfelsen schwebte, wo die untergehende Sonne den Himmel mit orangefarbenen Streifen schmückte. Dann war sie verschwunden. Mottenflug scharrte mit den Krallen über den blanken Felsen. Es zerriss ihr fast das Herz. »Kannst du sie sehen?«, miaute sie verzweifelt Micah zu.

»Sie ist weg.« In ihrem Rücken rumpelten Steine, während Micah den Hang hochkletterte.

»Das *kann* nicht sein!« Sie starrte ihn mit leerem Blick an.

Micah strich sanft mit seinem Schwanz über ihren Rücken. »Sie hat dir gezeigt, was sie dir zeigen wollte«, maunzte er leise. »Du brauchst sie nicht mehr.«

Langsam wandte sich Mottenflug dem klaffenden Maul in der Felswand zu. »Ich glaube, ich muss da hineingehen.«

Furcht ergriff sie. Sie erinnerte sich an die Angst, die sie schockartig jedes Mal in den Kaninchengängen im Moor überfiel. »Ich mag das Dunkel nicht«, keuchte sie zittrig.

»Ich lass dich nicht allein«, versprach ihr Micah.

Mottenflug schüttelte den Kopf. »Du hast von *mir* geträumt«, erinnerte sie ihn. »Nicht von Motten. Ich muss allein gehen.«

»Warum?«, blinzelte Micah sie an.

Mottenflug spürte, wie ihre Pfoten schlotterten. »Ich bin mir nicht sicher, ich weiß nur, dass ich es *muss.*«

Micahs Ohr zuckte. »Na gut«, miaute er energisch. »Aber du gehst nicht da rein, bevor du nicht etwas gegessen hast.«

Mottenflug senkte den Kopf und war dankbar, dass sie ihn an ihrer Seite hatte. Sie war am Verhungern. Vielleicht zitterten deshalb ihre Pfoten so heftig. Als er sich umdrehte, folgte sie ihm den Abhang hinab.

»Ich bin sicher, dass ich hier irgendwo Mäusedreck gerochen habe.« Micah fing an, die Kanten des rundlichen Felsens zu beschnüffeln, auf den er geklettert war. Seine Ohren kribbelten. »Das wird einfach sein.« Noch während er redete, flitzte etwas Kleines unter dem Felsbrocken hervor und raste über den steinigen Boden. *Eine Maus!* Micah sprang und landete auf ihr, noch bevor sie eine halbe Schwanzlänge weit gekommen war. Er biss ihr den Hals durch und Mottenflug roch das warme Blut.

Das Wasser lief ihr im Maul zusammen, und sie suchte den Abhang nach etwas ab, das sie selbst erbeuten konnte.

»Die hier ist für dich.« Micah legte ihr die Maus vor die Pfoten.

»Aber ich kann selbst jagen«, protestierte Mottenflug.

»Das weiß ich«, stimmte Micah ihr zu. »Aber nicht jetzt. Spar dir deine Kräfte für das, was in der Höhle auf dich zukommt.«

Während er leise und mit zuckender Nase davontapste, starrte Mottenflug hinauf zu dem gähnenden Loch. Sie schluckte. Die Motte hätte sie doch nicht zu etwas geführt, das gefährlich war, oder? Hockend aß sie Micahs Maus. Doch als sie fertig war, knurrte ihr noch immer der Magen. Sie war froh, dass Micah mit zwei weiteren Mäusen im Maul zurückkam. Er warf einen Blick auf den blutigen Stein, auf dem ihre Mahlzeit gelegen hatte, und ließ die frische Beute dort fallen. »Du *hattest* Hunger«, schnurrte er. Er schob ihr eine der beiden Mäuse zu und nahm sich die andere.

»Bist du sicher?« An Mottenflug nagten leichte Schuldgefühle. Er war heute genauso weit gelaufen wie sie. Auch er musste kurz vor dem Verhungern sein.

»Ich fange noch mehr, während du die Höhle untersuchst.« Er biss in die Maus und seine Schnurrhaare zitterten vor Vergnügen.

»Wartest du auf mich?«, miaute sie zögernd. Der Himmel war inzwischen dunkel und durch die Finsternis leuchteten Sterne. Der kühle Wind war noch kälter geworden. Auf den Felsen zeigte sich erstes Frostglitzern, und die Steine waren so kalt, dass ihre Pfoten schmerzten.

»Natürlich warte ich auf dich!« Er hob ruckartig den Kopf. »Warum sollte ich gehen?«

Sie zögerte. »Es ist kalt. Ich dachte, du willst dir vielleicht einen Unterschlupf suchen.«

»Wir suchen uns einen Unterschlupf, wenn du zurück bist.«

Mottenflug musste vor Dankbarkeit schlucken. »Vielen Dank«, murmelte sie heiser.

Sie brauchte länger, um die zweite Maus aufzuessen. Sie wollte unbedingt sehen, was in der Höhle war, aber die Furcht hielt sie zurück. Das Herz klopfte ihr bis zum Hals. *Es wird da drin so dunkel sein!* Mit dem letzten Bissen versuchte sie, gleichmäßiger zu atmen. Micah hatte seine Maus längst gegessen und putzte sich neben ihr. Die mühelosen, rhythmischen Bewegungen seiner Zunge beruhigten sie. *Er wird auf mich warten!* Der Gedanke tröstete sie, während sie wieder hoch zur Höhle schaute.

»Bist du so weit?« Sein Maunzen ließ sie zusammenfahren.

Mottenflug nickte mit weit aufgerissenen Augen.

»Dir wird schon nichts passieren!«, versicherte ihr Micah. Sie standen zusammen auf, und er begleitete sie, als sie die Steigung in Angriff nahm. Die letzten Schwanzlängen musste sie klettern, dann sprang sie auf den Fels vor dem Eingang zur Höhle. Der Stein unter ihren Pfoten war glatt. Micah war mit einem Satz neben ihr und blickte hinein. »Es ist gut, dass du Schnurrhaare hast«, brummte er. »Du wirst sie brauchen, um dich da drin zurechtzufinden.«

»Ich habe auch noch eine Schnauze und Ohren«, versuchte Mottenflug, sich selbst Mut zuzusprechen. »Ich werde es schon schaffen!«

»Alles klar.« Micah schaute sie feierlich an. Sie spürte seinen Atem, als er sich vorbeugte und seine Nase an ihrer rieb. »Pass auf dich auf.«

»Werde ich.« Mottenflug drehte sich herum und tapste in die Höhle.

Die Höhle fühlte sich riesig an – groß und breit genug für

einen Zweibeiner. Zögernd schnupperte sie, aber der Witterung nach war sie hier das einzige lebende Wesen. Es roch nach nichts als Stein und abgestandenem Wasser. Sie ging tiefer in die Finsternis und versuchte sich vorzustellen, wie weit sie in die Hochfelsen hineinragte. Vor ihr war alles schwarz. Als sie weiterlief und das schon schwache Licht der Sterne hinter ihr immer mehr verblasste, merkte sie, dass sie nicht in einer Höhle war, sondern in einem Tunnel. Das Dunkel verschluckte sie, und sie wartete darauf, dass die Angst sie packte, aber nichts geschah. Sie fühlte sich merkwürdig ruhig und setzte auf dem glatten Stein eine Pfote vor die andere.

Aber ohne Sonne fühlte sich dieser Ort kälter an als eine verschneite Nacht auf dem Moor. Sie fröstelte unter ihrem Pelz. Außerdem war sie fast blind hier unten, obwohl sie die Augen so weit wie möglich geöffnet hatte, um auch noch den kleinsten Lichtschimmer mitzubekommen. Aber umgeben von völliger Schwärze konnte sie den Windungen des Tunnels in die Erde hinein nur folgen, indem sie sich an der Wand entlangtastete. Sie war erstaunt, dass sich in ihr ein tiefer Frieden ausbreitete. Es war, als würde der Stein sie willkommen heißen und immer tiefer in sein Herz hineinführen. Mit aufgerichteten Ohren lauschte sie und hörte, wie weit entfernt Wassertropfen stetig auf die harten Felsen schlugen.

Wie weit muss ich noch gehen? Gerade als sie sich fragte, ob dieser Tunnel überhaupt ein Ende hatte, fingen ihre Schnurrhaare an zu zittern, und die nasskalte Luft roch plötzlich frischer. Ihre Pfoten bewegten sich schneller. Es gab dort vorne frische Luft! Hatte sie die andere Seite der Hochfelsen erreicht? Oder war sie vielleicht im Kreis gegangen und vor ihr lag das Loch, an dem Micah wartete? Sie war sich sicher, dass sie gleich um eine Ecke biegen und plötzlich unter einem weiten, monderleuchteten Himmel stehen würde. Stattdessen trat sie in eine Höhle, die von wässerigem Sternenlicht erhellt wurde. Sie sah die Wände kaum, aber erkannte den Ort auf der Stelle wieder. In seiner Mitte thronte der riesige Felsen und ihr Herzschlag beschleunigte sich.

Genau wie in meinem Traum!

Sie hob den Kopf und da war das Loch in der Mitte der Decke. Sterne glitzerten und auch der Mond zeigte sich schon.

Mottenflug starrte erwartungsvoll auf den Stein. Sie wusste, was gleich passieren würde.

Als der Mond höher stieg, fing der Stein plötzlich an zu leuchten.

Mottenflug musste die Augen zusammenkneifen, da der Glanz sie blendete.

Der riesige Felsen glitzerte wie Millionen Tautropfen in der Sonne. Die ganze Höhle wurde von seinem Strahlen erleuchtet.

Wo sind die Geisterkatzen? Mottenflug sah sich erwartungsvoll um. Aber sie war die einzige Katze hier.

Sie schluckte ihre Enttäuschung hinunter, ging zu der Stelle, an der die graue Kätzin gelegen hatte, und presste sich an den eisigen Boden. Sie zog die Pfoten unter ihren Bauch und versuchte, sich die Körperwärme der Kätzin vorzustellen, die noch immer im Stein steckte. Ihr Pelz kringelte sich vor Aufregung. *Das ist genau der Ort, zu dem ich kommen sollte!* Sie schloss die Augen, streckte den Kopf aus und berührte mit der Nase den funkelnden Felsen.

11. KAPITEL

DAS LICHT FUHR ihr kribbelnd bis in jede Haarspitze. Mottenflug öffnete die Augen und bemerkte die vielen Pfotenpaare, die lautlos über den Steinboden glitten. Blinzelnd setzte sie sich auf. Sie war nicht länger allein. Im Licht des vom Mond beschienenen Steins sah sie die schimmernden Pelze vieler Geisterkatzen. Alle schauten sie an.

Sie können mich sehen! Ihr Herz klopfte schneller vor Freude. *Endlich! Sie können mich sehen!*

Sie fing den Blick eines gefleckten Katers auf, der ihr zunickte. Dann schaute er zu der schildpattfarbenen Kätzin neben ihm, die langsam die Augen schloss und zur Begrüßung den Kopf neigte. Mottenflugs Fell kribbelte am ganzen Rücken. Diese Katzen erwiesen ihr Achtung! Wussten sie nicht, dass sie nur eine junge WindClan-Katze war, die bisher nicht mal richtig zu jagen gelernt hatte?

Ein glitzernder, grauer Pelz kam auf sie zu und sie erkannte das Gesicht von Grauer Flug. »Du bist hier«, hauchte sie, und die Aufregung schoss ihr bis in die Pfoten.

Grauer Flug blieb eine Schnurrhaarlänge vor ihr stehen. »Willkommen, Mottenflug.« Seine Augen strahlten vor Stolz. »Endlich bist du gekommen.«

»Willkommen.«

»Willkommen.«

»Endlich bist du da.«

Die Katzen um sie herum hießen sie leise maunzend willkommen.

Was soll das heißen? Mottenflugs Herz schlug schneller. »Endlich gekommen?«, wiederholte sie verwirrt.

Eine weiße Kätzin trat vor und blieb neben Grauer Flug stehen. Ihr Fell glitzerte wie Sternenlicht, und ihre smaragdgrünen Augen leuchteten, von uralter Weisheit erfüllt. Mottenflug wurde vom Blick dieser weißen Katze wie magisch angezogen und hielt den Atem an.

»Ich bin Halber Mond.« Aus ihrem Maunzen sprachen Wärme und Zuneigung. »Wir haben auf dich gewartet.«

»Auf *mich*?« Mottenflug trat überrascht einen Schritt zurück. »Ihr *kennt* mich?« In ihren Träumen hatten die Geisterkatzen immer durch sie hindurchgeschaut; sie hatten sie noch nie gesehen.

Halber Mond schien ihre Gedanken lesen zu können. »Wir kennen jede Katze.«

»Wie das?« Mottenflug blinzelte sie an.

»Wir wachen über euch.« Sie schaute wehmütig zu dem Loch in der Höhlendecke.

Mottenflug folgte ihrem Blick in Richtung Sternengefunkel. Lebten die Geisterkatzen dort in einer Art … Clan?

Halber Monds Blick wanderte wieder zu ihr. »Wir erleuchten euren Weg, wenn es dunkel wird, so wie die Sterne. Wir wissen, was euch in euren Herzen und Träumen bewegt.«

»Aber warum habt ihr mich dann nicht in meinen Träumen von der blaugrauen Kätzin gesehen?« Mottenflug ließ den Blick über die versammelten Katzen gleiten. War die Kätzin da? Sie konnte sie nicht entdecken. »Ihr wart hier in dieser Höhle. Ich habe euch gesehen!«

Halber Mond neigte den Kopf. »Es gibt Träume, die muss man allein träumen.«

Mottenflug kniff die Augen zusammen. »Aber meine Träume haben mich hierhergeführt.«

»Die Motte hat dich hierhergeführt«, erinnerte sie Halber Mond.

»Habt ihr sie geschickt?« Mottenflug wartete nicht auf eine Antwort. Natürlich hatten sie die Motte geschickt! »Woher wusstet ihr, dass ich der Motte folgen würde?«

»Wir wussten es nicht«, erklärte ihr Halber Mond. »Wir konnten es nur hoffen. Es war der einzige Weg, um sicherzugehen, dass du die *Eine* bist.«

»Die *Eine*?« Mottenflugs Schwanz fuhr beklommen auf und nieder. Plötzlich hatte sie das Gefühl, sehr weit von zu Hause entfernt zu sein. Sie musterte Grauer Flug, hoffte auf eine Erklärung.

Aber Grauer Flug senkte den Kopf und trat einen Schritt zurück. »Halber Mond wird es dir erklären.«

Die weiße Kätzin hockte sich hin und legte den Schweif über die Pfoten. »Wir haben dich nicht grundlos hierherbestellt«, setzte sie an.

»Warum ich? Ich bin niemand Besonderes. Ich bin einfach …«

Halber Mond brachte sie mit einem Blick zum Schweigen. »Du *bist* etwas Besonderes.«

Mottenflug erinnerte sich an Ginstersterns Worte auf dem Hochmoor. *Staubnase wird mal ein guter Jäger sein, aber Mottenflug ist etwas Besonderes.* Sie starrte auf ihre Pfoten.

»Ich bin beim Jagen nicht so gut wie die anderen. Ich lasse mich immer ablenken.« Hatten die Geisterkatzen sie den ganzen Weg zurücklegen lassen, um ihr zu sagen, dass sie keine gute Clankatze war?

»Das wissen wir«, maunzte Halber Mond weich. »Aber das ist nichts Schlechtes. Wir möchten, dass du so weitermachst, dass du ganz du selbst bist.«

»Ganz *ich selbst*?« Was sollte *das* bloß bedeuten?

»Akzeptiere die Fähigkeiten, die dich zu dem machen, was du bist«, fuhr Halber Mond behutsam fort. »Deine Neugier, deine Träume, deine Offenheit allen Clans gegenüber.«

Mottenflug blinzelte sie voller Erstaunen an. »Aber in einem Clan sind das nutzlose Fähigkeiten. Neugier und Träume füllen keine hungrigen Mägen.« Mottenflug hörte die Stimme ihrer Mutter, als sie das sagte.

Halber Monds Schwanz zuckte. »Lass deine Clan-Gefährten die leeren Mägen füllen. Sie werden immer bessere Jäger sein.«

Mottenflugs Pelz brannte vor Scham.

»Du hast Kräfte, die keine andere Katze hat«, fuhr Halber Mond fort. »Natürlich ist Neugier für einen Jäger nicht hilfreich, auch Offenheit nicht. Ein Jäger muss sich auf die Beute vor seiner Nase konzentrieren. Er übersieht die Dinge, die *dir* auffallen.«

Mottenflug wusste nicht recht, wie sie das verstehen sollte. »Aber mir fällt nichts anderes auf als Sterne in einer Pfütze oder interessante Pflanzen.«

»Du hast diese Höhle in deinen Träumen gesehen«, erklärte ihr Halber Mond. »Ganz offensichtlich hast du eine viel stärkere Verbindung zu uns als jede andere Katze.«

»Aber euch haben auch andere Katzen gesehen!«, behauptete Mottenflug.

»Das war nur am Anfang. Bevor die Clans einen Weg gefunden haben. Jetzt müssen die Dinge sich ändern.« Halber Mond warf einen Blick auf ihre Sternengefährten. »Die Clans brauchen mehr als starke Führer und Kraft; sie brauchen Pflege und Fürsorge. Aber das muss von ihnen selbst kommen. Wir können nicht bei allem ihre Pfoten lenken. Und darum haben wir dich auserwählt, die erste Heilerkatze zu werden.«

Mottenflug erschauderte unter ihrem Pelz. »*Heilerkatze*? Was meinst du damit?«

Halber Mond ließ den Kopf sinken. »Wir werden dich lehren, deine Clan-Gefährten mit Pflanzen aus dem Moor, Wald oder Fluss zu heilen, wenn sie verwundet oder krank sind.«

Mottenflug erinnerte sich noch an jedes der Blätter, die sie in den letzten Monaten mit ins Lager gebracht hatte. Konnte man mit einigen von ihnen heilen? Wie sollte sie das wissen? Sie trat von einer Pfote auf die andere und ihre Gedanken rasten. Als sie noch ein Junges war, war ihr Wurfgeschwister Sonnenflaum an einer Krankheit gestorben, die in allen Clans gewütet hatte. Dann hatte Wolkenfleck herausgefunden, dass eine Pflanze – der Leuchtende Stern – die Krankheit heilen konnte, und die Katzen wurden wieder gesund. Und es *gab* bereits Katzen, die wussten, wie man heilte. Im letzten Winter, als alle Katzen husteten und viele so krank waren, dass sie nicht mehr jagen konnten, hatte Kieselherz vom SchattenClan Pflanzen gebracht, die sie kurierten. Getupfter Pelz vom FlussClan hatte Schiefer geholfen, ihre Jungen zur Welt zu bringen. Für den Anfang konnte sie von diesen Katzen lernen.

Ihre Pfoten zitterten vor Aufregung. Sie konnte sich auf die Suche nach neuen Pflanzen machen! Eines Tages würde sie vielleicht selbst etwas wie den Leuchtenden Stern finden – ein Kraut, das ihre Clan-Gefährten gesund machen würde. Mottenflugs Herz schlug schneller. Sie stellte sich vor, dass Windläufer dabei war, wie sie eine kranke Katze heilte. Sie sah die Überraschung in den Augen ihrer Mutter schon vor sich. *Sie wird nicht mehr wütend auf mich sein! Und meine Clan-Gefährten werden nicht mehr glauben, dass ich zu nichts nutze bin.*

Halber Mond ließ ein Schnurren hören und Mottenflug wandte ihre Aufmerksamkeit wieder der Sternenkätzin zu. Diese schaute sie liebevoll an. »Die Aufgabe scheint dir zu gefallen.«

»Allerdings.« Mottenflug miaute aufgeregt. »Ich hoffe nur, ich bin gut genug für diese Aufgabe.«

Eine braune Tigerkätzin schob sich an Halber Mond vorbei. Mottenflug trat unwillkürlich einen Schritt zurück. Der wild glitzernde Blick der Kätzin verunsicherte sie.

»Du wirst dich ganz und gar in den Dienst deines Clans stellen müssen«, knurrte sie.

Mottenflug erstarrte verärgert. *Aber das tue ich doch bereits!*

Halber Mond ließ ihren Schwanz beruhigend über den Rücken der Tigerkätzin streichen. »Auch das wird sie lernen, Regen auf Blüte. Mit der Zeit.«

Eine orangefarbene Tigerkätzin auf der anderen Seite des Steins ergriff das Wort. »Du musst lernen, welche Kräuter welche Krankheiten heilen.«

»Und du musst lernen, die Zeichen zu erkennen, die wir dir

schicken.« Ein Kater, dessen Pelz schwarz wie die Nacht war und im Sternenglanz funkelte, kam näher. »Nur du wirst wissen, was die Zeichen bedeuten. Und du musst dieses Wissen nutzen, um eure Anführerin zu beraten.«

Windläufer beraten? Mottenflug blinzelte. »Windläufer wird *nie* auf mich hören!«

Der schwarze Kater blinzelte nicht. »Dann musst du stark sein. Du musst sie *zwingen*, auf dich zu hören.«

Halber Mond nickte. »Mondschatten hat recht. Es ist keine einfache Aufgabe, die wir dir übertragen. Wir verlassen uns darauf, dass du dafür sorgst, dass es deinem Clan gut geht.«

Mottenflugs Zunge wurde trocken. »Ich werde es versuchen«, versprach sie leise. »Aber was ist mit den anderen Clans? Muss ich auch dafür sorgen, dass es *ihnen* gut geht?«

Mondschatten antwortete ihr. »Jeder Clan wird seine eigene Heilerkatze haben.«

Mottenflug zwinkerte. »Habt ihr mit ihnen schon gesprochen?«

»*Du* musst mit ihnen reden«, befahl ihr Mondschatten.

»Aber wie weiß ich, mit wem ich reden soll?« Mottenflug wurde schwindelig. Wie konnte sie anderen Katzen vorschreiben, wie sie zu leben hatten? Und war sie bereit, ihr *eigenes* Leben zu ändern – es mit Heilen zu verbringen statt mit Jagen? Sie würde für ihre Clan-Gefährten *verantwortlich* sein!

Halber Mond drängte Mondschatten und Regen auf Blüte sanft mit dem Schwanz zurück. Sie starrte auf den leeren Stein, der vor Mottenflug aufragte. »Pass auf.«

Mottenflug sah genau hin und keuchte auf, als eine Gestalt auftauchte. »Getupfter Pelz!« Sie erkannte die Kätzin aus dem FlussClan, die in ihrem Nest zusammengerollt fest schlief, und fragte sich, wie sie gleichzeitig hier in der Höhle sein konnte. Zögernd streckte sie eine Pfote aus und wollte die Kätzin berühren, aber die Pfote glitt durch Luft.

»Sie ist im Lager und träumt in ihrem Nest.« Halber Mond winkte mit dem Schwanz eine braun-weiß gestreifte Kätzin zu sich. »Funkelnder Bach. Komm her und gib Getupfter Pelz deinen Segen.«

Funkelnder Bach trat nah an den Stein heran und schaute liebevoll auf das Geisterbild. Sie berührte den schlafenden Kopf mit der Nase und flüsterte: »Schütze sie.«

Mottenflug erwartete fast, dass Getupfter Pelz aufwachen würde, aber das Bild verblasste, und ihr Platz wurde von einer anderen Katze eingenommen.

Wolkenfleck!

Mottenflug blickte noch auf den schlafenden DonnerClan-Kater, da rief Halber Mond schon nach einem anderen ihrer Gefährten. »Schrei der Dohle!«

Ein schwarzer Kater huschte herbei. Er schaute die schwarz-weiße Katze liebevoll an. »Beschütze deinen Clan.« Schrei der Dohle streckte die Schnauze vor, um seinen alten Clan-Gefährten mit der Nase anzustupsen.

Wolkenflecks Bild verschwamm und an seiner Stelle erschien ein grauer Kater.

Kieselherz. Mottenflug war nicht überrascht, als der SchattenClan-Kater auftauchte. Er hatte schon immer mehr über Kräuter gewusst als jede andere Katze.

Eine schildpattfarbene Kätzin tauchte hinter Halber Mond auf. Ihr Pelz schimmerte, als sie vor Kieselherz' Abbild stehen blieb. Mottenflug fragte sich, wer sie wohl war.

»Beeil dich, Schildkrötenschwanz«, maunzte Halber Mond drängend. »Der Mond ist gleich vorbeigezogen.«

Mottenflug wusste, dass Schildkrötenschwanz die Mutter von Kieselherz war. Sie war von einem Monster getötet worden, als sie versuchte, ihre Kinder in Sicherheit zu bringen. *Sie starb an dem Tag, als ich geboren wurde.* Mottenflug fühlte sich schwach vor Schmerz, während sie Freude und Kummer in den grünen Augen von Schildkrötenschwanz sah, die wie Sonnenschein im Regen glänzten.

Schildkrötenschwanz berührte mit der Nase den Kopf ihres Jungen. »Ich wusste immer, dass du etwas Besonderes bist«, murmelte sie. »Pass gut auf sie alle auf, mein Liebling.«

Kieselherz bewegte sich, und seine Ohren zuckten, als die Schnauze seiner Mutter ihn streifte. Dann schnaufte er und drehte sich im Schlaf herum und das Bild verblasste.

Grauer Flug trat neben Schildkrötenschwanz und legte seinen Schwanz schützend über ihren Rücken; dann geleitete er sie zurück.

Mottenflug sah zu, wie die beiden ihren Platz unter ihren Gefährten wieder einnahmen. *Wer kommt jetzt?* Für jeden Clan war eine Heilerkatze ausgewählt worden, außer dem WolkenClan. Sie schaute wieder auf den Stein, wo jetzt ein gelber Pelz Gestalt annahm. *Es gibt keine gelbe Katze im WolkenClan.* Als sie den mageren Körper und den geschmeidigen Rücken des Katers wiedererkannte, erschauderte sie. »Micah!«

Der Schock fuhr ihr bis in die Krallen. Anders als die anderen Katzen schlief Micah nicht. Er saß aufmerksam vor der Höhle und blickte nach vorn, als würde er warten.

Er wartet auf mich.

Eine kleine Tigerkatze streifte Halber Mond.

»Blume.« Halber Mond schnurrte freudig.

Mottenflug starrte Blume an, während sie an ihr vorbei und zum Bild von Micah ging. »Wie soll *er* eine Heilerkatze werden?«, japste sie. »Er gehört doch zu keinem der Clans!«

»Und ich früher auch nicht.« Blume blinzelte sie an, ihre Augen funkelten im Licht des Steins. Sie beugte sich vor und rieb ihre Schnauze an Micahs Wange. »Beschütze deinen Clan, als hätte er dich großgezogen.«

Micah zeigte keine Regung, sondern starrte einfach weiter vor sich hin. Er hatte keine Ahnung, dass Geisterkatzen ihn beobachteten. Mottenflug wollte ihm zurufen, dass sie wohlauf und demnächst wieder zurück war, aber sie wusste, dass er sie nicht hören konnte.

Als sein Bild verblasste, trat Halber Mond ein weiteres Mal auf sie zu. »Du musst jetzt zu deinem Clan zurückkehren, Mottenflug. Berichte den Katzen, was wir dir gezeigt haben.«

»*Allen* Katzen?« Sie würde jede einzelne Katze davon überzeugen müssen, dass sie das alles wirklich erfahren hatte. Wie nur sollte sie es schaffen, dass sie ihr glaubten?

»Erzähle einfach, was du erlebt hast. Sage die Wahrheit, Mottenflug«, maunzte Halber Mond. Sie klang sehr bestimmt. »Hab Vertrauen in deine Bestimmung.«

Ich bin eine Heilerin. Mottenflug hob den Kopf, während die weiße Katze fortfuhr.

»Beim nächsten Halbmond, und danach jeden weiteren halben Mond, musst du mit den anderen Heilerkatzen hierher zurückkommen, und dann werden wir uns die Zunge geben.«

»Beim nächsten *Halbmond*? Ich brauche sicher mehr Zeit«, miaute Mottenflug stotternd. Sie sah schon Großer

Schatten vor sich, die ernst in ihrem Brombeerbau saß, und Wolkenhimmel, dessen dicker Schwanz verächtlich hin und her peitschte. Und Donner! Er war der mächtigste Kater, den sie je kennengelernt hatte. Und mit dem geheimnisvollen Strömender Fluss hatte sie nie auch nur ein Wort gewechselt. Und Windläufer …

Plötzlich schienen ihre Pfoten auf dem eisigen Stein zu glühen. *Ich weiß nicht mal, ob ich meine eigene Mutter überzeugen kann!* »Ich kann das nicht!« Das Herz schlug ihr bis zum Hals. »Ich werde das niemals schaffen!«

12. KAPITEL

HALBER MONDS SCHWEIF FLOG gereizt hin und her. »Du musst Vertrauen in dich haben!«

Mottenflug setzte sich auf die Hinterbeine. *Du* kannst das leicht sagen! *Du bist ja tot! Was hast du noch zu verlieren?* »Mein Clan hält mich schon jetzt für verträumt«, fauchte sie. »Wenn ich zurückkomme und Geschichten erzähle, dass ich mit Geisterkatzen geredet habe und dass es Heilerkatzen geben wird und ich eine werde soll, dann halten sie mich für ein komplettes Spatzenhirn.«

»Der Mond scheint nicht mehr lange, wir haben nicht mehr viel Zeit«, warnte Halber Mond. »Es ist dein Schicksal, ob du willst oder nicht. Du hast keine andere Wahl, als ihm zu gehorchen. Das Schicksal jedes einzelnen Clans liegt in *deinen* Pfoten, auch wenn sie es jetzt noch nicht wissen. Aber das werden sie bald. Die Zeit wird kommen, da sie auf dich hören werden, und nur auf dich. So viel kann ich dir verraten, aber ihren Respekt musst du dir *selbst* verdienen.«

»Aber *wie*?« Mottenflug war verzweifelt. Jeden Moment konnte der Mond das Loch überquert haben und die Höhle würde wieder in Dunkelheit versinken. Und dann wäre sie allein und müsste den Clans gegenübertreten. »Ich habe mir noch nie Respekt verdient, von niemandem. Windläufer sagt, dass ich eine Gefahr für meinen Clan bin. Ich habe Schiefers Junge weglaufen lassen. Durch mich ist Ginsterstern fast von einem Monster getötet worden. Ich bin nutzlos!« Ihr Maunzen brach und sie wurde von Hoffnungslosigkeit überwältigt. Sie ließ den Kopf sinken und starrte auf den Stein im Mondlicht.

Vor ihr erschien flauschiger Pelz. Sie hob den Kopf und sah ein Junges, das sich hinter Halber Mond hervorschob. Der kleine Kater war winzig, vielleicht gerade mal einen Tag alt, obwohl seine Augen geöffnet waren und sie anstrahlten. Neben ihm blieb eine nur wenig größere Kätzin stehen, kaum einen Monat alt. Mottenflug kniff die Augen zusammen und war schockiert, dass es Junge unter den Geisterkatzen gab, aber dann zuckte ihre Nase. Sie erinnerte sich an ihren Geruch. Für einen Augenblick war sie wieder im Nest vom Windläufer, lag neben Staubnase und schnüffelte am Bauch ihrer Mutter nach Milch. »Sonnenflaum? Bist du das?« Sie starrte die Kätzin an. Sonnenflaum war an der Krankheit gestorben, die alle Clans getroffen hatte. Jetzt sah sie munter aus, ihr Sternenpelz war aufgeplustert und die Augen funkelten.

Sonnenflaum nickte. »Schön, dich zu sehen, Mottenflug.«

Mottenflugs Blick wanderte zu dem Katerjungen. Er war am Tag ihrer Geburt gestorben, bevor sie ihn hatte kennenlernen können. »Spatzenjunges?«

»Hallo, Mottenflug«, schnurrte er.

Sonnenflaum kam näher. »Du musst es einfach tun, Mottenflug«, drängte sie. »Die Clans brauchen dich.«

»Aber ich weiß nicht, wie«, miaute Mottenflug niedergeschlagen. »Windläufer wird nie auf mich hören.«

»Sie wird«, beharrte Sonnenflaum.

»Das kannst du nicht wissen.«

Sonnenflaums Blick wurde hart. »Wir haben drei Dinge gemeinsam, Mottenflug.«

»Wie bitte?« Wie konnte sie etwas mit diesen toten Kätzchen gemeinsam haben?

»Ist das nicht klar?« Spatzenjunges schob sich mit gesträubtem Fell vor. »Wir haben eine gemeinsame Geschichte, eine gemeinsame Zukunft und …«

Sonnenflaum unterbrach ihn. »Lass Mottenflug sagen, was das dritte ist.«

Mottenflug überlegte, versuchte zu raten. »Ich weiß nicht …« Dann verstand sie. »Eine *Mutter.*« Sprachlos vor Kummer schwieg sie. Sie hatte sich nie Gedanken über ihren verstorbenen Bruder gemacht. Und jetzt war er hier, so strahlend und stark wie ein lebendes Junges. Ihre Schwester stand neben ihm. Sie hatte seit Langem nicht mehr an Sonnenflaum gedacht. Ihr Rückenfell prickelte. Windläufer war auch *ihre* Mutter! Mottenflug war daran gewöhnt, Windläufer mit Staubnase zu teilen; aber Staubnase hatte immer so unabhängig gewirkt. Er hatte sich nie Sorgen um die Anerkennung seiner Mutter gemacht. Es war auch nicht nötig – alles war ihm leichtgefallen. Aber diese beiden waren auch Windläufers Junge gewesen, bevor sie ihr genommen worden waren. Dachte Windläufer immer noch an sie? Natürlich! Sie *vermisste* sie! *Vermisst* Windläufer *mich auch?* Die wütenden Worte ihrer Mutter bei ihrem Abschied waren ihr noch schmerzlich in Erinnerung. »Ich wünschte, ich könnte ihr eine Freude machen«, keuchte sie traurig.

»Das wirst du«, maunzte Sonnenflaum.

»Ganz bestimmt wirst du das!« Spatzenjunges' Schwanz

tanzte vor Aufregung hin und her. »Mit der Zeit wird sie alles verstehen. Und bis dahin wird sie dich unterstützen, denn du bist ihr Junges.«

Mottenflug war nicht überzeugt. »Sie glaubt, ich sei nutzlos.«

»Manchmal ist sie schon streng«, gab Sonnenflaum zu. »Aber überrascht dich das? Das Moor ist ein rauer Ort. *Uns* hat sie dort verloren. Wenn sie streng ist, dann nur, weil sie sich um dich sorgt, nicht weil sie glaubt, dass du nutzlos bist.«

Spatzenjunges stand jetzt so nah vor ihr, dass sie seinen warmen Atem an ihrer Nase spüren konnte. »Sie will dich einfach nur beschützen. Das ist der stärkste Instinkt jeder Mutter. Wenn du eine Heilerin bist und deine Clan-Gefährten sich auf dich verlassen, dann wirst du das genauso empfinden.«

Mottenflugs Ohr zuckte vor Unbehagen. *Muss ich dann die Mutter des ganzen Clans sein?*

Die Sternenkatzen um sie herum verblassten allmählich. Sie wurden so durchscheinend, dass sie die Sterne in ihrem Pelz erkennen konnte.

Spatzenjunges war nur noch ein schimmerndes Licht.

»Geht nicht!« Mottenflug wurde von Panik geschüttelt. Sie rief nach Halber Mond, deren grüne Augen blass wurden. »Ihr habt mir noch nicht gesagt, wie ich die Clans davon überzeugen soll, mir zuzuhören! Könnt ihr nicht zur Versammlung an Vollmond kommen und es ihnen selbst erzählen?«

»Nein.« Halber Monds Stimme war kaum mehr als ein Echo. »Aber wir werden ein Zeichen senden, dass *du* jetzt unser Sprachrohr bist.«

»Ein Zeichen?« Wie sollte sie das erkennen? Wonach sollte sie Ausschau halten? Die Katzen verschwanden, eine nach der anderen. »Was für ein Zeichen?«, maunzte sie verzweifelt, als der Mond aus dem Blickfeld verschwand und die Höhle von Schatten verschluckt wurde.

Eine Stimme hallte aus der Schwärze. »Wir werden den Himmel spalten. Und später werden Sterne aufgehen.«

Den Himmel spalten? Was bedeutete das? Mottenflug rang nach Luft. Die Dunkelheit schien sie plötzlich zu ersticken. *Später werden Sterne aufgehen …*

Was konnte das möglicherweise bedeuten?

13. KAPITEL

MOTTENFLUG FOLGTE mit zitternden Pfoten dem leicht ansteigenden Tunnel. Würde sie wirklich für alle kranken Katzen ihres Clans verantwortlich sein? Wie sollte sie das Windläufer erklären? Warum sollte ausgerechnet *sie* das Sprachrohr der Geisterkatzen sein?

Deine Neugier, deine Träume, deine Offenheit allen Clans gegenüber.

Die Worte von Halber Mond fielen ihr wieder ein.

Die Geisterkatzen glauben an mich … Sie freute sich und schob sämtliche Zweifel zur Seite. Plötzlich fühlte sich der kalte Stein unter ihren Pfoten an, als würde er zu ihr gehören. Das hier war *ihr* Ort. Sie hatte ihn gesucht und gefunden. Sie spürte, wie ihre Entschlossenheit wuchs. *Ich werde euch nicht enttäuschen,* schwor sie sich stumm.

In die Dunkelheit vor ihr sickerte das Licht der Sterne in den Tunnel wie Wasser. Mottenflug lief schneller und fing an zu traben, während sie sich der Öffnung näherte. Mit einem Satz sprang sie von der Kante, Steine polterten den steilen Abhang hinunter.

Auf dem breiten Stein saß Micah und drehte sich herum. Seine Augen glänzten im Mondlicht. »Was ist passiert?« Er sprang ebenfalls los und traf sie atemlos auf halber Höhe.

Rutschend kam sie zum Stehen und schaute ihn an. »Es war unglaublich«, hauchte sie.

»Ich habe mir Sorgen gemacht. Du warst so lange fort.« Er ließ seinen Blick über ihr Fell wandern, als wollte er sichergehen, dass sie nicht verletzt war.

»Mir geht's gut«, miaute Mottenflug. Sie schauderte und merkte erst jetzt, wie kalt ihr war, kalt bis auf die Knochen. Sie plusterte ihr Fell auf.

Micah führte sie behutsam den Abhang hinab. »Der Felsblock hat noch immer ein bisschen Sonnenwärme gespeichert.« Er schob sie auf den breiten Felsen, auf dem er gewartet hatte, und setzte sich neben sie.

In der Mitte lag eine tote Maus. »Ich dachte, du bist vielleicht hungrig.«

»Wie nett von dir.« Mottenflug blinzelte ihn dankbar an. »Aber ich glaube, jetzt kann ich noch nichts essen. Ich bin zu aufgeregt.« Sie spürte noch etwas Wärme unter ihren Pfoten. Mottenflug legte sich hin und presste den Bauch an den Stein. Micah machte es sich neben ihr bequem, dicht genug, dass sie die Wärme seines Pelzes spürte, aber ohne sie zu berühren.

»Magst du darüber reden?«, maunzte Micah weich.

Mottenflug blickte ihn an. »Natürlich. Es war das Erstaunlichste, was mir je passiert ist!«

Micah schaute erwartungsvoll.

»Am Ende des Tunnels war eine Höhle. Genau wie die, die ich in meinem Traum gesehen habe. In der Mitte der Höhle ist ein großer Stein, und wenn durch die Öffnung in der Decke der Mond darauf scheint, dann lodert er wie Feuer! Und dann tauchten die Geisterkatzen auf.«

»Du hast sie wirklich gesehen?« Micahs Augen wurden groß und rund.

Mottenflug miaute. »Dieses Mal sogar Grauer Flug.«

Micah blickte sie verständnislos an.

»Er gehörte zu unserem Clan, aber vor einem Mond ist er gestorben«, erklärte sie. »Es war gut, ihn wiederzutreffen.«

»Haben all diese Geisterkatzen früher gelebt?«

»Ja!« Mottenflug konnte immer noch nicht so recht glauben, dass sie mit ihnen geredet hatte. »Viele habe ich nicht erkannt.« Das Treffen mit Sonnenflaum und Spatzenjunges bewegte sie immer noch. »Ich habe meine toten Wurfgeschwister gesehen.«

Micah blinzelte. »Das tut mir leid! Ich wusste nicht, dass du …«

Mottenflug fiel ihm ins Wort. Sie brauchte kein Mitleid. »Ich bin froh, dass ich sie getroffen habe. Sie waren so *weise*. Sie sahen wie Junge aus, aber sie verhielten sich wie ältere Katzen.«

»Du hast mit ihnen gesprochen?«

»Sie haben mir gesagt, ich soll keine Angst vor Windläufer haben. Sie ist nur so streng, weil sie sich Sorgen um mich macht.«

Micahs Atem strich über ihre Nase. »Wusstest du das nicht schon?«

Mottenflug blickte etwas kläglich drein. »Ich habe immer gedacht, sie wäre so enttäuscht von mir, weil ich nicht so gut jage wie Staubnase.«

Micahs Augen blitzten neckisch auf. »Ich wette, sie möchte, dass du *Beute* mitbringst statt Pflanzen«, scherzte er. »Aber wie schafft sie es, dich *nicht* lieb zu haben?«

Mottenflug wand sich verlegen. Micahs Blick schien ihr plötzlich unerträglich intensiv. Wollte er sie nur aufmuntern? Oder hielt er sie für verrückt? Sie redete hier von Katzen, die tot waren! »Du glaubst mir nicht, oder?«

»Ich träume von dir, seit ich klein bin.« Micahs Ohren zuckten. »Jetzt, da ich dich kennengelernt habe, glaube ich dir alles.«

Mottenflug war plötzlich erleichtert. Sie war glücklich, dass es jemanden gab, dem sie davon erzählen konnte und der ihr glaubte. Plötzlich stellte sie sich ihre Clan-Gefährten vor. Was würden sie erwidern, wenn sie ihnen berichtete, dass die Geisterkatzen gesagt hätten, sie sei etwas Besonderes? *Aber du bist immer unkonzentriert!* Sie stellte sich vor, wie Flinke Flosse spöttisch maunzte.

»Erzähl mir, was sie gesagt haben.« Micahs Stimme riss sie aus ihren Gedanken.

»Sie haben gesagt, dass ich eine Heilerkatze werde. Ich soll alles über Kräuter und Heilen lernen und sie werden Zeichen senden. Ich muss Windläufer diese Zeichen erklären.« Mottenflugs Brust wurde eng. »Sie haben gemeint, Heilerkatze zu werden, sei meine Bestimmung.« Sie blickte Micah tief in die Augen und erwartete Zweifel. Doch sie sah, dass er sie feierlich anschaute. »Glaubst du, ich kann das?«, fragte sie angstvoll.

»Du träumst von Motten und Geisterkatzen, und du machst nichts lieber, als Pflanzen zu sammeln, statt zu jagen.« Micah setzte sich auf und streckte sich. »Du wist eine großartige Heilerkatze sein.«

»Glaubst du das wirklich?« Mottenflug sprang auf die Pfoten.

»Es kommt darauf an, ob du es *willst*!«

Mottenflug stellte sich vor, wie sie Katzen behandelte, Kräuter sammelte, Windläufer beriet und die Sterne nach Zeichen absuchte. Vorfreude prickelte unter ihrem Pelz. »Ja!« Ihr Schwanz zitterte. »Aber es geht ja nicht nur um mich«, fuhr sie fort. »Sie wollen, dass auch Wolkenfleck eine Heilerkatze wird. Und Kieselherz und Getupfter Pelz auch und …« Sie unterbrach sich. War Micah bereit, sein *eigenes* Schicksal zu erfahren? Bisher war er nur bereit gewesen, mit ihr der Motte zu folgen, und nicht, sein Leben auf dem Hof aufzugeben und bei den Clans zu leben. »Ich muss es ihnen erzählen. Ich muss *allen* berichten, was ich erlebt habe.« Schon wieder fingen ihre Pfoten an zu zittern.

»Natürlich!« Micahs Schwanz sauste vor Aufregung hin und her. »Alle werden neugierig sein.«

Mottenflug senkte den Blick und fühlte sich plötzlich sehr klein unter dem weiten Himmel voller Sterne. Konnte sie das wirklich schaffen? Als sie versuchte, sich vorzustellen, wie sie ihrem Clan erzählte, dass sie mit Grauer Flug, Halber Mond und Spatzenjunges gesprochen hatte, kribbelten ihre Pfoten vor Unruhe. »Meine Gefährten glauben jetzt schon, dass ich ein Spatzenhirn bin. Das wird sie darin nur noch bestätigen.«

»Warum?«, miaute Micah verwundert.

Ein Gefühl der Hoffnungslosigkeit überkam Mottenflug. »Ich habe so viel Dummes angestellt«, maunzte sie. »Sie werden mir nicht glauben.«

»Sie *müssen* dir glauben!«, beharrte Micah. »*Ich* glaube dir.«

»Aber du weißt nicht, wie dumm ich mich anstellen kann.«

Micah lief um sie herum. »Du bist nicht dumm.«

»Du kennst mich nicht.«

»Doch, ich kenne dich!« Micah blieb stehen und starrte sie an. »Ich habe nie eine Katze getroffen, die Motten folgt und mitten in der Nacht in seltsamen Tunneln verschwindet. Oder die mir erzählt, dass sie Heilerin werden wird oder Zeichen versteht.« Er stockte, und seine Augen funkelten so intensiv, dass ihr Herz für Augenblicke auszusetzen schien. »Du bist großartig!«

Mottenflug trat nervös von einer Pfote auf die andere. Würde er immer noch glauben, sie sei wundervoll, wenn sie ihm von *seinem* Schicksal berichtete? »Du gehörst auch dazu«, platzte es aus ihr heraus.

Micah schaute sie bestürzt an. »*Wozu* gehöre ich?«

»Du bist auch auserwählt, eine Heilerkatze zu werden.«

»Auf dem Hof?« Micah wackelte verwirrt mit den Ohren.

»Nein!« Mottenflug lief auf dem Stein hin und her und ließ ihren Blick über die Bäume zum fernen Moor hin wandern. »Du wirst die Heilerkatze des WolkenClans sein.«

»Das ist dein Clan, oder?«

»Nein.« Mottenflug atmete ruhiger. »Ich gehöre zum WindClan. Der WolkenClan wird von Wolkenhimmel angeführt. Der Clan lebt im Wald, nicht auf dem Moor.«

Sie fühlte, wie Micah neben ihr unbehaglich herumrutschte. »Also werde ich dort leben und nicht bei dir?«

Ihr Herz wurde leicht. Er hatte nicht abgelehnt. Sie drehte sich auf den Hinterbeinen herum und schaute ihn an. »Heißt das, dass du damit einverstanden bist, eine Heilerkatze für einen Clan zu werden?«

Micah erwiderte ihren Blick, aber er blieb ausdruckslos. »Der Anführer des WolkenClans«, begann er. »Ein Kater, stimmt's? Grimmig. Er kommandiert gerne andere Katzen herum.«

Mottenflugs Kehle wurde trocken, als er fortfuhr.

»Misstraut er anderen Katzen? Ist er stolz? Grau mit blauen Augen?«

Mottenflug trat überrascht einen Schritt zurück. Die Beschreibung passte genau. »Woher weißt du das?«

»Ich habe von ihm geträumt«, murmelte Micah. »Ich habe geträumt, dass ich ihm Katzenminze bringe, um einem kranken Jungen zu helfen.«

»Katzenminze?« Mottenflug stellte die Ohren auf.

»Ein Kraut, das hinter der Scheune wächst. Es sieht ein bisschen wie Brennnesseln aus, aber die Blätter sind kleiner und brennen auch nicht. Wenn du es siehst, wirst du es erkennen. Es riecht wunderbar. Und es hilft bei Erkältung.« Micahs Schwanz peitschte ungeduldig hin und her. »Ich habe immer wieder den gleichen Traum. Das Junge ist krank, und der graue Kater befiehlt mir, mich mit der Katzenminze zu beeilen.« Er blinzelte sie an. »Aber inzwischen verstehe ich es – das *war* kein Traum. *Keiner* meiner Träume war ein Traum. Ich habe mein Schicksal vorausgesehen!« Sein Fell erzitterte vor Erstaunen. Sein Blick wanderte Richtung Moor.

Mottenflug tapste nervös herum. Micah hatte gerade erfahren, dass das Leben, das er hatte führen wollen, nicht das Leben war, für das er vorgesehen war. »Stört es dich?«

»Warum sollte es mich stören?« Micah schien unbeeindruckt. »Es ist sinnlos, sich am eigenen Schicksal zu stören. Man muss es einfach annehmen.«

Mottenflug fragte sich, wie er so ruhig sein konnte. Wenn

sie sich die Monde vorstellte, die vor ihr lagen, bekam sie sofort Panik. »Hast du keine Angst?«

»Nein«, maunzte er leise. »Der eine Weg ist so gut wie der andere. Angst macht einem nur, wenn man nicht weiß, welcher Weg vor einem liegt. Jetzt, da ich weiß, wofür ich bestimmt bin, gibt es nichts mehr, wovor ich Angst haben müsste.« Er drehte sich zu ihr. »Für *beide* von uns.«

»Versprichst du mir das?« Ihr Maunzen zitterte.

»Ich verspreche es dir.« Seine grünen Augen schauten sie unverwandt an.

Mottenflug streckte ihre Schnauze vor und berührte seine. Ihr Herz schien langsamer zu schlagen, als seine Nase über ihre Wange strich. Seine Gelassenheit beruhigte sie und das Mondlicht schimmerte auf ihren Pelzen.

14. KAPITEL

»WACH AUF!«

Mottenflug spürte eine Schnauze, die sie anstupste. Sie hob den Kopf und blinzelte in die helle Sonne. *Wo bin ich?* Sie erkannte Micah, der neben ihr auf dem breiten Felsen am Fuße der Hochfelsen stand, und war einen Moment lang verwirrt.

Dann überwältigten sie die Erinnerungen. Die vergangene Nacht! *Die Geisterkatzen! Der Mondstein!*

Aufgeregt sprang sie auf die Pfoten. »Wir müssen zurück und es Windläufer erzählen!« Sie hatten geredet, bis es über dem Hochmoor schon wieder hell wurde, und waren dann erst eingeschlafen. Jetzt ging die Sonne bereits wieder unter. »Komm schon!«

»Wir haben es nicht eilig. Zuerst essen wir etwas.« Micah sprang von dem Felsbrocken und schnupperte darunter nach Beute.

»Dafür haben wir keine Zeit. Heute Nacht ist schon Vollmond. Wir müssen zurück und Windläufer vor der Großen Versammlung berichten. Dann kann sie es den anderen erzählen.« Mottenflug hüpfte vom Felsen und lief über den steinigen Untergrund in Richtung der Felder. Wenn sie Windläufer überzeugen konnte, dass die Clans Heilerkatzen brauchten, dann könnte Windläufer es den anderen Anführern erklären.

Mir würden sie wohl nicht glauben, aber der Anführerin des WindClans schon.

Sie hörte, wie Micah ihr auf schnellen Pfoten nacheilte. »Was ist die *Große Versammlung*?«

»Die Clans treffen sich jeden Vollmond, um miteinander zu reden«, erklärte Mottenflug schnell, die Augen auf die Wiese vor ihnen gerichtet. »Sie tauschen sich aus, wo Gefahr durch Zweibeiner oder Hunde droht und wo sich Beute finden lässt. Das hilft, den Frieden zu erhalten.«

»*Kämpfen* denn die Clans gegeneinander?« Micah klang erstaunt.

»Früher haben sie das«, miaute Mottenflug. »Jetzt treffen wir uns und teilen unser Wissen, damit wir nie wieder gegeneinander kämpfen.«

Sie beschleunigte ihre Schritte. Bis zum Moor schien es noch ein weiter Weg zu sein. Wenn sie Glück hatten, dann waren sie bis zur Dämmerung da.

»Mit vollem Magen sind wir schneller.« Micah ließ den Blick über den Boden schweifen, als der steinige Grund unter ihren Pfoten Gras wich.

Mottenflug hielt die Augen fest geradeaus gerichtet. »Wenn du Beute siehst, während wir unterwegs sind, dann fang sie. Aber ich halte nicht an.«

Als sie sich dem steilen Hügel näherten, der zum Moor führte, war bereits Sonnenuntergang im Tal. Micah hatte eine Spitzmaus gefangen, die er beim Springen über einen Graben entdeckte. Er tötete sie und die beiden teilten sich eine schnelle Mahlzeit. Mottenflugs Hunger hatte das nicht besänftigt. Als der Donnerweg in Sicht kam, knurrte ihr Magen immer noch, aber sie ignorierte ihn. Sie musste sich aufs Überqueren konzentrieren. Der breite Streifen aus schwarzem Stein kreuzte ihren Pfad und Mottenflug blieb an seinem Rand stehen. Ihr Fell prickelte, als sie das ferne Röhren eines Monsters hörte. Fade Monsterwitterung lag ihr bitter auf der Zunge.

»Komm schon.« Micah lief auf die Steine. In der Mitte des Wegs blieb er stehen und drehte sich um, während sie am Wegrand sitzen blieb. Sie erinnerte sich an letztes Mal. Angst stieg in ihr hoch. Sie hatte Ginsterstern fast umgebracht. Und was, wenn er gestorben wäre? *Ich war so ein Spatzenhirn.* Hatte Windläufer ihr vergeben?

Du bist eine Gefahr für deinen Clan.

Mottenflug blickte auf den Donnerweg und ihr Maul war plötzlich trocken. Fleckenfell hatte ihr versprochen, dass bei Sonnenaufgang wieder alles gut sein würde. Würde wirklich wieder alles gut sein?

Es muss einfach! Ich werde eine Heilerkatze sein. Sie zwang sich, an die Worte von Sonnenflaum zu denken: *Wenn sie streng ist, dann nur, weil sie sich um dich sorgt, nicht weil sie glaubt, dass du nutzlos bist.* Eine Geisterkatze konnte sich nicht irren, oder?

»Mottenflug!« Micahs Maunzer ließ sie aufschrecken. Sie blinzelte, konzentrierte sich auf ihn. Das Tosen des Monsters war lauter geworden. Seine Silhouette rückte drohend näher. Grelle Augen funkelten durch das Zwielicht und tauchten Micahs Pelz in ein bleiches Licht.

Ich werde das Leben einer anderen Katze nicht in Gefahr bringen.

Mottenflug stürmte los und huschte an Micah vorbei. »Schnell!« Sie warf einen Blick zurück und war erleichtert zu sehen, dass er ihr hinterher zur anderen Seite des Donnerwegs sauste. In einer Wolke stinkender Luft raste das Monster vorbei und kreischte dabei wie ein Vogel.

»Das war knapp!«, keuchte Micah.

Mottenflug schaute ihn ängstlich an. Sein Pelz stand ihm zu Berge. »Ich habe nicht erwartet, dass du in der Mitte auf mich wartest.«

»Und ich habe nicht erwartet, dass du am Rand des Donnerwegs tagträumst.«

»Warte beim nächsten Mal nicht auf mich, ich lasse mich leicht ablenken.«

Micahs Ohren zuckten unbehaglich. »Gibt es auf dem Moor Donnerwege?«

»Nein.«

»Gut.«

Schweigend kletterten sie den Abhang hinauf. Als sie oben angekommen waren, wärmte die Sonne noch einen Moment Mottenflugs Rücken, bevor sie hinter den Hochfelsen verschwand. Sie blieb stehen und zwinkerte im Halbdunkel. Der Ginster vor ihnen roch nach WindClan. Und die Heide duftete im Abendtau. Ihre Pfoten prickelten vor Glück. Sie war bei ihrem Clan!

Sie warf einen Blick auf Micah. Es war merkwürdig, ihn an ihrer Seite zu sehen. Gewöhnlich lief sie mit ihren Clan-Kameraden durch dieses Gras. War er nervös? Immerhin war das unbekanntes Gelände für ihn. »Bist du bereit?«

Micah starrte auf das Moor, das sich leicht abschüssig vor ihnen ausbreitete. Dahinter ragte der Wald auf, inzwischen nicht mehr als ein Schatten vor dem violettfarbenen Himmel. Er hob den Schwanz. »Ich bin bereit.«

»Dann folge mir.« Mottenflug lief auf den Ginster zu und

schob sich zwischen den eng stehenden Büschen hindurch. Während sie fort war, hatten sich eine Menge Blütenknospen geöffnet, und ihr süßer Duft stach ihr in die Nase. Als sie einen breiten Grasstreifen erreichten, kamen sie zusehends schneller voran.

»Seit wann leben die Clans schon hier?« Micah lief an ihrer Seite.

»Noch nicht allzu lange. Früher waren sie eine einzige, große Gruppe«, maunzte Mottenflug. »Aber vor ein paar Monden hat sie sich in Clans aufgespalten. Einige bevorzugen die Kiefernwälder, andere die Eichen. Ein paar wollten am Fluss leben.« Sie sah Micah von der Seite an. »Sie *schwimmen.*«

»Sie *schwimmen*?« Micahs Ohren zuckten. »Warum?«

»Das wissen nur die Sterne.« Mottenflug hatte Katzen nie verstanden, denen es Spaß machte, wenn ihr Pelz nass wurde. »Windläufer und Ginsterstern waren immer Moorkatzen. Und genau da leben wir.« Sie zeigte mit ihrer Schnauze auf eine schattige Mulde am Hang, ihr Lager.

Micah kniff die Augen zusammen. Mottenflug wünschte sich, jetzt seine Gedanken lesen zu können.

Sie fing an zu rennen. Sie wollte nicht, dass er den Mut verlor. »Folge mir.« Am wolkenlosen Himmel stieg der volle Mond empor. »Sie werden bald zum Baumgeviert gehen. Ich muss mit Windläufer reden, bevor sie aufbricht«

Als sie in einen Streifen Heidekraut eintauchte, nahm sie die Witterung von Fleckenfell auf. Der goldbraune Kater war früher am Tag hier entlanggelaufen, und wenn ihre Nase sie nicht täuschte, dann war Staubnase bei ihm gewesen. Die Erde roch noch nach ihnen. *Wartet nur, bis ich euch erzähle, wo ich gewesen bin!* Die Aufregung machte sie ganz kribbelig. *Windläufer wird mir glauben müssen!* Plötzlich fühlte sie, dass sie es schaffen würde, die Mutter von ihrem Gespräch mit Halber Mond zu überzeugen. *Sie mag ja glauben, dass ich ein Spatzenhirn bin, aber sie weiß, dass ich nicht lüge.* Sie hörte, wie Micah hinter ihr herhechelte, während sie ihn im Zickzack durch die kratzenden Heidesträucher führte.

»Sind wir bald da?«, schnaufte er.

»Ist nicht mehr weit.« Sie hatten jetzt eine offene Grasfläche erreicht und die Ginsterhecke, die das Lager umgab, vor sich. Sie liefen an ihr entlang, bis sie zum Eingang kamen.

Über ihnen wurde der Himmel immer dunkler und die Sterne fingen an zu glitzern. *Ob Halber Mond da oben wohl wacht?* Mottenflugs Pfoten prickelten. Sie war fest entschlossen zu beweisen, dass die Geisterkatzen der richtigen Katze das Vertrauen geschenkt hatten.

Geduckt schob sie sich durch den Eingang ins Lager, Micah folgte ihr auf den Pfoten.

Sturmpelz saß zwischen den Grasbüscheln, Taunase an seiner Seite. Als sie Mottenflug erblickten, waren sie augenblicklich auf den Beinen.

»Da bist du ja wieder!« Sturmpelz' Augen strahlten vor Freude. Dann sah er Micah und sein Nackenfell sträubte sich. »Wer ist *das*?«

»Er ist ein Freund.« Mottenflug stellte sich vor den gefleckten, grauen Kater. »Er hat mich vor einem Hund gerettet.«

Micah erstarrte, als Taunase ihn misstrauisch beschnüffelte, aber sein Nackenfell blieb flach.

»Was macht er hier?«, wollte sie wissen.

»Das erklär ich dir später.« Mottenflug ließ ihren Blick über das Lager schweifen und ihr Herz klopfte. *Wo ist Windläufer?* Ihr Magen zog sich vor Unbehagen zusammen. An einer Seite des Lagers spielte Schiefer mit ihren Jungen, während Rocky in der Nähe lag und träge alles beobachtete. Sonst war niemand im Lager.

»Mottenflug! Du bist wieder da!« Silberstreif hatte sie entdeckt und kam über das Gras gesprungen, ihren aufgeregten Bruder Schwarzohr im Schlepptau.

Schiefer hob den Blick von Weißschwanz, die auf dem Rücken im Gras rollte und versuchte, den Schwanz ihrer Mutter zu fangen. »Es geht dir gut!«, rief sie glücklich. »Deine Mutter wird erleichtert sein.«

»Wo *ist* Windläufer?« Mottenflugs Herz klopfte schneller.

Rocky erhob sich auf die Pfoten. »Sie ist mit den anderen gegangen.«

Taunase beobachtete Micah immer noch misstrauisch. »Sie sind zur Großen Versammlung aufgebrochen.«

»Jetzt schon?« Mottenflug verlor den Mut. »Aber ich wollte mit ihr reden.«

Micah ignorierte Taunases Neugier und trat neben sie. »Wann ist sie los?«

»Vor Kurzem«, miaute Sturmpelz.

Taunase stolzierte um ihren Bruder herum und beobachtete Micah. »Wir sind hiergeblieben, um die Jungen zu beschützen.«

Silberstreif rannte im Kreis um Micah und Mottenflug herum. »Ihr riecht komisch!«, maunzte sie.

»Wo seid ihr gewesen?« Schwarzohr starrte sie mit großen Augen an. »Du bist ganz staubig.«

Micah schaute auf das Junge und seine Schnurrhaare zuckten vor Vergnügen. »Wir waren bei den Hochfelsen.«

»Hochfelsen!« Schiefer kam über das Gras zu ihnen geschlendert. »Das ist ein weiter Weg.«

»Ich weiß.« Mottenflug merkte plötzlich, wie müde ihre Pfoten waren. Aber sie konnte jetzt nicht aufhören. »Wir müssen Windläufer einholen. Ich muss ihr etwas Wichtiges sagen.«

Schiefer kniff die Augen zusammen. »Ist alles in Ordnung?«

Mottenflug sah ihr in die Augen. »Alles in Ordnung«, versicherte sie.

»Warum die Eile?« Rocky kam jetzt auch angetrottet. Aber sie hatten keine Zeit zum Reden.

»Ihr werdet später alles erfahren!« Mottenflug wandte sich um und trabte zum Eingang. »Ich muss zu Windläufer.«

»Du nimmst ihn doch nicht etwa mit zur Versammlung, oder?«, miaute Taunase Mottenflug nach, als Micah sich ihr anschloss. »Versammlungen sind was für Clan-Katzen.«

»Er wird bald eine Clan-Katze sein!«, rief Mottenflug.

Sie stürmte aus dem Lager und den Hügel hinab. Sie schnupperte mit offenem Maul. Windläufers Witterung war überall und Mottenflug hatte Schwierigkeiten herauszufinden, wohin sie gelaufen war. Micah beschnupperte schon den Boden. Er wippte eifrig mit dem Schwanz, als er einen Flecken niedergetretenes Gras ein paar Schwanzlängen entfernt erreicht hatte. »Hier sind sie entlang.«

Mottenflug sprang zu ihm, schnupperte auch und gab ihm recht. Die Grasballen trugen den Geruch ihrer Pfoten und die Spur führte auf einen breiten Streifen Heidekraut zu. Mit gesenkter Nase folgte sie der Spur durch die Büsche auf den grasigen Abhang, der sich anschloss. Sie führte an den verstreut herumliegenden Felsbrocken vorbei, bei denen Mottenflug und Staubnase gejagt hatten. Windläufer hatte ihren Clan über den alten Schafspfad geführt, der sich durch das tiefe Heidekraut schlängelte und am Rand der Senke von dem Baumgeviert endete. Sie sah, dass Micah ihr immer noch folgte, und rannte los.

Er schloss zu ihr auf und passte sich ihrem Tempo an. »Glaubst, dass wir sie rechtzeitig einholen?«

»Ich glaube schon«, hechelte Mottenflug. »Die Witterung ist ganz frisch.«

Als die Heide immer höher wurde und der Schafspfad sich zwischen den Büschen hindurchwand, wechselten sie in den Gänsemarsch, bis die Senke sich schließlich vor ihnen öffnete.

Mottenflug hielt an und suchte den Rand der Senke ab. Ihr Magen verkrampfte sich. Sie sah weder Windläufer noch die anderen Clan-Katzen, roch sie aber in der Senke. »Wir sind zu spät«, maunzte sie leise. »Sie sind schon da unten.«

Die Wipfel der Eichen ragten vor ihnen auf, deren mächtige Äste einen Flaum aus Blätterknospen trugen. Mottenflug blickte hinunter ins Tal und sah Pelze, die sich bewegten.

Unbehaglich trat sie von einer Pfote auf die andere. »Wir sollten warten, bis sie die Große Versammlung beendet haben. Dann kann ich Windläufer von den Heilerkatzen berichten.«

Micah schaute sie an. »Heute Abend sind die Clan-Anführer dort unten versammelt, oder?«

Mottenflug mied seinen Blick. Sie ahnte bereits, was er dachte. »Du willst, das ich da runtergehe und es *allen* Katzen erzähle, stimmt's?«

»Sie müssen es erfahren.« Es klang völlig logisch.

»Aber ich möchte es Windläufer als Erster erzählen«, beharrte sie.

»Warum?« Micahs grüne Augen schauten sie fest an.

Mottenflug wurde heiß. »Weil es einfacher ist«, gab sie zu.

»Mottenflug.« Micah schob seine Nase so nah an ihre, dass sie seinen warmen Atem spüren konnte. »Du *schaffst* das.«

»Du willst, dass ich mitten in die Versammlung marschiere und ihnen erzähle, mir hätten ein paar Geisterkatzen gesagt, dass es Heilerkatzen geben soll?«

»Die Geisterkatzen glauben, dass du das kannst.« Micah rührte sich nicht von der Stelle.

Mottenflug nickte verkrampft. »Sie haben mir gesagt, dass ich stark sein soll.« Sie versuchte, die Panik zu ignorieren, die sich unter ihrem Pelz breitmachte.

»Dann los, sei stark.« Micah schob sie sanft auf den Rand der Senke zu.

Mit Pfoten, die fast taub vor Angst waren, ließ Mottenflug sich von ihm in den dichten Farn führen, der den Abhang bedeckte. Micah drückte sich an Mottenflug und führte sie durch die dicken Stängel. Als sie das Murmeln der Katzen vom Tiefpunkt der Senke hörte, zuckten ihre Ohren. *Ich schaff das nicht!* Der Farn rechts und links von ihr raschelte, als sie dem Boden immer näher kamen. Ihr war schlecht. »Warte.« Sie blieb stehen und überlegte fieberhaft, was sie sagen wollte.

Micah hielt neben ihr an und starrte durch die Farnwedel. Sie folgte seinem Blick.

»Wer ist diese graue Katze?«, maunzte er leise.

»Das ist Wolkenhimmel.«

Micah nickte. »Habe ich mir gedacht.«

»Hat er in deinem Traum auch so ausgesehen?«

»Ja.« Sein Blick flog über die anderen Katzen. »Wer sind die Katzen, die neben ihm stehen?«

Mottenflug kniff die Augen zusammen und versuchte zu erkennen, wer da noch war. Das helle Mondlicht strahlte durch die leicht begrünten Eichenäste und färbte die Katzenpelze silbern. »Das da ist Zackiger Berg.« Sie nickte in Richtung eines kleinen, graugetigerten Katers, der Wolkenhimmel begleitete. »Er ist der Bruder von Wolkenhimmel, aber inzwischen lebt er im WindClan. Und der große Kater neben ihm ist Donner.«

»Donner ist der Anführer des DonnerClans.« Micah versuchte offenbar, schnell so viel wie möglich zu lernen.

»Er ist ein Sohn von Zackiger Berg.«

Micah starrte sie an. »Sie leben alle in verschiedenen Clans, obwohl sie miteinander verwandt sind?«

»Die Bindung zum Clan ist inzwischen stärker als verwandtschaftliche Bande«, erklärte ihm Mottenflug. Sie schaute wieder zu den Katzen, die auf der Lichtung und zwischen den Bäumen herumliefen. Wo war Windläufer? Ihr Blick huschte von Pelz zu Pelz, bis sie ihre Mutter erblickte. Windläufer lief rastlos zwischen Ginsterstern und Staubnase hin und her. Fleckenfell und Weidenschwanz saßen gleich daneben.

Das Gras raschelte, als Strömender Fluss mit seinen Katzen die Lichtung von der anderen Seite betrat. Getupfter Pelz begleitete ihn, ebenso Brechendes Eis, Nacht und Kiefernadel.

Strömender Fluss nickte den anderen Anführern freundlich zu und legte sich auf eine geschwungene Wurzel unter einer der Eichen. Noch während seine Katzen sich um ihn scharten, führte Großer Schatten Kieselherz, Rabenpelz, Wacholderzweig, Schlammpfote und Mausohr in die Runde.

»Jetzt sind alle da.« Wolkenhimmels Maunzen tönte laut durch die kühle Nacht.

Windläufer überquerte die Lichtung und stellte sich vor den Anführer des WolkenClans, neigte höflich den Kopf zunächst vor ihm, dann vor Donner, Strömender Fluss und Großer Schatten. »Welche Neuigkeiten bringt ihr?«

»Blattfrische hat frische Beute in unseren Teil des Waldes geführt«, konnte Wolkenhimmel berichten.

»Auch in unseren Teil«, fügte Donner hinzu.

Strömender Fluss sprang von der Wurzel und gesellte sich zu den anderen Anführern. »Der Fluss ist immer noch voller Schmelzwasser und führt reichlich Beute.«

Mottenflug fühlte, wie Micah neben ihr herumzappelte. Er beobachtete die Clan-Katzen mit weit aufgerissenen Augen.

Jetzt begann Windläufer ihren Bericht. »Im Moor gibt es viele Kaninchen und die Kiebitze beginnen mit dem Nestbau. Zur Blattgrüne wird es reichlich Beute geben.«

Hinter ihr ertönte ein Zischen. »Aber nicht, wenn der WolkenClan weiter auf unserem Land jagt.« Weidenschwanz stolzierte über die Lichtung.

Windläufer schaute ihre Clan-Gefährtin scharf an.

Wolkenhimmel versteifte sich. »Wirfst du uns Beutediebstahl vor?«

Weidenschwanz stand dem WolkenClan-Anführer gegenüber. »Nur *einem* von euch.« Ihr Blick schweifte zu dem rotbraunen Kater, der hinter Wolkenhimmel saß.

Mottenflug erkannte Rote Kralle. Sie wurde nervös. Hatte

Weidenschwanz immer noch vor, es auf einen Kampf mit dem WolkenClan-Kater ankommen zu lassen?

Rote Kralle war schon auf den Pfoten und sein Schwanz peitschte Unheil verkündend hin und her. Er machte ein paar Schritte auf Weidenschwanz zu und ließ die Zähne aufblitzen. »Warum sollte eine Waldkatze einer Moorkatze Beute stehlen? Wir haben selbst Kaninchen – sie sind fetter als eure magere Beute.«

Weidenschwanz' Nackenfell sträubte sich. »Die einzige magere Beute, die kürzlich auf unserem Gebiet gesichtet wurde, bist du!«

Rote Kralle legte die Ohren an.

Windläufer stellte sich zwischen sie. Sie schaute Wolkenhimmel an. »Du solltest deinen Clan besser unter Kontrolle haben.«

Wolkenhimmel kniff die Augen zusammen. »Es ist deine Katze, die hier Ärger sucht.«

»Sie verteidigt nur unsere Grenzen«, keifte Windläufer zurück. »Davon abgesehen ist nicht nur Weidenschwanz etwas aufgefallen. Schiefer ist auf Kaninchenknochen kurz vor unserer Seite der Grenze zum WolkenClan gestoßen. Dieses Mahl hat sich keine *meiner* Katzen schmecken lassen. War es eine von *deinen*?« Sie starrte Rote Kralle an.

Mottenflugs Pelz prickelte nervös. Schiefer hatte *Beweise* gefunden? Trotzdem schien ein Kaninchen es doch nicht wert zu sein, sich darüber zu streiten. Die Versammlung sollte eine Zeit des Friedens sein. Hier sollten sich die Clans nicht streiten.

Micah machte sich an ihrer Seite bemerkbar. »Werden sie jetzt kämpfen?«

»Ich hoffe nicht.« Mottenflug sah unbehaglich zu, wie Wolkenhimmel Rote Kralle beiseitedrängte und Windläufer anstarrte.

»Dieses Kaninchen hätte jedes Tier töten können. Habt ihr keine anderen Beweise, dass meine Katzen auf eurem Territorium waren?«

»Weidenschwanz hat Rote Kralle vor ein paar Tagen auf dem Moor getroffen«, zischte Windläufer.

»Sagt sie die Wahrheit?« Wolkenhimmels Schweif wischte gereizt hin und her, als er den WolkenClan-Kater fragte. Rote Kralle hob den Kopf. »Ich war dort. Ich habe keinen Grund, das zu verheimlichen. Ich habe nicht gejagt. Dürfen wir inzwischen keine Pfote mehr auf das Territorium eines anderes Clans setzen?«

Weidenschwanz fixierte ihn. »Nicht, wenn man so ein fuchsherziger Verräter ist.«

»Was fällt dir ein!« Rote Kralles Augen blitzen im Dämmerlicht. Weidenschwanz ließ ein warnendes Knurren hören.

Sie sollen nicht kämpfen! Das Blut rauschte in Mottenflugs Ohren. Die Geisterkatzen wollten, dass die Clans ihr Wissen teilten. Wie sollte das gehen, wenn sie sich bekämpften? »Warte hier!« Sie ließ Micah stehen und trat aus dem Farn.

Die Katzen drehten sich um, und manche Augen funkelten vor Überraschung, als sie sie sahen. Sie kam stolpernd in der Mitte der Lichtung zu stehen und merkte plötzlich, dass alle Katzen sie anstarrten.

»Mottenflug?« Windläufers Augen war vor Schreck weit aufgerissen. »Bist du das?«

Mottenflug zwinkerte sie an. »Natürlich.« Warum sah ihre Mutter so ängstlich aus?

Windläufer legte die Ohren an. »Bist du tot?« In ihrem Maunzen klang Angst mit.

Mottenflug war ratlos, begriff nicht, was sie meinte. *Tot? Warum soll ich tot sein?* Sie blickte auf ihre Pfoten und bemerkte, wie das weiße Mondlicht ihren Pelz zum Leuchten brachte. Dann verstand sie und die Erkenntnis war ein Schock. Sie war hier auf der Versammlung wie eine Geisterkatze aufgetaucht! Glaubte Windläufer, dass sie auf ihrer Reise getötet worden war? Die Angst nahm ihr fast den Atem. »Nein!« Sie eilte zu Windläufer. »Ich lebe. Ich bin zurückgekommen!« Sie drückte ihre Schnauze an die Wange ihrer Mutter.

Windläufer zitterte.

Ginsterstern schob sich durch die Zuschauer und sein Blick funkelte vor Ärger. »Wo warst du? Wir haben uns zu Tode geängstigt!«

Mottenflug senkte entschuldigend den Kopf. »Es tut mir leid«, maunzte sie. »Aber ich musste gehen. Es gab etwas, das ich finden musste.«

»Und was?« Windläufer hob ruckartig den Kopf. Ihr Kummer schien sich zu verflüchtigen.

Mottenflug wich einen Schritt zurück. Wolkenhimmel starrte sie an. Strömender Fluss kam auf sie zu, die Augen groß vor Interesse.

Großer Schatten legte den Kopf nachdenklich schräg.

Mottenflugs Bauch zitterte. Sie hob den Kopf. »Ich bringe Neuigkeiten von den Geisterkatzen«, hob sie an.

»Tatsächlich?« Wolkenhimmel schnaubte, offenbar nicht überzeugt. Großer Schatten rollte mit den Augen.

Mottenflug warf einen Blick auf ihre Clan-Gefährten und hoffte auf Unterstützung.

Aber Flinke Flosse starrte sie nur anklagend an. »Hattest du wieder Tagträume, Mottenflug?«

Gezackter Fels wechselte einen Blick mit Distel. Fleckenfell blinzelte sie teilnahmsvoll an.

Sie glauben mir nicht. Mottenflug spürte, wie die Panik in ihrer Brust wuchs.

Aus Rote Kralles Kehle drang ein lautes Knurren. »Sie versucht nur, uns abzulenken.« Er schaute wieder Weidenschwanz an. »Keine Katze beschuldigt mich, ein Dieb zu sein.«

»Und keine Katze bestiehlt den WindClan«, zischte Windläufer.

Unter Mottenflugs Pelz machte sich Enttäuschung breit. Glaubten sie wirklich, dass ihr dummer Streit wichtiger war als die Botschaft von den Geisterkatzen? Ihr Schwanz peitschte hin und her. »Ihr *müsst* mir zuhören!«

Rote Kralle warf ihr einen Blick zu. »Hat Windläufer dich dazu angestiftet, Mottenflug?« Er knurrte. »Hat sie Angst, das ihr Clan wie ein Haufen Lügner dasteht?«

Windläufers Nackenpelz stellte sich auf. »Wolkenhimmel.« Sie starrte den Anführer des WolkenClans an. »Du scheinst es dir zur Angewohnheit zu machen, Unruhestifter aufzunehmen. Ich dachte, du hättest aus der Geschichte mit Einauge gelernt. Aber es stoßen immer wieder Diebe und Rabauken zu deinem Clan.«

Wolkenhimmels blaue Augen wurden eisig. »Meine Katzen sind unerschrocken und ehrlich.«

Himmelsstern drängte sich an Rote Kralle und Eichelfell vorbei und stellte sich neben ihren Gefährten. »Wolkenhimmel ist ein großartiger Anführer. Er kennt seine Katzen und weiß, dass sie niemals lügen würden!«

Windläufer kräuselte die Lippen. »Und warum hat Schiefer dann Kaninchenknochen an der Grenze gefunden?«

Rote Kralle schnaubte. »Woher wissen wir, dass Schiefer die Wahrheit sagt?«

»Schiefer ist keine Lügnerin!«, zischte Windläufer.

»Hört auf!« Mottenflug war schlecht vor Enttäuschung. »Ich versuche, euch die wichtigste Neuigkeit mitzuteilen, die ihr je gehört habt. Die Zukunft der Clans hängt davon ab!« Sie stockte und war von ihrer eigenen Kühnheit überrascht.

Staubnase blinzelte sie an.

Bevor eine der Katzen sie unterbrechen konnte, fuhr sie fort. »Ich habe mit den Geisterkatzen *gesprochen*. Sie haben mir mitgeteilt, dass jeder Clan eine Heilerkatze bekommen soll, die sich um die Kranken kümmert. Getupfter Pelz wird die Heilerkatze des FlussClans sein und Kieselherz die des SchattenClans. Ich werde Heilerkatze des WindClans und Wolkenfleck die des DonnerClans.« Sie stockte. Es war noch zu früh, ihnen von Micah zu erzählen. Erst mal mussten sie sich an die Vorstellung von Heilerkatzen überhaupt gewöhnen. Sie bohrte ihre Krallen in den Boden und wappnete sich gegen die Reaktionen der Clans.

Großer Schatten trat nach vorn. »Warum sollten die Geisterkatzen so etwas *dir* erzählen?« Sie schaute Wolkenhimmel und Strömender Fluss an. »Die Anführer der Clans sind *wir*.«

»Sie haben gesagt, von jetzt an würden sie durch mich zu euch sprechen«, erklärte Mottenflug.

»*Du?* Du bist ja kaum eine halbe Portion!«, prustete Wolkenhimmel.

Mottenflug versuchte, ihn zu ignorieren, aber ihre Pfoten begannen zu zittern. »Sie haben gesagt, dass sie Zeichen senden werden, und ich muss Windläufer erklären, was die Zeichen bedeuten.« Sie bemerkte, dass Getupfter Pelz sie aus Augen ansah, die vor Sternenlicht funkelten. »Ich glaube, jede Heilerkatze wird die Zeichen erkennen und sie ihren Anführern erklären.« Denn das hatte Halber Mond ja wohl gemeint.

Windläufer kam ein paar Schritte näher und das Fell zitterte über ihrem Rücken. »Mottenflug?« Ihr Maunzen klang sanft. »Ich weiß, dass du glaubst, das Richtige zu tun. Aber ist das nicht bloß wieder einer deiner Träume?«

»Das *ist* kein *Traum*!« Mottenflug bohrte die Krallen in die Erde. »Ich bin durch einen Tunnel in die Hochfelsen gelaufen. Dort war ein in Mondlicht gebadeter Stein und ich habe die Geisterkatzen gesehen.« Sie wusste, dass es sich verrückt anhörte, was sie erzählte, und sah das Mitleid in den Augen einiger Clan-Katzen. *Ich wusste es! Sie glauben mir nicht.*

Wolkenhimmel schnaubte. »Du hast vergessen, uns zu sagen, wer die Heilerkatze des WolkenClans werden soll.«

Mottenflug starrte ihn unsicher an und die Worte gefroren ihr auf der Zunge. Nahm er sie ernst?

»Die Geisterkatzen haben dir so viel erzählt«, jaulte Blüte spöttisch. »Haben sie *uns* dabei etwa vergessen?«

»Sie gibt bloß an!«, warf Schlammpfote ihr vor.

»Sie will bloß beachtet werden.« Eine schildpattfarbene WolkenClan-Katze drängte vor.

Kieselherz schob sich an ihr vorbei. »Gib ihr eine Chance, Wacholderzweig.« Er sah sie gütig an. »Weißt du, wer WolkenClans Heilerkatze werden soll?«

Mottenflug schaute hinter sich zu den Farnen, wo Micah sich zwischen den schattigen Stängeln versteckte. Wie würden diese Katze reagieren, wenn sie erfuhren, dass die Geisterkatzen einen Fremden erwählt hatten?

Der Farn raschelte und Micah trat heraus. »Sie haben gesagt, dass *ich* die Heilerkatze des WolkenClans sein werde.«

Die Clan-Katzen brachen in schockiertes Maunzen aus.

»Wer ist das?«

»Das ist keiner von uns!«

»Wer hat ihm erlaubt, hierherzukommen?«

»Das ist Micah.« Mottenflug drückte ihre Flanke an Micahs, der neben ihr stehen blieb. »Er hat mich vor einem Hund gerettet und die Reise zu den Hochfelsen mit mir unternommen.«

Strömender Fluss kniff die Augen zusammen. »Hat er die Geisterkatzen auch gesehen?«

Mottenflug schüttelte den Kopf. »Die Motte hat *mich* zu der Höhle geführt, nicht ihn.«

Windläufer zuckte zurück. »Diese Motte, von der du geträumt hast?«

»Ja.« Mottenflug sah, wie die Katzen sich Blicke zuwarfen. Donner starrte Micah durch Augenschlitze an. Wolkenhimmels Fell kräuselte sich vor Unbehagen. Großer Schatten beobachtete alles aufmerksam mit zuckenden Ohren. Ein Gefühl der Hilflosigkeit überkam Mottenflug. Wie sollte sie sie bloß überzeugen? Nur Strömender Fluss sah gelassen aus. »Ich *habe* es nicht geträumt«, maunzte sie verzweifelt. »Es ist alles passiert.«

»Ich habe die Motte gesehen.« Micah reckte das Kinn.

»Vielleicht behauptest du das auch nur, damit du unsere Heilerkatze sein kannst«, knurrte Wolkenhimmel.

»Die Motte gab es wirklich. Sie hat uns zu den Hochfelsen geführt.« Micah hielt seinem Blick stand. »Ich möchte eure Heilerkatze werden, aber anlügen würde ich euch dafür nicht.«

»Was weißt du über das Heilen?«, wollte Wolkenhimmel wissen.

»Noch nichts«, antwortete Micah gelassen. »Aber ich will es lernen.«

»Wir alle werden lernen!«, fügte Mottenflug hinzu. »Es gibt bereits Katzen, die etwas über Heilkräuter wissen. Wenn wir schon ein wenig wissen, dann können wir auch *mehr* wissen! Eines Tages werden die Clans ihre Heilerkatzen brauchen. Halber Mond hat es mir gesagt.«

»Halber Mond?« Wolkenhimmel erstarrte.

Großer Schatten drängte vor.

Getupfter Pelz zwinkerte. »Du hast mit *Steinsagerin* gesprochen?«

Flinkes Wasser huschte an Wolkenhimmels Seite. »Sie *muss* Steinsagerin getroffen haben«, flüsterte die alte Katze. »Woher sollte sie sonst ihren Namen kennen?«

Wolkenhimmel starrte immer noch Micah an. »Vielleicht hat sie Gezackter Fels oder Grauer Flug über sie reden hören.«

Mottenflugs Herz machte einen Satz. Sie wussten, wer Halber Mond war! Würden sie ihr am Ende doch glauben?

Die Augen von Gefleckter Pelz leuchteten vor Aufregung auf. »Meine Träume müssen so ein Zeichen gewesen sein!«

Strömender Fluss schaute seine Clan-Gefährtin an. »Welche Träume?«

»Ich träume seit einem Monat davon, dass ich Katzen beibringe, welche Kräuter man sammelt und wie man heilt«, erklärte Gefleckter Pelz. Ihr Blick huschte zu Micah. »Ich glaube, eine der Katzen in meinen Träumen könnte *er* gewesen sein.«

»Warum hast du nichts gesagt?«, fragte Strömender Fluss ruhig.

»Ich dachte, das seien einfach nur Träume«, antwortete Gefleckter Pelz.

Wolkenhimmel lief zu Micah und schnupperte an ihm. »Du riechst merkwürdig.«

»Ich rieche wie der Hof, auf dem ich aufgewachsen bin.« Micah rührte sich nicht, während Wolkenhimmel um ihn herumstrich.

Dann schob sich Wolkenfleck vor die anderen Katzen. »Ich hatte auch einen Traum«, gestand er. »Ich habe den Stein im Mondlicht gesehen.« Er schaute Mottenflug an. »Steht er in einer Höhle?«

Mottenflug miaute zustimmend und ließ sich ihre Erregung nicht anmerken. »Im Inneren der Hochfelsen.«

»Und war da ein Loch in der Decke?«

»Du hast das *gesehen*?« Mottenflug konnte kaum die Pfoten ruhig halten.

»Ich habe geträumt, dass ich mit dir dort war, und mit Gefleckter Pelz und Kieselherz. Und mit ihm da.« Wolkenfleck zeigte mit der Pfote in Richtung Micah.

Großer Schatten wandte sich an Kieselherz. »Hast du auch Träume gehabt?«

»Nur letzte Nacht.« Seine Augen glitzerten wie Sterne. »Ich habe geträumt, dass Schildkrötenschwanz sich über mich beugte. Dann hat sie gesagt, dass sie schon immer wusste, dass ich etwas Besonderes bin.«

Mottenflugs Schwanz bebte. »Und sie hat dir gesagt, dass du dich um alle kümmern sollst, nicht wahr?«

»Ja!« Kieselherz zwinkerte. »Genau das waren ihre Worte!«

Wacholderzweig warf Wolkenhimmel einen Blick zu. »Wollen wir tatsächlich diesem Spatzenhirn aus dem WindClan glauben?«

Ginstersterns Schwanz peitschte wütend hin und her. »Mottenflug ist kein Spatzenhirn!«

»Und warum witzelt dann Fleckenfell immer, dass sie wohl eines Tages das Ende eines Regenbogens finden und versuchen wird, hinaufzuklettern?«, spottete Wacholderzweig.

»Das war ein *Scherz*!« Fleckenfell warf Mottenflug einen entschuldigenden Blick zu.

Jetzt drängte sich Flinke Flosse vor und fixierte Mottenflug. »Und was ist, wenn du dich irrst, Mottenflug? Vielleicht hast du die Botschaft der Geisterkatzen falsch verstanden. Du kennst ja nicht mal den Unterschied zwischen Pflanze und Beute.«

Windläufer funkelte die grau-weiße Kätzin an. »Sie kennt den Unterschied. Vielleicht bringt sie Pflanzen, weil genau das die Aufgabe einer Heilerkatze ist.«

Eine Welle von Dankbarkeit überschwemmte Mottenflug. Sie wandte den Kopf Micah zu. »Sie scheinen mir doch glauben zu wollen«, wisperte sie.

Wolkenhimmels Schwanz zuckte immer noch ungeduldig. »Also hat der WolkenClan noch ein weiteres Maul am Pelz, das zu füttern ist.« Er starrte Micah verbittert an.

»Ich kann jagen«, versicherte ihm Micah.

»Hast du nicht zu viel mit kranken Katzen zu tun, um dich darum zu kümmern?«, fauchte Wolkenhimmel.

Himmelsstern sprang ihrem Gefährten zur Seite. »Vielleicht sollten wir warten, bis die Geisterkatzen es uns selbst sagen, bevor wir anfangen, alles zu verändern.«

Wacholderzweig und Flinke Flosse maunzten zustimmend.

»Die Geisterkatzen haben doch auch schon früher zu uns gesprochen«, argumentierte Großer Schatten. »Wenn sie jetzt nicht mit uns reden, dann haben sie uns einfach nichts zu sagen.«

»Aber das *haben* sie!« Mottenflugs Pelz kribbelte vor Sorge. *Ihr müsst auf mich hören!* Was sonst sollte sie noch sagen? Plötzlich fielen ihr Halber Monds Abschiedsworte wieder ein. *Wir werden den Himmel spalten. Und später werden Sterne aufgehen.* Die Geisterkatzen hatten versprochen, ein Zeichen zu senden, wenn sie mit den Clans gesprochen hatte.

Wo blieb das Zeichen? Sie starrte nach oben durch die Äste auf die fernen Sterne.

»Wonach hältst du Ausschau?«, fragte Wolkenhimmel, und sein Maunzen triefte vor Hohn. »Glaubst du etwa, du kannst sie rufen, wann immer dir danach ist?«

Mottenflug blinzelte ihn an. »Sie haben mir versprochen, den Himmel zu spalten, wenn ich mit euch geredet habe.«

Wolkenhimmels Ohren zuckten vor Belustigung. Auf der ganzen Lichtung wurde vergnügt geschnurrt.

»Den Himmel spalten?« Wacholderzweig schüttelte den Kopf. »Was für ein Quatsch!«

Mottenflug straffte sich. »Sie haben gesagt, dass sie den Himmel spalten werden und danach würden Sterne aufgehen.«

Wolkenhimmel legte sich auf den Boden. »Na gut.« Er schaute nach oben. »Dann warten wir.«

Stille legte sich über die Lichtung. Der Himmel über ihnen war wolkenlos und schwarz.

Mottenflug schämte sich so, dass ihr heiß unter dem Pelz wurde. »Was habe ich bloß angerichtet?«, flüsterte sie Micah zu. »Ich bin so ein Spatzenhirn.« Unter ihrem Fell schien sie immer kleiner zu werden.

Plötzlich war die Lichtung in gleißende Helle getaucht. Ein Blitz zerriss den Himmel und für einen Augenblick badeten die Katzen in einem blendenden Licht.

Mottenflug wurde von Angst geschüttelt. Sie warf sich zu Boden.

Auf der anderen Seite der Lichtung explodierte ein Baum in Flammen, als der Blitz einschlug. Der Baum erbebte, dann brach er auseinander. Die eine Hälfte krachte lodernd zu Boden.

Mottenflug stand sprachlos da. *Sie haben es getan! Sie haben den Himmel gespalten!* Ihr Herz machte einen Satz bis in ihre Kehle. *Jetzt müssen sie mir glauben!* Sie ließ den Blick über die Lichtung schweifen.

Die Clan-Katzen starrten mit offenen Mäulern auf den brennenden Baum. Dann wandten sie sich, eine nach der anderen, Mottenflug zu.

15. KAPITEL

DAS PRASSELN DER FLAMMEN wurde leiser, während das Feuer sich langsam selbst verzehrte. Mottenflug spürte, wie Micah an ihrer Seite hin- und her rutschte. Die Clan-Katzen starrten sie schweigend an.

Mit angehaltenem Atem bemerkte sie, dass Strömender Fluss zu ihr trat und den Kopf neigte. »Mottenflug, es war sehr mutig, dass du gesagt hast, was du sagen musstest. Komm mit.« Er ging zu dem riesigen Stein, der aus dem Boden ragte, als wäre er zahllose Monde lang aus dem Herzen der Erde emporgewachsen.

Mottenflug warf Micah einen nervösen Blick zu, während Strömender Fluss auf den riesigen Felsen sprang.

»Mach schon.« Er gab ihr einen Schubs mit seiner Schnauze. »Den härtesten Teil hast du hinter dir.«

Verlegen tapste sie in den Schatten des Felsblocks, krabbelte bis zum Rand und war mit einem Satz im Mondlicht. Sie landete neben Strömender Fluss, der auf die Katzen unter ihm schaute.

Sie wagte einen Blick über den Rand. Wie tief alles unter ihr lag! Ihre Clan-Gefährten schienen plötzlich klein zu sein. Mottenflug warf einen Blick nach oben. Ein dichtes Sternenband erstreckte sich wie ein silberner Gürtel über die indigoblaue Schwärze. Lebten die Geisterkatzen dort oben? Ein Sternen-Clan? Sie erinnerte sich an die sterngesprenkelten Pelze, die in der Dunkelheit der Höhle geglitzert hatten. Wie unbedeutend mussten die Clans den Geisterkatzen vorkommen. Sie waren so gewaltig, dass sie Macht über die Blitze hatten. Und trotzdem kümmerten sie sich um diese Katzen, wachten über sie und wiesen ihnen den Weg.

»Jetzt kann es ja keine Zweifel mehr geben.« Das laute Maunzen von Strömender Fluss riss sie zurück in die Gegenwart. Die Clan-Katzen schauten sie erwartungsvoll an. Donner hob seinen Schwanz und sein orangefarbener Pelz schimmerte fahl im Mondlicht. »Die Geisterkatzen haben gesprochen. Jeder Clan bekommt eine Heilerkatze.«

Flinkes Wasser stand bei den anderen WolkenClan-Katzen und miaute: »Wenn wir schon früher Heilerkatzen gehabt hätten, dann wären vielleicht nicht so viele an der Krankheit gestorben.«

Mottenflug schüttelte den Kopf. »Wir wissen heute nicht mehr als damals«, betonte sie. »Die Vergangenheit können wir nicht ändern. Aber wir können die Zukunft ändern. Wir müssen es schaffen, neue Kräuter und neue Heilverfahren zu entdecken.«

»Aber wie?« Kieselherz schaute zu ihr hoch. »Es wird Monde dauern, jede neue Pflanze zu testen.«

»Ja«, stimmte Mottenflug ihm zu. »Und in der Zwischenzeit lernen wir voneinander. In jedem Clan gibt es Katzen, die etwas darüber wissen, wie man heilt.«

Flinke Flosse hob ihre Schnauze. »Schilfschwanz weiß sehr viel!« Sie strahlte stolz ihren Gefährten an.

Bescheiden senkte der silberfarben getigerte Kater den

Kopf. »Ich freue mich sehr, das wenige, das ich weiß, Mottenflug anzuvertrauen.«

»Und ich werde das, was du mich lehrst, den anderen Heilerkatzen weitergeben.« Mottenflug wandte sich an Kieselherz. »Und du bringst alles in Erfahrung, was der SchattenClan weiß?«

Kieselherz miaute.

Wolkenfleck winkte mit dem Schwanz. »Ich sammele alles Wissen des DonnerClans.«

»Die Heilerkatzen treffen sich jeden Halbmond bei den Hochfelsen«, verkündete Mottenflug.

Getupfter Pelz hob den Kopf. »Das ist ein weiter Weg!«

Mottenflug sah ihre Angst in den weit aufgerissenen Augen. »Wenn du den Stein im Mondlicht erst einmal selbst gesehen hast, dann bist du froh, die Reise gemacht zu haben.« Plötzlich wurde ihr klar, dass sie wie einer der Anführer zu den Clan-Katzen gesprochen hatte. Sie trat einen Schritt von der Kante zurück und spürte, wie die Schmetterlinge in ihrem Bauch sich wieder regten.

»Hab keine Angst«, flüsterte Strömender Fluss ihr zu. »Die Geisterkatzen haben dich erwählt. Das ist dein Schicksal.«

Sie starrte den geheimnisvollen Anführer des FlussClans an und fragte sich, ob der SternenClan jemals mit ihm gesprochen hatte. Er schien so weise zu sein.

Von der Lichtung kam ein wütendes Maunzen.

Mottenflug versteifte sich, als Wolkenhimmel zu ihr aufsah. »Du redest, als wäre das alles schon entschieden.« Er plusterte seinen Pelz auf. »Wir wollen keine Heilerkatze, die für uns ausgewählt worden ist! Wir wollen selbst über die Zukunft unseres Clans bestimmen!«

Mottenflug zwang sich, seinen Blick zu erwidern. »Wir können die Geisterkatzen nicht ignorieren.«

»Du hast bestimmt nicht richtig verstanden, was sie zu dir gesagt haben!« Wolkenhimmel beäugte Micah. »Warum sollten sie einen Fremden für den WolkenClan auswählen?«

»Willst du behaupten, dass sie lügt?«, fragte Windläufer mit gesträubtem Pelz.

Wolkenhimmel gab nicht nach. »Ich sage nur, dass sie sich vielleicht geirrt hat.«

»Hätten die Geisterkatzen ein Zeichen gesendet, wenn sie sich irren würde?«, knurrte Windläufer. »Micah ist eure Heilerkatze! Hör auf, herumzujammern!«

Wolkenhimmels Augen blitzten vor Zorn. »Du hast gut reden. Du musst keinen Streuner aufnehmen.«

Windläufers Schwanz peitschte gereizt hin und her. »Du hast schon jede Menge Streuner aufgenommen, Wolkenhimmel. Du kannst es nur nicht aushalten, wenn jemand dir Vorschriften macht.«

Wolkenhimmel funkelte die WindClan-Anführerin wütend an. »Du etwa?«

»Immerhin kann ich es zugeben, wenn ich mich geirrt habe«, konterte Windläufer.

»Ich irre mich nie!« Wolkenhimmels Ohren zuckten.

Mottenflug hatte plötzlich Mitleid mit Micah. Wenn Wolkenhimmel ihn nun als Heilerkatze annahm? Der Anführer des WolkenClans ließ sich von keiner anderen Katze etwas vorschreiben. Und die Geisterkatzen wollten, dass die Heilerkatzen die Anführer berieten. Wie sollte Micah dem WolklenClan Ratschläge erteilen, wenn Wolkenhimmel nicht auf ihn hörte? Sie warf einen Blick auf Micah, dessen Pelz silbern im Mondschein glänzte und der schweigend zusah. Sein Blick wirkte so sicher und ruhig. *Er wird einen Weg finden.*

Sie trat wieder an die Kante des Steins. »Micah mag für die Clans ein Fremder sein, aber es gibt eine Verbindung zwischen ihm und uns. Schon länger.«

Wolkenhimmel hob den Kopf und starrte sie an. »Wie bitte?«

Aus den Clans war das ein oder andere erstaunte Maunzen zu hören. Micah schien bestürzt, als sie ihn mit vor Neugierde funkelnden Augen anstarrten.

»Erzähl es ihnen, Micah!«, ermutigte ihn Mottenflug.

Micahs Schwanz zitterte. »Ich habe von dir geträumt.« Sein Blick richtete sich auf Wolkenhimmel. »Im Traum habe ich dir Katzenminze gebracht, um ein krankes Junges zu behandeln.«

Himmelsstern spitzte die Ohren. »Was ist Katzenminze?«

»Eine Pflanze, die auf dem Hof wächst«, erklärte ihr Micah. »Wir behandeln Husten damit.«

Himmelsstern wandte sich mit funkelnden Augen an Wolkenhimmel. »Er könnte Kleiner Zweig helfen!«

Wolkenhimmels Rückenpelz richtete sich auf. Er schaute unsicher von Himmelsstern zu Micah. »Kannst du Katzenminze besorgen?«

»Natürlich.« Micah legte den Kopf schräg. »Wer ist Kleiner Zweig?«

Wolkenhimmel kniff die Augen zusammen. »Er ist mein Junges.«

Micahs Schwanz schoss in die Höhe. Mottenflug sah, dass er begeistert war. Er war offensichtlich darauf erpicht, loszulegen.

Strömender Fluss trat neben Mottenflug. »Sind wir uns alle einig?«, rief er den Katzen in der Senke zu. Er hatte den Blick auf Wolkenhimmel gerichtet. Dieser zögerte. »Bist du sicher, dass Katzenminze hilft?«

»Mir hat sie geholfen, als ich ein Junges war.«

»Wir müssen es versuchen!«, drängte Himmelsstern.

»Nun gut.« Wolkenhimmel senkte den Kopf. »Wenn du Kleiner Zweig heilen kannst, dann kannst du beim WolkenClan bleiben.«

Großer Schatten hob die Schnauze. »Ab sofort ist Kieselherz die Heilerkatze des SchattenClans.«

»Und Wolkenfleck die Heilerkatze des DonnerClans«, stimmte Donner zu.

»Getupfter Pelz wird die Heilerkatze des FlussClans sein.« Strömender Fluss setzte sich und legte den Schwanz über die Pfoten.

Mottenflug schaute Windläufer an. Sie war überrascht, mit welcher Wärme ihre Mutter sie anblickte.

»Mottenflug wird die Heilerkatze des WindClans sein.«

Mottenflugs Herz quoll über vor Stolz und Freude. Sie rutschte schnell an der Seite des Felsens herunter, sprang auf die Lichtung und rannte zu Windläufer. »Es tut mir so leid, dass ich dir Sorgen gemacht habe«, platzte es aus ihr heraus.

Windläufer stieß die Schnauze sanft an Mottenflugs Wange. »Jetzt verstehe ich ja, warum du losmusstest.« Sie trat einen Schritt zurück und sah Mottenflug an. »Mir tut es leid, dass ich so streng mit dir war. Ginsterstern hatte recht. Du *bist* etwas Besonderes. Und ich Spatzenhirn habe das nicht bemerkt.«

Dann war Ginsterstern bei ihnen und Staubnase folgte ihm

auf den Pfoten. »Ich bin so stolz auf dich!« Seine Augen leuchteten, als er Mottenflug ansah.

Sie schnurrte laut, aber als plötzlich die Erinnerung an Spatzenjunges und Sonnenflaum in ihr aufflammte, zögerte sie. Schließlich sagte sie zu Windläufer: »Ich habe meine Wurfgeschwister wiedergetroffen. Sie waren bei den Geisterkatzen und haben mit mir geredet.«

Windläufers Augen wurden feucht. »Geht es ihnen gut?« Das Maunzen blieb ihr fast im Halse stecken.

»Sie sind immer noch sehr klein«, berichtete Mottenflug. »Aber sie sehen gesund und glücklich aus und sie sind weise geworden.«

Windläufers Schnauze fuhr zu Ginsterstern herum. »Sie sind glücklich.« Ihre Worte waren kaum mehr als ein Hauch, aber trunken vor Glück.

Ginsterstern drückte seine Wange an die seiner Gefährtin. »Sie werden für immer in Sicherheit sein«, murmelte er.

Der SchattenClan war schon dabei, die Anhöhe zum Kieferwald hochzusteigen. Auch Donner führte seine Katzen durch die Bäume fort.

»Wir sollten auch gehen.« Windläufer rief ihre Katzen mit einem Schnippen des Schwanzes zusammen und lief Richtung Moor.

Wolkenhimmel und Himmelsstern gingen dem WolkenClan voran auf das Gestrüpp zu und der FlussClan verschwand in den hohen Gräsern.

Staubnase stupste Mottenflug mit der Schnauze an. »Kommst du?«

Mottenflug ließ den Blick über die Lichtung schweifen und war erleichtert, dass sie Micah noch immer mitten in der

Senke sitzen sah. »Ich komme gleich nach«, vertröstete sie Staubnase.

Ihr Bruder warf Micah einen zweifelnden Blick zu, dann beeilte er sich, seinen Clan einzuholen.

Mit ein paar eiligen Sprüngen war Mottenflug bei Micah. »Wir haben es geschafft!«, maunzte sie begeistert.

Micah schaute sie nur traurig an.

»Stimmt was nicht?« War er nicht glücklich, dass sie die Clans überzeugt hatten?

»Ich werde dich ziemlich vermissen«, maunzte er weich.

Ihr Herz schlug schneller. Sie hatte es vergessen! Er würde im Lager des WolkenClans leben. Sie waren nur kurze Zeit zusammen gewesen, aber es war ein merkwürdiges Gefühl, jetzt ohne ihn zu gehen. »Ich werde dich auch vermissen.«

Er beugte sich vor und rieb seine Schnauze an ihrer. »Wir sehen uns bei Halbmond.«

»Wir können zusammen zum Mondstein reisen«, flüsterte Mottenflug.

Oben am Abhang blitzte ein Paar Augen auf. »Micah! Beeil dich!« Wolkenhimmels Maunzen war in der ganzen Senke zu hören.

»Ich geh wohl besser.« Micah steuerte auf das Unterholz zu. »Damit ich nicht schon am Anfang Ärger bekomme.«

Mottenflug sah, wie er verschwand. Die Trauer in ihrem Herz wurde plötzlich von Begeisterung weggefegt. Sie hatte das Schicksal der Clans gelenkt. Nichts würde mehr so sein wie vorher. Sie warf einen Blick in den Himmel und fragte sich, ob Halber Mond stolz auf sie war.

Grüne Flügel schwirrten über ihr im Mondlicht.

Die Motte!

Sie flog zu ihr, kam flatternd und tanzend immer näher und setzte sich schließlich auf ihre Nase. Ihre Schnurrhaare zuckten, weil die leichte Berührung kitzelte. Ihr Atem streichelte die Flügel der Motte, und dann schwang sie sich auf, kreiselte höher und höher, bis sie zwischen den Ästen der Eichen verschwunden war.

War sie gekommen, um Abschied zu nehmen?

Danke! Mottenflug hörte, wie der Farn oben am Abhang raschelte. Ihr Clan war auf dem Weg zum Moor. Sie eilte ihm nach und schob sich durch die festen Stängel. Ab jetzt würde sie ein anderes Leben führen. Ihr Herz schlug schneller. *Halber Mond,* flüsterte sie in die kühle Nachtluft. *Gib mir Kraft, damit ich mein Schicksal meistern kann.*

16. KAPITEL

»MOTTENFLUG, SCHAU MAL!«

Hinter ihr maunzte Silberstreif. Mottenflug schüttelte die Reste getrockneter Blätter von ihren Pfoten und drehte sich ungeduldig nach dem hellgrauen Katzenjungen um.

Silberstreif steckte auf halber Höhe in der stacheligen Ginsterwand ihrer Höhle fest. Schwarzohr zog am Schwanz seiner Schwester, während Weißschwanz versuchte, zu ihr hochzuklettern.

»Komm bitte da herunter!« Mottenflug marschierte quer durch ihren frisch gegrabenen Bau und packte Silberstreifs Nackenfell mit den Zähnen.

Windläufer hatte vorgeschlagen, einen Bau nur für Mottenflug zu graben. Sturmpelz, Schilfschwanz, Distel und Taunase hatten Tage damit verbracht, Äste zu entfernen, eine Kuhle zwischen die Stängel zu scharren und so eine Höhle in der Ginsterhecke zu schaffen, dort, wo sie am dichtesten war. Am Boden war genug Platz für drei Nester. Eines für sie und zwei für kranke Katzen, die sie vielleicht beobachten musste. Die Äste waren ein wunderbarer Platz, um die Pflanzen unterzubringen, die sie sammelte. Sie sortierte sie zwischen die stacheligen Stängel, wo sie außerdem vor dem Wetter geschützt lagen.

Mottenflug setzte das Junge auf dem Boden ab. »Wenn du klettern willst, dann mach das draußen.«

Silberstreif blinzelte sie an. »Aber Schiefer hat uns gesagt, dass wir bei dir bleiben sollen.«

Mottenflug warf einen Blick auf den Stapel Blätter, die sie gesammelt hatte. Sie hoffte immer noch, sie vor Sonnenhoch sortiert und zwischen den Ginsterstängeln verstaut zu haben.

Schwarzohr folgte ihrem Blick und sprang zu den Blattstapeln. Er schnüffelte daran und nieste, als ihm ein stechender Geruch in die Nase stieg, wodurch die Blätter sich auf dem Boden der Höhle verteilten. »Tut mir leid!«

Mottenflug schluckte ihren Missmut hinunter. *Ich muss Schiefer sagen, dass eine andere Katze auf ihre Jungen aufpassen soll, jetzt, wo ich eine Heilerkatze bin.* Sie liebte die Kätzchen, aber inzwischen hatte sie andere Aufgaben.

Sie hatte sich nur langsam daran gewöhnt, dass ihre Clan-Gefährten sie seit der letzten Großen Versammlung anders behandelten. Flinke Flosse hänselte sie nicht mehr, wenn sie mal wieder gedankenverloren vor sich hin blickte. Wenn sie mit neuen Pflanzen ins Lager kam, war Windläufer die Erste, die fragte, ob sie etwas Interessantes gefunden hatte. Zackiger Berg nickte ihr jedes Mal respektvoll zu, wenn sie sich begegneten. Nur Schiefer schien die Veränderung nicht mitbekommen zu haben, so sehr trauerte sie noch immer um Grauer Flug.

Es raschelte, als Schilfschwanz seinen Kopf durch den Eingang steckte. »Brauchst du Hilfe?«

»Kannst du auf die drei hier aufpassen?« Mottenflug packte den Schwanz von Schwarzohr und zog ihn von den Pflanzen weg.

»Flinke Flosse ist gerade vom Jagen zurück«, antwortete Schilfschwanz. »Ich werde sie fragen, ob sie aufpassen kann.«

Weißschwanz schaute missmutig. »Aber wir wollen in Mottenflugs Höhle bleiben!«

»Junge Katzen brauchen frische Luft und Sonne.« Schilfschwanz schob sich in den Bau und stupste das schwarz-weiße Junge Richtung Eingang.

»Warte!« Schwarzohr schnupperte mit gekräuselter Nase wieder an den Pflanzen. »Was ist das hier?«

Mottenflugs Ohren zuckten. »Schachtelhalm.« *Glaube ich zumindest.* Sie hatte Schwierigkeiten, sich an all die Namen zu erinnern.

Silberstreif schob sich an ihrem Bruder vorbei und schnupperte auch. »Wofür ist das gut?«

Mottenflug zögerte. »Damit heilt man verrenkte Schwänze«, riet sie.

Schilfschwanz zwinkerte ihr wohlwollend zu. »Das ist Kerbel und gut gegen Bauchschmerzen.« Er tapste an Silberstreif vorbei und spießte ein Blatt mit der Kralle auf. »Aber die Wurzeln wirken besser als die Blätter. Die Blätter sind eigentlich nicht stark genug.«

Mottenflug wurde heiß unter dem Pelz. »Natürlich!« Sie erinnerte sich wieder daran, dass Schilfschwanz ihr das vor einem Sonnenaufgang erklärt hatte, als er mit ihr zum Pflanzensammeln gegangen war. Warum vergaß sie selbst die einfachsten Sachen?

Weißschwanz starrte sie aus großen Augen an. »Ich dachte, *du* bist unsere Heilerkatze?«

»Vielleicht sollte Schilfschwanz unsere Heilerkatze sein«, schlug Silberstreif vor.

Mottenflug trat unbehaglich von einer Pfote auf die andere. Vielleicht hatte das Junge recht. Wie sollte sie jemals all das lernen, was sie wissen musste? Sie fragte sich einen Augenblick lang, ob die Geisterkatzen mit ihrer Wahl nicht doch einen Fehler gemacht hatten. *Ich bin zu gedankenlos.*

Schilfschwanz scheuchte Weißschwanz zum Eingang und gab Silberstreif und Schwarzohr einen Stupser, ihm zu folgen. »Geht Flinke Flosse suchen. Sagt ihr, ich hätte euch geschickt.«

»Das ist nicht fair«, beschwerte sich Silberstreif.

»Wir haben doch nur geholfen«, fuhr Schwarzohr fort.

Mottenflug schaute Schilfschwanz dankbar an, nachdem die Jungen murrend ihre Höhle verlassen hatten. »Du weißt so viel mehr über Pflanzen und Heilen. Vielleicht haben sie recht. Vielleicht solltest *du* die Heilerkatze des WindClans sein.«

Schilfschwanz blickte sie liebevoll an. »Die Geisterkatzen werden schon einen Grund gehabt haben, dich auszuwählen. Ich glaube, sie wollten jemanden, der mehr kann, als sich an Pflanzennamen zu erinnern.«

»Zum Beispiel?« Mottenflug fühlte sich hilflos. Ihr schwirrte der Kopf vor Pflanzen und wie sie hießen, und sie hatte keine Ahnung, wie sie in einem Notfall das richtige Heilkraut finden sollte. Und wenn nun ein Clan-Gefährte starb, weil sie sich einfach nicht mehr erinnern konnte? Panik stieg in ihr auf.

»Du fängst doch gerade erst an«, beruhigte Schilfschwanz sie.

Draußen war Distels Ruf auf der ganzen Lichtung zu hören. »Wo wollt ihr drei eigentlich hin?«

»Die Jungen!« Schilfschwanz sprang zum Eingang. »Vielleicht versuchen sie abermals, sich aus dem Lager zu stehlen.« Der Ginster raschelte, als er sich aus dem Bau schob.

Mottenflug warf einen Blick auf den Stapel Kräuter und fing an, die verstreuten Blätter wieder zusammenzuschieben.

Auf der Lichtung hustete jemand.

Rocky.

Der alte Kater hustete jetzt schon seit ein paar Tagen. Mottenflugs Blick streifte das neue und noch leere Nest, das Sturmpelz und Adlerfeder aus Heide gebaut hatten. Es würde viel angenehmer sein als Rockys Nest im hohen Gras. Auch wenn Blattfrische das Moor inzwischen wärmte, so waren die Nächte immer noch frostig und der Wind unerbittlich. Vielleicht brauchte Rocky ein paar Nächte Schlaf in ihrem Bau, um gesund zu werden. Sie hoffte es einfach; der Rainfarn hatte offenbar nicht gewirkt, und sie kannte keine andere Pflanze, die ihn vielleicht kurieren würde.

»Rocky!« Mottenflug kroch aus ihrem Bau und überquerte die Lichtung.

Rocky schlich zwischen den Grasbüscheln langsam auf den Beutehaufen zu. Als sie neben ihm war, blieb er stehen.

»Wie geht es dir?«

»Geht schon. Ich dachte, wenn ich etwas esse, dann geht es mir vielleicht besser …« Hustend brach er ab. Sein struppiger Rücken verkrampfte sich vor Anstrengung. Er versuchte, wieder zu Atem zu kommen, und schaute sie mit einem erschöpften Blick an.

Mottenflug schob ihre Angst beiseite. Sie musste sich darauf konzentrieren, Rocky *gesund* zu machen; sich zu ängstigen, würde nicht helfen. Sie überlegte fieberhaft. Er wollte etwas essen. *Eine hungrige Katze ist eine gesunde Katze.* Das sagte ihre Mutter immer, wenn sie ins Lager kam und Beute für Mottenflug und Staubnase mitbrachte. »Hast du Hunger?«

»Nicht so richtig.« Rocky schaute unentschlossen drein. »Ich dachte nur, ein kleiner Bissen Maus würde vielleicht guttun.«

»Du solltest besser in meinen Bau kommen«, maunzte Mottenflug munter. »Dort gibt es ein hübsches, sauberes Nest für dich und es ist warm.« *Und ich kann auf dich aufpassen.* Dass er keinen Appetit hatte, machte ihr Sorgen. *Vielleicht sollte ich ihm mehr Rainfarn geben.* Sie wünschte, Getupfter Pelz wäre hier oder Kieselherz. Die wüssten vielleicht, was zu tun wäre. *Ich wette, sogar Micah wüsste es besser als ich.* Während sie Rocky sanft zu ihrem Bau führte, dachte sie an den gelben Kater. Ihr Pelz kribbelte. Sie würde ihn demnächst beim Halbmondtreffen auf dem Hochfelsen wiedersehen. Sie blieb stehen und wartete darauf, dass Rocky sich vor ihr durch den Eingang in ihren Bau schob. Als sie auch drin war, deutete sie mit der Schnauze auf das Heidenest. »Ruh dich dort aus, ich hole noch etwas Rainfarn für dich.«

Während Rocky in das Nest stieg und anfing, die Heidebüschel zu glätten, wandte Mottenflug sich ihren Kräutern zu. Sie schnupperte an den krausen Blättern, die sie bei Sonnenuntergang für ihn zerkleinert hatte. Es war ganz bestimmt Rainfarn. Sie war sich sicher. Sie legte die Blätter auf den Rand von Rockys Nest, beugte sich vor und spürte die Hitze, die von seinem Pelz aufstieg. *Er hat Fieber.* »Iss das.« Sie schob ihm den Rainfarn hin, ging wieder zu den Kräutern und betrachtete sie enttäuscht. Sie *wusste*, dass es hier etwas geben musste, um sein Fieber zu senken – aber was?

Rocky schleckte die Blätter auf, schluckte und hustete schlimmer als zuvor.

Mottenflug starrte ihn ängstlich an. Der Rainfarn half nicht!

Katzenminze! Das Wort blitzte in ihrem Kopf auf. Micah hatte Katzenminze erwähnt und gesagt, sie würde den Husten von Kleiner Zweig heilen! *Sie sieht Nesseln ähnlich, aber die Blätter sind schmaler und brennen nicht. Wenn du sie siehst, wirst du sie sofort erkennen. Sie riecht großartig.* Sie wächst bei der Scheune der Zweibeiner, hatte er noch gesagt. Rocky fing an zu röcheln. Der Weg bis zum Hof war zu weit. Sie brauchte die Katzenminze schneller. Vielleicht gab es auch welche bei den Zweibeinernestern hinter dem Wald?

»Versuch, dich auszuruhen«, ließ sie Rocky wissen. »Ich mach mich auf die Jagd nach Kräutern.« Sie sah dem alten Kater zu, wie er sich steifbeinig in seinem Nest niederließ. Sein Pelz war zottelig und sein Blick trüb. »Soll ich dir noch etwas vom Beutehaufen holen, bevor ich gehe?«

Rocky ächzte. »Ich glaube, ich kann nichts schlucken.«

»Ist dein Rachen wund?«

»Als hätte ich Brennnesseln gegessen.« Rocky legte seine Schnauze auf den Nestrand und bebte, als er den nächsten Hustenanfall unterdrückte.

»Es dauert nicht lange!« Mottenflug eilte aus ihrem Bau. Mit ein bisschen Glück war sie vor Sonnenhoch zurück. Sie sprang über die Grasbüschel der Lichtung.

»Mottenflug!« Staubnases Ruf kam von den Steinen beim Lagereingang. Er kaute auf einer Wühlmaus herum. Neben ihm lag Fleckenfell und putzte sich das Gesicht.

Rutschend kam sie zum Stehen. »Ja?«

»Wohin willst du?« Staubnase trottete zu ihr.

»Ich brauche Katzenminze.«

»Für Rocky?« Staubnase warf einen Blick auf ihren Bau. »Ich habe gesehen, wie du ihn zu dir geholt hast.«

»Das wird seinem Husten guttun«, erklärte Mottenflug.

Fleckenfell kam durch das Gras zu ihnen. »Wo willst du danach suchen?«

»Beim Zweibeinernest«, antwortete Mottenflug.

Hinter den Felsen ertönte ein begeistertes Quieken und Schwarzohr krabbelte auf den höchsten Stein. »Können wir mitkommen?«

Mottenflug blinzelte ihn an. »Nein! Das ist viel zu weit.«

»Aber mir ist langweilig!«, maulte das Junge.

Schilfschwanz hob den Kopf hinter den Felsblöcken und stieß das Junge mit der Schnauze an. »Ich geh mit euch hoch ins Moor, wenn Schiefer aufgewacht ist«, versprach er.

Mottenflug schaute ihn an. »Hatte Flinke Flosse zu tun?«

»Sie war müde von der Jagd«, antwortete Schilfschwanz. »Sie sagte, ein Kater sei so gut wie …«

Schwarzohr fiel ihm ins Wort. »Vielleicht kommt Schiefer mit uns!«

»Bestimmt nicht! Sie ist immer viel zu müde.« Silberstreif krabbelte neben ihren Bruder. »Können wir im Moor jagen?«

»Zeig uns, wie man jagt!« Jetzt sprang Weißschwanz auf den Stein. »Ich will ein Kaninchen fangen.«

»Die sind größer als du«, neckte ihn Schilfschwanz.

»Schilfschwanz!«, maunzte Distel vom Beutehaufen. »Hier gibt es drei fette Mäuse. Weißt du, welche Katze die vielleicht essen mag?«

»Ich!« Silberstreif sprang vom Stein und fing an, über die Grasbüschel zu hüpfen.

»Ich will die fetteste!« Schwarzohr jagte seiner Schwester hinterher.

»Du *bist* die fetteste!« Weißschwanz flitzte den beiden nach.

Schilfschwanz wandte sich an Mottenflug. »Ich hoffe, Schiefer ist einverstanden, dass ich mit ihnen das Lager verlasse. Sie haben mehr Energie als ein Nest voller Eichhörnchen.«

Mottenflug sah zu, wie Schilfschwanz den Jungen nachstapfte, und war froh, dass er sie ihr abgenommen hatte. Sie wandte sich wieder Fleckenfell zu. Die bernsteinfarbenen Augen des Katers waren düster vor Sorge.

»Es ist ein langer Weg bis zum Zweibeinernest. Du musst durch den Wald des WolkenClans.«

»Mir passiert schon nichts«, beruhigte ihn Mottenflug. »Die stört es nicht mehr, wenn man ihre Grenze überschreitet. Außerdem bin ich jetzt eine Heilerkatze. Ich jage nur nach Kräutern.«

Staubnase war nicht beruhigt. »Was ist, wenn du bei den Zweibeinern auf Streuner stößt?«

»Und es gibt Donnerwege dort«, ergänzte Fleckenfell sorgenvoll.

»Wir sollten dich besser begleiten.« Staubnase schüttelte seinen Pelz.

Mottenflug blinzelte ihn an. »Solltet ihr heute nicht jagen?«

Fleckenfell strich um sie herum. »Wir können auf dem Rückweg jagen.«

Mottenflug fragte sich, ob sie allein nicht schneller vorankommen würde, aber es war sicher nicht verkehrt, Hilfe zu haben. Und am Zweibeinernest würde sie Katzenminze erschnüffeln müssen, da waren drei Nasen besser als eine. »In Ordnung!« Ihr Schwanz peitschte hin und her. »Danke.« Sie fing schon auf dem Weg zum Ausgang an zu rennen.

Als sie aus dem Lager stürmte, stieg ihr der Geruch von Heide in die Nase, und sie genoss den frischen Wind um die Schnurrhaare. Sie rannte den Hügel hinab und war einfach nur glücklich. Sie würde Katzenminze finden und Rocky heilen! Ihre Pfoten griffen noch weiter aus. Hinter ihr waren Fleckenfell und Staubnase zu hören, die zu ihr aufschlossen.

»Nicht so schnell!«, miaute Staubnase. »Du kannst nicht die ganze Strecke rennen.«

»Im Wald müssen wir sowieso langsamer werden.« Mottenflug hielt den Blick fest nach vorn gerichtet. Die Wurzeln und das Gestrüpp unter den Ästen im Wald würden sie bremsen. Deshalb war es besser, hier Zeit gutzumachen, wo sie das Gelände kannten. Sie tauchte in einen breiten Streifen Heidekraut ein und folgte einem Kaninchenpfad, den sie schon unzählige Male vorher entlanggelaufen war.

Nachdem sie die Heide durchquert hatte, nahm sie Kurs auf den Wald. Staubnase und Fleckenfell folgten ihr auf den Pfoten.

Sie überquerten die Grenze zögerlich und wechselten dabei Blicke. Im ganzen Clan wurden Geschichten aus der Zeit erzählt, als Wolkenhimmel jede Katze zur Rede gestellt hatte, die er in seinem Wald antraf. *Uns wird schon nichts passieren.* Mottenflug reckte das Kinn. Seit dem Großen Kampf konnten Katzen sich frei auf allen Territorien bewegen, aber es galt als ausgemacht, dass sie nur auf ihrem eigenen Gebiet jagten. *Wir jagen nicht.* Die Bäume hielten die Wärme des Sonnenlichts zurück und Mottenflug fröstelte. Was, wenn eine Katze des WolkenClans sie zur Rede stellte, wie Weidenschwanz Rote Kralle wegen seines »Diebstahls« zur Rede gestellt hatte? Sie schob den Gedanken beiseite. Rocky brauchte Katzenminze.

Staubnase starrte mit großen Augen ins Dunkel zwischen den Baumstämmen. »WolkenClan-Katzen müssen Augen wie Eulen haben.«

Unter dem Dach der Baumkronen klang das Gezwitscher der Vögel wie ein gespenstisches Echo. Das Licht, das durch die hellen, neuen Blätter drang, malte ein Fleckenmuster auf den Waldboden. Zwischen den Bäumen rankten Brombeersträucher und Farne entrollten sich in ausladenden Büscheln.

Mottenflug schnupperte. Der modrige Duft von alten Blättern und feuchtem Holz spielte um ihre Zunge. »Vermissen der WolkenClan und der DonnerClan die Sonnenstrahlen nicht?«, flüsterte sie.

»Ganz bestimmt.« Fleckenfell schüttelte sich. »Es ist doch sonderbar, wenn man den Wind nicht hört.«

Mottenflug merkte, dass der Druck auf ihren Ohren von der Stille kam. Hoch oben raschelten die Blätter im Wind, aber hier unten, bei den Wurzeln, regte sich kein Lüftchen.

»Hier entlang.« Staubnase tapste bergauf voraus, wo der Wald bis zu einer kleinen Lichtung anstieg und Sonnenlicht durch das Blätterdach fiel.

Seitlich von ihnen waren die Spuren kleiner Pfoten zu erkennen. Fleckenfell ließ den Blick schweifen.

»Nicht beachten«, maunzte Staubnase warnend. »Auf dem Moor wartet größere Beute auf uns.«

Fleckenfell schnaubte und folgte Staubnase, der über einen

umgestürzten Baumstamm sprang. Mottenflug kletterte hinterher und jaulte auf, als ein Brombeerzweig sich in ihrem Pelz verhakte.

Staubnase warf einen Blick zurück. »Ist alles in Ordnung bei dir?«

»Ja.« Mottenflug riss sich los und zuckte zusammen. »Wie jagen die hier bloß?«

Fleckenfell schaute sie ratlos an. »Vielleicht warten sie, bis ihre Beute stolpert?«

Oben angekommen, genoss Mottenflug einen Augenblick die Sonnenwärme, dann wurden sie wieder von den Schatten verschluckt. »Weißt du, wohin wir müssen?«, miaute sie Staubnase zu, der die Führung übernommen hatte. Er folgte offenbar einem Kaninchenpfad – zumindest roch er so.

»Ich versuche, den Donnerweg zu finden«, antwortete er.

Fleckenfell wartete, bis sie neben ihm auftauchte. »Er verläuft zwischen den Territorien von WolkenClan und SchattenClan.«

Staubnase warf einen Blick zurück. »Und er führt direkt zum Zweibeinernest.«

Mottenflug schüttelte sich. »Ich will nicht am Donnerweg entlanglaufen. Er stinkt.«

»Willst du dich zwischen diesen Bäumen verlaufen?«, miaute Staubnase streitlustig.

»Können wir uns nicht einfach nach der Sonne richten?«, überlegte Fleckenfell.

»Könnten wir, wenn wir sie sehen würden.« Staubnase musste den Pfad verlassen, der durch Brombeerranken versperrt war.

Fleckenfell blieb stehen. »Ist das da drüben eine Lücke zwischen den Bäumen?« Er deutete mit der Schnauze auf einen Streifen Wald, wo die Bäume nicht so dicht standen.

Staubnase wechselte die Richtung.

Mottenflug lief neben Fleckenfell und ihre Nase zuckte vom Gestank der Monster. Zwischen den Bäumen waren Lichtstrahlen zu erkennen. Sie umgingen einen anderen Baumstamm, sprangen über einen Graben und stiegen einen weiteren Hügel hinauf. Vor ihnen tat sich eine große Lücke zwischen den Bäumen auf, die wie mit einer Kralle in den Wald geritzt war. Der Einschnitt war von schwarzen Steinen gesäumt, die nach Zweibeinern stanken, und auf der ihnen gegenüberliegenden Seite standen keine Eichen mehr, sondern nur noch Kiefern.

Mottenflug fühlte sich schwindelig von all den Gerüchen, die auf sie einstürmten. Ihr wurde schlecht vom beißenden Gestank des Kiefernsafts und der Monster. »Lasst uns unter den Bäumen bleiben«, bat sie.

»Aber es ist einfacher, am Straßenrand zu laufen.« Staubnase sprang mit einem Satz ins Gras.

Fleckenfell folgte ihm. »Und hier ist es sonnig.«

Mottenflug glotzte das schwarze Monster an, das an ihnen vorbeijaulte. Staubnase zuckte nicht einmal richtig zurück. Fleckenfell kniff nur die Augen zusammen, als ihn die stinkende Luft traf, die das Monster hinter sich herzog.

Mottenflug ging zwischen den Bäumen in Deckung. Sie musste immer noch daran denken, wie knapp Ginsterpelz dem Tod entkommen war. »Ich bleibe hier.«

»Aber lauf da, wo ich dich sehen kann!« Staubnase trabte auf dem Seitenstreifen voller Gras und blieb auf gleicher Höhe, während sie sich durch ein Farndickicht schob.

»Ich lasse sie nicht aus den Augen.« Fleckenfell war mit ein paar Sprüngen wieder im Wald und neben Mottenflug.

»Du kannst ruhig bei Staubnase bleiben«, stellte Mottenflug fest. »Ich kann auf mich selbst aufpassen.«

»Ich bleibe lieber bei dir.«

Sie ignorierte den vielsagenden Blick, den er ihr zuwarf, und fragte sich, ob Micah in der Nähe war. Hatte die Hofkatze diesen Teil des Waldes schon erkundet oder hielt Wolkenhimmel ihn im Lager auf Trab?

Sie öffnete das Maul und versuchte, eine Spur seiner Fährte zu erschnuppern, aber der Gestank des Donnerwegs überlagerte alle anderen Gerüche. Sie ließ den Schwanz sinken und lief weiter, versuchte, zwischen den Bäumen voraus einen Blick auf das Zweibeinernest zu erhaschen.

Die Sonne stieg höher und im Wald wurde es wärmer. Schließlich miaute Staubnase vom Grasstreifen aus: »Ich sehe das Zweibeinernest!«

Mottenflugs Stimmung besserte sich. »Ist es noch weit?«

»Nein!«

Sie beschleunigte ihre Schritte und auch Fleckenfell an ihrer Seite wurde schneller. Beide passierten eine Brombeerhecke, und sie versuchte, etwas zwischen den Baumstämmen zu erkennen. Hinter ihnen waren Mauern zu sehen.

Als sie am Waldrand angekommen war, fing sie an zu rennen. Im Zickzack jagte sie durch das Unterholz und Staubnase musste sich beeilen, bis er vom grünen Seitenstreifen des Donnerwegs zu ihr aufgeschlossen hatte. Schließlich standen sie am Fuß einer Mauer, die völlig aus Holz war. Sie versuchte, ihre Höhe abzuschätzen, atmete tief durch und sprang. Sie schlug die Krallen in das unbearbeitete Holz und kletterte wie ein Eichhörnchen hinauf. Oben angekommen, balancierte sie auf dem schmalen Grat und starrte auf ein Durcheinander von Zweibeinernestern und Grasflächen, die von einem Labyrinth aus Holzwänden durchzogen wurden. Der Grat wackelte, als Staubnase und Fleckenfell ihr folgten.

»Wir sollten uns aufteilen«, schlug Mottenflug vor.

Mit einem Blick über die Nester kniff Staubnase die Augen zusammen. »Wir wissen nicht, wonach wir suchen müssen«, maunzte er.

»Micah meinte, Katzenminze sieht aus wie Nesseln«, erklärte Mottenflug. »Die Blätter sind schmal, brennen aber nicht. Er hat gesagt, sie riecht so großartig, dass man einfach *weiß*, wenn man sie gefunden hat.«

Staubnases Fell kräuselte sich. »Kennt Micah *alle* Kräuter?« Sein Maunzen hatte eine leichte Schärfe.

»Nur Katzenminze.« Mottenflug starrte auf die Grasflächen unter ihr. An ihrem Rand wuchsen viele unbekannte Pflanzen. Sie öffnete das Maul und ließ den Geruch über ihre Zunge streichen. Keine davon roch *großartig*. Sie deutete mit dem Kopf in ihre Richtung. »Ihr sucht dort drüben und ich auf dieser Seite«, erklärte sie Staubnase.

»Ich bleibe bei dir«, maunzte Fleckenfell.

Mottenflug bohrte die Krallen in das Holz. »Wir finden es schneller, wenn wir uns aufteilen.« Fleckenfell meinte es sicher nett, aber sie wollte ihn nicht ständig an ihrem Schweif kleben haben.

Staubnase schnippte mit dem Schwanz und verlor fast das Gleichgewicht, als er sich auf der Mauer drehte. »Ruf, wenn du uns brauchst«, bemerkte er und stolziert davon. »Wir sind nicht weit weg.«

Fleckenfell sah Mottenflug in die Augen. »Bist du sicher, dass du ohne mich gehen willst?«, fragte er hoffnungsvoll.

»Staubnase wird bei der Suche nach Kräutern Hilfe brauchen. Er jagt sonst eher Kaninchen.« Mottenflug wandte sich ab und ging.

Die Mauer unter ihren Pfoten wackelte, und sie musste sich konzentrieren, um das Gleichgewicht nicht zu verlieren. Auf der nächsten Lichtung sah sie riesige, weiß gefiederte Gräser, die um einen Flecken Rasen aufragten. Die anschließende Lichtung war mit Steinen bedeckt. Sie schnupperte, als sie zu einer weiteren kam, und war erleichtert, zahllose Pflanzen zu sehen, die sich zwischen Holzwänden drängten. Aufgeregt sprang sie nach unten und fing an, die Blätter zu beschnüffeln.

Wie Nesseln. Micahs Worte gingen ihr durch den Kopf. Wenn sie ihn doch nur im Wald getroffen hätte; er hätte ihr beim Suchen helfen können. Sie stockte. Ein wunderbarer Geruch zog ihr in die Nase. Sie blinzelte und ließ den Blick schweifen.

Dort! Eine Pflanze mit vielen Blättern, so wie Micah sie beschrieben hatte, wuchs eingeklemmt zwischen einem blühenden Busch und stacheligem Gras. Mit ein paar Sätzen stand sie davor und Pelz und Bauch kribbelten vor Aufregung. Sie tauchte mit der Nase tief zwischen die Blätter. Als sie den köstlichen Duft einatmete, wurde ihr fast schwindelig. Es war genau so, wie Micah gesagt hatte. *Du weißt, wenn du sie gefunden hast.*

Mit den Zähnen packte sie ein paar Stängel und brach sie ab. Sie legte die Stängel vor ihre Pfoten und brach mehr ab, so viel sie konnte. Begeistert schob sie die Stängel zu einem festen Bündel zusammen und bückte sich, um sie aufzunehmen. *Danke, Micah.*

Sie hielt inne und erinnerte sich an ihre gemeinsame Reise zu den Hochfelsen. Alles stand ihr noch sehr lebendig vor Augen: Die Sonne, die hinter den Hochfelsen unterging; die Mahlzeit, die Micah ihr gefangen hatte, bevor sie in den Tunnel aufbrach. Sie war so nervös gewesen und er so beruhigend. Es hatte keine schönere Nacht in ihrem Leben gegeben. Plötzlich hatte sie wieder den Duft des feuchten Steins in der Nase und die Geisterkatzen vor Augen, die um sie herum schimmerten. Ein warmes Gefühl der Freude überkam sie, als sie daran dachte, wie freundlich sie empfangen worden war. *Du bist etwas Besonderes ...*

Ein lauter Schrei unterbrach ihre Gedanken. Hastig schaute sie sich um. Ein Zweibeiner brach aus seinem Nest und raste auf sie zu. Er bellte wie ein wütender Hund.

Mottenflugs Herz schien zu zerspringen. Blind vor Panik, raffte sie die Katzenminze zusammen und sauste zur hölzernen Mauer. Feuchtkalte Zweibeinerpfoten grapschten nach ihr und zerrten an ihrem Fell, während sie sich loswand. Mit einem Knurren sprang sie die Mauer hoch und krallte sich oben fest. Der Zweibeiner brüllte wutentbrannt auf, wobei sein gerötetes Gesicht nur eine Schwanzlänge entfernt war.

Trotz ihrer panischen Angst sprang Mottenflug mit ausgefahrenen Krallen auf der Holzmauer entlang, die ins Wackeln geriet. Nur einen Augenblick später war sie außerhalb der Reichweite des Zweibeiners. Eine andere Mauer versperrte ihm den Weg, und er war offenbar zu tollpatschig, um darüberzuklettern. Sie wurde langsamer, fand ihr Gleichgewicht wieder und lief mit schwankenden Schritten zu ihrem Bruder.

Staubnase rannte bereits mit gesträubtem Pelz auf sie zu, während er den bellenden Zweibeiner im Blick behielt. »Hat er dir wehgetan?«

Mit der Katzenminze im Maul konnte Mottenflug nicht antworten. Stattdessen sprang sie hinunter und sauste durch das Unterholz in den Wald. Dort ließ sie die Stängel fallen und atmete tief durch.

Staubnase kam neben ihr zum Stehen und umkreiste sie besorgt. »Ist alles in Ordnung bei dir?«

»Ich habe mich nur erschreckt!«, keuchte sie. »Ich habe ihn erst spät kommen sehen.«

Inzwischen war Fleckenfell von der Mauer gesprungen. »Was ist passiert?«

Staubnase rollte mit den Augen. »Meine verträumte Schwester hat sich fast von einem Zweibeiner fangen lassen.«

Mottenflug starrte ihn wutentbrannt an. »Ich bin nun mal verträumt!«, fauchte sie. *Sei einfach du selbst.* Die Worte von Halber Mond fielen ihr wieder ein. »Ich bin nun mal, wie ich bin.«

»Eines Tages wird dich das in Schwierigkeiten bringen«, bemerkte Staubnase ärgerlich.

»Ich bin ihm entkommen, oder?« Mottenflugs Schwanz peitschte hin und her. »Und erzähl *bloß nichts* Windläufer! Sonst macht sie sich Sorgen um mich!«

Fleckenfell drängte sich dazwischen und schnupperte an der Katzenminze. »Die riecht *wirklich* gut!« Er fing an zu schnurren. »Kann ich etwas davon haben?« Er war schon dabei, seine Nase an den Stängeln zu reiben.

Mottenflug stieß ihn heftig mit der Schnauze beiseite. »Das ist Medizin für *Rocky*!«, blaffte sie und war immer noch wütend. »Deinen Sabber braucht er wirklich nicht!« Dann schnappte sie sich die Stängel und stapfte los in den Wald.

Staubnase und Fleckenfell blieben zum Jagen im Moor, und Mottenflug beeilte sich, auf schmerzenden Pfoten ins Lager zu laufen. Sie hielt den Kopf hoch, damit sie nicht über die Stängel stolperte, und hüpfte über die Grasbüschel zu ihrem Bau.

Zackiger Berg hob den Kopf, als sie an ihm vorbeiging. »Das riecht köstlich!«

Sie neigte schweigend den Kopf, denn sie konnte nichts sagen.

Sturmpelz und Adlerfeder tauchten neben ihr auf und schnüffelten an den Blättern.

»Was ist das?« Aus Sturmpelz' Kehle kam ein tiefes Schnurren.

»Ist das für Rocky?«, fragte Adlerfeder.

Mottenflug ließ die Stängel vor dem Eingang ihres Baus fallen. Der starke Duft vernebelte ihre Gedanken, und sie schüttelte den Pelz in der Hoffnung, wieder klar denken zu können. »Das ist Katzenminze«, verkündete sie.

Adlerfeder hockte sich davor und beschnüffelte die Blätter. »Wo hast du sie gefunden?«

»Zweibeinernest.« Mottenflug hörte Rocky in der Höhle husten.

»Wie schade, dass das nicht auf dem Moor wächst.« Die blauen Augen von Sturmpelz leuchteten. »Es riecht großartig.«

»Man kann Husten damit heilen.« Mottenflug verscheuchte Adlerfeder mit einem Schwanzschnipser. »Es ist wertvoll.« Sie musterte die sandige Kuhle neben dem großen Stein, die im Sonnenlicht lag. Wenn sie die Kräuter trocknete, dann würden sie nicht vermodern. Sie nahm zwei Stängel vom Stapel und schob den Rest Sturmpelz zu. »Kannst du die bitte in der Kuhle ausbreiten, damit sie trocknen?« Sie warf einen Blick in die Runde. Flinke Flosse und Schilfschwanz faulenzten in der Nachmittagssonne am Rand des Lagers. Schiefer saß blinzelnd vor ihrem Bau, während Silberstreif, Weißschwanz und Schwarzohr um sie herumtollten und ihre Schwänze jagten. Windläufer lag ausgestreckt neben dem großen Stein und streckte mit geschlossenen Augen ihren Bauch der Sonne entgegen. Mottenflug blinzelte Sturmpelz an und hatte einen Auftrag für ihn. »Setz dich daneben und pass auf sie auf«, maunzte sie. »Ich will nicht, dass alle im Lager daran herumschnüffeln. Sie sind für *kranke* Katzen.« Sie konnte ihren Clan-Gefährten nicht vorwerfen, dass sie die verführerischen Blätter probieren wollten. Sie hätte sie gerne selbst gegessen, fürchtete aber, dass sie im Krankheitsfall nicht mehr wirken würden, wenn eine gesunde Katze sie aß. Außerdem wollte sie die Reise zum Zweibeinernest nicht jeden Tag unternehmen, um Nachschub zu holen.

Sturmpelz nickte und nahm die Stängel ins Maul. Er sprang zur Kuhle und fing an, sie dort auszubreiten; Adlerfeder folgte ihm eifrig.

Mottenflug tauchte in ihre Höhle ein. Sie legte die Stängel neben Rockys Lager. Unter seinem feuchten Pelz schien er immer noch zu glühen.

»Rocky?« Sie stieß ihn sanft mit der Pfote an und er öffnete blinzelnd die Augen. »Wie geht es dir?«

Die Antwort war ein Husten.

»Ich habe etwas mitgebracht, das dir vielleicht hilft.« Mit der Kralle riss sie ein Blatt ab und legte es neben seine Schnauze. »Iss.«

Rocky beschnüffelte die Katzenminze und sein Blick hellte sich auf. »Das riecht gut!« Dankbar blinzelte er sie an und schleckte das Blatt auf.

Sie riss noch ein paar Blätter ab und legte sie neben ihn. Er schleckte sie so schnell auf, dass sie kaum nachkam und die Stängel sofort leer waren. *War das genug?* Sie beugte sich vor und fragte sich, wie lange es dauern würde, bis die Katzenminze wirkte.

Rocky schnurrte glücklich, obwohl er noch bei jedem Atemzug röchelte.

»Mottenflug!«

Ihr Kopf flog herum. Das Maunzen, das draußen nach ihr rief, kannte sie.

Micah! Ihr Pelz kribbelte vor Aufregung, als sie sich durch den Eingang ihres Baus schob. Der gelbe Kater kam ihr über die Lichtung entgegen und im Licht der späten Sonne glänzte sein Pelz golden. Sie eilte ihm entgegen und hoffte, dass ihr Fell nach dem langen Weg durch den Wald nicht allzu staubig war. Bei seinem Anblick hüpfte ihr Herz.

Er blieb mit glänzenden Augen vor ihr stehen. »Wie ist das Leben als Heilerkatze?«

»Das weißt du doch selbst!« Mottenflug sah ihm in die Augen und die Freude drohte ihre Brust zu sprengen. »Wie ist das Leben beim WolkenClan?«

Micahs Schwanz peitschte hin und her. »Ist schon in Ordnung.« Besonders sicher schien er nicht zu sein.

»Wie geht's Kleiner Zweig? Hast du ihn gesund gemacht?«

»Er tollt quietschvergnügt mit seinen Wurfgeschwistern im Lager herum.« Stolz streckte Micah die Brust vor.

»Wolkenhimmel und Himmelsstern müssen glücklich sein«, bemerkte Mottenflug.

»Himmelsstern schon«, berichtete Micah. »Aber ich glaube, Wolkenhimmel wünscht sich, er hätte mir nicht versprochen, dass ich bleiben kann, wenn ich sein Junges heile.«

Mottenflugs Fell kräuselte sich vor Sorge. Wolkenhimmel konnte herzlos sein. »Macht er dir das Leben schwer?«

»Damit komme ich klar. Er maunzt laut herum, aber hat die Krallen eingezogen. Ich glaube …«

»Micah.« Windläufer unterbrach ihn. »Was machst du denn hier?«

Mottenflug wandte sich um und sah ihre Mutter auf sie zukommen. Ihr Pelz war vom langen Liegen noch immer platt gedrückt und sie schaute sie aus verschlafenen Augen an. Aber den Tonfall kannte Mottenflug. Sie erstarrte und fragte sich, ob Windläufer etwas an ihr oder Micah auszusetzen hatte. »Er besucht mich«, sagte sie zu Windläufer. Dann zögerte sie und miaute mit einem ängstlichen Blick auf Micah: »Das stimmt doch, oder?«

Micah schnurrte. »Natürlich. Ich habe dich vermisst.«

Windläufers Blick verdüsterte sich. »Ich glaube, du solltest wirklich nicht hier sein.« Sie schaute Micah an. »Wolkenhimmel ist nicht allzu gut auf den WindClan zu sprechen, seit wir Rote Kralle beschuldigt haben, ein Beutedieb zu sein.«

Oder seitdem ich gesagt habe, er soll eine Hofkatze in seinen Clan aufnehmen, dachte Mottenflug.

Windläufer kniff die Augen zusammen. »Du riechst nach Wald, Mottenflug«, maunzte sie scharf. »Wo warst du?«

»Ich war beim Zweibeinernest, um Katzenminze für Rocky zu holen.«

Windläufers Pelz sträubte sich. »Durch das Gebiet des WolkenClans?«

»Das ist der kürzeste Weg.«

Micah blinzelte sie an. »Hätte ich das doch gewusst«, ließ er sie ernst wissen. »Dann hätte ich dich begleitet.«

»Schon in Ordnung«, beruhigte Mottenflug ihn. »Staubnase und Fleckenfell waren bei mir.«

Windläufers Schwanz zuckte. »Ihr wart zu *dritt* auf dem Territorium des WolkenClans?«

Mottenflug schaute sie offen an. »Na und? Wir haben nicht gejagt. Und Rocky brauchte die Blätter.«

»Aber was, wenn ...«

Micah fiel Windläufer ins Wort und starrte Mottenflug wissbegierig an. »Hast du welche gefunden?«

Mottenflug nickte. »Es war genau so, wie du gesagt hast. Sobald ich es roch, wusste ich, das ist Katzenminze.«

»Es ist einfach köstlich, oder?«, schnurrte Micah.

»Jetzt reicht's!« Windläufer drängte sich vor Micah. »Du kannst nicht einfach in unser Lager kommen, nur um über Kräuter zu plaudern!« Dann war Mottenflug an der Reihe. »Und *du* wirst nicht mehr über WolkenClan-Territorium laufen, ohne es mir vorher zu sagen.«

Mottenflug blinzelte sie an. »Aber ich habe es für Rocky gemacht! Du redest ständig über das Wohl des Clans. Na gut, das *war* zum Wohle des Clans.«

Windläufers Blick wurde noch dunkler. »Es ist nicht zum Wohl des Clans, wenn es zu einem Kampf führt.«

Mottenflugs Pelz kribbelte. »Über so etwas Albernes wie

das Durchqueren von Territorien kann doch nun wirklich kein Kampf ausbrechen.«

»Wolkenhimmel hat das schon einmal fertiggebracht«, maunzte Windläufer.

Micahs Ohren zuckten. »Ich glaube, Wolkenhimmel ist zurzeit eher darauf aus, ein guter Vater zu sein, als Kämpfe vom Zaun zu brechen.« Bevor Windläufer antworten konnte, schaute er Mottenflug an. »Ich glaube, ich gehe jetzt besser zurück.«

»Ja.« Windläufer starrte ihn an. »Das ist wohl besser.«

Mottenflug schniefte empört. »Ich bring dich bis zur Grenze.«

Windläufer schaute sie warnend an. »Und keinen Schritt weiter.«

»Natürlich nicht!« Mottenflugs Schwanz peitschte hin und her, während sie in Richtung Eingang lief. Dann blieb sie stehen. »Ich schaue besser noch mal nach Rocky, bevor ich gehe. Ich will wissen, ob die Katzenminze geholfen hat.«

Windläufer stolzierte knurrend davon. »Trödele nicht herum. Bei Sonnenuntergang will ich Micah jenseits der Grenze sehen.«

Micah schaute Mottenflug an und seine Augen funkelten vor Belustigung. »Sie ist sogar noch strenger, als ich sie mir vorgestellt habe.«

»Ich habe dich ja gewarnt.« Mottenflug tapste mit einem Schnurren zu ihrem Bau.

Drinnen lag Rocky ausgestreckt auf seinem Lager und reckte ihr fröhlich den Bauch entgegen. Aus seiner Brust drang ein lautes Schnurren. Er hustete nicht mehr. Mottenflug zwinkerte ihn an. »Das klingt, als hätte die Katzenminze gewirkt.«

»Ich fühle mich großartig!« Rocky hob den Kopf und starrte Mottenflug aus trüben Augen an.

Micah schob sich an ihr vorbei und schnupperte am Atem des alten Katers. »Wie viel hast du ihm gegeben?«, fragte er Mottenflug.

»Zwei Stängel.« Ängstlich stand sie neben Rockys Nest. »War das zu viel?«

Bevor Micah antworten konnte, verpasste Rocky ihr einen spielerischen Schlag auf die Schnauze. »Es war genau die richtige Menge.« Sein Schwanz schnippte über den Bauch. Als er an seiner Nase vorbeizischte, schnappte er mit den Vorderpfoten danach. »Hab ich dich!« Seine Augen funkelten vor Vergnügen. »Schau mal! Ich habe meinen Schwanz gefangen!«

Mottenflug rührte sich nicht von der Stelle. Dass er sich wie ein Junges verhielt, war etwas ganz Neues.

»Das wird schon wieder«, beruhigte sie Micah. »Er ist vielleicht noch eine Zeit lang verspielt, aber sein Husten sollte besser werden.«

»Er ist schon besser geworden.« Rocky warf sich auf die Seite, sein Kopf rekelte sich auf dem Nestrand.

»Komm.« Micah schob Mottenflug zum Ausgang. »Er wird sich gesund schlafen.«

»Ich bin nicht müde«, maunzte Rocky ihnen hinterher.

»Bleib in deinem Nest.« Micah klang streng. »Wir wollen doch nicht, dass du herumläufst und dich in der Heide verirrst. Wahrscheinlich fühlst du dich schon besser, aber du musst immer noch ruhen.« Micah lotste Mottenflug aus dem Bau.

Draußen in der Sonne blinzelte Mottenflug ihn an. »Wie viel hätte er denn bekommen *sollen*?«

»Zwei oder drei Blätter reichen.« Micah lief zum Ausgang.

Mottenflug musste sich beeilen, um Schritt zu halten. »Hat Kleiner Zweig auch so reagiert, als du ihm Blätter gegeben hast?«

»Ich habe ihm nur ein Blatt gegeben.« Micah schlängelte sich zwischen den Grassoden über die Lichtung.

Mottenflugs Rückenpelz zuckte, während sie ihm folgte. Rocky war ihr erster Patient gewesen. »Ich bin so ein Spatzenhirn«, miaute sie verärgert.

Micah schaute sie erstaunt an. »Warum?«

»Ich hätte wissen sollen, dass es zu viel ist.«

»Aber wie denn?« Micah trabte jetzt neben ihr. »Du hattest Katzenminze ja noch nie gesehen. Ich bin beeindruckt, dass du überhaupt welche gefunden hast.«

»Tatsächlich?« Mottenflug zwinkerte ihn an.

»Sei nicht so streng mit dir«, schlug Micah vor. »Wir alle müssen dazulernen.«

»Hast du schon mal einen Fehler gemacht?«

»Noch nicht.« Micah starrte sie über die Heidebüschel hinweg an. »Aber es gibt so viel, das ich immer noch nicht weiß. Wolkenhimmel scheint zu glauben, dass ich auf alles eine Antwort habe. Aber meistens rate ich einfach.«

Ein leichter Wind zupfte an Mottenflugs Pelz. Sie fröstelte, denn die Sonne stand schon sehr tief. Aber sie merkte es kaum. Sie war erleichtert zu hören, dass auch Micah mit seinen Pflichten überfordert war. »Ich habe gedacht, es ginge nur mir so«, flüsterte sie.

Micahs Flanke streifte ihre. »Es geht nicht nur dir so«, versicherte er ihr. »Ich wette, Getupfter Pelz, Wolkenfleck und Kieselherz haben auch zu kämpfen.«

»Aber nicht Kieselherz«, seufzte Mottenflug. »Alle sagen, dass er ein geborener Heiler ist.« Sie starrte auf ihre Pfoten. »Ich wünschte, ich wäre das *auch*.«

»Woher weißt du, dass du es nicht bist?«, fragte Micah ungeduldig. »Rocky schien gerade ziemlich glücklich zu sein.«

Mottenflug schnurrte, als sie an den alten Kater dachte. »Ein bisschen *zu* glücklich.«

»So etwas wie *zu glücklich* gibt es nicht.« Micah fing an zu rennen, umkurvte einen Flecken Heide und sprang den jetzt steiler abfallenden Hang hinunter.

Mottenflug jagte ihm hinterher und schnurrte dabei. Kurz vor der Grenze hatte sie ihn eingeholt. »Warte mal!« Sie wollte nicht, dass er schon in sein Lager zurückging.

Bei den Brombeerranken, die sich kringelten, kam er rutschend zum Halt. »Was ist?«

»Willst du schon wieder zurück?« Mottenflug suchte den Blick seiner bernsteinfarbenen Augen.

Micah musterte die Grenze. »Ich glaube nicht«, maunzte er unsicher.

Mottenflug schüttelte den Kopf. »Stimmt was nicht?«

»Nein.« Micah ließ den Schwanz durch die Luft sausen. »Alles in Ordnung. Ich habe nur Eichelfell versprochen, ihr zu helfen, ein paar Kräuter zu mischen.«

»Eichelfell?« Mottenflug wunderte sich. »Bist *du* nicht die Heilerkatze des WolkenClans?«

»Wolkenhimmel wollte, dass mich jemand unterstützt.« Micah vermied es, sie anzusehen. »Ich glaube, sie soll ein Auge auf mich haben.«

»Wolkenhimmel hat noch nie jemandem richtig vertraut.«

Mottenflug stand jetzt direkt vor ihm. »Ich bin sicher, er gewöhnt sich schnell daran, dass du die Heilerkatze bist.«

»Bestimmt.« Es schien Micah fast egal zu sein. »Davon abgesehen ist Eichelfell nett. Wir kommen gut miteinander aus. Und sie ist klug. Ich bin gerne in ihrer Gesellschaft.«

Mottenflug ignorierte das nagende Gefühl der Eifersucht. »Eichelfell ist in Ordnung«, gab sie zu.

»Wir haben etwas gefunden, um Kratzer zu behandeln«, konnte Micah ihr berichten. »Wenn man Ampferblätter mit Schachtelhalm mischt und zerkaut, dann bekommt man eine Paste, die man auf eine Wunde schmieren kann.«

Mottenflug horchte auf. »Das versuche ich nächstes Mal, wenn die Jungen sich die Pfoten aufschürfen.«

»Es brennt«, warnte Micah sie. »Sie machen bestimmt Theater. Aber die Wunde entzündet sich dann nicht.«

Die Brombeerranken raschelten. »Micah!« Die letzten Sonnenstrahlen streiften Eichelfell. »Ich habe nach dir gesucht.«

Micah neigte den Kopf vor der kastanienbraunen Kätzin. »Ich war schon auf dem Rückweg.«

»Wolkenhimmel will dich im Lager haben.« Eichelfell betrachtete Mottenflug misstrauisch. »Er sagt, Kleiner Ast braucht mehr Katzenminze.«

Micah schaute sie fragend an. »Kleiner Ast ist gesund.«

»Komm einfach!« Eichelfell starrte ihn an. »Wolkenhimmel hat mal wieder eine seiner Launen.«

»Aber erst will ich mich von Mottenflug verabschieden.«

Mottenflug spürte Micahs sanften Atem auf ihrer Schnauze, als er sich vorbeugte.

»Beeil dich!« Eichelfell trat über die Grenze und stellte sich neben ihn.

Mit einem entschuldigenden Blick sah Micah Mottenflug in die Augen. »Ich muss los«, flüsterte er.

»Wir sehen uns bei Halbmond«, murmelte Mottenflug.

»Genau.« Dann verschwand Micah mit Eichelfell zwischen den Bäumen.

Mottenflug sah zu, wie die Schatten ihn verschluckten, und ihr Pelz kribbelte unbehaglich. Eichelfell behandelte ihn wie einen Gefangenen und nicht wie einen Clan-Gefährten. Ging es Micah beim WolkenClan wirklich gut? Schon jetzt wollte sie ihn wiedersehen. Sie riss sich von dem Bild los und machte sich auf den Weg zurück ins Lager.

17. KAPITEL

MOTTENFLUG STARRTE auf den Mond. Ein perfekter Halbkreis stieg zwischen den Sternen empor. Die Zeit seit Vollmond war schnell vergangen. Mottenflug hatte mehr zu tun gehabt als je zuvor. Jetzt war sie auf dem Weg zu den Hochfelsen.

Sie hielt inne, weil ihre Pfoten von den steinigen Hofstraßen schmerzten.

Micah blieb neben ihr stehen. »Müde?«

»Ein bisschen«, gab sie zu. Normalerweise läge sie jetzt schon zusammengerollt in ihrem Nest.

Sie hatte das WindClan-Lager verlassen, als die Sonne schon auf dem Weg zum Horizont war. Micah und Wolkenfleck hatten sich ihr oben auf dem Moor angeschlossen, wo sie gewartet hatte; der Wind zauste an ihrem Fell und ihr Herz raste in Vorfreude auf die Reise zum Mondstein.

Jetzt warf sie einen Blick auf die Hochfelsen, die vor ihr aufragten. »Wir sind gut vorangekommen.« Wolkenfleck war vorausgelaufen. Inzwischen war er nicht mehr als ein Schatten, der am Fuß der Hecke hin- und herlief, als würde er nach dem einfachsten Weg hindurch suchen. »Und wenn die Geisterkatzen nicht kommen?«

Micah stieß seine Schnauze in ihren Pelz. »Du machst dir zu viele Sorgen.«

Wolkenfleck warf einen Blick zurück. »Ich habe die Spur von Getupfter Pelz gefunden.«

»Endlich!« Mottenflug hatte schon angefangen, sich zu fragen, ob die Heilerkatze des FlussClans das Treffen vergessen hatte.

»Sie ist mit Kieselherz unterwegs«, miaute Wolkenfleck.

Mottenflug sprang los, um die Heilerkatze des DonnerClans einzuholen. »Ist die Spur frisch?«

»Ja!« Wolkenfleck quetschte sich unter der Hecke durch und war verschwunden.

Mottenflug machte es dem schwarzen Kater mit dem langem Fell nach, wobei die Buchenzweige ihr den Pelz zerkratzten. Micah schlängelte sich gleich hinter ihr hindurch.

Auf der anderen Seite erstreckte sich eine Wiese bis in die Schatten der Hochfelsen. Die Felswand schien die Hälfte des Himmels zu verschlucken. Wolkenfleck jagte bereits durch das lange Gras auf zwei katzenhafte Schatten am anderen Ende der Wiese zu.

»Kieselherz!« Wolkenflecks Maunzen klang durch die kalte Nacht. »Getupfter Pelz! Seid ihr das?«

»Ja!«, schallte die Antwort von Kieselherz zurück.

Jetzt fing Micah an zu rennen. »Mach schon, wir sind gleich bei ihnen.«

Mottenflug jagte ihm hinterher. Als das weiche Gras unter ihren Pfoten Steinen wich, erreichten sie die Heilerkatzen des Fluss- und des SchattenClans. »Ich dachte, ihr hättet es vergessen«, schnaufte sie.

Das schildpattfarbene Fell von Getupfter Pelz kräuselte sich am ganzen Körper. »Wie könnten wir etwas so Wichtiges jemals vergessen?«

»Ich kann es kaum erwarten, die Geisterkatzen zu sehen!« Die Augen von Kieselherz strahlten vor Sternenlicht.

Micah lief mit zuckendem Schwanz auf und ab. »Kuh und Maus würden mir das nie glauben.« Er richtete die Augen auf die Hochfelsen. Die Öffnung war kaum sichtbar, sie war nicht mehr als ein schwarzer Schatten auf dem Stein.

Getupfter Pelz folgte seinem Blick. »Dorthin müssen wir?«

»Ja.« Mottenflugs Magen war plötzlich voller Schmetterlinge.

»Geht es tief hinein?« Kieselherz' Stimme zitterte leicht.

»Niemand braucht sich zu fürchten«, beruhigte ihn Mottenflug. »Wenn wir erst mal drin sind, werdet ihr spüren, wie der Mondstein euch ruft.« Sie erinnerte sich an die merkwürdige Ruhe, die sich beim letzten Mal in ihr ausgebreitet hatte.

»Na los.« Micah war schon auf dem felsigen Untergrund.

Mottenflug machte es ihm nach und spürte die Kiesel unter ihren Pfoten, als der Hang steiler zu den Felsen hin anstieg. »Ich wette, vor einem Monat hättest du nie geglaubt, dass du mit toten Katzen sprechen würdest«, sagte sie, als sie ihn eingeholt hatte.

»Ich hätte nie geglaubt, dass ich mal in einem *Wald* leben würde«, gab Micah zurück.

Mottenflug blinzelte ihn unruhig an. Nahm er es ihr übel, wie sehr sie sein Leben verändert hatte? »Tut es dir leid, dass du mich getroffen hast?«

Micah blieb stehen und schaute sie feierlich an. »Nein, es ist das Schönste, was mir jemals passiert ist.«

Mottenflug wurde von einer tiefen Freude erfüllt. »Mir geht es genau…«

»Beeilt euch.« Wolkenfleck huschte an ihnen vorbei, wobei

sein schwarzer Pelz vor den dunklen Felsen kaum zu erkennen war. Nur die weißen Ohren und Pfoten verrieten ihn.

Getupfter Pelz eilte dem schwarzer Kater hinterher. Kieselherz folgte ihnen auf den Pfoten und löste einen Hagel kleiner Steine aus.

Mottenflug zuckte zusammen, als einer der Steine ihre Pfote traf, und starrte auf die düstere Öffnung. Was würden die anderen denken, wenn sie den Mondstein zum ersten Mal sahen?

»Komm schon.« Micah stupste sie mit der Nase an.

Kieselherz war bereits auf den felsigen Vorsprung geklettert. Der weiße Fleck auf seiner Brust leuchtete wie ein Stern. Wolkenfleck sprang neben ihn und starrte blinzelnd in den Tunnel. Micah folgte Getupfter Pelz, und Mottenflug war die Letzte, die hochkletterte.

Der eiskalte Stein unter den Pfoten fühlte sich vertraut an. Sie beschnupperte die Schatten. Der intensive Geruch von Stein und Wasser stieg ihr ins Maul, und sie zitterte vor Aufregung, die ihr die Brust schwellen ließ. »Kommt mit.« Die kalte Luft spielte mit ihrem Pelz, als sie ins Dunkel tappte. Hinter ihr verblasste das Licht der Sterne. »Wir müssen in der Höhle sein, wenn das Mondlicht auf den Stein fällt.« Ihr Atem waberte ihr warm um die Nase.

Die Pfoten der anderen Katzen waren auf dem Stein kaum zu hören. Mit weit geöffneten Augen starrte Mottenflug in die Schwärze; sie ließ sich von ihren Schnurrhaaren führen und wurde ganz ruhig. Sie streiften an der Wand des Tunnels entlang, der sich immer tiefer in die Hochfelsen hineinwand.

»Weißt du den Weg noch?« Sie hörte Wolkenflecks ängstliches Maunzen hinter sich.

»Und wenn wir im falschen Tunnel sind?«, machte Getupfter Pelz sich Sorgen.

»Ich weiß, wohin ich gehen muss«, versicherte ihnen Mottenflug.

Sie spürte Micahs Atem an ihrem Schwanz. »Ich kann es kaum glauben, dass du hier allein hinuntergegangen bist.«

»Ich war nicht allein.« Das Schnurren aus Mottenflugs Kehle bebte. »Die Geisterkatzen warteten auf mich.«

»Sind sie jetzt auch da?«, maunzte Kieselherz aus der Dunkelheit.

»Das werden wir sehen, wenn das Mondlicht auf den Stein fällt.« Mottenflugs Schritte wurden schneller. Sie wollte nicht zu spät kommen. Ihre Nase witterte bereits die frische Luft. »Wir sind fast da!« Nach einer weiteren Biegung spürte sie, wie der Gang sich weitete. Ein Luftzug verfing sich in ihrem Pelz, und sie blinzelte in das schwache Sternenlicht, das sich an den Wänden der Höhle vor ihr brach. Mit klopfendem Herzen blieb sie stehen. Kieselherz lief an ihr vorbei und kräuselte die Nase. Getupfter Pelz und Wolkenfleck strichen bereits um den großen Stein herum.

Micah blieb neben Mottenflug stehen. Er starrte auf das Loch hoch oben in der Decke. »Wer hätte gedacht, dass Sternenlicht bis hier herunter dringt?«

Mottenflug schnurrte. »Warte mal, bis das *Mondlicht* kommt.« Sie ging zum Stein und stellte sich vor ihm auf. »Wir müssen ihn mit unseren Nasen berühren«, ließ sie die anderen wissen.

»Woher weißt du das?«, zwinkerte Wolkenfleck sie an.

»Ich habe im Traum gesehen, wie eine andere Katze das gemacht hat, und als ich das letzte Mal hier war …«

Kieselherz unterbrach sie. »Schaut mal!«

Mottenflug folgte seinem Blick. Durch das Deckenloch erkannte sie eine erste Ecke des Mondes. »Schnell!«

Die Pelze der anderen Katzen streiften den Fels, als sie sich rund um den Stein aufstellten. Die Augen von Getupfter Pelz blitzen vor Aufregung. Kieselherz legte sich mit prickelndem Fell auf den Bauch.

Wolkenfleck schob sich neben ihn, nur eine Schnurrhaarbreite vom Stein entfernt. Micah ließ sich neben Mottenflug nieder. Sie fühlte die Wärme, die von seinem Fell aufstieg, und schloss die Augen.

Sie öffnete sie blinzelnd wieder, als Kieselherz aufkeuchte.

Das Licht blendete sie. Der Stein direkt vor ihrer Schnauze schimmerte heller als unzählige Sterne. Sie atmete schneller, während sie ihn mit der Schnauze berührte.

Der Stein schien ins Bodenlose zu fallen. Sie wurde durch die Luft gewirbelt, ihr Kopf drehte sich, das Herz schlug ihr bis zum Halse. Und dann fühlte sie weiches Gras unter den Pfoten.

Vorsichtig öffnete sie die Augen.

Wo war die Höhle geblieben?

Sie war auf der Spitze eines Hügels. Nach allen Seiten öffneten sich grüne Wiesen. In der Ferne streckte ein Wald seine Äste in den klaren, blauen Himmel. Sie spürte, wie die Sonne ihren Pelz wärmte, und roch die belebende Luft der Blattfrische.

Neben ihr regte sich Micah.

Ihre Blicke trafen sich. »Wo sind wir?«

»Das *weißt* du nicht?« Er zwinkerte vor Überraschung.

»Beim letzten Mal waren wir nur in der Höhle.«

Wolkenfleck schaute sich mit gesträubtem Nackenpelz um. Getupfter Pelz sprang auf.

»Wo sind wir hier?« Die Augen von Kieselherz waren vor Staunen weit aufgerissen.

Ein sanftes Maunzen beantwortete seine Frage. »Das ist unser Jagdrevier.«

Halber Mond kam den Hügel hinauf und mit ihr weitere schimmernde Pelze, die auf dem Hügel um sie herumstrichen.

Mottenflug platzte fast vor Stolz. *Die Geisterkatzen!* Sie waren gekommen!

Halber Mond ging an Mottenflug vorbei und blieb stehen.

Während Micah mit einer Kopfdrehung die Reihen der Sternenkatzen musterte, beschnüffelte Kieselherz Halber Mond.

Getupfter Pelz senkte den Kopf, ein ungläubiges Staunen war in seinen Augen zu erkennen. »*Steinsagerin?*«

»Es ist schön, wie gut du dich im WolkenClan eingelebt hast«, wandte Halber Mond sich schnurrend an Micah.

Wolkenfleck schaute Halber Mond staunend in die dunkelgrünen Augen. »Bist du es wirklich?«

»Natürlich.«

Der Blick des DonnerClan-Katers huschte zu den anderen Sternenkatzen. »Schrei der Dohle! Funkelnder Bach!« Er rannte von einer Katze zur nächsten und stupste begeistert ihre Schnauzen.

»Regen auf Blüte!« Getupfter Pelz schoss wie ein Pfeil auf die braune Kätzin zu. Sie begrüßte sie und wandte sich dann einer orangefarbenen Kätzin zu. »Gleitender Habicht!«

Micah trat unbehaglich von einer Pfote auf die andere und sah die Geisterkatzen verständnislos an.

»Schildkrötenschwanz!« Die Augen von Kieselherz leuchteten auf, als er seine Mutter erblickte. Er schob sich durch die Geisterkatzen zu ihr.

Schildkrötenschwanz eilte ihm schon entgegen. »Kieselherz!« Ihre Augen strahlten vor Freude, während sie ihre Schnauze an seinem Kopf rieb.

Kieselherz schnurrte vor Freude. »Ich dachte, ich würde dich nie wiedersehen!«

»Wir sind immer in der Nähe.« Grauer Flug löste sich aus der Menge.

Kieselherz' Schnauze fuhr überglücklich herum. »Ihr seid *beide* hier! *Zusammen!*«

Grauer Flug schnurrte laut und sein Sternenpelz schimmerte. »Schön, dich zu sehen, Kieselherz.«

Halber Mond hob den Kopf. »Kommt zusammen und lasst uns Neuigkeiten austauschen.«

Die Sternenkatzen versammelten sich in einem Kreis um Halber Mond, Micah und Mottenflug. Kieselherz, Getupfter Pelz und Wolkenfleck verließen ihre alten Freunde und eilten zur Mitte des Kreises.

»Du hast dich tapfer geschlagen.« Halber Monds Augen leuchteten, als sie Mottenflug anschaute.

»Tatsächlich?« Mottenflug blinzelte sie beklommen an.

»Ja.« Während Halber Mond den Kopf vor Mottenflug neigte, war von den anderen Geisterkatzen ein anerkennendes Schnurren zu hören.

Mottenflug schaute sie scheu und gleichzeitig stolz an. »Ich habe den Clans einfach Bericht erstattet, so wie ihr es mir aufgetragen habt.« Sie erinnerte sich schaudernd an Wolkenhimmels Spott. Und Großer Schattens ungläubigen Blick.

Sogar ihre Clan-Gefährten hatten geglaubt, sie hätte sich die Geisterkatzen nur ausgedacht. »Danke für den Blitz.« Ohne ihn hätten die Clans sie nie ernst genommen. »Ich hätte nie erraten, was ihr mit *den Himmel spalten* gemeint habt.«

Halber Mond schaute sie mit großer Zuneigung an. »Mit der Zeit wirst du uns besser verstehen.«

Mottenflug hoffte, dass sie recht hatte. »Und was bedeutet *später werden Sterne aufgehen*?« Sie senkte den Kopf und wartete auf eine Antwort der weißen Kätzin.

»Das wirst du wissen, wenn es passiert.«

Mottenflug spürte einen Stich der Enttäuschung. Warum konnte Halber Mond nicht einfach sagen, was sie meinte? »Wenn *was* passiert?«

Halber Mond kniff die Augen leicht zusammen. »Es ist *dein* Leben. Wir können nicht *jeden* deiner Schritte lenken. Wenn wir es täten, dann würdest du *unseren* Weg gehen. Du musst aber deinen eigenen finden.«

Mottenflug ließ den Schwanz sinken. »Wahrscheinlich.« *Aber alles wäre viel einfacher, wenn ihr uns sagtet, was wir tun sollen.*

Halber Mond schien ihre Gedanken zu lesen. »Es wäre einfacher, aber nicht besser.« Sie wandte sich an Micah. »Danke, dass du den Hof verlassen hast, um dich uns anzuschließen.«

»*Uns?*« Micahs Ohren zuckten. Er ließ den Blick unbehaglich über die Geisterkatzen schweifen. »Ich habe mich doch nur dem WolkenClan angeschlossen.«

»Du hast dich den Clans angeschlossen«, schnurrte Halber Mond. »Wir sind doch auch nichts anderes als ein weiterer Clan.«

Mottenflug stockte der Atem. Die Geisterkatzen betrachteten sich selbst als Clan! »Ihr seid der *Sternen*Clan«, hauchte sie und erinnerte sich daran, wie sie einmal in den Nachthimmel geschaut hatte und ihr dieser Name eingefallen war.

Halber Monds Augen leuchteten. »Ja.« Sie hob den Kopf und betrachtete ihre sternhellen Clan-Gefährten. »Genau das sind wir.«

»SternenClan!«

»SternenClan!«

Das Wort flog zwischen den Geisterkatzen hin und her und brachte ihre Augen zum Glänzen.

Halber Mond ließ ihren Schwanz hin und her peitschen. Sie wandte sich wieder Micah zu. »Du bringst neuen Schwung in die Clans, Micah«, schnurrte sie.

Mottenflug schnaubte. »Würde er, wenn Wolkenhimmel ihn lassen würde. Eichelfell soll ihm auf die Pfoten sehen.«

»Wolkenhimmel ist der Anführer«, erinnerte Halber Mond sie. »Er tut alles, wovon er glaubt, dass es das Beste für seinen Clan ist. Auch er wird Micahs Wert erkennen.« Ihr Blick verdüsterte sich. »Ich hoffe nur, dass er ihn bald erkennt.«

»Das hoffe ich auch!« Micahs Pelz plusterte sich auf.

Jetzt trat Grauer Flug neben Halber Mond. »Es freut uns, zu sehen, dass die Heilerkatzen voneinander lernen.«

Funkelnder Bach hob den Schwanz. »Wir hoffen, dass ihr noch mehr Wissen austauscht!«

»Die Clans müssen ihr Wissen zusammenführen«, mahnte Regen auf Blüte aus der Menge ihrer Clan-Gefährten.

»Aber wir wissen so wenig!«, platzte es aus Mottenflug heraus.

Halber Mond ließ den Blick über die Heilerkatzen wandern. »Wenn ihr euer Wissen teilt, dann wisst ihr alle mehr.«

Natürlich! Micah hatte ihr von der Katzenminze erzählt und sie hatte damit Rocky geheilt. Wenn sie alles lernte, was Getupfter Pelz, Wolkenfleck, Kieselherz und Micah wussten, würde sie ihrem ganzen Clan helfen können. Aufgeregt blinzelte sie Halber Mond an. »Wir *werden* es teilen! Das verspreche ich.«

Die Pelze der SternenClan-Katzen begannen zu verblassen und wurden durchsichtig.

Erschrocken schaute Mottenflug sich um. »Geht noch nicht!«

»Beim nächsten Halbmond kommen wir wieder.« Die Stimme von Grauer Flug kam schon wie aus weiter Ferne.

Die grünen Wiesen und der Wald fingen an zu verschwimmen, während Mottenflug verzweifelt versuchte, sie mit ihrem Blick festzuhalten. Als sie anfingen, sich zu drehen, wurde ihr schwindelig. Dann umgab sie Dunkelheit und ein kalter Schauder fuhr durch ihren Pelz.

Vorsichtig öffnete sie die Augen. Sie war wieder in der Höhle und der Mondstein war nicht mehr als ein langweiliger Felsen.

Neben ihr zitterte Micah.

Kieselherz mühte sich auf die Pfoten.

Getupfter Pelz hob den Kopf und blinzelte. »Habt ihr das alles auch gesehen?«

»Wir waren auf einem Hügel!« Die Augen von Getupfter Pelz schimmerten im schwachen Sternenlicht.

»Steinsagerin!« Getupfter Pelz sprang mit gesträubtem

Pelz auf. »Sie will, dass wir austauschen, was wir über das Heilen wissen.«

»Wer ist Steinsagerin?« Mottenflug legte den Kopf schräg. Warum nannten die älteren Katzen Halber Mond immer noch Steinsagerin?

»In den Bergen war sie unsere Heilerkatze«, erklärte Wolkenfleck. »Wir nannten sie Steinsagerin.«

Micah schnaubte. »Wenn sie *Heilerin* ist, warum erzählt sie uns dann nicht alles, was sie weiß?«

Getupfter Pelz umkreiste ihn, ihr Pelz kribbelte aufgeregt. »In den Bergen gab es kaum Kräuter, da war Heilen etwas ganz anderes. Sie glaubt, dass wir andere Fähigkeiten entwickeln müssen.«

Mit glasigem Blick, als wäre er tief in Gedanken versunken, maunzte Kieselherz: »Wir können bessere Heiler werden, als sie es jemals war. Sie weiß das. Sie *will*, dass wir besser werden.«

Mottenflugs Pfoten prickelten. »Wir müssen unser Bestes versuchen. Wir müssen einander alles erzählen, was wir wissen.« Sie wollte, dass Halber Mond stolz auf sie war. *Sie hat so viel Vertrauen in mich gesetzt.* »Vor ein paar Tagen erst hat Micah mir erzählt, wie man verhindert, dass Schnittwunden sich entzünden.« Sie schaute ihn erwartungsvoll an.

»Ich habe Ampfer und Schachtelhalm zerkaut und daraus einen Brei gemacht«, erklärte Micah eifrig. »Blüte hatte einen Kratzer, der anfing, zu schmerzen, also habe ich den Brei auf die Wunde geleckt, und am nächsten Morgen war es schon viel besser.«

Wolkenflecks Schnurrhaare zitterten aufgeregt. »Als Klee nicht aufhörte, an einer Wunde auf ihrer Pfote zu knabbern, habe ich etwas Mäusegalle draufgeschmiert. Da wollte sie mit der Nase nicht mehr in die Nähe ihrer Pfote kommen.«

»Brechendes Eis hatte einen stinkenden Fisch gegessen und deshalb Bauchschmerzen«, steuerte Getupfter Pelz bei. »Ich habe ihm Wasserminze gegeben. Die hat ihm sehr geholfen.«

»Ich habe versucht herauszufinden, ob Kiefernsaft für irgendetwas gut ist«, maunzte Kieselherz nachdenklich. »Aber bisher scheint er mir nur nützlich zu sein, um Blätter auf Wunden zu kleben, um Schmutz fernzuhalten.«

Die anderen schauten Mottenflug erwartungsvoll an. *Ich habe noch gar nichts entdeckt*, dachte sie voller Schuldgefühle. *Außer, dass zu viel Katzenminze Katzen verrücktspielen lässt.* »Ich könnte mal ausprobieren, ob Heidekraut für irgendetwas gut ist«, miaute sie zaghaft. »Aber was, wenn es giftig ist?«

»Das kann gar nicht sein«, behauptete Wolkenfleck. »WindClan-Katzen müssen voller Heidestaub sein. Und du wirst nicht krank, wenn du dich leckst.«

Warum bin ich nicht selbst darauf gekommen? Mottenflug wurde es heiß. »Vielleicht hätte ich Schilfschwanz mitbringen sollen«, murmelte sie. »Er weiß so viel.«

»Wolfsmilch auch«, warf Wolkenfleck ein. »Sie hat die Mäusegalle vorgeschlagen.«

Micahs Schwanz zuckte. »Warum besuchen wir uns nicht in unserem jeweiligen Lager, anstatt jede Katze, die etwas weiß, mit hierherzubringen?«

Mottenflug wirkte nachdenklich. Sie wusste nicht genau, was er meinte.

»Es müssten nur zwei von uns herumreisen, die das Wissen sammeln und weitergeben.« Micah lief vor dem Mondstein auf und ab. »Mottenflug und ich würden in ein anderes Lager reisen und so viel wie möglich lernen. Dann reisen wir zu einem anderen Clan, geben unser Wissen dort weiter und lernen Neues.«

»Und was ist mit dem Clan, von dem ihr kommt?«, brachte Wolkenfleck vor. »Der hat dann nur gelernt, was ihr schon wisst.«

»Wir können uns abwechseln«, schlug Micah vor. »Du kannst mit Getupfter Pelz unterwegs sein oder mit Kieselherz. Solange wir Neues lernen und unser Wissen weitergeben, ist es egal, wer wohin reist.«

Kieselherz nickte. »Klingt wie eine gute Idee.«

»Aber wir können doch unsere Clans nicht im Stich lassen«, wandte Getupfter Pelz ein. »Sie brauchen uns.«

Mottenflug trat unruhig von einer Pfote auf die andere. »Ich weiß so wenig, dass ich den WindClan genauso gut in der Obhut von Schilfschwanz lassen kann.«

»Und Wolfsmilch weiß genug, um sich um den DonnerClan zu kümmern, wenn ich weg bin«, fügte Wolkenfleck hinzu.

»Seht ihr?« Mottenflugs Augen leuchteten im Halbdunkel. »Je schneller wir anfangen, desto besser.«

Getupfter Pelz legte den Kopf schräg. »Warum kommst du mit Micah nicht zuerst zum FlussClan? Strömender Fluss wird euch beide willkommen heißen. Er hält Heilerkatzen für eine wunderbare Idee.«

»Es wird vielleicht schwierig werden, Großer Schatten davon zu überzeugen, Fremde in ihr Lager zu lassen«, murmelte Kieselherz.

Micah blinzelte ihn an. »Glaubst du etwa, Wolkenhimmel

lässt mich gehen, ohne einen Streit vom Zaun zu brechen?« Sein Schwanz peitschte hin und her. »Wir müssen unsere Anführer überzeugen, dass es zum Wohle ihres Clans ist.«

Kieselherz nickte langsam. »Je mehr wir wissen, desto besser können wir unseren Clan-Gefährten helfen.«

»Abgemacht!« Micah wandte sich an Getupfter Pelz. »Mottenflug und ich kommen euch nach dem zweiten Sonnenaufgang besuchen.«

Mottenflugs Ohren zuckten. »Und wenn Windläufer mich nicht fortlässt?«

»Du bist jetzt die Heilerkatze des WindClans«, erklärte ihr Micah. »Sie *muss* auf dich hören.«

Mottenflug kniff die Augen zusammen. Er hatte recht. Sie war kein Junges mehr. Sie war nicht einmal mehr eine gewöhnliche Clan-Katze. »Stimmt. Wir treffen uns übermorgen bei den Trittsteinen.« Wo der Wald zurückwich und das Röhricht des FlussClans begann, gab es eine Stelle, wo viele Steine im Fluss lagen.

»Großartig«, schnurrte Micah.

Kieselherz schüttelte seinen Pelz auf. Wolkenfleck streckte sich fröstelnd und Getupfter Pelz unterdrückte ein Gähnen.

Mottenflug ahnte, dass sie müde waren und froren. »Gehen wir.« Sie lief zum Tunnel. »Wir haben einen langen Weg vor uns.«

Als sie in den Schatten eintauchte, lief Micah neben ihr. »Was macht Rockys Husten? Hat die Katzenminze gewirkt?«

»Ja«, schnurrte Mottenflug. Rocky hatte nach dem Aufschlecken der Blätter den ganzen Tag geschlafen und war fröhlich aufgewacht. Der Husten war auf dem Rückzug.

Aus der Dunkelheit hinter ihr kam Kieselherz' Maunzen.

»Ist er der Einzige in deinem Clan, der hustet? Sonnenschatten und Rabenpelz husten schon seit Tagen.«

»Staubnase keuchte bei Sonnenaufgang ein bisschen«, berichtete Mottenflug, »aber ich glaube, das ist bloß Blütenstaub, der ihn im Rachen kitzelt.«

»Wolfsmilch und Klee husten beide«, miaute Wolkenfleck.

»Brechendes Eis hat die letzten drei Tage wie ein Rabe gekrächzt.« Das Maunzen von Getupfter Pelz hallte von den Tunnelwänden wider.

Mottenflug streifte Micah und überlegte, ob Blattfrische vielleicht *immer* Husten brachte. »Ist Kleiner Zweig noch gesund?«

»Heute Morgen klang er ein bisschen schnupfig«, bekannte Micah. »Ich habe Eichelfell gebeten, ein Auge auf ihn zu haben.«

Mottenflug hörte die Sorge in seinem Maunzen. »Wenn du ihm Katzenminze gibst, wird er doch wieder gesund, oder?«

Micahs Pfote stieß an einen Stein. »Auf dem Hof war einmal ein Kater, der Husten hatte.« Seine Stimme klang düster. »Wir haben ihn *Bluthusten* genannt, denn am Ende hat er nur noch Blut gehustet.«

Am Ende? Mottenflug schauderte. Plötzlich schien die Dunkelheit schwer auf ihr zu lasten.

»Ich habe nie eine Clan-Katze gesehen, die *Blut* spukt«, murmelte Getupfter Pelz düster.

Angst schien Mottenflugs Pfoten zu lähmen. »Hat Katzenminze nicht geholfen?«, fragte sie Micah. »Du hast gesagt, die würde hinter der Scheune wachsen.«

»Kuh hat versucht, ihm Katzenminze zu geben, aber es hat nicht gewirkt.«

»Ich kenne etwas, das stärker als Katzenminze ist.« Wolkenfleck lief direkt hinter Mottenflug. »Es gibt einen Baum auf dem Territorium des WolkenClans. Aus den Rissen in der Rinde fließt ein Saft, der jeden Husten heilt.«

Mottenflug wandte voller Hoffnung den Kopf. »Sogar Bluthusten?«

»Das habe ich nie ausprobiert«, musste Wolkenfleck bekennen.

Die Luft, die Mottenflugs Schnurrhaare streichelte, wurde frischer. Noch ein kurzes Stück und Sternenlicht würde das Dunkel zaghaft erhellen. Die kühle Brise war wie ein Energieschub. Sie sprang auf den Vorsprung und ließ den Blick über das Tal schweifen. Das weit entfernte Moor schimmerte im Licht des Mondes. »In der Morgendämmerung sind wir zurück.« Sie sprang den steilen Abhang hinab. Ihre Pfoten lösten einen kleinen Steinhagel aus und sie lief Richtung Wiese.

Mit Pfoten, die vor Müdigkeit schmerzten, schob Mottenflug sich durch die Lücke in der Hecke um das Lager. Dahinter leuchtete der Himmel über dem Wald schon orange und vertrieb die Nacht. Sie hörte das sanfte Schnarchen ihrer Clan-Gefährten, deren Pelze nur Schatten in ihren Nestern im Gras waren. Sie freute sich darauf, in ihren Bau zu schlüpfen und sich dort in ihr eigenes Nest zu kuscheln.

Als sie an den Felsen vorbeikam, hörte sie, wie Pelz sich an Stein rieb. Sie drehte sich herum und blinzelte in das Dämmerlicht. »Wer ist da?«

Windläufers Duft stieg ihr in die Nase, während ihre Mutter von den Felsbrocken glitt.

»Da bist du ja wieder.« Die Anführerin des WindClans

streckte sich schläfrig und stieß ihre Schnauze an Mottenflugs Wange.

»Bist du wegen mir wach geblieben?« In ihrer Brust machte sich ein warmes Gefühl breit.

»Ein wenig habe ich geschlafen«, gab Windläufer zu. »Aber ich wollte sichergehen, dass du wohlbehalten wieder zurück bist. Bis zu den Hochfelsen ist es ein langer Weg.«

»Ich hatte doch Micah bei mir«, beruhigte Mottenflug sie.

»Ich weiß.« Windläufer rümpfte angeekelt die Nase. »Dein Pelz riecht sogar nach ihm.«

Mottenflug wurde plötzlich verlegen. »Wolkenfleck, Getupfter Pelz und Kieselherz waren auch dabei«, betonte sie.

Windläufer schaute zur Seite. »Habt ihr mit den Geisterkatzen gesprochen?«

»Ja!« Mottenflugs Schwanz schoss aufgeregt in die Höhe. »Der SternenClan hat uns gesagt, dass wir unser Wissen miteinander teilen müssen.«

»SternenClan?« Windläufers wandte ruckartig den Kopf.

»So heißen die Geisterkatzen jetzt. Sie haben sogar ihr eigenes Jagdgebiet.«

Windläufers Augen wurden größer und größer, aber sie verzichtete auf einen Kommentar. Stattdessen legte sie den Kopf schräg. »*Wer* soll sein Wissen teilen?«

»Die Heilerkatzen.« Mottenflug straffte sich. Sie konnte Windläufer auch gleich von Micahs Plan erzählen. »Morgen treffe ich Micah an der Grenze. Wir haben vor, den FlussClan zu besuchen und alles zu lernen, was Getupfter Pelz über das Heilen weiß. Alle Heilerkatzen werden einander in ihren Lagern besuchen. Der SternenClan will es.«

Windläufer kniff die Augen zusammen. »Wolkenhimmel

wird nicht erlauben, dass Micah andere Clans besucht. Ganz egal, was der *SternenClan* will.«

»Warum nicht?« Mottenflug hielt dem Blick ihrer Mutter stand. »Er ist böse auf den WindClan, aber das hat nichts mit Micah zu tun.«

»Wolkenhimmel lässt sich keine Vorschriften machen.«

»Micah wird ihn überzeugen, dass das nur zum Wohle des Clans ist«, beharrte Mottenflug. »Micah kann sehr überzeugend sein.«

Windläufers Ohren zuckten unbehaglich. »Das bezweifele ich nicht.«

»Ich bin müde.« Mottenflug ignorierte das argwöhnische Funkeln in den Augen ihrer Mutter und machte sich auf den Weg über die Lichtung. »Ich gehe in mein Nest.«

»Auf dem Beutehaufen ist noch eine Maus für dich«, miaute die Mutter ihr leise hinterher.

Dankbar blinzelte Mottenflug zurück. »Ich bin zu müde zum Essen.«

»Dann schlaf gut.« Windläufer legte den Kopf schräg. »Ich achte darauf, dass dich niemand stört.«

Mottenflug schlüpfte geräuschlos in ihren Bau. Rocky schnurrte im Schlaf und seine Schnurrhaare zuckten im Traum. Sie kletterte in ihr Nest und war überrascht, dass es mit neuen Heidezweigen ausgekleidet war. Sie genoss den süßen Duft, rollte sich zusammen und legte den Kopf auf den Rand. Durch den Eingang sah sie, wie das Lager ins Licht der Sonne getaucht wurde, während der Nachthimmel immer heller wurde. Sie überlegte, ob der SternenClan sie auch tagsüber bewachte. *Oder verblassen sie mit den Sternen?* Sie stellte sich die hügeligen Wiesen und den fernen Wald ihres Jagdgebiets vor. Als sie an Grauer Flug und Schildkrötenschwanz Seite an Seite dachte, wurde ihr warm ums Herz. Sie maunzte leise. Morgen würde sie mit Micah zum FlussClan reisen. Ob er sich genauso auf die Reise freute wie sie?

18. KAPITEL

KURZ VOR SONNENHOCH zog Mottenflug eine Maus vom Beutehaufen. Sie hatte kaum Hunger, aber sie wollte nicht, dass ihr Magen knurrte, wenn sie Micah traf. Und wer wusste schon, was man ihnen im Lager des FlussClans anbieten würde? Als sie an die Kröte dachte, die sie gefangen hatte, schauderte sie und hoffte, dass es im Röhricht noch anderes zu essen gab als die normale Beute des FlussClans.

Sie lief an Flinke Flosse vorbei, die neben Schilfschwanz im Gras lag und sich putzte. Zackiger Berg und Distel reparierten Löcher in der Ginsterhecke, indem sie Heidebüschel, die Adlerfeder und Staubnase aus dem Moor geholt hatten, straff zwischen die Stängel flochten. Ginsterpelz und Windläufer saßen am Rand der Sandkuhle und hatten die Köpfe zusammengesteckt. Schiefer hockte neben Weidenschwanz und blinzelte im Sonnenschein, während Schwarzohr, Weißschwanz und Silberstreif an der Hecke in ihrem Rücken Klettern spielten.

Den warmen Duft der Beute in der Nase, trug Mottenflug die Maus in den Schatten der Hecke, wo Staubnase und Fleckenfell im dichten Gras faulenzten, ein halb aufgegessenes Kaninchen zwischen ihnen. Während sie die Maus ins Gras fallen ließ und sich hinunterbeugte, um hineinzubeißen, bekam sie aus den Augenwinkeln mit, wie Fleckenfells Schwanz verärgert hin und her peitschte. Sie riss einen Brocken Fleisch aus der Maus und schaute ihn an. »Was gibt's?«, fragte sie ihn mit vollem Maul.

Er schaute sie missbilligend an. »Staubnase sagt, dass du mit Micah den FlussClan besuchen willst.«

Mottenflug schluckte. »Der SternenClan möchte, dass die Heilerkatzen voneinander lernen.«

»Kannst du nicht allein zum FlussClan gehen?«

»Auch Micah muss lernen.« Mottenflug warf beim Kauen den Kopf zur Seite. Warum war er so schlecht drauf?

»Und warum kannst du nicht mit Kieselherz oder Wolkenfleck gehen?«, fragte Fleckenfell anklagend.

Staubnase zog das Kaninchen mit einer Kralle näher zu sich. »Mottenflug kann reisen, mit wem sie will«, murmelte er gedankenverloren.

Fleckenfell stand auf und schüttelte den Pelz auf. »Ich weiß nicht, ob es eine so gute Idee ist, Zeit mit anderen Clans zu verbringen«, maunzte er lautstark.

Distel schaute hinter sich, einen Schössling Heide in den Pfoten.

Mottenflug erstarrte. Der goldfarbene Kater suchte die Aufmerksamkeit seiner Clan-Gefährten.

Flinke Flosse warf den Kopf herum. »Es stimmt also! Du willst wirklich den FlussClan besuchen?«

»Ja.« Mottenflug trat von einer Pfote auf die andere.

Windläufer hob mit zusammengekniffenen Augen den Kopf.

»Ist das eine gute Idee?« Distel ließ den Heideschössling fallen und kam über die Lichtung. »Rocky ist immer noch krank.«

»Schilfschwanz hat versprochen, sich um ihn zu kümmern«, verteidigte sich Mottenflug.

Flinke Flosse warf ihrem Gefährten einen Blick zu. »Davon hast du mir gar nichts gesagt!«

»So krank ist er nun auch nicht.« Schilfschwanz richtete sich auf. »Er genießt einfach das kuschelige Nest in Mottenflugs Bau.«

Schiefers Augen weiteten sich vor Sorge. »Und was ist, wenn eins meiner Jungen krank wird?«

Aus der Ginsterhecke tönte Silberstreif. »Wir werden nie krank!«

»Und wenn doch?«, sorgte sich Schiefer.

»Schilfschwanz weiß, was zu tun ist«, versprach Mottenflug ihr. *Wahrscheinlich weiß er mehr als ich.* »Davon abgesehen gehe ich nur zum FlussClan. Wenn ihr mich braucht, kann jemand kommen und mich holen.«

Weidenschwanz' Ohren zuckten. »Die Grenze eines anderen Clans zu überqueren, heißt nur, Streit zu suchen.«

»Getupfter Pelz hat mich eingeladen!« Mottenflugs Magen verkrampfte sich vor Ungeduld. Weidenschwanz war nur wegen Roter Kralle so unduldsam. Sie wurde langsam wütend auf die hellbraun getigerte Kätzin. Mit ihrem ganzen Gerede über Grenzen war sie schon fast so schlimm wie Wolkenhimmel! »Davon abgesehen bin ich eine *Heilerkatze*. Ich gehe dorthin, um zu *lernen*, nicht um zu *jagen*!«

Windläufer lief zur Mitte der Lichtung. »Der SternenClan hat den Heilerkatzen aufgetragen, voneinander zu lernen.« Sie ließ den Blick über ihren Clan schweifen.

Ein Gefühl der Erleichterung überkam Mottenflug. Windläufer würde ihr nicht im Wege stehen.

Ginsterpelz nickte feierlich. »Was Mottenflug von den anderen Heilerkatzen lernt, wird auch uns helfen.«

Zackiger Berg trat aus dem Schatten seines Baus, sein Pelz war voller Heide. »Sich mit anderen Clans einzulassen, ist gefährlich«, knurrte er.

Mottenflugs Nackenpelz sträubte sich. »Warum? *Du* hast bei den Waldkatzen und auf dem Moor *und* in den Kiefernsümpfen mit Großer Schatten gelebt!«

»Was bedeutet, dass ich gelernt habe, wie wichtig es ist, dass man an seinem Ort bleibt.« Zackiger Berg blickte ihr in die Augen. »Deine Loyalität sollte *uns* gelten.«

»Sie *gilt* euch!«, fauchte Mottenflug. »Daran ändert auch ein Besuch beim FlussClan nichts.«

»Aber du gehst, weil der SternenClan es dir befohlen hat, nicht Windläufer«, warf Distel ein. »Bist du jetzt eine SternenClan-Katze oder eine WindClan-Katze?«

Mottenflug starrte ihre Clan-Gefährten voller Bestürzung an. Wie konnte irgendeine Katze nur an ihrer Loyalität zweifeln? Ihre Mutter war die Clan-Anführerin!

Windläufers Schwanz peitschte hin und her. »Hört mit diesem spatzenhirnigen Gerede auf!«, knurrte sie. »Mir wird klar, dass wir nicht daran gewöhnt sind, eine Heilerkatze unter uns zu haben. Und es *ist* ein merkwürdiges Gefühl, Befehle von Geisterkatzen zu befolgen. Aber Mottenflug liegt das Wohl des Clans am Herzen. Sie wird lernen, damit sie uns besser helfen kann.« Sie heftete ihren Blick auf Schiefer. »Wenn eins deiner Jungen krank wird, dann willst du doch auch, dass Mottenflug so viel wie möglich weiß, um es wieder gesund zu machen.« Ihr Blick wurde härter und sie wandte sich an Zackiger Berg. »Behaupte *nie wieder*, dass Mottenflugs Loyalität nicht ungeteilt uns gehört! Sie wurde als WindClan-Katze geboren, und ihr Herz wird, was immer auch passiert, ihren Clan-Gefährten gehören.«

Mottenflug spürte eine Welle der Dankbarkeit ihrer Mutter gegenüber. Aber Fleckenfells anklagender Blick schien immer noch auf ihrem Pelz zu brennen. Sie fixierte ihre Pfoten. *Er ist eifersüchtig auf Micah.* Ein leichtes Schuldgefühl nagte an ihr. War es treulos, dass sie die Heilerkatze des WolkenClans so sehr mochte?

Sie ließ die Maus liegen und ging über die Lichtung. »Ich habe versprochen, dass ich Micah bei Sonnenhoch treffe.« Sie mied die Blicke ihrer Clan-Gefährten. »Ich weiß nicht, wann ich zurück bin, aber wenn es einen Notfall gibt, dann holt mich.«

Sie ignorierte das gedämpfte Gemurmel in ihrem Rücken, schlüpfte aus dem Lager und war erleichtert, den kühlen Wind in ihrem Pelz zu spüren.

Mottenflug schlug den Weg zur FlussClan-Grenze ein. Während sie den steilen Pfad hinunterkletterte, der zum Fluss führte, sah sie Micah, der auf einem der Trittsteine saß – eine bewegungslose und kräftige Silhouette vor dem blitzenden Wasser. Als sie näher kam, schaute er auf, und sie musste die Augen zusammenkneifen, so sehr blendeten sie die funkelnden Wellen.

Hinter ihm teilte sich der Fluss und bildete eine von Röhricht gesäumte Insel. Sie wusste aus den Erzählungen ihrer Clan-Gefährten, dass der FlussClan hier sein Lager hatte, und überlegte, wie es sich wohl anfühlte, völlig von Wasser umgeben zu sein.

»Es ist so friedfertig hier!« Micahs Schnurren übertönte den plappernden Fluss.

Mottenflug sprang vorsichtig auf den ersten Stein, die Augen auf das Wasser gerichtet, das um sie herumwirbelte. Als eine Welle sich an dem Stein brach und ihre Pfote nass spritzte, zuckte sie zurück.

Micah schnurrte lauter. »Vielleicht musst du dich an nasse Pfoten gewöhnen, solange du beim FlussClan bist.«

»Ich hoffe nicht.« Sie schüttelte das Wasser ab.

Es war ein gutes Gefühl, nicht mehr im Lager zu sein. Die Sonne der Blattfrische wärmte ihren Pelz. Der Fluss wurde von der einen Seite vom Wald vor dem Wind geschützt und von der anderen durch steil aufragende Klippen. Der stechende Geruch von Fährten stieg ihr in die Nase und über dem Rauschen des Flusses zwitscherten die Vögel. Glücklich blinzelte sie Micah an. Hier allein und mit ihm brauchte sie Windläufer nicht zu beeindrucken oder Schwarzohrs Bauchschmerzen und die juckenden Ohren von Sturmpelz behandeln.

Flussabwärts erschien eine schwarze Kätzin am Strand. Eine orangefarbene Kätzin lief an ihr vorbei und watete ins flache Wasser, bis ihr Pelz ganz durchtränkt war. Dann senkte sie den Kopf und tauchte unter.

Mottenflug erstarrte. »Sie ist untergegangen!«

Micah beugte sich mit aufgestellten Ohren vor. »Warte.« Er beobachtete das Wasser, bis plötzlich – nur ein paar Schwanzlängen entfernt – die FlussClan-Kätzin prustend wieder durch die Wasseroberfläche brach und einen Fisch im Maul hatte. Sie schwamm zurück zum Strand, zog sich am Ufer hoch und verschwand im Röhricht. Ihre Clan-Gefährtin gab ein anerkennendes Knurren von sich und folgte ihr.

Mottenflug zitterte. »Ich hoffe, Getupfter Pelz versucht uns *das* nicht beizubringen.«

Micah schnurrte. »Und wenn doch, kannst du damit drohen, ihr zu zeigen, wie man in euren Tunneln jagt.«

»Ich hasse es, in Tunneln zu jagen«, maunzte Mottenflug. »Das ist Staubnases Spezialität, nicht meine.«

»Du bist eine Heilerkatze«, erinnerte Micah sie. »Du hast deine eigenen, besonderen Fähigkeiten.«

»Ich wollte, es wäre so.«

»Deshalb sind wir hier.« Micah sprang auf den nächsten Stein und weiter bis zum gegenüberliegenden Ufer. Er warf einen kurzen Blick zurück. »Wir werden viel mehr wissen, wenn wir wieder aufbrechen. Aber jetzt sollten wir uns besser beeilen. Die beiden Katzen haben Getupfter Pelz wahrscheinlich schon gesagt, dass wir bald da sind.«

Mottenflug folgte ihm mit einem schlechten Gewissen. Sie wünschte, sie könnte den ganzen Nachmittag mit Micah den Fluss betrachten. Aber er hatte recht. Getupfter Pelz würde sie schon erwarten. Sie sprang auf das sandige Ufer und folgte Micah auf einem Pfad, der sich durch das Röhricht schlängelte. Der Boden war schlammig und schmatzte unter ihren Pfoten. Als der Pfad breiter wurde, schloss sie zu Micah auf. »Was meinte Wolkenhimmel, als du ihm gesagt hast, dass du den FlussClan besuchst?«

»Er war nicht glücklich.« Micah starrte geradeaus.

»Hat er versucht, dich aufzuhalten?« Mottenflug warf einen Blick auf Micahs Pelz, konnte aber keine Schrammen erkennen.

»Er wollte wissen, warum«, antwortete Micah. »Es hat eine Zeit lang gedauert, ihn davon zu überzeugen, dass es zum

Wohle des WolkenClans sei, aber schließlich hat er eingewilligt.«

»Windläufer meinte, du würdest ihn nie überzeugen können.« Sie spürte eine leise Genugtuung, dass Micah ihre Mutter Lügen gestraft hatte.

»Ich glaube, Wolkenhimmel mag Katzen, die ihm Paroli bieten«, maunzte Micah. »Und es hat geholfen, dass Himmelsstern dabei war. Seit ich Kleiner Zweig helfen konnte, will sie, dass ich so viel wie möglich lerne – falls Taublüte und Blumenfuß mal krank werden.«

»Was macht der Husten bei Kleiner Zweig?«

»An einem Tag besser, am nächsten wieder schlechter«, miaute Micah nachdenklich. »Ich frage mich, ob es irgendetwas im Wald gibt, das ihn verschlimmert.«

»Silberstreif muss immer niesen, wenn sie in der Nähe von Heidekraut spielt«, bemerkte Mottenflug. »Vielleicht solltest du Kleiner Zweig mal einen Tag im Wald begleiten und beobachten, wo er spielt.«

»Ich wünschte, dafür hätte ich Zeit«, maunzte Micah. »Wolkenhimmel hält mich mit der Behandlung von Flohbissen und Kräutersammeln auf Trab.«

»Aber du hast doch Eichelfell, die dir hilft.« Mottenflug ignorierte den Stich der Eifersucht. »Kann sie nicht mal für einen Tag deine Pflichten übernehmen?«

»Wolkenhimmel besteht darauf, dass sie mir nicht von der Seite weicht, solange ich auf WolkenClan-Territorium bin.«

Mottenflug blinzelte. »Niemals?«

Bevor Micah antworten konnte, raschelte das Röhricht vor ihnen, und eine schwarze Kätzin stellte sich ihnen in den Weg – dieselbe, die sie am Ufer flussabwärts gesehen hatten.

Misstrauisch beäugte sie Micah und Mottenflug. »Was habt ihr zwei hier zu suchen?«

»Hallo!«, begrüßte Mottenflug sie munter. »Hat Getupfter Pelz euch nicht vorgewarnt? Sie hat uns eingeladen, damit wir alles lernen, was sie über das Heilen weiß.«

»Nacht!«, maunzte es weiter vorn auf dem Weg. Dann trat Morgennebel aus dem Schilf. Der Pelz der weiß-orangen Kätzin war nass und klebte an ihrem mageren Körper. »Getupfter Pelz hat gesagt, wenn es Micah und Mottenflug sind, dann sollst du sie zu ihrem Bau begleiten.«

Nacht kniff die Augen zusammen. »Ich glaube *immer noch*, dass es keine gute Idee ist, Katzen eines anderen Clans in unser Lager zu lassen.«

»Strömender Fluss hat gesagt, dass es in Ordnung ist«, hielt Morgennebel dagegen. »Und es sind nur Heilerkatzen. Was können die schon Schlimmeres anstellen, als dich zu *heilen*?«

Nacht schnaubte und drehte ihnen den Schwanz zu. »Folgt mir«, grollte sie.

Sie folgten der Kätzin auf dem gewundenen Pfad und gingen nebeneinanderher.

Morgennebel schloss zu ihrer Clan-Gefährtin auf und warf Micah und Mottenflug einen neugierigen Blick zu. »Ich wünschte, ich könnte die anderen Clans mal besuchen«, maunzte sie. »Ich kann mir nicht vorstellen, wie es ist, im Wald oder auf dem Moor zu leben.«

Mottenflugs Pfoten glitschten über den nassen Erdboden. »Es ist *trocken*«, murmelte sie.

Während Morgennebel noch vor Vergnügen schnurrte, öffnete sich das Schilf, und Mottenflug schaute auf eine Lichtung. Fischgeruch stieg ihr in die Nase, und zwei Junge kamen über den sandigen Grund gesprungen, um sich auf Morgennebel zu werfen.

»Morgennebel!« Die kleine graue Kätzin hüpfte um die Königin herum. »Kiefernadel hat viel mehr von der Forelle gegessen als ich! Das ist nicht fair.«

Der schwarze kleine Kater stemmte die Pfoten in den Boden. »Habe ich *nicht*! Sie ist bloß gierig!«

»Arme Niesel.« Morgennebel leckte das graue Junge über den Kopf. »Ich gehe gleich noch einen Fisch fangen«, versprach sie.

»Können wir *jeder* einen haben?«, fragte Kiefernadel.

Niesel blinzelte begierig. »Ich will den größten!«

»Ihr zwei seid gieriger als Füchse«, schnurrte Morgennebel. Sie schob die Jungen mit der Nase zur Seite. »Geht spielen. Ich helfe Nacht, unsere Gäste zu Getupfter Pelz zu führen.«

Niesel riss die Augen auf, als ihr Blick auf Mottenflug und Micah fiel. »Was machen *die* hier?«

»Überfall!« Kiefernadel stellte den Nackenpelz auf. »Soll ich Strömender Fluss warnen?«

Von der anderen Seite der Lichtung kam ein tiefes Schnurren. »Ihr braucht mich nicht zu warnen. Ich habe sie schon erwartet.«

Mottenflug wandte schnell den Kopf und sah den Fluss-Clan-Anführer im Schatten der Schilfmauer sitzen.

Er stand auf und kam über die Lichtung. Als er bei ihnen war, legte er den Kopf schräg. »Ich freue mich, dass ihr hier seid. Getupfter Pelz ist in ihrem Bau.« Mit der Schnauze deutete er auf den Fuß eines schon lange abgestorbenen Baums. Die Wurzeln des Stumpfs wanden sich wie Schlangen in den

Boden und zahllose Monde voller Wind und Wasser hatten eine Höhle zwischen ihnen gegraben.

Nacht warf Mottenflug einen mürrischen Blick zu. »Ich hoffe, ihr könnt selbst jagen«, knurrte sie. »Ich füttere keine Windclan- oder WolkenClan-Katzen.«

Strömender Fluss sah seine Clan-Kameradin nachsichtig an. »Es spielt keine Rolle, zu welchem Clan sie gehören. Ihr Hunger unterscheidet sich in nichts von deinem.«

Nacht schnaubte und stolzierte davon.

Morgennebels Schwanz peitschte hin und her. »Macht euch wegen ihr keine Sorgen«, miaute sie Mottenflug leise zu. »Sie ist einfach zu gerne schlecht gelaunt.«

Niesel stellte die Ohren auf. »Vor einem Sonnenaufgang hat sie gesagt, dass ich dumm wie eine Wühlmaus sei. Aber das bin ich nicht.«

»Natürlich bist du das nicht!« Kiefernadels Schnurrhaare zuckten boshaft. »Du bist *dümmer*.«

»He!« Empört stellte Niesel ihren Pelz auf und schlug nach ihrem Bruder. Kiefernadel duckte sich unter dem Schlag hindurch und sauste davon.

»Das zahle ich dir heim.« Niesel raste hinter ihm her.

»Wenn sie nicht essen, dann streiten sie sich.« Morgennebel rollte mit den Augen. »Ich mache mich besser auf und hole ihnen Beute.« Sie steuerte auf eine Lücke im Schilf zu, wo der Fluss an den Rand der Lichtung grenzte. Ohne innezuhalten, glitt sie in den Fluss und verschwand unter der Oberfläche.

Mottenflug schaute Micah an. Die FlussClan-Katzen schienen eher Otter als Katzen zu sein. Micah ließ den Blick über das Lager gleiten. Am anderen Ende der Lichtung lag

Brechendes Eis in einem Flecken Sonne. Moosschwanz, ein dunkelbrauner Kater, leckte sich neben der Schilfwand.

Strömender Fluss schnippte den Schwanz in Richtung des Baus von Getupfter Pelz. »Sie freut sich schon auf euch.«

Micah neigte den Kopf vor dem FlussClan-Anführer und hielt auf den Baumstumpf zu. Mottenflug eilte ihm nach und ihre Nase zuckte von dem stärker werdenden Fischgestank. Jetzt erkannte sie, dass in die Lücken zwischen den Wurzeln Schilf geflochten war. Darin steckten Federn, die in der sanften Brise flatterten.

Unter einer bogenförmigen Wurzel erschien der Kopf von Getupfter Pelz. »Da seid ihr ja endlich!«, schnurrte sie. »Kommt herein! Ich bin gerade mit dem Sortieren meiner Kräuter fertig geworden.«

Die FlussClan-Katze tauchte zurück ins Dunkel, und Mottenflug folgte ihr über die kurze Schräge, die in die Höhle führte. Sie fröstelte. Die Schilfwände hielten den hellen Sonnenschein ab und die Schatten fühlten sich feucht und kalt an. Auch der Boden war vollständig mit Schilf bedeckt, das sich unter ihren Pfoten verschob. Sie blinzelte, ihre Augen mussten sich erst an das Halbdunkel gewöhnen. »Du hast aber viel Platz hier!« In der Mitte der Höhle blieb sie stehen und schaute sich um. Es war Platz genug für vier Nester, obwohl sie nur zwei sah, beide aus Binsen gebaut. Sie richtete den Blick nach oben in die Schatten des verrottenden Baumstumpfs, der das Dach des Baus bildete. In einer Ecke war eine Spinne dabei, ihr Netz zu weben. »Und du hast immer Spinnennetze, um Wunden zu verbinden!«, maunzte sie begeistert. *Vielleicht sollte ich Spinnen fangen und versuchen, sie zu überreden, in meiner Höhle zu nisten!*

Jetzt schlüpfte Micah unter der gebogenen Wurzel hindurch. »Kommt das Wasser hier rein?«

»Nur, wenn die ganze Insel überschwemmt wird«, antwortete Getupfter Pelz.

Mottenflug wirkte alarmiert. »Ist das jemals vorgekommen?«

»Nur ein Mal, während eines Sturms, der nach vielen Monden Regen aufzog.« Getupfter Pelz klopfte eine vereinzelte Binse im Nest neben sich fest. »Strömender Fluss sagt, wenn es wieder so regnet, suchen wir Zuflucht im Wald, bis es vorbei ist.«

Micah starrte auf das Dunkel hinter Getupfter Pelz, wo eine Wand aus Erde die Höhle abschloss. »Dort lagerst du deine Kräuter?«

Mottenflug folgte seinem Blick. Die Wand war voller Löcher und in jedem lagen Blätter.

»Jede Pflanze hat ihr eigenes Loch.« Die Augen von Getupfter Pelz leuchteten stolz.

»Verfaulen sie nicht in der feuchten Luft?« Mottenflug kannte nichts anderes als die trockenen Winde, die über das Moor strichen.

»Es ist luftig genug«, erklärte ihr Getupfter Pelz. »Der leichte Wind hält sie kühl, was sie zu konservieren scheint, und ich finde frische Blätter wirksamer als getrocknete.«

Micah wirkte nachdenklich. »Es ist jammerschade«, murmelte er. »Mit Blattleere kommen mehr Krankheiten, aber bis dahin werden unsere Blättervorräte getrocknet sein.«

»Samen und Beeren behalten ihre Wirksamkeit.« Getupfter Pelz griff in eines der Löcher und nahm eine Pfote voller dunkler Beeren heraus. Sie legte sie vor Mottenflug.

Dann holte Getupfter Pelz eines der Kräuter nach dem anderen heraus, erklärte, wo man sie sammelte und was man damit behandelte – Wacholder bei Magenschmerzen, Mohn gegen Schmerzen –, während Mottenflug sich große Mühe gab, nichts zu vergessen. Sie schnupperte an den kräftigen Blättern, rollte die Samen unter den Pfoten, um sich zu merken, wie sie rochen. Sie konnte es kaum abwarten, zurück zu kommen und anzufangen, auf dem Moor nach ihnen zu suchen.

Micah schob die Nase an Mottenflug vorbei und schnüffelte an einem breiten, pelzigen Blatt. »Was ist das?«

Gerade als Getupfter Pelz sich umdrehte, um zu sehen, welche Pflanze er meinte, durchschnitt draußen ein Schrei die Luft.

»Hilfe!«

Mottenflug erstarrte, als Nacht durch den Eingang in die Höhle rutschte. »Ihr müsst kommen! Ich habe gerade Niesel aus dem Fluss gezogen – sie atmet nicht mehr!«

19. KAPITEL

GETUPFTER PELZ SCHOSS an ihrer Clan-Gefährtin vorbei. Micah raste hinterher. Von Panik geschüttelt, folgte Mottenflug ihnen.

Getupfter Pelz schlitterte schon durch eine Lücke in der Schilfwand, und Micah folgte ihr auf den Pfoten, als Mottenflug auf der Lichtung auftauchte. Sie nahm die Verfolgung auf, während das Blut in ihren Ohren rauschte. Sie sprang durch die Lücke und bohrte die Krallen in den Boden, da der Fluss unmittelbar vor ihr aufleuchtete.

Morgennebel stand direkt am Wasser, die Augen leer vor Grauen. Aus ihrem Pelz tropfte das Wasser und sie zitterte wie eine in die Enge getriebene Beute. Vor ihren Pfoten lag ein nasses Fellbündel.

Niesel! Mottenflugs Herz wollte ihr fast zum Halse herausspringen.

Getupfter Pelz kauerte sich neben das bewegungslose Junge.

Micah beugte sich vor. »Ist sie tot?«

Der Kopf von Getupfter Pelz fuhr zu ihm herum. »Halte sie warm. Sie steht unter Schock.«

Micah eilte an ihre Seite und presste sich an Niesel.

Mottenflugs Pfoten schienen wie festgefroren, während sie

auf Niesel starrte. Die Flanken des winzigen Jungen bewegten sich nicht. »Sie atmet nicht!« Sie starrte Getupfter Pelz an. Warum wirkte die Heilerkatze des FlussClans so ruhig?

Getupfter Pelz' Blick wanderte über Niesels Körper, dann stellte sie die Vorderpfoten auf die Brust des Kätzchens.

Mit weit aufgerissenen Augen beobachtete Mottenflug, wie Getupfter Pelz anfing, die Vorderpfoten mit schnellen Bewegungen auf die Brust des Jungen zu pressen. »Was machst du denn da?« Wie konnte es der Kleinen helfen, sie auszuquetschen?

Getupfter Pelz ignorierte sie. Sie hielt inne und schnupperte an Niesels Schnauze. Dann richtete sie sich wieder auf und fuhr fort, zu pumpen.

Bei jedem Stoß erzitterte der Körper von Niesel und ihre Pfoten schlenkerten willenlos herum wie die eines toten Kaninchens.

Wieder unterbrach sich Getupfter Pelz und schnupperte an Niesels Schnauze.

Von Morgennebel kam ein leises Stöhnen. »Sie ist tot!«

»Nein«, knurrte Getupfter Pelz erbittert, »noch nicht.« Wieder stellte sie die Vorderpfoten auf die kleine Brust und pumpte weiter.

Plötzlich und prustend erbrach sich Niesel und fing an, Wasser auszuhusten. Schnell rollte Getupfter Pelz das Kätzchen auf die Seite und klopfte kräftig auf Niesels Brust, sodass sie noch mehr Wasser ausspuckte.

»Niesel?« Morgennebels Maunzer war kaum mehr als ein Hauch.

Niesel hörte auf zu spucken und blinzelte ihre Mutter an. »Was ist passiert?«, quäkte sie schwach.

Kiefernadels Schnauze tauchte hinter einem Stapel Schilf auf. »Geht es ihr gut?« Seine Augen glänzten vor Schreck.

Morgennebel winkte ihn näher heran. »Es geht ihr gut.« Ängstlich warf sie Getupfter Pelz einen Blick zu. »Nicht wahr?«

»Ja. Sie hat das Wasser ausgehustet und kann jetzt wieder atmen«, kam als Antwort.

Mottenflug starrte die Heilerkatze des FlussClans an. Sie zitterte nicht einmal. *Wie konnte sie nur so gelassen bleiben?*

Kiefernadel eilte zu seiner Mutter und drückte sich an ihre Flanke. »Sie wollte versuchen, sich selbst einen Fisch zu fangen. Aber dann tauchte sie unter Wasser«, maunzte er bebend. »Als sie nicht wieder hochkam, habe ich Nacht gerufen.«

»Sie muss schwimmen lernen, bevor sie Fische fangen kann.« Strömender Fluss eilte an Mottenflug vorbei.

Sie drehte sich im Kreis und ihr Herz machte einen Satz. Sie hatte nicht gehört, wie er näher gekommen war.

Strömender Fluss stieß seine Nase an Morgennebels Schnauze. »Sobald Niesel sich erholt hat, musst du ihnen Schwimmen beibringen.«

Morgennebel warf ihm einen funkelnden Blick zu. »Ich wollte warten, bis sie kräftiger sind.«

»Fische schwimmen vom Augenblick ihrer Geburt an«, raunte Strömender Fluss. »Ein FlussClan-Junges kann gar nicht früh genug schwimmen lernen.«

Niesel rappelte sich unsicher auf.

Morgennebel senkte den Kopf und leckte ihr das Gesicht. »Wir gehen jetzt in unser Nest und du wärmst dich auf.« Sie stupste das Junge hin zur Lichtung.

Strömender Fluss ließ seinen Schwanz über das immer

noch gesträubte Fell von Kiefernadel gleiten. »Es war gut, dass du Hilfe geholt hast.«

»Ich habe ja nur Nacht gerufen.«

»Das war genau das Richtige«, versicherte ihm Strömender Fluss.

Kiefernadel starrte ihn unsicher an. »Ich hätte sie nicht ins Wasser lassen sollen.«

Strömender Fluss rieb seine Schnauze am Kopf des Jungen. »Manchmal können wir andere nicht daran hindern, Fehler zu machen. Aber wenn sie es tun, können wir ihnen helfen. Und genau das hast du getan.« Er sah, dass Morgennebel Niesel in ein Schilfnest auf der anderen Seite der Lichtung hob, und stieß Kiefernadel mit der Schnauze an.

Getupfter Pelz schaute ihrem Anführer nach, wie er Kiefernadel über die Lichtung begleitete. »Er ist so großartig mit den Jungen«, maunzte sie leise. »Zu schade, dass er nicht selbst welche hat.«

Mottenflug war in Gedanken ganz woanders. »Woher wusstest du, was du tun musstest?«

»Strömender Fluss hat es mir beigebracht«, erklärte sie. »Er hat sein ganzes Leben am Wasser verbracht und weiß, dass man Wasser genauso leicht aus einer Katze herausdrücken kann, wie sie es schluckt.«

Micahs Schwanz peitschte hin und her. »Du warst fantastisch! Ich dachte schon, Niesel sei tot.«

Getupfter Pelz sah auf den Fluss, der an ihnen vorüberwirbelte. »Jede FlussClan-Katze sollte diesen Trick kennen.«

Mottenflug fühlte eine tiefe Bewunderung für Getupfter Pelz. *Ich hoffe, dass ich eines Tages genauso ruhig und geschickt wie Getupfter Pelz sein werde!* Wie fühlte sich das wohl an, einer anderen Katze das Leben zu retten? Sie fragte sich, ob Halber Mond sie beobachtet hatte. *Ich muss versuchen, so gut wie sie zu werden*, schwor sie sich im Stillen.

Die untergehende Sonne war von Wolken verborgen. Über dem Fluss hing feiner Nieselregen wie ein Schleier und das Schilf rund um das Lager raschelte im Wind.

Als der feuchtkalte Wind durch ihren Pelz fuhr, drückte Mottenflug sich an Micah. Sie musterte Nacht, die sie misstrauisch von der anderen Seite der Lichtung beobachtete. Morgennebel lag noch immer zusammengerollt zwischen den Schilfblättern ihres Nestes. Strömender Fluss war mit Morgennebels Gefährten Moosschwanz im Röhricht auf die Jagd nach Spitzmäusen gegangen. »Bist du sicher, dass wir über Nacht bleiben sollten?«, flüsterte Mottenflug.

»Natürlich!« Micah war gerade dabei, seinen Bauch zu lecken, und schaute auf. »Überleg nur, wie viel wir gelernt haben! Und bei Sonnenaufgang werden wir sogar noch mehr lernen.«

Mottenflug war froh, dass sie mit ihm hier war. Sie mochte die FlussClan-Katzen, aber es fühlte sich merkwürdig an, nicht im WindClan-Lager zu sein. Nach ihrer Rückkehr aus dem Tal hatte sie geglaubt, dass sie ihre Clan-Gefährten nie mehr verlassen würde. »Meinst du, dass Strömender Fluss eine Maus fängt?«, maunzte sie hoffnungsvoll.

Bei Sonnenuntergang war Getupfter Pelz mit dem Versprechen in den Fluss gesprungen, ihnen eine leckere Forelle zu holen.

Micah blinzelte sie an. »Willst du den Fisch nicht mal probieren?«

Mottenflug rümpfte die Nase. Den ganzen Nachmittag lang hatte sie nichts als Fisch und Kräuter gerochen. Sie freute sich darauf, das süße Fleisch einer Beute mit Beinen zu schmecken, das ihr vertraut war. Aber bevor sie antworten konnte, plätscherte es hinter ihnen im Fluss, und Getupfter Pelz watete aus dem Wasser.

Mottenflug war enttäuscht, als sie den Fisch zwischen den Zähnen der schildpattfarbenen Kätzin sah. Er zuckte wie wild, und seine Schuppen glitzerten im Regen, als Getupfter Pelz das Ufer hinauftapste. Sie blieb vor ihnen stehen und ließ den Fisch zu Boden fallen.

Als der Fisch sich hin und her warf und Schlamm auf ihre Pfoten spritzte, machte Mottenflug einen Satz zurück.

Getupfter Pelz schnurrte belustigt, stellte eine Vorderpfote auf den Fisch und setzte zum tödlichen Biss an. »Zumindest kannst du sicher sein, dass er frisch ist«, maunzte sie.

Micah warf Mottenflug einen Blick zu. »Magst du den ersten Bissen?«

Mottenflug legte die Ohren an und schnupperte unbehaglich an dem Fisch. »Ist das eine Forelle?«

Die Augen von Getupfter Pelz blitzten auf. »Wir sagen Karpfen dazu.«

Mottenflug unterdrückte ein Schaudern. »Schmeckt er so ähnlich wie Kröte?«

»Nicht doch!« Getupfter Pelz schnaubte. »Wer isst denn *Kröten*?«

»Die schmecken doch wie Schlamm!«, prustete Micah.

Mottenflug wurde es heiß unter dem Pelz. Auf keinen Fall wollte sie Micah und Getupfter Pelz erzählen, wie sie eine

Kröte mit Fleckenfell geteilt hatte. Sie berührte den Karpfen vorsichtig mit der Pfote.

Micah wollte ihr beispringen. »Willst du lieber abwarten, ob Strömender Fluss eine Spitzmaus fängt?«

»Nein.« Mottenflug streckte das Kinn vor. Sie war kein Feigling. Außerdem wollte sie nicht unhöflich sein und das Geschenk verschmähen, das Getupfter Pelz ihnen hier machte. »Ich will den Fisch probieren.« Sie beugte sich vor, grub die Zähne in seine Seite und stellte erfreut fest, dass er ihrer gewohnten Beute viel ähnlicher war als die gummiartige Kröte. Überrascht blinzelte sie Getupfter Pelz an. »Das ist *gut.*« Sie kaute und genoss das weiche Fleisch. Es schmeckte nach frischem Wasser. »Es ist *lecker.*«

»Sag bloß Windläufer nicht, dass du das Essen des FlussClans magst«, scherzte Micah. Er biss auch zu, und während er kaute, wurden seine Augen größer. »Oh, du hast recht! Das ist großartig!«

Noch während er redete, schob sich Strömender Fluss durch den Schilfgürtel um das Lager; in seinem Maul baumelte eine Wühlmaus. Moosschwanz folgte ihm auf den Pfoten und trug eine Wühlmaus. Als sie Mottenflug und Micah sahen, blieben sie stehen.

Strömender Fluss ließ die Wühlmaus fallen. »Ihr esst ja Fisch!«

»Er schmeckt lecker!« Mottenflug biss noch einmal zu.

Strömender Fluss drehte den Kopf Moosschwanz und der Wühlmaus zu, die zwischen seinen Fängen baumelte. »Die kannst du ja deinen Jungen geben.«

Der dunkelbraune Kater legte den Kopf schief und brachte die Beute zu dem Nest, in dem Morgennebel mit Niesel und

Kiefernadel zusammengerollt schlief. Er legte die Maus neben das straff geflochtene Schilfbündel und stieß die Nase sanft in Morgennebels Pelz.

Sie blinzelte und ihr Kopf zuckte hoch.

»Wie geht es Niesel?«, fragte Moosschwanz.

»Mir geht's gut!« Niesel rappelte sich mit aufgestellten Ohren hoch.

»Ich rieche *Wühlmaus*!« Kiefernadel kletterte auf den Rücken seiner Mutter und spähte über den Rand des Nests. Sein Blick fiel auf Strömender Fluss' Beute und sein Näschen zuckte. Er kletterte aus dem Nest und rannte zu ihm. »Kann ich was davon haben?« Er strahlte den Anführer des FlussClans an.

»Natürlich.« Während Strömender Fluss die Maus Kiefernadel hinschob, sprang Niesel aus dem Nest und beeilte sich, zu ihrem Bruder zu kommen.

»Ich will auch etwas abhaben!«

Strömender Fluss schnurrte. »Schön, dass es dir wieder besser geht.«

Niesels Schwanz schoss empört nach oben. »Ich war nicht krank. Ich bin nur schwimmen gegangen!«

Die Schnurrhaare des FlussClan-Anführers zuckten. Kleine Wasserperlen hingen daran, weil es inzwischen stärker regnete. Er warf einen Blick auf den dunkler werdenden Himmel. »Ich gehe in mein Nest.« Er hielt auf eine Höhle zu, die zwischen die Wurzeln eines anderen Baumstumpfs geflochten war.

Mottenflug spürte, wie der Regen durch ihren Pelz sickerte. »Wo sollen wir schlafen?«, maunzte sie dem FlussClan-Anführer hinterher.

Er hielt inne und deutete mit dem Kopf auf die Höhle von Getupfter Pelz. »Ist da drin genug Platz?«

Getupfter Pelz nickte. »Sie können sich das freie Nest teilen.«

Strömender Fluss verschwand in seiner Höhle und Mottenflug starrte Micah scheu an. Bisher hatte sie nur mit ihrem Bruder ein Nest geteilt, und Staubnase hatte sie damit aufgezogen, dass er dann auch gleich neben einem Dachs schlafen könne. »Ich schnarche leider.«

»Gut.« Er biss wieder in den Fisch. »Ich schnarche auch.«

Getupfter Pelz verdrehte die Augen. »Na großartig!«, murmelte sie.

Als sie den Karpfen aufgegessen hatten, gingen sie zusammen zur Höhle von Getupfter Pelz. Der Regen trommelte auf den Boden und aus der Dämmerung war Nacht geworden. Mottenflug war froh, als sie unter den Baumstumpf schlüpften und ein Dach über dem Kopf hatten. Sie durchquerte die Höhle bis zum leeren Schilfnest am hinteren Ende und war überrascht, dass die Stängel unter ihren Pfoten sich weich anfühlten. Alle spitzen Enden waren sorgfältig untergeflochten worden und das Nest fühlte sich fast so weich an wie eines aus Heide. Sie rollte sich zusammen, sodass Raum für Micah blieb.

Er quetschte sich neben sie. »Hast du genug Platz?«

»Ja.« Mottenflug schnurrte, als Micah seinen warmen Pelz an sie drückte.

Die goldenen Augen von Getupfter Pelz schimmerten durch die Dunkelheit. »Habt ihr beiden es gemütlich?«

»Ich schon«, kam es von Micah.

»Ich auch.« Mottenflug kuschelte sich tiefer ins Schilf. Sie gähnte und war plötzlich müde. »Ich hoffe, ich vergesse nicht alles, was ich heute gelernt habe.«

»Bestimmt nicht.« Micah rekelte sich neben ihr und zog die Pfoten eng an den Bauch.

Mottenflug blinzelte ihn durch die Dunkelheit an. »Den Augenblick, als Niesel wieder zum Leben erwacht ist, werde ich nie vergessen.«

»Sie war ja nicht tot«, maunzte Getupfter Pelz durch die Höhle. »Sie brauchte nur Luft in der Brust und kein Wasser.«

Mottenflug fiel plötzlich ihr Traum von der blaugrauen Katze wieder ein. Auch sie war wieder zum Leben erwacht. Aber niemand hatte auf *ihre* Brust gedrückt und sie hatte auch kein Wasser ausgehustet.

Micahs Atem neben ihr wurde gleichmäßiger und tiefer. Er war kurz davor, einzuschlafen. Mottenflug legte die Schnauze auf ihre Pfoten und betrachtete ihn. Wo sein Atem durch ihren Pelz fuhr, kribbelte es. Langsam wurden ihre Augen schwerer, und als sie zufielen, umfing sie Dunkelheit.

Ein bekannter, intensiver Geruch nach Stein stieg ihr in die Nase. Als der Duft des Mondsteins ihre Zunge erreichte, öffnete sie die Augen. Sie sprang auf die Pfoten und ließ den Blick schweifen. *Wie bin ich hierher zurück…*

Bevor sie den Gedanken beenden konnte, schlichen zwei Katzen in die Höhle. Ein großer, dunkler, getigerter Kater, den sie schon einmal gesehen hatte, als die graublaue Katze wieder zum Leben erwacht war, steuerte mit starr auf den Mondstein gerichtetem Blick auf den düsteren Felsen zu. Er schaute nach oben auf das Loch in der Höhlendecke und das dünne Licht der Sterne spiegelte sich in seinen Augen.

Mottenflug schauderte. Die Augen des getigerten Katers waren kalt und sein breiter, kräftiger Körper machte ihr Angst. Er schien das Mondlicht ungeduldig zu erwarten.

Der graue Kater, der mit ihm in die Höhle gekommen war, blieb neben ihm stehen. Der große, dunkle Kater warf den Kopf herum und knurrte, als der graue etwas von sich gab. Offenbar herrschte keine Freundschaft zwischen den beiden. *Aber warum waren sie dann zusammen hier?*

Der dunkle Kater ließ sich steif auf den Bauch sinken und berührte den Stein einen Augenblick früher, als das Mondlicht ihn aufschimmern ließ.

Mottenflug verzog das Gesicht, als die Helligkeit sie blendete.

Der Fels unter ihren Pfoten wurde zu nassem Moos. Blinzelnd und erwartungsvoll öffnete sie die Augen. War sie wieder im Jagdgebiet des SternenClans?

Von allen Seiten stürmte Dunkelheit auf sie ein. Sie wandte ruckartig den Kopf. Um sie herum ragten Bäume auf. Das war kein SternenClan-Territorium. Sie erkannte den modrigen Geruch verfaulenden Holzes wieder, den stechenden Geruch des Kiefernsafts. Das hier war *SchattenClan*-Territorium.

Unter den Bäumen bewegten sich katzenhafte Gestalten, deren Pelze auch im Schatten vor Sternenlicht glitzerten. *Geisterkatzen!* Sie ließ den Blick schweifen und suchte nach einem vertrauten Pelz, aber diese SternenClan-Katzen kannte sie nicht. Mit heftig klopfendem Herzen zog sie sich hinter einen Baum zurück und hoffte, dass niemand sie sah. Ihr Pelz sträubte sich vor Angst. Diese Katzen schienen einen feierlichen Zweck zu verfolgen und der dunkle Kater wartete anscheinend auf sie; sein Blick loderte erwartungsvoll durch das Dunkel.

Als ein glitzernder Kater zu ihm trat, verengten sich seine Augen. Mottenflug sah, dass die Geisterkatze redete, konnte aber die Worte nicht verstehen. Der Kater trat zur Seite und sein Platz wurde von einer kleinen, rotbraunen Kätzin eingenommen. Die Kätzin sagte etwas und der Kater antwortete mit Verachtung im Blick.

Respektiert er seine Vorfahren nicht? Mit brennendem Interesse beugte sich Mottenflug vor.

Die Kätzin streckte sich und berührte mit der Schnauze den Kopf des dunklen, getigerten Katers.

Der Kater zuckte zusammen, als würde er starke Schmerzen erleiden.

Das ist genau so wie bei der blaugrauen Katze, die ich in der Höhle gesehen habe! Mottenflug hatte ihren Traum nicht vergessen. Aber warum verursachte die Berührung durch die Geisterkatzen so starke Schmerzen?

Mottenflug kniff die Augen zusammen und atmete schneller, als die Geisterkatzen eine nach der anderen hervortraten und den dunklen Kater berührten. Jedes Mal erstarrte er, und sein Pelz stellte sich auf, aber er wich keinen Schritt zurück. Er nahm jede neue Berührung hin und seine Augen brannten vor Hunger.

Schließlich trat die letzte Geisterkatze zurück und der dunkle Kater hob die Schnauze. Mottenflug schaute in seine Augen und suchte nach einem Anhaltspunkt, was die Geisterkatzen nur mit ihm geteilt hatten, aber sie sah nichts als Stolz.

Jetzt bewegten sich die Münder der Geisterkatzen. Sie schienen einen Singsang von sich zu geben. Mottenflug stellte die Ohren auf und versuchte erfolglos, die Worte zu erkennen. Einer der SternenClan-Kater brach ab und starrte mit offenem Maul auf die dunkle Tigerkatze.

Mottenflug musste schlucken, als deutlich wurde, dass Furcht die Augen der Sternenkatze verdunkelte.

Mit einem eiskalten Gefühl der Angst schreckte sie auf.

»Mottenflug?« Micahs Kopf flog hoch, als sie blinzelnd in der Höhle von Getupfter Pelz herumschaute.

Sein Maunzen beruhigte sie. Mottenflug wandte sich um und blickte in seine Augen.

»Schlecht geträumt?«

Als sie nickte, rieb er seine Schnauze an ihrem Kopf und murmelte weich: »Schlaf wieder. Hier drin sind wir sicher.«

Gehorsam legte sie den Kopf auf ihre Pfoten und schloss die Augen. Sie spürte, wie seine Zunge über ihr Ohr fuhr, bis die Müdigkeit ihre Gedanken verwirrte.

»Das war nur ein Traum.« Micah hörte auf, sie zu lecken, und kuschelte seine Schnauze an ihre.

Das sind keine Träume. Das sind Visionen. Während sein Atem flacher wurde und in ein zartes Schnarchen überging, hielt die Unruhe Mottenflug vom Einschlafen ab. *Aber wovon handeln sie? Und warum beunruhigen sie mich so?*

20. KAPITEL

DAS LICHT DER FRÜHEN Morgensonne lag auf dem Röhricht. Der Regen, der in den vergangenen zwei Tagen alles im Lager durchnässt hatte, war schließlich verschwunden, und Sonnenstrahlen kämpften sich durch die Wolken. Auf der anderen Seite der Lichtung streckte sich Strömender Fluss vor seiner Höhle. Morgennebel und Moosschwanz regten sich verschlafen in ihrem Nest, während Niesel und Kiefernadel durch das Lager stürmten und den Schwanz des jeweils anderen jagten.

Getupfter Pelz blinzelte Mottenflug und Micah freundlich an. »Ich habe euch alles beigebracht, was ich weiß.«

Micahs Schwanz peitschte hin und her. »Du weißt sehr viel!«

»Ich kann's kaum erwarten, ein paar der Sachen anzuwenden, die wir gelernt haben!« Mottenflugs Pelz kribbelte vor Aufregung. *Ich hoffe, ich finde irgendwo auf dem Moor Geißfuß!* Das gehörte zu den Kräutern, die Getupfter Pelz ihnen gezeigt hatte. Ein paar Blätter, und das täglich, würde vielleicht Schiefers Kummer lindern.

Es zuckte ihr in den Pfoten, ins Lager zu laufen, aber die Aussicht, Micah verlassen zu müssen, ließ ihr Herz schwer werden.

Micahs Blick wandert durch das Lager des FlussClans.

»Ich werde das hier vermissen«, murmelte er. »Ich hatte mich gerade an den Klang des Flusses gewöhnt, der mich in den Schlaf wiegt.«

Und ich hatte mich gerade an den Klang deines Atems gewöhnt. Mottenflug schaute ihn schüchtern an. Ihr eigenes Nest würde ohne ihn kühl sein.

Niesel kam rutschend zwischen ihnen zum Stehen. »Geht ihr?«

Kiefernadel starrte Micah aus runden Augen an. »Das geht nicht! Ich habe dir noch gar nicht beigebracht, wie man fischt.«

Micah rieb seine Schnauze am Kopf des Jungen. »Zuerst musst du mal lernen, wie man *schwimmt.*«

Kiefernadel reckte das Kinn vor. »Vor einem Sonnenaufgang bin ich schon eine ganze Schwanzlänge geschwommen!«

Niesel schnaubte. »Wobei Morgennebel dich am Nacken gehalten hat!«

»Immerhin habe ich nicht versucht, den halben Fluss auszutrinken!«

»Still.« Getupfter Pelz brachte Kiefernadel mit einem Blick zum Schweigen. »Micah und Mottenflug müssen zu ihren Clans zurückkehren.«

»Warum können sie nicht bei uns bleiben?«, maunzte Niesel.

»Mein Clan braucht mich«, erklärte ihr Micah.

Mottenflug spürte einen Stich in ihrem Herzen. *Und ich brauche dich.* Sie schob diesen Spatzenhirngedanken beiseite. »Meiner auch.«

Niesel ließ den Schwanz sinken. »Na gut.«

»Kommst du uns wieder besuchen?«, fragte Kiefernadel.

»Natürlich.« Mottenflugs Schwanz sauste hin und her. »Wenn wir das weitergeben, was wir inzwischen gelernt haben.«

Die Augen von Getupfter Pelz leuchteten. »Ich hoffe, das wird nicht lange dauern.« Ihr Blick huschte an ihnen vorbei.

Mottenflug drehte sich herum und sah, dass Strömender Fluss auf sie zukam. Sie neigte den Kopf. »Danke, dass wir hier schlafen durften.«

»Es war uns eine Ehre.«

Micah stupste Mottenflug an, während der FlussClan-Anführer sie respektvoll anblinzelte. »Da siehst du, was passiert, wenn der SternenClan dich auserwählt«, neckte er sie.

»Ich muss zurück zu meinen Kräutern.« Getupfter Pelz wandte sich ihrem Bau zu. »Die sortieren sich nicht selbst.«

»Danke!«, miaute Mottenflug ihr nach, während sie in ihrem Bau verschwand.

Micah schaute nachdenklich auf das Röhricht. »Müssen wir sofort zurück?«

Mottenflug warf ihm einen Blick zu. »Willst du zurück zum WolkenClan?«

»Letzten Endes.« Micahs Schnauze näherte sich ihrem Ohr. »Aber lieber wäre ich bei dir«, maunzte er leise.

Mottenflug wurde heiß unter ihrem Pelz und sie wandte den Blick ab. »Ich wäre auch lieber bei dir«, murmelte sie.

Strömender Fluss schaute mit zitternden Schurrhaaren zur Seite. Mottenflug wusste nicht, ob er etwas gehört hatte.

»Vielleicht kann Wolkenfleck euch etwas über die Waldkräuter erzählen«, maunzte Strömender Fluss leichthin und hielt den Blick auf den Wald geheftet. »Das Lager des DonnerClans ist nicht weit.«

Micah blinzelte ihn an. »Das ist eine gute Idee! Das wird bestimmt interessant. Und wir können Wolkenfleck berichten, was wir von Getupfter Pelz gelernt haben.«

»Das findet er bestimmt gut.« Strömender Fluss hielt den Blick auf den Wald gerichtet.

Mottenflug trat verlegen von einer Pfote auf die andere. »Kann schon sein.« Dem Moor so lange fernzubleiben, verursachte ihr Schuldgefühle. *Und dann noch mit Micah.* »Aber was ist mit dem WindClan? Vielleicht brauchen sie mich.«

Strömender Fluss schaute sie direkt an. »Du hast noch dein ganzes Leben Zeit, dich um den WindClan zu kümmern. Hab Spaß, solange du es noch kannst.«

Sie warf Micah einen Blick zu. Wenn Strömender Fluss meinte, es sei in Ordnung, dem DonnerClan einen Besuch abzustatten, war es wohl in Ordnung. »Dann machen wir das.«

Micah schnurrte. »Großartig!«

Strömender Fluss' Schwanz sauste hin und her. »Soll ich euch den Weg zeigen?«

... Und ich nicht allein mit Micah gehen? »Nein«, ließ Mottenflug ihn schnell wissen.

»Wir werden es schon finden«, versicherte ihm Micah.

»Das dachte ich mir schon.« Ein neckisches Funkeln leuchtete in den Augen von Strömender Fluss auf. Mottenflugs Pfoten kribbelten vor Verlegenheit. Offenbar hatte er vermutet, dass sie allein sein wollten.

Strömender Fluss schaute wieder auf den Wald. »Das Lager ist in einer Schlucht«, berichtete er. »Von oben ist es schwer zu erkennen, also verlasst euch auf eure Nasen.«

Micah neigte den Kopf und ging Richtung Lagereingang. »Danke.«

»Ja, vielen Dank, Strömender Fluss«, miaute Mottenflug, während sie Micah nacheilte.

Sie folgten dem Weg durch das Schilf, bis sie zum Flussufer kamen. Mottenflug erkannte die Trittsteine, über die sie zu den Bäumen am anderen Ufer gelangen würden. Getupfter Pelz hatte sie in den vergangenen Tagen so oft darüber geführt, dass sie keinen Gedanken daran verschwendete, ob ihre Pfoten nass wurden oder nicht. Sie kannte diesen Teil des Flusses und die Kräuter, die an seinem Ufer zu finden waren, inzwischen so gut wie das Moor. Sie war vor Micah auf dem ersten Stein und sprang hinüber ans andere Ufer; ihre Brust drohte vor Glück zu zerspringen.

Als Micah neben ihr landete, schnurrte sie. »Und welchen Weg jetzt?«

Micah kniff die Augen zusammen und ließ den Blick über die Bäume wandern. »Diesen Teil des Waldes kenne ich nicht.«

»Dann erkunden wir ihn zusammen.« Sie lief das Ufer hinauf, sprang über eine Eichenwurzel, die aus dem Boden ragte, und schob sich durch die Farnbüschel, deren frische Wedel in den Lichtflecken aufleuchteten, die durch das Blätterdach fielen. Modrige Gerüche stiegen ihr in die Nase, und zum ersten Mal, seit sie das Moor verlassen hatte, roch sie Mäuse. Ihr Magen knurrte. Der Karpfen, den Getupfter Pelz bei Sonnenuntergang gefangen hatte, war ihre letzte Mahlzeit gewesen. Sie sehnte sich nach dem Geschmack von Beute mit Fell und beobachtete das Unterholz, hoffte, eine Bewegung unter den Blättern zu erkennen.

»Wir dürfen nicht jagen«, erinnerte sie Micah. Seine Nase zuckte. »Riechst du die Grenzmarkierung nicht?«

Mottenflug war zu sehr mit dem Schnuppern nach Beute

beschäftigt gewesen. Jetzt hob sie die Schnauze und sog den Geruch der DonnerClan-Katzen ein. »Vielleicht können wir einen Fisch fangen. Ich bin sicher, Strömender Fluss hätte nichts dagegen.«

Micah schaute zu ihr. »Kannst du schwimmen?«

»Nein.« Mottenflug warf einen Blick zurück auf den Fluss. »Aber manchmal schwimmen sie nahe genug am Ufer. Vielleicht können wir hineinwaten und uns einen schnappen.«

»Wir können genauso gut hier stehen bleiben und darauf warten, dass uns ein Vogel in die Pfoten fliegt.«

Mottenflugs Schwanz schoss steil nach oben, als sie sich beleidigt an Micah vorbeischob. »War doch nur ein *Vorschlag.*«

Er schnurrte und tapste ihr hinterher. »Ich *liebe* deine Vorschläge.«

Mottenflug versuchte, ein Schnurren zu unterdrücken. Micah war so was von süß.

Er ging jetzt im Gleichschritt neben ihr. »Lass uns das Lager suchen und hoffen, dass der DonnerClan uns etwas von seiner Beute abgibt.«

Mottenflug war unbehaglich zumute. Hatte Wolkenfleck Donner informiert, dass die Heilerkatzen im Auftrag des SternenClans ihr Wissen austauschten? Der DonnerClan-Anführer war ein Sohn von Wolkenhimmel, das wusste sie. War er deshalb ebenso misstrauisch wie sein Vater?

Sie folgten jetzt einem Kaninchenpfad zwischen Brombeeren und Farngestrüpp, der zunächst leicht bergauf führte. Als die Bäume dicker und die Schatten tiefer wurden, ging es steiler aufwärts.

»Weißt du, wohin du gehst?«, wollte sie hoffnungsvoll von Micah wissen.

»Nein.« Micah krabbelte über einen vermoderten Holzklotz und blieb auf der anderen Seite stehen.

Mottenflug setzte sich neben ihn und versuchte, etwas zwischen den Bäumen zu erkennen. Sie schienen kein Ende zu nehmen. Hier und dort fiel Sonne auf die Blätter und helle Lichtstrahlen beleuchteten Waldflecken. Sie zeigte mit der Nase auf ein dichtes Brombeergestrüpp weiter vor ihnen. »Glaubst du, das ist die Hecke um ihr Lager?«

»Sehen wir nach.« Micah lief darauf zu und stolperte über eine Wurzel.

Mottenflug stützte ihn mit ihrer Schnauze. »Ich dachte, du wärst an den Wald gewöhnt.«

»Ich bin auf einem Hof aufgewachsen«, erinnerte Micah sie. »Ich weiß nicht, ob ich es jemals schaffe, nicht mehr über Wurzeln zu stolpern.«

»Das schaffst du sicher. Du brauchst nur ...« Mottenflug jaulte auf, als sie in ein paar frische Nesseln trat. Der Schmerz in ihrer Pfote ließ sie einen Satz rückwärts machen.

»Moment.« Micah warf einen Blick auf die Nesseln und fing dann an, den Waldboden abzusuchen, bis seine Augen aufleuchteten. Er flitzte zu einer Ansammlung Stauden, die neben einer Esche wuchsen, riss mit den Zähnen ein paar Blätter ab und brachte sie zurück zu Mottenflug.

Sie blickte ihn verwundet an. »Was ist das?«

»Ampfer«, maunzte Micah und legte die Blätter mit der Blattunterseite nach oben vor sie auf den Boden. »Reib deine Pfote darauf.«

Mottenflug presste ihre pochende Pfote auf das weiche Blatt.

»Du musst stärker reiben«, drängte Micah.

Mottenflug presste die Pfote auf das Blatt, bis sie spürte, dass sie feucht wurde. Zu ihrer Überraschung linderte der Blättersaft die Schmerzen. »Das ist ja großartig!« Sie starrte Micah aus großen Augen an.

»Das habe ich von Kuh gelernt«, verkündete Micah.

»Vielleicht wächst Ampfer ja auch auf dem Moor«, murmelte Mottenflug.

Zwischen den Bäumen erklang ein tiefes Maunzen. »Wenn es dort Nesseln gibt, dann ist Ampfer nicht weit.«

Mottenflug fuhr mit klopfendem Herzen herum.

Micah legte argwöhnisch die Ohren an.

»Keine Angst. Ich bin es nur.« Ein schwarzer Kater trat aus den Schatten.

»Wolkenfleck!« Eine Welle der Erleichterung erfasste Mottenflug.

»Habt ihr zwei euch verlaufen?« Die Heilerkatze des DonnerClans blieb bei ihnen stehen.

»Wir sind hier, um dich zu besuchen«, erklärte Micah.

Wolkenfleck beschnupperte sie mit gerümpfter Nase. »Wie war euer Besuch beim FlussClan?«

»Getupfter Pelz hat uns so viel beigebracht!« Mottenflugs Stimme überschlug sich fast vor Eifer. »Und wir sind hier, um unser Wissen zu teilen.«

Micahs Schwanz schoss nach oben. »Und hoffentlich noch mehr zu lernen.«

Mottenflug blinzelte Wolkenfleck an. »Meinst du, Donner erlaubt uns, zu bleiben?«

»Natürlich.« Wolkenfleck warf Micah einen scherzhaften Blick zu. »Er kann doch nicht zulassen, dass die Heilerkatze des WolkenClans mehr weiß als die des DonnerClans.«

Micah schnurrte. »Das klingt ganz wie Wolkenhimmel.«

»Schon möglich«, gab Wolkenfleck zu. »Aber er möchte auch dem SternenClan einen Gefallen tun.«

Micahs Schnurrhaare zuckten. »Ich bin mir nicht so sicher, ob Wolkenhimmel viel darauf gibt, was der SternenClan denkt. Aber sein Clan ist ihm wichtig.«

Wolkenfleck neigte den Kopf. »Er ist schon ein würdiger Anführer.«

Mottenflug warf wieder einen Blick auf das Brombeerdickicht. »Ist es weit bis zum Lager?«

»Nicht allzu weit. Ich will nur noch ein paar Borretschblätter sammeln, dann gehe ich wieder zurück.«

»Borretsch?« Mottenflug schaute ihn ratlos an.

»Ich zeige euch, was Borretsch ist.« Wolkenfleck führte sie über einen gewundenen Weg durchs Unterholz und hielt erst, als die Bäume nicht mehr ganz so dicht standen. Vor ihnen bedeckten grüne Pflanzen den Waldboden, gesprenkelt von ein paar Tupfen Sonnenlicht. Die weichen Blätter wirkten pelzig und auf jedem der Stängel saß eine Knospe. »Bei Blattgrüne wird hier ein Feld aus violetten Blüten sein.«

Mottenflug ging zwischen den Stängeln umher und atmete den kräftigen Duft ein. Sie blieb stehen, steckte die Nase zwischen die Blätter und war überrascht, wie weich sie waren. »Wofür ist das?«

»Es hilft bei verdorbenem Magen«, erklärte Wolkenfleck. »Und löst beklemmende Gefühle in der Brust. Außerdem unterstützt es stillende Königinnen, damit sie mehr Milch für ihre Jungen haben.«

Auch Micah ging jetzt zwischen den Stängeln auf und ab. »Ist jemand krank?«

»Wolfsmilch hat vor Kurzem Junge bekommen.«

Mottenflug blinzelte. Blattfrische schien ebenso sicher Junge hervorzubringen wie neue Blätter. Sie hätte zu gern gewusst, ob eine WindClan-Katze schwanger war.

Micah strich mit der Pfote über ein Borretschblatt. »Hat sie nicht genug Milch?«

»Ich will nur sichergehen. Wolfsmilch ist nicht mehr die Jüngste. Ihren ersten Wurf hatte sie schon vor vielen, vielen Monden, bevor sie zu den Clan-Katzen stieß.«

»Ist Blatt der Vater?« Mottenflug legte neugierig den Kopf schief. Sie hatte Wolfsmilch und Blatt zusammen auf der Großen Versammlung gesehen. Sie waren immer zusammengeblieben und hatten einander mit einer Zärtlichkeit angesehen, die sie bisher nur bei ihrer Mutter und Ginsterpelz beobachtet hatte.

»Ja«, schnurrte Wolkenfleck.

Mottenflug pflückte ein Borretschblatt vom Stängel.

»Die wirksamsten Blätter wachsen in der Mitte des Stängels«, wusste Wolkenfleck. »Nicht zu hart, aber alt genug, um jede Menge Saft zu haben.«

»Wie dieses hier?« Mottenflug zeigte auf ein Blatt.

»Genau richtig.« Wolkenfleck pflückte ein Blatt von der Pflanze neben ihr und legte es auf den Boden.

Gemeinsam pflückten sie genug Blätter, um einen kleinen Haufen zu bilden, den Wolkenfleck dann zu einem festen Bündel rollte und ins Maul nahm.

Wolkenfleck führte sie durch den Wald. Mottenflug lief hinter ihm her, Micah folgte ihr auf den Pfoten. Sie kamen an den Brombeeren vorbei und überquerten eine Lichtung. Als der Wald steiler anstieg, blieb Wolkenfleck stehen.

Sein Schwanz peitschte hin und her und die Ohren signalisierten »Achtung!«. Mottenflug blieb neben der Heilerkatze stehen und folgte ihrem Blick nach unten. Erstaunt stellte sie fest, dass der Boden in eine steile Schlucht abfiel.

Spindeldürre Bäume und Büsche bedeckten ihren Grund. »Ist das Lager dort unten?«

»Ja.« Wolkenfleck legte das Bündel auf den Boden. »Folgt mir und passt auf, wohin ich meine Pfoten setze. Einige der Tritte sind schmal.« Dann nahm er den Borretsch wieder zwischen die Zähne, kletterte auf einen breiten Feldvorsprung und hüpfte von dort auf einen schmalen, hervorstehenden Stein.

Mottenflug warf Micah einen nervösen Blick zu.

»Vertraue deinen Pfoten«, empfahl ihr Micah. »Sie haben dich sicher zum Mondstein geführt.« Er folgte Wolkenfleck und rutschte auf den ersten Vorsprung. Mottenflug achtete nicht auf ihr klopfendes Herz und sprang hinterher.

Sie landete ungeschickt und trat einen Kieselschauer los, der auf Wolkenfleck und Micah prasselte. »Tut mir leid!«

Micah schüttelte sich.

Vorsichtig hüpfte sie auf den nächsten Sims und fuhr die Krallen aus, um nicht abzurutschen. Und so ging es langsam weiter von Stein zu Stein, bis sie den Boden der Schlucht unter sich sah. Sie landete neben Micah auf dem weichen Boden, kraftlos vor Erleichterung. Aber von einem Lager war immer noch nichts zu sehen. Ein großer Ginsterbusch stand ihnen im Weg. Vergeblich versuchte sie, einen Eingang zu entdecken, und sah ihn erst, als Wolkenfleck zwischen dunkelgrünen Ästen hindurchschlüpfte. Rechts und links ragten steile Felswände und üppige Büsche hoch; sie beeilte sich, Micah zu folgen. Es war das Gegenteil des luftigen FlussClan-Lagers.

Als sie auf der anderen Seite aus der Ginsterhecke trat, musste sie vor Überraschung blinzeln. Vor ihr erstreckte sich eine grasbewachsene Lichtung. Sie war von Büschen umschlossen, an einer Seite von einem Brombeerdickicht, während auf der anderen ein riesiger Felsbrocken alles überragte. Auf der entfernteren Seite ragte eine Klippe zwischen wuchernden Farnen auf, und auf der anderen stand ein verrottender Baumstamm, dessen Rinde in Brocken überall herumlag.

Wolkenfleck steuerte auf die Brombeeren zu, während Micah auf der Lichtung stehen blieb.

Mottenflug hielt neben ihm an. Der Duft der DonnerClan-Katzen zog ihr in die Nase. Er klebte am Gras und waberte von Busch zu Busch, aber eine Katze war nirgendwo zu sehen. »Wo sind die alle?«

»Auf der Jagd!«, maunzte Wolkenfleck, bevor sie zwischen den Brombeerranken verschwand.

»Ich nicht«, kam es krächzend aus dem Schatten unter den abstehenden Ästen eines umgefallenen Baums. Ein magerer, weißer Kater kroch hervor. Mottenflug erinnerte sich an Rotauge. Sie hatte ihn auf der Versammlung gesehen. Er blinzelte im Licht der Sonnenstrahlen, die durch die dichten Baumkronen drangen. *Ist er jetzt blind?* Der Kater schielte, als würde er versuchen, sie zu erkennen.

»Ich bin's, Mottenflug.« Sie ging ein paar Schritte auf ihn zu. »Ich bin die Heilerkatze des WindClans und …«

Rotauge unterbrach sie. »Du musst mir nicht erzählen, wer du bist. Die Clans zerreißen sich das Maul über dich, seit du von den Hochfelsen zurückgekommen bist und von Geisterkatzen geredet hast.«

Mottenflug zögerte. Die Clans *zerrissen sich das Maul* über sie? Verlegen trat sie von einer Pfote auf die andere, während Rotauge weiterredete.

»Von dir hat Wolkenfleck, dass er unsere Heilerkatze ist, und deshalb muss ich jetzt Kräuter essen«, brummte er verdrießlich. »Er glaubt, er kann meine Wehwehchen heilen. Aber das Alter kann man nicht heilen.«

Wolkenfleck kroch wieder unter den Brombeerzweigen hervor. »Aber ich kann es versuchen«, tönte es über die Lichtung.

»Du solltest mir lieber jeden Tag eine frische Maus bringen«, schnaubte Rotauge.

Wolkenfleck warf Mottenflug einen verzweifelten Blick zu. »Es ist meine Aufgabe, mich um dich zu kümmern.«

Eine junge, orange-weiße Kätzin kam aus der Brombeerhecke geschossen. Sie war etwa drei Monate alt. »Rotauge! Soll ich dir frisches Moos für dein Nest holen?«

Ein gefleckter, grauer kleiner Kater folgte ihr auf den Pfoten. »Ich helfe dir, Apfelblüte.« Er hielt inne, als er Micah und Mottenflug sah, und riss erstaunt die Augen auf. »Sind das die Besucher, die Wolfsmilch angekündigt hat?«

»Ja. Mottenflug und Micah.«

»Hallo!« Apfelblüte neigte den Kopf zum Gruß und schaute dann Wolkenfleck an. »Dürfen wir los und Moos für Rotauges Nest holen?«

Rotauge schnaubte. »Ich brauche kein feuchtes Moos.«

Apfelblütes Schwanz schoss nach oben. »Wir legen es zuerst in die Sonne, damit es trocknen kann.« Mit der Schnauze zeigte sie auf das gefleckte Junge. »Schneckenhaus sagt, er hat einen Platz gefunden, da gibt es das weichste Moos.«

Der Kater nickte. »Wir können es jetzt gleich holen.«

Wolkenfleck schaute sie nachdenklich an. »Ist es weit vom Lager entfernt?«

Schneckenhaus schüttelte den Kopf. »Ganz nah oben an der Schlucht.«

Apfelblüte blinzelte die Heilerkatze hoffnungsvoll an. »Es wird nicht lange dauern.«

Wolkenfleck war einverstanden. »Aber passt auf, wenn ihr wieder herunterklettert. Mit einem Maul voller Moos sieht man nicht, wohin man die Pfoten setzt.«

Apfelblüte sauste bereits zur Ginsterhecke. »Wird schon nichts passieren.«

Schneckenhaus jagte ihr nach und verschwand in der Lücke zwischen den dunkelgrünen Zweigen.

Rotauge rollte pathetisch mit den Augen. »Keinen Moment habe ich Ruhe – erst soll ich Kräuter schlucken und dann wird mein Nest ausgeräumt!«

Wolkenfleck schnurrte. »Und vergiss nicht, dass du ständig auf die Jungen aufpassen musst.«

»Babysitten!«, ächzte Rotauge. »Ich glaube, Stachelbeere und Eibenschwanz kann ich tatsächlich noch helfen, damit sich die neue Familie willkommen fühlt. Aber Apfelblüte und Schneckenhaus brauchen mich nun wirklich nicht mehr.«

»Sobald Zitterrose, Haselhöhle und Morgenfeuer aus dem Bau können, werden sie dich brauchen.«

Mottenflug spitzte die Ohren. *Wenn Apfelblüte und Schneckenhaus zu einer neuen Familie gehörten, dann waren die drei anderen …* »Sind das Wolfsmilchs Junge?«

Wolkenfleck nickte und warf einen Blick auf die Brombeerhecke. »Willst du sie sehen?«

»Unbedingt.« Obwohl Mottenflug viel neugieriger darauf war, ob Wolfsmilch den Borretsch gegessen hatte, Wolkenflecks Medizin. Sie folgte der Heilerkatze des DonnerClans zu dem Brombeerbusch, der sich ans Ende der Lichtung drängte. Als sie näher kamen, bemerkte sie den schmalen Eingang zwischen den Zweigen.

Wolkenfleck steckte die Nase hindurch. »Wolfsmilch! Mottenflug ist da. Darf sie die Jungen sehen?«

»Natürlich!« Aus dem Inneren kam ein sanftes Maunzen.

Mottenflug schaute Micah an, der noch mitten auf der Lichtung stand. »Kann Micah mitkommen?«

Micah schien unentschlossen. »Kuh hat mir immer gesagt, dass man eine Königin mit ihren Jungen in Ruhe lassen soll. Ich leiste besser Rotauge Gesellschaft«, miaute er. »Er hat sicher eine Menge Geschichten zu erzählen.«

Rotauges Schwanz zuckte. »Ich weiß zwar nicht, warum das einen jungen Kater wie dich interessiert, aber na gut.«

Wolkenfleck schlüpfte durch die Brombeeren und Mottenflug folgte ihm. Sie war überrascht, dass sie in einer großen Höhle stand, deren Wände von dornigen Zweigen gebildet wurden. »Wie habt ihr denn diese Höhle gebaut?«, fragte sie und ließ den Blick schweifen.

»Mit sehr viel Vorsicht«, schnurrte Wolkenfleck.

Auf dem trockenen Erdboden befanden sich drei Nester, aus Zweigen geflochten und mit Moos ausgekleidet. Eine gefleckte Kätzin schaute sie aus bernsteinfarbenen Augen an. An ihrem Bauch drängten sich drei winzige Junge, deren Augen sich noch nicht geöffnet hatten.

Der warme Geruch von Milch stieg Mottenflug in die Nase. Eines der Jungen fing an zu maunzen, als ein anderes es von der weichen Flanke der Mutter drängte. Schnell zog Wolfsmilch es wieder an sich. »Das ist Haselhöhle«, schnurrte sie. »Zitterrose und Morgenfeuer stehlen ihm immer die Milch. Aber er wird bestimmt ein stattlicher Kater werden, genau wie sein Vater.«

»Alle drei sind wunderschön!« Mottenflug blickte auf das schwarz-weiße Katerjunge, das jetzt wieder glücklich am Bauch seiner Mutter nuckelte. Zitterrose, deren schwarzer Pelz so flauschig wie der einer Jungeule war, kuschelte sich neben ihn, und auch Morgenfeuer rückte näher heran, wobei ihr dunkelbraunes Fell fast mit den Schatten verschmolz.

Mottenflug schaute auf das leere Nest weiter hinten in der Höhle; es roch immer noch warm. »Ist das das Nest von Apfelblüte und Schneckenhaus?«

»Sie teilen es mit Stachelbeere, ihrer Mutter«, erklärte ihr Wolkenfleck.

»Eigentlich sind sie schon zu groß«, bemerkte Wolfsmilch. »Aber wahrscheinlich gibt es bald mehr Platz. Das dritte Nest gehört Lila Morgen, und ich glaube, sie möchte zu Donner ziehen.«

Lila Morgen, so viel wusste Mottenflug, war eine schlanke, dunkelgraue Kätzin, die sich vor einigen Monden dem DonnerClan angeschlossen hatte. Donner hatte sie zur Gefährtin genommen.

Wolkenfleck kniff nachdenklich die Augen zusammen. »Vielleicht sollten Apfelblüte und Schneckenhaus besser neue Nester bauen, als Moos für Rotauge zu sammeln.«

Vor dem Bau ertönte ein heiseres Maunzen. »Willst du etwa, dass ich mein eigenes Moos sammeln gehen soll?«

Wolkenfleck schnurrte. »Rotauge sieht vielleicht schlecht,

aber er hört so gut wie eh und je.« Er nickte Richtung Eingang. »Wolfsmilch braucht ihre Ruhe.«

»Hast du ihr den Borretsch gegeben?«

Wolkenfleck nickte und zeigte auf einen Stapel Blätter neben dem Nest. »Sie hat ein Blatt gegessen, und ich lasse ihr den Rest da, falls sie noch mehr braucht.«

»Nimm ein paar und bewahre sie auf«, maunzte Wolfsmilch. »Ich werde sie nicht alle brauchen.«

Wolkenfleck warf einen Blick auf die Jungen, die zufrieden an ihrem Bauch saugten, und nickte. »In Ordnung.« Er nahm ein paar Blätter vom Stapel und schob sich durch den Eingang der Höhle nach draußen.

»Danke, dass ich die Jungen sehen durfte«, ließ Mottenflug die Königin mit einem dankbaren Maunzen wissen.

Wolfsmilch schnurrte. »Es gibt nichts Schöneres, als Mutter zu sein.«

»Wahrscheinlich.« Mottenflug war sich da nicht sicher und überlegte, ob es etwas Schöneres geben könnte, als allein über das Moor zu wandern und nach neuen Pflanzen zu suchen. Sie konnte es sich überhaupt nicht vorstellen, für Katzen verantwortlich zu sein, die so hilflos waren, dass sie nicht für sich selbst sorgen konnten. *Aber ist nicht genau das die Aufgabe einer Heilerkatze?* Ihr Bauch verkrampfte sich. Dann war sie wieder auf der Lichtung und sah Micah. Er sah so schön aus, wie er da neben Rotauge lag und ein Sonnenstrahl langsam über seine Flanke kroch. Er hörte dem alten Kater gebannt zu.

»Das Eichhörnchen saß jetzt fast ganz oben im Baum«, polterte Rotauge. »Aber ich hatte nicht vor, es entkommen zu lassen. Ich folgte ihm immer weiter hinauf. Und gerade, als ich auf den letzten Ast kletterte …« Der alte Kater unterbrach sich und sein Kopf fuhr herum.

Einen Augenblick später erzitterte die Ginsterhecke und Donner betrat das Lager. Blitzschweif folgte ihm auf den Pfoten. Der orangefarbene Pelz des DonnerClan-Anführers leuchtete in den Sonnenlichtflecken. Zwischen seinen Zähnen hing ein Kaninchen. Eulenauge und Blatt folgten, auch sie hatten Beute im Maul.

»Eine erfolgreiche Jagd, wie man sieht«, sagte Wolkenfleck mit einem Blick auf das Kaninchen.

»Warte, bis Blattgrüne ist.« Er ließ seine Beute fallen. Sein Blick wanderte zu Mottenflug.

Micah hatte sich inzwischen aufgerappelt und schüttelte sein staubiges Fell. »Ich hoffe, es stört dich nicht …«

Donner neigte den Kopf in Richtung Mottenflug. »Es ist uns eine Ehre, dass ihr uns besucht.« Er wandte sich an Micah. »Wie geht es Wolkenhimmel?«

»Es geht ihm gut.«

Blitzschwanz knurrte. »Hält er sich immer noch für die tollste Katze im Wald?«

»Er kennt seine Stärken«, war Micahs diplomatische Antwort.

Donner schnaubte. »Ich wette, er mag dich.«

»Wird er«, antwortete Micah. »Irgendwann einmal.«

Blatt lief hinüber zur Kinderstube. »Wie geht es Wolfsmilch?«, rief er Wolkenfleck zu.

»Es geht ihr gut.«

Eulenauge schaute auf die Ginsterhecke. »Lila Morgen hat gefragt, ob du noch etwas Kerbel hast. Sie hatte den ganzen Vormittag Bauchschmerzen.«

»Wo ist sie?« Wolkenflecks Blick verdunkelte sich vor Sorge.

»Sie hilft Apfelblüte und Schneckenhaus beim Moossammeln«, berichtete Eulenauge.

»Ich werde etwas für sie besorgen«, miaute Wolkenfleck. »Im Wald gibt es jede Menge Kerbel.«

Micah blinzelte ihn an. »Hast du keine Vorräte?«

»In dieser Jahreszeit ist es besser, frisch zu pflücken«, erklärte Wolkenfleck. »Bei später Blattgrüne hole ich Blätter zum Trocknen, kurz bevor sie absterben.«

Wieder raschelte es in der Ginsterhecke und Silberdistel und Klee zogen gemeinsam eine fette Waldtaube ins Lager.

Donners Schwanz peitschte hin und her. »Ihr habt es geschafft, sie die Felsen hinunterzuschleppen.«

Klee schniefte. »Silberdistel hat sie über die Kante geworfen und wir haben sie zusammen gezogen.«

Mottenflug warf einen Blick auf den zerschmetterten Vogel, dessen Flügel merkwürdig abstanden. Überall lagen Federn. »Zum Glück befand sich niemand unter ihr.«

Silberdistel schnaufte. »Eine Katze, die nicht mitbekommt, dass eine Taube die Klippe herunterfällt, sollte sich mal die Ohren untersuchen lassen.«

Micahs Augen funkelten vor Belustigung. »Sieht so aus, als hätte sie auf dem Weg nach unten keine Felsnase ausgelassen.«

Rotauge tapste zur Taube und beschnüffelte sie. »Zumindest wird sie weich sein.«

Wolkenfleck zeigte mit dem Kinn in Richtung der Farnwedel. »Möchtet ihr meinen Bau sehen, bevor ich Kerbel suchen gehe?«

Mottenflug nickte eifrig und folgte Wolkenfleck über die Lichtung, bis zu einem Gang durch den Farn.

Als Micah neben ihr auftauchte, blieb sie stehen. »Du zuerst.«

Der gelbe Kater senkte den Kopf und bahnte sich vorsichtig den Weg. Mottenflug folgte ihm; vor Aufregung bekam sie Bauchschmerzen. Sie konnte die Kräuter schon riechen. Vor ihr öffnete sich eine kleine Lichtung bis zu einer Felswand, die hoch zum Rand der Schlucht aufragte. Wasser rieselte herab und sammelte sich an einer Ecke zu einem kleinen Tümpel. Ein Riss zog sich durch den Felsen. Mottenflug schnüffelte daran, und ihre Nase zuckte, als der intensive Kräuterduft stärker wurde. »Lagerst du hier deine Vorräte?« Sie sah ins Dunkel.

Wolkenfleck schob sich an ihr vorbei und steckte eine Pfote in den Riss. Er zog ein Bündel Blätter heraus, sauber zusammengelegt und mit Gras zusammengebunden. Er öffnete es und breitete die Kräuter vor ihnen auf dem Boden aus.

Mottenflug betrachtete sie in der Hoffnung, zumindest eines davon zu erkennen. Aber es waren Waldkräuter, üppig und dunkel, und sie rochen modrig.

»Das hier ist Beinwurz.« Wolkenfleck zog das größte Blatt heran. »Ich habe immer ein paar auf Vorrat, falls Rotauge nachts wach wird und Schmerzen hat. Aber der Wald ist voll davon und ich hole lieber jeden Tag frische Blätter und polstere sein Nest damit.«

»Was bewirkt Beinwurz?« Micah beschnüffelte die flauschigen Blätter.

»Es lindert die Schmerzen in den Gelenken«, antwortete Wolkenfleck.

»Kann man es essen?«, wollte Mottenflug wissen.

»Ja, aber schmerzende Gelenken damit zu umwickeln, hilft ebenso gut«, wusste Wolkenfleck. »Ich habe gehört, dass es sogar bei gebrochenen Gliedmaßen hilft, aber das musste ich noch nicht ausprobieren.«

Der Farn raschelte und Blatt kam in die Höhle. »Wolfsmilch hat Durst«, maunzte er.

Wolkenflecks Kopf fuhr herum. »Tut mir leid! Ich wollte ihr ja frisches Moos bringen.«

Mottenflug war verwirrt und wunderte sich: Wie konnte frisches Moos Durst löschen?

»Ich bringe es ihr.« Blatt ging zu dem Wassertümpel an der Felswand. Er nahm eine Pfote voll Moos von einem Stapel an der Seite und tauchte es in das Wasser. Er ließ es sich ein paar Augenblicke lang vollsaugen, nahm es dann ins Maul und trug es tröpfelnd zum Farntunnel.

Mottenflug sah ihm blinzelnd nach. »Sie leckt das Wasser aus dem Moos!« Hatte Schilfschwanz jemals Moos in Pfützen auf dem Moor getränkt? Wenn sie zurück war, musste sie ihn fragen. Das war eine tolle Idee! Kranke Katzen sollten in ihren Nestern bleiben und nicht auf der Suche nach etwas zu trinken durchs Moor wandern.

Wolkenfleck sammelte seine Kräuter ein. »Ich sollte jetzt besser Kampfer für Lila Morgen holen. Kommt doch mit. Ich zeige euch ein paar Kräuter, die für euch vielleicht nützlich sind.«

»Wunderbar!« Micahs Schwanz schoss in die Höhe.

Mottenflug war einfach nur glücklich. Wenn sie zum Wind-Clan zurückkehrte, würde sie so viel mehr wissen! Fröhlich folgte sie Wolkenfleck und Micah aus der Höhle.

Am oberen Rand der Schlucht schrie eine Eule. Mottenflug kuschelte sich enger an Micah und suchte im dichten Blätterdach nach einer Spur Mondlicht. Donner hatte ihnen ein Nest nahe dem umgestürzten Baum angeboten. Nur eine Schwanzlänge entfernt schnarchte Rotauge; sie konnte den Beinwell in seinem Nest riechen.

Der Wald war nichts als ein schwarzer Schatten. Mottenflug war an das Moor gewöhnt, das silbern im Mondlicht glänzte. Zahllose Gerüche stiegen ihr in die Nase, die vom schweren Tau noch verstärkt wurden. Sie versuchte, die Dunkelheit zu ignorieren, die auf ihre Stimmung drückte, und rief sich die Namen der Kräuter ins Gedächtnis, die Wolkenfleck ihnen gezeigt hatte. Fast lautlos flüsterte sie die Namen vor sich hin. »Huflattich, Goldrute, Fieberkraut, Kletten-Labkraut …«

»Kannst du nicht schlafen?«, kam es leise von Micah.

»Ich will nichts vergessen.«

Micah drückte die Schnauze an ihr Ohr. »Er wird sie uns morgen noch einmal zeigen«, stellte er ihr in Aussicht. »Du wirst nichts vergessen, keine Angst.«

Na hoffentlich.

»Schlaf jetzt«, maunzte Micah leise. »Es war ein anstrengender Tag und morgen wird eher noch anstrengender.

Mottenflug schloss die Augen und schmiegte sich an seinen dicken Pelz. Es war gemütlich hier. Schneckenhaus und Apfelblüte hatten viel Moos zurückgebracht, um damit ihr eigenes Nest auszupolstern. Micahs warmer Duft sickerte in ihre Träume, während sie langsam in den Schlaf glitt. Sie schnurrte zufrieden. Sie könnte sich mühelos daran gewöhnen, jeden Abend neben ihm einzuschlafen.

21. KAPITEL

MOTTENFLUG SCHLIEF. Micahs warmer Atem strich über ihre Schnauze und sie träumte.

Vier Junge wimmelten zwischen ihnen in einem sonnigen Nest. Glücklich stieß sie den winzigen kleinen Kater an, der über ihre Flanke kletterte. »Schau mal, Micah! Er ist genauso hübsch wie du!« Sie drehte sich herum und suchte seinen liebevollen Blick, aber Micah war verschwunden. Beunruhigt richtete sie sich auf. »Micah, wo bist du?« Plötzlich war sie allein im Nest, durch das kühle Luft strich. »Kinder?« Aus der Unruhe wurde Panik. Sie sprang auf ihre Pfoten und starrte in die Schatten, die sich düster über das Nest gelegt hatten. Angestrengt suchte sie nach Micah und den Jungen. »Wo seid ihr?«

»Mottenflug!«

Irgendjemand rief ihren Namen.

»Micah! Bist du das?« Noch immer schien sie zu träumen.

»Mottenflug!«

Verschlafen versuchte sie, zu sich zu kommen. Sie spürte Micah warm an ihrer Seite. Sie schüttelte den Kopf, um wieder klar denken zu können. Sie war im Lager des DonnerClans. Das weiche Licht der Dämmerung lag über dem Nest im Schutz des umgefallenen Baums.

»Mottenflug!« Jemand da draußen rief nach ihr.

»Ich komme schon!« Sie rappelte sich auf und sprang aus dem Nest.

Fleckenfell stand in der Mitte der Lichtung. Als er sie sah, spitzte er die Ohren. »*Da* bist du also!«

»Was ist passiert?« Plötzlich wurde sie von Angst gepackt. Was hatte ihn zu dieser Zeit hierhergeführt?

»Du hast gesagt, dass du den FlussClan besuchst!« Sein Maunzen klang vorwurfsvoll. »Strömender Fluss berichtete dann, dass du beim *DonnerClan* bist.« Sein Blick sprang zu den abstehenden Ästen des umgestürzten Baums, unter denen jetzt ein Pelz sichtbar wurde. »Micah.« Seine Nackenhaare sträubten sich, als der gelbe Kater hinter Mottenflug zum Vorschein kam.

Mottenflugs Schwanz peitschte ungeduldig hin und her. »Was ist denn passiert?«

Der WindClan-Kater wandte den Blick von Micah. »Rocky ist krank!«

Mottenflug schaute ihn fragend an. »Hustet er wieder?«

»Nein. Er glüht und redet nur Unsinn.«

»Hat er Katzenminze gegessen?«

»Schilfschwanz sagt, nichts anderes als Rainfarn.«

Aus den Flechten, die den Zugang zu seinem Bau verdeckten, trat Donner. »Was ist hier los?« Er starrte Fleckenfell an.

»Wir brauchen Mottenflug!«

Überall im Lager regten sich Katzen. Apfelblüte lugte aus der Brombeerhöhle. Blitzschweif kam unter einer ausufernden Eibe hervor und Fleckenfell folgte ihm auf den Pfoten.

Blitzschweif kniff die Augen zusammen, als er den Kater sah. »Wie bist du in unser Lager gekommen?«

»Was glaubst du wohl?«, schnaubte Fleckenfell. »Immer meiner Nase nach. Oder meinst du, dass DonnerClan-Pfoten keine Fährten hinterlassen?«

Donners Ohren zuckten verärgert. »Du störst meinen Clan.«

»Ich bin nur hier, um Mottenflug zu holen.« Fleckenfell starrte den Donner-Anführer an. »Einer unserer Clan-Gefährten ist krank. Wir brauchen sie.«

Mottenflug wurde es heiß unter ihrem Pelz. Musste Fleckenfell so unhöflich sein? Donner und seine Clan-Gefährten hatten sie so freundlich aufgenommen.

Wolkenfleck kam aus dem Farn und hatte ein Bündel zusammengerollte Kräuter im Maul. Er ging über die Lichtung und legte sie vor Mottenflugs Pfoten. »Hier. Einige der Kräuter, die wir gesammelt haben. Vielleicht können sie helfen.«

Mottenflug blinzelte ihn dankbar an und neigte dann den Kopf vor Donner. »Danke, dass wir bleiben durften.«

Donner betrachtete sie mit einem freundlichen Blick. »Bitte überbring Windläufer und Ginsterpelz meine Grüße.«

»Das werde ich.« Sie raffte die Kräuter zusammen und lief zur Ginsterhecke. Fleckenfell folgte ihr.

»Wartet auf mich!« Micah eilte ihnen nach.

Fleckenfell fixierte den gelben Kater. »Dich brauchen wir nicht.«

Aber *ich*! Mottenflug knurrte verärgert, wegen der Kräuter unfähig, etwas zu sagen.

»Zwei Heilerkatzen sind besser als eine«, beharrte Micah.

Fleckenfell warf Mottenflug einen Blick zu. Der Ärger in ihrem Blick entging ihm nicht. »Na gut«, blaffte er, »dann komm halt mit.«

»Großartig! Auf bald, Wolkenfleck!«, miaute Micah den anderen Katzen zu. »Passt auf Rotauge auf!«

Mottenflug folgte Fleckenfell aus dem Lager und blieb am Fuß der Felswand stehen. Fleckenfell ließ die Augen auf der Suche nach einem Weg über den Stein wandern. »Mir nach.« Er sprang auf die unterste Stufe und führte sie einen vielfach gewundenen Weg die Felswand hinauf.

Als sie im WindClan-Lager ankamen, war Mottenflug außer Atem. Ihre Zunge brannte von den Säften der Blätter, die sie im Maul getragen hatte. Als sie über den letzten Streifen Gras jagten und in die Kuhle stürzten, ging die Sonne gerade über dem fernen Wald auf. Die Lichtung lag im Sonnenschein.

Mottenflug rannte zu ihrer Höhle. Sie hörte Micahs Pfoten in ihrem Rücken.

Ginsterpelz sah sie vorbeilaufen, seine Augen glänzten vor Erstaunen. Staubnase und Schilfschwanz sprangen auf. Zackiger Berg blickte ihnen vom Eingang seines Baus nach, Distel verschwand dahinter. Mottenflug spürte ihren Pelz kribbeln, als ihre Blicke Micah folgten. Warum schauten sie so beklommen drein?

»Halt!« Windläufers Ruf war im ganzen Lager zu hören. Mottenflug blieb rutschend stehen.

Ihre Mutter stolzierte über die Grasbüschel und starrte Micah an. »Was hat er hier zu suchen?«

Mottenflug ließ das Kräuterbündel fallen. »Er ist hier, um zu helfen!«

»Ich dachte, ich hätte dir gesagt, dass ich ihn nicht im Lager sehen will!« Windläufer stand jetzt vor ihnen.

Mottenflug hielt ihrem Blick stand. »Rocky ist krank und Micah ist eine Heilerkatze.«

»Kannst du ihn nicht selbst heilen?«

»Das weiß ich nicht.« Mottenflug ließ sich nicht unterkriegen. Sie unterdrückte das Verlangen, den Blick zu senken, als Windläufer sie unverwandt anstarrte. Rocky brauchte Hilfe.

Windläufers Schwanz zuckte unheilvoll. »Während du fort warst, gab es einen Zwischenfall.«

Mottenflug verkrampfte sich. »Was ist passiert?«

»Auf dem Gebiet des WolkenClans ist ein Moorkaninchen gefunden worden.«

Micah spitzte die Ohren.

Windläufer schaute ihn anklagend an. »Offenbar stiehlt dein Clan von unserem Territorium.«

Micah schien nicht beeindruckt. »Woher weißt du, dass es nicht einfach über die Grenze gelaufen ist?«

Windläufers Schwanz peitschte hin und her. »Weidenschwanz hat gesagt, dass sie vorher WolkenClan-Katzen gesehen hat.«

Micah warf der hellbraun getigerten Kätzin einen Blick zu, die neben Staubnase stand. »Das beweist überhaupt nichts.«

»Das beweist, dass man WolkenClan-Katzen nicht trauen kann«, fauchte Windläufer.

Mottenflug trat zwischen Micah und ihre Mutter. »Ich traue Micah!«, knurrte sie. »Und ich brauche seine Hilfe!«

Windläufers Ohren zuckten. »Eines Tages wirst du auf deinen eigenen vier Pfoten stehen müssen.«

»Eines Tages *werde* ich das auch, aber nicht heute.« Mottenflug schnappte sich das Bündel Blätter und stapfte zu ihrem Bau. Micah folgte ihr auf den Pfoten.

Drinnen lag Rocky zitternd in seinem Nest. Sein Fell klebte stumpf an seinem Körper. Er sah alt und krank aus. Mottenflugs Herz schlug schneller.

Schilfschwanz und Flinke Flosse hockten neben ihm.

»Wie lange geht es ihm schon so?«, wollte Mottenflug von Schilfschwanz wissen.

»Letzte Nacht ist es schlimmer geworden.«

Der alte Kater krümmte sich mit rollenden Augen in dem Heidenest. »Wann ist Blattleere endlich vorbei?«, japste er. »Es ist so kalt!«

Wie konnte er bloß so krank werden? Liegt er im Sterben? Ihre Gedanken rasten. Mottenflug ließ die Kräuter fallen und schob ihre Nase an seine. Sie schien zu glühen. Panik erfasste sie. *Was muss ich als Erstes machen?* Die Worte kamen von allein. »Wir müssen ihn abkühlen.« Fleckenfell hatte sie gewarnt, dass Fieber tödlich sein könne. Sie schaute Flinke Flosse an. »Geh und sammle so viel Moos, wie du tragen kannst, lass es sich mit Wasser vollsaugen und dann bring es zurück.«

»Mir ist so kalt!« Rockys Zähne klapperten, während Flinke Flosse aus dem Bau jagte.

»Und was kann *ich* machen?«, wollte Schilfschwanz wissen.

»Geh mit ihr.«

»Brauchst du mich hier denn nicht mehr?« Schilfschwanz klang ängstlich.

»Ich habe doch Micah. Wir haben seit unserem Aufbruch eine Menge gelernt.«

Schilfschwanz schien beruhigt und verließ die Höhle.

Mottenflug durchtrennte den Grashalm, der das Kräuterbündel zusammenhielt, mit einer Kralle. Die Blätter entfalteten sich und ließen einen intensiven Duft aufsteigen. Sie starrte sie an und wurde unsicher. *Welches ist jetzt was? Und was ist wofür?* Ihre Gedanken rasten, während sie verzweifelt versuchte, sich an Wolkenflecks Lehrstunde zu erinnern. »Komm schon«, zischte sie sich lautlos an. *Erinnere dich!*

Micahs Pelz streifte ihren. »Fieberkraut könnte helfen«, murmelte er.

Fieberkraut! Natürlich! Aber welches Kraut war das? Sie betrachtete die Blätter und konnte keinen klaren Gedanken fassen. Dann erkannte sie die fein gezackten Blätter, die sie vor einem Sonnenaufgang mit Wolkenflecks Hilfe gepflückt hatte.

»Rocky!« Ihre Stimme klang eindringlich, und sie hoffte, dass der Kater sie hörte. »Du musst ein paar Blätter essen, ja?«

Er starrte sie zitternd aus trüben Augen an.

»Glaubst du, du schaffst das?« Wenn Rocky sie nur kaute, aber nicht schluckte, würden sie nicht wirken. Dann würde sie wieder in den Wald laufen und neue pflücken müssen und dazu war keine Zeit.

Rocky starrte sie verständnislos an.

Micah beugte sich vor und legte seine Schnauze auf Rockys Kopf. »So, als würdest du Beute essen«, murmelte er leise.

Rocky wurde ruhiger. »Wie Beute essen«, wiederholte er.

Mottenflug spießte ein Blatt Fieberkraut auf eine Kralle und führte sie an sein Maul. »Einfach schlucken und du wirst dich gleich besser fühlen.«

Micah leckte über den Kopf des alten Katers. »Nur ein paar Blätter«, tröstete er.

Gehorsam knabberte Rocky von Mottenflugs Kralle.

»Mach schon«, drängte sie ihn sanft. »Die rutschen ganz leicht.«

In Mottenflug machte sich Erleichterung breit, während Rocky ein Blatt nach dem anderen schluckte. Sie schaute Micah dankbar an. »Du bist toll.«

»Kranke Katzen sind so«, erklärte er ihr. »Mit ein bisschen Anteilnahme kommt man da sehr weit.«

Mottenflug schaute Rocky an, der sich tiefer in sein Nest sinken ließ. »Was fehlt ihm bloß? Er hustet nicht einmal mehr.«

»Horch mal seine Brust ab«, schlug Micah vor. »Bei Kleiner Zweig war das auch so: Er hatte aufgehört zu husten, aber ich konnte hören, wie er innerlich immer noch keuchte.«

Mottenflug beugte sich in das Nest und war erleichtert zu spüren, dass Rocky schon nicht mehr so glühte. Zumindest schien das Fieberkraut zu wirken. Sie presste das Ohr an seinen Brustkasten und horchte. Es blubberte, als gäbe es Wasser darin. Alarmiert setzte sie sich auf. »Er ertrinkt, wie Niesel!«

Micahs Augen wurden groß. »Unmöglich! Er hat doch kein Wasser geschluckt!«

»In seiner Brust ist Wasser!«, keuchte Mottenflug. »Ich kann es hören!«

Micah beugte sich vor und lauschte, und als er sich wieder aufrichtete, waren seine Augen dunkel vor Sorge. »Er muss eine innere Entzündung haben.«

Mottenflug spürte, wie sich eine Leere in ihr ausbreitete. »Was können wir tun?« Verzweifelt starrte sie Micah an. Dann fiel ihr wieder ein, was Wolkenfleck ihr auf dem Heimweg vom Mondfelsen erzählt hatte. »Der *Baum*! Aus dem der Saft austritt. Auf dem Gebiet deines Clans!«

»Natürlich!« Micahs Schwanz schoss in die Höhe. »Wolkenfleck sagte, dass er jede Art Husten heilt. Bestimmt heilt er auch Rockys Entzündung!«

»Weißt du, wo er sich befindet?«

»Ja!«

»Du bist genial!« Mottenflug drückte schnurrend ihre Schnauze an Micahs Wange. »Wo steht er?«

»Ich habe Eichelfell losgeschickt, ihn zu suchen. Er war nicht schwer zu finden. Der Saft riecht so stark wie der einer Kiefer, aber süßer.«

»Wir müssen sofort dorthin.« Mottenflugs Pfoten juckten.

»*Wir?*« Micah zögerte. »Vielleicht sollte ich allein gehen. Windläufer möchte nicht, dass du das Territorium des WolkenClans betrittst.«

»Ich komme mit dir!« Sie *musste* sehen, wo dieser Baum stand. Vielleicht würde ihr Clan eines Tages darauf angewiesen sein. Und Rocky brauchte den Saft *jetzt*. Sie reckte das Kinn vor. Windläufer würde sie nicht davon abhalten, als Heilerkatze so gut zu werden, wie es nur ging. »Wir sagen Windläufer einfach nicht, wohin wir gehen. Beeilen wir uns.« Sie warf einen Blick auf Rocky, der beängstigend still dalag. Seine Flanken bewegten sich kaum.

Micah sah ihren Blick. »Dann los.« Er sauste aus dem Bau und Mottenflug folgte ihm eilig. Mit ein paar Sprüngen hatten sie die Lichtung überquert.

»Wohin wollt ihr?«, miaute Staubnase ihnen nach, als sie schon beim Eingang waren.

»Wir sind bald zurück!«, maunzte Mottenflug ausweichend.

Sie jagten das Moor hinab. Mottenflug hatte die Führung

übernommen und bahnte ihnen den Weg durch die Heide. Als sie die Grenze zum WolkenClan erreicht hatte, brannten ihre Lungen. »Wohin jetzt?«

Micah flitzte an ihr vorbei. »Hier entlang.«

Mottenflug folgte ihm durch ganze Farnwälder und um Gestrüpp aus Brombeeren. Mit einem einzigen Satz übersprang er einen verfaulenden Baumstamm. Sie kletterte darüber hinweg und rannte, grub die Pfoten in den Erdboden, als er hinter einer Anhöhe verschwand. Sie setzte ihm nach, und ihr Herz blieb fast stehen, als der Boden plötzlich in einen Graben hinein abfiel. Ihre Vorderpfoten rutschten über den Rand. Sie drückte sich kräftig mit den Hinterpfoten ab und landete schwer und in einem Blätterwirbel auf der anderen Seite des Spalts. Micah rannte immer weiter und sie ihm nach. Mottenflug wollte ihn nicht aus den Augen verlieren. Er schlug einen Bogen um eine uralte Eiche und folgte einem tiefen Einschnitt, der sich durch eine Lichtung zog. Der Waldboden war dunkelblau vor lauter Glockenblumen.

»Wir sind da.« Micah wurde langsamer und umkreiste einen großen Baum am Boden des Einschnitts. »Die Borke hier am Fuß ist zu alt«, maunzte er. »Ich muss nach oben zu den kräftigen Zweigen klettern.«

Mottenflug kam mit klopfendem Herzen zum Stehen. »Der ist aber hoch. Kannst du auf Bäume klettern?«

»Weiß ich nicht! Ich habe es nie versucht.« Micah starrte durch die belaubten Zweige nach oben. »Es kann auch nicht schwieriger als die Leiter in der Scheune sein.«

»Der Baum ist viel höher.« Mottenflugs Pelz kribbelte vor Sorge. Sie war noch nie auf einen Baum geklettert. Auf dem Moor lebte Beute zwischen Ginster und Heidekraut.

»Ich muss nur auf den ersten Ast kommen, dann ist alles in Ordnung.« Micah streckte die Vorderpfoten aus und schlug Krallen in die Borke, die in kleinen Bröckchen zu Boden segelte.

»Ich komme mit dir.« Mottenflug hatte nicht vor, ihn allein dort hochklettern zu lassen.

»Nein. Ich muss mich konzentrieren. Wenn du auch kletterst, dann bin ich abgelenkt, weil ich mir Sorgen um dich mache.« Micah schaute sie an. »Bleib hier unten und ich werfe dir die Rindenstücke nach unten.«

Mottenflug blinzelte ihn unsicher an. »Bist du sicher, dass wir nicht einfach die Borke von hier unten verwenden können?«

»Die ist staubtrocken.« Er sprang hoch, schlug die hinteren Krallen in den Stamm und zog sich auf einen Ast, ein paar Schwanzlängen über seinem Kopf.

»Sei vorsichtig!«, miaute Mottenflug. Micah kletterte höher und höher, und sie fing an, schneller zu atmen. »Das ist einfach!«, rief er hinab.

Mottenflug kniff die Augen zusammen, als Borkenbröckchen wie Schneeflocken herabrieselten. »Vergiss nicht, dass du kein Eichhörnchen bist!«

»Werde ich nicht.« Micah legte den Kopf in den Nacken und schaute nach oben auf den nächsten Ast. Wieder streckte er die Vorderpfoten aus und zog sich am Stamm hoch.

Mottenflug lief am Fuß des Baums hin und her. *Sei vorsichtig!*

Hinter ihr raschelten Farnwedel. Sie warf einen Blick zurück.

Wolkenhimmel stolzierte auf die Lichtung. »Was hast du hier zu suchen?«, knurrte er sie wütend an.

»Wir brauchen Medizin für Rocky«, erklärte Mottenflug. »Er ist ernsthaft krank.«

»Habt ihr auf dem Moor keine Kräuter?« Wolkenhimmel blieb eine Schnurrhaarlänge vor ihr stehen.

Schockiert von seinem drohenden Maunzen, wich sie einen Schritt zurück.

»Wir brauchen Saft von diesem Baum.« Sie schaute hinauf zu Micah. Er war schon auf den oberen Ästen angekommen, dort, wo die Blätter zitterten.

Wolkenhimmels Schnauze fuhr herum. »Ist das meine Heilerkatze?«

Zwischen den Blättern leuchtete gelber Pelz auf. Micah war weiter auf dem Weg nach oben.

»Er hilft mir«, erklärte Mottenflug.

»Verschwinde von meinem Territorium«, fauchte Wolkenhimmel sie an.

Mottenflug versteifte sich. »Ich jage nicht!«

»Der WindClan scheint zu glauben, dass Grenzen nur in eine Richtung gelten!«

»Das stimmt nicht!« Mottenflugs Fell sträubte sich. »Der WolkenClan stiehlt Beute vom Moor!«

Wolkenhimmels Blick wurde eisig. Sein Rückenpelz sträubte sich.

Mottenflug erstarrte. Sie wünschte sich, nichts gesagt zu haben. Sie wich weiter zurück und fühlte sich plötzlich schutzlos. »Ich bin bloß eine Heilerkatze«, maunzte sie. »Ich will nur Saft holen, damit Rocky gesund wird! Sobald Micah die Rinde gefunden hat, nehme ich sie und bin wieder weg.«

»Du wirst überhaupt nichts mitnehmen, nicht vom Territorium des WolkenClans«, knurrte Wolkenhimmel.

»Aber ohne den Saft stirbt Rocky vielleicht!«

»Das ist nicht mein Problem!«

Mottenflug traute ihren Ohren nicht. Wie konnte eine Katze nur so grausam sein?

»Mottenflug?« Micahs Maunzen kam von hoch oben im Baum. »Geht's dir gut?«

Wolkenhimmel schaute nach oben. »Das wird es ihr. Wenn sie zurück in ihr Lager geht.«

Micahs Kopf erschien zwischen Blättern.

»Wolkenhimmel? Was machst du denn hier?«

»Das hier ist mein Territorium!«, heulte Wolkenhimmel. »Hast du das vielleicht vergessen?«

»Natürlich nicht, aber wir brauchen Saft für ...«

Wolkenhimmel unterbrach ihn. »Hör auf, den Helden für deine kleine WindClan-Freundin zu spielen. Du musst *mir* gehorchen. Komm sofort herunter.«

»Ich bin eine Heilerkatze«, maunzte Micah. »Meine Pflicht ist es, Katzen zu heilen.«

»Deine Pflicht ist es, deine Clan-Gefährten zu heilen«, zischte Wolkenhimmel. »Nicht jede dahergelaufene Katze.«

Mottenflug wurde wütend. »Wir lassen eine Katze nicht sterben, nur weil sie zu einem anderen Clan gehört.«

Wolkenhimmel kniff die Augen zusammen. »Willst du mir sagen, wie ich meinen Clan zu führen habe?«

»Irgendjemand muss das wohl!«, fauchte Mottenflug. »Du bist ein Fuchsherz!«

Mit vor Wut lodernden Augen holte Wolkenhimmel aus und zog ihr die Krallen über die Schnauze.

Mottenflug taumelte zurück.

»Lass sie in Ruhe!«, kam Micahs Maunzen aus dem Baum.

»Das werde ich, wenn sie verschwindet«, knurrte Wolkenhimmel.

»Bleib, wo du bist, Micah!« Mottenflug bohrte die Krallen in den Boden. Sie zwang ihre Stimme, ruhig zu bleiben. »Rocky braucht den Saft. Ich werde ihn nicht sterben lassen.«

Am Rand der Lichtung wurde braunes Fell sichtbar. *Rote Kralle!* Sie erkannte ihn mit einem Funken Erleichterung. Vielleicht konnte er seinen Anführer zur Vernunft bringen.

Der WolkenClan-Kater kam den Abhang herunter und blieb neben Wolkenhimmel stehen. »Sucht der WindClan schon wieder Streit?« Sein Blick streifte Mottenflug mit kalter Verachtung. Ihre Hoffnung schwand.

Im Baum erzitterte ein Ast. »Ich komme nach unten!«, miaute Micah.

»Nein!« Mottenflug ignorierte die Angst, die wie ein Stein in ihrem Magen lag. »Rocky braucht die Rinde.« Mit zusammengekniffenen Augen starrte sie Wolkenhimmel aufsässig an. »Du kannst mit mir machen, was du willst. Ich werde nicht gehen.«

Rote Kralle schaute Wolkenhimmel unbehaglich an. »Sie ist ja fast noch ein Junges.«

»Es gibt keinen Grund, ihr etwas zu tun.« Wolkenhimmel sah nach oben zu Micah. »Jemand sollte nur ihn daran hindern, die Rinde zu holen. Sie kann in ihr Lager zurück, allerdings mit leeren Pfoten.«

Rote Kralle nickte und lief auf den Baum zu. Mit einem Sprung krallte er sich in die Borke und zog sich auf den ersten Ast.

»Pass auf, Micah!«, schrie Mottenflug. »Rote Kralle kommt.«

Von Wolkenhimmel kam ein Unheil drohendes Knurren. »Ich hätte ihn niemals aufnehmen sollen.«

Mottenflug blinzelte ihn an. »Aber er hat dein Junges geheilt!«

»Eichelfell hätte ihn auch heilen können.«

»Das hätte sie nicht!«, fuhr Mottenflug ihn trotzig an. »Sie wusste nichts vom Heilen, bis Micah es ihr beigebracht hat.«

Wolkenhimmel wandte den Blick nicht vom Baum. Er beobachtete, wie Rote Kralle von Ast zu Ast kletterte. Micah war immer noch auf dem Weg nach oben und jetzt schon fast in der Spitze.

Mottenflug wurde immer wütender. »Du solltest froh sein, eine Katze wie Micah in deinem Clan zu haben!«, knurrte sie. »Er ist die mutigste und klügste Katze, die ich kennengelernt habe.«

»*Du* bist hier die Kluge«, zischte Wolkenhimmel. »Du bist sicher *hier* und hast die Pfoten am Boden. Aber er glaubt, dass er fliegen kann.«

Mottenflug reckte herausfordernd das Kinn. »Du hast ihm nie eine wirkliche Chance gegeben«, knurrte sie böse. »Er hat seine Freunde verlassen, um sich dem WolkenClan anzuschließen, und du behandelst ihn wie einen Gefangenen! Eichelfell muss ihn ausspionieren! Ich wünschte, er würde dich verlassen und zum WindClan kommen.«

Wolkenhimmel wandte sich zu ihr um. »Niemand verlässt den WolkenClan ohne meine Erlaubnis!«

Die Brombeeren oben am Abhang erzitterten. Weidenschwanz brach mit gesträubtem Fell zwischen ihnen hervor. »Was geht hier vor?« Sie sprang den Abhang hinunter und kam zwischen Mottenflug und Wolkenhimmel zum Stehen.

Wolkenhimmel starrte sie an. »*Noch* eine WindClan-Katze. Kannst du keine Grenzen riechen?«

Weidenschwanz schob Mottenflug zur Seite und baute sich vor dem WolkenClan-Anführer auf. »Ich habe mir Sorgen um Mottenflug gemacht, als ich gerochen habe, dass sie die Grenze überquert hat. Ich wollte sichergehen, dass es ihr gut geht.«

»Mir geht es gut«, erklärte Mottenflug. »Micah steckt in Schwierigkeiten.« Ihr Kopf zeigte auf Rote Kralle, der nur noch ein paar Schwanzlängen von Micah entfernt war. »Er versucht, Micah daran zu hindern, die Rinde zu holen, die wir brauchen, damit Rocky gesund wird!«

Weidenschwanz' Augen blitzten vor Wut auf. »Rote Kralle! Ich hätte es wissen müssen. Er war ein Unruhestifter, als wir beide noch Streuner waren, und das ist er immer noch.« Mit gesträubtem Pelz rannte sie zu dem Baum und fing an, den Stamm hinaufzuklettern.

Als sie zwischen den Blättern verschwand, raschelte es auf einem unteren Zweig und Micahs Kopf erschien. Er hatte einen langen Streifen Rinde im Maul. Er kletterte auf den nächsten, unteren Ast, sprang mit angelegtem Schwanz auf den Boden und landete weich. Dann eilte er zu Mottenflug und legte ihr den Rindenstreifen vor die Pfoten. Die Safttropfen glitzerten in der Sonne. »Da ist es.«

Eine Welle der Erleichterung überschwemmte Mottenflug. »Danke!« Sie presste ihre Nase an seine Schnauze.

»Wie kannst du es wagen!«, fauchte Wolkenhimmel. Mit hin und her peitschendem Schwanz gab er dem Stück Rinde einen Tritt.

»Nein!« Mottenflug sprang hinterher und versuchte es zu retten, bevor Blätter auf dem kostbaren Saft klebten.

Wolkenhimmel fixierte Micah mit angelegten Ohren. »Ich habe tatsächlich geglaubt, dass du eine Clan-Katze werden kannst«, fauchte er. »Aber du bist nicht vertrauenswürdig.« Seine Augen schnellten zu Mottenflug. »Wie kannst du nur für den WindClan stehlen?«

»Ich stehle nicht!« Micah hielt seinem Blick stand. »Kräuter gehören *allen* Katzen.«

Über ihnen gellte ein Schrei. »Mörder!«

Die Stimme von Weidenschwanz hallte im Wald wider.

»Dieb!«, heulte Rote Kralle.

Weit oben explodierten die Blätter im Kampf der beiden Katzen.

Micahs Schnauze fuhr hoch. »Sie werden sich umbringen!« Die Erde spritzte hinter ihm auf, als er auf den Baum zusprang. »Bring die Rinde zu Rocky!«, miaute er Mottenflug zu.

Mottenflug erstarrte. *Ich kann jetzt nicht gehen!* Nicht, solange Micah nicht in Sicherheit war. *Lass sie sich doch gegenseitig umbringen, wenn sie unbedingt wollen!* Sofort hatte sie Schuldgefühle. Sie sollte Katzen doch beschützen und nicht ihnen den Tod wünschen! Ihre Pfoten schienen immer noch mit dem Boden verwachsen, als Micahs gelber Pelz schon wieder zwischen den Zweigen aufschimmerte. Er kletterte nach oben, immer weiter in Richtung der schwankenden Äste, auf denen Weidenschwanz und Rote Kralle kämpften.

Ein brauner Pelz krachte durch die Blätter. Rote Kralle hing einen Moment an einem Ast, bevor er sich wieder hochzog. Weidenschwanz balancierte darauf entlang, und ihre Hinterpfoten zitterten, während sie mit den Vorderpfoten Hieb um Hieb austeilte. Rote Kralle wich zurück und das Ende des

Asts war nur noch eine Schwanzlänge entfernt. Es senkte sich bedrohlich bei seinem Versuch, ihren Schlägen auszuweichen.

»Aufhören!«, ertönte Micahs Maunzer.

Mottenflug versuchte zu sehen, wo er war. Sie konnte den gelben Pelz zwischen den grünen Blättern erkennen, der sich langsam den Ast entlangschob. »Aufhören!«, befahl er noch einmal.

Weidenschwanz starrte ihn an. »Halt dich da raus!«, fauchte sie. »Das ist nicht dein Kampf.«

»Das ist kein Kampf *irgendeiner* Katze!«, entgegnete Micah. »Ich habe die Rinde. Mottenflug bringt sie zu Rocky. Es macht überhaupt keinen Sinn, jetzt noch zu kämpfen.«

Rote Kralle war am Ende des Asts stehen geblieben. Sein Schwanz peitschte wild hin und her, als er versuchte, das Gleichgewicht zu halten. »Lass uns zumindest wie Katzen kämpfen und nicht wie Krähen! Auf dem Boden, da, wo Katzen hingehören!«

Weidenschwanz kniff die Augen zusammen. »Du warst schon immer ein Mäuseherz!« Langsam kroch sie auf den Kater zu.

»Aufhören!« Micah folgte ihr auf dem Ast und versuchte, mit einer Pfote ihren Schwanz zu greifen, und schwankte.

Mottenflug hielt die Luft an. »Sei vorsichtig!«

Micah bohrte die Krallen in den Ast und klammerte sich wie eine Flechte daran.

Der Ast fing hinter ihm an zu knacken. Dunkle Rindenstückchen fielen wie Staub.

Als Mottenflug sah, dass die Blätter um Rote Kralle braun und welk waren, bekam sie es mit der Angst zu tun. Voller Schrecken wurde ihr klar, dass der Ast, auf dem die Katzen kämpften, abgestorben war. »Zurück!«, schrie sie. Wieder knackte es. »Der Ast ist morsch!«

Neben ihr brachte Wolkenhimmel sich mit ein paar Sprüngen in Sicherheit.

Ein Krachen zerriss die Luft. Die Welt schien stillzustehen, während der Ast sich durchbog, dann brach, sich vom Baum löste und nach unten fiel.

Sie sah, wie Rote Kralle um sich schlagend fiel, neben ihm Weidenschwanz, deren Pfoten die Luft peitschten. Rote Kralle bekam einen Zweig zu fassen, fuhr die Krallen aus und blieb schaukelnd daran hängen. Weidenschwanz knallte auf den nächsten Ast darunter und maunzte im Schock auf, während sie sich daran festklammerte.

Der morsche Ast sauste nach unten und krachte auf den Boden; die Zweige streiften Mottenflugs Flanke. Sie kniff die Augen zusammen, um sie zu schützen, und kroch davon, während die Welt um sie herum zu explodieren schien.

Dann senkte sich Stille herab.

Einen Augenblick später raschelte es oben in den Zweigen und sie hörte Weidenschwanz keuchen.

»Micah?« Mottenflug wischte sich mit der Pfote die Holzsplitter aus den Schnurrhaaren und versuchte, in den Zweigen etwas zu erkennen. Rote Kralle hatte sich mühsam wieder berappelt und zitterte. Weidenschwanz umklammerte noch immer bewegungslos den Ast, der ihren Fall gebremst hatte. Mottenflugs Blick irrte durch die Blätter und suchte nach einem Anzeichen von Micah.

Stattdessen hörte sie ein schwaches Stöhnen vom Fuß des Baums. Sie wandte sich dem abgebrochenen Ast zu.

Unter welken Blättern und Holz erkannte sie gelben Pelz.

Ihr Magen krampfte sich vor Angst zusammen. »Micah?« Sie brachte kaum ein Maunzen zustande. Zitternd kroch sie näher. *Bitte, nicht Micah.* Sie hob noch einmal den Kopf und hoffte, dass Micah sie von oben her ansah, aus erleichtert glänzenden Augen.

Dann wieder das Stöhnen.

Mottenflug war übel. Sie zwang sich, noch näher heranzugehen, bis sie Micahs verkrümmten Körper erkannte, dessen Hinterleib unter dem abgebrochenen Ast lag.

Er bewegte den Kopf.

Er lebt! Einen Augenblick lang keimte Hoffnung in ihr auf.

Dann traf sie sein gequälter Blick, in dem Schmerzen und hoffnungslose Todesqual sich mischten. Ihr Herz schien vor Schmerz fast zu zerspringen, während sie sich neben ihn legte. »Was kann ich tun?«, flüsterte sie heiser.

»Lass mich deinen Atem auf meiner Schnauze fühlen.« Sein Maunzen war so schwach, dass sie sich ganz zu ihm vorbeugen musste. Er seufzte, als sich ihre Schnurrhaare berührten. »Mottenflug. Ich will dich nicht verlassen.«

»Dann verlass mich nicht!« Ihr Appell hatte etwas Verzweifeltes. »Wir holen dich da heraus.«

»Nein, Mottenflug. Mein Rücken ist gebrochen.«

»Das weißt du doch gar nicht!«

»Ich habe nichts als Schmerzen.« Er suchte wieder ihre Augen, aber sein Blick wurde schon trüb.

Ihr Maunzen glich mehr einem Schluchzer. »Ich wickele dich in Beinwell. Wolkenfleck sagt, dass Beinwell …«

»Mottenflug.« Micah unterbrach sie keuchend. »Ich bin dir so dankbar, dass du mich zu den Hochfelsen mitgenommen und zu den Clans geführt hast.«

Mottenflugs zunehmendes Entsetzen schien sie fast zu erdrücken. »Sag so etwas nicht!« Er sprach, als wäre sein Ende nahe.

»Ich bin froh, dass ich diese Zeit mit dir verbringen durfte.«

»Nein!« Er starb doch nicht etwa! Er *durfte* einfach nicht sterben!

»Du hast meinem Leben einen Sinn gegeben«, krächzte er. »Du hast mir meine Bestimmung gezeigt.«

»Das hier kann doch nicht deine Bestimmung sein!« Mottenflug rang um Atem, ihre Gedanken drehten sich panisch im Kreise. »Das ist doch nicht gerecht!«

»Ich liebe dich.«

»Dann verlass mich nicht!«

»Wir werden uns wiedersehen.« Seine Augen flackerten. »Vielleicht beim nächsten Halbmond.«

Eine Welle der Erleichterung überkam Mottenflug. Aber dann wurde ihr klar, was er meinte: *Nächster Halbmond. Er meint das Treffen mit dem SternenClan.* »Nein!« Der Boden unter Mottenflugs Pfoten schien zu schwanken. Sie stieß ihre Schnauze an seine, wollte seinen warmen Atem spüren. Aber da war kein Atem mehr. Sie zuckte zurück und sah seine Augen kurz aufblitzen, dann erloschen sie, als wäre Dunkelheit über den Wald gekommen und hätte das Sonnenlicht mit sich genommen.

»Micah.« Mottenflugs Welt brach zusammen und sie drückte ihre Schnauze an seine. »Geh nicht. Ich liebe dich!«

KAPITEL 22

ZUTIEFST ERSCHÖPFT HOB Mottenflug den Kopf und war sich nicht sicher, ob sie überhaupt geschlafen hatte. Das Licht der Morgendämmerung fiel durch das Blätterdach über ihrem Kopf. »Ich habe Rocky vergessen!« Ihre Stimme klang heiser und knirschte. »Ich habe ihm die Rinde nicht gebracht.«

»Das hat Weidenschwanz übernommen«, antwortete ihr die Stimme von Windläufer. »Rocky geht es gut. Du musst dich um nichts kümmern, Mottenflug.«

Sie roch Windläufers Duft und spürte, dass sie die warme Flanke an ihre drückte. Auf ihrer anderen Seite lag Flinke Flosse. Mottenflug fragte sich, wie lange sie schon da waren. Über den Waldboden waberte ein feuchter Dunst.

Am Rand ihres Bewusstseins schien etwas Schreckliches zu lauern, und einen Augenblick lang wusste sie nicht, warum. Dann fiel es ihr wieder ein.

Der Schmerz schlug wie eine Welle über ihr zusammen und raubte ihr den Atem.

Micahs kalte und bewegungslose Schnauze lag immer noch nur eine Schnurrhaarlänge von ihrer entfernt.

Sie blinzelte wie betäubt. Die ganze dunkle Nacht lang hatte der Schmerz sie verfolgt. In der Tiefe der Wälder hatten Füchse gebellt. Eulen waren über die Lichtung geglitten, der Luftzug ihres lautlosen Flügelschlags der einzige Hinweis auf ihre Neugier. Pfoten streiften den Waldboden, als Katzen kamen und gingen und Micah schweigend die letzte Ehre erwiesen.

»Wir müssen ihn jetzt langsam begraben.« Windläufers Maunzen grub sich wie Krallen in Mottenflugs Kummer.

Panik überkam sie. »Nein.« Sie konnte ihn doch nicht einfach tief in die Erde legen, wo nie die Sonne schien. »Ich muss ihn sehen können.«

Windläufer stand auf und legte die Schnauze auf Mottenflugs Kopf. »Wenn wir das nicht machen, dann holen ihn sich die Füchse.«

Mottenflug blinzelte sie an. Warum war ihre Mutter so grausam?

Flinke Flosse bewegte sich ebenfalls. »Indem wir ihn beerdigen, erweisen wir ihm die letzte Ehre.«

Windläufer nickte. »In der Erde wird er sicher sein.«

Der Schmerz stürmte auf Mottenflug ein. »Aber was ist mit mir?« *Ich brauche ihn doch.*

»Du hast immer noch deine Familie«, murmelte Windläufer.

»Und deine Clan-Gefährten«, ergänzte Flinke Flosse.

Mottenflug sprang auf und starrte sie an. »Ich *will* euch nicht!«, fauchte sie. »Ich will *ihn*!«

Windläufer und Flinke Flosse wechselten Blicke, dann gab Windläufer einer Katze mit ihrem Schwanz ein Zeichen. Ginsterpelz trat aus dem Schatten, gefolgt von Nessel, Blüte und Eichelfell. Der gesplitterte Ast war bereits beiseitegeräumt worden und das Morgenlicht schien auf Micah.

Nessel drückte seine graue Schnauze unter Micahs Flanke

und hob ihn auf seinen Rücken. Ginsterpelz und Blüte drängten sich dicht an ihn und halfen, Micahs Gewicht zu tragen. Eichelfell schob ihren Oberkörper unter seine Hinterläufe. Zusammen brachten sie den Körper von der Lichtung.

Mottenflug sah zu, wie sie ihn durch die Glockenblumen trugen, deren blaue Blüten Micahs Pelz streiften.

Windläufer stieß sie sanft vorwärts. »Komm mit und verabschiede dich von ihm.«

Mottenflugs Pfoten schienen schwer wie Steine zu sein, als sie den Katzen über die Lichtung folgte. Die Sonne schob sich den Himmel hinauf und das Tageslicht glitzerte heller. Oben auf dem Hügel hatte jemand den Boden gesäubert und ein tiefes Loch in die Erde gescharrt. An seiner Schmalseite stand Wolkenhimmel und neben ihm Himmelsstern. WolkenClan-Katzen versammelten sich um sie, während Nessel und Ginsterfell neben der Grube stehen blieben.

Mottenflug starrte verständnislos auf den feierlichen Ausdruck in Wolkenhimmels Augen. War ihm nicht klar, dass er das alles mit seinem fuchsherzigen Beharren auf Grenzen verursacht hatte?

Eichelfells Augen waren verschleiert vor Trauer. Sie drückte sich an Birke, während Flinkes Wasser, Erle und Dorne düster auf Micahs Körper blickten. Rote Kralle drückte sich hinter Wolkenhimmel herum und starrte unverwandt auf seine Pfoten. Der Zorn, der in Mottenflug aufwallte, verdrängte für einen Augenblick ihren Schmerz. *Du hast ihn umgebracht! Du und dein dummer Kampf!* Sie schaute in die Runde und fragte sich, ob Weidenschwanz es gewagt hatte, zu kommen.

Die hellbraun getigerte Kätzin war hinter Staubnase kaum zu erkennen. Mottenflug musterte sie mit festem Blick und spürte erneut die Wut. »Verkriech dich nicht hinter meinem Bruder!«, fauchte sie. »Komm und sieh dir an, was du angerichtet hast.« Sie zeigte mit der Schnauze auf Micah, der noch immer auf Nessels Rücken lag.

Mottenflug spürte Windläufers Pelz an ihrer Flanke. »Es war ein Unfall«, maunzte sie leise.

»Es hätte nicht passieren müssen! Wenn die beiden nicht gekämpft hätten« – sie starrte Rote Kralle an –, »dann wäre Micah noch am Leben.«

Wolkenhimmel fing ihren Blick auf und erwiderte ihn. »Micah ist gestorben, weil er tapfer war. Es war ein edler Tod.«

»Er ist nicht gestorben, weil er mutig war!« Mottenflug sah ihn fassungslos an. »Er ist gestorben, weil *du* ihm Rote Kralle auf den Hals gehetzt hast.«

Wolkenhimmel schaute sie unverwandt an. »Er ist freiwillig auf den Baum geklettert«, maunzte er schlicht. »Er hätte auf der Erde bleiben können.«

Mottenflugs Gedanken wirbelten durcheinander. Machte Wolkenhimmel jetzt etwa *Micah* verantwortlich?

Nun trat Himmelsstern vor; ihre smaragdgrünen Augen waren voller Mitgefühl. »Du bist wütend«, maunzte sie. »Eine Katze ist gestorben, die du geliebt hast. Aber warum Wolkenhimmel Vorwürfe machen? Oder Rote Kralle oder Weidenschwanz? Der Ast war morsch. Machst du dem Baum Vorwürfe?«

»Ja!« Mottenflugs Pelz sträubte sich. »Und Rockys Husten, der überhaupt der Grund für unser Hiersein war! Und Wolkenhimmel! Und Rote Kralle und Weidenschwanz!« Während ihre Wut immer stärker aufflammte, wurden ihre Gedanken immer wirrer. »Und Micah, weil er so dumm war!«

Himmelsstern blinzelte sie an. »Hätte *Micah* irgendjemandem Vorwürfe gemacht?«

Ich bin froh, dass ich diese Zeit mit dir verbringen durfte. Seine letzten Worte hallten in ihrem Kopf wider. *Er hätte mich auch dafür hassen können, dass ich ihn hierhergebracht habe … aber stattdessen war er dankbar.* Sie fühlte die Blicke der anderen Katzen auf sich ruhen und wich einen Schritt zurück; der Schmerz schien sie ein weiteres Mal zu überwältigen und verdrängte den Zorn.

Windläufer streifte ihre Schnurrhaare mit der Schnauze. »Lasst uns Micah in Frieden verabschieden.«

Nessel kauerte sich nieder und ließ Micahs Körper von seinem Rücken rutschen. Er schlug dumpf in der Grube auf. Wolkenhimmel trat vor und starrte in die Dunkelheit hinab.

Nein! Mottenflug schloss die Augen und stellte sich Micah vor, wie er über die Trittsteine im glitzernden Fluss sprang. Während sie in jener Nacht zusammengerollt im Nest im Bau von Getupfter Pelz lagen, hatte er sie gefragt, ob sie seine Gefährtin werden wollte. Und während Getupfter Pelz schlief, hatten sie flüsternd ihre Zukunft geplant. Sie versicherten einander, dass der SternenClan schon eine Möglichkeit finden würde, damit sie zusammenbleiben konnten. Sie würden weiterhin die Heilerkatzen beider Clans sein und zwischen ihnen hin- und herreisen, aber immer gemeinsam.

Mottenflug spürte, wie sich die Flanke ihrer Mutter an sie presste. Sie sah zu, wie Wolkenhimmel eine Pfote mit Erde in das Loch warf. Hätten die Anführer der jeweiligen Clans es erlaubt, dass sie zusammenlebten? Hätte es der SternenClan erlaubt?

Sie würde es nie erfahren.

Ihre Kehle wurde eng. Die Trauer drohte sie jetzt vollends zu überwältigen und der Boden schien unter ihr zu schwanken. Windläufers Druck wurde stärker. Ginsterpelz kam an ihre andere Seite und drängte seinen Körper an sie.

Wolkenhimmel hob den Kopf. »Ich hatte meine Zweifel, als es darum ging, Micah aufzunehmen«, maunzte er. »Als er Kleiner Zweig geheilt hatte, bedauerte ich mein Versprechen, dass er dann bleiben dürfe. Er war eine Hauskatze, wohlgenährt und unbeschwert, und gleichzeitig zu selbstsicher, als dass man ihm trauen konnte. Ich war überzeugt, dass er in einem Clan nichts verloren hatte.«

Nessel nickte. Flinkes Wasser murmelte beifällig.

Wolkenhimmel fuhr fort. »Aber ich habe mich getäuscht.« Er blickte traurig in das Grab. »Micah war mit all seinen Gedanken und jeden Augenblick seinen Clan-Gefährten treu ergeben.« Sein Blick huschte von Nessel zu Flinkes Wasser. »Jeder von uns, der an ihm zweifelte, hat schließlich seine Intelligenz respektiert und seine Freundlichkeit zu schätzen gewusst.« Die WolkenClan-Katzen nickten feierlich.

Während der Anführer des WolkenClans weiterredete, schob sich Himmelsstern an seine Seite. »Ich habe Micah geachtet. Er hat sich von mir nicht unterkriegen lassen. Er hat immer das getan, was er für richtig hielt, und nicht das, von dem er glaubte, es würde mir gefallen. Er ist gestorben, indem er das tat, was er für richtig hielt.« Wolkenhimmel schaute Mottenflug an. »Er *musste* zurück in den Baum klettern. Er ist sich damit treu geblieben. Er ist gestorben, wie er gelebt hat – in der Sorge um andere, mutig und ohne zu zögern. Wir können uns glücklich schätzen, dass wir ihn kannten, und sei es auch nur für eine so kurze Zeit.«

Der Wald schien sich um Mottenflug zu drehen. Sie spürte, wie Ginsterpelz und Windläufer sich noch enger an sie drängten, sie hielten, während ihre Pfoten unter ihr nachzugeben drohten.

Wolkenhimmel schaute sie immer noch an. »Möchtest du ein paar Worte sagen?«

»Ich kann nicht …« Mottenflug stockte. Der Schmerz schien ihr Herz in der Mitte entzweizureißen. Die anderen Katzen beobachten sie erwartungsvoll. Sie starrte in das Loch, sah Micahs Pelz kurz aufleuchten, als ein paar Sonnenstrahlen die Dunkelheit durchdrangen. »Möge der SternenClan deinen Weg erleuchten.«

Sie blinzelte und staunte über sich selbst. Die Worte schienen ihr auf der Zunge zu liegen, als hätte sie sie schon unzählige Male zuvor gesprochen.

»Mögest du gute Jagd finden, schnellen Lauf und Schutz, wenn du schläfst.«

Die anderen Katzen murmelten beifällig.

Mottenflug wich ein paar Schritte zurück.

Windläufer betrachtete sie mit großen, sorgenvollen Augen.

»Es geht mir gut«, murmelte Mottenflug tonlos. »Ich muss nur allein sein.« Sie wandte sich um und floh zurück auf die Lichtung. Mit rutschenden Pfoten kam sie vor den überall verteilten Resten des zersplitterten Astes zu stehen. Wieder wandte sie sich um und ihr gehetzter Blick wanderte von Baum zu Baum; sie wusste nicht, wohin sie gehen sollte.

»Mottenflug.« Ein weiches Maunzen erklang zwischen den Bäumen in ihrem Rücken.

Kieselherz kam aus dem Wald. »Ich bin gekommen, um ihm die letzte Ehre zu erweisen.«

Mottenflug starrte an ihm vorbei, hinüber zum Grab, das hinter dem Kamm der Vertiefung lag. »Begraben sie ihn gerade?« Sie stellte sich vor, wie die Erdklumpen auf Micahs armen, wunderschönen, zerstörten Körper fielen.

»Jetzt ist er in Sicherheit.« Kielseherz blieb neben ihr stehen. »Du solltest ins Lager gehen und trauern.«

»Nein!« Mottenflug zuckte entsetzt zusammen. Sie wollte nicht werden wie Schiefer, die wie ein Schatten durch das Lager schlich und von ihren Clan-Gefährten bemitleidet wurde. Sie wollte nicht in ihren Bau zurückkehren. Dort war Micah gewesen. Wie aufgeregt sie gewesen waren, als ihnen die Baumrinde wieder eingefallen war. Ihr Atem ging schneller. Rocky würde immer noch dort sein. Wie sollte sie sich jetzt um ihn kümmern? Wie sollte sie sich überhaupt um Katzen kümmern? Ihre Gedanken gerieten durcheinander. Wie sollte sie sich an all die verschiedenen Kräuter erinnern? Die Katzen würden auf sie angewiesen sein. Sie rang nach Atem.

»Mottenflug.« Das sanfte Maunzen von Kieselherz drang durch das Rauschen des Bluts in ihren Ohren. »Iss dies hier.« Ein aromatischer Duft stieg ihr in die Nase. Die Heilerkatze des SchattenClans hatte einen kleinen Zweig mit winzigen Blättern vor ihre Pfoten gelegt. »Das ist Thymian. Das wird dich beruhigen.«

Ohne zu zögern, beugte Mottenflug sich vor, leckte den Zweig auf und kaute, während die Welt vor ihren Augen sich zu drehen schien. Der kräftige Geschmack lenkte ihre Gedanken von den Wirbeln des Schreckens ab, die noch immer in ihrem Kopf kreisten. Sie spürte, wie ihr Herzschlag sich verlangsamte. Sie zwinkerte in die undeutlichen, aber strahlenden Glockenblumen um sie herum.

»Komm mit in mein Lager«, maunzte Kieselherz leise. »Um den WindClan kann sich eine Weile Schilfschwanz kümmern. Bei uns kannst du so lange trauern, bis du dich stark genug fühlst, wieder zu deinen Clan-Gefährten zurückzukehren.«

Mottenflug fühlte die Ruhe, die von seinem bernsteinfarbenen Blick ausging. »Glaubst du, dass Großer Schatten mich aufnimmt?«

»Wenn ich sie frage, bestimmt.«

Vom Anfang der Lichtung war Windläufers Maunzen zu hören: »Was wird Großer Schatten?« Mit angelegten Ohren sprang sie den Abhang hinab.

»Ich habe Mottenflug eingeladen, eine Zeit lang beim SchattenClan zu bleiben«, erklärte Kieselherz ihr ruhig.

»Warum?« Windläufers Pelz sträubte sich. »Sie sollte bei ihrem Clan sein.«

Kieselherz hielt ihrem Blick stand. »Sie braucht eine Zeit ohne Verantwortung, bis sie stark genug ist, ihren Schmerz zu ertragen.«

Mottenflug schaute ihre Mutter an und erwartete Widerspruch, sah aber nichts als Sorge in ihren gelben Augen.

»Willst du das wirklich?«, fragte Windläufer.

Mottenflug nickte merkwürdig ruhig. Vermutlich kam die Ruhe vom Thymian. Dankbar lehnte sie sich an Kieselherz.

Kieselherz neigte den Kopf vor Windläufer. »Dann nehme ich sie mit in unser Lager.«

Unbehaglich trat Windläufer von einer Pfote auf die andere. »Ich werde demnächst Staubnase schicken, damit er nach ihr sehen kann.«

»Nicht allzu bald«, miaute Kieselherz. »Sie wird in guten

Pfoten sein. Ich werde mich um sie kümmern, bis sie stark genug sein wird, sich um sich selbst zu kümmern.«

Ginsterpelz miaute über die Lichtung: »Windläufer, wir sollten zurück ins Moor. Der Clan wird unruhig sein. Er wird dich brauchen.«

Windläufer rieb ihre Schnauze an Mottenflugs Wange. »Pass auf dich auf.«

Mottenflug nickte stumm, während ihre Mutter den Abhang hochsprang. Dann führte Kieselherz sie über die Lichtung und sanft einen weiter entfernten Abhang hinauf. Sie steuerte auf einen Kaninchenpfad zu, der durch die Brombeeren führte.

Jeder Schritt ihrer Pfoten war wie ein Stich in Mottenflugs Herz. Nie wieder würde sie Micah auf dem Moor oder im Wald treffen. Sie musste ihn verlassen. Sie ließ ihn zurück, allein in der Erde.

Kieselherz ging voran ins Lager des SchattenClans, das auf einer weitläufigen, mit Kiefernnadeln bestreuten Lichtung lag, und tauchte in den schmalen Spalt in einer riesigen Brombeerhecke ein.

Wacholderzweig sah von der Maus auf, an der sie knabberte, und blinzelte Mottenflug teilnahmsvoll zu. Die schildpattfarbene Königin wirkte plump, ihr Bauch war dick. Ihr Gefährte Rabenpelz starrte Mottenflug an, versuchte, ihr in die Augen zu sehen, und wandte dann verlegen den Blick ab.

Mausohr, der auf einem sonnigen Grasfleck am Rand der Lichtung saß, beugte sich vor und flüsterte seinem Freund Schlammpfote zu: »Ich habe gehört, dass sie in die Hofkatze verliebt war.«

Mottenflug schaute starr geradeaus. *Was weißt du schon?* Ihre Wut schien grundlos zu sein. Micah war tot und diese Katzen würden ihn nie kennenlernen. Was also konnten sie dafür?

»Mottenflug.« Großer Schatten kam von der anderen Seite der Lichtung auf sie zu und schaute sie mitfühlend an.

Mottenflug blieb stehen und blickte auf ihre Pfoten. »Kieselherz meinte, ich könnte vielleicht bei euch bleiben«, miaute sie leise.

Kieselherz blieb vor Großer Schatten stehen. »Ich dachte, sie kann hier besser trauern, wo sie nicht alles an Micah erinnert.«

Alles erinnerte an Micah. Der Himmel! Der Wind! Die Sonne! Mottenflug stemmte sich gegen eine neue Welle des Schmerzes.

Großer Schatten neigte den Kopf. »Natürlich kannst du bleiben.«

Ein schwarzer Kater kam aus einem kleinen Bau in der Hecke um das Lager. »Mottenflug?« Seine Ohren zuckten nervös, während er näher kam. »Wie geht es dir? Sperlingfell hat uns die Nachricht überbracht. Es tut mir so leid. Ich wünschte, ich hätte Micah besser gekannt. Kieselherz sagte, er hätte das Herz einer Stammkatze und den Mut einer Clan-Katze gehabt.«

»Danke, Sonnenschatten.« Mottenflug hielt den Blick seiner bernsteinfarbenen Augen fest. Es war eine Erleichterung, dass jemand Micahs Namen aussprach. Solange Katzen von ihm redeten, war er nicht vergessen. »Micah hätte nicht sterben müssen.« Sie warf Großer Schatten einen Blick zu und überlegte, ob sie wie Wolkenhimmel und Windläufer war. Waren ihr Grenzen wichtiger als das Leben von Katzen?

Großer Schattens Miene war undurchdringlich, als sie Sonnenschatten fragte: »Kann Mottenflug deinen Bau haben?«

»Natürlich.« Er warf einen Blick zurück auf die Brombeerhecke. »Soll ich frisches Moos für das Nest holen?«

»Nicht nötig.« Mottenflug hastete an ihm vorbei. Es war ihr egal, wie sie lag. Hauptsache, sie musste die neugierigen Blick anderer Katzen nicht ertragen. Geduckt schlüpfte sie in den Bau und war froh, dass sie ihn gemütlich fand. Das Nest inmitten der Brombeerhecke war aus kleinen Kiefernzweigen geflochten. Sie kletterte hinein und spürte die seidigen Kiefernnadeln unter ihren Pfoten. Sie kuschelte sich tief hinein und fand es überraschend weich. Kiefer und Brombeere dämpfte das Gemurmel der Katzen draußen.

»Wird sie lange hierbleiben?«

»Warum kommt sie überhaupt zu *uns*?«

Mit dem Abend wurde es ruhig. Mottenflug stellte sich vor, dass Großer Schatten ihre Clan-Gefährten mit einem Blick zum Schweigen gebracht hatte. »Wir tun ihr einen Gefallen.«

Einen Augenblick später bahnte sich Kieselherz vorsichtig einen Weg in den Bau. Er hatte ein Bündel Blätter im Maul. Als er es neben ihrem Nest fallen ließ, rollten ein paar winzige Mohnblumensamen heraus. »Getupfter Pelz hat das für dich gebracht. Sie meinte, sie würden dir helfen, dich auszuruhen.«

»Ist sie hier?« Mottenflug versuchte angestrengt, durch den Eingang zu schauen.

»Sie ist nicht geblieben«, berichtete Kieselherz. »Sie hat gesagt, du brauchst jetzt eher Ruhe als Mitleid.«

»Wie hat sie mich gefunden?«

»Sie war damit auf dem Moor und hat dort mit Windläufer und Ginsterpelz gesprochen.«

Mottenflug spürte, dass sie ihren Heilerkatzen-Freunden von Herzen dankbar war. *Davon abgesehen, dass Micah nicht mehr bei uns ist.* Sie schloss die Augen, wollte nicht einmal mehr denken. Jeder Gedanke erinnerte sie an Micah. Sie wollte alle Erinnerungen auslöschen und einfach so tun, als sei er noch immer im Wald und am Leben, als kümmere er sich um seine Clan-Gefährten und würde dabei an sie denken. Sie beugte sich über den Rand des Nests und leckte die Mohnblumensamen auf.

Kieselherz erstarrte. »Sie hat gesagt, nur ein oder zwei.«

»Ich will schlafen, bis es nicht mehr weh tut.« Mottenflug blickte ihn müde an.

»Dann bleibe ich bei dir.«

»Nein. Ich muss allein sein.«

»Dann schaue ich demnächst nach dir.«

Mottenflug steckte die Nase zwischen ihre Pfoten und schloss die Augen. Das Dunkel war wie eine Erlösung. Sie legte die Ohren an, verdrängte die Rufe der Vögel und die Geräusche der Pfoten außerhalb des Baus. Sie wünschte sich, die Dunkelheit würde sie vollständig verschlucken und den lodernden Schmerz in ihrem Herzen und das Brennen tief in ihrem Bauch lindern.

Als der Mohn zu wirken begann, wurden ihre Gedanken langsamer. Sie hörte noch, wie Kieselherz' Pelz an den Zweigen des Eingangs entlangstreifte, dann glitt sie in den Schlaf.

Sie öffnete die Augen, nur um auf den Mondstein zu sehen. *Nein! Nicht schon wieder!* Ihre Knochen fühlten sich unendlich müde an. Kummer lastete auf ihrem Herzen wie ein Stein. *Ich will nicht träumen.*

Zwei Katzen betraten die Höhle: eine kleine, dunkelgraue Kätzin, deren strahlende, blaue Augen durch die Dunkelheit funkelten, und ein flammenfarbener Kater.

Mottenflug starrte sie verblüfft an. Sie versuchte nicht einmal, etwas zu sagen. Die anderen hatten sie noch nie gehört. Das hier war bloß ein weiterer Traum, wie der Traum von der blaugrauen Kätzin und dem dunklen Kater, der nur Spott für seine Vorfahren gezeigt hatte. Sie schaute hinauf zu dem Loch in der Decke und war nicht überrascht, dass der Mond kurz davor war, sich ins Bild zu schieben. In ein paar Augenblicken würde der Mondstein aufleuchten und die Geisterkatzen erscheinen. Der Kater mit dem flammend roten Pelz legte sich vor den Stein und berührte ihn mit der Nase. Die graue Kätzin trat zurück und Mottenflug kniff in Erwartung des grellen Mondlichts die Augen zusammen.

Sie zuckte nicht einmal zusammen, als es schließlich in einer blendenden Explosion aufschien. Dann wurde es schwächer und sie schaute sich um. Die Steine in der Höhle waren Bäumen gewichen. Aber das hier war nicht der Wald des SchattenClans. Sie war auf der Lichtung des Baumgevierts. Der flammend rote Kater stand am Fuß des Großfelsen, und seine graue Gefährtin hielt Abstand, während über ihnen Sterne wirbelten.

Mottenflug beobachtete, wie der Sternenwirbel sich in einer Spirale auf die Lichtung senkte.

Der rote Kater wich voller Angst und mit gesträubtem Pelz zurück. Wusste er nicht, dass die Geisterkatzen erschienen, um etwas mit ihm zu teilen?

Je näher sie dem Boden kamen, umso mehr verschmolzen

die Sterne miteinander, bis sie schließlich wie ein weißes Feuer loderten.

Mottenflug zwinkerte, als Katzen dem Feuer entstiegen, ihre Sternenpelze funkelnder als je zuvor. Sie verteilten sich über der Lichtung und das weiße Feuer hinter ihnen erlosch.

Der flammend rote Kater blinzelte sie an und in seinen Augen lag Wiedererkennen. Sein Schwanz schoss in die Höhe und Mottenflug bemerkte die erwartungsvolle Freude in seinem Blick.

Ein goldener Kater ging auf ihn zu, sein dicker Pelz lag wie eine Mähne um seinen Kopf.

Der flammend rote Kater begrüßte ihn. Sie wechselten Worte, die Mottenflug nicht hören konnte. Dann legte der goldene Kater seine Schnauze an den Kopf des flammend roten. Er zuckte, als hätte ein Feuer ihn verbrannt.

Das ist bloß noch *so ein Traum.*

Mottenflug hätte gern gewusst, warum sie das immer wieder träumte, und mit immer anderen Katzen.

Als Nächster berührte ein roter Kater mit buschigem Schwanz den Kopf des Katers mit seiner Schnauze, der wieder krampfhaft zusammenzuckte. Dann übernahm eine wunderschöne, silberfarbene Kätzin seinen Platz. Ein kleiner, gestreifter Kater folgte. Seine Berührung ließ den Pelz des Katers aufwallen, als würde er von einer Sturmbö geschüttelt.

Warum sehe ich das immer wieder? Mottenflugs Pfoten juckten vor Enttäuschung. *Was hat das zu bedeuten?*

Noch vier Katzen kamen, und jede Berührung war wie ein Blitz, der in den Kater einschlug. Und nach jedem Krampf schien der Kater stärker, trug das Kinn höher.

Bei der letzten Katze war sein Blick plötzlich von Gefühlen verschleiert.

Mottenflug erstarrte. *So hat Micah mich angeschaut.* Die leuchtend grünen Augen des Katers strahlten vor Liebe, das sah sie deutlich. Die Bernsteinaugen der schildpattfarbenen Kätzin erwiderten seinen Blick mit solcher Intensität, dass Mottenflug der Atem stockte.

Eine Welle des Kummers schlug über ihr zusammen. *Er liebt eine tote Katze!* Schockiert musterte sie die Reihen der Sternenkatzen. War Micah hier? Würde sie einen solchen Blick mit ihm wechseln können?

Keine der Katzen kam ihr bekannt vor.

Bitte komm! Warum waren ihre Träume nicht so, wie sie es sich wünschte? Sie konnte nur danebenstehen, ungesehen und taub, und wurde Zeuge von etwas, das sie nicht verstand.

Das ist ungerecht!

Sie musste schlucken, als sie sah, dass die schildpattfarbene Kätzin ihre Schnauze dem flammend roten Kater entgegenstreckte.

Ihre Blicke trafen sich und seine Augen brannten vor Freude und Schmerz.

Ihre Berührung ließ seinen Pelz erglühen, als würde sie ihn mit Mondlicht erfüllen. Ohne ein Zeichen von Angst lehnte er sich an sie.

Aufhören! Mottenflug wich zurück. Sie konnte es keinen Augenblick länger ertragen, zuzuschauen. Das alles war völlig bedeutungslos! Sie kannte keine dieser Katzen! Was ging sie das alles an? Sie wollte nichts anderes, als Micah zu sehen, und das war unmöglich!

Fauchend holte sie aus und schlug mit der Pfote nach dem

Traumbild der schildpattfarbenen Kätzin. Aber genauso gut hätte sie nach dem Sternenlicht in einer Pfütze greifen können. Das Licht zersplitterte in tausend kleine Wellen und löste sich auf.

Mit einem Klagelaut kämpfte sich Mottenflug zurück ins Bewusstsein. Blinzelnd öffnete sie die Augen in Sonnenschattens Höhle und ihr Herz brannte vor Schmerz über den erlittenen Verlust.

23. KAPITEL

MOTTENFLUG SPÜRTE, wie eine Pfote sie schüttelte. Mit trockenem Maul und vom Schlaf verklebten Augen wurde sie mühsam wach.

»Mottenflug?« Kieselherz klang besorgt. »Geht es dir gut?«

Benommen hob sie den Kopf und blinzelte in das Morgenlicht, das durch die Brombeerzweige fiel. »Ich bin …«

Kieselherz hörte sich jetzt entspannter an. »Ich habe noch keine Erfahrung mit Mohnsamen«, gestand er. »Ich dachte schon, du würdest tagelang schlafen.«

Mottenflug schaute umher und war erstaunt, dass kein Ginster, sondern schwarze Brombeeren ihr Nest umschlossen.

Plötzlich war ihr so schlecht, als hätte sie verdorbene Beute gegessen. »Micah ist tot.« Sie starrte Kieselherz mit einem winzigen Funken Hoffnung an. Vielleicht hatte sie alles nur geträumt?

Aber die bernsteinfarbenen Augen der Heilerkatze glitzerten nur vor Mitgefühl. Kieselherz beugte sich vor und legte ein tropfendes Stück Moos auf den Rand des Nests. »Ich dachte, du hast vielleicht Durst.«

Schmerzhaft erinnerte sich Mottenflug an den Wassertümpel in Wolkenflecks Bau. Damals war Micah noch bei ihr gewesen. Die Feuchtigkeit tat ihrer Zunge gut.

»Ich habe dir auch etwas zu essen mitgebracht.« Kieselherz drapierte eine noch warme Maus auf dem Rand des Nests.

Mottenflug rümpfte die Nase. »Ich habe keinen Hunger.«

»Aber du musst essen«, beharrte Kieselherz.

»Warum?«, schnaubte Mottenflug aufsässig. »Wenn ich verhungere, bin ich beim SternenClan und wieder bei Micah.«

»So etwas darfst du nicht sagen!«, wies Kieselherz sie mit aufgerissenen Augen zurecht.

»Warum nicht?« Wut ballte sich tief in Mottenflugs Bauch.

»Was ist mit deinen Clan-Gefährten? Und den anderen Clans?« Kieselherz starrte sie aufgebracht an. »Der SternenClan hat dich in das Geheimnis des Mondsteins eingeweiht. Du bist *wichtig*.«

»Und Micah etwa nicht?«, knurrte Mottenflug.

Kieselherz schaute sie traurig an. »Vielleicht *soll* er bei ihnen sein.«

»Sein *Schicksal*«, murmelte sie verbittert. Die sanften Wiesen des SternenClan-Jagdreviers fielen ihr wieder ein. Würde Micah bis in alle Ewigkeit Geisterkaninchen jagen, während sie sich die Pfoten abarbeitete und sich um ihre Clan-Gefährten kümmerte? »Und was ist mit *mir*? *Wollen* die SternenClan-Katzen, dass ich einsam bin? Ist das *mein* Schicksal? Bin ich nur hier, um ihre Befehle auszuführen? Ich kann noch nicht mal richtig schlafen, weil sie mich bis in meine *Träume* verfolgen! Lassen sie mich überhaupt nie in Ruhe?«

Die Augen von Kieselherz blitzen vor Neugier. »Sie verfolgen dich bis in deine Träume?«, wiederholte er. »Wie denn?«

»Ich träume von Geisterkatzen und ihren blöden Zeremonien«, fauchte Mottenflug. »Immer wieder die gleiche Zeremonie, aber mit verschiedenen Katzen.«

Kieselherz beugte sich vor. »Welche Katzen?«

»Ist mir doch egal.« Jedes Haar von Mottenflugs Pelz prickelte vor Zorn.

Kieselherz stieß das tropfende Moos mit der Pfote an. »Trink noch etwas.«

»Hör auf damit. Du schaffst es sowieso nicht, dass ich mich besser fühle!«

»Das weiß ich«, beruhigte er sie. »Aber ich möchte mehr über diese Träume wissen. Vielleicht sind sie wichtig.«

»Natürlich sind sie wichtig!«, blaffte Mottenflug. »Aber der SternenClan verrät mir einfach nicht, warum. Sie lassen mich einfach immer wieder den gleichen Traum träumen.« Verärgert leckte sie an dem Moos.

»Wenn du mir den Traum genauer beschreibst, dann bekommen wir vielleicht heraus, was er bedeutet«, schlug Kieselherz vor.

Mottenflug schluckte ihren Ärger hinunter. »Ich wache am Mondstein auf und zwei Katzen kommen in die Höhle.«

»Erkennst du sie wieder?«

»Nein.« Mottenflug kniff die Augen zusammen, während der Traum vor ihrem inneren Auge lebendiger wurde. »Eine der Katzen setzt sich neben den Mondstein, und wenn der Mond durch das Loch in der Decke scheint, kommen die Geisterkatzen.«

»Der SternenClan?«

»Ich glaube schon«, meinte Mottenflug. »Sie haben einen Sternenpelz, aber ich erkenne keine von ihnen.«

»Mach weiter.« Kieselherz' Fell zuckte vor Aufregung.

»Die Sternenkatzen gehen eine nach der anderen auf die lebende Katze zu und berühren ihren Kopf mit der

Schnauze.« Sie schauderte. »Es scheint ziemlich wehzutun. Die richtige Katze zuckt zusammen, als hätte ein Blitz sie getroffen, aber sie flieht nicht. Sie hat keine Angst. Sie lässt sich einfach von den Geisterkatzen berühren und danach scheint sie stärker zu sein. Stolzer, als hätte sie ein besonderes Geschenk erhalten.«

»Ist es immer ein Kater?«

Mottenflug schüttelte den Kopf. »Beim ersten Mal war es eine Kätzin. Ich kannte sie schon aus einem anderen Traum. Da war sie tot und ist dann wieder zum Leben erwacht.«

Kieselherz trat unbehaglich von einer Pfote auf die andere und konnte vor lauter Nachdenken kaum noch geradeaus sehen. »Welches Geschenk könnte der SternenClan einer lebenden Katze machen?«

Mottenflug war ratlos. »Ich weiß nur, dass es schmerzhaft zu sein scheint. Ich glaube nicht, dass *ich* es haben wollte.«

»Tatsächlich?« Kieselherz' Ohren zuckten. »Aber *du* bist die Katze, die zu den Hochfelsen gegangen ist und den Mondstein gefunden hat. Du bist die mutigste Katze, die ich kenne. Ich glaube, du würdest *alles* aushalten, wenn der SternenClan es will.«

Mottenflug gab seinen Blick mit klopfendem Herzen zurück. »Ich kann es nicht aushalten, dass ich Micah verloren habe.« Ihr Maunzen brach ab.

Kieselherz stand auf. »Lass uns doch zusammen Wacholderzweig besuchen. Sie erwartet Junge, und ich habe versprochen, nach ihr zu sehen. Sie hat Schmerzen gehabt.«

»Wann sollen die Jungen kommen?«

»Nicht vor einem weiteren halben Mond«, maunzte Kieselherz. Sein Schwanz peitschte hin und her. »Komm mit. Das wird die erste Geburt sein, bei der ich mithelfe. Wir beide können eine Menge lernen.«

Mottenflug zögerte. Kieselherz wollte sie ganz offensichtlich ablenken. »Nein.« Sie grub die Pfoten tiefer ins Nest. »Ich bleibe hier.«

»Ein bisschen frische Luft würde auch helfen, dass es dir besser geht.«

»Ich *will* nicht, dass es mir besser geht.« Sie hockte sich ins Nest und schaute ihn dickköpfig an. Kieselherz neigte den Kopf voller Mitgefühl. »Nun gut. Erhole dich. Es hat auch keine Eile.«

Mottenflug sah zu, wie er sich durch den Eingang zur Höhle duckte, und war sich gar nicht sicher, ob sie allein bleiben wollte. *Aber wem kann ich in diesem Zustand schon nützen?* Sie steckte die Schnauze zwischen die Pfoten und schloss die Augen. Wellen von Traurigkeit überfluteten sie, bis sie sich jeden Gedanken verbot und Zuflucht im Schlaf suchte.

Sie öffnete die Augen und war schon wieder in einem Traum. Sie stand auf einer weiten Wiese. Das Gras war vertrocknet und die Blumen bereits abgestorben. Nebel waberte über den Boden und verschluckte den Himmel. Sie schaute sich um und versuchte angestrengt, etwas im undurchsichtigen Nebel zu erkennen. Ihr war unbehaglich zumute. Versteckte sich dort etwas? Ihr Herz schlug schneller, als sich Umrisse abzeichneten. Breite Statur, aufgestellte Ohren, langer Schwanz. Ein Kater.

»Hallo?« Sie schnupperte vorsichtig.

Micahs Duft zog ihr in die Nase.

»Micah!« Sie rannte auf die schattenhafte Figur zu, und

der Geruch wurde stärker, je näher sie ihr kam. »Ich bin's! Mottenflug!«

Der Kater reagierte nicht und ging einfach weiter, sein Kopf wandte sich nach rechts und links, als würde er etwas suchen.

»Micah!« Sie war nur noch eine Schwanzlänge von ihm entfernt. Er musste sie doch einfach hören! Jetzt war sie auf gleicher Höhe, stellte sich vor ihn und versuchte verzweifelt, seine Aufmerksamkeit zu erregen.

Er glitt durch sie hindurch, als wäre auch sie nur aus Nebel.

Ihr Mut verließ sie schlagartig. »Nein!« Dafür wuchs ihre Wut. Warum war sie in ihren Träumen so machtlos? Hilflos sah sie zu, wie Micah durch den Nebel ging, erst in die eine, dann in die andere Richtung, mit offenem Maul und gespitzten Ohren. *Sucht er nach mir?* Der Schmerz bohrte sich in ihr Herz. *Micah, ich bin hier!*

Zitternd erwachte sie und ihr Kopf ruckte hoch.

Neben ihrem Nest saß Sonnenschatten. »Du hast geträumt.«

Mottenflug zwinkerte ihn an, der Dunst aus dem Traum vernebelte immer noch ihre Gedanken. »Was machst du hier?« Sie zwang sich, aufzustehen. »Willst du dein Nest zurückhaben?«

»Nein.« Seine Schnurrhaare zuckten. »Ich habe gedacht, du würdest vielleicht gerne etwas essen.«

»Kieselherz hat mir schon etwas gebracht.« Sie suchte den Nestrand ab, aber die Maus war verschwunden.

»Ich habe sie Mausohr gegeben«, erklärte Sonnenschatten. »Er mag Mäuse am liebsten.«

Mottenflugs Magen knurrte. Seit Micahs Tod hatte sie

nichts mehr gegessen. »Hast du mir etwas mitgebracht?« Hoffnungsvoll schaute sie über den Rand ihres Nestes und war überrascht, dass sie Hunger hatte. Sofort fühlte sie sich schuldig. Ihr Magen tat so, als wäre nichts passiert.

»Lass uns zusammen jagen gehen.« Sonnenschatten blickte in Richtung Nesteingang, hinter dem das Nachmittagslicht die Brombeeren golden färbte. »Du kannst dir selbst etwas fangen.«

Mottenflug rutschte im Nest herum und merkte plötzlich, wie steif ihre Beine geworden waren. Vielleicht sollte sie darauf hören, was ihr Körper brauchte. »Ich kann es ja mal versuchen.« Sie stand auf und streckte sich. »Ich habe noch nie in einem Kiefernwald gejagt.«

»Ich kenne einen Ort, da gibt es praktisch kein Unterholz«, verriet ihr Sonnenschatten.

»Und dort finden wir Beute?« Mottenflug rätselte, wo die sich ohne Unterholz verstecken sollte.

»Es gibt dort jede Menge Gräben, und das heißt, dass wir auf jeden Fall ein oder zwei Frösche finden.«

»Nein, danke!« Mottenflug rümpfte die Nase. »Ich habe schon mal Kröte gegessen.«

Sonnenschatten schnaubte. »Frösche schmecken viel besser!« Mit zusammengekniffenen Augen beugte er sich vor. »Warum sollte man eine Kröte essen?«

Mottenflugs Pelz kribbelte vor Verlegenheit. Sie hüpfte aus dem Nest und ging auf den Eingang zu. »Habe ich nur mal probiert.« Sie schnupperte, als sie sich aus dem Bau schob.

Draußen auf der Lichtung redete Großer Schatten mit Mausohr und Schlammpfote. Als sie Mottenflug erblickte, flog ihr Kopf herum. »Wie geht es dir?«, miaute sie fröhlich.

Mottenflug blinzelte in der Sonne und fühlte sich plötzlich nackt. Erwartete jetzt jeder von ihr, dass sie so tat, als sei alles wieder normal?

Sonnenschatten lief an ihr vorbei und nickte Großer Schatten zu. »Wir gehen jetzt zusammen jagen und sind nicht lange fort.« Er drängte Mottenflug sanft zum Lagereingang, während Großer Schatten schweigend den Kopf neigte.

Mottenflug schlüpfte aus dem Lager und war froh, den neugierigen Blicken der SchattenClan-Katzen entkommen zu sein. Wacholderzweig lag ausgestreckt auf einem weichen Grasfleck und hatte sie vorbeilaufen sehen. Rabenpelz blickte vom Beutehaufen auf, den er gerade sondierte, als sie geduckt durch den Eingang verschwand.

»Hier entlang.« Sonnenschatten führte sie über moosigen Grund und hüpfte über einen umgestürzten Baum. Als Mottenflug ihm nachsprang, zerkratzte einer der dürren Zweige ihren Bauch. Bei der Landung zuckte sie zusammen.

»Hast du dich verletzt?« Sonnenschatten blieb stehen.

»Nur ein Kratzer.« Mottenflug war es egal. Eine Schürfwunde schmerzte viel weniger als der Verlust von Micah.

»Kieselherz soll sich das ansehen, wenn wir zurück sind.« Sonnenschatten lief weiter.

»Vielleicht finde ich ja etwas Schachtelhalm und Ampfer, während wir hier draußen sind. Dann entzündet es sich erst gar nicht.« Mottenflug zögerte, als sie sich an Micahs Worte erinnerte. *Wenn man Ampferblätter und Schachtelhalm zu einem Brei zerkaut, kann man ihn gut auf eine Wunde schmieren.* Wieder wurde sie von Kummer fast überwältigt.

Sonnenschatten blieb oben an einem Abhang stehen,

der mit Kiefernnadeln übersät war, und wandte sich um. »Kommst du?«

Mottenflug schüttelte ihren Pelz. »Ich will zurück in mein Nest.«

»Kannst du«, maunzte Sonnenschatten. »Nachdem wir einen Frosch gefangen haben.«

Mottenflug eilte ihm nach.

Überall ragten hohe Kiefern auf und verdeckten den Himmel. Zwischen den Ästen schimmerte Sonnenlicht, aber der Waldboden war kalt und feucht. Sie sprang die andere Seite des Abhangs hinunter und hatte Sonnenschatten eingeholt, als er gerade ein schattiges Waldstück erreichte, das von Gräben durchzogen war. Am ersten Graben blieb er stehen und sie stellte sich neben ihn.

»Ich weiß, wie das ist, wenn man die Katzen verliert, die man liebt.« Er hielt den Blick starr geradeaus gerichtet.

Ihr Kopf zuckte. »Tatsächlich?«

»Ich kam aus den Bergen, um meinen Vater zu finden.« Sonnenschatten schien mit zusammengekniffenen Augen die Gräben nach einer Bewegung abzusuchen. »Als ich hier ankam, war er tot, und meine Reisegefährtin – Sanfter Regen – starb kurz nach unserer Ankunft.«

Aber du hast nicht deine Lebensgefährtin verloren. Mottenflug trat unbehaglich von einer Pfote auf die andere.

»Plötzlich war ich allein«, fuhr er fort, »weit entfernt von meiner Heimat und den Katzen, mit denen ich zusammen aufgewachsen war.«

»Aber Großer Schatten gehört doch zu deiner Verwandtschaft, oder?« So ganz allein konnte er nicht gewesen sein.

»Sie gehört zur Verwandtschaft«, gab er zu. »Aber nicht

wie meine anderen Verwandten damals in den Bergen. Sie war eine Waldkatze geworden. Hier war alles anders als dort, wo ich aufgewachsen war. Die meisten der Katzen hier hatten keine Vorstellung davon, was es heißt, in den Bergen zu jagen. Oder dass es immer kalt ist.« Er drehte sich herum und schaute Mottenflug in die Augen. »Ich habe mich wie ein Fremder gefühlt. Als würde niemand verstehen, was ich fühlte. Als wäre ich unter Eis begraben und keine Katze würde hören, was ich sagte.«

Mottenflug blinzelte ihn langsam an. Verstand er tatsächlich, welcher Kummer ihr Herz gefangen hielt? »Hast du dieses Gefühl immer noch?«

»Nein.« Seine feierliche Miene erhellte sich. »Im Laufe der Zeit wurde es besser. Inzwischen finde ich es hier großartig. Alle meine Clan-Gefährten fühlen sich jetzt wie Verwandte an. Manchmal streiten wir uns, aber jeder achtet auf jeden, was immer auch passiert. Wir machen gute Beute, und wenn Blattfrische kommt, die Eichenwälder grün werden und der Wind den Geruch der Heide vom Moor herüberträgt, dann bin ich froh, hierhergekommen zu sein. Und ich habe das Gefühl, dass ich mehr gewonnen als verloren habe.«

Mottenflug ließ den Schwanz hängen. »Das Gefühl werde ich wohl nie kennenlernen.«

»Vielleicht nicht.« Sonnenschatten sprang über den Graben und ging weiter. »Aber du wirst das zu schätzen lernen, was dir geblieben ist und was du vielleicht in der Zukunft haben wirst.«

Würde das jemals wahr werden? Mottenflug folgte Sonnenschatten und der Waldboden wurde schwammig, die Kiefernnadeln waren Moos gewichen. Zwischen ihren Krallen trat Wasser hervor.

»Halt!« Sonnenschattens Stimme wurde zu einem Flüstern, mit einem Schnippen des Schwanzes bedeutete er ihr, stehen zu bleiben.

Sie folgte seinem Blick und sah etwas Grünes am Rand des Grabens entlanghüpfen, nur ein paar Schwanzlängen entfernt. Ein Frosch.

»Willst du ihn selbst fangen?«, flüsterte er.

»Ich bin kein besonders guter Jäger«, gab sie zu.

»Wenn du diesen verfehlst, suchen wir uns einen anderen.«

Mottenflug schaute ihn an, und plötzlich wurde ihr bewusst, wie wohl sie sich in seiner Gesellschaft fühlte. »Micah hätte dich gemocht«, murmelte sie.

»Ich glaube, ich ihn auch.« Seine Augen glänzten, als er ihren Blick erwiderte.

Sie wandte sich dem Frosch zu und kauerte sich zusammen. *Lass den Schwanz nicht schleifen.* Die Worte von Ginsterpelz klangen ihr in den Ohren. Sie kroch vorwärts und war froh, dass ihre Pfoten auf dem weichen Boden unhörbar waren. Als sie nur noch eine Schwanzlänge von dem Frosch entfernt war, hielt sie inne und konzentrierte sich ganz auf den glitzernden, grünen Körper. Sie zwang sich, ganz ruhig zu bleiben. Der Frosch machte einen weiteren kleinen Satz und blieb reglos sitzen. *Sie sind dümmer als Kaninchen*, ging es Mottenflug durch den Kopf. *Kann er mich riechen?* Sie fragte sich, ob der Duft der Kiefern ihren eigenen überlagerte. »Schnell!«, zischte Sonnenschatten. »Sie sind nicht so langsam, wie sie aussehen!«

Mottenflug drückte die Hinterpfoten ins Moos und sprang.

Ihre Krallen bohrten sich um Schnurrhaarbreite in den Boden hinter dem Frosch. Der sprang in hohem Bogen über den Graben. Mottenflug blinzelte, als er davonflog. Sie versuchte, ihm über den Graben zu folgen, aber als sie eine Schwanzlänge hinter ihm landete, verursachten ihre Pfoten nichts als eine Wasserfontäne. Wieder sprang er, dieses Mal in eine andere Richtung. Mottenflug drehte sich und versuchte, ihn aus der Luft zu schlagen, aber er scherte aus, und sie landete flach auf dem Bauch.

Ein schwarzer Pelzschatten flog an ihr vorbei über den Graben und landete meisterhaft auf dem Frosch. Der drehte und wand sich und zuckte verzweifelt mit den Schwimmfüßen. Sonnenschatten hielt die Pfote auf ihn gepresst. »Willst du ihm den Tötungsbiss geben?«

Mottenflug rümpfte die Nase. »Nein, danke.«

Sonnenschatten beugte sich vor und brach ihm mit einem Biss das Rückgrat. Der Frosch erschlaffte, und sie sah, wie Sonnenschattens Schnurrhaare vor Belustigung zuckten.

»Ist was?« Ihr Fell sträubte sich.

»Du hast lustig ausgesehen, sonst nichts«, schnurrte er. »Ich bin sicher, du hast noch nie Frösche gejagt.«

Mottenflug schnaubte. »Und ich wette, *du* könntest kein Kaninchen erlegen.«

»Wahrscheinlich nicht«, maunzte er freundlich. »Aber trotzdem sah es lustig aus, wie bei einem Jungen, das seinen eigenen Schwanz jagt.«

Mottenflug schnurrte und plötzlich fühlte sie sich höchst vergnügt. *Ich habe wohl ziemlich albern ausgesehen.* Dann erstarrte sie; das Gefühl war ohne Vorwarnung gekommen und das Schnurren erstarb in ihrer Kehle.

Sonnenschatten beobachtete sie und sein Blick verdunkelte sich. »Komm schon«, maunzte er forsch. »Wir nehmen den Frosch mit zum Lager, dort kannst du ihn probieren.«

»Ich habe keinen Hunger.« Mottenflug wandte sich Richtung Lager.

»Ein Bissen tut dir nicht weh.« Sonnenschatten nahm den Frosch ins Maul und trottete ihr nach.

Schweigend gingen sie zurück ins Lager. *Wie konnte ich nur schnurren?* Sie fühlte sich schuldig bis auf die Knochen. *Als hätte ich ihn schon vergessen!* Plötzlich wollte sie ihren Schmerz nicht mehr loslassen. Er war alles, was ihr noch von Micah geblieben war! Sie duckte sich noch vor Sonnenschatten durch den Eingang ins Lager.

»Ihr habt einen Frosch gefangen!« Großer Schatten sprang frohgemut über die Lichtung auf sie zu, den Schwanz steil nach oben gereckt.

Sonnenschatten ließ die Beute fallen. »Mottenflug will nicht probieren.«

Großer Schatten umkreiste sie. »Wir können dich nicht zu deinen Clan-Gefährten zurücklassen, ohne dass du *Frosch* probiert hast!«, maunzte sie. »Worauf sollest du sonst stolz sein?«

Mottenflug schaute die SchattenClan-Anführerin müde an. »Ich will nichts essen.« Sie lief über die Lichtung und bahnte sich vorsichtig den Weg in Sonnenschattens Bau. Sie kuschelte sich tief in ihr Nest, schloss die Augen und ließ sich von der Traurigkeit überwältigen. Sonnenschatten hatte sich an sein neues Zuhause gewöhnt? Na, wenn schon. Wie konnte sie Micah nur betrügen und sich an ein Leben ohne ihn gewöhnen?

24. KAPITEL

SIE WACHTE AUF einer nebeligen Wiese auf und wusste sofort, dass sie träumte. »Micah?« Sie starrte angestrengt auf den wirbelnden Dunst und hoffte, dass er irgendwo dort war.

»Mottenflug?« Seine Stimme kam aus der Dunkelheit.

Ihr Herz drohte vor Freude zu zerspringen. »Micah! Kannst du mich hören?«

»Mottenflug, bist du da?«

Mottenflug sprang suchend in den Nebel hinein, aber da war nichts. Nur sein Duft. »*Hörst* du mich?«, wiederholte sie, inzwischen panisch. *Er weiß nicht, dass ich hier bin!*

»Alles wird *gut* werden.« Sein Maunzen klang sorgenerfüllt. »Ich weiß, dass du traurig bist. Ich vermisse dich auch. Ich liebe dich. Ich werde dich immer lieben. Aber lass nicht zu, dass die Trauer dich verändert. Du musst weitermachen wie bisher!«

»Micah!« Ihr Schrei wurde zu einem enttäuschten Jammern. »Ich muss dich *sehen*!« Warum konnte er sich ihr nicht zeigen, wie Halber Mond und die anderen?

Sie sah seine Augen kurz am anderen Ende der Wiese aufblitzen. Sie schienen durch sie hindurchzustarren, suchend und voller Angst. Sie rannte darauf zu, und sein Duft wurde immer stärker, je näher sie kam.

»Lass dich nicht unterkriegen!«, miaute er.

»Ich komme.« Sie rannte schneller, ihre Pfoten griffen weiter aus.

»Gib nicht auf. Du musst stark sein. Nicht nur um deiner selbst willen, sondern …«

Eine ihrer Pfoten knickte ein und sie rollte durch das Gras. Der Schmerz ließ sie hochfahren. »Mein Bein!« Die Vorderpfote war ungeschickt unter ihrem Körper eingeklemmt. Sie zog sie hervor, streckte sie, rieb sie am Boden des Nestes, um den Krampf zu lösen. »Dummes Bein!«

Es war immer noch Nacht und alles lag im Schatten. Sie knurrte verärgert. *Micah versuchte, ihr etwas Wichtiges zu sagen.*

Der Schmerz ließ nach und Mottenflug legte den Kopf auf ihre Pfoten. Vielleicht konnte sie den Traum beenden. Wut kribbelte unter ihrem Pelz; sie kniff die Augen zusammen und versuchte, ihr Herzklopfen zu ignorieren. Mit jedem wachen Augenblick würde ihr Traum weiter verblassen und Micah mit ihm.

Sei stark! Nicht nur um deiner selbst willen, sondern … Was wollte er ihr damit sagen?

Zwischen den Kiefern schrie eine Eule und irgendwo im Lager schnarchte eine SchattenClan-Katze. Durch die Äste weit über ihr rauschte der Wind.

Ich werde nie wieder einschlafen. Sie wurde mutlos und sie hob den Kopf. Während ihre Augen sich langsam an das trübe Mondlicht gewöhnten, das durch die Brombeerhecke drang, fragte sie sich, ob die Dämmerung noch fern war. Sie öffnete das Maul und sog die Gerüche der Nacht ein. Die feuchte Luft schmeckte nach Staub, nicht nach Morgengrauen. *Es tut mir leid, Micah.* Die Schuldgefühle kehrten zurück. Sie hatte ihn im Stich gelassen. Er hatte versucht, ihr etwas zu sagen, und sie war aufgewacht.

Warum trieb er sich immer noch auf dieser düsteren Wiese herum? Warum war er noch nicht im Jagdrevier des SternenClans? Dort würde er sicher sein, mit Halber Mond und all den anderen. *Wurden Hofkatzen überhaupt in den SternenClan aufgenommen?* Ihr Rückenfell sträubte sich. Würde sie ihn überhaupt jemals wiedersehen? Bewegungslos starrte sie vor sich hin. Die Brombeerhecke schien sich immer enger um sie zu schließen. *Ich werde nie mehr mit ihm zusammen sein. Niemals.*

Sie verlor jedes Zeitgefühl und ihre Gedanken wanderten panisch hin und her. *Ich sollte einen Spaziergang machen.* Sie konnte unmöglich jetzt wieder einzuschlafen. Aber ihre Pfoten schienen wie festgewachsen zu sein, ihr Körper war bleischwer vor Kummer.

Mit der Morgendämmerung wird alles besser werden, sagte sie sich. *Aber wie lange dauert das noch?* Mit klopfendem Herzen starrte sie in die endlose Nacht.

Sie musste schließlich doch eingeschlafen sein, denn Kieselherz weckte sie.

»Mottenflug!« Das Maunzen klang ängstlich.

Ruckartig hob sie den Kopf.

»Ich brauche deine Hilfe!«

Alarmiert sprang sie auf die Pfoten. »Stimmt was nicht?« Durch den Eingang schimmerte erstes Morgenlicht.

»Wacholderzweig hat in der Nacht Wehen bekommen.«

»Aber das ist viel zu früh …«

»Ich weiß!« Seine Augen waren groß. »Die Jungen stecken

fest. Sie presst, aber sie wollen nicht kommen. Ich fürchte, dass sie sterben. Dass sie vielleicht …«

Mottenflug fiel ihm ins Wort. »Das lassen wir nicht zu.« Sie sprang aus dem Nest und schob sich durch den Eingang. Draußen schnupperte sie. Der saure Geruch der Angst kam aus einer Öffnung in der Brombeerhecke jenseits eines Streifens hohen Grases. Sie hielt darauf zu, Kieselherz folgte ihr auf den Pfoten. Vorsichtig schob sie sich durch die Lücke zwischen den Zweigen und war erstaunt, wie tief die Höhle in den dicken Brombeerwall gegraben war.

Wacholderzweig lag neben dem Nest, die Augen schmerzverzerrt aufgerissen. Rabenpelz hockte voller Angst mit gesträubtem Pelz neben ihr. Er starrte Mottenflug an, die sich in den Bau und neben ihn schob: »Was machst du denn hier?«

»Ich bin hier, um zu helfen.«

»Das ist in Ordnung«, maunzte Kieselherz in ihrem Rücken. »Sie ist auch eine Heilerkatze.«

»Sie ist jung.« Rabenpelz beäugte sie misstrauisch. »Was weiß sie schon darüber, wie Junge zur Welt kommen?«

»Und was verstehst *du* davon?«, entgegnete Kieselherz streng.

Mottenflug presste das Ohr an Wacholderzweigs Bauch. »Sie bewegen sich noch.« Sie spürte, wie die Jungen sich hin und her drehten. »Sie wollen heraus.«

Wacholderzweig stöhnte. »Ich versuch's ja.« Ihr Körper wurde von Wehen geschüttelt und der Schmerz ließ sie aufmaunzen.

Mottenflug eilte zu ihrer Rückseite, um nachzuschauen, ob schon etwas von den Jungen zu sehen war. Nichts. »Könnte irgendetwas im Weg sein?«, fragte sie Kieselherz. Die Höhle war dunkel, aber es drang doch genug Licht durch die Brombeeren, um sein Gesicht zu erkennen.

Sein Blick war verbissen.

»Rabenpelz.« Sie wandte sich an den dunklen Kater. »Bitte hole Moos und tränke es mit Wasser. Wacholderzweig wird durstig sein.«

Rabenpelz warf Kieselherz einen fragenden Blick zu.

»Geh schon«, ließ Kieselherz ihn wissen.

Der Kater hastete aus dem Bau.

Wacholderzweig starrte Mottenflug an, ihre Augen waren dunkel vor Angst. »Aber ich brauche ihn hier bei mir.«

»Er geht nicht weit weg.« Mottenflug nahm den Platz von Rabenpelz an ihrer Seite ein und legte eine Pfote auf den Bauch der Königin. Die Bewegungen waren stärker geworden. »Kieselherz und ich werden dir helfen.« *Hoffentlich.*

»Warum kommen sie denn nicht?«, jammerte Wacholderzweig.

Mottenflug kniff die Augen zusammen und dachte fieberhaft nach. Entweder war ihnen etwas im Weg, oder sie waren noch nicht so weit, herauszukommen. »Sie sind einen halben Mond zu früh«, murmelte sie vor sich hin. Wäre es möglich, dass Wacholderzweigs Körper sie zu früh ausstoßen wollte?

Eine weitere Wehe fuhr durch den Körper der Königin. Ihr Bauch zuckte.

»Hör auf zu pressen!«, ordnete Mottenflug scharf an.

»Aber ich *muss* doch.« Wacholderzweig fing an zu hecheln.

Mottenflug beugte sich zu ihr. »Hechel weiter. Konzentrier dich darauf. Wir müssen deinen Körper davon abhalten, zu pressen, und es deinen Kindern überlassen, ihren Weg zur richtigen Zeit zu finden.«

Kieselherz blinzelte sie an. »Aber sie kann keinen halben Mond so bleiben!«

»Das wird sie auch nicht müssen«, erklärte ihm Mottenflug. Sie wurde ganz ruhig. Sie erinnerte sich daran, wie sie zum ersten Mal den Tunnel zum Mondstein betreten hatte. Damals hatte die gleiche Ruhe von ihr Besitz ergriffen, als *wüsste* sie genau, was sie zu tun hatte. »Was passiert, wenn du dir die Pfote stößt?«

»Es tut weh?« Kieselherz schaute sie verwirrt an.

»Und sonst noch?«

»Die Pfote schwillt an.«

»Genau!« Mottenflug legte ihre Pfoten flach auf den heißen und pulsierenden Bauch von Wacholderzweig. Irgendetwas hatte sich entzündet. »Ihr Körper ist noch nicht so weit. Ich kann die Schwellung fühlen. Sie muss so lange aufhören zu pressen, bis er wieder abschwillt.«

»Damit die Jungen dann Platz haben, herauszukommen!« Kieselherz verstand mit aufgerissenen Augen.

Wacholderzweig knurrte. »Die Schmerzen kommen wieder.«

»Du musst weiterhecheln!« Mottenflug eilte aus dem Bau und schaute suchend über die Lichtung. Ihr Herz machte einen Satz, als sie einen dicken Kiefernzweig an ihrem Rand liegen saß. Sie packte ihn mit dem Maul und eilte zurück in die Höhle. Sie klemmte den Zweig zwischen Wacholderzweigs Zähne. »Beiß drauf, wenn die Schmerzen wiederkommen. Leg all deine Kraft in das Beißen, nicht das Pressen.«

Wacholderzweig kniff die Augen zusammen. Aus ihrer Kehle kam ein tiefes Stöhnen. Als sie die Kiefer fest zusammenpresste, brach der Zweig.

»Wir brauchen mehr solcher Zweige.«

Kieselherz nickte und duckte sich durch den Eingang.

Mottenflug leckte den Bauch von Wacholderzweig und war froh zu spüren, dass die Wehen nicht bis zu den Jungen durchdrangen. »Keine Angst, ihr Kleinen«, murmelte sie. »Es dauert nicht mehr lange, dann haben wir euch da raus.«

Wacholderzweig erschlaffte.

Mottenflugs Kopf fuhr herum; sie starrte die Königin an. Ihre Augen waren vor Erschöpfung verschleiert, aber der Krampf war offensichtlich vorbei. Der zerbrochene Kiefernzweig lag zerbrochen neben ihr auf dem Boden. »Sehr gut!«, maunzte sie. »Dieses Mal hast du nicht gepresst.«

Wacholderzweig atmete tief ein und schloss die Augen.

»Das wird nicht einfach werden«, miaute Mottenflug. »Du wirst noch eine Zeit lang nicht pressen dürfen. Jedenfalls, bis genug Platz für die Kleinen ist, um herauszukommen.«

»Es ist so anstrengend«, stöhnte Wacholderzweig.

»Ich weiß.« Mottenflug fühlte mit der Königin. »Aber du musst es machen. Für deine Jungen.« *Und dich selbst.* Sie hielt Wacholderzweigs furchtsamem Blick stand. »Wir werden dir dabei helfen.«

Noch während sie redete, schob sich Kieselherz in den Bau. Er ließ einen neuen Zweig fallen. »Mausohr und Schlammpfote suchen im Wald nach mehr.«

»Hast du noch mehr Mohnsamen?« Ein jähes Schuldgefühl durchzuckte Mottenflug. Hatte sie in ihrer ersten Nacht hier im Lager den ganzen Vorrat gegessen?

»Wolkenfleck hat ein Maulvoll gebracht«, berichtete Kieselherz.

»Hol, was du noch hast«, befahl ihm Mottenflug. »Wir müssen ihre Schmerzen lindern.«

»Ich bringe auch noch Thymian mit, das wird sie beruhigen.«

»Gute Idee.« Ihre Blicke trafen sich, und Mottenflug war erleichtert, dass sie das gemeinsam durchstehen würden.

Kaum war Kieselherz verschwunden, fing Wacholderzweig wieder an zu stöhnen. »Jetzt kommt die nächste Welle.«

Mottenflug nahm den frischen Zweig und klemmte ihn zwischen Wacholderzweigs Zähne. »Denk dran: Auf den Atem konzentrieren, und der Schmerz verschwindet so schnell, dass du es gar nicht merkst.«

Als Wacholderzweig sich beim Versuch versteifte, nicht zu pressen, legte sie ihre Pfoten sanft auf den Bauch der Königin. *Nein!* Die kleinen Bewegungen im Bauch wurden schwächer. *Durchhalten, ihr Kleinen. Es dauert nicht mehr lange.* Sie hoffte, dass sie recht behielt.

Die Wehen schlugen weiter in Wellen über der Königin zusammen. Sie atmete gegen jede von ihnen an und Mottenflug beruhigte sie jedes Mal. Kieselherz kam und brachte Mohnsamen und Thymian. Als Rabenpelz schließlich mit dem wassergetränkten Moos zurückkam, schluckte Wacholderzweig beides und leckte durstig das Wasser auf.

»Wann wird es ihr wieder besser gehen?«, fragte Rabenpelz mit einem ängstlichen Blick auf seine Gefährtin.

Kieselherz schob ihn vorsichtig Richtung Eingang. »Wir tun alles, was wir können«, versprach er.

Nachdem der schwarze Kater den Bau verlassen hatte, blickte Schlammpfote hinein und ließ ein Bündel Kiefernzweige fallen.

»Vielen Dank!«, maunzte Mottenflug ihm zu und steckte schnell einen Ast zwischen Wacholderzweigs Zähne. Die Wehe kam. Sie presste ihre Pfoten flach auf den Bauch der Königin. Die Jungen bewegten sich kaum noch. Aber die fiebrige Hitze unter dem Pelz schien verschwunden zu sein. War die Schwellung zurückgegangen? Als Kieselherz wieder hereinkam, schaute sie ihn an. »Fühl mal.«

Sie rückte zur Seite und er legte die Pfoten auf den Bauch. »Weniger geschwollen, oder?«

Er nickte langsam, aber schaute sie besorgt aus zusammengekniffenen Augen an und senkte die Stimme zu einem Flüstern. »Aber ich spüre kaum noch eine Bewegung der Jungen.«

»Ich weiß.« Mottenflug flüsterte nun direkt in sein Ohr. »Sie muss jetzt anfangen zu pressen oder wir verlieren sie.«

»Aber was, wenn es immer noch zu früh ist?«

»Wenn wir noch länger warten, wird es zu spät sein.«

Kieselherz starrte sie düster an. »Du hast recht.« Er presste sich neben Wacholderzweigs Ohren auf den Boden. »Bei der nächsten Welle musst du pressen.«

»Tatsächlich?« Ihre Augen glänzten vor Erleichterung. Sie keuchte und ihr Körper versteifte sich.

Mottenflug tauschte Blicke mit Kieselherz. *Möge der SternenClan uns zur Seite stehen.*

Als die nächste Wehe kam, stöhnte die Königin mühsam auf und fing an, zu pressen. Mottenflug legte die Pfoten auf ihren Bauch und fühlte, wie sie drückte.

Kieselherz hockte sich neben den Schwanz der Königin. »Ich kann es sehen, da kommt etwas!« Sein Maunzen verriet Begeisterung.

»Weiter pressen!«, mahnte Mottenflug.

Wacholderzweigs Stöhnen wurde zu einem Knurren, als sie angestrengt mit den Zähnen knirschte.

Kieselherz schnappte nach Luft. »Es ist da!«

Mottenflug sprang an seine Seite und starrte auf das kleine Etwas, das neben Wachholderzweigs Schwanz lag. Es war von einer Membran umgeben, die Mottenflug instinktiv mit einer Kralle aufschlitzte. Mit der herausquellenden Flüssigkeit strampelte sich das Junge frei und wimmerte, als es seinen ersten Atemzug tat.

Wacholderzweig hob den Kopf, wollte es sehen. Mottenflug packte das Junge am Genick und legte es neben ihre Schnauze. Noch während sie es mit vor Freude leuchtenden Augen leckte, setzte die nächste Wehe ein.

»Pressen!«, befahl Mottenflug ihr streng. Sie legte die Pfoten wieder auf Wacholderzweigs Bauch und spürte, wie er sich verkrampfte.

»Noch eins!«, maunzte Kieselherz triumphierend. Mottenflug eilte zu ihm. Er hatte die Membran bereits geöffnet. Als das Junge zappelte und maunzte, konnte sie ein tiefes Schnurren nicht unterdrücken. Sie nahm es sanft hoch und legte es neben das erste.

»Wie viele noch?«, wollte Wacholderzweig wissen.

Mottenflug ließ eine Pfote über ihren Bauch gleiten und spürte eine Bewegung. »Mindestens noch eins.« Gleichzeitig zuckte Wacholderzweig vor Schmerz zusammen. Sie zitterte und keuchte, während sie presste.

»Es kommt«, feuerte Kieselherz sie an.

Jaulend presste Wacholderzweig noch ein Mal. Die Jungen an ihrer Seite wimmerten und zappelten blind.

»Ich glaube, das ist das letzte.« Mottenflug warf Kieselherz einen Blick zu, als Wacholderzweig erschlaffte. »Wir haben es geschafft!«

Die Heilerkatze des SchattenClans starrte mit düsterem Blick nach unten.

»Stimmt was nicht?« Mottenflug war mit einem Satz neben ihm.

»Es war eine Kätzin«, maunzte er leise.

Das Junge lag bewegungslos auf der aufgeschlitzten Membran.

Mottenflugs Herz blieb fast stehen, als sie auf den schlaffen Körper starrte. Sie dachte an Spatzenjunges, die nur Augenblicke nach der Geburt gestorben war. *SternenClan, das darf nicht sein!* Sie hob eine Pfote und strich über den leblosen Pelz des Jungen. Es war kleiner als seine Wurfgeschwister, das hellgraue Fell noch glitschig. Sie beugte sich hinab und schnüffelte an der winzigen Schnauze. »Es atmet nicht«, flüsterte sie. »Wie Niesel.«

Kieselherz blinzelte sie an. »Was meinst du damit?«

Mottenflug legte eine Pfote auf die winzigen Rippen. »Vielleicht hat es Wasser in der Brust!«

Kieselherz sah verwirrt aus. »Weißt du, wie du ihr helfen kannst?«

Mottenflug rollte das Junge auf den Rücken. »Ich glaube schon. Aber sie ist so winzig!« Das Junge fühlte sich so zerbrechlich wie ein Spatz an. Wie stark durfte sie drücken?

Sie fing an zu pumpen – erst sanft, aber als sie merkte, wie widerstandsfähig das Junge unter ihren Pfoten war, immer kräftiger.

»Was ist los?« Wacholderzweig drehte mit weit aufgerissenen Augen den Kopf, um etwas sehen zu können.

»Kümmer du dich um die beiden«, stellte Kieselherz fest. »Wir kümmern uns um dieses hier.«

»Ist es tot?« Das Maunzen der Königin war heiser vor Angst.

»Das wissen wir nicht.« Kieselherz stellte sich so, dass Wacholderzweig nicht sehen konnte, was Mottenflug tat.

»Was *macht* ihr da mit ihm?« Sie versuchte sich aufzusetzen, aber fiel vor Erschöpfung wieder um.

Rabenpelz huschte in den Bau. »Was geht hier vor?«

Mottenflug wandte den Blick nicht von dem Jungen und pumpte weiter. *Mache ich das Richtige?* Beobachtete Halber Mond sie? *Atme! Bitte atme!* Langsam bekam sie Angst.

Rabenpelz drängte sich an Kieselherz vorbei. »Was machst du da?« Er starrte Mottenflug entsetzt an.

Gleichzeitig zuckte das Junge und Wasser sprudelte über seine Lippen. Schnell drehte Mottenflug es auf den Bauch und fing an, seinen Rücken zu massieren, während es weitere Flüssigkeit ausspuckte. Dann gab es ein lautes, verzweifeltes Wimmern von sich.

Mottenflug setzte sich auf die Hinterpfoten; die Freude leuchtete aus ihr wie ein Sonnenstrahl. Sie zitterte und fühlte Kieselherz' Blick auf sich ruhen.

»Du hast es gerettet.« Seine Augen funkelten.

»Ich glaube, es will zu seiner Mutter.« Mottenflug trat zurück und ließ Rabenpelz das Junge am Nacken hochheben.

Er legte es neben die beiden anderen und strahlte Wacholderzweig stolz an. »Sie sind wunderschön.«

Mottenflug spürte plötzlich, wie müde sie war. Wacholderzweig musste völlig erschöpft sein. »Wir sollten sie in ihr Nest schaffen«, murmelte sie Kieselherz zu.

»Darum kümmere ich mich«, ließ Kieselherz sie wissen. »Du siehst müde aus.«

Mottenflug blinzelte ihn dankbar an. »Das bin ich.« Ihr Blick wanderte zu Wacholderzweig und Rabenpelz. Sie schauten ihre Jungen an, dann sich und ihre Augen waren voller Liebe. Mottenflugs Herz schien einen Schlag auszusetzen, und der Schmerz traf sie so plötzlich, dass es ihr fast den Atem nahm. Diese Freuden würden Micah und sie nie teilen. Schwach vor Kummer, rappelte sie sich auf und trottete aus dem Bau.

Hinter ihr wimmerten die Jungen, während Wacholderzweig und Rabenpelz schnurrten. Das Glücksgefühl, das sie erfüllt hatte, als das Junge unter ihren Pfoten wieder zum Leben erwacht war, verflog wie Nebel im Wind. *Ach, Micah, ich vermisse dich so sehr.* Der Verlust presste ihr das Herz zusammen. Sie sehnte sich danach, nicht mehr zu trauern, aber wie? Das Leben, das sie mit Micah geplant hatte, war unmöglich geworden – vor ihr lagen Einsamkeit und lange, leere Tage. Sie fühlte sich, als wären all ihre Träume mit ihm gestorben.

25. KAPITEL

MOTTENFLUG LIESS den Blick über das Nesselfeld schweifen. Sie liebte diesen Teil des Kiefernwaldes. Lücken im Blätterdach ließen das Sonnenlicht in schmalen Streifen auf den moosigen Waldboden fallen und dort wuchsen die Nesseln besonders kräftig. Kieselherz wartete auf sie zwischen Gräben, die den Boden unterhalb des Hügels durchzogen. Sie war jetzt schon fast einen ganzen Mond beim SchattenClan und hatte begonnen, Kieselherz zu helfen, Kräuter zu sammeln und Vorräte anzulegen. Sie hatte sich an das Dämmerlicht gewöhnt, auch wenn der Geruch nach Kiefernsaft angefangen hatte, ihr leichte Übelkeit zu verursachen.

Aber sie war immer noch nicht so weit, zurück zu ihrem Clan zu gehen.

Sie streckte den Kopf vor und biss einen dicken Nesselstängel ab; dann trug sie ihn den Hügel hinauf und achtete darauf, die Blätter nicht zu berühren.

»Ich glaube, wir haben genug.« Kieselherz trat zur Seite, damit sie den Stängel in den Graben fallen lassen konnte.

Er fiel auf die anderen und sank sofort langsam in das trübe Wasser.

»Sind die bereits gesammelten Stängel jetzt fertig?«, fragte sie.

Kieselherz sprang zum nächsten Graben und fuhr mit der Pfote über die Stängel, die sie vor einem Sonnenaufgang dort hineingelegt hatten. »Ja«, miaute er, »sie brennen überhaupt nicht mehr.«

Mottenflug schüttelte ihren Pelz. »Ich habe mich gefragt, ob das Gleiche passiert, wenn man sie trocknet.«

»Auf dem Moor ist es einfach, Kräuter zu trocknen.« Kieselherz zog einen tropfenden Stängel aus dem Graben und legte ihn auf den Boden. »Da gibt es eine Menge Wind und Sonne. Hier bei uns ist es zu feucht.«

»Aber wie kommst du ohne getrocknete Kräuter durch die Blattleere?«

»Dieselbe Frage hat mir Wolkenfleck letzten Sonnenuntergang auch gestellt.« Kieselherz warf ihr einen Blick zu, während er einen weiteren Stängel aus dem Graben zog.

Mottenflug zuckte schuldbewusst zusammen. Sie hatte das Halbmondtreffen am Mondstein verpasst. »Und was hast du ihr geantwortet?«

»Ich habe sie gefragt, ob sie ein paar Kräuter für den SchattenClan trocknen kann.« Er schaute sie fragend an. »Könntest du auch welche trocknen? Wenn du wieder auf dem Moor bist?«

Will er, dass ich wieder gehe?

Kieselherz musste die Angst gesehen haben, die ihren Blick verdunkelte. »Ich meine, wenn du bereit bist.«

Werde ich jemals bereit sein? Die SchattenClan-Katzen verlangten nichts von ihr. Sie brachten ihr Beute und neigten grüßend den Kopf, sie sprachen mit ihr über Alltägliches, etwa, wie die Jagd lief oder wie früh Blattgrüne in diesem Jahr kam. Bei ihnen zu leben, war einfach.

Ihre Clan-Gefährten würden wissbegieriger sein. Sie würden sich nach Micah erkundigen. Außerdem erwarteten sie, dass sie ihre Pflichten als Heilerkatze wiederaufnahm. Mottenflug spürte, wie die Angst sich in ihrem Magen ballte. Sie war noch nicht so weit, sich um andere zu kümmern.

Als sie nicht antwortete, starrte Kieselherz die Nesselstängel an. »Wir haben dich vermisst, letzte Nacht am Mondstein.«

»Ich wollte ja mit dir kommen.« Das wollte sie wirklich. Tief in ihrem Inneren wusste sie, dass es ihre Bestimmung war, eine Heilerkatze zu sein. Und dass sie der Heilerkatze des SchattenClans half, war eine Bestätigung dieser Überzeugung. Es hatte ihr wieder Zielstrebigkeit gegeben und die Befriedigung darüber hatte sie von ihrem Kummer abgelenkt. Seit der Geburt hatte sie sich intensiv um Wacholderzweigs Junge gekümmert. Sie war mit Kieselherz zum Rand des Eichenwalds gegangen, um Borretsch zu sammeln, damit Wacholderzweig immer genug Milch für die Jungen hatte. Allerdings hatte sie sich im letzten Mond immer müde gefühlt; jeden Abend war sie erschöpft in ihr Nest gekrochen. Der Gedanke an den langen Weg zu den Hochfelsen hatte sie abgeschreckt. Und wenn sie ehrlich mit sich selbst war, dann war sie vielleicht auch noch nicht bereit, Micah als SternenClan-Katze wiederzutreffen. *Denn das bedeutete, dass er wirklich von ihr gegangen war.* »Ich war müde.«

»Verstehe.« Kieselherz' Blick wanderte zu ihrem Bauch. Hatte er mitbekommen, dass ihre Erholungsphase – Beute essen, die andere gefangen hatten – sich inzwischen auf ihre dicker gewordenen Flanken niederschlug? Vielleicht wurde es Zeit, dass sie sich zusammenriss und zu ihrem Clan zurückkehrte. Ihr Kummer hatte die rohe Kraft verloren, die sie für Tage am Stück hatte verstummen lassen. Aber immer noch wachte sie zitternd mitten in der Nacht auf, und ihre Sehnsucht nach Micah war so stark, dass ihr das Blut in ihren Ohren dröhnte.

»Ich werde nicht aufhören, eine Heilerkatze zu sein«, versicherte sie ihm.

»Das habe ich auch nie vermutet.« Er fing an, die Stängel glatt zu streichen.

»Die anderen Heilerkatzen wissen das doch auch, oder?«

»Natürlich.« Er pflückte einen vertrockneten Grashalm vom Rand des Grabens und fädelte ihn unter die Stängel, um ein Bündel zu schnüren. »Ich soll dir ausrichten, dass du dir keine Sorgen machen sollst, weil du das Treffen verpasst hast. Sie verstehen dich.«

»Ist der SternenClan aufgetaucht?« Mottenflug war dieser Frage aus dem Weg gegangen, seitdem Kieselherz in der Morgendämmerung zurückgekehrt war. War Micah dort gewesen? Sie wollte es gar nicht wissen. Denn wenn ja, dann hätte es ihr erneut das Herz gebrochen, ihn verpasst zu haben. Und wenn nicht, dann hätte sie sich Sorgen gemacht, ob er vielleicht nicht in ihre Reihen aufgenommen worden war. Aber sie musste wissen, ob der SternenClan vielleicht eine Botschaft für sie hatte.

»Halber Mond kam allein«, erklärte ihr Kieselherz. »Und blieb auch nur lange genug, um uns zu sagen, dass wir uns um dich kümmern sollen.«

Mottenflug blinzelte ihn an. Sie hatte nichts über Micah gesagt? »Das war alles?«

»Ja.« Kieselherz wickelte den Grashalm fest um das Bündel. »Eichelfell war enttäuscht. Sie hatte erwartet, ihre Vorfahren zu treffen.«

Mottenflug versteifte sich und ihr Pelz kribbelte vor Ärger. »*Eichelfell* war da?«

Kieselherz wickelte das Gras noch einmal um die Stängel und zog sie fest zusammen. »Sie ist jetzt die Heilerkatze des WolkenClans.«

»Sie ist eine Spionin!«, fauchte Mottenflug. »Wolkenhimmel hat sie auf Micah angesetzt, weil er ihm nicht traute.«

»Das mag richtig sein.« Kieselherz hob den Kopf. »Aber Micah hat ihr eine Menge beigebracht. Sie weiß mehr über das Heilen als jede andere WolkenClan-Katze. Und sie mag ihre Aufgabe. Davon abgesehen ...« Er hielt inne und vermied es, sie anzusehen. »Ich habe davon geträumt, wie sie ihre Clan-Gefährten heilt.«

»Du *wusstest*, dass sie ihre Heilerkatze wird?« Mottenflug war zutiefst empört. »Und du hast mich nicht gewarnt?«

»Ich war mir nie *sicher*«, korrigierte sie Kieselherz. »Ich habe eine *Menge* Träume. Und nicht alle stellen sich als Visionen heraus.« Er hielt ihrem Blick stand. »Dass ich im Traum gesehen habe, wie Eichelfell kranken Katzen Kräuter gibt, heißt nicht, dass Micah sterben würde. Und selbst wenn ich es vermutet hätte – hättest du es wirklich wissen wollen?«

»Ich hätte ...«

Er unterbrach sie. »Was hättest du? Sein Schicksal geändert? Ihn noch mehr geliebt?«

Mottenflug starrte ihn wortlos an. Wenn sie es gewusst *hätte*, was wäre dann anders gewesen? Sie hatte eine wunderbare Zeit mit Micah verlebt. Diese perfekten Tage vom

Schatten seines Todes verdunkelt zu sehen, das konnte sie sich doch wirklich nicht wünschen.

Das Maunzen von Kieselherz wurde weicher. »Ich hatte schon Angst, du würdest nicht zum Mondstein kommen, weil du dem WolkenClan vorwirfst, an Micahs Tod schuld zu sein.«

Mottenflug blinzelte. »Ich habe es ihnen vorgeworfen«, gab sie zu. »Aber das ist nicht der Grund.«

»Wirfst du es ihnen immer noch vor?«

Mottenflug schüttelte den Kopf. »Selbst wenn sie sein Schicksal gekannt hätten – woher sollten sie die Macht haben, es zu ändern? Und du hast recht: Was hätte ich tun sollen, wenn ich es gekannt hätte?«

Noch während sie sprach, wandte Kieselherz den Blick auf etwas in ihrem Rücken. Sie sah, wie sein Pelz sich sträubte. Mit offenem Maul schnupperte sie: Katzengeruch.

Mit angelegten Ohren fuhr sie herum.

Zwei Katzen kamen aus dem Wald.

»Mottenflug!« Eine rundliche, schwarz-weiße Hofkatze hatte den Ruf ausgestoßen.

Der schwarze Kater an ihrer Seite ließ den Schwanz hin und her sausen. »Wir dachten schon, wir finden dich nie!«

»Kuh!« Mottenflug eilte ihnen entgegen und vor Freude schlug ihr Herz schneller. »Maus!«

Kuhs Blick war tieftraurig. »Wir haben von Micah gehört.«

Maus ließ den Schwanz hängen. »Hat er gelitten?«

Mottenflug blieb wie angewurzelt stehen, und das Maunzen blieb ihr im Halse stecken, als sie an Micahs letzte Augenblicke dachte. »Nicht sehr lange«, würgte sie schließlich hervor.

Kuh schob sich um sie herum und ihr weicher Pelz strich warm über Mottenflugs Fell.

Maus neigte den Kopf vor Kieselherz. »Ich hoffe, ihr habt nichts dagegen, dass wir gekommen sind«, maunzte er. »Wir sind auf der Suche nach Micah über das Moor gelaufen. Eine Katze namens Ginsterpelz hat uns von dem Unfall erzählt.«

Kuh sah Mottenflug aus traurigen Augen an. »Er sagte, ihr wärt am Ende ein Paar gewesen.«

Einen Augenblick überlegte Mottenflug, ob die beiden ihr vorwarfen, dass sie ihnen Micah weggenommen hatte. Aber Kuh strich mit dem Schwanz über ihren Rücken und schaute sie mit tiefer Zuneigung an. »Es muss hart für dich gewesen sein.«

»Zumindest war ich mit ihm zusammen.« Ihr Hals wurde eng, als sie wieder daran dachte. Sie schluckte den Schmerz hinunter und bemerkte erst dann das staubige Fell der beiden. »Ihr müsst müde sein. Es ist ein langer Weg von dem Hof bis hierher.«

Kieselherz trat auf sie zu. »Kommt mit zu unserem Lager und ruht euch aus.« Er warf einen Blick auf das Bündel Stängel. »Ich muss sie zurückbringen, bevor sie verfaulen.«

Kuh starrte auf das feuchte Bündel. »Warum sammelst du nasse Nesseln?«

Maus ließ den Blick verwirrt durch den schattigen Kiefernwald schweifen. »Gibt es hier keine Beute?«

»Jede Menge«, schnurrte Kieselherz. »Ich sammele Nesseln, falls einer meiner Clan-Gefährten krank wird.«

Kuh schnurrte. »Hilft es, wenn sie brennen?«

Mottenflugs Schnurrhaare zitterten vor Belustigung. »Wenn man sie vorher einweicht, dann brennen sie nicht mehr. Sie helfen aber bei der Behandlung von Wunden und – wenn man sie isst – bei Knochenschmerzen.«

»Du scheinst seit unserem ersten Treffen eine Menge dazugelernt zu habe.« Sie blinzelte Kieselherz zu. »Damals hat sie versucht, eine Wiese zu überqueren, auf der ein Hofhund Schafe hütete.«

Die Erinnerung ließ Mottenflug schnurren. »Micah hat mich gerettet.«

Kuh fing ihren Blick auf. »Du musst ihn sehr vermissen.«

»Ja«, antwortete sie heiser. »Wir waren Gefährten.«

Kuh presste ihre Schnauze an Mottenflugs Kopf.

Kieselherz zeigte mit dem Schwanz auf die Brombeeren, die zwischen den Kiefern zu sehen waren. »Das Lager ist nicht weit.« Er nahm das eine Ende des Nesselbündels zwischen die Zähne und zerrte es über den Waldboden. Maus beeilte sich, das andere Ende aufzunehmen.

Kuh schloss sich Mottenflug an. »Wann ist Micah gestorben?«

»Vor einem Mond«, antwortete Mottenflug leise.

Schweigend gingen sie weiter und trauerten gemeinsam um Micah.

Als sie sich dem Lager näherten, trat Rabenpelz schnuppernd aus dem Eingang. Als er Kuh und Maus sah, kniff er die Augen zusammen.

Mottenflug sprang ihm entgegen. »Sie sind Freunde«, erklärte sie. »Sie haben auf demselben Hof wie Micah gelebt.«

Dann schlüpfte Großer Schatten aus dem Lager, ihre Nase zuckte. »Haben wir Besuch?«

Kuh neigte den Kopf vor der Anführerin des SchattenClans. »Wir wollen Mottenflug besuchen.«

»Kommt herein und lasst es euch schmecken«, lud Großer Schatten sie ein. »Im Moment gibt es jede Menge Beute. Mehr, als wir essen können.« Sie führte Kuh ins Lager und der Geruch nach frischer Beute lag in der Luft. Mottenflug und Rabenpelz folgten ihr auf den Pfoten, während Kieselherz und Maus die Nesseln durch den Eingang trugen.

Drei Junge hoben die Köpfe im hohen Gras, wo Wacholderzweig sich ausruhte.

Das größte von ihnen, ein schwarzer Kater mit orangefarbenem Schwanz, blinzelte in ihre Richtung und sagte: »Schau mal, Dämmernase!« Er stieß die kleine Kätzin neben sich an. »Besuch!« Dann flitzte er über die Lichtung davon.

Die schildpattfarbene Dämmernase folgte ihm auf den Pfoten. »Wer seid ihr?«, maunzte sie Kuh zu.

»Bist du eine Clan-Katze?« Ein weiteres Junges eilte ihnen hinterher, dessen gefleckter brauner Pelz vor dem schattigen Waldboden kaum zu erkennen war.

Mottenflug schnurrte. »Das ist Kuh«, erklärte sie. »Sie und Maus waren Freunde von Micah.«

»Ich bin Hängendes Blatt.« Der Kater mit dem orangefarbenen Schwanz kam rutschend vor Kuh zum Stehen.

»Und ich Dämmernase«, maunzte seine Schwester.

Jetzt war der gefleckte braune Kater auch da. »Und ich bin Schattenfell.«

Hängendes Blatt neigte den Kopf. »Weißt du, dass Micah tot ist?«, fragte er Kuh.

Mottenflug zuckte zusammen, aber Kuh sah ihm fest in die Augen. »Ja.«

Dämmernase stieß ihren Bruder sanft an. »Solche Fragen soll man nicht stellen, Schattenfell. Das ist unhöflich.«

»Aber Rabenpelz sagt, dass wir fragen können, was wir wollen«, maunzte Hängendes Blatt.

Schattenfell rümpfte die Nase. »Er sagt aber auch, dass wir wissen sollen, wann wir ruhig sein müssen, denn sonst werden wir nie gute Jäger!« Er blinzelte Mottenflug an. »Macht es *dir* etwas aus, wenn wir über Micah reden?«

Mottenflug ignorierte die Traurigkeit in ihrer Brust. »Nein.« Es würde nichts ändern, wenn sie so tat, als hätte es Micah nie gegeben. Es würde auch nicht weniger schmerzen.

Hängendes Blatt starrte immer noch Kuh an. »Aber warum seid ihr gekommen, wenn Micah tot ist?«

»Wir wollten Mottenflug besuchen.«

Dämmernase reckte das Kinn. »Seid ihr auch *ihre* Freunde?«

»Das sind wir.« Kuh schaute sich um. »Es sieht hier sehr gemütlich aus.«

Hinter ihnen war Maus immer noch dabei, Kieselherz beim Verstauen der Nesselstängel zu helfen. Sie schoben sie hoch in die Brombeermauer, damit sie trocknen konnten. Die Nesseln baumelten in den stacheligen Zweigen und trübes Wasser tropfte auf den Boden.

»Ich habe einen eigenen Bau«, erklärte Mottenflug.

»Du hast *Sonnenschattens* Bau bekommen«, korrigierte Schattenfell sie.

Mottenflug trat unbehaglich von einer Pfote auf die andere. »Das stimmt. Ich darf in Sonnenschattens Bau wohnen, bis ich zu meinem Clan zurückgehe.«

Kuh blinzelte sie an. »Das hier ist nicht dein Clan?«

Großer Schatten antwortete an ihrer Stelle. »Sie lebt auf dem Moor.«

Kuh warf einen Blick auf Mottenflugs Bauch. »Wirst du zurückgehen, um deine Jungen zu bekommen?«

Mottenflug starrte sie an. »Ich bekomme keine Jungen!«

»Bist du ganz sicher, Liebes?« Ihr Blick war voller Mitgefühl.

Mottenflug erstarrte. *War das möglich? Bekam sie Junge?* Würde sie das nicht selbst am besten wissen? Aber dann fiel es ihr ein: ihre Müdigkeit, die Übelkeit … schockiert schaute sie Großer Schatten an.

Die Anführerin des SchattenClans senkte den Blick.

Kieselherz stand mit zuckenden Ohren vor ihr. »Wir dachten, dass du es weißt.«

Mottenflug Pfoten schienen wie festgewachsen zu sein; das Lager geriet ins Wanken. »Das glaube ich nicht!« Ihre Gedanken drehten sich im Kreis. »Ich hatte doch noch nie Junge.« Sie war der Überzeugung, dass das bequeme Leben im SchattenClan-Lager sie einfach dick gemacht hatte.

Großer Schatten blinzelte. »Wir haben geglaubt, du seist glücklich, dass dir etwas von Micah geblieben ist!«

Micahs Junge. Mottenflugs Herz schien Purzelbäume zu schlagen. Sie trug *Micahs Junge* unter dem Herzen.

Kuhs Schnurren schien alles zu übertönen. »Sie werden ebenso stattlich und mutig wie ihr Vater sein.«

Junge! In ihrem Bauch. »Das kann ich nicht!« Schockiert wich sie zurück. Sie konnte ja noch nicht einmal für sich selbst sorgen! Wie also für neues Leben? Schiefers Junge fielen ihr wieder ein, die auf dem Moor verloren gegangen waren, weil sie nicht aufgepasst hatte. Dann dachte sie an Wacholderzweigs Geburt. *Diese Schmerzen!* Der Boden unter ihren Pfoten schien zu schwanken.

Kuh drückte sich an sie. »Es ist ganz natürlich.«

Mottenflugs Gedanken wirbelten durcheinander. »Ich muss zu meinem Clan.« Sie wusste es tief in ihrem Innersten. »Ich muss zu Windläufer.« Plötzlich wollte sie ein Nest bei ihrem Clan und sich bei ihm geborgen fühlen.

Großer Schatten senkte den Kopf. »Jemand muss dich begleiten«, maunzte sie. »Du solltest nicht allein unterwegs sein.«

»Es wird schon gehen«, antwortete Mottenflug, immer noch verstört von dem Schock.

Kieselherz trat vor. »Ich begleite sie.«

Mottenflug starrte ihn leer an. »Können wir gleich los?« Ihr Blick huschte zwischen Kuh und Maus hin und her. »Es tut mir leid, dass ich schon wieder gehe. Ihr seid ja gerade erst angekommen. Aber …«

Kuhs Augen waren rund vor Mitgefühl. »Wir verstehen das.«

Großer Schatten ließ ihren Schwanz hin und her peitschen. »Wir sorgen dafür, dass sie satt und ausgeruht sind, bevor sie wieder aufbrechen.«

Mottenflug verstand ihre Worte kaum noch. Ihre Gedanken waren bereits auf dem Moor, wo ihre Clan-Gefährten auf sie warteten. Wie hatte sie nur so lange fort sein können? »Ich war so selbstsüchtig«, flüsterte sie, als sie auf den Eingang zum Lager zuhielt.

Kieselherz holte sie ein und blieb neben ihr. »Wie wär's mit etwas Thymian, bevor wir uns auf den Weg machen? Du scheinst doch etwas durcheinander zu sein.«

»Mir geht's gut.« Mottenflug schaute starr nach vorn. Es spielte keine Rolle, ob sie durcheinander war. Sie musste jetzt stark sein. Sie trug Micahs Junge. Nichts anderes war wichtig.

26. KAPITEL

MOTTENFLUG LIEF neben Kieselherz und keuchte.

»Lass uns langsamer gehen«, schlug er vor.

Sie schüttelte den Kopf. »Ich muss zurück.« Dann hatten sie den Rand des Kiefernwaldes erreicht und standen vor dem Donnerweg. Der Steinweg lag verlassen da, aber der stechende Gestank nach Monstern verursachte Mottenflug Übelkeit. »Ich bin so schwach geworden!«

»Ich glaube, das liegt daran, dass du schwanger bist.« Kieselherz blieb auf dem Grasstreifen am Donnerweg sitzen. »Wacholderzweig konnte am Ende kaum noch die Lichtung überqueren, ohne zu keuchen.«

»Und ich habe noch einen weiteren Mond vor mir!« Mottenflug beeilte sich, das glatte Steinband zu überqueren; sie wollte nicht an die lange und schmerzhafte Geburt denken.

Kieselherz folgte ihr und wechselte taktvoll das Thema. »Deine Clan-Gefährten werden dich sicher vermisst haben.«

»Glaubst du?« Sie schaute ihn an, als sie die andere Seite des Donnerwegs erreicht hatten. Würden sie nicht glauben, dass es treulos von ihr gewesen war, so lange fortzubleiben?

»Sie werden sich freuen, dass du wieder bei ihnen bist.« Kieselherz lief bereits den kurzen, steilen Abhang an der Moorseite hinauf.

Mottenflug musste kämpfen, um ihm zu folgen, und blieb oben stehen, um durchzuatmen. Sie ließ den Blick über die Heide schweifen. Ihre Blüten hatten das Moor in ein Meer aus Violett verwandelt. Der Wind fuhr durch ihr Fell. Sie schloss die Augen und genoss das Gefühl. Sie hatte zu viel Zeit unter den dunklen Kiefern verbracht.

»Du hast so lange gewartet, bis du bereit warst.« Kieselherz lief weiter den Hügel hinauf.

Mottenflug folgte ihm und wunderte sich, wie seidig das Gras unter ihren Pfoten war. Eines Tages würden ihre Jungen hier herumlaufen. Sie spürte, wie Aufregung von ihr Besitz ergriff. Würde sie wirklich bald Mutter sein? Von *Micahs* Jungen! Freude überschwemmte sie. Es würde mehr als den Schmerz geben, der sie miteinander verband. Sie würde seine Jungen haben. Sie würde sie aufwachsen sehen. Sie würde ihnen von ihrem stattlichen und mutigen Vater erzählen. Er würde durch sie weiterleben.

Ich werde sie allein großziehen müssen. Der Gedanke entmutigte sie, aber je näher sie dem WindClan-Lager kam, desto mehr spürte sie, dass sie es schaffen würde. *Windläufer weiß immer, was zu tun ist.* Sie warf Kieselherz einen Blick zu, in dessen grauem Pelz der Wind spielte. »Danke, dass du so freundlich zu mir bist.«

Er wurde langsamer, damit sie zu ihm aufschließen konnte. »Ich habe doch kaum etwas gemacht.«

»Doch, das hast du.« Sie erinnerte sich an die vielen Male, als er ihr Beute gebracht hatte; wie oft sie aufgewacht war und wassergetränktes Moos neben ihrem Nest gefunden hatte; wie sanft er sie ermutigt hatte, mit ihm Kräuter zu sammeln und Wickel vorzubereiten. Ihm hatte sie es zu verdanken, dass sie keine ihrer Fertigkeiten vergessen hatte; er hatte ihr sogar noch eine Menge beigebracht. Er war eine so weise, ernsthafte Katze – ein Träumer auf seine ganz eigene Art, aber nicht so leicht abzulenken wie sie. Sie bewunderte ihn und hatte ihn lieb gewonnen. Er war fast wie ein Clan-Gefährte für sie.

Während sie ihren Gedanken nachhing, nahm sie aus den Augenwinkeln eine Bewegung wahr. Sie schaute den grasigen Abhang hinab und sah Katzen, die an der Grenze zum WolkenClan entlangstelzten. Ihre Pelze schienen zwischen den Bäumen auf und bewegten sich langsam durch die Farnwedel. Sie blieb stehen und schaute noch genauer hin, als sie Dorne, Birke und Nessel erkannte. »Ich frage mich, was die da machen«, miaute sie Kieselherz zu.

Kieselherz folgte ihrem Blick. Die drei Katzen waren stehen geblieben. Birke markierte einen Baum mit ihrem Duft. »Das ist eine Grenzpatrouille.«

Mottenflug blinzelte ihn an. »Eine *was?*«

»Wolkenhimmel hat befohlen, dass seine Grenzen täglich inspiziert und neu markiert werden.«

Mottenflug spürte Ärger in sich aufsteigen. »Besteht er *immer noch* auf Grenzen?« Sie konnte kaum glauben, dass eine Katze so ein Spatzenhirn hatte.

»Er sagt, Katzen sollen auf ihrem eigenen Territorium bleiben«, murmelte er.

»Also ist Micah umsonst gestorben!« Mottenflug legte die Ohren an. »Versteht er nicht, dass Micah nie gestorben wäre, wenn er sich nicht so um seine Grenzen scheren würde?«

Kieselherz wich ihrem Blick aus. »Er sagt, dass Micah nie gestorben wäre, wenn du nicht mit ihm über die Grenze gegangen wärst.«

Mottenflug zitterte vor Wut. »Wie kann er es wagen?«

»Reg dich darüber nicht auf«, bat Kieselherz. »Wenn Wolkenhimmel so viel Aufhebens um seine Grenzen machen will, dann lass ihn doch.« Sein Blick glitt an ihr vorbei.

Ihr Kopf fuhr in die gleiche Richtung, und sie sah Weidenschwanz und Adlerfeder, die die WolkenClan-Patrouille aus der Entfernung von ein paar aus dem Boden ragenden Felsen aus beobachteten. »Haben die nichts Besseres zu tun?«, fauchte sie. »Sie sollten ihren Clan mit Beute versorgen und nicht die Grenze beobachten!« Sie fiel in Trab und hielt auf die Senke zu.

Kieselherz eilte ihr nach. »Lass das Windläufers Sorge sein. Du bist die Heilerkatze und kein Jäger. Grenzen gehören nicht zu deinen Problemen.«

Noch während er sprach, tauchte oben am Hang ein grauweißer Pelz zwischen der Heide auf.

Mottenflug erkannte ihn sofort wieder. »Flinke Flosse!« Der Anblick der Clan-Gefährtin lenkte sie von ihrem Ärger ab.

Flinke Flosse schaute mit zusammengekniffenen Augen in ihre Richtung, dann schoss ihr Schwanz plötzlich steil nach oben und sie fing an zu laufen. »Mottenflug! Bist du das?« Mit großen Sprüngen hielt sie auf sie zu, maunzte glücklich und kam rutschend eine Schwanzlänge vor ihnen zum Stehen. Ihre Augen wurden groß, als sie Mottenflugs gerundete Flanken bemerkte. »Du bekommst Junge!« Ihre Augen strahlten vor Freude. »Von Micah?«

»Ja«, schnurrte Mottenflug.

»Wir fingen schon an zu glauben, dass du niemals zurückkommst.« Flinke Flosse warf einen besorgten Blick in Richtung Senke.

»Ich brauchte Zeit, um zu trauern«, erklärte Mottenflug.

Hinter Flinke Flosse raschelte die Heide und Schiefer erschien zwischen den Büschen. Sie stellte die Ohren auf, als sie Mottenflug sah. »Da bist du ja wieder!«

Mottenflug spürte eine Welle des Glücks. Die trauernde Königin sah gut aus, ihre Augen glänzten wie schon seit Monden nicht mehr. »Wie geht's Weißschwanz?«, fragte sie. »Haben Silberstreif und Schwarzohr sich anständig benommen?«

»Allen dreien geht's gut!« Schiefer eilte ihnen entgegen. »Du wirst sie kaum wiedererkennen! Sie sind so groß geworden.« Sie wurde langsamer und ihre Ohren zuckten. »Du bist guter Hoffnung!«

Flinke Flosse zupfte begeistert am Gras herum. »Es sind Micahs Junge«, berichtete sie ihr.

Schiefer umkreiste Mottenflug mit glücklichem Schnurren. »Bist du für immer zurückgekommen?«

»Ich will, dass meine Kinder auf dem Moor aufwachsen«, erklärte Mottenflug.

»Dann schnell!« Flinke Flosse tauchte bereits zwischen den Heidebüschen unter. »Zurück zum Lager!«

Mottenflug bemerkte, dass Kieselherz zögerte.

»Jetzt, wo du in sicheren Pfoten bist, kann ich gehen«, maunzte er schüchtern.

»Bist du sicher?« Mottenflug schaute ihn liebevoll an.

»Ja.« Er schnippte mit dem Schwanz und wandte sich hügelabwärts. »Pass auf dich auf. Und lass mich hohlen, wenn die Jungen kommen!«

»Mach's gut, Kieselherz!« Schiefer stupste Mottenflug Richtung Heide. »Warte, bis Ginsterpelz dich sieht! Er hat sich solche Sorgen gemacht.«

Mottenflug folgte Flinke Flosses Spur im Zickzack durch die Büsche, bis sie zu dem Streifen Gras kamen, der sich vor dem Lagereingang erstreckte.

Als die heimischen Gerüche immer stärker wurden, kräuselte sich ihr Pelz vor Vergnügen.

Flinke Flosse war bereits durch den Eingang verschwunden und Mottenflug folgte ihr mit laut klopfendem Herzen.

»Mottenflug!« Staubnase war der Erste, der über die Grasbüschel auf sie zugerannt kam. Fleckenfell folgte ihm mit strahlenden Augen auf den Pfoten.

Rangelnd kamen sie vor ihr zu stehen und starrten auf ihren Bauch.

»Ich erwarte Micahs Junge.« Besorgt schaute sie Staubnase an. War er immer noch eifersüchtig?

Fleckenfell blinzelte sie an, dann schnurrte er. »Gratuliere!«

Mottenflug war erleichtert.

Staubnase presste seine Schnauze an ihren Kopf. »Ich bin froh, dass du wieder im Lager bist.«

Jetzt war Ginsterpelz auf dem Weg über die Lichtung, mit dem schwerfälligen Rocky im Schlepptau.

Mottenflug war kurz beunruhigt, als sie den alten Kater sah. »Geht es dir besser?« Sie hätte hier sein und sich um ihn kümmern sollen.

»Ich bin gesund wie ein Fuchs«, polterte er.

Ginsterpelz blieb neben ihr stehen. »Ich wusste, dass du es nicht ewig in diesem dunklen, alten Wald aushalten würdest.« Er umkreiste sie, während Rocky sie stolz anstarrte.

»Ich bin froh, dass du wieder da bist«, grummelte er. »Schilfschwanz wollte mir keine Katzenminze mehr geben.«

Mottenflug versteifte sich. Hatte Rocky übertrieben? War er immer noch krank? »Brauchst du welche?«

Rocky starrte auf seine Pfoten. »Ich *brauche* sie nicht, aber manchmal habe ich einen wunden Hals und mit ein bisschen Katzenminze geht es mir einfach besser.«

Schilfschwanz kam mit aufgestellten Ohren auf sie zustolziert. »Du schnarchst zu laut, das ist der einzige Grund für deinen wunden Hals!« Er grüßte Mottenflug mit einem Kopfnicken. »Dem SternenClan sei Dank, dass du zurück bist. Ich laufe mir die Pfoten wund, um Kräuter zu sammeln, und ich wäre überrascht, wenn Silberstreif es mal schaffen würde, einen Tag ohne einen Kratzer oder eine Schürfwunde ins Lager zu kommen.«

Mottenflugs Schnurrhaare zuckten vor Belustigung. »Wo sind denn die Jungen?« Sie musste tief durchatmen, als sie die drei jungen Katzen auf sich zukommen sah. Die Pelze erkannte sie wieder, aber wie groß waren sie geworden! »Silberstreif! Schwarzohr!« Sie schienen schon alt genug für die Jagd zu sein! »Weißschwanz, du bist ja so stattlich geworden!« Das schwarz-weiße Junge hatte die breite Statur seines Vaters und Schiefers sanfte Bernsteinaugen.

»Schwarzohr ist aber *auch* stattlich!«, warf Silberstreif ein. Mottenflug schaute Schwarzohr bewundernd an, bevor sie Silberstreif anschnurrte. »Und du bist so hübsch wie deine Mutter.«

»Wen kümmert schon Schönheit?« Silberstreif reckte die Nase in die Luft. »Schönheit hilft nicht bei der Jagd und ich werde der beste Jäger des WindClans werden.«

»Das glaube ich dir sofort.« Mottenflug bahnte sich vorsichtig einen Weg durch ihre Clan-Gefährten und lief über die

Lichtung. »Wie geht's meinem Bau? Ich hoffe, es hat nicht reingeregnet. Meine Kräuter sollten jetzt getrocknet sein. Obwohl ich frische pflücken muss. Wolkenfleck sagt, frische Kräuter wirken besser.«

Schilfschwanz schloss sich ihr an. »Ich habe darin gewohnt«, gestand er. »Es schien mir das Beste zu sein, da ich dich als Heilerkatze vertreten habe, während du fort warst.«

Ihre Blicke trafen sich und Mottenflug spürte Dankbarkeit in sich aufsteigen. »Ich bin dir so dankbar«, maunzte sie ernst. »Und es tut mir leid, dass ich dir die ganze Verantwortung aufgebürdet habe. Ich war einfach nicht mehr …« Ihr Maunzen verstummte, als der Schmerz sie wie kaltes Wasser traf. Die bekannten Gesichter und Gerüche hatten sie unversehens in die Zeit vor Micahs Tod zurückversetzt. Sie schluckte.

Schilfschwanz warf ihr einen Blick zu. »Du wirst dich in null Komma nichts wieder eingewöhnen«, versprach er ihr.

»Ja«, antwortete Mottenflug heiser. Sie blieben vor ihrem Bau stehen und spürte die Blicke ihrer Clan-Gefährten, die sie von den Grasbüscheln aus ansahen. Sie wirkten so froh, sie wiederzusehen. Ihr Herz schwoll vor Dankbarkeit. Dann erkannte sie zwei Paar Augen, die sie aus dem Schatten des Baus von Zackiger Berg und Distel anstarrten. Ihr Pelz prickelte besorgt. Beide hatten nicht gewollt, dass sie ging. Dann war sie einen ganzen Mond fort gewesen. Sie atmete tief durch und ging auf den Bau zu.

Zackiger Berg kam mit zuckenden Ohren als Erster heraus.

Distel folgte, mit kaltem Blick. »Eine trauernde Katze sollte bei ihrem Clan bleiben«, grummelte sie.

Zackiger Berg starrte auf ihren Bauch. »Trägst du *seine* Kinder?«

»Micahs?« Sie kniff die Augen zusammen. »Ja. Und ich bin stolz darauf.«

»Er war eine WolkenClan-Katze«, grunzte Zackiger Berg.

Mottenflug starrte ihn an. »Er war auch eine Hofkatze! Macht ihn das besser oder schlechter?«

»Zackiger Berg!« Sturmpelz stürmte über die Lichtung. Vor seinen Eltern kam er zum Stehen und blinzelte sie an. »Ihr solltet euch freuen, dass sie nach zurückgekommen ist.«

Distel schniefte. »Das kann ihr doch egal sein. Sie war so lange weg, dass sie nicht mal mehr wie eine WindClan-Katze riecht.«

Taunase kroch aus dem Bau und stellte sich neben ihren Bruder. »Mottenflug wurde in den WindClan geboren und sie wird immer eine WindClan-Katze sein.«

Sturmpelz reckte das Kinn. »*Sie* hat den Mondstein gefunden. Seid ihr nicht stolz, dass sie unsere Clan-Gefährtin ist?«

»Werden ihre Jungen auch WindClan-Katzen sein?«, murmelte Distel. »Obwohl sie WolkenClan-Blut in sich haben?«

»Und Hofkatzen-Blut«, fuhr Zackiger Berg fort.

Sturmpelz starrte seine Mutter mit prickelndem Pelz an. »*Du* bist auch keine geborene WindClan-Katze!« Dann richtete sich sein Blick auf seinen Vater. »Und *du* bist eine Bergkatze, die ihren Clan verlassen hat.«

Mottenflug trat unbehaglich von einer Pfote auf die andere. Sie wollte keinen Streit zwischen Verwandten stiften.

Distel beäugte ihre Söhne voller Zweifel. »Woher wissen wir, dass sie nicht wieder geht?«

»Das werde ich nicht«, versprach Mottenflug.

»Mottenflug!« Windläufers Maunzen hallte über die Lichtung. Sie wandte den Kopf und sah die WindClan-Anführerin auf sie zuspringen.

Windläufer kam rutschend vor ihr zu stehen und presste ihre Schnauze an Mottenflugs Nase. »Endlich bist du wieder da!« Ein tiefer Seufzer ließ sie erzittern. Mit düsterem Blick trat sie einen Schritt zurück. »Bist du allein hierhergekommen? Ich hoffe, du warst an der Grenze zum WolkenClan vorsichtig. Sie haben schon wieder im Moor Kaninchen gejagt. Natürlich streitet Wolkenhimmel es ab, aber …« Sie unterbrach sich und musterte Mottenflug. »Du erwartest Junge!«

Mottenflug setzte sich und ihr Bauch wölbte sich. »Sie sollen in einem Mond kommen.«

»Micahs?« Windläufer legte den Kopf schief.

»Natürlich«, schnurrte Mottenflug. Wie konnte ihre Mutter glauben, sie wären von einem anderen?

»Dann hoffen wir mal, dass sie nach dir kommen.« Windläufer senkte die Stimme. »Micah war doch ein bisschen zu selbstsicher.«

Mottenflug hielt dem Blick ihrer Mutter gelassen stand. »Offenbar im Gegensatz zu dir.«

Windläufer riss überrascht die Augen auf. »Mein Kleines hat Krallen entwickelt!«

Mottenflug warf einen Blick auf ihren Bauch. »Das muss ich auch«, maunzte sie. »Ich habe Junge, die ich beschützen muss.«

Windläufers Schwanz peitschte hin und her und ihr Blick war warm vor Stolz. »Du musst müde von deiner Reise sein. Lass uns zusehen, dass du in dein Nest kommst.«

Mottenflug sprang auf die Pfoten und merkte plötzlich, wie müde sie war. Sie warf Distel und Zackiger Berg noch einen Blick zu und hoffte, dass sie weniger kratzbürstig waren, wenn sie merkten, dass sie hierbleiben würde. Mit gesträubtem Pelz wichen sie ihrem Blick aus.

Windläufer stupste sie sanft zu ihrem Bau. »Ich bin so froh, dass du wieder hier bist.«

Mottenflug schnurrte. Es fühlte sich gut an, wieder bei ihrem Clan zu sein, und Windläufer freute sich, sie zu sehen. Die Wärme im Maunzen ihrer Mutter war das Versprechen, dass von jetzt an alles gut werden würde.

Mottenflug rollte Borretschblätter zu einem Bündel und schob es in eine schmale Lücke in der Ginsterhecke, die die Rückseite ihres Baus bildete. Sie genoss die Kühle, die hier herrschte. Draußen verbrannte die frühe Sonne der Blattgrüne das Lager.

Der Geruch der Kräuter zog ihr durch das Maul, und sie dankte dem SternenClan, dass ihr nicht mehr übel war. Die Jungen konnten jeden Tag kommen, und ihr Bauch war so dick, dass sie sich so schwerfällig wie eine Kröte fühlte. Sie setzte sich auf die Hinterbeine und schaute zufrieden auf die Reihe der Kräuter, die zwischen den Ginsterzweigen hervorschauten. »Das haben wir gut hinbekommen«, blinzelte sie Schilfschwanz zu.

Der silbern getigerte Kater setzte sich und legte den Schwanz über seine kräuterfleckigen Pfoten. »Du hast mir so viel beigebracht.«

In dem Mond seit ihrer Rückkehr ins WindClan-Lager hatte Mottenflug alles mit ihm geteilt, was sie von den anderen Heilerkatzen gelernt hatte. Wenn die Jungen erst mal da waren, dann würde es sicher Zeiten geben, in denen sie so viel zu tun hatte, dass sie sich nicht um den Clan kümmern konnte. Sie wollte sicher sein, dass er dann ihren Platz einnehmen konnte. Deshalb hatten sie fast jeden Tag zusammen verbracht, gemeinsam auf dem Moor nach Kräutern gesucht, und sie hatte ihn beim Sammeln die Namen gelehrt.

Sie ließ den Blick über ihr Nest schweifen und fragte sich, wann die Kinder wohl kommen würden. Sie hatte zusätzlich Heide geholt, das Nest vergrößert und es dick mit Moos ausgekleidet. Ein Stechen im Bauch ließ sie zusammenzucken und sie verlagerte ihr Gewicht.

Schilfschwanz schaute besorgt. »Alles in Ordnung?«

»Mir geht's gut, die Jungen sind heute nur unruhig.«

Noch während sie sprach, tauchte ein Pelz am Eingang der Höhle auf.

Rocky schob sich durch den Ginster, und seine Augen blinzelten, um sich an das Dämmerlicht zu gewöhnen. »Ich habe so ein beklemmendes Gefühl in der Brust.« Er schaute sie hoffnungsvoll an. »Hast du vielleicht etwas Katzenminze für mich?«

Mottenflug wuchtete sich auf die Pfoten und trottete zu ihm. Sie legte das Ohr an seine Flanke und horchte, ob es in seiner Brust blubberte. Nichts. Er atmete völlig normal. Sie schaute ihn streng an. »Du bist so fit wie ein Floh. Ich kann keine Katzenminze an gesunde Katzen verschwenden. Um neue zu bekommen, müsste ich bis zum Zweibeinernest laufen.«

»Ich könnte welche für dich holen«, bot Rocky an. »Ich kenne das Zweibeinernest gut, ich habe dort mal gelebt.«

»Das ist ein freundliches Angebot.« Sie traute es dem alten Kater glatt zu, auf der Suche nach Katzenminze bis zum Zweibeinernest zu reisen. »Aber überlass das Kräutersammeln lieber den Jüngeren. Deine Pfoten sind zu steif, um die Holzmauer zu erklettern.«

Rockys Augen leuchteten auf. »Hilft Katzenminze gegen steife Pfoten?«

Mottenflugs Schnurrhaare zuckten vor Belustigung. »Nein, aber ich kann dir etwas Beinwell geben, Schilfschwanz und ich haben heute Morgen frische Blätter gepflückt.«

Rocky rümpfte die Nase. »Nein, danke. So sehr stört es mich auch nicht, dass die Pfoten nicht mehr so …«

Den Rest seiner Worte hörte Mottenflug nicht mehr. Die Schmerzen einer ersten Wehe hatten ihren Bauch fest im Griff und verschlugen ihr den Atem. Sie taumelte.

»Kommen die Jungen?« Schilfschwanz war mit einem Satz an ihrer Seite.

»Ich glaube schon.« Sie bohrte die Krallen in den Boden und wappnete sich für die nächste Welle. »Jemand soll Kieselherz holen gehen«, stieß sie hervor. »Er weiß, was zu tun ist.«

Schilfschwanz sauste aus dem Bau und ließ einen nervös aussehenden Rocky zurück.

»Möchtest du dich in das Nest legen?«, fragte er zögernd.

»Nein!« Mottenflug starrte ihn an, als sich ihr Bauch wieder krampfhaft zusammenzog. Sie fing an, auf und ab zu gehen, ein Knurren tief in der Kehle. *Konzentrier dich auf deine Atmung.* Sie erinnerte sich an den Rat, den sie Wacholderzweig gegeben hatte, und versuchte, sich auf jeden Atemzug zu konzentrieren. Was, wenn sie noch nicht bereit war? Wenn die Jungen feststeckten? Wenn sie starben wie Spatzenjunges? Ihre Gedanken fingen an zu rotieren. Sie blieb stehen und blickte panikerfüllt auf Rocky.

Rocky blinzelte. »Ich hole Windläufer.« Und schon war er aus dem Eingang.

Mottenflug stöhnte und war schockiert von den Schmerzen, die ihren Bauch nicht mehr losließen. Wieder begann sie herumzulaufen und wusste nicht, was sie tun sollte. Der Gedanke, einfach nur herumzusitzen, war unerträglich. Die Bewegung lenkte sie ab. Aber sie fühlte sich schwach vor Schmerzen. Als die nächste Wehe ihren Körper erzittern ließ, legte sie sich wieder hin. Dann rappelte sie sich erneut auf. Es machte ihr Angst, sich so hilflos zu fühlen.

»Mottenflug!« Das Maunzen von Windläufer kam vom Eingang. Ihre Mutter eilte in die Höhle und presste die Schnauze an Mottenflugs Kopf. »Hab keine Angst«, murmelte sie. »Alles wird gut werden. Staubnase ist auf dem Weg und holt Kieselherz. Und Schiefer wird jeden Augenblick hier sein. Wir passen auf dich auf, bis Kieselherz da ist.«

Mottenflug lehnte sich voller Erleichterung an ihre Mutter. »Ich weiß nicht, was ich tun soll«, wimmerte sie.

»Lauf weiter herum, bis du merkst, dass du dich hinlegen musst.« Sie trat einen Schritt zurück und schaute ihr in die Augen. »Du bist nicht die erste Katze, die Junge bekommt. Alles wird gut.«

»Aber es tut so weh!« Mottenflug war erschrocken, wie stark die Schmerzen waren.

Windläufers Augen waren feucht vor Mitgefühl. »Hinterher wirst du das alles vergessen habe. Das garantiere ich dir.«

»Aber das nützt mir jetzt nichts!«, fauchte Mottenflug. Die nächste Wehe kam. Sie schloss die Augen, als sie von ihr überrollt wurde. Als sie vorüber war, schaute sie ihre Mutter aus trüben Augen an. »Wie lange wird es dauern?«

»Nicht lange«, tröstete ihre Mutter sie. »Überhaupt nicht lange.«

Durch den Eingang huschte Schiefer. »Wie geht es ihr?«

Die WindClan-Anführerin warf ihr einen besorgten Blick zu. »Die Jungen werden vor Kieselherz da sein«, murmelte sie.

Mottenflug erstarrte, als sie ihre Mutter hörte. »Woher weißt du das?«

Schiefer ließ Windläufer keine Möglichkeit, zu antworten. »Kommen die Wehen in *so* kurzen Abständen?« Sie wandte sich an Mottenflug. »Leg dich hin und lass mich deinen Bauch fühlen.«

Mottenflug zuckte unter dem Ansturm der nächsten Wehe zusammen und legte sich auf die Seite. Der Schmerz ließ sie tief knurren und sie spürte Schiefers Pfote nicht auf ihrem Bauch.

Schiefer nickte lebhaft. »Deine Jungen sind gut dabei. Ich glaube, sie wollen unbedingt heraus und dich kennenlernen.«

Mottenflugs Schmerzen wurden mit jeder Welle stärker. »Windläufer!« Sie streckte eine Pfote nach ihrer Mutter aus.

»Jetzt dauert es nicht mehr lange.« Windläufer hockte sich neben sie.

»Ich brauche einen Zweig zum Daraufbeißen.« Sie keuchte auf, beim Versuch, nicht vor Schmerzen loszuheulen.

»Ich hole dir einen.« Schiefer rannte aus dem Bau.

Ein paar Augenblicke später kehrte sie mit einem harten Heidestängel zurück.

Mottenflug nahm ihn zwischen die Zähne und war dankbar, dass sie ihn bei der nächsten Wehe hatte. Das Holz knirschte zwischen ihren Zähnen, und sie stöhnte, als ihr Bauch so stark von Wehen geschüttelt wurde, dass sie zu sterben meinte. *Micah!* Sie konzentrierte sich völlig auf ihn, fest entschlossen, stark zu bleiben. Sein ruhiger Blick überstrahlte all ihre Gedanken. Er schien sie wortlos anzutreiben. Stöhnend presste sie mit aller Kraft.

»Das erste Junge ist da!« Schiefer tauchte hinter ihr ab und hielt dann ein kleines, sich windendes Bündel hoch.

Mottenflug blinzelte überrascht und spuckte den Ast aus. »Ist es in Ordnung?«

»Es ist ein *Er* und es geht ihm gut!« Schiefer legte den winzigen Kater neben Mottenflugs Schnauze. Sein warmer Duft umspielte ihre Nase, sie hätschelte ihn, und ihr Herz schien platzen zu wollen, als er sich an ihre Schnauze drängte.

Ihr Körper krampfte sich wieder zusammen.

»Noch eins!«, jubilierte Schiefer.

Mit der nächsten Wehe verschwamm die Welt um Mottenflug, bestand nur noch aus Schmerz und den gedämpften Stimmen von Windläufer und Schiefer. Vor ihrem inneren Augen leuchteten Micahs grüne Augen ruhig und stark. Der berauschende Duft ihrer Jungen hing schwer um ihre Schnauze und dann war der Schmerz plötzlich verschwunden.

»Vier Junge!« Windläufers stolzes Maunzen durchdrang den Nebel.

Mottenflug drehte blinzelnd den Kopf und sah vier herumstrampelnde Bündel neben sich liegen. Instinktiv zog sie sie näher an ihren Bauch und fing an, sie trocken zu lecken. Zwei von ihnen hatten gelbe Flecken auf ihren weichen, weißen Pelzen. Eines war rundherum gelb gestreift, genau wie sein Vater. »Sieh mal, sein Fell.« Sie schaute ihre Mutter an. »Dieselbe Farbe wie bei Micah!« Das vierte war weiß, wie sie selbst.

»Ich frage mich, welche Farbe ihre Augen haben.« Die Jungen drängten sich an sie und hatten die Augen noch geschlossen.

»In ein paar Tagen weißt du es.« Windläufers Maunzen war kaum mehr als ein Flüstern, während sie sich hinabbeugte und Mottenflugs Wange leckte. »Gut gemacht. Ich bin sehr stolz auf dich.«

»Geht es ihr gut?« Vom Eingang her war Kieselherz' besorgtes Maunzen zu hören. Er schob sich vorsichtig in den Bau und keuchte bei jedem Atemzug. Sein Pelz dampfte vor Hitze.

Schiefer starrte ihn an. »Bist du den ganzen Weg gerannt?«

Kieselherz hatte nur Augen für die Jungen. »Bin ich zu spät?«

»Ich fürchte, ja«, maunzte Windläufer entschuldigend. »Aber ich bin froh, dass du gekommen bist. Du kannst dich vergewissern, ob bei Mottenflug und den Jungen alles in Ordnung ist.«

»Sie sehen prima aus.« Seine Augen leuchteten.

Staubnase steckte den Kopf durch den Eingang. »Er ist mir davongerannt!«

Mottenflug blinzelte die Heilerkatze des SchattenClans liebevoll an. »Ich hab's geschafft!« Der Stolz, den sie empfand, war stärker als jedes andere Gefühl, das sie bisher empfunden hatte. »Sind sie nicht wunderschön?« Sie zog die Jungen noch näher an sich; die Wärme an ihrem Bauch zu spüren, war pure Freude. Micahs grüne Augen leuchteten ein weiteres Mal auf. *Ich danke dir, Micah.*

»Sie sind wunderbar«, stimmte Kieselherz ihr zu. Er beschnüffelte sie. »Sie scheinen stark und gesund zu sein.«

Windläufer legte den Kopf schief und fragte mit vor Sorge

glänzenden Augen: »Möchtest du über Nacht bleiben, nur vorsichtshalber?«

»Natürlich«, versprach Kieselherz. »Ich habe auch schon mit Getupfter Pelz und Wolkenfleck gesprochen. Sie wollen regelmäßig beim WindClan vorbeischauen, solange Mottenflug sich erholt, falls jemand sich verletzt oder krank wird.«

Mottenflug hob den Kopf. »Das ist nett, wird aber nicht nötig sein. Ich habe Schilfschwanz in alles eingeweiht, was ich weiß. Er ist imstande, sich um den WindClan zu kümmern.«

Kieselherz zwinkerte. »Du warst aber fleißig!«

»Ich wollte einfach auf alles vorbereitet sein.« Mottenflug merkte plötzlich, dass sie im Laufe des vergangenen Mondes wieder angefangen hatte, über die Zukunft nachzudenken. Der Schmerz, der sie nach Micahs Tod in hilflose Verzweiflung gestürzt hatte, war abgeklungen, während sie ein neues Leben um ihre Jungen plante. Und jetzt waren sie da, jedes von ihnen einfach perfekt, und ihr Herz fühlte sich so voller Liebe an wie zu ihrer Zeit mit Micah. Sie schnurrte laut, und die Freude wuchs noch, als die Jungen mit ihr schnurrten. Plötzlich fiel ihr das Gespräch mit Sonnenschatten wieder ein.

Ich werde nie das Gefühl haben, dass ich mehr gewonnen als verloren habe.

Vielleicht nicht. Aber du wirst das zu schätzen lernen, was dir geblieben ist und was du vielleicht in der Zukunft haben wirst.

Sie schaute Kieselherz an. »Wenn du wieder bei deinem Clan bist, sag Sonnenschatten, dass er recht gehabt hat.«

27. KAPITEL

MOTTENFLUG TRÄUMTE.

Ein warmer Wind zerrte an ihrem Pelz, während sie bergauf rannte und das derbe Gras immer weicher wurde, je näher sie der Hügelkuppe kam. Als sie den Kamm erreicht hatte, hielt sie inne. Vor ihr erstreckten sich Wiesen bis zu einem Wald, und in der Ferne funkelte ein Fluss, der zwischen den Bäumen verschwand.

Wo bin ich? Das hier war nicht das Moor.

Beutegeruch stieg ihr in die Nase. Nur ein paar Schwanzlängen entfernt graste friedlich ein Kaninchen. Mottenflug stellte sich vor, es ihren Kindern mit ins Lager zu bringen. Inzwischen waren sie fast alt genug für ihren ersten Bissen frisches Fleisch. Sie schluckte ein Schnurren hinunter, als sie sich vorstellte, wie Sprudelnder Bachs Augen bei diesem Anblick aufblitzten. Spinnenpfote wäre der Erste, der um einen Bissen betteln würde. Blaues Schnurrhaar würde scheu danebenstehen, aber Honigpelz würde dafür sorgen, dass sie einen Happen abbekam, bevor er ein Stück abbiss.

Ihr Herz schmerzte vor Liebe, als sie an ihre Kinder dachte. Sie waren einfach perfekt. Sogar Spinnenpfotes sechste Zehe, nach der er seinen Namen bekommen hatte, war hinreißend.

Sie kauerte sich zusammen und pirschte sich durch das

Gras an. Das Kaninchen zuckte nicht einmal, als sie immer näher kam. *Das wird ein einfacher Fang sein.*

In Mottenflugs Augenwinkeln blitzte gelbes Fell auf. Ihr Kopf fuhr herum, und sie hörte schlagartig auf zu atmen, als sie Micah auf sich zulaufen sah. Das Kaninchen hoppelte selig nichts ahnend und träge davon. Mottenflug kümmerte sich nicht darum, ihre Augen fixierten Micah.

»Kannst du mich sehen?« Sie wagte es kaum zu sprechen, denn in ihren Träumen hatte sie noch nie jemand reden hören. Bei ihrem letzten Traum war Micah durch Nebel gelaufen und konnte sie nicht erkennen. Aber dieses Mal waren seine Augen fest auf sie gerichtet, funkelten grün und voller Liebe im hellen Sonnenschein.

Je näher er ihr kam, umso schneller wurde er, und schließlich wurde sie völlig von seinem Geruch eingehüllt. Sie schloss die Augen, ihr Herz klopfte. Würde sie wirklich mit ihm sprechen können? Als er vor ihr stand, kitzelten seine Schnurrhaare ihre Wange.

»Ich habe dich so sehr vermisst.« Seine Worte drangen weich an ihr Ohr.

Sie schnurrte und rieb ihre Nase an seiner. »Ich dachte, ich würde ohne dich sterben.«

»Ich bin froh, dass du es nicht getan hast.« Er trat einen Schritt zurück und schaute sie mit leuchtenden Augen an. »Ich habe die Jungen gesehen. Ich habe euch zusammen beobachtet. Du bist eine wunderbare Mutter.«

Sie fühlte nichts als Freude. »Sind sie nicht prächtig? Sie erinnern mich so sehr an dich. Honigpelz leckt seine Pfoten sogar genau wie du.«

»Du musst ein Auge auf Blaues Schnurrhaar haben«, sorgte

er sich. »Sie ist so schüchtern. Pass auf, dass die anderen sie nicht herumschubsen.«

»Das machen sie nicht«, versicherte ihm Mottenflug. »Sie beschützen sie. Besonders Spinnenpfote. Er lässt Schiefers Junge nicht in ihre Nähe, denn sie hat Angst vor ihnen.«

Micah schaute finster. »Sie haben ihr doch wohl nicht wehgetan?«

Mottenflug schnurrte. »Nein, natürlich nicht. Aber sie kann nicht verstehen, warum so große Katzen sich wie Junge verhalten. Ich sage ihr wieder und wieder, dass sie *immer noch* Junge sind. Sie glaubt wahrscheinlich auch nicht, dass sie in ein paar Monaten selbst so groß ist.«

Micahs grüne Augen verdunkelten sich. »Ich wünschte, ich wäre bei euch.« Sein Maunzen klang kummervoll.

Sein Kummer steckte sie an und ihr Herz schien zu brechen. »Ich auch.« Sie hatte keine Wut mehr verspürt, seit sie das Lager des SchattenClans verlassen hatte, aber jetzt flammte der Zorn in ihr wieder auf. »Es ist einfach nicht gerecht! Warum musstest du sterben? Es war ein dummer *Unfall*!«

Micah seufzte und legte seine Schnauze an ihre. »Es war meine Bestimmung.«

Sie trat einen Schritt zurück und blinzelte ihn an. »Wusstest du das schon immer?«

»Nein, aber ich sehe jetzt, dass unsere Lebenswege sich nur für kurze Zeit treffen sollten.« Seine Augen leuchteten vor Liebe. »War das nicht ein großes Glück? Und jetzt hast du unsere Kinder.«

»Aber ich will auch dich!« Mottenflug grollte noch immer.

Micah schaute sie ernst an. »Von jetzt an musst du allein reisen. Das ist dein Weg. Aber ich werde immer bei dir sein.«

Ihr Blick war nichts als Kummer. »Aber wie?«

»Ich werde in deinen Gedanken und deinem Herzen und deinen Träumen sein«, murmelte er. »Du wirst mich in den Jungen wiedererkennen, und wenn du mich brauchst, dann musst du nur die Augen schließen.«

Mottenflugs Hals verengte sich. *Reicht das?* Sie legte ihre Nase sanft an seine. Es würde reichen müssen.

Die Wiesen um sie herum fingen an zu verschwimmen. Micahs Pelz wurde erst heller, dann durchscheinend.

»Geh noch nicht!«, bettelte sie.

»Du wirst mich wiedersehen«, versprach er, aber sein Maunzen klang schon schwächer.

»Micah!«

»Du wirst Besuch bekommen.« Sie konnte sein Maunzen kaum noch hören, es war nur noch ein fernes Echo. »Du musst ihr helfen. Ich bin auf dich angewiesen.«

»Wem?« Die Frage ging ins Leere und ihr Traum verblasste.

Mit einem Zusammenzucken wurde sie wach und ihr Kopf fuhr hoch. Die Jungen zappelten an ihrem Bauch und schliefen unter dem Sternenlicht, das durch die Zweige der Ginsterhecke drang.

Mottenflug war schwer vor Sehnsucht, aber sie fühlte sich geborgen. *Ich werde immer bei dir sein.* Sie dachte an diese Worte und schmeckte seinen Duft noch immer auf der Zunge ... Dann keuchte sie auf und wusste plötzlich, warum ihr die Wiesen ihres Traums so bekannt vorgekommen waren – es war das Jagdrevier des SternenClans! *Er ist beim SternenClan.* Ein tiefes Schnurren stieg aus ihrer Kehle auf. *Jetzt weiß ich, dass wir niemals weit auseinander sein werden.*

»Schneller!« Sprudelnder Bach klammerte sich auf dem Rücken von Sturmpelz fest und ihr Fell sträubte sich vor Begeisterung.

Sturmpelz sprang über die Grassoden und Sprudelnder Bach maunzte vor Vergnügen.

»Seid vorsichtig!« Mottenflug sah mit aufgerissenen Augen von dem sonnigen Plätzchen vor ihrem Bau zu.

Neben ihr schnurrte Schiefer. »Wird schon gut gehen«, versicherte sie Mottenflug.

»Sie ist aber erst einen Mond alt!«, sorgte sich Mottenflug. »Sind solche Huckepackritte nicht gefährlich?«

Blaues Schnurrhaar kuschelte sich enger an ihren Bauch. »Ich will nie huckepack reiten«, maunzte sie und schaute verängstigt auf ihre Schwester, die auf dem Rücken von Sturmpelz auf und nieder hüpfte.

Mottenflug legte den Schwanz um Blaues Schnurrhaar und war froh, dass zumindest eines der Jungen nicht so abenteuerlustig war.

Spinnenpfote saß in der Sandkuhle. Silberstreif hockte neben ihm, während Schwarzohr vor ihnen auf und ab lief und seine Haltung korrigierte.

»Das Hinterteil tiefer«, kam die Anweisung von dem schwarz-weißen Katerjungen. »Und halte den Schwanz ruhig, sonst hört die Beute dich kommen.«

Silberstreif zappelte ungeduldig. »Können wir nicht endlich springen?«, bettelte sie.

»Nicht, bis ihr nicht perfekt hockt«, kam es streng von Schwarzohr.

»Ist es *so* richtig?« Spinnenpfote presste das Kinn enger an den Boden und starrte grimmig voraus.

»*Ziemlich* gut«, gab Schwarzohr zu. »Aber zieh deine Hinterpfoten noch enger an den Körper, sonst kommt dein Absprung zu schwach.«

Wo ist Honigpelz? Erschrocken ließ Mottenflug den Blick über das Lager schweifen. Sie war erleichtert, als sie seinen gelben Pelz entdeckte, der sich unter das Heidegestrüpp auf der gegenüberliegenden Seite des Lagers wühlte.

Weißschwanz war neben ihm und zwängte sich unter die Zweige.

Vier Junge im Auge zu behalten, war viel anstrengender, als es sein sollte, stellte Mottenflug verärgert fest. »Was machen die beiden dort?«

»Weißschwanz hat versprochen, ihm alle geheimen Wege aus dem Lager zu zeigen«, wusste Schiefer zu berichten.

»Ich hoffe, er hat nicht vor, sich heimlich rauszuschleichen.« Mottenflug erinnerte sich noch daran, wie sie Silberstreif aus einem Kaninchenbau befreit hatte; es schien gerade erst vor ein paar Monden passiert zu sein. Wie hatte sie nur so ruhig bleiben können? Sie brauchte sich nur vorzustellen, dass eines *ihrer* Jungen im Moor steckte und um Hilfe jammerte, und schon wurde sie von Grauen geschüttelt. Sie verdrängte den Gedanken. Sie würde ihre Kinder einfach nicht aus den Augen lassen.

Sie war ihren Clan-Gefährten gegenüber sehr dankbar. Einer von ihnen passte immer auf Sprudelnder Bach, Honigpelz, Spinnenpfote und Blaues Schnurrhaar auf. Sogar Distel, die jetzt mit zusammengekniffenen Augen und einem missbilligenden Blick Sprudelnder Bach beobachtete, wusste immer, wo sie waren und was sie vorhatten.

Schilfschwanz schob sich aus dem Bau, den Adlerfeder und

Taunase aus dem Heidegestrüpp im Lager gehöhlt hatten. Sie waren inzwischen zu groß geworden, um mit Gezackter Berg und Distel zusammenzuwohnen, und hatten gemeinsam mit Sturmpelz ihren eigenen Bau bezogen.

Schilfschwanz kam über die Lichtung und blieb vor Mottenflug stehen. »Taunase hat sich eine Pfote verstaucht«, berichtete er. »Sie ist bei der Jagd in einem Kaninchenbau hängen geblieben. Soll ich den Beinwell aus deinen Vorräten aufbrauchen oder frischen pflücken?«

»Nimm, was wir haben, und pflück später frische Blätter«, war Mottenflugs Antwort.

Er nickte und schlüpfte in die Ginsterhöhle in ihrem Rücken. Schilfschwanz hatte im vergangenen Mond viel zu tun gehabt, die Verletzungen und Verstauchungen des Clans zu behandeln. Mottenflug hatte versucht, das Wohlbefinden ihrer Clan-Gefährten im Auge zu behalten, aber jedes Mal, wenn sie den Bau verlassen hatte, um zu untersuchen, wie ein Kratzer heilte oder ein Bauch auf den Kerbel reagierte, den Schilfschwanz verabreicht hatte, fing eines der Jungen an zu quäken, weil es Hunger hatte oder die Wand hochgeklettert war und jetzt feststeckte. Es schien so, als würde ein verzweifeltes Jammern sie in genau dem Augenblick rufen, wenn sie eine Pfote auf die Lichtung setzte.

»Du musst härter werden«, hatte Schiefer ihr immer wieder gesagt. »Lass sie quäken. Im Lager sind sie sicher. Sie werden es überleben, wenn du dich um deine Clan-Gefährten kümmerst.«

Aber Mottenflug konnte nicht entspannen. *Sie haben keinen Vater mehr!* Sie konnte den Gedanken nicht ertragen, dass ihnen auch noch die Mutter fehlte.

»Sie haben einen ganzen Clan, der sie aufzieht«, hatte Schiefer sie beschworen.

Ich will nicht so sein wie du, hatte Mottenflug gedacht und dabei ignoriert, dass aus Silberstreif, Schwarzohr und Weißschwanz prächtige, glückliche Katzen geworden waren, trotz ihrer lange trauernden Mutter. Der Clan hatte sie in der Tat großgezogen, hatte Schiefers Jungen alles gegeben, was sie brauchten: Wärme, Güte, Nahrung und Schutz. *Meine Kinder sind besonders!*, sagte sich Mottenflug. *Niemand kann ihnen die Liebe geben, die ich ihnen gebe.*

Also kümmerte sich Schilfschwanz um den Clan, und Mottenflug sagte sich, dass sie in einem weiteren halben Mond wieder so weit sein würde, ihre Pflichten dem Clan gegenüber zu erfüllen.

Schiefer unterbrach ihre Gedanken. »Schau mal!«

Windläufer und Gezackter Berg hatten das Lager betreten. Getupfter Pelz und Eichelfell liefen zwischen den WindClan-Katzen und schauten einander ratlos an. Windläufers Blick war düster, Gezackter Bergs Ohren zuckten unbehaglich.

Mottenflug setzte sich beunruhigt auf.

Sie schob Blaues Schnurrhaar sanft zur Seite und stellte sich auf die Pfoten. Was machten Getupfter Pelz und Eichelfell hier und warum hatten Windläufer und Gezackter Berg sie wie Gefangene in die Mitte genommen? Mottenflug überquerte die Lichtung. »Stimmt etwas nicht?«

Die Augen ihrer Mutter blickten düster.

»Ich bin auf diese beiden gestoßen, als sie im Moor herumgelaufen sind«, knurrte sie.

»Wir sind nicht im Moor herumgelaufen«, widersprach Getupfter Pelz.

»Wir sind hier, um Mottenflug zu besuchen«, warf Eichelfell ein.

Mottenflug schaute die Heilerkatze des WolkenClans an und spürte den Groll in ihrem Bauch. *Du hast Micahs Platz eingenommen.* Sie schluckte ihre Bitterkeit hinunter und sah ihre Mutter offen an. »Warum sollten sie nicht über das Moor laufen?«

Gezackter Berg ließ seinen Schwanz hin und her peitschen. »Wie kannst du das fragen, nach allem, was Wolkenhimmel zuletzt schon wieder getan hat?«

Mottenflug schaute den Kater an. »Und was *hat* er getan?«

»Er schickt weiterhin Jagdpatrouillen auf *unser* Territorium!« Gezackter Bergs Pelz sträubte sich.

Windläufer grollte. »Weidenschwanz und Gezackter Berg haben heute Morgen schon wieder Kaninchenreste an der Grenze gefunden.«

»Weidenschwanz verbringt zu viel Zeit damit, die Grenze zu beobachten«, fauchte Mottenflug. »Sie sollte lieber auf die Jagd nach Beute statt nach Geschwätz gehen.«

Windläufer legte die Ohren an. »Beuteraub ist mehr als Geschwätz!«

Eichelfell legte verärgert die Ohren an. »Wolkenhimmel hat keine Jagdpatrouillen ausgeschickt!«

Gezackter Berg erwiderte spöttisch: »Und warum finden wir dann immer wieder Spuren von Frischbeute auf dem Moor?«

Eichelfell hielt dagegen. »Woher weißt du, dass sie vom *WolkenClan* stammt?«

Mottenflugs Pfoten kribbelten vor Wut. Was für ein dummes Argument! Blattgrüne hatte gerade erst angefangen. Keine

Katze musste hungern.« War es nicht egal, welche Beute auf dieser oder auf jener Seite der Grenze lag? Sie starrte Windläufer an. »Das hat nichts mit Getupfter Pelz und Eichelfell zu tun!«, fauchte sie. »Sie sind Heilerkatzen, keine Jäger.«

Blaues Schnurrhaar krabbelte über die Lichtung. »Mottenflug!«, maunzte sie, als sie bei ihrer Mutter war. »Warum sieht Windläufer so böse aus?«

Gezackter Berg starrte Eichelfell an. »Weil WolkenClan-Katzen Diebe und Lügner sind.«

Blaues Schnurrhaar schaute Gezackter Berg aus großen, erschrockenen Augen an. »Micah war eine WolkenClan-Katze. Hat er auch gelogen?«

Gezackter Berg sah das Junge an und sein Pelz kräuselte sich. »Ich habe ihn nie getroffen«, murmelte er.

Windläufer trat unbehaglich von einer Pfote auf die andere. »Vielleicht sollten wir diese Diskussion zu einem anderen Zeitpunkt führen.«

»Vielleicht sollten wir sie überhaupt nicht führen!«, fauchte Mottenflug. Sie neigte grüßend den Kopf vor Getupfter Pelz und Eichelfell. »Bitte entschuldigt meine Clan-Gefährten. Sie glauben, dass es sich lohnt, für Grenzen zu kämpfen.« Dann schaute sie Blaues Schnurrhaar an. »Geh zurück zu Schiefer, Liebes. Ich muss mit unseren Besuchern reden.«

Blaues Schnurrhaar zwinkerte ihre Mutter an. »Dauert das lange?«

»Nein«, versprach Mottenflug. Sie ging mit ihnen zu den Steinen nahe dem Eingang und spürte den Blick von Gezackter Berg auf ihrem Pelz brennen.

»Stimmt etwas nicht?«, fragte sie mit gesenkter Stimme, als sie bei den Felsen waren.

»Alles in Ordnung«, versicherte ihr Getupfter Pelz. Die Augen der schildpattfarbenen Katze blieben auf Blaues Schnurrhaar gerichtet, die zu ihrem Bruder in die Sandkuhle krabbelte. »Deine Jungen sind wunderschön.«

Mottenflug folgte ihrem Blick mit stolzgeschwellter Brust. Neben der Kuhle war Sprudelnder Bach immer noch dabei, Sturmpelz anzutreiben. »Sie erinnern mich so sehr an Micah.«

»Sie haben seinen Charakter.«

Eichelfells Worte erstaunten sie. »Was weißt du über Micahs Charakter?«

Eichelfell senkte den Blick und zuckte zurück, als hätte Mottenflug ihr die Krallen über die Schnauze gezogen. »Ich habe mit ihm gearbeitet«, maunzte sie leise. »Er war mein Freund und ich vermisse ihn.«

»Wir *alle* vermissen ihn«, zischte Mottenflug spitz und war mit einem Schlag eifersüchtig.

»Er hat die ganze Zeit nur von dir geredet.« Eichelfell hob vorsichtig den Blick. »Er hat dich so sehr geliebt. Es tut mir leid, dass du ihn verloren hast.«

Mottenflug blinzelte und war überrascht von der Wärme in Eichelfells Maunzen. *Es ist zu spät für Nettigkeiten!* So einfach würde sie dem WolkenClan nicht vergeben. »Du hast ihn ausspioniert!«

Der Schwanz von Getupfter Pelz schnippte unbehaglich. »Mottenflug, ich glaube, das ist nicht gerecht …«

Eichelfell fiel ihr ins Wort. »Du hast recht. Wolkenhimmel hat mir befohlen, ihn zu überwachen. Aber schon nach einem Tag wusste ich, dass man Micah vertrauen konnte. Er hat sich von Anfang an um seine Clan-Gefährten gekümmert. Ich habe so gerne mit ihm gearbeitet. Und es war großartig, zu helfen. Einmal hat Blüte sich einen Dorn in die Pfote getreten. Er saß richtig tief. Micah musste eine Ewigkeit darum herumstochern, um ihn herauszubekommen. Und die ganze Zeit hat er mit ihr geredet, hat sie mit Späßen und Geschichten aus der Zeit abgelenkt, als er noch eine Hofkatze war. Er hat mir gezeigt, dass eine Heilerkatze zu sein mehr bedeutet, als nur Kräuter zu kennen. Man muss sich nicht nur um die Wunde kümmern; man muss sich um die ganze Katze kümmern.« Ihre Augen wurden rund. »Er hat gesagt, deshalb hat der SternenClan *dich* ausgewählt. Weil *du* das schon immer besser als jede andere Katze verstanden hast.«

Mottenflug starrte sie an. Plötzlich verstand sie, warum Micah Eichelfell so gemocht hatte. Sie war freundlich, ehrlich und offen. Mottenflug ließ schuldbewusst den Blick sinken. Warum hatte sie Eichelfell nur so harsch beurteilt? Sie kannte sie doch kaum. »Ich danke dir«, murmelte sie.

Getupfter Pelz warf einen Blick zu Gezackter Berg und Windläufer, die neben der Lagermauer hockten und sie aus zusammengekniffenen Augen beobachtete. »Wir sind nicht grundlos hier«, maunzte sie. »Eichelfell hat nun alles von Wolkenfleck und mir gelernt. Kieselherz hat ihr alles beigebracht, was er weiß. Jetzt ist es an dir, ihr alles beizubringen, so wie wir dir alles beigebracht haben.«

Mottenflugs Ohren zuckten nervös. »Aber ich habe jetzt Junge.«

»Du bist immer noch eine Heilerkatze«, erinnerte Getupfter Pelz sie. Sie schaute hinüber zu den Jungen. Sie spielten fröhlich mit ihren Clan-Gefährten, wobei Schiefer sie liebevoll beobachtete. »Es sieht so aus, als gäbe es jede Menge Katzen, die sich um sie kümmern, wenn du etwas zu tun hast.«

Mottenflugs Magen krampfte sich vor Angst zusammen. »Ich muss mich um sie kümmern. Sie haben keinen Vater.«

Eichelfell trat verlegen von einer Pfote auf die andere. »Micah will, dass ich von dir lerne.«

Mottenflugs Pelz sträubte sich vor Überraschung. *Du bekommst Besuch.* Micahs Worte klangen ihr plötzlich wieder im Ohr. *Du musst ihr helfen. Ich bin auf dich angewiesen.* Er hatte von Eichelfell gesprochen! »Woher weißt du das?«, wollte sie wissen.

»Ich habe von ihm geträumt«, antwortete Eichelfell. »Er sagte, ich solle zu dir gehen und du würdest mir alles beibringen, was ich wissen muss.«

Mottenflug blinzelte sie an. Eichelfell war wohl die rechtmäßige Heilerkatze des WolkenClans, wenn der SternenClan sie in ihren Träumen besuchte. »Aber was ist mit Windläufer und Wolkenhimmel? Ist es ihnen recht, wenn eine WindClan-Katze eine WolkenClan-Katze unterrichtet?«

Eichelfell zögerte. »Sie müssen es doch nicht wissen.«

Getupfter Pelz nickte. »Sie verstehen nicht, was uns verbindet. Sie sind Jäger, keine Heiler. Das einzige Wort, das sie verstehen, ist Beute.«

Mottenflug senkte den Kopf. Micah wollte, dass sie Eichelfell ausbildete, und Micah gehörte jetzt zum SternenClan. Sie konnte den Wunsch des SternenClans nicht einfach ignorieren. Und sie wollte Micah nicht enttäuschen. »Nun gut.« Sie warf einen sehnsüchtigen Blick auf ihre Jungen. Blaues Schnurrhaar war inzwischen wieder bei Schiefer und kuschelte sich an ihre Flanke. Sprudelnder Bach war von Sturmpelz' Rücken gesprungen und half Spinnenpfote, eingebildete Mäuse in der Sandkuhle zu fangen. Honigpelz jagte Weißschwanz durch eine weitere Lücke in der Heidehecke. Sie konnten eine Weile ohne sie auskommen. »Dann können wir ebensogut gleich anfangen.«

»Wo bist du gewesen?«

Windläufers anklagendes Maunzen überrumpelte Mottenflug, als sie wieder ins Lager kam. Die Sonne sank schon dem Horizont entgegen und warf lange Schatten über die Lichtung.

Mottenflug ließ das Bündel Beinwell fallen, das sie gesammelt hatte. »Ich habe Eichelfell unterrichtet.« *Ich werde sie nicht belügen.*

»Warum *du*?« Windläufers Nackenpelz sträubte sich. »Du weißt doch ganz genau, dass WolkenClan-Katzen nicht mehr unsere Freunde sind.«

»Und warum nicht?«, wollte Mottenflug wissen.

»Sie haben auf unserem Territorium gejagt.« Windläufer kniff die Augen zusammen. »Und ich schicke jetzt Jagdpatrouillen über die Grenze zu ihnen.«

»Wie bitte?« Mottenflug blickte sie entsetzt an. Wollte ihre Mutter einen *Krieg* auslösen?

Windläufer reckte angriffslustig das Kinn in die Luft. »Es ist wichtig, ihnen zu zeigen, dass es Folgen hat, wenn sie uns bestehlen.«

»Hat irgendjemand tatsächlich *gesehen*, dass sie Beute gestohlen haben?«

»Weidenschwanz hat vor einem Sonnenaufgang gesehen, wie Rote Kralle ein Kaninchen über die Grenze getragen hat.«

»Und du *glaubst* ihr?« Wie konnte ihre Mutter so naiv sein? »Weidenschwanz *hasst* Rote Kralle.«

»Das heißt nicht, dass sie lügt!« Windläufers Schweif

peitschte hin und her. »Außerdem ist das nicht der einzige Beweis. Schiefer und Zackiger Berg haben auch Knochen gefunden. Sind *sie* vielleicht Lügner?«

Natürlich nicht. Doch selbst wenn WolkenClan-Katzen ein oder zwei Kaninchen auf WindClan-Territorium gejagt hatten – na und? Aber Mottenflug schluckte ihren Ärger hinunter. Sie wollte nicht in die Auseinandersetzung ihrer Mutter mit dem WolkenClan hineingezogen werden. Ihre Aufgabe war es, Katzen zu heilen, und nicht, mit ihnen zu kämpfen. »Ich werde Eichelfell weiter das beibringen, was ich weiß«, maunzte sie dickköpfig.

Windläufers Fell kribbelte. »Ich mache mir nur Sorgen um dich, Mottenflug. Wenn Wolkenhimmel dich mit einer seiner Katzen erwischt, dann kann er alles Mögliche anstellen. Ich kenne ihn schon ziemlich lange. Er ist zu Grausamkeiten fähig, die du dir nicht vorstellen kannst.«

»Umso wichtiger, dass seine Heilerkatze eine gute Ausbildung bekommt«, hielt Mottenflug dagegen. »Wenn sie seine Achtung gewinnen kann, dann hört er vielleicht auch auf sie.«

»Wolkenhimmel hat noch nie auf jemanden gehört«, stellte Windläufer klar.

»Eichelfell hat den SternenClan auf ihrer Seite. *Der* will, dass ich ihr alles beibringe.«

»Der SternenClan hat mit dir gesprochen?«

»Micah hat mit mir gesprochen. Und mit Eichelfell auch.«

»Micah ist nicht der SternenClan!«

Mottenflugs Kehle wurde trocken. »Jetzt schon.«

Windläufer schaute sie hilflos an. »Dann wirst du mit deinem Unterricht weitermachen?«

»Ja.« Mottenflug nahm den Beinwell und ging zu ihrem

Bau. Wenn Micah wollte, dass sie Eichelfell unterrichtete, dann konnte nichts sie aufhalten.

Die Tage wurden länger und Mottenflug hielt ihr Wort. Jeden Nachmittag ließ sie ihre Jungen in der Obhut von Schiefer und schlüpfte aus dem Lager. Sie wusste, dass Windläufer ihr mit düsterem, sorgenvollem Blick nachsah. Aber sie achtete nicht darauf und eilte zu dem Grasstreifen auf dem Moor, wo sie sich mit Eichelfell traf.

An diesem Nachmittag war die Sonne hinter Wolken verborgen und ein dünner Regen nieselte auf das Moor. Mottenflug plusterte ihr Fell auf und hoffte, dass Schiefer die Jungen nicht aus dem Bau ließ. Die Luft war warm, aber ein nasser Pelz konnte zu einer Erkältung führen. Sie gewöhnte sich immer mehr daran, nicht bei ihnen zu sein, freute sich aber, wie sie sie begrüßten, wenn sie wieder ins Lager kam. Dann turnten sie auf ihr herum, schnurrten und bettelten um einen Huckepackritt oder eine Runde Schwanzjagen.

Sie blinzelte durch die Regentropfen und ließ den Blick über das Moor schweifen. Von Eichelfell war nichts zu sehen und es gab auch keine Witterung. Sie warf einen Blick auf den immer düsterer werdenden Himmel und fragte sich, ob die WolkenClan-Katze ihr Zeitgefühl verloren hatte.

Eichelfell war eine gute Schülerin, wie Micah prophezeit hatte. Und sie schien ein tiefes Verständnis sowohl vom Leiden als auch den brennenden Wunsch zu haben, es zu lindern. Eine derart willige Schülerin auszubilden, war sehr befriedigend, und weil Mottenflug so tief in ihr eigenes Wissen hinabtauchen musste, war auch die Freude an ihren eigenen Fähigkeiten wiedergekommen. Vielleicht war es an der Zeit,

Schilfschwanz von einigen seiner Verpflichtungen zu entbinden. Aber dann zögerte sie. Sie spürte, dass sie schon jetzt nicht genug Zeit mit ihren Jungen verbrachte.

Sie schaute auf den Wald und ihr Pelz kräuselte sich vor Ungeduld. *Wo bist du?* Es sah Eichelfell so gar nicht ähnlich, zu spät zu kommen. Normalerweise lief sie auf dem Grasfleck schon hin und her und wartete, wenn Mottenflug hier ankam.

Sie wurde immer unruhiger.

Vielleicht *konnte* Eichelfell nicht kommen.

Ihr Fell kribbelte vor Sorgen. Hatte Wolkenhimmel herausgefunden, dass sie sich trafen?

Er kann sie doch nicht davon abhalten, zu lernen! Während der Regen heftiger wurde, rannte sie den Hügel hinab auf die WolkenClan-Grenze zu. *Glaubt er etwa, seine Wünsche seien wichtiger als die des SternenClans?* Der Ärger schoss bis hinunter in ihre Pfoten, als sie durch das nasse Gras sprang.

Jetzt war sie schon kurz vor den Farnwedeln, die an die Bäume grenzten. Der beißende Geruch der Grenzmarkierung zog ihr ins Maul. Sie suchte Schutz unter den Bäumen und fragte sich, wo das Lager des WolkenClans wohl lag. Sie musste wissen, wo Eichelfell war. Wenn Wolkenhimmel sie aufgehalten hatte, dann musste jemand diesem spatzenhirnigen Anführer erklären, wie wichtig es war, dass seine Heilerkatze so viel lernte, wie überhaupt möglich war.

Sie beschnüffelte den Erdboden, roch Spuren von Pfoten und folgte ihnen. Letztendlich mussten sie zum Lager führen. Sie lief um einen Brombeerstrauch und weiter zwischen zwei umgestürzten Bäumen hindurch. Duckte sich unter einem Ast und nahm weitere Witterung von Pfoten auf. Weit konnte es nicht mehr sein. Vor ihr wurde der Wald lichter und der Regen tropfte durch das Blätterdach.

Ich hoffe, er hat ihr nichts getan. Plötzlich fiel ihr die Warnung ihrer Mutter wieder ein. *Er ist zu Grausamkeiten fähig, die du dir nicht vorstellen kannst.* Mottenflug schob die Worte beiseite. Niemand würde sie einschüchtern. Sie hatte den SternenClan auf ihrer Seite.

Als sie durch ein Farnbüschel schlüpfte, ließ ein Fauchen sie erstarren.

Aus den Augenwinkeln nahm sie schildpattfarbenes Fell wahr. Dann rammte etwas Hartes ihre Flanke und ließ sie ausgestreckt zu Boden gehen.

Panisch rappelte sie sich wieder auf. Der Geruch einer WolkenClan-Kätzin lag in der Luft. Sie fuhr herum und sah in Sperlingfells Augen, deren Nackenfell gesträubt war.

»Was hast du auf dem Gebiet des WolkenClans zu suchen?« Sperlingfells Augen funkelten sie argwöhnisch an.

»Ich bin Mottenflug!«, knurrte sie.

»Ich *weiß*, wer du bist«, kam die Antwort.

»Dann weißt du auch, dass ich eine Heilerkatze bin! Ich kann gehen, wohin ich will.«

»Niemand läuft in diesem Wald ohne Wolkenhimmels Erlaubnis herum!«

»Seit wann das?«

»Seitdem er das gesagt hat!«

Enttäuschung nagte an Mottenflug. »Ich bin hier, weil ich Eichelfell finden muss.« Vielleicht würde Sperlingfell verstehen, dass sie sich Sorgen um ihre Clan-Gefährtin machte.

»Eichelfell ist im Lager und macht das, was sie machen soll.«

»Und das wäre?«, verlangte Mottenflug zu wissen.

»Sie kümmert sich um ihre Clan-Gefährten!«

»Aber ich habe ihr noch nicht alles beigebracht!«

Sperlingfells Schwanz peitschte Unheil verkündend hin und her. »Sie weiß alles, was sie wissen muss.«

Mottenflug verstand nicht. »Willst du etwa nicht, dass sie als Heilerkatze so gut wie nur irgendwie möglich ist?« Dass Wolkenhimmel ein Spatzenhirn war, hieß doch nicht, dass sein ganzer Clan auf dumm schaltete!

»Es spielt keine Rolle, was *ich* will«, knurrte Sperlingfell. »Wolkenhimmel ist mein Anführer. Ich befolge seine Befehle. Und sein Befehl lautet, dass keine Katze unsere Grenze überqueren darf. Und schon gar keine WindClan-Katze.«

Mottenflugs Ärger schlug in Wut um. »Ich bin nicht hier, um zu *jagen*! Der SternenClan hat mir aufgetragen, Eichelfell auszubilden, und genau das werde ich tun.« Sie drängte sich an Sperlingfell vorbei.

Die WolkenClan-Kätzin stellte sich ihr mit einem Sprung in den Weg. »Lass mich vorbei! Ich muss …« Sie unterbrach sich und sah mit Erstaunen, wie Angst den Blick von Sperlingfell verdunkelte.

»Du musst verschwinden!« Sperlingfell hatte die Stimme gesenkt und schaute sich nervös nach allen Seiten um.

»Warum?«

»Wolkenhimmel wird dich in Stücke reißen, wenn du im Lager auftauchst. Und danach wird er mich in Stücke reißen, weil ich dich nicht aufgehalten habe.«

Mottenflug zuckte zurück. »Er hat doch Eichelfell nicht etwa was getan, oder?«

»Nein!« Sperlingfell sah empört aus. »Aber er ist böse,

dass sie heimlich auf WindClan-Territorium gelaufen ist, um mit dir zu lernen. Wie soll er beweisen, dass wir die Grenze zum WindClan nicht verletzen, wenn sie WolkenClan-Geruch auf der ganzen Heide verteilt?«

»Aber *ihr* verletzt doch die Grenze!«, fuhr Mottenflug sie anklagend an. »Weidenschwanz hat euch gesehen.«

»*Mich* hat sie nicht gesehen!«, schnauzte Sperlingfell. »WolkenClan-Katzen jagen nicht auf fremdem Territorium. Anders als der *WindClan*. Heute Morgen haben wir Fell von Zackiger Berg in einer Brombeerhecke gefunden. Und Blut von Frischbeute keine halbe Schwanzlänge entfernt.«

Mottenflug knurrte unterdrückt. Windläufer hatte ihn wohl geschickt, um Wolkenhimmel eine Lehre zu erteilen. Aber dadurch hatte sie die Situation nur noch verschlimmert.

»Aber«, beharrte sie, »ich bin eine Heilerkatze! Wir müssen in der Lage sein, auf sämtlichen Territorien zu reisen. Wie soll ich sonst Katzenminze vom Zweibeinernest holen? Und wie soll Eichelfell zum Mondstein kommen, wenn sie nicht das Moor überqueren darf?«

»Das ist nicht mein Problem.« Sperlingfell fing an, Mottenflug zurück zur Grenze zu begleiten.

»Und was ist, wenn Eichelfell etwas passiert und ihr meine Hilfe braucht?« Widerwillig ließ Mottenflug sich von Sperlingfell den Weg zurückführen. Die Kätzin würde sie offenbar ohne Kampf nicht passieren lassen, und sie wollte vermeiden, dass sie Ärger mit Wolkenhimmel bekam.

»Eichelfell wird nichts passieren, solange sie nicht weiter mit dir lernt.«

Als sie die Grenze erreicht hatten, blinzelte Mottenflug sie an. »Das ist die dümmste Entscheidung, von der ich je gehört habe!«

Sperlingfells Schweif schnipste in Richtung Moor. »Geh einfach zurück in dein Lager!«

Mottenflug sah den Zweifel in ihren Augen. »Du glaubst auch, dass er unrecht hat, nicht wahr?«

Sperlingfell wandte den Blick ab. »Er ist mein Anführer«, knurrte sie und stolzierte zurück in den Wald.

Das Blut rauschte in Mottenflugs Ohren. Wenn die Clans anfingen, ihre Territorien so zu bewachen, wie sollten die Heilerkatzen dann ihr Wissen miteinander teilen? Die Worte von Halber Mond klangen ihr wieder in den Ohren. *Das Schicksal aller Clans hängt an dir, auch wenn sie es noch nicht wissen.* Warum wollte Wolkenhimmel einfach nicht verstehen? Seine Heilerkatze musste dorthin gehen können, wo sie gebraucht wurde. *Die Zeit wird kommen, wo sie auf dich und nur auf dich hören. So viel kann ich dir sagen, aber es wird an dir liegen, sich diesen Respekt zu verdienen.*

Aber wie? Mottenflug fühlte sich völlig hilflos. Sie musste Windläufer und Wolkenhimmel davon überzeugen, dass Katzenleben wertvoller waren als Grenzen. *SternenClan, was soll ich tun?*

28. KAPITEL

MOTTENFLUG SCHLÄNGELTE SICH mit ihren Clan-Gefährten durch raschelnde Farnstängel auf die vom Vollmond erleuchtete Lichtung des Baumgevierts.

Der warme Abendwind war bereits von der Witterung von FlussClan und DonnerClan erfüllt. Sie ließ den Blick über die Katzen schweifen und erkannte Donner und Strömender Fluss unter den versammelten Katzen, die grüßend die Köpfe voreinander neigten, während ihre Clan-Gefährten beieinanderstanden und Klatsch austauschten.

Silberstreif und Schwarzohr jagten wie wild an Mottenflug vorbei und folgten dabei Weißschwanz, wobei ihre Schweife aufgeregt hin und her schlenkerten. Es war ihre erste Große Versammlung. Sie waren den ganzen Tag schon unruhig gewesen, begeistert von der Aussicht auf viele neue Gesichter und neue Gerüche.

»Nun mal langsam!« Schiefer folgte ihnen auf den Pfoten. Ihr Fell kräuselte sich sorgenvoll, als ihre Jungen auf die Lichtung platzten.

Erstaunt über den Tumult, fuhren Köpfe herum, und Augen blitzten neugierig im Mondlicht auf.

Schiefer baute sich vor Weißschwanz auf und zischte streng: »Beruhigt euch. Ich möchte nicht, dass FlussClan und

DonnerClan glauben, ich hätte ein Rudel Füchse großgezogen!«

Der Farn lichtete sich und Mottenflug dachte an ihre eigenen Jungen im Lager. Rocky hatte versprochen, auf sie aufzupassen und dafür zu sorgen, dass sie in ihrem Nest lagen, wenn sie zurückkam. Auch Fleckenfell und Distel waren zurückgeblieben, ebenso Adlerfeder, Schilfschwanz und Sturmpelz. Da die Lage an der Grenze so brisant war, wollte Windläufer das Lager nicht unbewacht lassen, und ausnahmsweise einmal war Mottenflug ihrer Mutter dankbar für diese Vorsicht.

Sie glaubte zwar nicht, dass der WolkenClan angreifen würde, aber wenn ein streunender Hund oder ein hungriger Fuchs einen Weg durch den Ginsterwall fand, dann wusste sie ihre Jungen gut behütet.

Heute war die erste Versammlung seit Monden, zu der sie wieder gehen konnte, und sie würde die anderen Heilerkatzen wiedertreffen, die sie seit der gemeinsamen Reise mit Micah zum Mondstein nicht mehr gesehen hatte. Sie beschleunigte ihre Schritte und schloss zu Staubnase auf. Rechts und links von ihnen liefen die Clan-Gefährten stumm durch den Farn. Sie wirkten angespannt, und ihre Schwänze zuckten unruhig durch die Luft, als sie sich der Senke näherten. Windläufer führte sie mit zusammengekniffenen Augen auf die Lichtung. Mottenflug wusste, dass ihre Mutter heute ein paar offene Rechnungen begleichen wollte, und Sorge lag ihr wie ein Klumpen im Magen. *Hoffentlich vergisst sie nicht, dass bei Vollmond Waffenstillstand herrscht.*

Sie blickte auf die Brombeerhecke auf der anderen Seite der Lichtung und hielt Ausschau nach dem WolkenClan. Aber

Wolkenhimmel war noch nicht angekommen und die Wälder dahinter waren gespenstisch still.

»Mottenflug!« Sie erkannte das Maunzen von Getupfter Pelz, als sie hinter Staubnase aus dem Farn trat. Die Heilerkatze des FlussClans sprang ihr entgegen und Wolkenfleck folgte ihr auf den Pfoten.

Während Staubnase Windläufer in die große Menge der Katzen folgte, blieb Getupfter Pelz vor Mottenflug stehen. Ihre Augen strahlten. »Wie geht es den Jungen?«

»Es geht ihnen gut«, berichtete Mottenflug. Seit ihrer Geburt vor einem Mond waren sie immer ausgelassener geworden. Sogar Blaues Schnurrhaar hatte angefangen, das Lager in Gesellschaft ihrer Wurfgefährten zu erkunden. Gerade heute Morgen war die weiß-gelbe Kätzin zum ersten Mal auf die Steine am Lagereingang geklettert und hatte von oben mit vor Freude aufgeplustertem Pelz nach ihr gerufen.

Wolkenfleck riss Mottenflug aus ihren Gedanken und ließ den Schwanz vor Freude hin und her schnellen. »Getupfter Pelz sagt, dass sie Micahs Pelzfarbe tragen.«

»Honigpelz sieht ihm völlig ähnlich«, erklärte Mottenflug stolz.

Wolkenfleck schnurrte. »Ich bin sicher, Micah im SternenClan sieht das alles.«

Das tut er. Als Mottenflug sich an ihren Traum erinnerte, durchströmte sie ein Glücksgefühl.

Silberstreifs aufgeregtes Maunzen in ihrem Rücken war nicht zu überhören. »Bitte, dürfen wir uns mit den anderen unterhalten?«

Sie drehte sich um und sah, wie die helle Tigerkätzin um ihre Brüder herumsprang. Schwarzohr musterte mit aufgerissenen Augen die versammelten Katzen, während Weißschwanz sich aufmerksam und mit zuckender Nase umsah.

»FlussClan-Katzen riechen merkwürdig«, bemerkte er.

»Still!« Schiefer senkte die Stimme. »Sie riechen ein bisschen fischig, das ist alles.«

»Ich möchte sie fragen, ob sie tatsächlich schwimmen!«, maunzte Silberstreif leise.

Mottenflug zeigte mit einem Nicken auf ein paar FlussClan-Katzen. »Du kannst Niesel fragen.« Gerade hatte sie das grau-weiße Junge entdeckt, aus dem inzwischen eine junge Kätzin geworden war, die neben ihrem Bruder stand.

Auch Kiefernadel war gewachsen und inzwischen ein kräftiger Kater mit schwarzem Fell, das seidig wie das eines Otters glänzte. Er starrte mit runden Augen auf die Lichtung. Vielleicht war es ebenfalls seine erste Versammlung?

Silberstreif umkreiste Schiefer ungeduldig. »Dürfen wir?«, bettelte sie.

Aber Schwarzohr war bereits unterwegs und lief über die Lichtung zu den jungen FlussClan-Katzen.

Schiefers Ohren zuckten. »Natürlich.«

Silberstreif jagte ihrem Bruder hinterher und Weißschwanz folgte ihr auf den Pfoten.

»Und vergesst nicht, euch zu benehmen!«, miaute Schiefer ihnen nach.

Getupfter Pelz schaute zu, wie die jungen Katzen davonrannten. »Grauer Flug wäre stolz auf sie gewesen.«

Schiefer blinzelte sie traurig an. »Er wollte immer eigene Kinder haben«, murmelte sie. »Ich wünschte nur, er hätte eine Chance gehabt, sie aufwachsen zu sehen.«

Mottenflug ließ ihren Schweif über Schiefers Rücken gleiten. »Vielleicht sieht er ihnen gerade in diesem Augenblick zu.« *So wie Micah über unsere Kinder wacht.*

Windläufers Maunzen war auf der ganzen Lichtung zu hören. Sie stand Donner gegenüber und ihre Augen funkelten anklagend. »Ich wusste, dass du ihn verteidigen würdest.«

Strömender Fluss trat zwischen die beiden Anführer. »Wir sollten warten und uns anhören, was Wolkenhimmel dazu zu sagen hat.«

Windläufer machte ein finsteres Gesicht. »Wir haben uns schon genug Lügen anhören müssen.«

Noch während sie redete, raschelte das Gras am oberen Rand der Senke. Geschmeidige Katzenkörper drängten den Abhang hinab.

Wolkenhimmel? Mottenflug versteifte sich. Konnte Windläufer ihr Temperament im Zaun halten? Würde sie Wolkenhimmel in aller Öffentlichkeit beschuldigen, Jagdpatrouillen auf ihr Territorium zu schicken? Und was würde passieren, wenn Wolkenhimmel die gleiche Anschuldigung erhob?

Der Duft des SchattenClans stieg ihr in die Nase, und sie erkannte Großer Schatten, deren Pelz im hohen Gras wirklich kaum mehr als ein Schatten war.

Getupfter Pelz schaute Mottenflug voller Sorge an. »Streiten sich WolkenClan und WindClan immer noch über das Jagen an der Grenze?«

»Ja.« Mottenflugs Pelz kribbelte. »Wolkenhimmel hat allen Katzen verboten, seine Grenze zu überschreiten.«

Wolkenfleck blinzelte. »Aber wie sollst du dann Katzenminze am Zweibeinernest pflücken?«

Getupfter Pelz ließ ihr keine Zeit für eine Antwort. »Und was ist mit Eichelfell? Hast du ihr alles beibringen können?«

Mottenflug wandte schuldbewusst den Blick ab. »Ich habe es versucht, aber Wolkenhimmel hat sie nicht weggelassen, und ich kann nicht über die Grenze, um mich mit ihr zu treffen.« Sie beobachtete, wie die SchattenClan-Katzen sich unter die Wartenden mischten und mit Kopfsenken und Schnipsen des Schwanzes grüßten. Die Abendluft summte und brummte nur so von Klatsch und Tratsch.

Brechendes Eis fixierte verbissen Schlammpfote. »Der WolkenClan patrouilliert wieder an seinen Grenzen.«

»Kieselherz wurde zurückgeschickt, als er Borretsch sammeln wollte«, erklärte Wacholderzweig Wolfsmilch.

Mottenflug sah, wie Pelze sich sorgenvoll kräuselten. Wolfsmilch blickte nervös auf eine Stelle am Hang voller Brombeerbüsche; dort tauchte der WolkenClan normalerweise auf. Morgennebel drängte sich an Niesel und Kiefernadel.

Inzwischen hatte sich Kieselherz zu den Heilerkatzen gesellt. Auch seine Augen waren groß vor Sorge. »Ich dachte, der Beutestreit sei inzwischen beigelegt, aber er ist nur noch schlimmer geworden.«

Mottenflugs Ohren zuckten unbehaglich. »Wolkenhimmel hat mich daran gehindert, Eichelfell weiter auszubilden«, berichtete sie. »Er lässt keine Katze über seine Grenze. Er hat auch wieder Jagdpatrouillen auf unser Territorium geschickt.«

Kieselherz' Blick verdüsterte sich.

»Sowohl Sperlingfell als auch Eichelfell sagen, dass Wolkenhimmel *keine* Jagdpatrouillen losgeschickt hat, aber Weidenschwanz schwört, dass sie gesehen hat, wie Rote Kralle Beute über die Grenze gebracht hat.« Mottenflug warf einen Blick auf Weidenschwanz. Die helle Tigerkätzin stand in einem Kreis von DonnerClan- und FlussClan-Katzen, und während sie redete, glänzten ihre Augen bösartig. Mottenflugs Sorge wuchs. Warum war sie so versessen darauf, Unruhe zu säen? Sie senkte die Stimme. »Windläufer hat jetzt angefangen, Jagdpatrouillen auf WolkenClan-Territorium zu schicken, um Wolkenhimmel eine Lehre zu erteilen.«

Kieselherz' Schwanz zuckte. »Das muss unbedingt aufhören, bevor es ernste Folgen hat.« Er blickte hoffnungsvoll auf den Hang. »Vielleicht können wir mit ihm und Windläufer reden und beide zur Vernunft bringen.«

Mottenflugs Herz machte einen Satz. »Glaubst du, sie sind so weit, dass sie auf uns hören?«, fragte sie Getupfter Pelz und Wolkenfleck. Wie viel Einfluss hatten beide auf ihre jeweiligen Anführer?

Wolkenflecks Schweif peitschte hin und her. »Schließlich sprechen wir für den SternenClan.«

Getupfter Pelz rümpfte die Nase. »Soweit ich weiß, hat Wolkenhimmel nicht viel für den SternenClan übrig.«

Kieselherz hob den Kopf und schaute auf zu den Sternen. »Das sind ebenso seine Vorfahren wie unsere.«

»Wir sollten die Versammlung ohne ihn abhalten!« Windläufers ärgerliches Maunzen war wieder auf der ganzen Lichtung zu hören. Mottenflug drehte sich um und sah noch, wie die WindClan-Anführerin sich durch die Menge drängte und auf den Großfelsen sprang.

Windläufer fixierte mit einem Blick Donner, Strömender Fluss und Großer Schatten. »Warum sollen wir ihm unsere Achtung erweisen und warten, wenn er sie uns verweigert und zu spät kommt?« Ihr Schwanz peitschte hin und her und der braune Pelz schimmerte fahl im Mondlicht. »Vielleicht kommt er auch überhaupt nicht! Das zeigt, wie egal wir ihm sind.«

Großer Schatten drängte sich zwischen Wacholderzweig und Wolfsmilch durch, warf Sonnenschatten noch einen Blick zu und sprang dann neben Windläufer auf den Großfelsen. Strömender Fluss folgte langsam und mit zerzaustem Pelz. Donner zögerte, suchte noch einmal mit den Augen den Abhang ab, bevor er sich zu den anderen gesellte.

Windläufer ließ den Blick über die Katzen schweifen, die jetzt dicht gedrängt vor dem Großfelsen standen und die Köpfe zu ihren Anführern erhoben.

»Wir müssen Wolkenhimmel so behandeln, wie er uns behandelt!«, maunzte sie laut. »Wenn er allen Katzen sein Territorium verbietet, dann müssen wir ihn *ebenso* behandeln!«

Donner blickte sie mit zuckenden Ohren an. »Was willst du damit sagen?«

»Von jetzt an gehört der WolkenClan nicht mehr zu uns.« Windläufer bleckte die Zähne. »WolkenClan-Katzen existieren für uns nicht mehr. Sie müssen allein überleben.«

»Nein!« Donners Fell sträubte sich. »Wolkenhimmel muss seine Grenze aus einem guten Grund geschlossen haben. *Du* sagst, dass er feindselig ist. Aber soweit wir wissen, verteidigt er nur sein Territorium. *Du* behauptest, dass der WolkenClan eure Beute stiehlt! Aber wo sind die Beweise? Sie sind nicht einmal auf der Versammlung, um sich selbst verteidigen zu können.«

Strömender Fluss nickte. »Wolkenhimmel sollte zumindest eine faire Verhandlung bekommen.«

»Warum?« Die Augen von Großer Schatten verengten sich. »Er ist nicht zur Versammlung gekommen. Offensichtlich glaubt er nicht mehr, zu uns zu gehören. Und natürlich verteidigst du ihn, Donner; schließlich ist er dein Vater. Aber warum sollten wir Windläufers Worte in Zweifel ziehen? Sie hat uns noch nie belogen. Wolkenhimmel hat schon als Junges gelogen. Hast du seinen Verrat an Grauer Flug vergessen? *Er* hat den Großen Kampf angefangen! Wir hatten lange genug Geduld mit ihm! Ohne den WolkenClan sind wir stärker.«

Stärker ohne den WolkenClan? Empörung flammte in Mottenflugs Brust auf. Verstanden diese Katzen nicht, dass die Verbannung eines Clans das Gleiche wäre, wie einen Zweig aus einem sauber geflochtenen Nest zu ziehen? Jeder einzelne Zweig machte es stark. Jeder fehlende Zweig konnte es zum Einstürzen bringen. »Wir dürfen keinen der Clans davonjagen!« Sie war schockiert, ihr eigenes Maunzen laut über die Lichtung klingen zu hören.

Blicke richteten sich auf sie.

Getupfter Pelz reckte das Kinn. »Wir sind gemeinsam aus den Bergen gekommen. Wir haben gemeinsame Erinnerungen und alle das gleiche Blut.«

»Vereint euch oder geht zugrunde!«, maunzte Wolkenfleck laut. »Erinnert ihr euch noch an den Großen Kampf? Danach haben uns die Geisterkatzen gesagt, dass wir nur vereint überleben können.«

»Vereint euch oder geht zugrunde!« Donner trat an den Rand des Großfelsens. »Wenn wir überleben wollen, dann müssen wir *gemeinsam* handeln. Dieser Streit muss mit Worten beigelegt werden, nicht mit Taten.«

»Worte?«, fauchte Windläufer. »Seit wann löst Wolkenhimmel irgendetwas mit Worten? Die einzige Sprache, die er versteht, ist die seiner Krallen, und nur so können wir einen Kampf vermeiden. Wir müssen ihm aus dem Weg gehen, bevor er einen neuen Krieg anzettelt.«

Mottenflug schaute ihre Mutter ungläubig an. »Und was ist mit dem Rest des WolkenClans? Das sind doch die Leitragenden, wenn wir den Clan verstoßen.«

Von irgendwo aus der Menge maunzte Weidenschwanz: »Was soll ihnen schon passieren? Verhungern werden sie sicher nicht, es gibt genug Beute im Wald.«

Brechendes Eis hob die Schnauze. »Wolkenhimmel hat den Clans immer nur Ärger bereitet. Ohne ihn haben wir endlich Frieden.«

»Aber ihre Heilerkatze hat noch nicht alles gelernt!« Mottenflugs Schwanz peitschte wütend durch die Luft. »Wer soll sich um ihre Kranken kümmern? Und was ist, wenn sie Kräuter brauchen, die nur am Fluss oder auf dem Moor wachsen? Weisen wir sie ab und lassen ihre Clan-Gefährten sterben?«

Wacholderzweig ergriff das Wort. »Die Clans müssen zusammenarbeiten. Ich habe die Geburt nur überlebt, weil Mottenflug Kieselherz geholfen hat. Jetzt habe ich drei gesunde Junge.«

Von den Clan-Katzen kam gedämpftes, zustimmendes Gemaunze.

Weidenschwanz ließ sie verstummen. »Vor ein paar Monden hatten wir noch gar keine Heilerkatzen! Damals haben wir überlebt. Und wir werden auch jetzt überleben!«

Mottenflug schaute der Kätzin direkt in die Augen. »Der SternenClan hat uns aufgetragen, für unsere Clans zu sorgen. Willst du dich gegen den SternenClan stellen?«

»Warum nicht?«, blaffte Weidenschwanz. »Sie sind tot und haben keine Ahnung von uns Lebenden.«

»Das stimmt nicht!« Mottenflugs Schweif bebte. »Sie wachen über uns!«

Strömender Fluss trat neben Donner und seine Augen schimmerten vor Sternenlicht. »Der SternenClan hat uns den Frieden gebracht. Sie sehen Dinge, die wir nicht erkennen.« Er blickte Weidenschwanz an. »Glaubst du, du weißt es besser als sie?«

Weidenschwanz wandte sich mit wogendem Pelz ab.

Donner schaute den Anführer des FlussClans dankbar an. »Wir können keine voreiligen Beschlüsse fassen, ohne vorher mit Wolkenhimmel gesprochen zu haben.«

Windläufers Maunzen klang erbittert. »Es ist nicht *deine* Grenze, die Wolkenhimmel überwachen lässt. Es ist nicht *deine* Beute, die er stiehlt. Indem wir ihn isolieren, senden wir ein deutliches Signal: Wir werden nicht mit dir kämpfen. Wir werden an unseren Grenzen patrouillieren und unser Territorium beschützen, aber wir werden nicht kämpfen. Er steht ganz allein da.« Plötzlich wandte sie sich an Mottenflug. »Und das gilt auch für Heilerkatzen. Du wirst dein Wissen nicht mehr mit Eichelfell teilen. Du musst ohne sie zum Mondstein gehen. Sie darf nicht mehr zu euren Treffen kommen.«

Mottenflugs Nackenfell sträubte sich. *Du hast nicht das Recht, das zu entscheiden.* Aber bevor sie widersprechen konnte, hakte Windläufer nach.

»Das ist der beste Weg, Wolkenhimmel aufzuhalten. Du hast doch gehört, wie er uns schon mal einen Kampf aufgezwungen hat. Helft mir, ihn dieses Mal aufzuhalten.«

Sie ließ den Blick eindringlich über die Clan-Katzen schweifen und zustimmendes Maunzen war die Antwort.

»Isoliert ihn!«

»Vergesst den WolkenClan!«

Mottenflug blinzelte ihre Mutter an. Hatte sie wirklich vor, den WolkenClan von jeglicher medizinischer Hilfe abzuschneiden? Was würde der SternenClan sagen? Sie schaute sich nach ihren Clan-Gefährten um und war enttäuscht. Taunase und Flinke Flosse stimmten in die Beifallrufe ein.

Ginsterpelz hob die Schnauze. »Es ist der einzige Weg, einen Kampf zu vermeiden!«

Fassungslos musterte sie ihren Vater. Windläufer war ein Hitzkopf, aber Ginsterpelz hatte ihre Voreiligkeit immer mit Vernunft gemildert. Warum verteidigte er jetzt diesen Wahnsinn?

Vom Rand der Senke kam ein lautes Maunzen. Die Clan-Katzen verstummten und wandten die Köpfe, um zu sehen, woher der Ruf kam.

Sperlingfell jagte den Abhang hinunter. »Hilfe!«

Die versammelten Katzen bildeten eine Gasse und ließen Sperlingfell in ihre Mitte.

Die Augen der schildpattfarbenen Kätzin waren vor Entsetzen weit aufgerissen. »Wo ist Mottenflug? Kieselherz!« Verzweifelt irrte ihr Blick in die Runde.

Mottenflug bahnte sich einen Weg durch die Katzen, Kieselherz folgte ihr auf den Pfoten. »Was ist passiert?«

Sperlingfell starrte sie an. »Kleiner Zweig hat sich verletzt! Seine Pfote steckte fest! Dann kam ein Fuchs. Wir haben ihn zurückgeschlagen, aber Kleiner Zweig …«

Aus der Menge sprang Getupfter Pelz zu ihnen. »Ist er gebissen worden?«

Sperlingfell nickte. »Ziemlich schlimm. Wir haben ihn zurück zum Lager gebracht, aber er ist bewusstlos.«

»Fuchsbisse können Entzündungen auslösen.« Wolkenfleck hatte sich zu ihnen durchgeschlagen. »Sie müssen sofort behandelt werden.«

Sperlingfell zitterte. »Eichelfell kann die Blutung nicht stoppen.«

Mottenflugs Herz krampfte sich zusammen. Kleiner Zweig war noch keine sechs Monde alt. Wenn der Blutverlust ihn nicht umbringen würde, dann vielleicht der Schock. »Kommt schon.« Sie war bereits dabei, den Abhang hinaufzuspringen.

Ein Fauchen von Windläufer brachte sie rutschend zum Stehen. »Wohin willst du?«

»Ich muss Kleiner Zweig helfen!« Ihr Blick fixierte Windläufer.

»Habe ich es nicht gesagt? Wir helfen dem WolkenClan nicht mehr!« Windläufers Augen funkelten vor Wut.

»Das hast *du* entschieden!«, fauchte Mottenflug. »Ich bin eine Heilerkatze. *Ich* steh nicht herum und lass Katzen sterben.«

Ein Großteil der Katzen maunzte schockiert.

»Das kann sie nicht machen!«

»Sie muss aber!«

»Und was ist mit dem Jungen?«

»Das ist das Problem des WolkenClans!«

Brechendes Eis stellte sich ihr in den Weg. »Wolkenhimmel muss lernen, dass er die anderen Clans nicht herumkommandieren kann.«

Mottenflug ließ die Krallen spielen. »Geh mir aus dem Weg.«

In ihrem Rücken war ein tiefes Knurren zu hören. Staubnase stakste an ihr vorbei und baute sich vor Brechendes Eis auf. »Lass sie vorbei. Kleiner Zweig soll nicht für die Fehler seines *Vaters* büßen.« Er warf Donner einen vielsagenden Blick zu.

Donner senkte den Blick. »Lass sie durch, Brechendes Eis.«

Brechendes Eis musterte Donner mit gesträubtem Nackenpelz. »Du bist nicht mein Anführer.«

»Aber ich bin es.« Strömender Fluss trat vor. »Lass sie!«

Knurrend gab Brechendes Eis den Weg frei.

Mottenflug warf ihrem Bruder einen Blick zu. »Vielen Dank.« Mit großen Sprüngen rannte sie den Abhang hinauf. Sperlingfell setzte ihr nach, gefolgt von Wolkenfleck, Getupfter Pelz und Kieselherz.

Oben angekommen, setzte sich Sperlingfell an die Spitze. »Mir nach.«

Sie folgten einem gewundenen Weg durch den dichten Wald, umrundeten Brombeerhecken und sprangen über umgestürzte Bäume. In ihrem Rücken hörte Mottenflug die Pfoten von Wolkenfleck, Getupfter Pelz und Kieselherz, die auf den Waldboden trommelten.

Als es leicht hügelabwärts ging, erkannte sie die Lichtung wieder, auf der sie vor ein paar Tagen von Sperlingfell aufgehalten und zurückgeschickt worden war. Die schildpattfarbene Kätzin überquerte sie und hielt auf eine dichte Brombeerhecke zu. Sie tauchte in eine schmale Lücke am Rand ein und war verschwunden. Mottenflug kniff die Augen zusammen, um sie vor den stacheligen Stängeln zu schützen, und rannte ihr nach. Sie war erstaunt, dass sie in einer schmalen Bodensenke auftauchte, die von Bäumen und üppigen Farnstauden gesäumt war.

Wolkenhimmel stand mitten in der Senke. Neben ihm zitterte Himmelsstern. Sie waren umringt vom WolkenClan, der voller Entsetzen auf das blutgetränkte Fellbündel vor seinen Pfoten starrte.

Kleiner Zweig!

Mottenflug kam rutschend zum Stehen und hockte sich neben das Junge. Sie hörte das Blut in ihren Ohren pochen, als sie einen raschen Blick auf den Körper warf. Die Flanke war voller tiefer Bisswunden. Die Hinterpfote war verdreht und blutgetränkt, als wäre sie aus einem Dornenbusch gezogen worden. Kleiner Zweig hatte die Augen geschlossen, nur die Lider zitterten manchmal. Seine Schnauze war mit getrocknetem Blut verschmiert.

Der strenge Geruch von Schachtelhalm und Ringelblume stieg ihr in die Nase. Das blutige Fell war mit einem getrockneten, grünen Brei bedeckt. Eichelfell behandelte ihn offenbar schon eine ganze Weile. Mottenflug schaute Wolkenhimmel an. »Wo ist Eichelfell?«

»Auf der Suche nach Spinnweben«, maunzte Wolkenhimmel gepresst.

Mottenflug stellte sich mitfühlend vor, wie Eichelfell einen einsamen Kampf führte, um Kleiner Zweig zu helfen. Eichelfell war noch längst nicht dafür ausgebildet, um mit so schweren Verletzungen umzugehen. Es musste sie zu Tode erschreckt haben. »Sie hätte früher um Hilfe bitten sollen.«

Wolkenhimmels Schwanz zuckte. »Der WolkenClan bittet erst um Hilfe, wenn er keine andere Wahl mehr hat.«

Hast du sie etwa davon abgehalten? Mottenflug schluckte ihren Ärger hinunter. Einen Streit mit Wolkenhimmel anzufangen, würde Kleiner Zweig nicht helfen.

Himmelsstern ließ den Blick keinen Augenblick von ihrem Jungen. »Wird er wieder gesund?«

Mottenflug antwortete nicht. »Wo ist Eichelfells Kräutervorrat?«

Wolkenhimmel sah verwirrt aus. »Ich glaube nicht, dass sie so etwas hat.«

Rote Kralle meldete sich. »Sie sammelt schon seit einiger Zeit Kräuter«, ließ er seinen Anführer wissen.

Mottenflug wandte sich zu dem dunkelroten Kater um. »Wo sind sie?«

Roter Kralle schlug den Weg zu einem kurzen, steilen Abhang ein, wo sich die Wurzeln einer Eiche in den Boden schlängelten.

Mottenflug wollte ihm folgen, spürte aber die Nase von Getupfter Pelz an ihrem Pelz.

»Ich gehe mit.«

»Bringt alle Kräuter mit, die ihr findet«, wies Mottenflug sie an. Dann schaute sie Kieselherz an. »Was können wir tun?« Sie wusste nicht, welche Wunde sie zuerst behandeln sollten.

Kieselherz kauerte sich neben Kleiner Zweig, während Wolkenfleck den Clan zurückscheuchte, damit an der anderen Seite des Jungen genug Platz war.

Kieselherz presste seine Pfoten auf die größte Wunde, aus der immer noch Blut strömte. »Wir müssen zuerst diese Blutung stoppen. Das ist die schlimmste Verletzung.«

Mottenflug schob ihre Pfoten unter seine. »Ich halte das Blut zurück und du untersuchst den Rest von ihm.« Sie spürte die Wärme unter ihren Pfoten und bekam Angst, die sie zu ignorieren versuchte.

Wolkenfleck schnüffelte an der zerfleischten Hinterpfote. »Hier brauchen wir nasse Nesseln, damit sie abschwillt.«

Mottenflug warf einen Blick auf den Abhang und war froh, dass Getupfter Pelz mit dem Maul voller Blätter zu ihnen zurückeilte.

»Sind Nesseln dabei?«, fragte sie, als Getupfter Pelz das Kräuterbündel neben ihr fallen ließ.

»Nein.« Getupfter Pelz suchte in dem Haufen. »Zum größten Teil Kerbel und Borretsch.«

Mottenflug versteifte sich vor Enttäuschung. Wenn sie doch bloß Eichelfell hätte weiter unterrichten dürfen! Dann hätte sie jetzt ein volles Lager gehabt. Sie vermied es, Wolkenhimmel anzusehen, und schluckte ihren Ärger hinunter. *Kleiner Zweig ist sein Junges.* Es war der falsche Zeitpunkt, sich über Grenzen zu streiten.

»Es gibt hier etwas Thymian«, maunzte Getupfter Pelz hoffnungsvoll.

Mottenflug schaute unsicher auf das bewegungslose Junge. »Er kann bestimmt nicht kauen.«

»Vielleicht können wir einen Zweig unter seine Zunge legen«, schlug Kieselherz vor.

»Das ist besser als nichts.« Mottenflug drückte stärker auf die Wunde, während Kieselherz ganz vorsichtig eine Kralle zwischen die Zähne des Jungen schob und die Kiefer auseinanderhebelte.

Ihr Bauch verkrampfte sich ängstlich. Kleiner Zweigs Atem war so schwach, dass sich seine Flanke kaum hob und senkte. Er war so schlaff wie eine tote Beute.

Mit trockenem Mund sah sie zu, wie Kieselherz einen Stängel Thymian unter die Zunge des Jungen schob.

»Da seid ihr ja!« Eichelfell stürzte ins Lager. Mottenflug sah die Erleichterung in den Augen der Heilerkatze aufleuchten. Ihre Vorderpfoten waren voller Spinnweben, die sie sofort abstreifte, als sie bei ihnen war.

Kieselherz fing direkt an, sie stückchenweise in die blutigste Wunde zu stopfen. Er nickte Eichelfell zu. »Leg deine Pfoten hierhin.«

Während sie die Spinnweben auf das blutige Fleisch drückte, teilte Kieselherz den übrigen Packen und gab eine Hälfte Wolkenfleck. Zusammen bedeckten sie jede Schramm und jeden Biss, den sie sahen.

Mottenflug beugte sich vor und legte das Ohr an die Brust von Kleiner Zweig. Es war kein Blubbern zu hören, aber das Herz flatterte vor Erschöpfung wie ein gefangener Vogel. Wieder stieg Angst in ihr auf. Ihr Blick suchte Himmelsstern.

Die golden getigerte Kätzin erkannte die Verzweiflung in Mottenflugs Augen. Sie zuckte zurück und vergrub die Schnauze in Wolkenhimmels Fell.

Wolkenhimmels dunkler Blick irrte über die Heilerkatzen und blieb bei Mottenflug hängen. »Er wird überleben, oder?«

Plötzlich wimmerte Kleiner Zweig. Für einen Augenblick öffneten sich seine Augen. Dann zuckte er zusammen und blieb bewegungslos liegen.

Noch einmal presste Mottenflug das Ohr an seine Brust.

Nichts.

Ihre Gedanken rasten zu ihren eigenen Jungen. Hatte Rocky sie sicher in ihr Nest gebracht? Was, wenn ein Fuchs ins Lager eingebrochen war? Wenn eines von ihnen allein im Moor herumgelaufen war? Panik überkam sie. Sie musste sie sehen. Sie musste *wissen*, dass es ihnen gut ging. Aber zuerst musste sie Wolkenhimmel sagen, dass sein Sohn tot war.

Sie schaute den WolkenClan-Anführer an und ihr Herz war voller Mitleid. »Es tut mir so leid.«

Seine tiefblauen Augen wurden noch dunkler und der Schmerz übermannte ihn. Überrascht sah Mottenflug, wie der harte Clan-Anführer schwankte. Erschüttert grub Himmelsstern ihre Schnauze noch tiefer in seinen Pelz.

Der Kreis der Clan-Gefährten geriet in Bewegung. Blüte zupfte ein Stück feuchtes Moos von den Wurzeln eines Baums, ging damit zu Kleiner Zweig und fing an, sanft das Blut aus seinem Pelz zu wischen. Dorne und Flinkes Wasser drückten sich an Himmelsstern, als Wolkenhimmel vortrat und sich neben sein totes Junge kauerte. Vorsichtig legte er die Nase auf seinen Kopf. »Ich hätte hier sein sollen, mein Sohn. Ich hätte dich retten müssen.«

Mottenflug schaute Eichelfell an.

Die Heilerkatze des WolkenClans starrte düster auf ihren Anführer. Mottenflug stand auf und drückte ihre Nase an die der braunen Kätzin. »Ich glaube nicht, dass irgendjemand von uns ihn hätte retten können.«

»Wenn ich doch nur mehr Spinnweben in meinem Bau gehabt hätte«, maunzte Eichelfell gepresst.

Kieselherz streckte sich. »Es hätte mehr gebraucht als nur weitere Spinnweben.«

»Er ist jetzt beim SternenClan.« Getupfter Pelz schaute Eichelfell voller Mitgefühl an. »Du hast alles getan, was du tun konntest.«

Das Ziehen in Mottenflugs Bauch wurde stärker. »Ich muss zu meinen Jungen.« Sie fühlte sich schuldig, als Wolkenhimmels Kopf hochfuhr und er sie fixierte. »Es tut mir leid …« Sie wollte sich entschuldigen, aber er schnitt ihr das Wort ab.

»Dann geh zu ihnen«, knurrte er heiser.

Kummer wollte ihr das Herz zerreißen, während sie zum Eingang lief.

»Ich wünschte, wir hätten sofort kommen können.«

Wolkenhimmels Blick wurde hart. »Was hat euch gehindert?«

Mottenflug erstarrte. Sie spürte, wie die anderen Heilerkatzen sie besorgt ansahen.

Sperlingfell erhob die Stimme. »Windläufer wollte nicht, dass sie kommt«, maunzte sie leise. »Sie hat gesagt, dass der WolkenClan von jetzt an auf sich allein gestellt ist.«

Wolkenhimmel streckte sich, die Muskeln unter seinem Pelz arbeiteten.

Himmelsstern machte ein paar schwankende Schritte. »Sie wollte ein Junges sterben lassen?«

»So einfach ist das nicht.« Mottenflug wurde von Angst geschüttelt. Sie wollte nichts als Frieden. »Ihr müsst mit Windläufer reden.«

Himmelsstern wandte sich ab und ihre Augen schwammen in Schmerz.

Wolkenhimmel blinzelte Mottenflug an. »Geh jetzt«, knurrte er. »Deine Jungen brauchen dich.«

Ihr Herz klopfte. Mottenflug drehte sich herum und raste aus dem Lager. Der Geruch des Bluts von Kleiner Zweig klebte ihr noch auf der Zunge. *Meine Jungen!* Sie musste wissen, ob sie sicher waren. Sie sauste durch den Wald, ihre Pfoten rutschten über welke Blätter, während sie Brombeerhecken auswich und Farnbüschel umrundete. Sie ließ den Waldrand hinter sich und jagte hinauf zum Moor. Sie musste ihre Jungen riechen und ihren warmen Atem an ihrer Schnauze spüren.

Ihre Pfoten griffen im harten Gras weit aus. Atemlos rannte sie den Berg hinauf, den Blick fest auf die ferne Senke gerichtet. Schließlich brach sie durch den Eingang ins Lager und eilte über die mondbeschienenen Grassoden zu ihrem Bau.

Als sie sich durch den Eingang schob, hob Rocky schläfrig den Kopf und blinzelte sie an. Die Jungen lagen an seinem Bauch zusammengerollt. »Ich habe dir doch gesagt, dass ich sie im Nest habe, wenn du zurückkommst.«

Ein tiefer Friede breitete sich in Mottenflug beim Anblick ihrer Jungen aus. Spinnenpfote regte sich im Schlaf, streckte eine Pfote aus und legte sie auf die Nase von Sprudelnder Bach. Der schob sie weg und drehte sich herum, wobei er kurz aufwinselte und sich dann an den Pelz von Blaues Schnurrhaar schmiegte.

Mottenflug trat an das Nest und atmete ihren milchigen Duft ein. Sie hob die Nase. *Danke, SternenClan, dass ihr auf sie aufgepasst habt.*

29. KAPITEL

»SCHIEFER!« MOTTENFLUGS MAUNZEN ERKLANG quer über die Lichtung. »Hast du bitte ein Auge auf meine Jungen, während ich Rocky untersuche?«

Honigpelz schlüpfte unter ihren Bauch. »Wir brauchen niemanden mehr, der auf uns aufpasst! Wir sind schon fast zwei Monde alt.«

Mottenflug strich mit ihrem Schweif sein Rückenfell glatt. »Ich will ja nur, dass jemand auf euch achtet.«

Spinnenpfote schniefte. »Was soll uns im Lager schon passieren?«

Sprudelnder Bach rollte sich in der sonnenwarmen Sandkuhle wie ein Spatz, der ein Staubbad nahm. Vom Rand her schaute Blaues Schnurrhaar ihr zu und sah aus, als würde sie schon der Gedanke an den vielen Staub in Angst und Schrecken versetzen.

Schiefer hob verschlafen den Kopf und schaute von dem Platz, wo sie in der Sonne döste, zu ihr herüber. »Ich komme schon.« Steif rappelte sie sich auf.

Mottenflug vermutete, dass die vergangene Nacht und die Versammlung für ihre Müdigkeit verantwortlich waren. Ihr dickes, graues Fell war matt, als hätte sie sich noch nicht geleckt. Ein Anflug von Schuldgefühl streifte Mottenflug. Vielleicht sollte sie Schiefer ruhen lassen. Aber Rocky war genau in dem Augenblick in ihre Höhle gekommen, als Fleckenfell und Schilfschwanz zur Morgenpatrouille aufgebrochen waren. Er hatte die letzte Nacht mit schmerzenden Gelenken wach gelegen und sie musste ihm helfen.

Sie warf einen Blick auf Honigpelz und fühlte einen Stich im Herzen, als ihr Kleiner Zweig einfiel. Sie wollte die Jungen wieder an ihrem Bauch spüren – so wie kurz nach der Geburt – und ihren Schwanz um sie legen, damit sie sicher waren. Aber sie wurden größer. Jetzt wollten sie herumrennen und alles erforschen.

Rocky braucht mich im Augenblick mehr. Der Kampf um das Leben von Kleiner Zweig hatte sie daran erinnert, wie wichtig ihre Pflichten dem Clan gegenüber waren. Die Anführer redeten von Grenzpatrouillen und Kämpfen. Es waren die Heilerkatzen, die hinterher die Wunden heilen mussten. Ein Gedanke quälten sie: Hätte sie Kleiner Zweig retten können? Was, wenn Wolkenhimmel Eichelfell früher erlaubt hätte, sie zu rufen? Was, wenn Windläufer sie nicht beim Baumgeviert aufgehalten hätte? *Was, wenn ich mehr wüsste?*

Es gab noch so viel zu lernen. Sie war entschlossen, ihr Leben ihrer Bestimmung zu widmen. Das würde jeder Katze helfen.

»Mottenflug?«

Sie hörte Spinnenpfotes Maunzen nur mit halbem Ohr. Erst als er ihren Namen wiederholte, schaute sie auf.

»*Mottenflug!*« Er zupfte an dem Gras vor der Höhle herum. »Warum *dürfen* wir nicht hinaus aufs Moor?«

Mottenflug war immer noch halb in Gedanken versunken. »Wie bitte, mein Liebling?«

»Warum dürfen wir nicht hinaus aufs Moor?«, kam es noch einmal und verärgert von Spinnenpfote.

»Da draußen gibt es Bussarde, die euch angreifen könnten«, erinnerte ihn Mottenflug. »Und Füchse und Zweibeinerhunde. Ihr seid dort nicht sicher, bis ihr groß genug seid, um zu kämpfen oder wegzurennen.«

Honigpelz duckte sich und ging in Angriffshaltung, wackelte mit dem Hinterteil und sprang dann auf seinen Bruder. »Wir können kämpfen!«, fiepste er, während sein Bruder unter ihm strampelte und beide über das Gras rollten.

»Seid vorsichtig!« Mottenflug zuckte zusammen, als sie sah, dass Spinnenpfote die Krallen ausgefahren hatte. »Denkt daran, die Krallen einzuziehen, wenn ihr Kämpfen spielt!«

Schiefer schlich mit hängendem Kopf über die Lichtung.

Sie sieht so müde aus, überlegte Mottenflug. *Ich hoffe, sie schläft nicht ein, wenn ich weg bin.*

Sie ließ den Blick durch das Lager schweifen, in der Hoffnung, eine andere Katze zu finden, die auf die Jungen aufpasste, während sie sich um Rocky kümmerte. Aber die Lichtung war verwaist. Windläufer hatte die Patrouillen für den Tag zusammengestellt. Ginsterpelz war mit Sturmpelz, Taunase und Flinke Flosse losgezogen, um Kaninchen in ihren Höhlen im Moor aufzuscheuchen. Staubnase hatte eine Patrouille zur Schlucht geführt, die nach Kiebitzen suchte, und Zackiger Berg und Distel sammelten Heidekraut für neue Nester. Und nur der SternenClan wusste, wo Weidenschwanz war. Die hellbraun getigerte Kätzin schien in diesen Tagen überhaupt nicht im Lager zu sein.

Fleckenfell und Schilfschwanz teilten sich Beute am anderen Ende des Lagers. Mottenflug blinzelte ihnen hoffnungsvoll zu, aber die beiden waren in ein Gespräch vertieft, lagen im hohen Gras und erholten sich von ihrer frühmorgendlichen Patrouille.

Windläufer lag ausgestreckt neben den Steinen am Eingang. Mottenflug kniff die Augen zusammen. Es kam überhaupt nicht infrage, ihre Mutter um Hilfe zu bitten. Seit der Versammlung vorletzte Nacht hatten sie kein Wort gewechselt.

Mottenflug sah zu, wie die Kätzin sich unbeholfen neben die Sandkuhle legte. »Ruf mich, wenn du mich brauchst«, maunzte sie und hoffte, nicht gebraucht zu werden. Sie schlüpfte in ihren Bau und zog ein Bündel Beinwell aus ihren Vorräten. Sie hatte die Blätter vor einem Sonnenaufgang gepflückt, sie waren jetzt ausreichend welk und würden leicht um Rockys steife Gelenke zu wickeln sein. Später würde sie noch mehr pflücken und damit Rockys Nest auskleiden.

Sie wollte das Bündel schon zwischen die Zähne nehmen, zögerte aber. Nach einem weiteren Blick auf ihre Vorräte nahm sie noch ein paar andere Blätter und rollte sie um den Beinwell. Dann ging sie zurück in die Sonne und über die Grassoden zu Rockys Nest.

Sie freute sich, dass ihre Clan-Gefährten dem alten Kater eine Unterkunft gebaut hatten. Distel war eine Expertin, wenn es darum ging, aus Ginster- und Brombeerzweigen Dächer und Wände zu flechten. Mottenflug hatte die Bauarbeiten in der Zeit, als sie die Jungen säugte, nur ganz am Rande mitbekommen. Sie hatte gehört, wie Distel Anweisungen maunzte und ihre Clan-Gefährten anwies, mehr Stängel und kleine Zweige für den Bau zu sammeln. Sie hatte sogar dafür gesorgt, dass alle Lücken mit Moos und Blättern ausgestopft wurden. Als

Mottenflug jetzt mit ihrem sonnenwarmen Pelz in den Bau schlüpfte, trat sie ins Halbdunkel.

Rocky blinzelte sie durch das Dämmerlicht an. »Mottenflug?«, maunzte Rocky gepresst. Er musste starke Schmerzen haben.

»Es tut mir leid, dass ich so lange gebraucht habe.« Mit einem Schuldgefühl ließ Mottenflug den Beinwell neben das Nest fallen. »Ich musste jemanden finden, der auf die Jungen aufpasst.«

Rocky ächzte. »Ich wünschte, ich könnte das für dich übernehmen.«

»Das kannst du, sobald diese Kräuter dafür gesorgt haben, dass es dir wieder besser geht.« Sie entrollte das Bündel und zupfte die Blätter heraus, die sie zuletzt eingepackt hatte. »Iss die hier.« Sie legte die Blätter auf den Rand seines Nests.

Rockys Augen leuchteten. »Katzenminze.«

»Ich dachte, das würde dir helfen.«

Schnurrend leckte Rocky sie auf.

Während er zufrieden die Augen schloss, fing Mottenflug an, seine Hinterbeine mit Beinwell zu umwickeln. »Sobald der Saft durch dein Fell gesickert ist, wird es besser mit den Schmerzen«, versprach sie ihm. »Wir müssen dafür sorgen, dass dein Nest von jetzt an immer mit Beinwell ausgelegt ist. Inzwischen sind Weißschwanz, Silberstreif und Schwarzohr ja groß genug, um ins Moor zu gehen. Ich bin sicher, dass sie gerne frische Blätter für dich sammeln.« *Bald sind sie alt genug, um Schüler zu werden*, dachte Mottenflug und fragte sich, welche der älteren Katzen wohl ausgewählt werden würden, um den Heranwachsenden die Fertigkeiten der Jagd und der Clan-Fürsorge beizubringen. Es schien gerade erst ein paar Sonnenaufgänge her gewesen zu sein, als sie dabei geholfen hatte, Silberstreif aus dem Tunnel zu befreien. *Es ist erstaunlich, wie schnell die Jungen wachsen.*

»Mmmmmm.« Rocky schnurrte immer noch.

Ein warmes Gefühl der Freude durchfuhr Mottenflugs Pelz. Noch vor zwei Nächten hatte sie sich beim Versuch, Kleiner Zweig zu retten, völlig machtlos gefühlt. Jetzt war sie dabei, die Schmerzen eines Clan-Gefährten zu lindern, und spürte eine tiefe Befriedigung.

»Mottenflug!« Der panische Aufschrei kam von draußen.

Sie ließ den Beinwell fallen und stürzte aus dem Bau. Neben dem großen Stein am Rand der Sandkuhle kauerte Schiefer neben Blaues Schnurrhaar.

Das Junge lag bewegungslos auf dem Boden.

Spinnenpfote und Honigpelz drückten sich an Schiefer, während Sprudelnder Bach mit schreckgeweiteten Augen ein paar Schritte zurückgewichen war.

»Was ist passiert?« Mottenflug jagte zu Blaues Schnurrhaar, die bewusstlos war.

Schiefer blinzelte, ihr Blick war düster. »Ich weiß es nicht genau. Ich habe die Augen nur für ein paar Augenblicke geschlossen und …«

Honigpelz unterbrach sie. »Sie wollte nach oben auf den Felsen klettern.« Er schaute hinauf auf den hohen Stein. »Sie wollte da stehen, wo Windläufer steht, wenn sie zum Clan spricht.«

Mottenflug beschnupperte den Pelz von Blaues Schnurrhaar, suchte nach einer warmen Stelle, die auf eine Schwellung hindeutete.

Blaues Schnurrhaar blinzelte. »Mottenflug?«

Mottenflugs Hals wurde eng. »Wo tut es weh?«, fragte sie streng.

»Nirgends.« Blaues Schnurrhaars Atem war flach.

»Bist du sicher?« Mottenflug ließ die Pfoten über den weiß-gelben Pelz des Jungen streichen und suchte nach Verletzungen.

Blaues Schnurrhaar kam leicht schwankend auf die Pfoten. »Mir geht's gut«, maunzte sie leise.

Schiefer warf ihr einen Blick zu. »Ihr ist nur die Luft weggeblieben.«

»Bist du sicher, dass es dir gut geht?« Mottenflug spürte ihr Herz in den Ohren klopfen.

Blaues Schnurrhaar sah ihr offen in die Augen. »Ganz sicher.«

Erleichtert richtete Mottenflug die Schnauze auf Schiefer. »Warum hast du nicht aufgepasst?«

Schiefer hustete. »Tut mir leid. Mir geht's nicht so gut.«

»Warum hast du nichts gesagt?« Mottenflug war frustriert. Musste sie denn alles allein machen? Rocky versorgen *und* auf ihre Jungen aufpassen? Vielleicht hätte sie Schilfschwanz bitten sollen, sich um Rocky zu kümmern. Oder ihren Stolz herunterschlucken und doch Windläufer fragen sollen, ob sie auf die Jungen aufpasste.

Ärgerlich wandte sie sich wieder Blaues Schnurrhaar zu. »Was hast du denn da gemacht? War dir nicht klar, dass es gefährlich ist, auf den Felsen zu klettern?«

Honigpelz stellte sich vor seine Schwester. »Sie hat gesehen, dass ich vor einem Sonnenaufgang hochgeklettert bin.«

Mottenflug blinzelte. »*Du* bist da hochgeklettert?«

»Ich auch.« Spinnenpfote streckte das Kinn vor.

»Und ich auch«, verkündete Sprudelnder Bach.

Mottenflug starrte sie an. Warum hatte sie das nicht mitbekommen?

»Du warst in der Zeit auf der Versammlung«, erklärte ihr Honigpelz, als hätte er ihre Gedanken gelesen.

»Und Rocky hat es euch erlaubt?«

»Er hat gesagt, dass du zu ängstlich bist. Und dass Micah uns inzwischen zur Jagd auf das Moor lassen würde.« Spinnenpfote schielte schuldbewusst zu Rockys Bau. »Er hat versprochen, uns aufzufangen, wenn wir fallen.«

Sprudelnder Bach kam eifrig näher. »Blaues Schnurrhaar hat er es nicht erlaubt. Er meinte, sie sei noch nicht so weit.«

»Also wolltest du es jetzt versuchen?« Mottenflug blickte Blaues Schnurrhaar fragend an.

Deren Augen glitzerten. »Es tut mir leid«, wimmerte sie.

Honigpelz warf sich in die Brust. »Wenn ich gesehen hätte, dass sie hochklettern will, hätte ich sie aufgehalten.«

Hast du aber nicht! Mottenflug trat unbehaglich von einer Pfote auf die andere. *Warum auch?* Er war nur ein Junges. Er war nicht für die Sicherheit von Blaues Schnurrhaar verantwortlich. *Aber ich!*

»Geht es ihr gut?« Die Stimme ihrer Mutter überraschte Mottenflug. Sie warf einen Blick zurück und sah Windläufer über das Moorgras springen. Schilfschwanz und Fleckenfell folgten ihr auf den Pfoten.

»Es geht ihr gut«, ließ Mottenflug sie wissen. »Ihr ist nur die Luft weggeblieben.« Noch während sie sprach, spürte sie plötzlich die Hitze, die von Schiefers Pelz aufstieg. Sie schnüffelte an der Kätzin und der saure Geruch des Fiebers stieg ihr in die Nase. »Du solltest dich in deinem Bau ausruhen«, maunzte sie weich und wurde von Schuldgefühlen geplagt.

Schiefer widersprach nicht und trottete langsam davon.

Mottenflug wandte sich wieder Blaues Schnurrhaar zu. »Geh und spiel mit deinen Wurfgefährten.« Sie sah zu, wie ihre Jungen mit gesenktem Schwanz davonschlichen.

Fleckenfell lief ihnen nach. »He, wie wär's mit einer Runde Moosball?«, maunzte er.

Honigpelz drehte sich herum und strahlte ihn an. »Kann ich in deiner Mannschaft sein?«

»*Ich* will in Fleckenfells Mannschaft sein!« Sprudelnder Bach rannte auf den goldbraunen Kater zu und kletterte auf seinen Rücken.

Spinnenpfote schaute Blaues Schnurrhaar an. »Du bist in meiner Mannschaft«, schnurrte er. »Die beiden schlagen wir locker.«

Vielen Dank, Fleckenfell. Sie zwang sich, ihnen nicht mehr hinterherzuschauen, und entspannte sich etwas.

Schilfschwanz' Maunzen durchbrach ihre Gedanken. Er hatte gesehen, dass Schiefer in ihrem Bau verschwand. »Was ist mit ihr?«

»Ich glaube, sie hat sich erkältet«, riet Mottenflug, die immer noch von ihren Jungen abgelenkt war.

»Ich kann mich um sie kümmern«, bot Schilfschwanz an.

Mottenflug zeigte mit dem Schweif auf Rockys Bau. »Könntest du zuerst Rockys Gelenke weiter mit Beinwell umwickeln? Ich habe ihm Katzenminze gegeben, damit er besserer Stimmung ist, aber er hat immer noch ziemlich starke Schmerzen.«

»Natürlich.« Schilfschwanz lief davon.

Mottenflug schaute Windläufer an.

Ihre Mutter hatte sich hingehockt und schaute sie an. »Es ist nicht einfach, oder?«

»Wie bitte?« Mottenflug versteifte sich. Das Maunzen ihrer Mutter klang fast wie ein Knurren.

Ihre Mutter betrachtete sie kalt. »Dafür zu sorgen, dass jede Katze sicher ist und es ihr gut geht.«

Mottenflug kribbelte der Pelz. »Was willst du damit sagen?«

»Du glaubst, dass es falsch von mir ist, den WolkenClan abzuweisen. Aber ich tue das, weil ich glaube, dass es das Beste für uns alle ist.«

»Für Kleiner Zweig war es nicht das Beste.« Mottenflug reckte das Kinn. »Er ist *gestorben.*«

Sie sah, wie Windläufer zusammenzuckte, aber ihr Blick wurde nicht milder. »Ich vermute, du hast versucht, ihn zu retten.«

»Natürlich!«

»Aber du hast es nicht geschafft.«

»Das hätte ich vielleicht, wenn Wolkenhimmel Eichelfell früher erlaubt hätte, Hilfe zu holen.« Mottenflug legte die Ohren an. »Oder wenn *du* uns nicht aufgehalten hättest, als wir helfen wollten.«

»*Wirklich?*« Windläufer kniff die Augen zusammen.

»Ich weiß es nicht!«, fauchte Mottenflug. »Ich werde es nie wissen. Und Wolkenhimmel auch nicht.«

»So fühlt sich das an, wenn man ein Anführer ist«, knurrte Windläufer. »Du triffst die beste Entscheidung, die du treffen kannst. Aber du kannst dir nicht sicher sein, was daraus wird. Ich habe gesehen, wozu Wolkenhimmel fähig ist. Ich habe im Großen Kampf gekämpft. Nicht, weil ich kämpfen wollte, sondern weil es die Clans zerstört hätte, wenn wir nicht gekämpft hätten.«

»Wie denn?« Mottenflug verstand nicht, wie Frieden den Katzen schaden konnte.

»Wolkenhimmel war machthungrig. Wenn wir nicht rebelliert hätten, wären wir für ihn nichts anderes als Beute gewesen.« Windläufer Augen zuckten. »Und keine Katze sollte wie Beute leben.«

»Wolkenhimmel hat sich verändert.«

»Woher weißt du das?«

»Ich habe gesehen, wie er um sein Junges getrauert hat.«

Ein tiefes Knurren stieg aus Windläufers Kehle auf. »Ich habe auch um Junge getrauert. Glaubst du, das hätte mich weicher gemacht?«

Mottenflug blickte ihre Mutter an. »Ich wünschte, das hätte es.«

Windläufer streckte ihr die Schnauze entgegen und ihre gelben Augen loderten vor Wut. »Jede Entscheidung, die ich fälle, ist zum Besten des Clans. Du kannst gerne glauben, dass ich mich irre, aber wage es nie wieder, mich infrage zu stellen.«

Mottenflug duckte sich gerade noch rechtzeitig, um den hin und her peitschenden Schwanz ihrer Mutter nicht abzubekommen, die sich umdrehte und davonstolzierte. Mottenflug sah ihr mit einem hohlen Gefühl im Bauch nach. Wie konnte Windläufer nur an ihrer Entscheidung festhalten, den WolkenClan zu verbannen? Ein Junges war gestorben! Sie bohrte die Krallen in den Sand. *Ich würde das alles noch einmal genau so machen. Eine Anführerin mag eine Katze sterben lassen, aber ich bin keine Anführerin. Ich bin eine Heilerin.*

Sie warf einen Blick über die Lichtung; offenbar war Schilfschwanz immer noch dabei, Rockys kranke Gelenke zu umwickeln. Sie würde also selbst nach Schiefer sehen. Sie ging zum Bau der Kätzin und schob sich durch den Eingang.

Schiefer war allein und lag mit geschlossenen Augen in ihrem Nest. Mottenflug beugte sich zu ihr und war entsetzt, wie sehr der Pelz der Kätzin glühte.

Schiefer öffnete blinzelnd die Augen, dann hustete sie. Mit einem Ruck kämpfte sie sich auf die Pfoten. Der Husten ergriff völlig von ihr Besitz und schüttelte sie. Mottenflug streckte eine Pfote aus, um sie zu stützen. Wie war Schiefer nur so schnell so krank geworden? Mottenflug öffnete die Augen weiter, um im Dämmerlicht besser sehen zu können. Plötzlich bemerkte sie die roten Flecken, die das Moos unter Schiefers Kinn sprenkelten.

Blut!

Mit klopfendem Herzen wich Mottenflug zurück.

Sie hörte, wie Fell am Ginster des Eingangs scharrte, und drehte sich um. Schilfschwanz glitt herein.

»Dieser Husten klingt schlimm.« Der Kater blinzelte sie an und erstarrte, als er ihren Blick bemerkte. »Was ist das?«

»Bluthusten«, flüsterte Mottenflug.

Schilfschwanz schaute Schiefer an. »Ist noch Borke übrig, die bei Rocky …«

Mottenflug fiel ihm ins Wort. Ihre Gedanken überschlugen sich. »Der Saft ist eingetrocknet und vor einem Mond abgeblättert. Sie braucht frische Borke.«

»Aber wie bekommen wir die?«

»Ich werde gehen.«

»Aber der Baum steht auf WolkenClan-Territorium.«

»Na und?« Mottenflug schaute ihn an. »Vorletzte Nacht habe ich versucht, das Leben von Kleiner Zweig zu retten.«

»Aber er ist gestorben.«

»Ich *weiß*, dass er gestorben ist!«, fauchte Mottenflug. »Aber Wolkenhimmel hat gesehen, dass wir versucht haben, das Leben seines Jungen zu retten. Das muss doch zählen. Selbst für einen Clan-Anführer!« Sie fühlte Bitterkeit in sich aufsteigen und schob Schilfschwanz beiseite. »Pass auf Schiefer auf. Ich bin so schnell ich kann zurück.«

Sie drängte sich aus dem Bau und stürmte über das Moorgras.

»Mottenflug!« Fleckenfell stand vor ihrem Bau und rief nach ihr.

Rutschend blieb sie stehen, die Ungeduld brannte in ihren Pfoten. »*Was ist?*«

Honigpelz und Sprudelnder Bach balgten sich im Gras, während Blaues Schnurrhaar und Spinnenpfote im frisch aufgefüllten Beutehaufen herumstocherten. Ginsterpelz, Sturmpelz, Taunase und Flinke Flosse waren ins Lager zurückgekehrt. Sie faulenzten am Rand der Lichtung und teilten sich ein Kaninchen.

Fleckenfell lief zu ihr. »Wohin willst du?«

Bevor sie antwortete, ließ Mottenflug den Blick über die Lichtung schweifen. Vom Windläufer war nichts zu sehen.

»Du siehst besorgt aus!« Fleckenfell blieb direkt vor ihr stehen.

»Schiefer hat Bluthusten«, berichtete Mottenflug. »Ich versuche, etwas von der Borke zu holen, die wir bei Rocky hatten, als …« Sie unterbrach sich, weil ihr die Worte im Halse stecken zu bleiben drohten. Sie schwankte. *Als Micah starb.* Sie hatte sich so viele Sorgen um Schiefer gemacht, dass es ihr eben erst wieder eingefallen war. Der Kummer drohte ihr das Herz zu zerreißen.

»Ich komme mit dir.« Fleckenfell drängte sich an sie, um sie zu stützen.

Mottenflug schaute ihn an und plötzlich war ihr schlecht. *Ich kann nicht wieder dorthin zurück.* »Windläufer wird wütend sein, wenn wir die Grenze überqueren«, murmelte sie wie betäubt.

»Wolkenhimmel ebenso, wenn er uns erwischt.« Fleckenfells Blick ließ kein Zögern erkennen. »Wir müssen einfach darauf achten, dass wir nicht erwischt werden.«

Mottenflug blickte in seine bernsteinfarbenen Augen. Ihre Gedanken beruhigten sich. Sie *musste* die Borke holen. Schiefer brauchte sie.

Sie streckte das Kinn vor. »Bist du bereit?«

»Ja.« Fleckenfell wandte sich um und maunzte Flinke Flosse zu: »Wir müssen Kräuter sammeln gehen! Kannst du auf die Jungen aufpassen?«

Flinke Flosse reckte sich lustlos. »Natürlich!«

Ginsterpelz rappelte sich auf und schob die Reste des Kaninchens Sturmpelz zu. »Ich werde auf sie aufpassen«, bot er an. »Ich kann ihnen ein paar Jagdtricks zeigen.«

Sprudelnder Bach hob aufgeregt den Kopf. »Nimmst du uns mit zu den Kaninchenbauten?«

»Heute nicht«, schnurrte Ginsterpelz.

Mottenflugs Herz zitterte wie eine in die Enge getriebene Beute. *Micah!* Wie sollte sie es schaffen, dorthin zurückzukehren? Panik wirbelte ihre Gedanken durcheinander. »Komm.« Sie musste rennen, bevor die Angst sie völlig lähmen würde.

Sie raste zum Lagereingang und durch ihn hindurch hinaus aufs Moor.

Sie hörte die Pfoten von Fleckenfell in ihrem Rücken, während sie schon auf dem Weg den Abhang hinab und in der Heide war.

»Mottenflug!« Das war Fleckenfell. »Hier entlang, auf den Weg!« Blindlings folgte sie dem Klang seines Maunzens und brach durch die violetten Büschel, bis sie ihn entdeckte und ihm auf dem gewundenen Pfad hinterherlief.

Auf dem Gras griffen ihre Pfoten weit aus, und sie jagten los, den Blick fest auf den Waldrand geheftet, die Grenze zwischen WolkenClan und Moor. Als sie dort ankamen, keuchte sie, und der Wind hatte ihr Fell zerzaust.

»Langsam!« Fleckenfell blieb stehen.

Mottenflugs Pfoten rutschten auf dem weichen Gras.

»Wir müssen vorsichtig sein!«, mahnte Fleckenfell.

»Ich lasse mich von nichts aufhalten, um diese Borke zu holen.« Mottenflug blitzte ihn an. *Micah* würde verstehen, wie sie sich fühlte! Als sie sich das letzte Mal auf diesen Weg gemacht hatte, war er bei ihr gewesen. Wieder presste der Kummer ihr das Herz zusammen.

Fleckenfell ließ den Blick die Grenze entlangschweifen und schnupperte nach Patrouillen.

Als er gestreiftes Fell zwischen den Farnbüscheln entdeckte, versteifte er sich. »Warte«, zischte er. Geduckt schlich er auf den Streifenpelz zu.

Mottenflug war von der Verzögerung frustriert.

Plötzlich entspannte er sich. »Es ist nur Weidenschwanz.«

Noch während er sprach, kam die WindClan-Katze zwischen den Büschen hervor.

»Was machst du denn hier?«, fragte Fleckenfell.

»Ich achte darauf, dass diese Beuteräuber nicht wieder über die Grenze kommen«, schnaubte sie. Dann verengten sich ihre Augen. »Und was macht *ihr* hier?«

»Wir sind auf dem Weg, Borke für Schiefer zu holen.« Mottenflug marschierte an Weidenschwanz vorbei. »Sie hat Bluthusten.«

»Ich komme mit euch«, maunzte Weidenschwanz begeistert.

»Warte.« Fleckenfell schob sich vor Mottenflug und versperrte ihr den Weg. »Wir können nicht alle zusammen im WolkenClan-Territorium herumlaufen. Dann glauben die, das sei ein Überfall.« Er legte den Kopf schräg und schaute Weidenschwanz an. »Du musst hier warten. Wenn wir nicht wiederkommen, hol Hilfe.«

Weidenschwanz riss vor Eifer die Augen auf. »Gute Idee.«

Mottenflug bahnte sich einen Weg durch den Farn. *Gut gemacht, Fleckenfell.* Das Letzte, was sie jetzt brauchte, war noch eine Katze im Gefolge. Diese sinnlose Aufgabe würde Weidenschwanz beschäftigen.

Sie eilte durch den Wald und versuchte, sich an den Weg zu erinnern, den Micah beim letzten Mal eingeschlagen hatte. Sie erkannte einen umgestürzten Baum wieder und krabbelte darüber. Als sie daran dachte, wie leicht Micah darübergesprungen war, zog sich ihr Herz wieder zusammen.

»Sind wir auf dem richtigen Weg?«, zischte Fleckenfell leise. Der goldfarbene Kater hatte die Ohren aufgestellt und das Maul geöffnet, um jede gefährliche Witterung sofort aufnehmen zu können.

»Ja.« Mottenflug lief weiter, und mit jedem Schritt wurden

ihre Pfoten schwerer, bis die Bäume weniger wurden und sie die Senke sah, in der Micah gestorben war.

Jetzt schienen ihre Pfoten aus Stein zu sein. Sie stand einfach da, während der Schmerz sie überrollte. Ein paar Splitter des abgebrochenen Astes lagen immer noch herum.

Fleckenfell rieb seinen Pelz an ihr. »Schiefer braucht die Borke«, murmelte er.

Sie zwang sich, ihren Blick auf die Spitze des Baumes in der Mitte der Lichtung zu richten. »Dort oben«, murmelte sie heiser. »Wir müssen da hoch, wo die Rinde am weichsten ist.«

»Warte hier.« Fleckenfell sprang den Abhang hinab und auf den Baumstamm. Er zog sich von Ast zu Ast nach oben und verschwand zwischen den Blättern.

Mottenflug sah, dass der Baum zitterte, während Fleckenfell ihn erkletterte. Das Herz schien ihr im Halse zu schlagen. Der Kummer presste ihr die Brust zusammen, so erstickend wie am Tag, als Micah starb. Sie stand bewegungslos da, als hätten ihre Pfoten Wurzeln geschlagen, die sie an die Erde fesselten.

Mottenflug schüttelte sich. *Um Micah zu trauern, ändert auch nichts. Er wäre stolz auf mich, weil ich wieder hierhergekommen bin.* Es fühlte sich so an, als sei das *sein* Baum.

Die Blätter raschelten und Fleckenfells Pelz blitzte zwischen ihnen auf. Einen Augenblick später jagte er mit Rindenstreifen zwischen den Zähnen den Stamm hinunter. Der Geruch des Safts ließ ihr Herz noch einmal erzittern. Genau so hatte es gerochen, als Micah gestorben war.

Fleckenfell drängte sie sanft von der Lichtung. Die Augen hatte er halb zusammengekniffen, sie brannten von dem durchdringenden Geruch. Mottenflug führte ihn durch den

Wald, blieb nah bei ihm, um ihn an vereinzelten Brombeerhecken und Erdfurchen vorbeizulotsen.

Sie rochen die Heide der nahen Grenze und beschleunigten ihre Schritte. In den Büschen hinter ihnen raschelte es. Mottenflug blieb still stehen.

»Wohin willst du denn?«

Ein feindseliges Maunzen ließ sie herumfahren. Distel starrte sie über ein Heidelbeerfeld an. Neben ihm standen Birke und Erle mit aggressiv zusammengekniffenen Augen.

Fleckenfell ließ die Rinde fallen. Mit gesträubtem Nackenfell stellte er sich vor Mottenflug und schaute die WolkenClan-Katzen herausfordernd an. »Sie holt Medizin für eine kranke Clan-Gefährtin.«

»Ich dachte, Windläufer erkennt den WolkenClan nicht mehr an«, maunzte Distel schneidend. »Und trotzdem kommt ihr und bestehlt uns.«

Mottenflug trat einen Schritt vor. »Wir stehlen nicht! Wir holen Borke und jagen nicht! Lasst uns einfach gehen. Sonst stirbt Schiefer vielleicht!«

Erle schüttelte sich. »Niemand darf dem WolkenClan helfen, aber der WolkenClan soll euch helfen?«

»Wir sollten alle einander helfen!« Unter Mottenflugs Pelz brodelte die Wut.

Birke legte den Kopf schief und in ihren Augen glitzerte Neugier. »Du bist anderer Meinung als deine Mutter?«

Natürlich bin ich anderer Meinung. Aber sie schwieg. Sie würde ihre Mutter oder ihren Clan nicht verraten.

»Tut doch einfach so, als hättet ihr uns nicht gesehen«, schlug Fleckenfell vor. »Euch kann es doch egal sein, ob wir ein Stück Borke mitnehmen oder nicht.«

Birke kniff die Augen zusammen. »Ich bin es leid, dass der WindClan uns vorschreibt, was wir zu tun und zu lassen haben.«

Erle trat vor. »Ihr kommt mit zu unserem Lager. Und versucht nicht zu fliehen. Wolkenhimmel wird euch eine größere Patrouille hinterherschicken, die euch einfängt. Er wird wissen wollen, was ihr auf unserem Territorium zu suchen habt.«

»Aber meine Clan-Gefährtin ist krank!« Mottenflug widerstand der Versuchung, der grau-weißen Kätzin die Krallen über die Nase zu ziehen.

»Wir sollten mit ihnen gehen«, miaute Fleckenfell ihr ins Ohr. »Vergiss nicht, dass du versucht hast, Wolkenhimmels Junges zu retten. Vielleicht hat er ein bisschen mehr Verständnis als diese Fuchsherzen.«

Distels Blicke durchbohrten ihn wütend. »Hör auf zu flüstern und beweg dich.«

Die WolkenClan-Katzen nahmen sie in die Mitte und führten sie tiefer in den Wald hinein.

Mottenflug warf noch einen Blick auf die Borke, die sie auf dem Waldboden zurücklassen mussten. Der wertvolle Saft würde versickern. Aber wenn sie Wolkenhimmel die Lage so schnell wie möglich erklären konnte, dann war vielleicht noch genug da, um es zurück zu Schiefer zu bringen.

Sie beschleunigte ihre Schritte.

»Du scheinst es ja eilig zu haben«, knurrte Erle.

»Ich will das einfach klären und dann ins Lager zurückgehen«, fauchte sie zurück. Auf dem Abhang vor ihnen erkannte sie die Brombeerbarriere. Birke musste losrennen, um vor ihr durch den Eingang zu schlüpfen.

Als sie das Lager betrat, wandten sich ihr alle Blicke zu.

Sperlingfell stand auf. Blüte blinzelte aus dem Schatten einer Eibe.

Mottenflugs Blick huschte zu dem Flecken Erde, auf dem vorletzte Nacht Kleiner Zweig gestorben war. Zwischen den darübergestreuten Blättern waren immer noch dunkle Blutflecken zu sehen.

Plötzlich fühlte sie die Erschöpfung und ihre Pfoten wurden schwer. Sie wollte nichts anderes, als allen Katzen zu helfen, aber jeder Schritt schien nur in ein weiteres Nesselfeld zu führen.

»Wolkenhimmel ist in seinem Bau.« Erle wies mit der Nase quer über die Lichtung. »Fleckenfell kann hier warten, während du mit ihm redest.« Sie führte Mottenflug den kurzen, steilen Abhang hinauf und durch die Bäume dahinter. »Wolkenhimmel?« Sie blieb stehen und miaute in das Halbdunkel.

Der WolkenClan-Anführer kam langsam aus der Höhle geschlichen.

Mottenflug blinzelte. Wolkenhimmels Augen waren eingesunken. Sein Pelz war matt und klebte an seinem breiten Körper. Er sah aus, als hätte man ihn gerade aus einem Fluss gezogen.

Himmelsstern folgte ihm. Ihre Augen waren immer noch von Trauer erfüllt. Verständnislos blickten sie Mottenflug an. »Was will sie hier?«

»Wir haben sie auf unserem Land erwischt«, erklärte Erle. »Sie und einen Clan-Gefährten.«

Wolkenhimmel trat noch einen Schritt auf sie zu. Seine Augen zeigten seine Qual und seine Verwirrung. »Auf WolkenClan-Territorium dürfen keine anderen Katzen«, murmelte er.

»Aber ich muss«, erklärte ihm Mottenflug. »Ich brauche Borke von dem Baum, unter dem Micah gestorben ist. Ich muss eine kranke Clan-Gefährtin heilen. Sie hat Bluthusten. Vielleicht stirbt sie.« Sie wartete auf eine verständnisvolle Antwort von Wolkenhimmel. Aber dessen Blick zeigte keine Reaktion.

»Auf WolkenClan-Territorium dürfen keine anderen Katzen«, wiederholte er.

»Ich brauche die Borke!« Mottenflug starrte ihn wütend an. »Ich weiß, dass du trauerst, und ich hasse es, dich zu stören. Wir *wollten* dich auch gar nicht stören. Wir wollten nur die Borke holen und wieder verschwinden.«

»Nein.« Wolkenhimmel hob langsam den Kopf und sein Blick wurde klarer. »Vor zwei Nächten hast du versucht, Kleiner Zweig zu retten, und dafür werde ich dir immer dankbar sein. Aber wenn Windläufer nicht versucht hätte, dich aufzuhalten, dann wäre mein Junges vielleicht noch am Leben. Windläufer muss verstehen, dass ihre Handlungen Konsequenzen haben. Sie muss zugeben, dass sie einen Fehler gemacht hat.«

Mottenflug spürte, wie kalte Angst unter ihr Fell kroch. Der Blick des WolkenClan-Anführers hatte etwas Düsteres. *Er ist zu Grausamkeiten fähig, die du dir nicht vorstellen kannst.*

»Und was willst du tun?«

»Dir?« Seine Ohren zuckten. »Gar nichts.«

Mottenflug hörte ein Rascheln in ihrem Rücken. Aus den Augenwinkeln nahm sie zwei Katzen wahr, die hinter ihr Aufstellung nahmen. Der Geruch von Erle und Rote Kralle zog ihr ins Maul.

Wolkenhimmel fuhr fort: »Du bleibst einfach unser Gast, bis Windläufer kommt, um dich zu holen.«

»Sie wird nicht hierherkommen!« Panik ergriff Mottenflug. *Sie* kann *einfach nicht kommen. Hier ist sie in Gefahr!*

»Sie muss.« Wolkenhimmel ließ sich schwerfällig zu Boden sinken. »Sie hat uns beschuldigt, Beute zu stehlen. Dabei hat sie selbst Beute gestohlen. Und warum?«

Mottenflug schaute ihn reglos an. Erwartete er eine Antwort?

»Sie hat dem Wort eines Streuners geglaubt«, machte Wolkenhimmel weiter, »und es über das Wort einer Bergkatze gestellt.« Er warf Himmelsstern einen Blick zu. »Was auch nicht verwunderlich ist. Windläufer war ja selbst mal ein Streuner.«

»Von wem redest du überhaupt?« Mottenflug verstand überhaupt nichts mehr. »Welcher Streuner?«

»Weidenschwanz.«

Mottenflug trat unbehaglich von einer Pfote auf die andere. »Was soll das heißen?«

»Ich habe mit Rote Kralle gesprochen«, eröffnete ihr Wolkenhimmel. »Er und Weidenschwanz kennen sich schon sehr lange. Weidenschwanz lügt schon seit vielen Monden. Sie hat Halbwahrheiten verbreitet und für Ärger gesorgt, und das alles nur, um alte Rechnungen zu begleichen, die nichts mit den Clans zu tun haben.«

Mottenflug trat nervös auf der Stelle. Sie hatte keine Ahnung, ob Wolkenhimmel ihr die Wahrheit erzählte. Aber sie sah einen Ausweg. »Warum lässt du mich nicht gehen und ich berichte das alles Windläufer?« *Und kann die Borke mit zurücknehmen?*

»Nein!«, knurrte Wolkenhimmel. »Du bleibst hier, bis Windläufer zu mir kommt, ihren Fehler zugibt und Weidenschwanz aus ihrem Clan verbannt.«

»Das wird sie nie tun!« Mottenflug konnte die Worte nicht aufhalten, die aus ihr hervorbrachen. Windläufer war viel zu stolz, um vor Wolkenhimmel zu katzbuckeln. Und zu stolz, um Weidenschwanz zu verbannen. Denn damit hätte sie zugegeben, einen Fehler gemacht zu haben, als sie Weidenschwanz in den Clan aufnahm. Windläufer würde so etwas einfach nicht tun.

»Sie wird«, maunzte Wolkenhimmel schlicht. »Wir müssen nur warten.«

»Und wie lange willst du mich *gefangen* halten?«, fauchte Mottenflug. Ihre Gedanken wanderten von Schiefer zu ihren Jungen. Wie konnte er es wagen, sie von ihnen fernzuhalten? Sie *brauchten* sie!

»So lange, wie es dauert.«

Mottenflug starrte den WolkenClan-Anführer an. »Das kannst du nicht machen!«

Sein Schweif zuckte drohend. »Das ist mein Territorium«, knurrte er. »Ich kann machen, was ich will.«

30. KAPITEL

»UND WAS MACHEN WIR JETZT?« Fleckenfell lief in dem Bau herum.

»Hier können wir nicht bleiben!« Mottenflug stand verärgert am Eingang. Die kleine Höhle, die nicht weit entfernt von Wolkenhimmels Bau in die Brombeerhecke gegraben war, roch immer noch abgestanden nach Himmelsstern. Die Gefährtin von Wolkenhimmel musste früher hier genächtigt haben. Das ungepflegte Nest sah aus, als wäre es seit Monden nicht benutzt worden. Vielleicht zerfiel es einfach zu Staub, wenn jemand hineinstieg.

Mottenflug dachte an ihr eigenes Nest. Sie konnte den Duft der Heide fast riechen und die Wärme ihrer Jungen spüren, die sich von dem dicken Moospolster erhoben. Wieder kroch Angst in ihr Herz. Und was war mit Schiefer? Sie brauchte die Borke. »Wir müssen fliehen.«

»Aber wie?« Fleckenfell zeigte mit der Schnauze auf Erle, der bewegungslos wie ein Felsbrocken ein paar Schwanzlängen vor dem Eingang saß.

»Wir könnten uns durch die Rückwand graben«, schlug Mottenflug vor.

Fleckenfell ächzte und warf einen Blick auf die stacheligen Zweige, die so dicht miteinander verflochten waren, dass sie kein Licht hindurchließen. »Wenn wir Pfoten aus Holz hätten.«

Mottenflugs Schwanz peitschte ärgerlich hin und her. »Warum machen Clan-Anführer einem das Leben so schwer?«

Fleckenfell blinzelte sie an. »Wer weiß das schon?«

Mottenflug neigte den Kopf. »Glaubst *du*, dass Weidenschwanz den ganzen Ärger verursacht? Schiefer und Zackiger Berg haben doch auch Knochen gefunden.«

Fleckenfell sah ratlos aus. »Aber sie hat die Anschuldigungen als Erste vorgebracht.« Er überlegte. »Und sie ist die Einzige, die den WolkenClan tatsächlich beim Stehlen der Beute beobachtet haben will. Wenn sie allerdings wirklich so falsch ist, wie Wolkenhimmel meint ... dann könnte sie die Knochen auch selbst versteckt haben.«

Die Knochen *selbst* versteckt haben? Das kam Mottenflug völlig verrückt vor. Sie kauerte sich zusammen und zog die Pfoten eng unter den Körper. »Ist ihr nicht klar, dass sie damit einen Kampf auslösen könnte?«

»Vielleicht will sie genau das.« Fleckenfell musterte sie grimmig.

»Nein!« Mottenflug weigerte sich, das zu glauben. »Warum sollte eine Katze Leiden über andere bringen wollen?«

Fleckenfell antwortete nicht. Er schaute wieder auf Erle. Die grau-weiße Kätzin hatte sich immer noch nicht bewegt. »Sogar WolkenClan-Katzen müssen mal essen, oder nicht?«

»Wenn sie aufsteht, dann nimmt bestimmt eine andere Katze ihren Platz ein.« Mottenflug fragte sich, wie lange sie wohl schon hier waren. Die Sonne schimmerte durch die Äste und stand tief genug, um ein paar Strahlen direkt in den Eingang zur Höhle zu werfen. Ihre Jungen würden sich schon fragen, wo sie denn blieb. Die Sehnsucht grub sich so stechend in ihren Magen wie Hunger. »Glaubst du, Weidenschwanz hat inzwischen gemerkt, dass wir nicht zurückkommen?«

»Vielleicht ist sie schon auf dem Weg zum Lager.«

Mottenflug schüttelte sich. »Ich hoffe nicht.« Wie würde Windläufer auf die Nachricht reagieren, dass ihre Tochter auf dem WolkenClan-Territorium verschollen war? »Und wenn sie eine Patrouille losschickt, um uns zu suchen?«

»Will Wolkenhimmel nicht genau das?«

»Er will, dass Windläufer sich entschuldigt.« Mottenflug konnte die Angst nicht abschütteln. »Kennt er Windläufer wirklich so schlecht?« Die Warnung ihrer Mutter fiel ihr wieder ein: *Du kannst gerne glauben, dass ich mich irre, aber wage es nie wieder, mich infrage zu stellen!* Sie war viel zu dickköpfig, um sich jemals bei Wolkenhimmel zu entschuldigen.

Fleckenfells Ohren zuckten. »Glaubst du, dass sie es auf einen Kampf ankommen lässt?«

»*Natürlich* will sie mit ihm kämpfen!«

»Aber sie sagt doch, dass sie Frieden zwischen den Clans möchte.«

»Nicht genug, um zuzugeben, dass sie sich geirrt hat.«

»Wir müssen zu ihr, bevor Weidenschwanz bei ihr ist. Wir können erklären, warum Wolkenhimmel so wütend ist.« Fleckenfell fing wieder an, hin und her zu laufen. »Vielleicht kann ich Erle ablenken und du kannst wegrennen. Oder du lenkst Erle ab und ich …«

Ein Rascheln vor dem Eingang unterbrach ihn und seine Schnauze fuhr herum.

Mottenflug folgte seinem Blick, und ihr Herzschlag beschleunigte sich, als sie Eichelfell sah, die vor Erle stand. Die Heilerkatze des WolkenClans hatte einen tropfenden Moosballen zwischen den Zähnen. Sie neigte den Kopf vor Erle, die in Richtung des Baus nickte.

»Dank dem SternenClan, dass du gekommen bist!« Mottenflug eilte Eichelfell entgegen, die den Bau betrat.

Die kastanienbraune Kätzin ließ das Moos fallen und blinzelte Mottenflug ängstlich an. »Wie geht es dir?«

»Und geht's gut«, versicherte ihr Mottenflug. »Aber wir müssen zurück in unser Lager, bevor Weidenschwanz dort ankommt.«

Fleckenfell kauerte sich hin und leckte durstig an dem Moos. »Wenn sie Windläufer erzählt, dass wir vom WolkenClan-Territorium nicht zurückgekommen sind, dann fürchten wir, dass sie damit einen Kampf auslöst.«

»Wir müssen hier raus!« Mottenflug warf ihr einen drängenden Blick zu.

Eichelfell wich zurück. »Ich kann euch nicht helfen, zu fliehen.« Sie warf einen Blick auf Erle und senkte die Stimme. »Das sind meine Clan-Gefährten. Ich kann sie nicht hintergehen.«

Fleckenfells Augen wurden schmal. »Wir müssen nur an Erle vorbei.«

Mottenflug nickte. »Ich kann so tun, als sei ich krank, und du kannst Erle rufen, und Fleckenfell schlüpft raus, während Erle …«

»Nein!« Eichelfells Blick war leidgeprüft. »Ich möchte euch ja helfen. Aber wenn Erle sieht, dass es dir gut geht, und Fleckenfell verschwunden ist …«

»Sie wird glauben, dass ich dich hereingelegt habe!«, fiel Mottenflug ihr ins Wort.

Eichelfell zuckte zurück. »Sie *weiß*, dass du meine Lehrerin warst. Sie wird *mich* verdächtigen. Alle werden mich verdächtigen! Wie soll ich meine Clan-Gefährten heilen, wenn sie kein Vertrauen mehr zu mir haben?«

Fleckenfell warf Mottenflug einen Blick zu. »Sie hat recht. Wir können sie nicht bitten, ihre eigenen Clan-Gefährten zu hintergehen.«

Mottenflugs Gedanken eilten zu ihren Jungen. Wenn Weidenschwanz ins Lager gerannt kam und allen berichtete, dass sie und Fleckenfell auf WolkenClan-Territorium verschollen waren, würden sie bestimmt große Angst um sie bekommen. Ihr Herz begann zu klopfen. »Du könntest die anderen holen!«, blinzelte sie Eichelfell an.

»Die anderen?« Eichelfell schaute sie fragend an.

»Die anderen Heilerkatzen«, erklärte Mottenflug. »Bring sie hierher. *Sie* können versuchen, Wolkenhimmel zur Vernunft zu bringen.«

»Das könnte funktionieren.«

Fleckenfell maunzte nüchtern: »Einen Versuch ist es wert.«

»Dann geh!« Mottenflug schob Eichelfell sanft mit der Nase Richtung Eingang. Als Erle sich umwandte und die Ohren spitzte, senkte sie die Stimme. »Lauf so schnell du kannst!«

»Und sei vorsichtig«, murmelte Fleckenfell, als Eichelfell an Erle vorbeitrottete und den Abhang hinuntersprang.

Mottenflug blinzelte ihn an. »Glaubst du, sie bringt sie rechtzeitig hierher?«

Fleckenfells Schweif zuckte. »Und selbst wenn, bin ich nicht sicher, ob Wolkenhimmel auf Heilerkatzen hört.«

»Er *muss* einfach!« Mottenflug fing wieder an, auf und ab zu laufen. Es stand so viel auf dem Spiel. Schiefer brauchte die

Rinde. Ihre Jungen mussten wissen, dass es ihr gut ging. Und Windläufer …

Sie zuckte bei dem Gedanken zusammen, dass sich die WindClan-Anführerin vielleicht für den Kampf entscheiden würde. *Keine Katze sollte wie Beute leben.*

»Mottenflug.« Sie war überrascht, wie weich sein Maunzen klang, und von der Wärme, die in seinem Blick lag.

»Ja?«

»Ich wollte nur sagen, wie leid es mir tut.«

»Leid?« sie verstand nicht.

»Das mit Micah«, murmelte er. »Dass er gestorben ist. Ich weiß, dass ich eifersüchtig war, als du mit ihm zusammen von den Hochfelsen zurückgekommen bist. Ich habe immer gedacht, ich könnte dein Gefährte sein.«

Mottenflug trat unruhig von einer Pfote auf die andere.

»Vielleicht ist das jetzt nicht der richtige Augenblick«, fuhr Fleckenfell hastig fort. »Aber in letzter Zeit war es fast unmöglich, dich mal allein zu erwischen. Entweder bist du bei den Jungen oder du gehst deinen Pflichten als Heilerkatze nach. Ich wollte nur, dass du weißt, dass ich begriffen habe, wie sehr du Micah geliebt hast. Und ich bin froh, dass ich ihn noch etwas kennengelernt habe, bevor er starb. Und die Jungen …« Sein Maunzen wurde immer leiser.

Mottenflug erkannte die Traurigkeit in seinen Augen. »Ich danke dir«, murmelte sie verlegen. »Es tut mir leid, dass ich dir wehgetan habe, aber ich musste meinem Herzen folgen.«

»Und ich meinem.« Das Strahlen in seinen Augen verriet ihr, dass er sie immer noch liebte.

Sie wandte den Blick ab. »Du bist ein guter Freund, Fleckenfell. Und die Jungen lieben dich, aber …«

Ein Schrei zerriss die Stille unter den Bäumen.

Mottenflug rannte zum Eingang. Erle sprang mit gesträubtem Fell hinunter in die Kuhle, während der Wald vor Kampfgeheul widerklang.

»Der WindClan!« Mottenflugs Herz klopfte wie wild. »Sie greifen das Lager an!«

31. KAPITEL

FLECKENFELL DRÄNGTE aus dem Bau. Mottenflug jagte ihm hinterher und kam rutschend am Rand der Kuhle zum Stehen. Vom Eingang der Brombeerbarriere schwärmten Pelze ins WolkenClan-Lager. Windläufer führte den Angriff, Ginsterpelz und Weidenschwanz folgten ihr auf den Pfoten. Hinter ihnen rasten Staubnase, Flinke Flosse, Distel und Sturmpelz durch das Lager. Von seinem lahmen Hinterbein behindert, bildete Zackiger Berg den Abschluss.

Mit loderndem Blick drängte Himmelsstern ihre Jungen, Taublüte und Blumenfuß, unter eine Eibe am Rand der Lichtung. Sie kauerte vor ihnen nieder, die Augen nicht größer als Schlitze, während aus ihrer Kehle ein tiefes Grollen aufstieg.

WolkenClan-Katzen eilten aus ihren Höhlen und warfen sich den Eindringlingen mit ausgefahrenen Krallen entgegen. Windläufer krachte in Nessel, beide fielen ineinander verkrallt zu Boden. Flinke Flosses grau-weißer Pelz blitzte unter Sperlingfell auf; die schildpattfabene Kätzin hatte ihr die Läufe weggeschlagen und war auf ihren Rücken gesprungen. Von einer Eichenwurzel sprang Blüte auf Staubnases Rücken und grub die Zähne in seinen Nacken.

Mottenflug zuckte zusammen. »Staubnase!« Das Maunzen des Kampfs übertönte ihren panischen Schrei.

Sturmpelz bahnte sich einen Weg durch die kämpfenden Katzen und attackierte Birke mit einem Wirbel von Schlägen, während in seinem Rücken Flinkes Wasser Distel ansprang, die auf dem Weg quer durch die Senke war.

Hinter Mottenflug war ein wütendes Maunzen zu hören. Als Mottenflug sich umdrehte, sah sie Wolkenhimmel, der auf die Lichtung zuraste. In seinen Augen glitzerte Wut. Mit angelegten Ohren sprang er von dem kurzen, steilen Abhang und stürzte sich auf Fleckenfell.

Mottenflug spürte die Panik in sich aufsteigen. »Hört auf!« Ihr Schrei ging im Lärm des Kampfes unter. »Ihr dürft nicht kämpfen!«

Ihr Blick fiel auf einen hellbraun getigerten Pelz. Weidenschwanz war neben der Brombeerhecke stehen geblieben und beobachtete durch zusammengekniffene Augen Rote Kralle. Der leuchtend rote Kater erwehrte sich Ginsterpelz' mit wuchtigen Schlägen seiner Vorderpfoten.

»Pass auf!« Mottenflug sah, wie Erle auf Weidenschwanz losging. Die hellbraune Kätzin fuhr herum und hob die Pfoten, als die WolkenClan-Kätzin in sie krachte. Einen Augenblick schwankte sie, behielt aber ihr Gleichgewicht und versenkte die Krallen in Erles Pelz. Mit einem wütenden Fauchen versetzte sie Erle einen Stoß in den Bauch.

Der stechende Geruch von Blut stieg Mottenflug in die Nase. Das Herz schien ihr in der Brust zu zerspringen. »Windläufer! Aufhören! Wolkenhimmel wollte nur reden.«

Windläufer drückte Nessel zu Boden und bearbeitete ihren Bauch mit den Hinterpfoten. Sie hob nicht einmal den Kopf. Mottenflug fühlte sich wie in einem ihrer Träume, wo sie sich auch nicht verständlich machen konnte.

Aus den Farnen auf der anderen Seite der Senke glitt Dorne. Ihre blauen Augen fixierten Sturmpelz. Der WindClan-Kater wurde von Birke zu Boden gedrückt. Seine Hinterpfoten wirbelten verzweifelt durch die Luft, als er versuchte, sich aus Birkes Pfoten zu befreien. Mit gebleckten Zähnen ging Dorne in Angriffsposition.

Das ist nicht fair! Mottenflug sprang vom oberen Ende des Abhangs und landete schwer auf der weichen Erde der Senke. Sie musste Sturmpelz helfen! Sie sprang zur Seite, als Flinke Flosse und Sperlingfell auf sie zurollten. »Sturmpelz!« Sie bäumte sich auf, um etwas in dem Pelzwirrwarr erkennen zu können.

Sie war zu spät. Dorne lag schon auf dem Rücken und riss mit den Hinterpfoten große Stücken aus dem weißen Pelz des Katers, während Birke seine Schnauze mit brutalen Schlägen bearbeitete.

Sie erstarrte. *Was soll ich tun?* Eine Heilerkatze sollte heilen, nicht verletzen, aber sie konnte doch auch nicht einfach zusehen, wie ihr Clan-Gefährte angegriffen wurde.

Plötzlich tauchte ein grauer Pelz neben Dorne auf. *Staubnase!* Mottenflug sah, wie ihr Bruder sich auf Dorne stürzte und von Sturmpelz riss. Dessen Augen leuchteten triumphierend auf, als er – endlich befreit – herumwirbelte und Birkes Nase aufschlitzte.

Blut spritzte auf den Boden. Der stechende Geruch wurde stärker und zog über Mottenflugs Zunge.

Ich werde Vorräte brauchen! Sie ließ den Blick durch das Lager schweifen. *Wo ist Eichelfells Bau?* Warum nur hatte sie die Heilerkatze fortgeschickt? Allein würde sie die vielen Verletzungen nie behandeln können.

Spinnweben, blitzte es in ihrem Kopf auf. Wenn sie genug sammelte, dann würde sie die Blutungen so lange stoppen können, bis sie die Zeit fand, die Wunden ordentlich zu verbinden. Sie glitt zwischen Blüte und Rote Kralle hindurch und kletterte aus der Senke. In Eile suchte sie die Baumstämme nach Spinnweben ab. Als sie die Wurzeln einer Ulme davon eingehüllt fand, machte ihr Herz einen freudigen Satz. Sie wickelte so viel wie möglich um eine Pfote und machte sich auf den Rückweg zur Senke.

»Was machst du da?« Blüte stellte sich ihr mit vor Wut glitzernden Augen in den Weg.

Mottenflugs Fell sträubte sich. »Ich versuche zu helfen!«

»Wem helfen?« Blüte machte zwei Schritte auf sie zu.

»Allen Katzen, die verwundet sind.« Mottenflug hob die Pfote, um ihr die Spinnweben zu zeigen. »Das wird das Blut stoppen.«

»Du verschwendest deine Zeit«, knurrte Blüte. »Wir werden dafür sorgen, dass der WindClan so heftig blutet, dass alle Spinnweben im Wald dir nichts nützen werden.«

Mottenflug blinzelte sie an. »Kannst du nicht einfach mal aufhören zu kämpfen und stattdessen *reden*?«

»Ihr habt unser Lager angegriffen!« Blüte kam noch näher und hatte ein gefährliches Glitzern in den Augen.

»Ich kämpfe nicht mit dir.« Mottenflug reckte das Kinn. »Ich bin eine Heilerkatze. Meine Pflicht ist es, zu heilen. Und jetzt geh mir aus dem Weg, damit ich weitermachen kann.«

Blüte bleckte die Zähne. »Du *musst* kämpfen.«

Mottenflug wich nicht von der Stelle. »Nein, muss ich nicht.«

Blüte holte aus und zog ihr die Krallen über die Schnauze.

Schmerzgepeinigt zuckte Mottenflug zurück. *SternenClan, was soll ich tun?* Vor lauter Wut zitterten ihre Krallen, wollten Blüte das Fell vom Rücken reißen. Ihre Augen wurden schmal, als Blüte wieder eine Pfote erhob.

Hinter der WolkenClan-Katze blitzte ein grauer Pelz auf. *Zackiger Berg!* Der lahme Kater warf sich auf Blüte und fauchte bösartig.

Blüte schnappte nach Luft, als die Krallen sich in ihren Rücken bohrten und er ihr die Hinterpfoten wegtrat.

Mottenflug blinzelte ihren Clan-Gefährten dankbar an, der Blüte jetzt auf den Boden drückte. »Tu ihr nichts«, zischte sie ihm noch zu, als sie sich Richtung Senke aufmachte.

In seinen Augen flackerte Überraschung auf. »Das hier ist ein Kampf, keine Versammlung!«, knurrte er ihr nach.

Am entfernten Rand der Senke taumelte Sturmpelz; aus einer Fleischwunde an seiner Seite tropfte Blut. Birke stand mit dem Rücken zum Farn und versuchte, den wütenden Hieben des WindClan-Katers auszuweichen, der auf sie einschlug. Mottenflug machte einen Bogen um den Kampf und kam rutschend vor Sturmpelz zum Stehen.

Der graue Kater keuchte und seine Augen waren dunkel vor Schmerz. Mottenflug wickelte ein Spinnwebpflaster von der Pfote und legte es auf die offene Wunde. Sturmpelz zuckte zusammen, aber er wankte nicht. »Das wird das Blut stoppen«, erklärte sie ihm.

»Gut.« Sturmpelz sprang auf.

»Du kannst nicht weiterkämpfen!« Mottenflug stellte sich ihm in den Weg. »Du musst dich ausruhen oder es fängt wieder an zu bluten.«

Sturmpelz erwiderte ihren Blick. »Ich könnte es mir nie verzeihen, wenn einer meiner Clan-Gefährten stirbt, während ich mich ausruhe.« Darauf wusste sie nichts zu entgegnen.

Er wandte sich ruckartig ab und schloss sich Staubnase an. Auf den Hinterbeinen teilten beide Kater gut gezielte Hiebe auf Birkes Nase aus, bis der WolkenClan-Kater sich tiefer in den Farn zurückzog.

Mottenflugs Augen suchten nach weiteren Verletzten. Nessel taumelte neben Rote Kralle, der mit Ginsterpelz rang. Flinke Flosse versuchte sich von Sperlingfell zu befreien, von ihren Schnurrhaaren tropfte Blut.

»Lass sie los!«, schrie Mottenflug Sperlingfell an, als die schildpattfarbene Kätzin Flinke Flosses Schnauze in die Erde drückte. »Sie ist verletzt!«

Krallen bohrten sich in Mottenflugs Nacken und schleuderten sie beiseite. Sie schnappte nach Luft. Ein Fauchen aus tiefster Kehle bohrte sich in ihr Ohr. »Wenn du nicht kämpfen willst, hast du hier nichts zu suchen!«

»Lass mich in Ruhe!« Sie schlug hilflos um sich. »Ich muss helfen!«

Rote Kralle ließ von ihr ab und sie ging auf ihn los.

»Ihr müsst aufhören, zu kämpfen«, heulte sie. »Das löst überhaupt nichts.«

»Ach ja?« Höhnisch miauend drängte Rote Kralle an ihr vorbei und stürzte sich auf Distel. Er riss sie von Flinkes Wassers Rücken und schleuderte die schwarz-weiße Kätzin zu Boden. Dann richtete er sich auf die Hinterpfoten auf und rammte ihr die Pfoten in die Brust.

Mottenflug wurde von Wut überwältigt. *Was für ein spatzenhirniger Wahnsinn!*

Plötzlich blitzte Windläufers Pelz in ihren Augenwinkeln auf. Die WindClan-Anführerin raste auf Wolkenhimmel zu.

»Aufhören!« Mottenflug sprang ihr nach, kam aber rutschend zum Stehen, als Windläufer den WolkenClan-Anführer ansprang. Wolkenhimmel drehte sich so schnell wie ein Fuchs. Er holte mit der Vorderpfote aus und brachte Windläufer einen tiefen Schnitt am Hals bei. Blut spritzte auf die Lichtung. Windläufer taumelte und ihre Augen weiteten sich schockiert.

Mottenflug raste zu ihrer Mutter, das Herz schlug ihr bis zum Hals.

Windläufer schob sie beiseite, den Blick auf Wolkenhimmel gerichtet. Aus der Wunde an ihrem Hals quoll Blut und tropfte auf ihren Pelz. »Dieses Mal bist du zu weit gegangen.« Ihr Maunzen war heiser vor Schmerz. »Du hast mein Junges als Geisel genommen.«

»Und *du* hast mein Junges sterben lassen.« Wolkenhimmel starrte finster zurück.

»Mottenflug ist doch gekommen, oder?«, fauchte sie den WolkenClan-Anführer an.

»Aber zu spät!« Wolkenhimmel ging wieder auf sie los und seine kalten Augen funkelten vor Wut. Dieses Mal war sein Hieb so heftig, dass er ihr die Schnauze aufriss, sie taumelte und fiel. Er sprang auf sie, drückte sie auf den Boden und bearbeitete ihren Bauch mit seinen mächtigen Hinterbeinen.

Mottenflug wurde von Entsetzen geschüttelt. Die Wut fuhr ihr direkt in die ausgefahrenen Krallen. Ihre Gedanken drehten sich wild im Kreis. Sie sollte heilen, ja – aber sie konnte doch nicht einfach zusehen, wie Wolkenhimmel ihre Mutter übel zurichtete.

Windläufer drehte und wand sich, um seinen Hinterpfoten zu entkommen. Sie schlug sie weg, sprang auf und zog ihm einen mächtigen Schlag über die Schnauze.

Blut glitzerte auf seiner Nase, als er den Kopf hob und seine Augen in ihre bohrte. »Wie kannst du es wagen, mein Lager anzugreifen? Meine Jungen sind hier!« Dann wandte er den Blick und schaute zur Eibe, wo angstvolle Augen hinter Himmelssterns Rücken hervorschauten. »Hast du beschlossen, sie *alle* umzubringen?«

Windläufers Augen loderten vor Zorn. »*Du* hast das alles hier angefangen!« Sie duckte sich unter seinen Bauch und warf ihn auf die Seite. Er landete mit einem dumpfen Schlag auf dem Boden und sie schnappte nach seiner Kehle.

Er schaffte es, sich gerade noch zur Seite zu rollen, und ihre Kiefer bissen in Luft. Wolkenhimmel sprang auf und erhob sich auf die Hinterpfoten. Windläufer hob ihre Vorderpfoten, um ihn abzuwehren, aber er war schneller und landete einen Schlag auf ihrer Nase. Aus dem Gleichgewicht geraten, torkelte sie rückwärts. Ihre Hinterpfote rutschte über eine Wurzel, blieb daran hängen und sie fiel mit ihrem ganzen Gewicht auf das verdrehte Bein.

Mottenflug hörte den Knacks und erstarrte vor Entsetzen. Sie hatte genug Beute gegessen, um das Geräusch beim Brechen eines Knochens zu kennen. Ihre Mutter hatte sich das Hinterbein gebrochen.

Als sie ihr Maunzen hörten, sahen Staubnase und Ginsterpelz vom anderen Ende der Lichtung herüber. Sie hatten Nessel vor einen Birkenstamm getrieben. Als ihre Aufmerksamkeit nachließ, schlug der WolkenClan-Kater zurück. Er stürzte vor und bohrte seine Krallen in Ginsterpelz' Pfote.

Staubnase wandte den Blick von Windläufer und zerfetzte mit seinen Krallen Nessels Ohr.

Mottenflug schaute angstvoll auf Wolkenhimmel. Würde er Windläufer weiter angreifen?

Wolkenhimmel betrachtete die WindClan-Anführerin kalt und stand unbeweglich da. Dann flog sein Blick über die Lichtung und blieb an Weidenschwanz hängen.

Windläufer keuchte, versuchte aufzustehen und fiel wieder um. Mottenflug sah ihr in die Augen. War das Angst, was da aufblitzte? Aus Windläufers Nacken quoll immer noch Blut und ihr Hinterbein stand in einem hässlichen Winkel ab. Mottenflugs Brust verengte sich. Sie hatte ihre Mutter noch nie ängstlich gesehen. »Du wirst schon wieder gesund werden.« Sie zwang sich nachzudenken und erinnerte sich an die Spinnweben an ihrer Pfote. Schnell wickelte sie einen langen Streifen ab und packte ihn auf einen tiefen Kratzer am Hals ihrer Mutter. Einen weiteren Streifen wickelte sie um das Bein. Die WindClan-Anführerin zuckte zusammen.

»Ich bin ganz vorsichtig«, versprach Mottenflug. Sie konnte den Bruch fühlen. Ihr Atem ging schneller, als sie merkte, wie die gebrochene Kante gegen das Fleisch drückte. Der Knochen fühlte sich ein gebrochener Zweig an. Konnte ein Knochen wie eine Fleischwunde heilen? Ihr fiel wieder ein, was Wolkenfleck ihr vor ein paar Monden über Beinwell gesagt hatte: *Ich habe gehört, dass er sogar bei gebrochenen Gliedern hilft, obwohl ich es noch nicht ausprobieren konnte, dem SternenClan sei Dank*. Sie schloss die Augen und betete, dass er recht hatte.

Hinter ihr war ein Schrei zu hören.

Mottenflug fuhr herum, und der Atem stockte ihr, als sie

sah, wie Wolkenhimmel vor Weidenschwanz mit weit aufgerissenen Augen zurückwich.

Weidenschwanz taumelte und aus ihrer Kehle kam ein tiefes Heulen. Mottenflug würgte, als ihr Blick auf Weidenschwanz fiel.

Über das Gesicht zogen sich klaffende Wunden. Aus den zerfetzten Augen tropfte Blut auf ihre Schnurrhaare. Sie stürzte zu Boden und ihr Blick ging verständnislos ins Leere.

Mottenflugs Pfoten zitterten. *Er hat sie geblendet!* Sie gaffte Wolkenhimmel an. Die Bewegungen der kämpfenden Katzen wurden langsamer, dann ließen sie die Tatzen sinken und schauten auf Weidenschwanz.

Wolkenhimmel trat ein paar Schritte mit zitterndem Pelz zurück. Er sah Rote Kralle am Rand der Lichtung an. »Sie gehört jetzt dir«, knurrte er leise. »Mach mit ihr, was du willst.«

Weidenschwanz kroch mühsam über den Boden, während die Clan-Katzen ihr aus dem Weg gingen und die schockierten Blicke abwandten. Rote Kralle nahm seine Pfoten von Staubnases Pelz und ging langsam auf die erblindete Katze zu.

Ihre Nase zuckte. Wimmernd versuchte sie, ihm zu entkommen, und warf dabei den Kopf nach links und rechts, als versuchte sie, so noch einen Lichtstrahl zu erhaschen.

Rote Kralle blieb neben ihr stehen. »Warum musstest du lügen?«

Weidenschwanz klang bestürzt. »Das weißt du nicht mehr?« Ihr Maunzen brach verzweifelt.

»Aber warum musstest du die Clans reinziehen?« Die Augen von Rote Kralle waren voller Schmerz. »Das war doch nie *ihr* Streit.«

»Das war der einige Weg, dich zu bestrafen!« Ihr Pelz zitterte. »Du hast meinen Wurfbruder getötet!«

Rote Kralles Nackenpelz sträubte sich. »Das habe ich nicht! Die *Hunde* haben ihn getötet!«

»Und wer hat die Hunde in unser Lager gelassen?«, rasselte Weidenschwanz.

»Glaubst du, das habe ich mit Absicht gemacht?«

»Natürlich hast du das! Du hast sie hereingelockt.«

»Sie haben mich gejagt.« Rote Kralle kauerte sich neben Weidenschwanz. Er zitterte jetzt und sein Maunzen klang brüchig. »Ich war jung und dumm. Ich traf zufällig auf eine Hundemeute, und als sie anfingen, mich zu jagen, rannte ich zu dem einzigen Ort, an dem ich mich immer sicher gefühlt hatte. Ich dachte, wenn ich dort bin, dann kann mir nichts etwas anhaben. Erst als die Hunde zubissen, wurde mir klar, was ich getan hatte.«

»Du bist weggelaufen!«, miaute Weidenschwanz anklagend. »Und hast uns unserem Schicksal überlassen.«

»Es gab nichts, was ich hätte tun können.« Rote Kralle sackte in sich zusammen. »Ich schäme mich so. Ich habe immer versucht, so zu tun, als wäre es nicht passiert.«

»Aber es *ist* passiert!«

Rote Kralle ließ den Kopf hängen. »Es tut mir leid, Weidenschwanz.« Sein Maunzen klang gepresst. »Wenn ich irgendetwas hätte tun können, um es ungeschehen zu machen, dann hätte ich es getan.«

Windläufer hob den Kopf und starrte ihn an. »Dann hat Weidenschwanz gelogen, was die gestohlene Beute betrifft?«

»Ja.« Weidenschwanz legte den Kopf auf den Boden, die Augen rot vor Blut. »Ich habe Kaninchen getötet und über die

Grenze geschleppt. Dann habe ich dir erzählt, ich hätte Rote Kralle beim Jagen im Moor gesehen.«

Wolkenhimmels Kopf fuhr schroff zu ihr herum. »Du hast einem Streuner mehr geglaubt als mir!«

Windläufer knurrte mit schmerzgepeinigter Stimme: »Sie ist meine Clan-Gefährtin.«

Wolkenhimmel blieb ungerührt. »Und du bist *deinem* Clan *immer* treu«, höhnte er.

Windläufer gab nicht klein bei. »Und du?«

Wolkenhimmel wandte den Blick ab.

Mottenflug spürte einen Anflug von Stolz. Trotz der schrecklichen Schmerzen hatte Windläufer es fertiggebracht, Wolkenhimmel zum Schweigen zu bringen. *Natürlich* stand er immer treu zu seinen Clan-Gefährten. Wäre Weidenschwanz eine WolkenClan- und keine WindClan-Katze gewesen, hätte er zu ihr gestanden. Sie drehte sich zu Weidenschwanz um und ihr Herz war schwer vor Mitleid. Die gestreiften Flanken der hellbraunen Katze zitterten. Sie hatte die Ohren flach angelegt. Ein tiefes Stöhnen kam aus ihrer Kehle.

Sie steht unter Schock! Mottenflug suchte mit den Augen die Ränder der Lichtung ab und hoffte, ein wenig Thymian zu entdecken, aber vergeblich. Sie hastete zu Weidenschwanz und strich mit dem Schweif über ihren Rücken. »Schon in Ordnung«, maunzte sie leise. »Wir bringen dich zurück ins Lager und kümmern uns um dich.«

Ein Schauer lief über Weidenschwanz' verfilztes, abstehendes Fell. Sie richtete die aufgeschlitzten Augen auf Mottenflug. »Werde ich wieder sehen können?«

»Das weiß ich nicht«, wisperte Mottenflug. Sie wurde von Hilflosigkeit überwältigt und warf einen Blick auf die Katzen, die sie beobachteten. Wohin ihr Blick auch fiel, überall waren Wunden: zerkratzte Schnauzen, Risse im Fell, eingerissene Ohren. Die Lichtung war mit Blut und Pelz gespickt. Wut stieg in ihrer Brust auf. »Du hast vergebens gekämpft.« Sie warf Wolkenhimmel einen bösen Blick zu. »Warum hast du mich nicht zurück ins Lager gehen lassen? Ich hätte mit Windläufer geredet. Ich hätte ihr erzählen können, was du über Rote Kralle und Weidenschwanz gesagt hast. Man hätte das mit Worten regeln können.«

Wolkenhimmels Augen wurden schmal. »Ich habe Windläufer nicht darum gebeten, mein Lager anzugreifen.«

Mottenflug zögerte. Wenn doch Windläufer eine Patrouille ausgeschickt und nicht gleich einen Kampf vom Zaun gebrochen hätte. »Ihr müsst Frieden schließen.« Sie erhob sich und stand zwischen Wolkenhimmel und ihrer Mutter. Sie schaute von einem zum anderen und knurrte: »Das muss sofort ein Ende haben.«

Wolkenhimmels Blick ruhte einen Augenblick auf ihr, dann neigte er den Kopf. »Es war ein dummer Kampf«, gab er zu.

Windläufer atmete schaudernd ein. »Wir haben ihn nie gewollt«, krächzte sie.

Im Wald jenseits der Wand um das Lager waren Bewegungen zu hören. Die Brombeeren erzitterten, als Eichelfell durch den Einganz hetzte. Als sie die verletzten Katzen sah, riss sie die Augen auf. Hinter ihr erschien Kieselherz. Wolkenfleck und Getupfter Pelz folgten ihm auf den Pfoten.

Sie starrten nur.

Getupfter Pelz' Blick blieb bei Weidenschwanz hängen. Kieselherz eilte zu Windläufer. Er begutachtete die Wunde am Hals und strich mit der Pfote über ihre Flanke.

»Sie hat ein gebrochenes Bein«, ließ Mottenflug ihn wissen. Dann sah sie sich nach Getupfter Pelz und Wolkenfleck um. »Wir müssen den Verletzten helfen.« Sie blinzelte Eichelfell an. »Ich brauche Kräuter aus deinem Vorrat.«

»Dann komm.« Getupfter Pelz war schon auf dem Weg, den steilen Abhang hinauf.

Eichelfell rannte ihr hinterher.

Wolkenflecks Schwanz zuckte auf und ab. »Ich hole frischen Ampfer und Ringelblume.« Er schoss geduckt aus dem Lager.

Ginsterpelz kam über die Lichtung gelaufen und schaute angstvoll auf Windläufer. »Wie geht es ihr?«

»Sie hat ein gebrochenes Bein«, berichtete ihm Mottenflug.

»*Gebrochen?*« Sein Blick wurde düster. »Wird das heilen?«

Kieselherz antwortete für sie. »Ja. Wenn wir es mit Beinwell umwickeln.« Mit einem Satz sprang er über Windläufer und begann, starke Schösslinge abzubeißen, die am Fuß der Eiche wuchsen. »Aber zuerst brauchen wir etwas, um das Bein zu stützen.«

Ginsterpelz eilte herbei, um ihm zu helfen.

»Der Knochen ist verrutscht.« Mottenflug würde übel, als sie sich an die gezackte Bruchstelle erinnerte.

»Den können wir richten.« Kieselherz zeigte Ginsterpelz einen stabilen Eichensprössling. »Davon brauchen wir mehr.«

Ginsterpelz nickte und hüpfte über die Wurzeln, die Augen auf den Baumstamm gerichtet.

Mottenflug schaute Weidenschwanz an. »Wie können wir ihr helfen?«, maunzte sie verzweifelt.

Der Blick von Kieselherz verdüsterte sich beim Anblick der Kätzin. Sie sah wie Frischbeute aus, wie sie da so in sich zusammengesackt lag und ihr Blut in die Erde sickerte. »Ich fürchte, es ist zu spät«, flüsterte er.

Rote Kralle kauerte sich neben Weidenschwanz und seine Augen waren vor Schreck weit aufgerissen.

Kieselherz stupste die Kätzin leicht mit der Pfote an. Er legte das Ohr auf ihre Flanke. Dann hob er langsam den Kopf, schüttelte ihn mit grimmigem Blick. »Sie ist tot.«

Flinke Flosse humpelte herbei, seine Augen glitzerten vor Trauer. Zackiger Berg sah Wolkenhimmel wütend an.

Windläufer fing den Blick des lahmen Katers auf. »Was geschehen ist, ist geschehen«, krächzte sie. »Jetzt können wir sie nur noch beerdigen.«

Getupfter Pelz tauchte oben am Abhang auf und hatte ein Bündel Kräuter im Maul. Eichelfell folgte ihr auf den Pfoten und trug Spinnweben. Die Brombeerhecke raschelte und Wolkenfleck kam mit Ringelblume, Ampfer und Thymian aus dem Wald zurück. Die Heilerkatze des DonnerClans warf einen raschen Blick über die Senke. Mit zusammengekniffenen Augen versuchte er, die Verletzungen einzuschätzen.

»Sturmpelz hat eine hässliche, klaffende Wunde in der Flanke«, maunzte Mottenflug.

Wolkenfleck eilte zu dem grauen Kater. Eichelfell untersuchte Blüte und Flinke Flosse auf Verletzungen. Getupfter Pelz lief zu Nessel, die taumelnd unter einer Birke stand. In Sekundenschnelle waren die Heilerkatzen dabei, die Verletzten zu behandeln. Sie kauerten sich nieder, um Breiumschläge vorzukauen, blutige Pfoten mit Spinnweben zu verbinden und Saft auf Fleischwunden zu lecken.

Mottenflug spürte einen Pelz an ihrer Flanke. Ginsterpelz stand neben ihr und hatte ein Bündel Eichensprösslinge im

Maul. Er ließ sie fallen und kauerte sich neben Windläufer. »Mottenflug wird dich in null Komma nichts wieder gesund machen«, versprach er sanft.

Kieselherz sprang den Abhang hinab und legte ein Bündel üppiger Blätter neben Windläufers Pfoten. Er warf ihr einen Blick zu. »Du wirst etwas zum Draufbeißen brauchen.« Er nahm den dicksten Sprössling aus dem Stapel, den Ginsterpelz gebracht hatte, und schob ihn ihr zwischen die Zähne.

Da sie nichts sagen konnte, blinzelte sie ihn nur fragend an.

»Wir müssen den Knochen wieder richten, bevor wir ihn einwickeln.« Er riss ein Büschel wild wucherndes Gras aus dem Boden und zog ein paar Halme heraus, dann gab er Mottenflug ein Zeichen. »Stell die Pfoten auf ihr Bein, und wenn ich das Zeichen gebe, drückst du es auf den Boden.«

Mottenflug gehorchte und legte die Pfoten auf Windläufers Pelz. Das verletzte Bein war heiß.

Kieselherz nahm Windläufers Hinterbein zwischen die Kiefer und nickte Mottenflug unmerklich zu. Dann zog er.

Als Mottenflug drückte, spürte sie, wie der Knochen sich bewegte; der Schössling zwischen den Kiefern ihrer Mutter brach. Ein gequältes Stöhnen stieg tief aus Windläufers Kehle auf.

Mottenflug fuhr herum und leckte heftig über die Schnauze ihrer Mutter. »Jetzt ist es vorbei«, beruhigte sie sie. Plötzlich hatte sie das Gefühl, selbst die Mutter und nicht das Junge zu sein.

Ginsterpelz stierte sie aus schreckgeweiteten Augen an. »Du hast ihr wehgetan!«

»Das mussten wir.« Kieselherz ließ Windläufers Bein los und strich mit der Pfote über den Bruch. »Was meinst du?«

Mottenflug zitterte. Sie strich mit einer Pfote nervös über Windläufers Fell. Die Ausbuchtung an der Bruchstelle war verschwunden. »Du hast es gerichtet!« Erleichterung breitete sich in ihr aus. »Ich hoffe, dass ich es jetzt sauber heilen kann«, schnurrte sie zu Ginsterpelz.

»Wir müssen es umwickeln, damit es ganz gesund wird.« Kieselherz umwickelte das Bein fest mit Beinwellblättern. Dann nahm er zwei der Schösslinge auf und legte sie an beide Seiten von Windläufers Bein, und weitere darüber und darunter. Mottenflug begriff, was er vorhatte, und nahm einen der festen Grashalme. Sie fädelte ihn unter dem Bein ihrer Mutter hindurch und band Beinwell und Schösslinge fest zusammen, so wie sie es bei den nassen Nesseln getan hatten. Es dauerte nicht lange, und Windläufers Bein war straff mit Beinwell umhüllt und wurde von den Schösslingen gestützt.

»Wie fühlt es sich an?«

Windläufer stand der Schmerz in den Augen geschrieben. »Nicht schlecht«, log sie.

»In meiner Höhle habe ich Mohnsamen«, erklärte ihr Mottenflug. »Sie helfen gegen die Schmerzen.« Plötzlich fielen ihr ihre Jungen wieder ein. Wer kümmerte sich um sie? Ging es ihnen gut? Sie würden Angst haben – sich fragen, wo sie war. Ihr Herz fing an zu rasen. Der Kampf und die Verwundeten hatten sie so in Beschlag genommen, dass sie noch nicht einmal an sie gedacht hatte.

Sofort waren die Schuldgefühle da.

»Mottenflug?«, maunzte Kieselherz fragend. Hatte er mitbekommen, wie ihr Blick sich verdüsterte? »Was ist los?«

»Meine Jungen!«, maunzte sie eindringlich und leise. »Ich habe keine Ahnung, wer sich um sie kümmert.«

Kieselherz war voller Mitgefühl. »Wir schaffen das hier schon.« Er nickte in Richtung von Getupfter Pelz, Wolkenfleck und Eichelfell, die immer noch verletzte Katzen versorgten. »Geh ins Lager zu deinen Jungen. Ich werde nicht von Windläufers Seite weichen, bis wir sie sicher zurückgebracht haben.«

Mottenflug schaute ihn an und ihr gingen tausend Gedanken durch den Kopf. Konnte sie ihre Mutter und ihre Clan-Gefährten wirklich verlassen?

»Geh schon!«, drängte Kieselherz. »Wenn deine Gedanken bei deinen Jungen sind, dann bist du uns hier auch keine Hilfe.«

Sie wich ein paar Schritte zurück und ein kalter Schauer jagte über ihr Fell. Stimmte das wirklich?

Sie schüttelte den Pelz. *Na und?* Vielleicht jammerten jetzt gerade Honigpelz, Spinnenpfote und Sprudelnder Bach nach ihr.

Sie wandte sich um, jagte aus dem WolkenClan-Lager und machte sich auf den Weg zum Moor.

26. KAPITEL

MOTTENFLUG TRÄUMTE und bewegte sich im Schlaf. Blinzelnd öffnete sie die Augen und ihre Vision führte sie direkt ins Moor. Unter einem sternenlosen Himmel stand ein Kater mit flammenfarbenem Pelz. Sie hatte von seinem Treffen mit dem SternenClan geträumt, als sie vom SchattenClan aufgenommen worden war. Neben ihm lag eine braun-weiß gestreifte Kätzin so ruhig, dass Mottenflug sich fragte, ob sie tot war. Eine dritte Katze zuckte mit den Ohren und schaute suchend in den Nebel, der sie alle umwaberte.

Mottenflug ging näher heran. Sie wusste, dass die anderen Katzen sie weder sehen noch hören konnten. *Ich bin hier, um zu beobachten.* Plötzlich nieste die braun-weiß gestreifte Kätzin und sprang auf. Sie starrte auf den flammenfarbenen Kater, als wartete sie auf eine Bestätigung. Er legte seine Schwanzspitze auf ihren Rücken. Im gleichen Augenblick trat ein grau-weißer Kater aus dem Nebel. In seinen Augen funkelten Sterne. *Ist das eine Geisterkatze?*

Die grau-weiße Katze wechselte ein paar Worte mit dem Flammenpelz. Mottenflug versuchte erst gar nicht, etwas zu verstehen. Ihr war klar, dass sie nichts anderes als das Säuseln des Windes hören würde. Dann legte die Geisterkatze ihre Nase auf die der braun-weißen Kätzin.

Die Kätzin zuckte vor Schmerz zusammen.

Mottenflugs Augen wurden schmal. Sie sah das alles nicht zum ersten Mal. Die Kätzin empfing die qualvolle Segnung des SternenClans. Sie vergrub die Krallen tiefer in das derbe Gras, und ihr Fell prickelte vor Neugier, als weitere Katzen aus dem Nebel traten.

Ein dunkelgrauer Kater berührte die Kätzin und wieder erbebte sie.

Dann trat eine ältere, weiß gestreifte Kätzin vor. *Sie müssen verwandt sein.* Sie waren ähnlich gemustert, und die Blicke, die sie tauschten, waren voller Zuneigung. *Eine Mutter und ihr Junges?* Mottenflugs Gedanken sprangen zu Windläufer. Der Zustand ihrer Mutter war in den zwei Tagen seit dem Kampf eher schlechter als besser geworden. Ein lautloser Schmerzensschrei lenkte ihre Aufmerksamkeit wieder auf den Traum. Die ältere Katze senkte ihre Nase und die jüngere Gestreifte zuckte mit zusammengebissenen Zähnen zusammen. Sie schwankte, wich aber nicht von der Stelle, bis die ältere den Kopf wieder hob und anfing, sie heftig zu lecken, als wolle sie sich für den Schmerz, den sie ihr zugefügt hatte, entschuldigen. *Das müssen Mutter und Tochter sein.* Die junge Katze schloss die Augen und schien den Augenblick zu genießen. Dann drehte sich die ältere um und verschwand wieder im Nebel.

Die jüngere sah sie verschwinden und ihre Augen waren verzweifelt vor Kummer. Sie öffnete das Maul zu einem Maunzen. Obwohl Mottenflug kein Wort hören konnte, vermutete sie, dass die jüngere ihre Mutter bat, nicht zu gehen.

Der Kummer überkam Mottenflug so heftig, dass sie davon aufwachte.

Sie blinzelte. Ihr Bau war schattig und kühl. Durch den Eingang konnte sie sehen, wie die Strahlen der Sonne auf die Lichtung brannten.

Windläufer lag neben ihr in einem Nest aus Heide und Moos und ihr gebrochenes Bein ragte über den Rand hinaus. Mottenflug beugte sich vor. Die WindClan-Anführerin glühte, heißer als je zuvor. *Was soll ich tun?* Im Lauf der letzten beiden Tage war Windläufer nur ab und an zu Bewusstsein gekommen und hatte den größten Teil der Zeit geschlafen. Vielleicht war das ein Segen. Es ersparte ihr die Schmerzen. Vielleicht heilte ihr Körper sich so selbst. Aber wenn das stimmte, warum wurde das Fieber dann immer schlimmer? *Vielleicht habe ich ihr zu viele Mohnsamen gegeben? Vielleicht muss sie den Schmerz spüren, um dagegen anzukämpfen?*

Mottenflug überlegte. Sie hatte Kieselherz geholfen, das gebrochene Bein ihrer Mutter wieder einzurichten, und war sich sicher, damit das Richtige getan zu haben. Sie hatte die Verletzung am Hals mit Ampfer und Schachtelhalm behandelt, wie Micah es ihr beigebracht hatte. Und trotzdem sickerte noch Blut aus der Wunde.

Sie schnüffelte an der Halswunde und war alarmiert. Unter dem stechenden Geruch der Kräuter war die Infektion deutlich zu riechen. Warum hatte Micahs Brei keine Besserung gebracht? War *diese* Wunde für den schlechten Zustand ihrer Mutter verantwortlich? Und wenn Micahs Kräuter nicht stark genug waren, welche Kräuter sollte sie dann verwenden?

Vielleicht sollte sie zu Kieselherz gehen und ihn fragen. *Nein.* Nach der Zeit beim SchattenClan kannte sie sein Vorratslager so gut wie ihr eigenes. Dort gab es keine Kräuter, die sie nicht auch hatte. Und Getupfter Pelz? Als sie mit Micah beim FlussClan war, hatte die Heilerkatze gerade erst angefangen, die üppige Pflanzenwelt auszuprobieren, die am Ufer wuchs. Vielleicht hatte sie etwas Neues entdeckt, das stark genug war, Windläufers Entzündung zu bekämpfen.

»Mottenflug?« Das Maunzen von Honigpelz unterbrach ihre Gedanken. Er schaute sie vom Eingang her an. »Kannst du kommen und jetzt mit uns spielen?«

Sie hatte die Jungen in der Obhut des Clans gelassen, während sie sich um Windläufer kümmerte.

Honigpelz' Augen waren rund vor Sorge. »Wir vermissen dich.«

Sofort hatte Mottenflug Schuldgefühle. »Es tut mir leid«, antwortete sie. »Ich muss Windläufer betreuen.«

Honigpelz wandte sich wortlos um und ging mit gesenktem Schweif nach draußen. Ihre Schuldgefühle wurden stärker.

Ein anderer Schatten stand im Eingang. Sie hatte ihn schon gerochen, noch bevor sie seinen Pelz im hellen Sonnenlicht erkannte.

»Wie geht es ihr?« Ginsterpelz' Maunzen klang düster, während er hereinkam. Er blieb neben dem Nest seiner Gefährtin stehen und schnupperte an ihrem Pelz.

»Das Fieber wird schlimmer«, gestand Mottenflug. »Ich bin nicht sicher, was ich tun soll.«

Ein Knurren entstieg seiner Kehle. »Das ist nicht gerecht!«, blaffte er. »Nach dem Großen Kampf habe ich geglaubt, dass die Clans aufgehört hätten, sich wie Füchse zu benehmen! Kann nicht mal ein einziger Mond vergehen, ohne dass es neuen Ärger gibt?«

Mottenflug stand auf und schaute ihrem Vater in die Augen. »Ich *werde* sie gesund machen«, versprach sie. »Ich werde zum FlussClan laufen und sehen, ob Getupfter Pelz irgendein Kraut hat, das die Entzündung ihrer Halswunde heilt. Passt du auf sie auf, solange ich fort bin?«

»Natürlich.«

Ginsterpelz kauerte sich neben seine Gefährtin, und Mottenflug zeigte mit der Schnauze auf das nasse Moos, das neben dem behelfsmäßigen Nest ihrer Mutter lag. »Tropf ihr ab und an etwas Wasser ins Maul«, unterwies sie ihn. »Und wenn das Moos ausgetrocknet ist, schick Staubnase oder Fleckenfell los, um frisches zu holen.«

Ginsterpelz' Ohren zuckten. »Wirst du lange weg sein?«

»Ich bin so schnell wie möglich zurück.« Mottenflug schlüpfte aus dem Bau und kniff die Augen zusammen, weil die Sonne sie blendete. Schiefer lag im weichen Gras vor ihrem Nest. Die graue Kätzin erholte sich von ihrem Husten, war aber immer noch schwach. Sturmpelz stöberte mit Flinke Flosse im Beutehaufen herum. Die anderen Jagdpatrouillen waren weiterhin draußen im Moor. Zackiger Berg hatte die Jagdpatrouillen eingeteilt, solange Windläufer krank war, und sorgte dafür, dass der Frischbeutehaufen immer gut bestückt blieb.

»Mottenflug!« Blaues Schnurrhaar maunzte begeistert aus der Sandkuhle. »Spielst du jetzt mit uns?«

Mottenflug versteifte sich. »Ich muss los und mit Getupfter Pelz reden.«

Spinnenpfote kletterte aus der Kuhle und schaute zu ihr. »Aber du hast seit ein paar Sonnenaufgängen nicht mehr mit uns gespielt!«

Honigpelz und Sprudelnder Bach hörten auf zu ringen und erhoben sich.

»Nur einen Huckepackritt!«, maunzte Honigpelz.

»Bitte!«, blinzelte Sprudelnder Bach sie erwartungsvoll an.

Mottenflugs Magen verkrampfte sich vor Enttäuschung. Sie grub die Krallen in den Boden und begegnete Honigpelz' Blick. »Wenn Windläufer wieder gesund ist, dann spiele ich mit euch, soviel ihr wollt.«

Schiefer rappelte sich auf. »Ich spiele mit ihnen«, schnaufte sie.

»Du musst dich ausruhen«, wies Mottenflug sie streng zurecht.

Sturmpelz schaute vom Beutehaufen auf und rief Honigpelz zu: »Sobald ich gegessen habe, mache ich mit dir einen Huckepackritt.«

»Und ich?« Sprudelnder Bach hüpfte auf den jungen Kater zu.

»Adlerfeder und Taunase kommen gleich von ihrer Jagdpatrouille zurück«, verkündete Sturmpelz. »Dann könnt ihr so oft huckepackreiten, wie ihr wollt.«

Mottenflug warf ihm einen Blick zu. »Vielen Dank!« Dann lief sie über die Grasbüschel und aus dem Lager hinaus.

Nach den endlosen Tagen Sonnenschein war die Heide braun. Mottenflugs Blick eilte zum Horizont und sah voller Hoffnung, dass sich in einiger Entfernung ein paar Wolken ballten. Vielleicht würde der Regen helfen, Windläufers Fieber zu senken. Die Kamillenblüten, die sie ihr gegeben hatte, hatten nicht geholfen.

Sie lief den Abhang hinab. Die vertrocknete Heide kratzte an ihrem Fell, während sie sich einen Weg hindurch bahnte. Unter ihren Pfoten knirschte das Moorgras. Schon von Ferne hörte sie das leise Rauschen des Wasser tief unten in der Schlucht. Als sie zu dem Einschnitt kam, wurde sie langsamer und folgte dann dem steilen Pfad, der sich die Felsen hinabwand und am Ufer endete. Zur Blattgrüne war der Fluss von Regen und Schneeschmelze voller Wasser, wirbelte und schäumte zwischen den Wänden der Schlucht. Jetzt aber gluckerte er sanft vor sich hin und schickte kleine Wellen ans Ufer. Mottenflug blieb stehen, um etwas Wasser zu lecken, denn ihre Kehle brannte vor Durst. Dann eilte sie am Ufer weiter, bis es sich zur Marsch weitete. In einiger Entfernung konnte sie schon die Trittsteine erkennen und erinnerte sich mit einem jähen Anfall von Trauer, dass sie dort erst vor ein paar Monden auf Micah gewartet hatte.

Dieses Mal würde sie allein darübergehen müssen.

Micah? Sie hob den Kopf zum Himmel und hoffte, dass der SternenClan sie hörte. *Wie schaffe ich es, Windläufer wieder gesund zu machen?*

Sie sprang von Stein zu Stein und überquerte den Fluss. Die von der Sonne aufgeheizten Felsen verbrannten ihr die Pfoten, und sie blieb auf einem flachen stehen, um sie im Wasser zu kühlen, das darübergurgelte. Sie genoss die Kühle des Wasser und suchte das gegenüberliegende Röhricht nach einer Lücke ab, einen Pfad, der ins Lager des FlussClans führen würde.

Fuchswitterung stieg ihr in die Nase. Sie roch frisch und Mottenflug blieb verunsichert stehen, ließ den Blick den Fluss entlangschweifen, bis dahin, wo das Wasser Wald und Schilf trennte. Vögel zwitscherten im kühlen Schatten der Bäume, huschten von Ast zu Ast, aber von einem roten Pelz war zwischen den Stämmen nichts zu sehen. Sie sprang über die letzten Steine. Als sie das Marschufer erreicht hatte, wurde die Fuchswitterung stärker. Wieder blieb sie stehen, stellte sich auf die Hinterbeine, um über das Röhricht zu schauen. Lauerte dort ein Fuchs? Sie konnte nicht zurück, sie musste Getupfter Pelz erreichen. Mit gespitzten Ohren schlich sie am Ufer entlang. Im Schilf tat sich eine Lücke auf und Erleichterung überkam sie. Das war der Pfad, dem sie und Micah bei ihrem ersten Besuch gefolgt waren. Sie öffnete das Maul, um noch besser schnuppern zu können. Die Fuchswitterung war immer noch stark.

Mottenflug hielt inne. Strömender Fluss musste das doch gerochen und Patrouillen ausgeschickt haben, die den Fuchs verscheuchten. Inzwischen sollte er verschwunden sein. Sie ignorierte das ungute Gefühl in ihrem Magen. Sie musste es riskieren. Windläufers Leben lag in ihren Händen.

Als sie in das Röhricht eintauchte, hörte sie hinter sich schrille Schreie.

Sie erkannte das verzweifelte Maunzen und ihr Herzschlag drohte auszusetzen.

»Spinnenpfote!«

»Hilf ihm!«

»Er ertrinkt!«

Sie fuhr herum und sah Honigpelz, Sprudelnder Bach und Blaues Schnurrhaar zusammengedrängt auf einem der Trittsteine mitten im Fluss stehen. Mit gesträubtem Pelz schauten sie flussabwärts.

Mottenflug folgte ihrem Blick und wurde von Entsetzen gepackt. Eine Pfote ragte aus dem Wasser und wurde von der nächsten Welle überspült, dann verschwand sie.

Wie ein Blitz schoss sie zu den Trittsteinen und ignorierte das erstaunte Kreischen von Honigpelz und Sprudelnder Bach.

»Mottenflug!«

»Spinnenpfote ist ins Wasser gefallen!«

Sie hatte sich schon ins Wasser gestürzt. Die Kälte nahm ihr den Atem. Würgend kämpfte sie sich zurück an die Oberfläche und schlug mit den Pfoten wild um sich, um zu dem Wirbel zu gelangen, in dem Spinnenpfote stecken musste. Die Strömung packte sie und schleuderte sie herum, zerrte an ihrem Pelz. Sie kämpfte, um ihre Schnauze über Wasser zu halten, und schlug weiter mit den Pfoten um sich, versuchte, Spinnenpfote näher zu kommen. Der Fluss und ihr nasser Pelz zogen sie nach unten. Als das Wasser über ihrem Kopf zusammenschlug, öffnete sie blinzelnd die Augen, und Panik und schreckliche Angst verwirrten ihre Gedanken. *Spinnenpfote.*

Mottenflug versuchte sich zu konzentrieren und etwas durch das brennende Wasser hindurch zu erkennen. Entschlossen paddelte sie mit allen Pfoten, bis ihr Kopf wieder die Wasseroberfläche durchbrach und sie verzweifelt nach Luft schnappte. Die Schreie von Sprudelnder Bach, Honigpelz und Blaues Schnurrhaar schienen weit entfernt zu sein. Sie konnte sie kaum hören, so sehr gurgelte das Wasser in ihren Ohren. Aus den Augenwinkeln sah sie das Röhricht vorübergleiten, während der Fluss sie wieder nach unten zog.

Dieses Mal war sie darauf vorbereitet und schlug mit den Hinterbeinen aus, versuchte, im trüben Wasser etwas zu erkennen. Vor ihr trudelte eine fahle Gestalt, ein weißer Pelz in der Strömung. *Spinnenpfote!* Blut rauschte in ihren Ohren und sie versuchte weiterzuschwimmen, schoss vorwärts. Die Lücke zu Spinnenpfote schloss sich. Sie streckte eine Vorderpfote aus und ihre Krallen verhakten sich in Pelz. Sie griff zu und kämpfte sich ein weiteres Mal an die Oberfläche.

Mit einem um sich schlagenden Bündel vor der Brust kam

sie hoch. Sein Geruch stieg ihr in die Nase – es war eindeutig Spinnenpfote.

Mit wirbelnden Hinterpfoten gelang es ihr, den Kopf über Wasser zu halten. Schwindelig vor Angst und vom strudelnden Wasser verwirrt, hielt sie nach dem Ufer Ausschau. Sie verlor jeglichen Mut, als sie sah, dass ein breiter Streifen Wasser zwischen ihr und dem festem Boden lag.

Ich schaffe das! Mit zusammengebissenen Zähnen ruderte sie darauf zu. Angst schoss bis in die Haarspitzen ihres Pelzes, denn das kleine, strampelnde Bündel war inzwischen erschlafft. Sie musste vor Anstrengung grunzen und versuchte, Spinnenpfote über dem Wasser zu halten. »Hoch mit dem Kopf!«, befahl sie streng. »Atme!« Sie schüttelte seine Pfote und versuchte verzweifelt, ihn wach zu rütteln, während sie sich näher ans Ufer kämpfte.

Seine Schnauze pflügte durch das Wasser.

Ist er tot?

Dann fanden ihre Hinterpfoten Grund, und sie scharrte, um Halt im Flussbett zu finden. Hinkend zog sie Spinnenpfote aus dem Wasser und legte ihn auf den Kieselstrand.

Der Anblick seines tropfnassen Körpers versetzte sie erneut in Panik. Seine Schnauze hing schlaff herab. Die Pfoten fanden keinen Halt auf den Steinen. »Spinnenpfote!« Vor Angst wurde ihr fast schwarz vor Augen. Ihre Pfoten schienen aus Stein zu sein.

Mottenflug! Sie hörte eine sehr ferne Stimme *Erinnere dich, was Getupfter Pelz gemacht hat.*

»Micah?« Wie betäubt hob Mottenflug den Kopf, als sie die besonnene Stimme erkannte.

Denk an Niesel.

Natürlich! Sie wischte die Angst beiseite und stellt die Vorderpfoten auf Spinnenpfotes weiße Brust. Sie fing an zu pumpen und ihre Gedanken wurden klarer. Sie hatte so etwas ja schon einmal getan. Das Junge von Wacholderzweig! Spinnenpfote war viel kräftiger. »Atme!«, knurrte sie und pumpte stärker.

Plötzlich zuckte Spinnenpfote unter ihren Pfoten und hustete Wasser aus.

Schnell rollte sie ihn auf die Seite und massierte seine Flanke. Dann warf sie einen Blick flussaufwärts. Das Wasser hatte sie ein ganzes Stück mitgerissen. Sie war auf der schilfbewachsenen Seite herausgekommen, der FlussClan-Seite. Sie kniff die Augen zusammen und suchte nach Honigpelz, Sprudelnder Bach und Blaues Schnurrhaar.

Die Trittsteine waren leer.

Als die Fuchswitterung wieder in ihre Nase zog, kam die Angst zurück. »Schnell!« Sie stupste Spinnenpfote auf die Pfoten. »Wir müssen deine Geschwister finden und dann hier verschwinden.« Ohne nach rechts und links zu sehen, packte sie Spinnenpfote am Genick und hob ihn hoch. Während sie am Ufer entlang zu den Trittsteinen eilte, strampelte er entrüstet mit den Pfoten. *Wo sind sie?* Mit den Augen suchte sie das Ufer ab, ihr Blick glitt über Wasser und Röhricht. Dann wurde ihr Herz leicht. Drei kleine Gestalten kauerten auf dem Boden im Schatten des Schilfs am Ufer. Sie hatten den Fluss an den Trittsteinen überquert und warteten jetzt auf sie. Sie raste zu ihnen, kam rutschend zum Stehen und setzte Spinnenpfote neben Honigpelz ab.

Die Fuchswitterung lag weiter in der Luft.

»Kommt schon!« Sie drängte sie zu den Trittsteinen. »Wir

müssen hier weg.« Allein hätte sie eine Begegnung mit dem Fuchs riskiert, aber die Jungen würden leichte Beute für ihn sein. Sie musste sie aus der Gefahrenzone bringen.

An den Trittsteinen stellte sie sich vor ihnen auf. »Ihr wartet am Ufer«, ordnete sie an. »Ich trage euch einen nach dem anderen hinüber.« Sie wollte vermeiden, dass noch einmal ein Junges hineinfiel. Dann packte sie Spinnenpfote und trug ihn baumelnd über den Fluss. Auf dem Rückweg dankte sie im Stillen Getupfter Pelz, dass sie so oft mit ihr über die Trittsteine gelaufen war. Ihre Pfoten schienen den Weg von allein zu finden. Sie nahm Sprudelnder Bach auf und lief zurück; der Sand knirschte unter ihren Pfoten. Beim dritten Mal setzte sie Blaues Schnurrhaar neben Sprudelnder Bach ab und wollte anschließend Honigpelz holen. Sie drehte sich herum.

Das gelbe Junge hatte bereits die Hälfte des Wegs zurückgelegt.

Mottenflug blieb starr stehen und ihre Augen weiteten sich vor Angst.

»Alles in Ordnung!« Honigpelz hielt inne und erwiderte ihren Blick.

Mottenflug wagte kaum zu atmen und sah zu, wie er auf den nächsten Stein sprang. Seite Pfoten rutschten leicht, aber er hielt das Gleichgewicht und erreichte nach drei weiteren Steinen das Ufer.

Mottenflug wusste nicht, ob sie sich ärgern oder stolz sein sollte. »Warum seid ihr mir nachgelaufen?«, fauchte sie. »Das ist gefährlich!«

Blaues Schnurrhaar blickte sie aus großen Augen an. »Aber *du* bist doch auch hierhergekommen«, maunzte sie beklommen.

»Ich kann aber auf mich selbst aufpassen.« Mottenflug warf Spinnenpfote einen strengen Blick zu. »Ich kann einen Fluss überqueren, ohne hineinzufallen.«

Spinnenpfotes nasser Pelz klebte an seinen Knochen und er sah winzig aus. Schuldbewusst blinzelte er sie aus seinen grünen, feuchten Augen an.

Mottenflug spürte einen Stich in Herz. Beinahe hätte sie ihn verloren! Sie presste ihre Schnauze an seine Nase und leckte dann das Wasser von seinem Fell.

Honigpelz stupste sie in die Flanke. »Sollten wir nicht besser gehen?«, maunzte er. »Ich rieche Fuchs.«

Mottenflug blinzelte ihn an. Dann schaute sie auf das Röhricht. Sie musste mit Getupfter Pelz reden. Aber zuerst musste sie ihre Jungen aus der Gefahrenzone bringen. »Mir nach«, befahl sie. Dann lief sie voraus am Ufer entlang bis zur Schlucht und den steilen Pfad hoch aufs Moor.

Als sie oben ankamen, wurde Mottenflug etwas ruhiger. Vom Moor her wehte ein frischer Wind und vertrieb die Fuchswitterung aus ihrer Nase. Sie sammelte die Jungen um sich und schlug den Weg zum Lager ein.

Noch während sie sich der Senke näherten, sah sie, wie Ginsterpelz und Sturmpelz kreuz und quer herumliefen. Als Ginsterpelz sie erkannte, hob er den Schweif und maunzte Sturmpelz zu: »Sie sind in Sicherheit!«

Die beiden Kater rasten auf sie zu und kamen rutschend zum Stehen.

»Ich habe keine Ahnung, wie sie herausgekommen sind«, keuchte Sturmpelz. »Ginsterpelz stand vor dem Eingang.«

Honigpelz hob die Schnauze. »Durch den Tunnel, den Weißschwanz mir gezeigt hat.«

Ginsterpelz musterte die Jungen streng. »Ihr solltet im Lager bleiben.«

Sprudelnder Bach schaute ihn an. »Wir wollten Mottenflug finden.«

»Sie war am *Fluss*«, berichtete ihm Blaues Schnurrhaar atemlos.

»*Ich* bin hineingefallen«, verkündete Spinnenpfote.

Ginsterpelz sträubte sich das Fell.

»Mottenflug musste mich retten«, erklärte Spinnenpfote.

Mottenflug schüttelte ihren tropfenden Pelz. Je mehr ihre Angst schwand, desto stärker wurde ihr Ärger. Ihre Aufgabe war es, Getupfter Pelz nach Kräutern für Windläufer zu fragen, und nicht, ihre Jungen ins Lager zu bringen. Das Leben ihrer Mutter stand auf dem Spiel. Sie schaute Ginsterpelz an. »Ich muss zurück.«

Honigpelz sah erschrocken auf. »Aber da ist ein Fuchs.«

Mottenflug warf einen Blick Richtung Schlucht. »Inzwischen wird Strömender Fluss eine Patrouille ausgeschickt haben, die ihn vertreibt.«

Blaues Schnurrhaar drängte sich an sie. »Und wenn nicht?«

Mottenflug antwortete ihr nicht. Sie hatte keine Zeit, sich darüber Sorgen zu machen. »Wie geht es Windläufer?«, fragte sie Ginsterpelz.

»Sie maunzt«, ließ er sie wissen. »Aber es war alles völlig sinnlos. Eine Zeit lang hatte sie die Augen geöffnet, doch ich hatte den Eindruck, dass sie mich gar nicht sah.«

Mottenflugs Herzschlag beschleunigte sich. Das Fieber musste gestiegen sein. Sie wandte sich um. »Getupfter Pelz wird wissen, was zu tun ist.« Sie war schon auf dem Weg zurück zur Schlucht. »Passt auf die Jungen auf!«

»Aber was ist mit dem Fuchs?«, miaute Sturmpelz ihr nach.

»Damit beschäftige ich mich, wenn es so weit ist. Bleibt einfach bei den Jungen!« Mottenflug spürte, wie der Wind ihre Worte verwehte, als sie den Hügel hinabsauste.

Würde Getupfter Pelz etwas wissen? Wieder machte Angst sich in ihr breit. Was, wenn die FlussClan-Katze ihr nicht helfen konnte? Sie könnte noch Wolkenfleck fragen. Oder Eichelfell. Ihre Gedanken fingen an zu rasen. Was, wenn keiner von ihnen wusste, wie Windläufer gerettet werden konnte?

Ich muss es versuchen. Ihre Pfoten griffen weiter aus und der Wind heulte in ihren Ohren.

Oben am Rand der Schlucht war ein orange-weißer Pelz zu sehen. Mottenflug wurde langsamer und kniff die Augen zusammen. *Getupfter Pelz!* Die schildpattfarbene Kätzin war auf dem Weg zu ihr.

Mottenflug eilte ihr entgegen.

Getupfter Pelz' Augen leuchteten vor Erleichterung auf, als Mottenflug rutschend vor ihr zum Stehen kam. »Ich habe gerochen, dass du am Fluss warst.«

»Ich wollte zu dir«, erklärte Mottenflug schnaufend.

»Auf unserem Territorium hat ein Fuchs gejagt«, berichtete Getupfter Pelz. »Ich hatte schon Angst, dass dir etwas passiert ist.«

»Ich habe ihn gewittert.«

»Strömender Fluss hat Patrouillen ausgeschickt, um ihn zu vertreiben.« Getupfter Pelz schnipste mit dem Schwanz. »Warum wolltest du zu mir?«

»Windläufer ist sehr krank«, berichtete Mottenflug. »Ich glaube, es ist eine Entzündung der Halswunde. Ich habe es schon mit Ampfer und Ringelblume probiert, aber die Wunde riecht säuerlich und sie hat Fieber. Hast du noch Kräuter, die ich verwenden könnte?«

Getupfter Pelz überlegte. »Klingt so, als würde die Entzündung zu tief gehen, um sie mit einem Wickel zu behandeln«, maunzte sie ernst. »Ich kenne keine Kräuter, die das von innen her bekämpfen.«

Mottenflugs Rückenfell fing an, sich zu kräuseln. »Gibt es denn nichts, was ich tun kann?« Sie warf einen Blick auf den Wald. »Vielleicht weiß Wolkenfleck etwas.«

Getupfter Pelz folgte ihrem Blick und ihre Augen verdunkelten sich. »Vielleicht.« Sie klang nicht sehr überzeugt. »Aber vielleicht muss der SternenClan über Windläufers Schicksal entscheiden.«

»Nein!« Was, wenn nichts Windläufer retten konnte? Ein Gefühl der Hilflosigkeit überkam Mottenflug und der Boden unter ihren Pfoten schien zu schwanken. »Es *muss* aber doch etwas geben, das ich tun kann! Ich bin eine Heilerin!«

Getupfter Pelz senkte den Blick. »Es gibt Wunden, die sind nicht zu heilen.«

Mottenflugs Gedanken überschlugen sich. Verzweifelt schaute sie Getupfter Pelz an, aber die schildpattfarbene Kätzin vermied es, ihr in die Augen zu blicken. In ihren Augenwinkeln tauchten plötzlich grüne Flügel auf.

Sie erkannte sie auf Anhieb wieder.

Die Motte! Ihr Kopf fuhr herum, und da war sie: die wunderschöne, großartige Motte, die sie zu den Hochfelsen geführt hatte.

Warum war sie gerade jetzt zurückgekommen? Sie spürte, wie Energie durch ihre Pfoten zuckte. Die Motte flatterte ein paarmal um ihren Kopf und dann den Abhang hinab, tanzte im Wind wie vor all den Monden, als sie sie gerufen hatte.

Mottenflug warf Getupfter Pelz einen Blick zu. Hatte sie auch etwas gesehen?

Die Heilerkatze des FlussClans blickte mit vor Neugier funkelnden Augen die Motte an.

Die Motte flog weiter bergauf und verweilte dann.

»Sie will, dass ich ihr folge«, flüsterte Mottenflug.

Getupfter Pelz beugte sich aufgeregt zu ihr. »Dann folge ihr«, murmelte sie.

Voller Hoffnung rannte Mottenflug der Motte nach.

Kannte *sie* die Antwort, nach der sie suchte?

Wollte die grüne Motte ihr zeigen, wie Windläufers Leben gerettet werden konnte?

33. KAPITEL

EIN KÜHLER WIND FUHR ihr in den Pelz, als Mottenflug der Motte den Hügel hinauf folgte. Sie warf einen Blick zurück und sah, wie Wolken den Himmel über dem Wald und dem Weideland verdunkelten. Es würde Regen geben.

Als die Motte weiter und weiter vorausflog, rannte sie schneller und schlug dabei einen Bogen um das Lager.

Warte auf mich! Plötzlich spürte Mottenflug, wie müde sie war. Die Tage, in denen sie sich um Windläufer gekümmert hatte, und der lange Weg zum Fluss und wieder zurück hatten sie erschöpft. Aber sie musste weitermachen. Die Motte wollte ihr etwas zeigen.

Aber was? Als sie das Hochmoor erreicht hatte, blieb sie stehen. Ab hier ging es wieder abwärts bis ins Tal Richtung Hochfelsen.

Die Motte huschte weiter und Mottenflug folgte ihr über den Kamm des Abhangs und dann schnell den Berg hinab. *Sie will, dass ich wieder zu den Hochfelsen laufe!* Sie schöpfte Hoffnung. Vielleicht wartete dort der SternenClan auf sie und wusste Rat. Würde sie erfahren, wie Windläufer geheilt werden konnte?

Die Motte stoppte und flatterte im Wind. Dann zog sie an Mottenflug vorbei und nahm wieder Kurs auf das Moor.

Mottenflug kam rutschend auf dem Gras zum Stehen und wandte sich überrascht um. »Wohin willst du?« Sie änderte ihre Richtung und sah, wie die Motte auf das Lager zutanzte. Wieder blieb sie flatternd in der Luft stehen, bis Mottenflug zu ihr aufgeschlossen hatte.

Mottenflugs Pelz kräuselte sich frustriert. »Wohin soll ich denn jetzt gehen?«, verlangte sie zu wissen.

Die Motte hüpfte ein weiteres Mal in Richtung Hochfelsen. Mottenflug drehte sich, um ihr zu folgen, aber in genau diesem Augenblick flog die Motte wieder auf das Lager zu. Dort blieb sie in der Luft hängen, wurde von dem Wind mal in die eine, dann wieder in die andere Richtung gezerrt.

»Entscheide dich!« Dann erstarrte Mottenflug und ihr Ärger schmolz dahin. Der Wind war stärker geworden und roch unverkennbar nach Regen. Ihre Träume vom Mondstein waren ihr eben wieder eingefallen. Die Katzen waren dort alle mit einem Clan-Gefährten aufgetaucht und dann hatte der SternenClan ihnen ein Geschenk gemacht. Sie war sicher, dass das etwas bedeutete. Etwas, das *jetzt* wichtig war! Deshalb hatte der SternenClan die Motte zu ihr geschickt.

Nicht ich allein! Jetzt verstand Mottenflug. Während die ersten Regentropfen aus den dunklen Wolken fielen, blinzelte sie die Motte an. »Du willst, dass ich Windläufer hinbringe!« Die Motte flatterte näher in Richtung Lager, als würde sie zustimmen. Mottenflug eilte ihr nach. »Du willst, dass ich sie zum Mondstein bringe!«

Während sie ihre Freude in den Wind maunzte, flog die Motte höher hinauf; ihre grünen Flügel leuchteten vor dem grauen Himmel. Tief in ihrem Inneren wusste Mottenflug, dass sie recht hatte. Der SternenClan wartete darauf, Windläufer das gleiche Geschenk wie den Katzen in ihren Träumen zu geben. Würde das ihr Leben retten?

Sie musste es versuchen. Sie kniff die Augen zusammen und rannte im stärker werdenden Regen zum Lager.

Fleckenfell und Staubnase trugen gerade frische Beute zum Beutehaufen. Sie schauten erstaunt auf, als sie an ihnen vorbeiraste. Flinke Flosse dirigierte Schiefer sanft in den Schutz der Lagerhecke, während Weidenschwanz mit einem Bündel Beinwell im Maul in Rockys Höhle verschwand.

Neben dem Großstein hockte Schwarzohr mit stolzgeschwellter Brust und schenkte dem Regen, der auf seine Schnauze prasselte, keine Beachtung. Neben ihm lag ein gerade erjagtes Kaninchen. Honigpelz, Sprudelnder Bach und Spinnenpfote standen mit durchgeweichtem Pelz um ihn herum. »Schau mal, was ich gefangen habe!«, miaute er, als Mottenflug an ihm vorbeilief.

Sie verlangsamte ihren Schritt und warf einen Blick auf das Kaninchen.

Sprudelnder Bach beschnupperte es und ihre Ohren zuckten vor Aufregung. »Bald werde *ich* ein Kaninchen fangen«, maunzte sie.

Mottenflug blieb stehen. »Geht und stellt euch mit Schiefer und Flinke Flosse unter.« Ihr Maunzen klang geistesabwesend. In Gedanken war sie schon in ihrem Bau. Wie sollte sie ihren Plan Ginsterpelz erklären? Schaffte es Windläufer überhaupt bis zu den Hochfelsen? *Sie musste einfach!*

Sprudelnder Bach kletterte aus der Kuhle und sah, wie ihre Mutter weitereilte. »Mottenflug!« Ihr Maunzen klang enttäuscht.

»Jetzt nicht! Ich habe zu tun!«

Spinnenpfote sprang seiner Schwester nach und miaute ihr hinterher: »Du hast versprochen, mit uns zu spielen!«

»Solltest du dich nicht mal um deine Jungen kümmern?« Zackiger Berg kam aus dem Schutz der Hecke. Seine Augen waren schmal vor Neugier, während Distel aus dem Schatten hinter ihm lauschte.

Mottenflug ignorierte ihn und glitt in ihren Bau. »Ich habe ein Zeichen vom SternenClan bekommen«, teilte sie Ginsterpelz mit.

Ihr Vater kauerte neben Windläufer. Jetzt fuhr er herum und sein Pelz kribbelte vor Aufregung. »Wird sie gesund werden?«

»Wir müssen sie zum Mondstein bringen.« Mottenflug war noch immer außer Atem.

»Zu den *Hochfelsen*!« Ginsterpelz sprang mit funkelnden Augen auf. »Sie kann nicht reisen!« Er zeigte mit der Nase auf Windläufer. Sie lag ausgestreckt auf einem Heidenest und ihr mit Beinwell umwickeltes Bein ragte in einem unnatürlichen Winkel darüber hinaus. Ihre Augen waren halb geschlossen und hinter den Schlitzen leuchtete es weiß.

Mottenflug erschauderte mit angsterfülltem Herzen. War Windläufer tot? Sie kauerte sich an ihren Körper und war erleichtert, als sie spürte, dass ihre Flanken zitterten. Von ihrem Pelz stieg Hitze auf.

»Ich gebe ihr ein paar Kräuter, das wird ihr Kraft für die Reise geben.« Mottenflug eilte zu ihren Vorräten und zog ein paar Blätter zwischen den Ginsterstängeln hervor.

»Nein!«, knurrte Ginsterpelz. »Du bringst sie nirgendwo hin.«

Mottenflug zerkleinerte eine Pfote Kamille und Nesselblätter, fügte noch Katzenminze und Huflattich hinzu. Sie streute Mohnsamen darüber und hoffte, dass sie die Schmerzen lindern würden, ohne sie schläfrig zu machen. Sie musste alles tun, was sie konnte, um Windläufer zum Mondstein zu bringen.

Ginsterpelz' Atem strich über ihre Ohren. »Hast du mich nicht verstanden?«

Mottenflug schaute ihn an. »Ich kann nicht hier sitzen und zusehen, wie sie stirbt.«

»Du kannst sie nicht mit hinausnehmen und *dort* sterben lassen!« Sein Pelz sträubte sich vor Wut. »Wenn sie sterben sollte, dann bei ihrem Clan.«

»Wenn ich es schaffe, sie zum Mondstein zu bringen, dann *wird* sie nicht sterben!« Mottenflug starrte ihren Vater böse an. »Der SternenClan leitet mich. Ich *weiß* es!«

Am Eingang tauchte ein Schatten auf. Nass vom Regen, schob sich Zackiger Berg in den Bau. »Du hast mit dem SternenClan gesprochen?«

Mottenflug hielt seinem Blick stand. »Ja, in meinen Träumen!«

»Und er hat dir gesagt, du sollst Windläufer zum Mondstein bringen?« Zackiger Berg hielt den Kopf schief.

»Nicht direkt«, blaffte Mottenflug. »Aber ich weiß, was sie gemeint haben.«

Die Augen von Zackiger Berg wurden schmal. »Du *glaubst*, dass du es verstanden hast.«

Mottenflug knurrte. »Ich weiß es!«

Ginsterpelz trat neben Windläufer. »Sie ist nicht in der Lage, zu reisen.«

»Sie wird es sein.« Mottenflug nahm ein Maulvoll zerkleinerter Blätter und drängte sich an ihm vorbei. Sie spuckte sie auf die Heide neben Windläufers Schnauze. »Windläufer, kannst du das schlucken?«

Windläufer stöhnte leise, hielt aber die Augen geschlossen.

Panik stieg in Mottenflug auf.

»Lass sie in Frieden!«

Mottenflug spürte, wie ihr Vater sie mit den Krallen zurückzog. Fauchend wandte sie sich um. »Du musst mir vertrauen! Du musst dem SternenClan vertrauen! Als Halber Mond mich zur Heilerkatze gemacht hat, sagte sie, dass eines Tages das Schicksal der Clans von mir abhängen würde.«

Zackiger Berg beugte sich mit angelegten Ohren vor. »Und was hat *das hier* mit dem Schicksal der Clans zu tun?«

Wieder drängte sich ein Pelz durch den Eingang. Hinter Zackiger Berg erklang ein sanftes Maunzen. »Vertraue ihr, Ginsterpelz.«

Staubnase! Mottenflug war voller Dankbarkeit, als sie den feierlichen Blick ihres Bruders bemerkte. Er schob sich an Zackiger Berg vorbei und stellte sich vor seinen Vater. »Hat sie sich je geirrt?«

Ginsterpelz zögerte mit vor Angst glitzernden Augen. Er schaute auf Windläufer, dann auf Mottenflug und senkte schließlich den Blick. »Nein.«

»Dann lass sie Windläufer mitnehmen«, maunzte Staubnase leise.

Ginsterpelz fing an zu zittern. »Aber sie wird sterben.«

»Hab keine Angst, Ginsterpelz«, kam Windläufers ausgedörrtes Maunzen von ihrem Lager.

Mottenflug fuhr herum und sah, dass ihre Mutter zu ihnen aufblinzelte.

Ginsterpelz trat neben sie.

»Jede Katze muss sterben«, kam es weiter von Windläufer. »Aber ich werde nicht gehen, ohne zu kämpfen. Ich bin die Anführerin des WindClans und muss zeigen, dass ich mutig bin. Ich will meinem Clan Mut machen. Ich werde mit Mottenflug zum Mondstein reisen.«

Mottenflugs Herz machte einen Satz. *Sie vertraut mir!*

Zackiger Bergs Augen waren groß vor Erstaunen. »Aber du bist zu schwach!«

»Ich werde die Kraft schon aufbringen.« Windläufers Augen waren dunkel vor Schmerz.

»Iss das hier.« Mottenflug schob die zerkleinerten Blätter mit der Nase näher zu Windläufer, die den Kopf drehte und sie von der Heide leckte.

Sie schluckte und schaute Mottenflug direkt in die Augen. »Ich bin stolz auf dich, Mottenflug. Du bist bereit, für das zu kämpfen, woran du glaubst.«

Mottenflug spürte nichts als Freude. Windläufer kämpfte sich auf ihre drei gesunden Beine und ächzte vor Schmerz, als das gebrochene Bein über den Boden schleifte, nur gestützt von der Beinwell-Bandage. Sofort war Mottenflug an ihrer Seite und stützte den Verband so lange, bis sie das Hinterbein nachziehen konnte.

Auf drei Beinen humpelnd, stapfte Windläufer an Zackiger Berg vorbei.

Ginsterpelz eilte ihr nach. »Ich komme mit!«

Windläufer warf den Kopf herum. »Nein.«

Offensichtlich geschockt, blinzelte Ginsterpelz sie an. »Aber ...«

Sie schnitt ihm das Wort ab. »Wenn ich es nicht zurückschaffe, dann wird der WindClan dich brauchen.« Sie warf Zackiger Berg einen Blick zu. »Ginsterpelz wird der nächste Anführer sein.« Sie humpelte aus dem Bau, Ginsterpelz schaute ihr hinterher.

Mottenflugs Pfoten zitterten, als sie den hilflosen Kummer auf dem Gesicht ihres Vaters sah.

»Ich werde dafür sorgen, dass sie zurückkommt«, versprach sie verzweifelt. *Bitte, SternenClan. Rette sie!*

Sie folgte ihrer Mutter hinaus auf die Lichtung. Regen schlug ihr ins Gesicht. Er trommelte auf den Boden und zwischen den Grasbüscheln bildeten sich Pfützen. Sie spürte, wie ein Pelz sich an ihrer Flanke rieb und Staubnase neben ihr stehen blieb.

»Wir kommen mit euch.« Mit einem Schnipsen seines Schweifs gab er Fleckenfell ein Zeichen.

Fleckenfell hob den Kopf von der Maus, die er neben dem durchgeweichten Beutehaufen aß. Seine Augen wurden rund und fragend.

»Wir bringen Windläufer zum Mondstein«, maunzte Staubnase laut.

Fleckenfell sprang auf die Pfoten und war mit ein paar Sprüngen bei ihnen. »Kann sie so weit laufen?« Er folgte Windläufer mit den Augen. Sie stakste unbeholfen über die Grasbüschel. »Sie ist zu krank, um das Lager zu verlassen!«

Flinke Flosse schaute ihrer Anführerin nach. »Windläufer. Komm zurück.«

»Wohin will sie?« Das war Sturmpelz, an dessen Rückenfell sich Spinnenpfote klammerte. Neben ihm standen mit gespitzten Ohren Honigpelz und Sprudelnder Bach.

Mottenflug blinzelte Sturmpelz an. »Ich bringe sie zum Mondstein.«

»Aber du bist doch gerade erst zurückgekommen!«, maunzte Honigpelz.

Spinnenpfote schüttelte den Regen aus dem Fell. »Bleib bei uns!«

Mottenflug vermied es, sie anzusehen. *Ich kann nicht, meine Lieben. Ich muss Windläufer retten.* Das Herz drohte ihr in der Brust zu zerspringen.

Ginsterpelz trat aus dem Heilerbau. Sein Blick glitt über die versammelten Katzen. »Windläufer muss gehen.« Er nickte Mottenflug zu. »Der SternenClan hat sie gerufen.«

Mit ein paar Sprüngen war Mottenflug bei ihm und presste ihre Nase an seine Schnauze. »Ich werde auf sie aufpassen«, maunzte sie leise. Dann drehte sie sich um und folgte Windläufer.

»Mottenflug!« Von der Heidehecke kam das Maunzen von Blaues Schnurrhaar. Mottenflug drehte sich herum und sah ihr Junges, wie es unter der Hecke Schutz vor dem Regen suchte. Ihr Pelz klebte an ihrem dünnen Körper. Sie starrte ihre Mutter ängstlich an. »Gehst du schon wieder weg?«

Mottenflug eilte zu ihr und packte sie am Nackenfell. Sie sprang quer über die Grasbüschel, setzte sie vor Rockys Bau ab und stupste sie mit der Nase hinein. »Sorge dafür, dass sie warm und trocken bleibt, bis ich wieder zurück bin!«, maunzte sie.

Schilfschwanz steckte den Kopf aus der Höhle.

»Ich bringe Windläufer zum Mondstein«, erklärte Mottenflug. »Kümmere dich um den Clan. Ich bin so schnell wie möglich zurück.«

»Mottenflug!« Von drinnen kam das traurige Maunzen von Blaues Schnurrhaar.

»Sie ist bald wieder zurück«, war Rockys polternde Antwort zu hören.

Mottenflug wandte sich wieder dem Lagereingang zu und der Kummer lag wie ein Stein in ihrem Magen. Regen tropfte von ihren Schnurrhaaren. *Es tut mir leid, meine Jungen. Ich muss das machen.*

Fleckenfell und Staubnase waren inzwischen bei Windläufer. Sie gingen rechts und links von ihr und stützten sie mit ihren Körpern. Mottenflug eilte ihnen nach und hatte sie am Lagereingang eingeholt.

Draußen wurde der Regen vom Wind über das Moor gepeitscht. Windläufer blickte fest geradeaus, ihre Züge waren vom Schmerz gezeichnet. Mottenflug übernahm die Führung und suchte nach dem einfachsten Weg über das Moor.

Sie war als Erste an der Kuppe, warf einen Blick zurück und erschrak, wie weit Windläufer zurücklag, sogar mit der Unterstützung von Fleckenfell und Staubnase. Sie schaute auf den Himmel und wünschte, die Wolken würden aufreißen. Ihr Wunsch nach Regen war nichts als dumm gewesen! *Wo steht die Sonne?* Ging sie schon hinter den Hochfelsen unter? Sie mussten dort sein, bevor der Mond aufging. In ihren Träumen erstrahlte der Mondstein immer im Mondlicht, wenn die anderen Katzen kamen, um den SternenClan zu treffen. Deshalb musste Windläufer rechtzeitig dort sein.

Und was, wenn die Wolken nicht weiterzogen? Wenn das Mondlicht nicht bis zum Stein durchdringen konnte? Sie verdrängte den Gedanken. *Bringt sie einfach hin!* Mit einem drängenden Schnipsen des Schwanzes signalisierte sie Staubnase, sich zu beeilen. Er schaute sie flehentlich an. Sie wusste, er tat sein Bestes. Sie konnten nicht riskieren, Windläufer zu sehr zu drängen, trotzdem mussten sie bei Sonnenuntergang dort ankommen. Einen weiteren Tag tobendes Fieber, glaubte Mottenflug, würde ihre Mutter nicht überleben.

Sie starrte durch den Regen auf den Donnerweg unter ihnen. Die Monster röhrten in beide Richtungen, hatten hell erleuchtete Augen und schleuderten Wasser nach allen Seiten.

Wie sollte Windläufer da hinüberkommen?

Sie eilte den Hügel hinab. Staubnase und Fleckenfell würden mit Windläufer langsam folgen. Als sie im Tal ankam, wo der Donnerweg durch das Gras schnitt, wurde sie langsamer. Der Gestank der Monster stach ihr in die Augen und brannte in der Kehle. Der Boden unter ihren Pfoten zitterte. Sie achtete auf die Lücken zwischen den Monstern und versuchte herauszufinden, ob genug Zeit blieb, um mit Windläufer auf die andere Seite zu kommen.

Ein Blick zurück ließ sie mutlos werden. Fleckenfell und Staubnase waren noch immer weit oben am Abhang. *Sie ist nie im Leben schnell genug!* Mit klopfendem Herzen raste sie den Hügel hinauf und umkreiste sie. Windläufer schien kaum noch geradeaus sehen zu können. Mottenflug drängte sich an sie und roch den üblen Gestank der Entzündung in ihrem Atem. Dann sah sie, wie das Blut aus der Wunde am Hals tropfte. Es mischte sich mit dem Regen in ihrem Pelz. *Ich hätte Spinnweben mitnehmen sollen!* Mottenflug schimpfte mit sich selbst, so dumm gewesen zu sein.

»Wie geht es ihr?«, fragte sie Staubnase.

Windläufer blieb stehen und schaute sie aus verschwommenen Augen an. »Ich komme schon klar«, krächzte sie.

Es war merkwürdig für Mottenflug, ihre Mutter so schwach zu erleben. Sie hatte immer stärker als jede andere Katze gewirkt.

Staubnase wechselte einen Blick mit Mottenflug. Er hatte inzwischen den Donnerweg gesehen, und sie bemerkte die Angst, die in seinen Augen aufblitzte. »Da kommen wir nie drüber.«

»Wir müssen«, war Mottenflugs Antwort.

Fleckenfell kniff die Augen zusammen. »Wenn wir den richtigen Augenblick erwischen, dann können wir es schaffen.«

Mottenflug schaute ihn voller Hoffnung an.

»Vielleicht müssen wir in der Mitte anhalten«, fuhr er fort.

»In der Mitte anhalten?« Mottenflug traute ihren Ohren nicht.

Staubnase folgte Fleckenfells Blick. »Da, wo die Monster aneinander vorbeilaufen. Wenn sie sich gegenseitig nicht berühren, dann berühren sie uns auch nicht.«

Mottenflug zitterte vor Angst, aber sie begriff, dass sie es versuchen mussten. Es war ihre einzige Chance. »Na gut.« Sie drehte sich zum Donnerweg um und ging langsam das letzte Stück des Abhangs hinunter.

Mottenflug hörte das Keuchen ihrer Mutter, die versuchte, mit ihr Schritt zu halten. Windläufer musste um jeden Atemzug kämpfen. Das verletzte Hinterbein hatte sie unter den Körper gezogen. Mottenflug wagte nicht, sich die Schmerzen vorzustellen, die es sie kostete, das Bein nicht über den Boden schleifen zu lassen.

Sie konzentrierte sich ganz auf das, was sie vor sich hatten, bevor die Angst sie überwältigen konnte. *Wir werden das schaffen!*

Noch während sie sich dem Donnerweg näherten, versuchte sie, die Lücken zwischen den Monstern einzuschätzen. Inzwischen regnete es heftiger, die Monster schienen langsamer zu werden und die Lücken zwischen ihnen größer.

»Kommt!« Sie mussten hinüber, während der Regen so dicht fiel. Sie kauerte sich an den Rand des schwarzen Streifens und kniff die Augen zusammen, als ein Monster vorbeiraste. Schmutziges Wasser spritzte in hohem Bogen über sie und auf Fleckenfell, Staubnase und Windläufer, die jetzt hinter ihr standen.

»Ich muss kurz verschnaufen«, maunzte Windläufer. Sie schwankte mit bebenden Flanken, als Staubnase zur Seite trat.

Mottenflug beugte sich zu ihr vor. »Ich hoffe, ich bin eines Tages so mutig wie du.«

Windläufer erwiderte ihren Blick. »Das bist du schon.«

»Wir müssen los!« Staubnase stupste Mottenflug mit der Nase zur Seite und drückte sich eng an Windläufer. Eine breite Lücke hatte sich zwischen zwei Monstern aufgetan.

Das war ihre Chance. Mottenflug sprang auf den Donnerweg und blieb dann stehen, um zu sehen, ob Windläufer auch folgte. Fleckenfell und Staubnase trugen Windläufer halb auf den Stein. Windläufer ruderte mit den Pfoten. »Ich schaffe das!«, zischte sie zwischen zusammengebissenen Zähnen hindurch. Sie schüttelte die beiden Kater ab und humpelte vorwärts. Mottenflug schaute auf das herannahende Monster. Es raste mit flackernden Augen auf sie zu. Ein anderes Monster donnerte von der anderen Seite heran.

»Bleibt stehen!«, krächzte Fleckenfell lauthals und warf sich gegen Windläufer. Mottenflug duckte sich neben ihre Mutter. Staubnase presste sich an sie. Mottenflug kniff die

Augen zusammen, und ihr Herz schien zu zerspringen, als die beiden Monster an der einen und anderen Seite an ihnen vorbeiröhrten. Der Boden unter ihren Pfoten erzitterte und ihr Fell wurde von schmutzigem Wasser durchtränkt.

»Jetzt schnell!«, kam ein scharfer Befehl von Staubnase.

Mottenflug öffnete die Augen und sah, dass der Weg zur anderen Seite frei war.

Windläufer richtete sich mit einem schmerzgepeinigten Stöhnen auf und hinkte auf den Rand zu. Fleckenfell schob ihren Oberkörper unter sie und drängte sie vorwärts. Das Dröhnen eines weiteren Monsters heulte in Mottenflugs Ohren. Sie wandte den Kopf und wurden vom Gleißen seiner Augen geblendet.

»Glotz nicht, lauf!« Staubnase schubste sie vorwärts, sie stolperte über den Rand des Donnerwegs und fiel in matschiges Gras, während eine Pfote des Monsters an ihrem Schweif vorbeischoss. Der Fahrtwind zerrte an ihrem tropfnassen Fell.

»Windläufer!« Angstvoll schaute sie sich um. Windläufer lag nur eine Schwanzlänge von ihr entfernt im Gras.

Fleckenfell war halb unter ihr begraben und kämpfte sich frei. »Ich bin gefallen«, ächzte er und schüttelte das Regenwasser aus seinem Pelz. Staubnase beeilte sich, Windläufer auf die Pfoten zu helfen.

Mottenflug war auch zur Stelle. »Wie geht es dir?« Sie schnupperte am gebrochenen Bein ihrer Mutter. Die Beinwellbandage hing nur noch lose herunter. Windläufer zuckte, als Mottenflug mit der Nase daranstieß.

Mottenflug schaute in die Augen ihrer Mutter und sah die Qualen, die sich im Bernsteingelb spiegelten. Dann warf sie einen Blick zurück auf den Donnerweg. Der Regen hatte inzwischen nachgelassen und die Monster sausten schneller als zuvor hin und her. Die Abstände zwischen ihnen waren wieder kleiner geworden. Es gab kein Zurück mehr. Sie mussten weitermachen.

»Kannst du noch?« Sie hoffte inständig, dass ihre Mutter Ja sagte.

Windläufer nickte und kämpfte sich auf die Pfoten. Staubnase und Fleckenfell nahmen rechts und links von ihr Aufstellung.

Mottenflug blinzelte durch den Regen und ließ den Blick über die vor ihnen liegenden Wiesen schweifen. Vielleicht würde sie unterwegs Mohnsamen finden. Oder irgendetwas, das die Schmerzen ihrer Muttern lindern würde.

Langsam überquerten sie die aufgeweichten Felder. Während sie an Weiden entlanggingen und sich unter Hecken hindurchzwängten, setzte sich Schlamm auf ihren Pfoten fest. Alle paar Schritte blickte Mottenflug hinauf zu den Hochfelsen und hoffte, dass sie schon höher aufragten. Aber jedes Mal schienen die steil aufragenden, düsteren Felsen nur noch weiter entfernt zu sein. *Das schaffen wir nie!* Mit gesenktem Kopf trottete Mottenflug weiter. Sie hörte, wie Windläufer vor Schmerzen japste. Der Regen trommelte auf ihren Pelz und es wurde langsam dunkler. Die Wiesen waren kaum noch zu erkennen, und sie konzentrierte sich auf den Schlamm an ihren Pfoten, um die Angst in ihrem Bauch nicht zu spüren. Sie legte die Ohren an, um das verzweifelte Stöhnen von Windläufer nicht mehr hören zu müssen.

Habe ich mich geirrt? Die Zweifel, die an ihr nagten, wurden stärker. Was, wenn sie ihre Träume falsch verstanden hatte? Was, wenn die Motte nichts mit dem SternenClan zu tun hatte? Jede Blattgrüne tanzten Motten und Schmetterlinge herum. Warum sollte diese etwas Besonderes gewesen sein?

Sie hob den Kopf und sah blinzelnd zu, wie Fleckenfell und Staubnase Windläufer halfen, sich unter einer Hecke hindurchzuschieben. Sie konnte sie in der Dunkelheit kaum noch erkennen. Die Dämmerung war dabei, zur Nacht zu werden.

Waren sie ganz umsonst den ganzen langen Weg gekommen? Sie stockte, bewegungslos vor Angst.

»Mottenflug?« Staubnases Maunzen riss sie aus ihren Gedanken. Als er von der Hecke her auf sie zusprang, fragte er: »Alles in Ordnung?«

»Was ist, wenn ich mich geirrt habe?«, miaute sie leise.

»Du irrst dich nie«, ließ Staubnase sie wissen.

Mottenflug hörte ihm kaum zu. »Ginsterpelz hat gesagt, wenn sie stirbt, dann sollte sie bei ihrem Clan sein. Und ich habe sie dort weggeholt.«

»*Wir* sind bei ihr.« Staubnase beugte sich zu ihr und sein Maunzen war nur ein Flüstern. »Und sie wird *nicht* sterben.«

Mottenflug schaute an ihm vorbei. Von Fleckenfell und Windläufer konnte sie hinter der Hecke kaum mehr als die Umrisse erkennen. Die WindClan-Anführerin lag auf dem Boden. Mottenflug rannte panikerfüllt los. Sie schlängelte sich unter der Hecke durch und schnupperte an Windläufers Schnauze. Atmete sie noch?

»Ich ruhe mich nur etwas aus«, ächzte Windläufer.

Mottenflugs Pfoten zitterten vor Erleichterung.

»Hast du etwa gedacht, dass ich so kurz vor dem Ziel aufgebe?« Windläufer hob das Kinn von der schlammigen Erde und schaute zu den Hochfelsen.

Mottenflug blinzelte vor Überraschung. Sie waren schon

fast da! Als sie an den glatten Felswänden emporblickte, flatterten grüne Flügel über ihrem Kopf. Die Motte tanzte vor der dunklen Öffnung im Stein.

Mottenflug verspürte neue Hoffnung. *Ich muss mir selbst mehr zutrauen!* »Kommt!« Sie half Windläufer vorsichtig auf die Pfoten. »Wir müssen vor dem Mond dort ankommen.«

»Rennen wir jetzt mit dem Mond um die Wette?« Windläufer warf ihr einen Blick aus den Augenwinkeln zu und unter dem Schmerz wurde Belustigung erkennbar. »Ich habe Ginsterpelz immer gesagt, dass du etwas seltsam bist ...«

Die Liebe zu ihrer Mutter war wie ein Feuer, das immer wieder in Mottenflugs Bauch aufflackerte.

Dann hustete Windläufer und ihre Beine knickten ein. Mottenflug roch frisches Blut. Sie presste sich gegen den Körper ihrer Mutter, während Staubnase auf die andere Seite eilte. Windläufers Pelz fühlte sich feucht und warm an, und Mottenflug vermutete, dass die Halswunde jetzt wieder heftig blutete. *Bitte lasst sie durchhalten!* Sie flehte zum SternenClan und führte Windläufer langsam weiter. *Ich hoffe nur, dass der Mondstein dich wirklich retten kann.*

34. KAPITEL

»DU MUSST HIER WARTEN.« Mottenflug schaute Fleckenfell feierlich an und nickte Staubnase zu. »Und du auch.«

Sie hatten es geschafft, Windläufer hinauf zum Absatz vor dem Gang zu schaffen. Windläufer lehnte mit trüben Augen an Mottenflug und maunzte fast unhörbar: »Wo ist Ginsterpelz? Sag ihm, dass ich komme.«

Mottenflug warf ihr einen ängstlichen Blick zu. Ihre Mutter war offenbar in einer Welt des Fieberwahns und der Schmerzen versunken.

Staubnase warf einen Blick in die Schwärze tief in der Höhle. »Wo ist der Mondstein?«

»Am Ende eines Tunnels«, erklärte ihm Mottenflug.

»Kannst du sie allein dort hinbringen?«

»Ich muss.« Sie war ihre Heilerkatze. Sie musste ihre Mutter zum SternenClan geleiten.

Fleckenfell trat unbehaglich von einer Pfote auf die andere. »Wir könnten dich unterstützen und dann wieder verschwinden.«

Mottenflug zögerte. Windläufer war erschöpft. *Hast du wirklich die Kraft, ihr durch den Tunnel zu helfen?* Hier draußen rissen die Wolken auf und der Nachthimmel war zu sehen. Die Sterne erstreckten sich bis zum fernen Moor.

So vieles hängt von mir ab. Fleckenfell und Staubnase waren Jäger, die den Clan ernährten. *Ich habe eine ganz besondere Verbindung zum SternenClan.* Sie wurde innerlich hart und erwiderte Fleckenfells Blick. »Ich muss das allein schaffen.«

Sie drängte sich zwischen Staubnase und ihre Mutter und schwankte, als sie das ganze Gewicht von Windläufer spürte. »Komm mit«, miaute sie leise und hoffte, dass ihre Mutter sie verstand.

Windläufer tapste unsicher vorwärts. Mottenflug musste ihre Pfoten kräftig gegen den Stein drücken, um das Gleichgewicht nicht zu verlieren, als sie die WindClan-Anführerin langsam in die Höhle hineinführte. Während die Dunkelheit sie verschluckte, wurde sie sich des rasselnden Atems ihrer Mutter deutlich bewusst. Zusammen humpelten sie in den leicht abschüssigen Tunnel und ihre Pfoten kratzten über den Boden. Die Luft wurde kälter und umgab sie wie gefrierendes Wasser. Der feuchte Duft des Steins wurde von einem scharfen Geruch nach Eisen überlagert – Windläufers Blut. Es tropfte auf den Tunnelboden. Mottenflug spürte die Spritzer auf ihrer Pfote.

Mottenflug schob kräftiger, drückte ihre Mutter mit jedem Schritt vorwärts. *Stirb nicht!* Ihr Herzschlag beschleunigte sich. Windläufers tropfendes Blut befleckte ihr Fell. Sie ignorierte die Angst, die ihr Herz wie mit Weidenzweigen einschnürte, sondern konzentrierte sich ganz aufs Weiterkommen. Wo möglich, strichen ihre Schnurrhaare vorsichtig an der Tunnelwand entlang. So folgten sie dem gewundenen Gang tiefer in die Erde hinein. All ihre Sinne waren nach vorne gerichtet, jeder Gedanke konzentrierte sich darauf, Windläufers Willen zu stärken. *Du schaffst das!*

Der Atem ihrer Mutter wurde unregelmäßig, war mal kurz und hastig und dann kam wieder das verzweifelte, tiefe Einatmen. Mottenflug schluckte. Jeder Atemzug klang wie Windläufers letzter.

Dann zog frische Luft in ihre Nase. Nach dem eisigen Schauder im Tunnel fühlte sie sich warm an.

Die Höhle!

Sie hatten es geschafft.

Noch ein paar Schritte und die Wände öffneten sich zur Mondsteinhöhle. Weiches Sternenlicht sickerte durch das Loch in der Decke. In der Mitte der Höhle wuchs der Mondstein schweigend und dunkel aus dem Boden. Ächzend vor Anstrengung, schob Mottenflug ihre Mutter die letzten Schritte vorwärts und ließ sie dann dagegensinken. Mit einem Keuchen fiel Windläufer um und blieb bewegungslos liegen.

Mottenflug trat mit klopfendem Herzen ein paar Schritte zurück.

Ihre Mutter bewegte sich nicht.

»Windläufer?« Mottenflugs Pfoten schienen wie am Stein festgewachsen. Panische Angst bemächtigte sich ihrer Brust. War es zu spät?

Plötzlich erglühte der Mondstein in weißem Feuer. Mottenflug zuckte zurück und kniff die Augen zusammen. Trotzdem sah sie Mondlicht durch das Loch in der Decke fallen.

Sie streckte sich, um mehr von ihrer Mutter zu erkennen, aber die war nicht mehr als ein dunkler Schatten vor dem funkelnden Stein.

Bitte beweg dich. Verzweifelt wünschte sie sich ein Lebenszeichen von Windläufer, ein zuckendes Ohr, eine Pfote, die sich bewegte. *Zeig mir, dass du noch lebst.*

Neben ihrem Ohr erklang ein sanftes Maunzen.

Alles wird gut werden.

Mottenflug erstarrte beim Klang der bekannten Stimme. Ihr stockte der Atem, als sie den vertrauten Geruch erkannte. »Micah?«

Pelz rieb sich an ihrem Fell, und als sie den Kopf herumwarf, stand er nur eine Schnauzenlänge entfernt vor ihr.

Micahs Pelz funkelte vor Sternenlicht und er blinzelte sie bedächtig an. Seine Wärme schien bis in ihr Innerstes zu dringen, und sie merkte plötzlich, dass sie nass war und fror. Sie schmolz dahin und ließ sich an die vertraute Rundung seiner Flanke sinken. Er presste seine Schnauze an ihre. »Das hast du großartig gemacht.« Stolzer konnte sein Maunzen kaum klingen.

Ihr wurde warm vor Freude. »Wird Windläufer wieder gesund werden?«

»Du hast getan, was du konntest«, maunzte er leise. »Jetzt gehört sie dem SternenClan.«

Mottenflug war entsetzt. *Gehört dem SternenClan?* War sie tot?

Micahs Atem strich über ihren Ohrpelz. »Eines Tages wirst du die verstreuten Blütenblätter des Leuchtenden Sterns wieder zusammentragen, aber jetzt noch nicht.«

Sie löste sich von ihm und schaute in seine grünen Augen. »Was meinst du damit?«

Er blinzelte sie an. »Schau einfach zu«, flüsterte er und wandte sich dem Mondstein zu.

Mottenflug folgte seinem Blick. Rund um den schimmernden Felsblock tauchten Pelze auf, die funkelten, als wären Sterne in ihnen verwoben.

Der SternenClan war eingetroffen.

Grauer Flug trat aus den Reihen der Sternenkatzen und blieb neben Windläufer stehen. Er schaute Mottenflug an. »Du bist deiner Mutter ähnlicher, als dir bewusst ist«, ließ er sie sanft wissen. »Es hat Entschlossenheit gebraucht, sie hierherzubringen. Und Kraft. Mehr von beidem, als du dir selbst zugetraut hast.« Er neigte den Kopf vor ihr. »Aber es hat noch etwas anderes gebraucht, das auch deine Mutter nicht hat. Du bist etwas Besonderes, Mottenflug. Du erkennst Dinge, die gewöhnlichen Katzen verborgen sind. Du kannst Zeichen erkennen und ihre Bedeutung verstehen.«

Mottenflug schaute auf ihre Mutter, die zusammengesunken vor dem Stein lag. Wollte Grauer Flug sie nicht heilen? »Verschwende keine Zeit!«

Grauer Flugs Stimme blieb fest. »Du musst begreifen, wie wichtig diese Gabe ist.«

»Jede Katze kann einer Motte nachlaufen.« Mottenflug konnte ihre Ungeduld kaum zügeln.

»Aber nur wenige Katzen würden erkennen, welche Motte ihren Clan in Sicherheit bringen würde«, erklärte ihr Grauer Flug.

»Ich habe meinen Clan nirgendwohin gebracht.« Mottenflugs Herz fing an, schneller zu schlagen. Wo war bloß Micah? Hinter ihr stand er nicht mehr. Sie erhaschte einen Blick auf seinen Pelz unter den anderen Geisterkatzen. »Ich habe euch nur Windläufer gebracht. Ihr werdet sie doch retten, nicht wahr?«

»Dieses Leben können wir nicht retten.« Seine Worte hallten von den Wänden wider und klingelten in Mottenflugs Ohren.

Verzweifelt schaute sie ihn an und ihr wurde schlecht. »Aber ihr müsst!«

Grauer Flug trat in die Reihen der Sternenkatzen zurück, die jetzt einen glitzernden Ring um den leuchtenden Mondstein bildeten.

Mottenflugs Herz schien auszusetzen. »Lasst sie nicht sterben!«

»Wir können ihr nur etwas schenken.« Grauer Flug beugte sich hinab und berührte mit seiner Nase die Schnauze von Windläufer, die immer noch am Stein lag. »Windläufer, mit diesem Leben schenke ich dir die Entschlossenheit, alle Clans zu vereinen.«

Plötzlich zuckte Windläufer zusammen, als hätten sich spitze Zähne in ihren Körper gegraben. Sie zitterte mit gesträubtem Pelz.

Während Grauer Flug zurücktrat, hob die WindClan-Anführerin den Kopf und blinzelte. Dann stellte sie sich schwankend auf die Pfoten, blieb unsicher stehen und starrte den Kreis von sternengefleckten Katzen an.

Mottenflug wollte losstürmen und ihre Schnauze ins Fell ihrer Mutter drücken, aber ihre Pfoten fühlten sich immer noch wie festgewachsen an und ihr Körper war völlig unbeweglich. Hilflos musste sie zusehen, wie eine andere Katze vortrat. Sie kannte Blüte von ihrem ersten Treffen mit dem SternenClan. Die Kätzin beugte sich zu Windläufer, die sie verwirrt anblinzelte.

»Mit diesem Leben«, verkündete Blüte, »sollst du Freundschaft und Treue vor allen anderen Dingen schätzen lernen.« Sie stieß ihre Nase an Windläufers, die mit angelegten Ohren zitterte.

»Bitte, tut ihr nicht weh«, maunzte Mottenflug laut. »Sie hat schon so viel durchgemacht.«

Micah warf ihr einen zärtlichen Blick voller Verständnis zu. Mottenflug schaute ihn flehentlich an. Er blinzelte langsam, als wollte er ihr noch einmal versichern, dass alles gut werden würde.

Windläufer schwankte, während Blüte sich abwandte. In ihren Augen blitzte Angst auf, als Schildkrötenschwanz den Platz von Blüte einnahm. Sie zuckte zurück und zog das gebrochene Bein enger unter sich.

»Keine Angst«, beruhigte sie Schildkrötenschwanz. »Wir machen dir ein Geschenk. Ein Geschenk für alle Clans.«

Windläufer straffte sich und stieß das verletzte Bein auf den Boden. Mottenflugs Pfoten schienen selbst zu Stein zu werden, als sie sah, wie ihre Mutter eine Grimasse zog, als würde sie die Zähne zusammenbeißen.

Schildkrötenschwanz neigte ihren Kopf. »Mit diesem Leben gebe ich dir die Hartnäckigkeit, um bei allen kommenden Problemen nicht aufzugeben.«

Als Schildkrötenschwanz sie berührte, stöhnte Windläufer leise auf, und ihr Rückenfell sträubte sich. Mottenflug fühlte sich miserabel. Sie wusste, dass ihre Mutter litt. Sie verkrampfte sich, als ihre Mutter sich verkrampfte, und entspannte sich erst wieder erleichtert, als Schildkrötenschwanz zurücktrat.

Dann ließ Windläufer den Blick schweifen und musterte die Katzen mit Sternenpelz in der Höhle. Sie blinzelte, als würde sie sie das erste Mal sehen. Als ein grauer Kater auf sie zukam, weiteten sich ihre Augen. Ihre Ohren zuckten. »Was machst du denn hier?« Ihr Maunzen klang mehr wie ein Fauchen.

Mottenflug legte neugierig den Kopf schief. Wer war dieser fremde Kater? Sie hatte ihn noch nie gesehen.

Der Kater blieb vor Windläufer stehen und senkte den Kopf. »Ich weiß, dass du mich hasst, weil ich dich sitzen gelassen habe.«

»Du bist ein Feigling, Ast!«, zischte sie. »Du hast mich sitzen gelassen, bevor ich überhaupt richtig jagen konnte! Von dir will ich überhaupt nichts!«

»Ich hatte nicht vor, dich sitzen zu lassen.«

»Hast du aber!« Windläufers Augen verengten sich. »Es war das Beste, was du für mich tun konntest. Wenn du mich nicht sitzen gelassen hättest, wäre ich nie auf Ginsterpelz gestoßen. Er ist eine bessere Katze, als du je sein wirst. Er hat mir Liebe geschenkt und Treue, und Junge, auf die ich stolz bin.«

Mottenflug überlegte. Wer war das? Offenbar eine Katze, die ihre Mutter gekannt hatte, als sie noch jung war. Während sie noch angestrengt an die Geschichten dachte, die ihre Mutter erzählt hatte, sprach Ast weiter.

»Du verdienst einen Kater wie Ginsterpelz viel mehr als mich.« Er beugte sich vor und legte seine Nase auf ihren Kopf. »Mit diesem Leben schenke ich dir das Selbstvertrauen, dein Herz anderen Katzen zu öffnen. Ich schenke dir Vertrauen.«

Wieder zuckte Windläufer zusammen, zitterte, als der Schmerz dieser Berührung durch sie hindurchfuhr. Aber Mottenflug zuckte nicht mehr zurück. Das hier war genauso wie in ihren Träumen. Windläufer musste es ertragen, wie die anderen Katzen es auch ertragen hatten, und wenn es vorüber war … Mottenflug kniff die Augen zusammen. Und wenn es vorüber war, was dann?

Jetzt näherte sich Windläufer ein bekannter Pelz. *Weidenschwanz!*

Mit klarem Blick trat sie kraftvoll aus dem Kreis. Alle Wunden aus dem Kampf schienen verheilt. Mit vorgestrecktem Kinn nahm sie Asts Platz ein.

Windläufers Augen blitzten vor Wut. »Du hast mich angelogen.«

Weidenschwanz widersprach ihr nicht. »Ich weiß. Ich habe meine Clan-Gefährten ohne triftigen Grund in einen Kampf verwickelt.« Als sie sich vorbeugte, duckte Windläufer sich weg. »Es tut mir leid!«

Windläufer hielt inne und ließ zu, dass Weidenschwanz sie mit der Nase berührte.

»Mit diesem Leben«, sagte Weidenschwanz, »schenke ich deinem Herzen die Gnade, allen Katzen zu vergeben, wie schwach oder ungerecht sie auch sind.«

Windläufer zuckte nicht einmal zurück. Nur ihre Schwanzspitze zitterte.

Als Weidenschwanz gegangen war, nahm ein Junges ihren Platz ein.

Mottenflugs Herz schwoll vor Freude, als sie Sonnenflaum wiedererkannte.

Windläufer blinzelte ungläubig und ihr Blick verdunkelte sich. »Sonnenflaum?«

Sonnenflaum schnurrte laut. »Hallo, Windläufer.«

Windläufer schob die Schnauze vor, um sie zu begrüßen, aber Sonnenflaum wich zurück.

»Nicht jetzt.« Ihre Augen strahlten vor Freude, als sie Windläufer anschaute.

Windläufer zitterte. »Bist du glücklich? Geht es dir gut?«

Sonnenflaum warf ihren SternenClan-Gefährten einen liebevollen Blick zu. »Ja. Halber Mond und Grauer Flug haben mir beigebracht, wie man jagt.«

»Ihr *jagt*?«

»Wir jagen und wärmen unsere Pelze in der Sonne und erzählen uns Geschichten, wie ihr.«

Ein entzücktes Schnurren kam aus Windläufers Kehle. Dann zögerte sie. »Ist Aschenjunges auch hier?«

Sonnenflaum blinzelte Windläufer bedächtig an und streckte dann die Nase hoch in die Luft, um Windläufer zu berühren. »Mit diesem Leben gebe ich dir die Widerstandskraft, immer weitermachen zu können, welche Schwierigkeiten das Leben auch bringen mag.« Als sie geendet hatte, stand Windläufer der Pelz zu Berge. Sie erstarrte, und ihre Krallen kratzten über den Stein, als müsse sie sich gegen den Schmerz des Geschenks ihres Jungen wappnen. Dann entspannte sie sich und Sonnenflaum verschwand wieder in den Schatten.

Aschenjunges trat an ihre Stelle.

Mottenflug beugte sich mit klopfendem Herzen vor. Wie war es wohl, auf ein Junges zu treffen, das man im Leben nie hatte kennenlernen dürfen?

»Aschenjunges?« Windläufers Maunzen floss über vor Gefühlen.

»Hallo, Windläufer.« Aschenjunges blickte seine Mutter aus runden, sternengesprenkelten Augen an.

»Ich bin so froh, dich zu sehen.« Als Windläufers Augen über den flauschigen Pelz des Jungen wanderten, musste Mottenflug ein vergnügtes Schnurren unterdrücken.

»Ich wünschte, ich hätte länger bei dir bleiben können«, ließ Aschenjunges seine Mutter leise wissen. »Aber ich bin glücklich beim SternenClan. Es gibt Moore, auf denen ich spielen kann. Eines Tages zeige ich sie dir.« Bevor Windläufer antworten konnte, streckte Aschenjunges den Kopf hoch und berührte sie mit der Nase. »Mit diesem Leben schenke ich dir Liebe.«

Dieses Mal zuckte Windläufer nicht vor Schmerz zusammen. Ihr Pelz glättete sich. Sie wiegte sich sanft und traumverloren mit geschlossenen Augen, auch noch, als Aschenjunges sich umdrehte und ging.

Dann stand Halber Mond an seinem Platz und wartete geduldig, dass Windläufers Gedanken wieder in die Gegenwart zurückkehrten.

Als Windläufer schließlich die Augen öffnete, schaute sie sie fragend und verwirrt an. »Wer bist du?«

»Halber Mond.« In den dunkelgrünen Augen der weißen Kätzin spiegelte sich der Mondstein.

»Du bist *Steinsagerin*?« Windläufer neigte den Kopf vor ihr. »Grauer Flug und Zackiger Berg haben oft von dir gesprochen. Mottenflug auch. Ich fühle mich geehrt, dich kennenzulernen.«

»Du bist die Erste«, verkündete Halber Mond feierlich. »Mögest du den SternenClan immer im Herzen tragen.«

»Die Erste?« Windläufers Augen wurden schmal.

Halber Mond streckte die Schnauze vor und berührte die WindClan-Anführerin, die wie unter einem Schock zusammenfuhr.

Mottenflug bekam Panik, als sie ihre Mutter wild zucken sah. Dann knickten ihre Beine ein und sie fiel zu Boden.

»Nein!« Mottenflugs Herz schlug wild. Mit einem Satz war sie bei Windläufer, die wie ein Stück tote Beute dalag. Ihre

Flanken waren reglos und kein Atemzug bewegte die kalte Luft. »Ihr habt sie getötet!« Sie funkelte Halber Mond anklagend an. »Ich habe sie hierhergebracht, damit sie gerettet wird!«

Halber Mond blinzelte gelassen und trat zurück. »Hab Vertrauen, Mottenflug.«

Alles in ihrem Kopf drehte sich im Kreise. Hab Vertrauen? In was? Sie sollten doch *verhindern*, dass Windläufer starb! Sie warf einen bösen Blick auf den Kreis der Katzen und war entsetzt über die Freude, die in ihren Augen leuchtete. Begriffen sie nicht, was sie getan hatten?

Und warum hatten sie sie hierhergerufen? *Wollten* sie etwa, dass Windläufer starb?

Verzweifelt vor Kummer und Wut, vergrub Mottenflug die Schnauze in Windläufers Pelz. Wie sollte sie bloß Ginsterpelz beibringen, dass seine Gefährtin gestorben war, weit weg von ihrem Clan und dem Moor?

Plötzlich bewegte sich Windläufer. Mottenflugs Schnauze zuckte hoch und der Schock fuhr ihr durch alle Glieder.

Windläufer reckte das Kinn und schüttelte den Beinwell von ihrem Hinterbein. Das vorher rote Fell an ihrem Hals war sauber und weich. Die verletzte Pfote stand so kraftvoll wie die anderen auf dem Stein.

Mottenflug zitterte und ihre Gedanken rasten. Gehörte ihre Mutter jetzt dem SternenClan an? Sie suchte in ihrem Pelz nach Sternenlichtfunkeln, sah aber nur das schlichte, braune Fell. »Das verstehe ich nicht!« Sie heftete den Blick auf Halber Mond.

»Erinnere dich an deine Träume«, forderte die weiße Kätzin sie auf.

Diese Katzen starben nicht! Mottenflugs Pelz prickelte vor Hoffnung.

Halber Mond neigte den Kopf vor Windläufer. »Du bist der erste der Sterne, die aufgehen werden.«

Die Prophezeiung! *Wir werden den Himmel spalten. Und später werden Sterne aufgehen.*

»Wir haben dir das Geschenk gemacht«, fuhr Halber Mond fort, »das alle Anführer erhalten werden: das Geschenk der neun Leben. Von jetzt an sollst du Windstern heißen.«

Die Freude breitete sich unter Mottenflugs Pelz aus wie Sternenlicht. Sie erinnerte sich wieder an ihre Vision der grauen Kätzin in dem Graben. Plötzlich passte alles zusammen. Windläufer konnte acht Mal sterben und trotzdem wieder zum Leben erwachen.

Der Kreis der Sternenkatzen stimmte jetzt einen Sprechchor an und ihre Stimmen wurden von den schimmernden Wänden der Höhle zurückgeworfen. »Windstern! Windstern! Windstern!«

35. KAPITEL

»MOTTENFLUG!« Sprudelnder Bach lief vor seiner Mutter auf und ab und ihr Stummelschwanz war vor Begeisterung aufgeplustert. »Weißschwanz sagt, dass ich mit ihm und Sturmpelz auf die Jagd gehen kann.«

Mottenflug lag in der Morgensonne vor ihrem Bau. Ihr Blick war voller Verständnis. »Aber du bist noch zu klein.«

»Er sagt, er passt auf, dass mich kein Bussard holt«, behauptete Sprudelnder Bach.

»Sturmpelz geht mit Weißschwanz hinaus, um ihm Jagdtechniken beizubringen«, erklärte ihr Mottenflug. »Wie soll Sturmpelz etwas lernen, wenn Weißschwanz dich vor Bussarden beschützt?«

Sprudelnder Bach sah sie missmutig an und stapfte davon.

Blaues Schnurrhaar sprang ihrer Wurfgefährtin entgegen. »Ich habe dir doch gesagt, dass sie es nicht erlaubt.«

Mottenflug ließ den Blick weiter zur Sandkuhle am Großstein wandern. Windstern stand davor, Ginsterpelz neben ihr, während die übrigen Clan-Katzen um sie herumstanden. Sie teilte die Patrouillen für den Tag ein. Die helle Morgensonne brachte ihren Pelz zum Schimmern. Die WindClan-Anführerin konnte wieder laufen, ohne zu hinken, und am Hals hatte sie nicht einmal eine Narbe, wo die Wunde gewesen war.

Zackiger Berg bahnte sich einen Weg durch seine Clan-Gefährten und blieb vor Windstern stehen. »Kann ich in den Gängen auf dem Moor jagen?«

Windstern schüttelte den Kopf. »Wir haben in dieser Blattgrüne zu viel gejagt. Es wird dort keine Kaninchen mehr geben. Geh mit Distel zur SchattenClan-Grenze und schau nach, was dort herumläuft.« Sie nickte Staubnase zu. »Ich möchte, dass du mit Silberstreif trainierst. Sie ist schnell, aber das Anpirschen muss sie noch üben.«

Silberstreif spitzte die Ohren. »Können wir Kiebitze jagen?«, fragte sie Sturmpelz aufgeregt.

Sturmpelz ging zu der jungen Kätzin. »Kiebitze sind schwer zu erwischen«, erklärte er ihr. »Lass uns mit Mäusen anfangen.«

Schwarzohr drängte sich an seiner Schwester vorbei. »Kannst du mich auch trainieren?«

Windstern unterbrach ihn. »Du trainierst mit Fleckenfell.«

Schwarzohr hob glücklich den Schweif, als Windstern an Fleckenfell gewandt maunzte: »Zeig ihm die Grenzen und die besten Plätze, um Markierungen anzubringen.«

Fleckenfell warf sich stolz in die Brust, während Windstern mit Flinke Flosse weitermachte.

»Du gehst mit Gezackter Berg und Distel zur SchattenClan-Grenze. Schilfschwanz« – sie deutete mit der Nase auf den Kater –, »nimm Taunase und Adlerfeder mit hoch aufs Moor. Ich habe dort vor einem Sonnenaufgang Falken jagen sehen. Dort findet ihr bestimmt Beute.«

Mottenflug bemerkte, dass Schilfschwanz Windstern ängstlich musterte. »Willst du heute etwa schon wieder auf die Jagd gehen?«

»Natürlich.« Windstern klang überrascht. Seit ihrer Rückkehr hatte sie jeden Tag gejagt.

Schilfschwanz starrte auf das geheilte Hinterbein. »Bist du sicher, dass du genug Kraft hast?«

Windstern klang ungeduldig. »Wie oft muss ich es noch erklären? Es geht mir wieder gut. Du hast mein Bein doch sogar untersucht. Sieht es noch gebrochen aus?«

Schilfschwanz' Ohren zuckten. »Es ist einfach nur schwer zu glauben, dass der SternenClan eine solche Macht hat.«

Mottenflug verstand seine Verwirrung. Sie konnte selbst kaum glauben, was sie gesehen hatte. Und doch war es wahr.

Als sie vor ein paar Sonnenaufgängen vom Mondstein im Licht des frühen Morgens ins Lager zurückgekehrt waren, hatte Ginsterstern sie am Lagereingang erwartet. Er hatte die Augen schockiert aufgerissen, als er Windstern auf sich zulaufen sah. Er war ihr entgegengerannt und hatte sie dann ungläubig umkreist.

»Der SternenClan hat dich geheilt!«, keuchte er.

Windstern schaute ihm fest in die Augen. »Er hat mehr als das getan. Er hat mir dieses Leben wiedergegeben und dazu acht weitere Leben geschenkt, damit ich den WindClan noch viele lange Monde führen kann.«

Ginsterstern blieb vor Erstaunen wie festgewachsen stehen und warf Mottenflug einen Blick zu. »Neun Leben? Wie kann das sein?«

»Ich bin mir nicht sicher.« Mottenflug trat unbehaglich von einer Pfote auf die andere. Sie war immer noch überwältigt von der Macht des SternenClans. »Aber es stimmt. Ich habe es schon vorher in meinen Träumen gesehen. Es ist ein Geschenk, das alle Anführer erhalten werden.«

In den folgenden Tagen war Mottenflug von Lager zu Lager gereist und hatte die Neuigkeiten Eichelfell und Wolkenhimmel, Wolkenfleck und Donner, Kieselherz und Großer Schatten sowie Getupfter Pelz und Strömender Fluss überbracht. Am wenigsten überrascht hatte Strömender Fluss reagiert und Wolkenhimmel war völlig begeistert gewesen. Mottenflug war sich sicher, dass er sofort mit Eichelfell losgereist war, um seine neun Leben zu erhalten. Sie hoffte, dass auch die anderen Clan-Anführer die Reise inzwischen unternommen hatten. Bei der Halbmondversammlung der Heilerkatzen bei Sonnenuntergang würde sie es erfahren.

Windsterns Maunzen riss sie aus ihren Gedanken. »Honigpelz, komm da runter!«

Mottenflug schaute auf und sah, wie der kleine Kater auf den Sims in halber Höhe des Großsteins kletterte.

Flinke Flosse und Schilfschwanz sprangen aus der Kuhle. Schilfschwanz streckte die Vorderpfoten aus und reckte sich, bis er lang genug war, um Honigpelz am Genick zu packen und auf dem Boden abzusetzen.

Mürrisch plusterte Honigpelz sein Fell auf. »Darf ich überhaupt keinen Spaß haben?«

Windstern sah ihn streng an. »Geh mit deinen Wurfgeschwistern spielen.« Sie nickte in Richtung Sprudelnder Bach und Blaues Schnurrhaar, die den Schweif von Spinnenpfote jagten, der ihn beim Herumspringen über die Grasbüschel wischen ließ.

Nachdenklich trottete Honigpelz zu ihnen. Seine Clan-Gefährten strömten an ihm vorbei, sie waren auf dem Weg zum Eingang des Lagers und hinaus auf das Moor. Der Himmel war hell und blau. Eine leichte Brise strich über das Lager, die den Geruch nach Heide und frischer Beute mit sich trug.

Spinnenpfote hielt inne und blickte Windstern und Ginsterpelz wehmütig nach, als sie den anderen durch die Lücke in der Heidehecke folgten.

Sprudelnder Bach sprang um ihn herum. »Lasst uns jagen spielen!« Sie duckte sich und presste den Bauch an das Gras. Blaues Schnurrhaar kauerte sich neben sie. Honigpelz kletterte auf eines der Grasbüschel und reckte die Vorderpfoten so hoch er konnte. »Ich jage Bussarde!«

»Hat eine Katze jemals einen Bussard gefangen?«, blinzelte Blaues Schnurrhaar Mottenflug an.

Mottenflug ging zu ihnen. »Ich glaube nicht. Aber als Grauer Flug Geschichten aus den Bergen erzählte, sagte er, dass sie Adler gefangen haben.«

»Wer ist Grauer Flug?«, fragte Strömender Bach.

Aber bevor sie antworten konnte, kam Rocky aus seinem Bau gestapft. Der alte Kater blinzelte sie schläfrig an. »Soll ich auf sie aufpassen, während du Kräuter sammeln gehst?«

Mottenflug zögerte. Windsterns Verletzung hatte ihre Vorräte schrumpfen lassen. Sie sollte sie wieder auffüllen. Aber seit sie vom Mondstein zurückgekehrt war, fühlte sie ein verzweifeltes Bedürfnis, bei ihren Jungen zu sein.

Rocky schaute sie an. »Vor einem Sonnenaufgang hast du gesagt, dass du mehr Katzenminze holen musst«, erinnerte er sie. »Du hast gesagt, dein Vorrat sei so gering, dass …«

Honigpelz fiel ihm ins Wort. »Machst du einen Huckepackritt mit mir?« Er sprang von dem Grasbüschel auf ihren Rücken und Mottenflug schwankte. Sie hatte Mühe, das Gleichgewicht zu halten.

»Ich kann auch Huckepackritte!«, maunzte Rocky.

Sprudelnder Bach sprang zu ihm. »Ich zuerst!«

Mottenflug machte ein paar Schritte und Honigpelz schwankte auf ihrem Rücken. Ihre Gedanken schweiften ab. In den Tagen seit ihrer Rückkehr hatte sie sich zunehmend unwohl gefühlt. Windstern war fast gestorben, Spinnenpfote fast ertrunken. Die Anforderungen, die ihr Clan einerseits und die Jungen andererseits an sie stellten, ließen sie zwischen Unentschlossenheit und Panik schwanken. Sie war nicht die bestmögliche Heilerkatze. Die Pflichten als Heilerkatze gefährdeten die Sicherheit ihrer Jungen. Ihre Pflichten als Mutter bedrohten das Wohl ihres Clans. Wie konnte sie beiden gerecht werden?

Ich bin eine Heilerkatze.

Halber Monds Worte klangen wieder und wieder in ihrem Kopf nach. *Das ist deine Bestimmung, ob du willst oder nicht. Du hast keine andere Wahl, als ihr zu folgen. Das Schicksal der Clans hängt von dir ab.*

Rocky schaute Mottenflug fragend an. »Gehst du jetzt Kräuter sammeln oder nicht?«

Sie zuckte zusammen, als Honigpelz seine winzigen Krallen in ihren Pelz bohrte. »Beim nächsten Sonnenaufgang«, erklärte sie Rocky. »Heute will ich bei meinen Jungen sein.«

Mottenflug lief nach Kieselherz durch den Tunnel und Wolkenfleck folgte ihr auf den Pfoten. Der Geruch von Eichelfell und Getupfter Pelz hing noch in der feuchten Luft. »Wahrscheinlich warten sie schon auf uns«, maunzte Mottenflug leise vor sich hin.

»Es riecht so, als wären sie gerade erst hier durchgelaufen«, war von Kieselherz zu hören.

Als Mottenflug aus dem Tunnel in die Höhle trat, stieg ihr der Geruch frisch in die Nase. Im dünnen Licht erkannte sie Getupfter Pelz und Eichelfell, die neben dem Mondstein saßen. Getupfter Pelz hatte den Blick auf das Loch in der Decke gerichtet. Wolken verdeckten die Sterne.

»Heute Nacht gibt es kein Mondlicht«, kam es von Getupfter Pelz.

Wolkenfleck tapste zum Mondstein und ließ sich neben Eichelfell nieder. »Vielleicht reißen die Wolken noch auf.«

»Aber erst, wenn der Mond schon vorbeigezogen ist.« Getupfter Pelz schaute ihn an. »Wie sollen wir dann mit dem SternenClan Kontakt aufnehmen?«

»Vielleicht wollen sie heute Nacht keinen Kontakt«, schnaubte Eichelfell. »Deshalb haben sie Wolken geschickt.«

Mottenflug trottete weiter über den kalten Stein und ließ sich ein Stück abseits von ihnen nieder. Ihr Herz war schwer und die Pfoten müde. Sie hatte den SternenClan den ganzen Weg über um einen wolkenlosen Himmel gebeten. Sie brauchte den Kontakt. *Halber Mond, hilf mir.* Der Kummer ballte sich in ihrem Magen zusammen.

Kieselherz kam zu ihr. »Der SternenClan hat uns in diesem Mond schon genug gegeben.«

Eichelfells Ohren zuckten in ihre Richtung. »Hat Großer Schatten neun Leben erhalten?«

Kieselherz nickte. »Sie heißt jetzt Schattenstern.«

Der Schweif von Getupfter Pelz fegte über den Stein. »Strömender Fluss ist jetzt Flussstern.«

»Aus Donner ist Donnerstern geworden«, erklärte Wolkenfleck. Er schaute Eichelfell an. »Und welchen Namen hat Wolkenhimmel bekommen?«

»Wolkenstern.« Eichelfells Schweif zitterte leicht. »Als ich sah, wie viel Schmerz jedes Leben verursachte, bekam ich es mit der Angst zu tun.«

»Ich weiß auch nicht, wie Flussstern sich auf den Pfoten halten konnte«, gestand Getupfter Pelz.

Mottenflug hörte ihnen nur halb zu und starrte leer auf den Mondstein. Sie dachte daran, die Pfote auszustrecken und den dunklen Felsen zu berühren. Vielleicht würde der SternenClan auch ohne Mondlicht Kontakt aufnehmen.

»Haben sie Windsterns Bein tatsächlich geheilt?«

Mottenflug bemerkte, dass Wolkenfleck mit ihr redete.

Sie schüttelte sich und versuchte, sich zu konzentrieren. »Als wäre es nie gebrochen gewesen.«

»Ich wünschte, ich könnte Sonnenschatten hierherbringen«, bemerkte Kieselherz traurig.

Mottenflug wandte ihm die Schnauze zu. »Ist Sonnenschatten krank?«

»Er hatte Bluthusten«, erklärte Kieselherz. »Über das Schlimmste ist er hinweg, aber es wird noch eine Weile dauern, bis er wieder ganz bei Kräften ist.«

Getupfter Pelz beugte sich vor. »Glaubst du, dass der Mondstein jede Katze heilt?«

Mottenflug blickte auf den Felsen und war überrascht, wie langweilig er ohne Mondlicht aussah. »Der Mondstein macht selbst überhaupt nichts, er stellt nur den Kontakt zum SternenClan her. Der SternenClan heilt.«

Eichelfell senkte den Kopf. »Dann lasst uns darum bitten, dass sie Sonnenschatten heilen.«

Wolkenfleck und Getupfter Pelz maunzten zustimmend.

Kieselherz warf Mottenflug einen Blick zu. »Wie geht es dem Rest deines Clans? Haben sie sich von den Verletzungen des Kampfs erholt?«

»Das Ohr von Sturmpelz wird immer eingerissen bleiben«, antwortete Mottenflug. »Aber ich glaube, im Geheimen ist er stolz auf seine Narbe.«

Eichelfell schnaubte. »Bei Rote Kralle ist es genauso! Er hat mich gebeten, die Wunde an seiner Schnauze nicht zu behandeln. Ich habe ihm gesagt, er soll nicht albern sein. Denn was ist, wenn sie sich entzündet?« Plötzlich schnurrte sie und in ihren Augen leuchtete Zuneigung. »Ich habe nie begriffen, dass Rote Kralle so eine freundliche Katze ist. Seit dem Kampf ist er wie verändert. Ich glaube, er ist weicher geworden, seit er seinen Frieden mit Weidenschwanz gemacht hat.«

Getupfter Pelz schaute sie mit einem neckenden Blick an. »Du klingst, als würdest du ihn mögen.«

Eichelfell wandte verlegen den Blick ab. »Wir sind uns nähergekommen«, gestand sie. »Wir haben sogar schon darüber gesprochen, ein Nest zu teilen.«

Wolkenfleck schnurrte. »Sieht so aus, als würde Mottenflug nicht die einzige Heilerkatze mit Jungen bleiben.«

»*Nein!*« Mottenflug versteifte sich und war selbst erstaunt, wie hart ihr Maunzen klang.

Kieselherz blinzelte sie an. Getupfter Pelz und Wolkenfleck kniffen die Augen zusammen.

»Stimmt was nicht?« Eichelfell legte unbehaglich den Kopf schief.

Mottenflugs Kehle wurde eng und der Kummer ballte sich in ihrer Brust.

»Hast du Angst, dass ich ihn verlieren könnte, wie du Micah?«, drängte sie Eichelfell. »Du hattest einfach Pech. Nicht alle Beziehungen enden so. Ich meine, es tut mir leid, dass es bei dir so war, aber das heißt nicht, dass Rote Kralle …«

Mottenflug starrte sie an. *»Du verstehst mich nicht!«* Die Schärfe ihres Maunzens hallten von den Wände wider. Die Angst und Unsicherheit, die seit Windsterns Verletzung an ihr genagt hatten, schlugen ihr wie ein eisiger Wind ins Gesicht. Sie wollte die Krallen in den Stein schlagen und wappnete sich gegen die Gefühle, die über ihr zusammenschlugen. »Keine Heilerkatze sollte Junge haben! Sie sollte nicht einmal einen Gefährten haben!«

Eichelfell fuhr sie an: »Aber *du* hattest beides!«

Mottenflugs Maul wurde trocken, als sie den Blick der WolkenClan-Katze erwiderte und mit einem gebrochenen Maunzen sagte: »Ich hatte unrecht.«

»Was willst du damit sagen?« Kieselherz' Augen wurden rund vor Sorge.

»Ich kann nicht gleichzeitig Mutter *und* Heilerkatze sein«, schluchzte Mottenflug. »Spinnenpfote ist fast ertrunken. Ich habe ihn aus dem Fluss gezogen. Er hat nicht mehr geatmet.« Sie schaute die anderen mit wildem Blick an. »Ich hatte so viel Angst, dass ich nicht mehr wusste, was ich tun sollte! Das darf einer Heilerkatze nicht passieren!«

»Aber du hast ihn doch gerettet«, wandte Kieselherz ein.

»*Micah* hat ihn gerettet!«, gestand Mottenflug. »Er hat mit mir gesprochen und mir gesagt, was ich tun soll. Ich wusste vor Angst nicht mehr, was ich tun musste! Wenn Micah es mir nicht gesagt hätte, dann hätte ich nur dagestanden und zugesehen, wie mein Junges stirbt.« Ihre Flanken bebten, als ihr

Atem schneller wurde. Sie spürte, wie der Schweif von Kieselherz beruhigend über ihren Rücken fuhr. »Die Hälfte meiner Zeit habe ich Angst, dass meine Jungen sterben, wenn ich mich um meinen Clan kümmere, und in der anderen Hälfte befürchte ich, dass ein Clan-Gefährte stirbt, wenn ich nach meinen Jungen sehe. Der SternenClan hat mir ein Zeichen geschickt, durch das ich Windstern retten konnte. Aber was, wenn sie es eher geschickt hätten? Solange ich noch dabei war, Spinnenpfote zu Hilfe zu kommen? Ich hätte es nicht bemerkt! Windstern könnte jetzt auch tot sein. Und wir hätten nie herausgefunden, dass Anführer neun Leben erhalten sollten.«

Wolkenfleck reckte das Kinn. »Der SternenClan hätte ein weiteres Zeichen geschickt! Sie hätten dafür gesorgt, dass du es erkennst.«

»Das wissen wir nicht! Darauf können wir uns nicht verlassen!« Mottenflugs Augen fingen an zu glühen, als sie Eichelfell ansah. »Du kannst keine Jungen mit Rote Kralle haben. Du darfst nicht einmal sein Nest teilen. Du musst ausschließlich für deinen Clan leben. Das ist der einzige Weg, um stark zu bleiben.«

Eichelfells Augen blitzten ärgerlich in der Dunkelheit auf. »Du hast gut reden. Du hast einen Gefährten gehabt. Du hast Junge bekommen.«

Mottenflug trat unbehaglich von einer Pfote auf die andere und die Felswände schienen sie zu erdrücken. »Ich kann das alles nicht mehr!«

Kieselherz an ihrer Seite schaute sie ratlos an. »Willst du etwa aufhören, eine Heilerkatze zu sein?«

»Nein.« Mottenflug rang nach Atem, als der Schmerz sich

wie dornenscharfe Klauen in ihr Herz bohrte. »Eine Heilerkatze zu sein, ist meine Bestimmung. Es ist das, was ich schon immer werden sollte. Die Clans sind auf mich angewiesen. Das hat Halber Mond zu mir gesagt.«

Die Augen von Kieselherz glühten düster durch die Dunkelheit. »Und *was* willst du jetzt machen?«

Die Erde schien unter Mottenflugs Pfoten zu erbeben. Die Qual, die sie bei Micahs Tod verspürt hatte, schien ein weiteres Mal von ihrer Brust Besitz zu ergreifen und eine Trauer hervorzurufen, die jenseits von allem war, was sie sich vorstellen konnte. »Ich werde meine Jungen verlassen.«

36. KAPITEL

»DIE EICHEN SIND SO GROSS!« Das atemlose Maunzen von Honigpelz schallte über die Lichtung des Baumgevierts. Er schaute durch die Äste nach oben. Der Himmel färbte sich violett, während die Sonne hinter einem fernen Horizont unterging. Die ersten Sterne zeigten sich und schimmerten durch die Blätter.

Blaues Schnurrhaar drängte sich an Mottenflug. »Können wir jetzt wieder ins Lager gehen?«

Mottenflugs Kehle wurde eng. Die Worte schienen auf ihrer Zunge festzukleben. Sie konnte nicht antworten. Stattdessen miaute sie nach Spinnenpfote, der über die Wurzel einer alten Eiche kletterte. »Lauf nicht weg.«

Er wandte den Kopf. »Aber ich bin neugierig.«

Honigpelz stapfte zu seinem Bruder, Sprudelnder Bach folgte ihm auf den Pfoten. »Mottenflug hat gesagt, du sollst zurückkommen.«

Blaues Schnurrhaar fing an zu zittern. »Mir ist kalt.«

»Es dauert jetzt nicht mehr lang.« Mottenflug beobachtete die Hänge der Baumgeviert-Senke. Wann kamen sie bloß?

Kieselherz, Getupfter Pelz, Eichelfell und Wolkenfleck hatten alles vorbereitet. Sie hatten mit den Anführern gesprochen und Mottenflug mitgeteilt, dass jeder Clan eines ihrer Jungen übernehmen würde.

»Bist du sicher, dass sie nicht zusammenbleiben sollen?«, hatte Eichelfell gefragt, als sie das WindClan-Lager einen Sonnenaufgang zuvor besucht hatte.

»Nein.« Mottenflug war sich sicher gewesen. »Ich will, dass jedes Junge in einen anderen Clan kommt.« Mehr hatte sie nicht erklärt. Sie wusste, dass sie das Richtige tat.

»Aber wenn sie zusammenbleiben, dann können sie aufeinander aufpassen«, hatte Eichelfell argumentiert.

»Ich bin sicher, dass ihre neuen Clans sich sehr gut um sie kümmern werden.« Mottenflug hatte es vermieden, Eichelfell anzusehen. Es fiel ihr schwer genug, das Zittern in ihrer Stimme zu unterdrücken.

Eichelfell drängte sie nicht. »Wolkenstern und Himmelsstern sind begeistert davon, Honigpelz bei sich aufzunehmen. Sie trauern immer noch Kleiner Ast nach und Honigpelz wird ihnen ein Trost sein.«

»Mottenflug?« Das Maunzen von Blaues Schnurrhaar brachte sie in die Gegenwart zurück. Die Kätzin äugte durch die Äste. Ihr weiß-gelber Pelz leuchtete im Licht der Dämmerung. »Lebt da oben der SternenClan? Im Himmel?«

»Jedes Mal, wenn eine Katze stirbt, wird ein neuer Stern geboren«, erklärte Mottenflug.

»Und welcher ist Micah?« Blaues Schnurrhaar kniff die Augen zusammen und versuchte, durch das Blättergewirr zu schauen.

»Das weiß ich nicht genau.« Mottenflugs Maunzen klang belegt. »Aber er ist da oben und achtet auf dich.«

»Wirklich?« Blaues Schnurrhaar blinzelte sie voller Hoffnung an.

»Wirklich«, versprach Mottenflug sanft.

»Lasst mich durch!« Das ärgerliche Maunzen von Sprudelnder Bach war auf der ganzen Lichtung zu hören. Sie versuchte, sich neben ihre Brüder auf eine knorrige Eichenwurzel zu ziehen.

Mottenflug war verzweifelt. Sie waren so klein, ihre Pelze wie Distelwolle an der Borke. »Kommt her!«, rief sie. »Ich muss mit euch reden.«

Honigpelz sprang von der Wurzel und sauste zu ihr. Die Angst in ihrem Maunzen war ihm wohl nicht entgangen. »Stimmt was nicht?«

Spinnenpfote rannte ihm nach. »Gehen wir jetzt zurück ins Lager?«

Sprudelnder Bach beeilte sich, ihnen zu folgen. »Warum hast du uns hierhergebracht?«

Mottenflug schob Blaues Schnurrhaar mit der Schnauze sanft von ihrer Flanke. »Stell dich zu deinen Wurfgefährten.« Sie schaute ihre Jungen an, die sich nebeneinander vor ihr aufgestellt hatten. Ihre Augen waren groß vor Aufregung. »Ich muss euch etwas Wichtiges sagen.«

Eines Tages wirst du die verstreuten Blütenblätter des Leuchtenden Sterns wieder zusammentragen, aber jetzt noch nicht. Micahs Worte hatten sich in ihr Gedächtnis gebrannt. Sie erinnerte sich auch an die Geschichten, die ihre Mutter von der Prophezeiung über den Leuchtenden Stern erzählt hatte, nach der die Katzen sich in Clans aufgespalten hatten.

Du wirst die verstreuten Blütenblätter wieder zusammentragen.

Es war ihre Bestimmung, die Clans wieder zusammenzutragen, eine Blüte, die aus fünf Blättern bestand, genau wie die des Leuchtenden Sterns.

Aber jetzt noch nicht.

Sie würde die Blätter wieder zusammentragen, aber zunächst musste sie sie verstreuen. Ihr Stammbaum musste in jeden Clan einfließen.

Feierlich schaute sie ihre Jungen an. »Heute Abend kommen die Clan-Anführer hierher.«

»Warum?« Spinnenpfote spitzte die Ohren.

Blaues Schnurrhaar fuhr zurück. »Müssen wir die treffen?«

Mottenflug antwortete nicht. Sie zwang sich, fortzufahren. »Sie kommen hierher, um euch zu treffen. Sie wollen, dass ihr bei ihnen lebt, als Teil ihres Clans. Jeder von euch wird zu einem anderen Clan kommen.«

Sprudelnder Bach reckte die Schnauze vor. »Ich gehe nirgendwo hin.«

Mottenflug versuchte, ihren Atem zu beruhigen. »Euer neuer Clan wird sich gut um euch kümmern und wird von jetzt an euer neues Zuhause sein.«

»Du gibst uns weg?« Spinnenpfote sah verwirrt aus.

Sprudelnder Bach überlegte. »Haben wir irgendetwas falsch gemacht?«

»Nein!« Mottenflugs Herz schien in ihrer Brust zu zerspringen. Sie fing an, zu zittern. »Ich liebe euch so sehr. Aber es muss so sein.«

Honigpelz' Blick wurde hart. »Nein, muss es nicht. Du *willst* es so.«

Mottenflug schluckte. »Ja«, gab sie leise zu. »Aber nicht, weil ich euch nicht will – sondern weil ihr etwas Besonderes seid.«

Spinnenpfote knurrte. »So besonders, dass du uns loswerden willst!«

Micah, hilf mir! Mottenflug warf einen verzweifelten Blick nach oben. *Warum muss ich das alles allein machen?* Sie straffte sich und beschloss, stark zu bleiben. »Euer Vater hat mit mir gesprochen«, setzte sie an. »Er hat mir gesagt, dass ich eines Tages die verstreuten Blütenblätter des Leuchtenden Sterns wieder zusammentragen werde.«

»Und was hat das mit uns zu tun?«, wollte Spinnenpfote ärgerlich wissen.

»*Ihr* seid die Blütenblätter«, erklärte ihm Mottenflug. »Lange bevor ihr geboren wurdet, kamen die Geisterkatzen auf diese Lichtung …«

»Geisterkatzen?« Sprudelnder Bach schaute sich ängstlich um.

»Sind sie jetzt auch hier?« Blaues Schnurrhaar blinzelte in die Dunkelheit hinein.

»Nein, jetzt nicht«, beruhigte Mottenflug sie. »Aber *früher* kamen sie hierher. Bevor ich den Mondstein gefunden habe. Bevor es die Clans gab. Der Vorschlag, sich in fünf Clans aufzuteilen, wie die Blütenblätter des Leuchtenden Sterns, kam von den Geisterkatzen. Die Katzen waren eifersüchtig geworden. Alle wollten Land haben. Sie kämpften darum, wem der Wald gehörte und das Moor. Viele Katzen starben. Also teilten wir das Land gerecht unter uns auf und wurden Clans.«

»Aber die Clans kämpfen *immer* noch«, wandte Spinnenpfote ein. »Dabei wurde Windstern doch verletzt.«

Mottenflug nickte. »Und deshalb muss jeder von euch sich einem Clan anschließen. Ihr seid Wurfgeschwister. Ihr hängt aneinander. Und eines Tages, wenn ihr groß seid, dann werden aus diesem Grund die Clans wieder eine große Familie werden. Ihr seid die Blütenblätter des Leuchtenden Sterns.«

Nachdenklich kniff Honigpelz die Augen zusammen. »Und dann werden wir nicht mehr kämpfen?«

»Genau.« Mottenflug wurde es warm vor Stolz.

Sprudelnder Bach war noch nicht überzeugt. »Aber warum müssen *wir* uns einem neuen Clan anschließen? Warum nicht Sturmpelz und Adlerfeder und Taunase?«

Spinnenpfote schaute seine Schwester an. »Weil wir etwas Besonderes sind.«

Blaues Schnurrhaar wandte sich an Mottenflug. »Ich will nichts Besonderes sein.«

Mottenflug zögerte. Ihre Gedanken kehrten zurück zum Moor. Es war einige Monde her, aber sie erinnerte sich noch immer an die Worte ihres Vaters. *Staubnase wird mal einen guten Jäger abgeben, aber Mottenflug ist etwas Besonderes.* Wie wenig sie damals verstanden hatte. Mit klopfendem Herzen näherte sie die Schnauze Blaues Schnurrhaar. »Du musst jetzt mal artig sein, meine Kleine. Ich verlange etwas sehr Schwieriges von euch. Ich weiß, dass du Angst hast. Aber du musst keine Angst haben. DonnerClan-Katzen sind freundlich. Du wirst den Wald lieben. Es gibt eine Menge schöner Pflanzen dort und es ist wärmer als auf dem Moor. Der Wind flüstert hoch oben in den Bäumen, also wirst du dich nie einsam fühlen. Und der Clan wird dich aufziehen, als wärst du eine von ihnen.«

»Aber ich will, dass *du* mich aufziehst.« Blaues Schnurrhaars Atem strich warm über Mottenflugs Schnauze. Der Schmerz in ihrem Herzen war kaum auszuhalten, aber sie zwang sich, nicht zu zittern.

Honigpelz drängte sich sanft zwischen sie. »Komm schon, Blaues Schnurrhaar. Es wird aufregend werden. Und du wirst

Mottenflug auf den Versammlungen sehen und der Rest von uns ist auch nicht weit weg.« Er schaute Mottenflug an. »Zu welchem Clan komme ich?«

»Zum WolkenClan.«

»Siehst du?« Honigpelz blinzelte Blaues Schnurrhaar an. »Ich werde im selben Wald leben wie du und Sprudelnder Bach oder Spinnenpfote kommen zum FlussClan.«

»Spinnenpfote wird beim FlussClan leben«, erklärte Mottenflug.

Spinnenpfotes Augen wurden groß vor Entsetzen. »Dann muss ich ja Fisch essen. Und *schwimmen.*«

Honigpelz stupste ihn sanft an. »Zumindest wirst du dann nicht ertrinken, wenn du das nächste Mal in den Fluss fällst.«

Spinnenpfote legte nachdenklich den Kopf schräg.

Mottenflug betrachtete immer noch Blaues Schnurrhaar. Sie hatte erwartet, dass ihr scheuestes Junges die Neuigkeit am härtesten aufnehmen würde. Aber jetzt funkelten ihre Augen vor Neugier. »Klettern DonnerClan-Katzen auf Bäume?«

»Das weiß ich nicht«, bekannte Mottenflug.

Blaues Schnurrhaar richtete den Blick nach oben. »Ich wollte schon immer mal wissen, wie es ist, alles von oben zu betrachten, wie ein Vogel.«

Der Schweif von Honigpelz schnippte ermunternd hin und her. »Ich wette, dass DonnerClan-Katzen ständig auf Bäume klettern. Wahrscheinlich ist es das Erste, was sie dir beibringen.«

Sprudelnder Bach blickte auf den Abhang, wo die Dunkelheit den Wald inzwischen verschluckt hatte. »Dann komme ich zum SchattenClan.« Sie klang verunsichert.

Mottenflug dachte an den ganzen Mond, den sie dort verbracht hatte. »Im Wald ist es friedlich. Und die Jungen von Wacholderzweig sind nur zwei Monde älter als du. Du hast dort jemanden, mit dem du spielen kannst.«

»Du wirst Frösche essen müssen«, schnaubte Spinnenpfote. »Das ist noch schlimmer als Fisch!«

Sprudelnder Bach ignorierte ihn. »Dürfen SchattenClan-Junge aus dem Lager?«

»Wahrscheinlich dürfen sie überall herumlaufen, wo sie wollen«, vermutete Honigpelz. »Im Wald kann ein Bussard nicht jagen.«

Mottenflug blinzelte ihn dankbar an. Er klang ganz wie sein Vater: Immer optimistisch und bereit, jede Herausforderung anzunehmen. Sie schnurrte. »Ich werde euch alle so sehr vermissen.«

Blaues Schnurrhaar rieb ihre Schnauze an Mottenflugs Kopf. Spinnenpfote strich um ihre Beine. Sprudelnder Bach kraxelte auf ihren Rücken. »Nur noch einen letzten Huckepackritt!«

Mottenflug fing an, schwerfällig über die Lichtung zu trotten, bis Sprudelnder Bach hin und her schwankte und vor Vergnügen maunzte.

Honigpelz ging mit seinen Geschwistern neben ihr. »Wolkenstern ist der mutigste aller Anführer, nicht wahr?«

Mottenflug warf ihm einen Blick zu und fragte sich, welche Art Vormund Wolkenstern wohl sein würde. »Zumindest der selbstbewussteste«, räumte sie ein.

Honigpelz' Schwanz sauste hin und her. »Wie wird Beute aus dem Wald wohl schmecken?«

»Besser als Fisch«, murmelte Spinnenpfote vor sich hin.

»Fisch schmeckt großartig.« Mottenflug blieb stehen und blinzelte ihn an. »Du wirst nichts lieber mögen.«

»Mottenflug.« Das ängstliche Maunzen von Blaues Schnurrhaar ließ sie zusammenzucken. Das Junge starrte auf den oberen Rand des Abhangs.

Mottenflug folgte ihrem Blick. Die Bewegung der Farnbüschel zeigte an, dass eine Katze zwischen ihnen hindurchglitt. Sie schüttelte Sprudelnder Bach von ihrem Rücken, öffnete das Maul und erkannte die vertraute Witterung des FlussClans. Die Stängel raschelten, als Flussstern auf die Lichtung trat.

Spinnenpfote drückte sich an seine Mutter. »Ich will nicht weg.«

»Alles wird gut werden.« Mottenflug hob das Kinn, um den Anführer des FlussClans zu grüßen. »Vielen Dank, dass du gekommen bist.«

Flussstern neigte den Kopf. »Ich fühlte mich geehrt, das du dem FlussClan das Vertrauen schenkst, für eines deiner Jungen zu sorgen.«

Noch während er sprach, raschelte es auf dem Abhang in ihrem Rücken. Mottenflug schaute auf und Donnerstern sprang auf die Lichtung.

Hastig kam er neben Flussstern zum Stehen. »Hallo.« Er ließ den Blick über die Jungen schweifen und seine Augen strahlten vor Überraschung. »Sie sehen Micah so ähnlich!«

Bevor Mottenflug antworten konnte, raschelte es ein weiteres Mal und Schattenstern folgte Donnerstern.

Blaues Schnurrhaar ging hinter Mottenflugs Bauch in Deckung. Sprudelnder Bach wich zurück.

»Das muss ziemlich hart für euch sein.« Schattenstern blieb mit feierlichem Blick vor Mottenflug stehen.

Honigpelz trat einen Schritt vor und schaute sie offen an. »Wir haben keine Angst.«

Wolkenstern schnurrte. »Ich kann mir auch kein Junges von Micah vorstellen, das Angst hat.«

Sprudelnder Bach hielt den Kopf schief. Blaues Schnurrhaar kam unter dem Bauch ihrer Mutter hervor. Spinnenpfote hob die Schnauze.

Donnerstern blinzelte sie an. »Wer von euch ist Blaues Schnurrhaar?«

»Das bin ich.« Ihr Maunzen war kaum mehr als ein Flüstern. Sie machte ein paar langsame Schritte und blieb vor dem DonnerClan-Anführer stehen. Mottenflug sah, dass sie versuchte, nicht zu zittern.

»Lila Morgen hat dir schon ein Nest gebaut«, erklärte ihr Donnerstern.

»Ich habe noch nie allein geschlafen.« Sie war kaum zu verstehen.

»Dann teilst du ein Nest mit Wolfsmilchs Jungen«, maunzte Donnerstern sanft. »Sie sind kaum älter als du. Obwohl Wolfsmilch sagt, dass sie zappelig wie Kaninchen in einem Bau sind.«

»Sprudelnder Bach ist auch zappelig«, murmelte Blaues Schnurrhaar. »Das macht mir nichts aus.«

Donnerstern zeigte mit der Nase auf den Wald. »Bist du bereit, zu gehen?«

Blaues Schnurrhaar schaute Mottenflug mit feuchten Augen an. »Bitte, kann ich nicht bei dir bleiben?«

Mit einem Satz war Mottenflug bei ihr und presste ihr die Nase in das weiche Fell. Der warme Geruch zog ihr in die Nase. Sie widerstand der Versuchung, sie an sich zu ziehen und nie wieder loszulassen. »Du musst«, krächzte sie. »Der DonnerClan braucht dich.«

Sprudelnder Bach ging auf Schattenstern zu. »Ich soll mit dir gehen.«

Schattenstern blinzelte sie an. »Dann musst du Sprudelnder Bach sein.«

»Ich werde keine Frösche essen«, stellt sie direkt klar.

Schattensterns Augen blitzten überrascht auf. »Na gut.«

Sprudelnder Bach schaute Mottenflug an. »Kommst du mich mal besuchen?«

»Natürlich!« Mottenflug drückte ihre Schnauze an ihre.

Sprudelnder Bach wich ihr aus und schaute sie nur an. Angst verdunkelte ihren Blick, aber sie versuchte, sie fortzublinzeln. »Dann auf bald.« Sie ging los in Richtung Abhang.

Schattenstern nickte Mottenflug zu. »Wir werden uns so um sie kümmern, als wäre sie eins von unseren Jungen.«

Mottenflug neigte den Kopf und brachte kein Maunzen zustande. Während Schattenstern ging, waren Blaues Schnurrhaar und Donnerstern bereits im Wald über der Senke verschwunden. Sprudelnder Bach bahnte sich einen Weg in den Farn.

Flussstern blinzelte von Honigpelz zu Spinnenpfote. »Wer von euch beiden kommt mit mir?« Sein freundliches Maunzen klang flott.

Honigpelz schaute seinen Bruder an. Spinnenpfote sah den FlussClan-Anführer an, als sei er ein Falke, der über seiner Beute kreiste.

Flusssterns Schweif sauste einladend hin und her. »Die Katzen des FlussClans sind schon neugierig, ihren neuen Clan-Gefährten kennenzulernen.«

Spinnenpfote schlich zögernd los. »Ich komme mit dir«, murmelte er.

Flussstern blinzelte ihn an. »Du siehst aus, als würdest du ein guter Schwimmer werden. Du hast eine breite Brust und kräftige Pfoten.« Er zeigte auf Spinnenpfotes zusätzliche Kralle. »Fische sind glitschig. Mit dieser Klaue hast du es einfacher, sie zu fangen.«

Spinnenpfote ließ den Kopf hängen. »Einmal bin ich fast ertrunken.«

Flussstern schnaubte. »Aber nur, weil du nicht den richtigen Schwimmlehrer hattest.« Er drehte sich um und ging in Richtung Abhang. »Mir ist noch kein Schüler verloren gegangen. Du bist in sicheren Pfoten.«

Spinnenpfote blinzelte Mottenflug an. »Muss ich wirklich gehen?«

Mottenflug beugte sich vor und presste ihre Schnauze an seinen Kopf. »Es ist dein Schicksal«, maunzte sie leise. »Hab keine Angst. Der SternenClan wacht über dich.«

»Ich will dein Junges sein, nicht das des FlussClans«, maunzte Spinnenpfote fast unhörbar.

Mottenflug schaute ihm tief in die Augen. »Du wirst immer mein Junges sein.« Die Worte blieben ihr fast in der Kehle stecken, und sie schaute zur Seite, als ihr Blick sich verdüsterte.

Als sie wieder aufschaute, rannte Spinnenpfote schon Flussstern hinterher.

Wolkenstern trat vor. Er neigte den Kopf vor Honigpelz. »Bist du bereit, mit zum WolkenClan zu kommen?«

»Ja.« Honigpelz reckte das Kinn.

Wolkenstern schaute Mottenflug an. »Bist *du* bereit?« Seine Augen waren voller Mitgefühl.

Mottenflug suchte nach Worten, konnte aber seinen Blick nur noch mit brechendem Herzen erwidern.

Honigpelz drückte seine Nase an ihre Schnauze. »Ich weiß, dass du keine andere Wahl hast«, maunzte er leise. »Aber wenn der SternenClan es will, dann gehe ich gern.«

»Dein Vater wird so stolz auf dich sein, wie ich es bin«, krächzte Mottenflug.

»Sei nicht traurig.« Honigpelz drückte stärker. »Uns wird es gut gehen.«

Wie betäubt sah sie, dass Honigpelz Wolkenstern folgte. »Auf Wiedersehen«, maunzte sie unhörbar.

Du hast völlig richtig gehandelt. Micahs Stimme an ihrem Ohr war so leicht wie die Abendbrise.

»Habe ich das?«, flüsterte sie.

»Du hast das Schicksal der Clans verändert.« Jetzt war seine Stimme klar und deutlich. Sie fragte sich, ob Wolkenstern und Honigpelz sie wohl hörten, die jetzt den Abhang hoch zum Wald erkletterten. Aber keiner von beiden wandte sich um.

»Du bist immer viel mutiger und klüger gewesen, als du selbst geglaubt hast«, fuhr Micah fort. »Das ist einer der Gründe, warum ich dich geliebt habe und dich auch immer noch vermisse. Aber es bleibt dir noch so viel zu tun. Entscheidungen zu treffen ist einfach. Mit ihnen zu leben, das ist der wahre Prüfstein für Mut. Nur indem du dir selbst treu bist und die Heilerkatze wirst, die du immer werden wolltest, wirst du herausfinden, wie besonders du wirklich bist.«

Mottenflug schaute nach oben auf die Zweige und den Himmel jenseits. Die Sterne leuchteten heller, als sie es jemals zuvor gesehen hatte, und es waren zu viele, um sie zählen zu können.

»Ich gebe mein Bestes«, versprach sie. »Ich werde immer mein Bestes geben.«

37. KAPITEL

MOTTENFLUG SCHÜTTELTE die Feuchtigkeit der Mondsteinhöhle aus dem Pelz und schaute nach oben. Sterne glitzerten durch das Loch in der Höhlendecke. Das Licht des Mondes streifte schon seinen Rand. Während sie darauf wartete, dass es den Mondstein erreichte, hörte sie zu, was die anderen Heilerkatzen redeten.

»Ich bin froh, dass die Wolken sich rechtzeitig verzogen haben«, maunzte Kieselherz.

»Wenn es so windig ist, dann halten sich Wolken nie lange«, antwortete Getupfter Pelz. »Der Wind hat schon den ganzen Tag an meinen Schnurrhaaren gezerrt.«

»Im Wald hat er bereits die ersten Blätter von den Bäumen geholt«, berichtete Getupfter Pelz.

Eichelfell lief ein Schauer durch den Pelz. »Für Blattleere bin ich noch nicht bereit.«

»Bis dahin sind es ja auch noch ein paar Monde«, beruhigte sie Kieselherz.

Mottenflugs Gedanken lösten sich vom Geplapper der anderen Heilerkatzen, und sie dachte an all das, was sie ihr auf dem Weg hierher berichtet hatten. In dem Mond, seitdem sie Honigpelz, Sprudelnder Bach, Spinnenpfote und Blaues Schnurrhaar fortgegeben hatte, war ihr Herz nicht mehr als ein zersprungener Stein in ihrer Brust gewesen. Bei Sonnenuntergang hatte sie sich in ihrem leeren Nest zusammengerollt, das kalte Moos zeugte von ihrem Fehlen, und bei Sonnenaufgang war sie mit der Erwartung aufgewacht, ihre weichen Pelze an sich geschmiegt zu finden, aber sie spürte nichts anderes als das Zucken ihrer eigenen Pfoten.

»Wie geht es Blaues Schnurrhaar?«, hatte sie Wolkenfleck gefragt, als sie ihn an der WindClan-Grenze getroffen hatte.

Wolkenfleck wusste zu berichten, dass Blaues Schnurrhaar gut aß und sich schon mit Wolfsmilchs Jungen angefreundet hatte. »Sie und Zitterrose sind unzertrennlich.«

Eichelfell schnurrte, als sie ihr erzählte, wie Honigpelz Wolkenstern auf Schritt und Tritt folgte und endlose Fragen stellte. »Wolkenstern macht das Spaß«, versicherte ihr die kastanienbraune Kätzin. »Seine Augen leuchten, wann immer Honigpelz auf ihn zugeschossen kommt, um etwas Neues zu erfahren. Er scheint von seinem Lerneifer beeindruckt zu sein.«

»Und wie geht's Sprudelnder Bach?«, hatte Mottenflug gefragt, als sie mit Kieselherz die dämmrigen Wiesen überquerte.

»Sie unternimmt Erkundungstouren mit Hängendes Blatt, Dämmernase und Schattenfell und ist immer die Erste.«

Mottenflugs Magen hatte sich vor Angst verkrampft. »Sind sie denn sicher, so allein im Wald?

»Irgendjemand bleibt ihnen immer auf der Spur«, hatte ihr Kieselherz versprochen. »Vor einem Sonnenaufgang ist ihnen Mausohr durch ein Feld Brennnesseln gefolgt. Alle kamen mit verbrannten Nasen und Pfoten zurück ins Lager.«

Mottenflug war sofort in Sorge. »Geht es Sprudelnder Bach gut?«

»Ich hatte jede Menge frischen Ampfer auf Lager«, beruhigte Kieselherz sie sanft. »Davon abgesehen verbrennt *jedes* Junge sich mal. Mausohr hätte es besser wissen und nicht durch ein Brennnesselfeld laufen sollen, aber er sagte, dass er sie nicht aus den Augen lassen wollte.«

Mottenflug war erleichtert gewesen und hatte schnell zu Getupfter Pelz aufgeschlossen. »Hat Spinnenpfote sich beim FlussClan eingelebt?«

»Er kann schon schwimmen.« Im Maunzen von Getupfter Pelz schwang ein wenig Stolz mit.

»Aber doch nicht ganz allein!« Die Besorgnis war ihr anzuhören.

»Junge schwimmen nie allein«, versprach ihr Getupfter Pelz. »Jedenfalls nicht, solange sie nicht stark genug sind, um mit der Strömung klarzukommen.«

Mottenflug musste wieder an ihr »Schwimmen« mit Spinnenpfote denken. Sie hatte sich hilflos gefühlt und konnte sich nicht vorstellen, dass Spinnenpfote jemals stark genug sein würde, allein zu schwimmen.

»Nicht mehr lange und er schwimmt wie ein Fisch.« Getupfter Pelz musste ihre Angst erahnt haben. »Es ist auch nicht anders, als durch einen Sturm zu laufen.« Sie warf ihr einen Blick zu. »Oder hat dich der Wind jemals von den Pfoten geholt?«

»Nein.« Das hatte Mottenflug nicht überzeugt, aber sie musste der FlussClan-Katze wohl glauben.

Getupfter Pelz wechselte behutsam das Thema. »Niesel und Kiefernadel finden Spinnenpfote großartig. Er hat ihnen beigebracht, wie man Moosball spielt. Er kann toll springen. Niesel bekommt den Ball nie an ihm vorbei.«

Mottenflug warf einen Blick auf den Mondstein und stellte sich Spinnenpfote vor, wie er durch das Lager des FlussClans jagte, so wie er es in ihrer Senke getan hatte. Ihr Herz wurde schwer. Vermissten ihre Junge sie? Sie schienen glücklich bei ihren neuen Clans zu sein. *Glücklicher als bei mir?* Schuldgefühle fuhren ihr bis in die Schwanzspitze. Sie *wollte* ja, dass sie glücklich waren, und doch hoffte sie, dass sie ihr einen Platz in ihren Herzen bewahrten.

Eichelfells Maunzen unterbrach ihre Gedanken. »Ich frage mich, ob der SternenClan uns heute etwas Wichtiges mitzuteilen hat.«

Mottenflug trat unbehaglich von einer Pfote auf die andere. Hatte der SternenClan gewusst, dass sie ihre Jungen weggeben wollte? Hatte sie richtig gehandelt? Auch jetzt kamen die Schuldgefühle.

Der Mondstein leuchtete auf. Mottenflug schreckte zurück und kniff die Augen zusammen, als die Höhle in einem grellweißen Licht erstrahlte. Zahllose Sterne schienen vor ihr aufzuleuchten. Sie beugte sich vor und berührte den funkelnden Stein mit der Nase.

Der Boden unter ihren Pfoten fing an zu rutschen. Ihr drehte es den Magen um, als sie sich seitwärts fortgerissen und herumgewirbelt fühlte, bis sie plötzlich weiches Gras unter den Pfoten spürte. Sie öffnete die Augen und erkannte das Halbdunkel eines frühen Abends. Kieselherz, Getupfter Pelz, Wolkenfleck und Eichelfell standen gleich neben ihr und blinzelten, als sie die sanften Wiesen und den fernen Wald sahen. Sie befanden sich in den Jagdgründen des SternenClans und standen auf einem Hügel. Der Wind zerrte an ihren Pelzen und dem Gras unter ihren Pfoten.

Über ihnen wurde der violette Himmel immer dunkler, je weiter er sich dem weit entfernen Horizont zuneigte. Je länger sie auf die Sterne starrte, desto trüber wurden sie. Schließlich begannen sie wie ein Schwarm schimmernder Vögel in Richtung Boden zu wirbeln.

Kieselherz hob das Kinn und seine Augen wurden groß vor Staunen. Getupfter Pelz durchfuhr ein Schauer. Eichelfell wich zurück, als die Sterne immer enger um sie kreiselten. Mottenflug kniff die Augen zusammen, als das Gras anfing zu funkeln und die Sterne langsamer wurden, bis sie sich schließlich auf dem Hügel um sie herum niederließen.

Das Licht verblasste, Mottenflug öffnete die Augen und erblickte die SternenClan-Katzen.

Mit glitzerndem, weißem Pelz trat Halber Mond aus dem Kreis. Sie blieb vor Mottenflug stehen und neigte den Kopf.

Mottenflug verkrampfte sich und versuchte, den Ausdruck in den dunkelgrünen Augen der SternenClan-Katze zu deuten. *Ich habe die Blütenblätter des Leuchtenden Sterns verteilt, wie Micah es mir aufgetragen hat.* Sie wusste, was sie sagen wollte. Sie hatte ihre Jungen fortgegeben und wollte dem SternenClan berichten, dass dies das Einzige war, was sie hatte tun können. Aber die Worte blieben ihr im Hals stecken. »Ich musste einfach!«, stieß sie hervor, als Halber Mond ihren Blick suchte.

»Das wissen wir.« Halber Mond schaute sie unverwandt an. »Du hast die richtige Entscheidung getroffen.«

Mottenflug versuchte in den Reihen hinter der weißen Kätzin einen Blick auf Micah zu erhaschen. Er hatte ihr seinen Segen gegeben, die Jungen zu anderen Clans zu schicken, aber jetzt wollte sie ihn sehen, wollte in seinen Augen lesen, dass er verstanden hatte, wollte sich ganz sicher sein.

Doch bevor sie ihn fand, fuhr Halber Mond fort: »Ihr müsst immer zuerst dem SternenClan und euren Clan-Gefährten die Treue halten.« Ihr Blick wandte sich Eichelfell zu. »Der einzige Weg, das sicherzustellen, besteht für euch alle darin, dass ihr versprecht, niemals einen Gefährten oder Junge zu haben.«

Eichelfells Augen blitzten entrüstet auf. »Das ist ungerecht! Ich kann sowohl euch *und* meinen Clan-Kameraden treu sein *als auch* einem Gefährten und Jungen.«

Halber Mond antwortete nicht.

»Das *kann* ich!«, beharrte Eichelfell.

Eine sternenglitzernde Kätzin trat aus dem Kreis. Weiße Flecken schmückten ihre graue Schnauze. »Wie willst *du* wissen, wie es ist, eine Mutter zu sein?«, fragte sie herausfordernd und mit blitzenden Augen.

Eichelfell schnaubte. »Ich habe Wolfsmilch und ihre Jungen gesehen. Das ist nicht schwer!«

Der Schweif der alten Kätzin peitschte ärgerlich hin und her. »Ich bin Sanfter Regen, die Mutter von Grauer Flug, Wolkenstern und Zackiger Berg. Als sie den Stamm verlassen haben, blieb ich in den Bergen. Aber als sie gegangen waren, rief mein Herz jeden Tag nach ihnen.«

Mottenflug zitterte. *Wird die Trauer mich mein ganzes Leben lang quälen?*

Sanfter Regen fuhr fort. »Meine Sehnsucht war so groß, dass ich meine letzten Tage damit verbrachte, unbekanntes Territorium zu durchqueren, um sie noch einmal zu sehen. Erst als ich sicher sein konnte, dass sie wohlbehalten in ihrer neuen Heimat angekommen waren, konnte ich mich der Krankheit ergeben, die mir jeden Schritt zur Qual gemacht hatte.«

Eichelfell musterte sie kalt. »Ich bin nicht du! *Meine* Jungen werden bei mir bleiben. Ich werde mir keine Sorgen um sie machen müssen!«

Sanfter Regen gab ein dumpfes Schnurren von sich. »Glaubst du wirklich, dass du eher einen verletzten Clan-Gefährten behandelst, als dich um sie zu kümmern, wenn sie nach dir schreien?« Anklagend wandte sie sich an Mottenflug. »Hast du diese törichte Katze nicht gewarnt?«

»Sie ist nicht töricht!« Mottenflug trat zu Eichelfell. »*Ich* habe geglaubt, ich könnte gleichzeitig Mutter und Heilerkatze sein. Ich musste diese *Erfahrung* machen, bevor ich verstanden habe, dass es unmöglich ist, sein Herz zwei Mal zu verschenken.« Sie blinzelte Eichelfell an. »Du musst dich *jetzt* entscheiden, bevor du Junge hast. Du darfst nie vor der Entscheidung stehen, die ich zu treffen hatte. Sie wird dir das Herz brechen.« In ihren Augen war nichts als Trauer zu lesen. »Entscheide dich *jetzt*. Entweder du kümmerst dich um deinen Clan oder du suchst dir einen Gefährten. Beides geht nicht.«

Kieselherz' Schwanz peitschte hin und her. »Aber was ist mit uns?« Er zeigte auf Wolkenfleck. »Wir können keine Jungen bekommen.«

Mottenflug legte den Kopf schräg. »Aber ihr könnt *Väter* werden. Glaubst du, Väter lieben ihre Jungen weniger?«

Grauer Flug drängte sich durch seine Clan-Gefährten hindurch. »Kieselherz«, maunzte er sanft. »Jede Heilerkatze muss diese Entscheidung treffen. Du kannst wie eine normale Clan-Katze leben und dir eine Gefährtin suchen. Gründe eine Familie, wenn du möchtest. Aber damit verstößt du gegen deine Pflichten als Heilerkatze.«

Halber Monds Blick glitt von einer Heilerkatze zur anderen. »Wir haben dafür gesorgt, dass ihr uns näher seid als jeder eurer Clan-Gefährten. Eines Tages ist euer Clan vielleicht auf das angewiesen, was wir euch mitgeteilt haben. Wir müssen wissen, ob ihr uns versteht. Denn wer wird leiden, wenn das nicht so ist?«

Kieselherz' Blick verdüsterte sich. »Unser Clan.«

Halber Mond nickte. »Dann entscheidet euch.«

Kieselherz trat unbehaglich von einer Pfote auf die andere und seine Augen verharrten einen Moment bei Halber Mond. Dann sagte er: »Ich werde immer dem Sternen-Clan und meinem Clan treu ergeben sein.«

Halber Monds Ohren zuckten. »Und du stimmst zu, nie eine Gefährtin oder Kinder zu haben?«

Kieselherz nickte.

Fragend schaute Halber Mond Wolkenfleck an.

Die Heilerkatze des DonnerClans nickte. »Ich auch.«

»Und ich.« Getupfter Pelz blickte Halber Mond feierlich an.

Sanfter Regen fixierte immer noch Eichelfell. »Und *du*? Hast du dich schon entschieden?«

Eichelfell warf einen unruhigen Blick in die Runde. Sie suchte Mottenflugs Augen, als würde sie Rat bei ihr suchen.

Mottenflug senkte den Blick. »Das musst du allein entscheiden.«

Eichelfell straffte sich. »Nun gut«, maunzte sie. »Wenn ich wählen muss, dann wähle ich den SternenClan.«

Sanfter Regen kniff die Augen zusammen, bis sie nur noch Schlitze waren. »Bist du sicher?«

Eichelfell reckte das Kinn. »Ich bin sicher.«

Die Erleichterung fuhr Mottenflug bis in die Spitzen ihres Fells. Sie wusste, wie schwer Eichelfell die Entscheidung gefallen sein musste.

Sie konnte sich ein Leben ohne die Liebe, die sie erfahren hatte, nicht vorstellen. Oder schlimmer noch, die Liebe zu erfahren und sie zurückweisen zu müssen.

Sie drückte sich sanft an Eichelfell. »Wenn du dich um deinen Clan kümmerst, dann bekommst du all die Liebe und Wärme, die du brauchst«, maunzte sie leise und hoffte, dass es so war. »Schenk ihnen dein Herz.« Sie blinzelte Halber Mond an. »So und nicht anders soll es für immer sein.«

Halber Mond nickte. »Zukünftig sollen Heilerkatzen keinen Gefährten haben. Und keine Jungen.«

Der Schweif von Grauer Flug peitschte hin und her. »Ihre Treue wird nur dem SternenClan und ihren Clan-Gefährten gehören.«

Der Kreis aus SternenClan-Katzen maunzte leise Zustimmung unter dem sternenlosen Himmel.

Als Mottenflug den Blick schweifen ließ, erblickte sie schließlich Micah, der sie strahlend und unverwandt und voller Liebe ansah.

Sie erwiderte seinen Blick und ihr Herz schien vor Kummer stehen zu bleiben. *Es tut mir so leid, mein Liebster. Aber solange ich lebe, kann ich nicht mehr mit dir zusammen sein.* Sie hatte ihre Jungen fortgeschickt, um die beste Heilerkatze zu werden, die sie sein konnte. Sie konnte ihre Träume nicht mehr mit Micah teilen. Ihre Träume gehörten jetzt dem SternenClan. Jedes Haar ihres Pelzes, jeder Herzschlag und jeder Atemzug gehörte jetzt ihm.

ERIN HUNTER

WARRIOR CATS

EIN WALD. VIER CLANS.
UND ALLE WOLLEN ÜBERLEBEN.

Jenseits der Menschen, tief verborgen im Wald, leben die Katzen der Clans wild und ungezähmt. Feuerpfote, der seine Zweibeiner verließ, um sich dem DonnerClan anzuschließen, genießt das stürmische Leben des Waldes in vollen Zügen. Seite an Seite mit den wilden Katzen lernt er zu jagen, seine Instinkte zu gebrauchen, er lernt den Wald zu hören und seine Feinde zu riechen. Doch der Platz ist eng, das Futter knapp. Wird der Donnerclan es schaffen, bis zur Blattfrische zu überleben?

»FANTASY VOM FEINSTEN.«
DER SPIEGEL

STAFFEL I
IN NEUEM DESIGN

Band 1: In die Wildnis
Gebunden, 300 Seiten.
ISBN 978-3-407-82365-6
Taschenbuch: ISBN 978-3-407-74215-5

Band 2: Feuer und Eis
Gebunden, 342 Seiten.
ISBN 978-3-407-82366-3
Taschenbuch: ISBN 978-3-407-74235-3

Band 3: Geheimnis des Waldes
Gebunden, 336 Seiten.
ISBN 978-3-407-82367-0
Taschenbuch: ISBN 978-3-407-74253-7

Alle Bände der Reihe auch als Taschenbücher, Hörbücher und E-Books

www.warriorcats.de

Erin Hunter

BRAVELANDS

EIN LÖWE, DER AUS SEINEM RUDEL VERTRIEBEN WURDE

EIN ELEFANT, DER AUS DEN KNOCHEN DER TOTEN LESEN KANN

EIN PAVIAN, DER SICH GEGEN SEIN SCHICKSAL ERHEBT

NUR ZU DRITT KÖNNEN SIE DIE SAVANNE RETTEN

In der glühenden Hitze der Savanne Afrikas eröffnet sich eine mystische und faszinierende Welt: die Bravelands. Hier leben die Tiere in friedlicher Gemeinschaft und folgen dem Gesetz der Savanne. Als einige von ihnen das Gesetz brechen, entflammt ein Kampf um Herrschaft und Macht, dem sich die drei Helden tapfer stellen.

Band 1: Der Außenseiter
Gebunden, ca. 350 Seiten.
ISBN 978-3-407-82363-2

Auch als E-Book

Teufels-
finger
Nord-Allerton-Weg
Nord A
Werts
Windovers
Hof
Druiden-
höhle
Windovers Moor
Druiden-
sprung
Chellfluss
Campingplatz
von Morgans
Hof
Morgans
Hof
Morgans Weg